有爱的青春陪伴者

目录

上册

第一章 /// 001
夜来香

第二章 /// 055
小城故事

第三章 /// 173
甜蜜蜜

下册

第四章 /// 267
在水一方

第五章 /// 340
月亮代表我的心

第六章 /// 408
春在岁岁年年

目录

番外一　///　507

番外二　///　514

番外三　///　519

番外四　///　528

番外五　///　539

独家番外　///　546

第一章
夜来香

司机第三次叫温年拼车时,温年忍不下去,拖着行李箱站到了角落。

地上坑坑洼洼,蓄满雨水,她怎么绕都没绕过去。箱子轱辘陷进去一个,溅起一摊水花,弄脏了她的白鞋。

温年今天一个人天不亮到的机场。先从北城飞隆城,再从隆城打车到隔壁市,最后坐绿皮火车来到这里。

这不是她第一次坐绿皮车。以前去旅游,她也坐过,全程在私人包厢里,管家随时服务,看看风景就到了。

温年知道这次会不一样,但人生的奇妙又哪能都叫你猜到?

车厢里,方便面和火腿肠、鸭脖、鸡爪混合在一起的味道,经人体高温一烘,生出一种新的离奇气味。

拥挤狭窄的过道两侧是面对面的三人座。温年不知幸是不幸坐在了最外面,可以和身边十分钟吸溜完两桶老坛酸菜的大哥拉开些距离。但躲得了大哥，躲不掉对面大妈喷射的瓜子皮，时不时就得降落在她脚边。

温年放弃了。她闭上眼，心如止水，不喜不悲。

听这些人闲聊，大妈是来探亲的。她昨天和亲戚通电话，亲戚说炖了鸡给她接风，还说把鸡之前下的蛋当礼物给她带走……怀蓝最近下雨，这几天都挺凉快，电扇都不用开，大家正好坐在院子里吃鸡。

温年对"电扇"这个词颇为陌生。她一边为那只悲催的鸡默哀，一边安慰自己天气舒爽也行。

可等到下了火车，裹挟着雨后湿哒哒的烂泥气息，以及黏腻在皮肤上的湿热扑面而来时，温年差点要吐。她面如土色，绝望地站在台阶上，竟开始怀念车厢里不那么制冷的空调。

怀蓝，一个网上都没有注明几线城市、照片只有那么几张的沿海小城——是她以后将要生活的地方。

手机响起时，温年刚躲开吆喝拼车的司机，正看着鞋上的泥水点发愣。

接通电话，没来得及说"喂"，就听："喜欢的小哥哥加一个粉丝灯牌，小助理现在就去安排发货，快递下午飞飞哦。"女人的声音矫揉造作，听得人鸡皮疙瘩直冒。

温年以为打错电话了，看看来电显示，却没有问题。她试探着叫人，又听那头传来："小样儿，迷不死你的。"吊儿郎当，没个正形。

这次对了。温年平静地道："表姨。"

"表什么表……温年？电话通啦？"

是呢，谢谢你发现了它。

许扬从直播间出去，找个说话的地方。

从听到许扬捏着嗓子装甜妹起，温年就预感不妙，这下更是觉得不对劲儿。

"你在哪里？"

"我、我那个……"许扬吞吞吐吐，"外甥女，你第一次来火车站吧？我跟你说，有个名人说得好啊，火车站是一个城市的良心！你要不要……"

"你到底在哪里？"

"你……心里？"

"表姨！"

"别喊，别喊。"许扬说，"表姨的耳朵还好使呢。"

温年管它好不好使，语调高了两度："你说好来接我的！"

陌生糟糕的环境，她一秒都不想多待。虽说离开眼下的地方也未必能有多大改善，但起码有熟人在身边还踏实一点。

许扬咳嗽两声，说："我现在过不去。"

分不清是火气还是委屈，温年拽起箱子准备买票回家。

这破地方谁爱待谁待去！电扇都不给开！

走了两步，"咣当"一声，箱子轱辘又掉进水坑里，又溅起一摊泥水。火焰被一下子浇灭，温年猛然清醒过来，她哪里还有家可回？

这几年，市场不景气。温家是家族企业，仗着原先攒的家底还算可以维持表面风光。可大厦倾塌也不过一霎。

温年的父亲早两年和生意上的朋友们合伙投资的一个项目出现严重问题，主事人陷入法律纠纷，连带影响其他股东，导致银行截了贷款，资金链一下子就断了。

进行一半的项目没能回本，反倒是前期投入带来巨大的债务危机，不少股东变卖资产，温家也不能幸免于难。只是窟窿太大了，温家哪怕变卖资产也堵不上。

债主们一天之中上门好几次，砸门、泼油漆、贴大字报这些手段过后就是威胁，威胁要让温家家破人亡，白发人送黑发人。

温年根本不敢出门，也不知道母亲颜清什么时候联系上的许扬，还安排了她插班进入怀蓝当地的一所中学。她知道时，母亲已经买完机票。

"表姨知错了。"许扬可怜巴巴地说，"要不你打个车先过来？"

眼眶涌起酸胀，温年抿紧唇缓了缓，问："南甜巷子67号？"

"没错！"许扬忙说，"你到了联系我哈！"

空气越发潮湿黏热，风也吝啬。

马路对面立着一排小超市和餐馆，墙面上尽是雨水洗刷后留下的灰痕，像山寨毕加索的抽象画，散发着"我很破但我还能坚持"的意境。

望着这个像是被大城市遗忘的一角，温年内心从被告知要离家时的茫然惶恐，变成此刻的担忧和忐忑。

有个事实，她必须得认。那就是哪怕她再不想待在这里，也要忍耐，因为如果她也被这里丢弃驱逐了,她将无处安身。

她深呼吸,逼自己别想那么多,然后从包里拿出纸巾,涸涸脸上的汗,又用湿巾将鞋擦干净。等做完这些,她招手拦了一辆出租车。

南甜巷子是怀蓝的老城区。

早些年,怀蓝人靠海为生,捕鱼是主业。后来随着城市化发展,修建了港口,但不知道什么原因,海运没能在这里发展起来,大多数海船只是把这里当作一个小中转站。

久而久之,怀蓝的年轻人更倾向于去外省打工。南甜巷子是留守老人和孩子聚集的主要区域之一。

出租车停在城区入口。里面的道路太窄,司机师傅没这个技术,只能送到这里。

温年扶着箱子,抬头是"南甜巷子"四个大字,刻在石门之上,下面坠着两个红灯笼,穗穗有的抽丝,有的打结扭在一起。

从外面看不出里面有多大,温年也没力气挨家挨户找67号,拨打许扬的电话。

"对不起,您拨打的电话已关机。Sorry……"

不是说到了联系吗?温年不可置信地又打。

在听了几遍"Sorry"后,她意识到自己的行为过于愚蠢,多打几次是能隔空唤醒手机?

又一次被"放鸽子",温年气到想对空气使一套九阴白骨爪。

这就是颜清出门前说的"你表姨办事很稳妥"?可太"稳"太"妥"了。

在"马路边呆站着"和"进去找找"之间反复纠结了五分钟,温年也记不清是第几次妥协,认命地拉着箱子跨过石门。

临近黄昏,最是安静。

幽长的巷子里,两边是深灰色楼房。先是四层到顶的砖楼,往后是独栋小楼,有的两层,有的三层,建筑造型全看主人需要。

温年独自走着,没兴致多看。快走出这条巷子时,几声篮球拍打地面的声音传了过来。

她正想找人问问67号的具体位置,快走了几步,就见一群男生从前

面经过。

原来几条巷子出口汇聚的地方是一处圆形小广场。

这群男生衣服穿得五颜六色,头发也是五颜六色,宛如彩虹糖野生代言人,招摇过市。

"打个球活动活动!在家待得烦!"

"找个能打的行不行!每次浪费我的时间!"

"能打的还不好找?"

为首的"黄头发"下巴一伸,直指梧桐树下坐着的一个男生。

温年这才注意到那儿还有一个人。她不想惹麻烦,侧身站在靠近出口的石柱后面。这个位置恰好斜对着那棵梧桐树,视野很清楚。

树下,身穿黑色T恤和运动裤的男生坐在地上画画,一条腿放在地上,一条腿屈膝,上面放着画板,姿态随意。

"喂,来一局?""黄头发"发出邀请,自以为很帅地转了几下篮球。

可惜那男生并没有被吸引,连眼皮都没抬,还是专注于手里的画。

"别给脸不要脸啊。""黄头发"身边的"蓝头发"说,"我们亮哥这是看得起你!"

其他人一听这话,立刻围上来,扭脖子的扭脖子,动手腕的动手腕。

温年吃惊。不过是拒绝一起打球,就要打一架?

那男生手稍顿,还是没抬头,但回了句"没空",声音轻淡,带着凉意。

就在温年以为他们随时要动手的时候,亮哥忽然笑了笑,点了下那男生:"陈远,你行。"

撂下这话,"彩虹帮"走了,一点儿迂回都没有地走了。

温年一脸问号地望着这群人的背影。就这?那还扭脖子、动手腕、转篮球做什么?单纯无聊吗?

她无语,从石柱后面出来,再抬眸,撞上一双眼睛。

那是一双极为漂亮,漂亮到甚至有攻击性的眼睛。瞳孔幽深黑亮,眼神似寂静夜空中的冷月,有拒人于千里之外的孤高。

温年指尖轻颤,无端有逃避的冲动。

然而,个性使然,她不喜欢在外人面前示弱,更不喜欢低头。她很快又镇定下来,毫无避忌地直视那双眼睛,大有一种谁躲一下算谁输的架势。

一阵风吹过。盘旋在怀蓝上空多时的阴云倏地淡了,显露出来的暖色调微光穿透梧桐树枝叶洒下一片斑驳,落在男生的身上。

他额前的黑发随风拂动。

温年看清楚那张脸。白净俊朗,英气逼人。

在温年所读的贵族学校里,不乏拥有好皮囊的人。眼前的人长相也足够好看,但谈不上多惊艳,可他的气质是她见过最特别的,不像这个年龄该有的一种超然的清冷。

他们诡异地对视了片刻。男生先打破了这份短暂,收回目光,整理起他的画笔和画纸。

温年顺理成章地把这个行为归为认输,好胜心得到满足。可还没开始得意,她突然又意识到刚才面对一群不良少年,他是一个人,全程坐着,正眼都不带看人家的,并且还只说了两个字。这才是嚣张至极吧!

温年犹豫还要不要向这人问路……

这时,"刺啦刺啦"的声响传来。温年细听听,发现小广场的电线杆上装了喇叭。紧接着,轻快优柔的旋律响起。

几个大妈说说笑笑地从对面的巷子里出来,跟着广播一起哼唱:"那南风吹来清凉,那夜莺啼声齐唱……"

是那首老歌《夜来香》。

这一幕转换让温年以为自己穿越了。刚刚她还目睹一群少年因为打篮球差点大打出手,这一秒,她在同一地点看大妈们为跳广场舞做准备,二者无缝切换。

温年呆了呆,转念决定向大妈们问路。

她拉起箱子,衣服却不知被什么勾住,动不了,扭头一看,居然是一颗生锈的大螺丝。

温年气急败坏地将衣服解救出来,但布料上不免还是沾到铁锈,废掉了。心里再次涌起强烈的烦躁,温年忍无可忍,说了句:"穷乡僻壤!什么破地方!"

话音落下,视线里笼罩过来一片阴影。

温年抬头，在树下画画的男生不知什么时候走到了她面前。这么近的距离，他一定听到她说他家乡的坏话了。

不耐烦化成尴尬，温年立在原地。她没有在背后评头论足的习惯，刚才是真的太烦了，从到怀蓝就没一件事顺的。

可话说回来，他听到了又怎样？她说得不对吗？这里的一切本就破败落后。

温年挺直腰板，做好被这人"夹"一眼后回瞪过去的准备。

但对方没有。他目不斜视，与她擦肩而过。

广场上，歌声大了，唱得甜美婉转。

阴沉灰暗的小巷因为这旋律，仿佛南风真的吹来，吹走了盛夏的闷热，连空气里都是淡淡的雪松气味，清新好闻。

温年得承认，在那一秒，她觉得自己误解了怀蓝，它是懂风情和浪漫的。

直到看到男生锁骨上的汗珠淌没进黑色领口，她才恍然这里是个在这种鬼天气里都不开电扇的地方。

温年收回视线。

既然对方没想为家乡回击，她也没必要多戏。

她拉起箱子，向广场走去。余光掠过那棵梧桐树，她又鬼使神差地转过头。

迟到的太阳出来了。夕阳西下，一抹暖红追在少年身后。

看到 67 号门牌时，温年觉得自己累坏了。顾不上形象，她用手背蹭蹭额头上的汗，又用手给自己扇风。听大妈的热情讲解，南甜巷子由八条小巷组成。

圆形小广场是中点，上半圆延伸出三条巷子，下半圆三条，左右各一条。67 号位于右边巷子最里面的位置，在它对面，是 66 号。

温年没多留意 66 号。她现在好不容易到了地方，却进不去，极为郁闷。叫天天不灵，叫地地不应。唯一的办法似乎也只有再试试隔空感化许扬的手机。

温年准备拨号，没料想，奇迹发生了，许扬打了过来。

不等她说什么，对方先一步快速输出："外甥女，到了吧？累了吧？我告诉你备用钥匙在哪儿，你快进去歇歇。"

温年是没脾气了，回道："到了。钥匙呢？"

"看到门口左边的那一排装饰水缸了吗？"

温年目光一扫，确实看到了水缸。

只是如果许扬不说，她还以为是电视上演的村里腌泡菜用的缸子，这哪里起到装饰效果了？

"钥匙在第三个水缸后面。"许扬又说，"你的房间在二楼。表姨马上就回去了，晚上请你吃大餐！"

温年没见过用铁链拴着的门。她动作有些笨拙地拧开锁，抽出铁链的时候，明显感到手臂急速下坠。

"咚"的一声，链子砸在门槛上。她莫名紧张，不知道这一看就经历过无数洗礼的木头受不受得住这一击？

什么年代了，许扬就不能用防盗门？她扭头看了眼，明白了，邻居也走复古风。

温年叹了口气，推开门。

"嘎吱"声在耳边响起，眼前是两层高的灰砖小楼，成倒"凹"字形，前面空出来的一小片地方是小院。

院子里放着晾衣架和摇摇椅。摇摇椅旁边有个充当桌子的板凳，板凳上残留半个没吃完的西瓜，成了苍蝇们的盛宴。

温年忍下恶心，别过头，拉着行李箱从边上绕到小楼前，解开第二个锁链。

屋里的摆设和院子里不相上下。简单的沙发、茶几、电视，还有一张圆形餐桌。

门外复古，门内极简。这个房子给温年的感觉就八个字：无限接近家徒四壁。

温年把箱子立在一楼楼梯旁，上了二楼。她的房间很好找，许扬在门上贴了一张豪车与男模的海报。

看着男模那一口锃白的牙，温年内心没有一丝波动，面无表情地打开门。

好在她的房间还算干净整洁。一张单人床,床边是书桌,角落里放着一个衣柜,而衣柜旁,是传说中的电扇。

温年多观察了一会儿电扇,然后打开衣柜。不知道是啥药的味道"噗"地窜出来,呛得她打了好几个喷嚏,她赶紧关上柜门,打开书桌那里的窗户。

视线无意间落到对面的小楼,温年又是一震,捂着嘴咽下了尖叫。

对面人家的窗户上放了一颗人头?

变态分尸案吗?她是不是该报警?凶手不会已经看见她,在来灭口的路上了吧?

温年脑子里乱七八糟。她的第一反应是飞过去锁上房门,再攥着手机躲回窗户后面,随即小心翼翼地探出一点脑袋,看看情况。

这么再一看,她认出那是美术生练习素描用到的塞内卡石膏像。

这儿的人还知道塞内卡?拿来镇宅辟邪也不带这么惊悚吓人的吧!

温年的太阳穴突突直跳。她觉得自己快疯了,被逼疯的。

关上窗户,拉上窗帘,眼不见为净。温年拉出书桌下的椅子坐下。

十几个小时的辗转颠簸,她累了,但没想到有这么累。几乎是坐在椅子上的那一瞬间,铺天盖地的困意和疲倦便死沉沉地压在身上。

温年眼皮打架,迷糊着要睡着的那一下又惊醒。她慌忙拉开小挎包的拉链,又打开内侧口袋,检查那三万块在不在。

这是出发前颜清给她的,说是转账怕被查,只能给现金,叫她一定看好别丢了。她未来这段日子所有的花销都在这里了。

温年紧紧抱着包包,鼻尖发酸,又开始想家,是什么时候睡着的都不知道……

"你这外甥女也太漂亮了!电视里的明星都不如她!"

"咳,这不随我了嘛。"

"哪儿随你了?那眼睛那么大。"

"哎哟,我年轻的时候眼睛也贼大呢!现在有点儿抽抽。"

听到动静,温年睁开眼,周围黑漆漆的。她蒙着,还以为自己和往常一样在家里的懒人秋千上看书看乏了就小憩一会儿,她揉揉眼,坐起来,下意识拉开一点窗帘,就见黑暗中依旧白到发光的塞内卡在对面凝望着她，她"唰"地坐直了，彻底清醒了。

楼下，许扬和邻居刚聊完，正在关门。

温年有将近一年没见许扬了。

颜清和许扬是远房表姐妹，十几岁的时候才见面，却是相见恨晚。这么多年，她们一直没断过联系，两个人虽然不在一个城市，但每年会见两三面小聚一下。

温年偶尔跟着颜清一起。

眼前的表姨和记忆里的一样——紧身裤、爆炸头，将近一米八的大高个儿。也不知道送了粉丝灯牌的小哥哥们看到真人小助理会作何感想。

"表姨。"温年绷着脸叫人，"你说话不算话。"

"错了，表姨错了。"许扬双手合十拜了拜，"你就原谅我这一次，下次我……"

温年抢答："还敢。"

许扬一愣，小爆炸头一晃，转脸就没了可怜样儿，笑嘻嘻地说："你这孩子真是……比你妈懂我。"

温年噘噘嘴，明明是生气，偏却生出几分娇俏，格外可爱。

许扬踢开西瓜的"尸体"过来，弯下腰打量少女，"啧"了一声："外甥女，你怎么更漂亮了呢？你知不知道你在巷子里这么晃悠了一圈，现在所有人都说来了个仙女！"

这不是许扬夸张，也不是怀蓝人民没见识。温年从小美到大，白瓷般的肌肤，粉雕玉琢的脸，五官精致柔和，双眼净如小鹿。加上自小练古典舞，气质优雅，哪怕混在一堆美女中，她也是最显眼的那一个，超标准的人间富贵花。

温年很感谢南甜巷子的父老乡亲的如实评价，只是今天一天受的罪实在让她高兴不起来。她不知道自己还能不能平安长到十八岁。

"别愁眉苦脸嘛。"许扬说，"走，表姨带你去吃大餐！"

温年没动："吃什么？"

许扬理所应当地回答："撸串啊！"

温年转身往回走，许扬拦着她："是不爱吃，还是嫌脏？"

难道不脏吗？不知道食材是否新鲜，不知道是用什么调料腌制的，

010

更不知道那些炭啊油啊的质量如何。反正温年坚决不吃。

"你这孩子早晚得后悔，白白少吃好几年烧烤。"许扬说，"行吧，家里有小馄饨，我包的。"

"你……包的？"

那是不是还不如烧烤？

天彻底黑下来。

怀蓝这边的店铺关门都早，距离南甜巷子两条街的一家修理店早半小时前就拉下了铁门。

"小远，修不好就算了。"

工作桌那里，男生伏案，鼓起的肩胛骨撑起黑色T恤。他专注认真，手臂上的肌肉线条紧绷着，枯黄的灯光照在冷白皮肤上，让已显硬朗轮廓的侧脸多了几分暖意。

"再试试。"陈远说。

池国栋搓搓脸，长吁一声："行，要是你都修不好也没人能修好了。"说着，他摸索口袋，瞥到柜台旁立着的素描，随口笑道，"又去小广场写生了啊？画得越来越好了。"

"随便画的。"

池国栋点上烟吸了一口，再张口，脸上的笑又收敛了："你家里那堆石膏人头适当收收，说多少次了？昨天去又吓我一跳。"

"嗯。"

陈远一向话少，沉闷得很。

"哎，对了。"池国栋吐着烟圈，"听说咱们巷子来了个寻亲的女孩？特别漂亮。你知道吗？"

陈远手指微微一顿，摇头，但心中已经猜到了是谁。淡粉色的针织衫，奶白色的牛仔裤，长发乌黑，侧编在一边。缠绕在发尾的桃红色发带鲜艳灵动，只是站在那里，却是整个巷子里唯一的色彩，明亮得一看就知不是这里的人。是温室里娇养着带刺的花朵。

"突然寻亲，别再是躲事的吧。"池国栋弹弹烟灰，"谁没事往咱们这儿跑。"

"咔嗒"一声脆响，八音盒修好了。之前还无法如常转动的舞蹈女孩又可以舞蹈了。

"你小子真是个机械天才！"池国栋又惊又赞，"这都能修好！"

陈远神色淡然。对于机械，他基本是一通百通，没什么难的。

池国栋高兴地去给客户发消息，看到之前的留言，想起差点忘了说的事情："小远，池林让你明天上午给他盯会儿店，他出去办个事。"

陈远点头："知道了。"

"还有，还有。"池国栋跑到柜台后面拿出一个袋子，"这些衣服你一会儿回家帮我还给许扬，顺带再替我问她一句我看起来像街溜子吗，这都推荐的什么衣服！"

餐厅里（姑且称为餐厅）。

温年在硬邦邦的凳子上如坐针毡，面前的饭碗比她的脸还大，碗里漂浮着馄饨，冒着腾腾热气。

许扬早吃上了。她那爆炸头居然也不碍事，吃得比三天没见过饭的人速度还快。

"吃啊。"许扬抹抹嘴，"别的我不敢说，包馄饨我有一手的。"

温年盯着馄饨，还想再抵抗会儿。

抵抗失败。温年掏出口袋里的消毒湿巾擦擦勺，然后舀起一个馄饨，小口小口地吹，说："你在我这里的信用分已经是负的了。"

"没事，我再加回来。"许扬还挺自豪，"快吃，热着才好吃呢。"

温年想着自己还在长身体，视死如归般地咬了一小口，就当……等等，好像真有一手？肉馅鲜美，咸淡适中，关键是里面有虾。温年爱吃虾。

"怎么样？"许扬问，"没骗你吧？"

温年舔了下唇，维持着刚才不太情愿的表情，说："勉强能吃。"

没过一会儿，许扬那碗就见底了。她指着桌上的锅，说里面还有馄饨，让温年不够就自己盛。

温年小声表示够了，许扬还要说话，被电话打断，去了院子里。

就着这个空隙，温年赶紧往碗里多盛了两个馄饨。

嗯，就两个。太多会让许扬看出来。

可这馄饨的味道真是不错啊，比她家的那些星级厨师做的还好吃！

温年觉得两个恐怕不够，无奈之下，干脆往嘴里再塞一个。她吃得脸颊一动一动，鼓得像只小松鼠，水灵灵的眼睛滴溜溜地转，留心门那边的动静。

"你叫他打听打听，怀蓝直播界谁不认识我小甜甜许扬？"

"小毛崽子还想上天不成？"

"我这儿开裆裤还有不少库存，免费送他！叫他给我等着……"

许扬气冲冲地跑回来，温年一着急，将还没嚼完的馄饨直接吞了，差点噎到。

结果许扬上了二楼。

温年拍拍胸口，喝了几口水压惊，但还是心虚，不敢再偷吃。

想想以前在家，厨师们精心准备的各种菜肴，她大多尝一口，有的连尝都懒得尝就丢在一边……真是不知愁滋味。

"咚咚咚——"

门口响起敲门声。

温年望向楼上，许扬还在各种口出狂言，连谁谁谁是自己拜把子兄弟都吹上了。

敲门声继续。

温年放下勺子，擦擦嘴，整理下衣服，去开门。

这人敲门敲得很礼貌，不疾不徐，不轻不重，不像有些人砸门似的。

"请问是哪位？"温年先问了一句。

对方沉默了一会儿，说："我找许姨。"

听到"许姨"这个称呼，温年估计可能是邻居家的孩子，消除了警惕性，应道："请稍等。"

木门里侧有门闩，但为了安全，许扬也用了锁链。

温年解开锁，顺手将链子挂在门把手上，以免拿不住又掉了。

门打开，框顶上的灯像一柄小伞照下圆光，圈住两道影子。

温年先是看到黑色运动鞋，再来是黑色裤子、黑色T恤，最后是那一双漂亮的眼睛。

陈远眼里划过意外。

面前的女孩，侧编的长发没有变，发尾的桃红色发带没有变，只是换上了一条白色长裙。

女孩的寻亲对象居然是许扬。

门框上的小灯接触不良闪了两下，女孩眨眨眼，双眸像一闪一闪亮晶晶的星星。

陈远垂下目光，问："许姨在吗？"

同样意外的温年回过神，视线掠过男生露出的那一截脖子。没办法，以她的身高，平视只能看到那里。

"在。"温年如此说，心里想着，是怀蓝太小，还是南甜巷子太小？短短几个小时就可以让两个陌生人再见面。

她后退着让路，脚下踩到石子滑了下，一个踉跄撞到门把，碰到了挂在那里的锁链。

都没反应过来，温年眼前扫过一道雪松气味的黑风，然后就是"哗啦啦"的响声，又戛然而止。

她下意识地看向身侧，男生的背脊挡住她的视线，她能看到的只是黑色T恤下隆起的脊骨和肩膀，以及若隐若现的背部肌肉。

"你……"

陈远迅速起身，鼻尖被一股玫瑰甜香飞速拂过。他挪动脚步拉开距离，手里握着锁链一时不知将它放哪儿，就那么拿着。

温年明白过来，如果刚刚不是他接住了锁链，可能这个东西现在就砸在她脚上了。

温年想要道谢，许扬先出来了。

"小远？大晚上你举着个链子干吗？抡谁啊？"

陈远无处放手，温年也不知道放哪儿合适，示意干脆放在地上好了。

瞥到女孩嘴角克制的笑，陈远照做了，低声答："还东西。"

许扬"哦"了声："进来说。"

陈远跟着进屋。温年看看地上的锁链，捡起来掂了掂。根本拿不住，太沉了。

可他是在半空中接住的，只会更重，却稳得像接住一根轻飘飘的小绳子。是她手无缚鸡之力，还是他臂力惊人？

温年无解，也进了小楼。

许扬把袋子里的衣服一股脑倒在沙发上，一脸痛惜："老池一件都不要？他有没有品味啊，这全是爆款！"

看到那堆"花花绿绿"，温年心说老池是怀蓝的小混混吗？

不得不说，这里的人可真喜欢鲜艳的颜色。

她翻出湿巾擦手，又听许扬说："爱要不要，我卖给别人。小远，吃饭了吗？家里有馄饨，我煮了好多。"

许扬扔了衣服，去餐桌那边掀锅盖。

温年背后一紧，脚尖悄咪咪地往楼梯的方向转。

以许扬大大咧咧的性格应该不会清楚锅里剩了多少馄饨，但凡事不怕一万只怕万一……

"吃过了。"在许扬掀盖前一秒，陈远开口。

温年松了一口气，瞄了下许扬。许扬也是一点没客套，直接说那自己就留着当夜宵了，然后笑呵呵朝她走来。温年刚放下的心又悬起来。

许扬拉住她，带到男生面前，介绍："这是我外甥女，温年。

"这是陈远。"

温年看向对面的人，原来他叫陈 háng。航天的航吗？

"小远，"许扬说，"以后我外甥女就住我这里了。你俩一个学校的，你平时帮我多关照关照她。"

他们居然还是一个学校的？这也太巧了。

不过在温年看来，这位陈 háng 同学不像是会关照别人的热心人。

从下午的那次短暂照面起，他给她的感觉就是高冷里带着不符合年龄的淡漠，同时可能还伴有看似低调实为嚣张的行事作风，并不好相处。

至于刚才院里的出手相助，也不过是一个人在看见东西掉了后的本能反应而已。

果不其然，在许扬说完后，陈远没有任何回应，摆着一张冷脸好像和她沾边多惹他嫌似的。

这叫温年憋火。难道他以为她真的会去麻烦他不成？

再高冷淡漠，表面客气懂不懂？不知道给女士一点儿面子吗？你点个头意思意思也行啊。

温年也不想说话了，想上楼，可许扬拉着她不放，非在她已经砸了的面子上又补几脚："许姨可没和你开玩笑。我外甥女初来乍到，真需要你多关照。"

温年不稀罕："怀蓝很大吗？一个小地方，我自己就能熟悉。"说完，快速瞪过去一眼。

陈远无动于衷，说："许姨，我先走了。"

许扬顿了顿，看看温年，又看看陈远。两个人都板着脸，眼睛往别处看，一副多看你一眼我浑身难受的样子。

第一次见就气场这么不对付。

但该说的也说了，许扬懒得装慈祥家长，摆摆手："走吧走吧。就住对门也不知道着个什么急。"

对门？那么，那个塞内卡……

温年对这位同学兼邻居的印象分又刷出一串减号。

陈远走后，许扬抄起地上的锁链锁门："这破链子太沉，明天换一个。"

温年自动屏蔽掉这番嘟囔，等许扬一进屋便说："你刚才话是不是太多了？没看到人家不愿意搭理吗？还继续说。"

许扬说："生气了？"

温年含着金汤匙出生，从小养尊处优。除了她爸爸她妈妈，身边围着一群人为她服务，把她捧在手心里。更何况她长得讨人喜欢，谁遇上了她多少都会丧失一点原则，哪里受过这样的冷落？碰上陈远这样的，就算帮她丰富丰富人生了吧。

"这你就不懂了。"许扬说，"我这是给你找靠山。"

"他算什么靠山？哑巴都比他话多。"

"人不能光看表面。小远是面冷话少，但人很好。"

"哪里好？"温年问，脸好可不算。

许扬收起沙发上的衣服团了团塞进袋子里，想了想说："孝顺。他爷爷去世前都是他在照顾，除了上学，几乎寸步不离。"

温年愣了愣："他照顾他爷爷？他爸爸妈妈呢？"

"他爸早死了。"许扬说，"他妈在他爸死后也走了，不知道跑哪儿去了。"

刚刚还一脸不服的温年没声了。她怎么也没想到，这种在她看来只存在于电视里的家境会上演在认识的人的身上。虽说她和陈远也谈不上多认识。

许扬拍拍她的肩膀，换了话题："洗个澡早休息吧。明天我带你在附近转转，熟悉下环境。"

温年点头，想起一件事："二楼的卫生间我没找到。"

许扬反问："为什么你会觉得二楼有卫生间？"

"我晚上得上厕所啊。"温年说，难道还要跑去一楼？

"哦。"许扬说，"二楼没有卫生间，晚上用尿桶。"

温年瞪大了眼睛，用什么？

许扬挑挑眉，故意比画了某桶的曲线美："这个词儿对你来说可能是有辱斯文了一些哈，要不你叫它'夜间必备小可爱'？"

温年这晚就耗着。耗到一点儿不想去卫生间为止，她要用顽强的意志力战胜生理需求，宁死不用那什么桶。

她数着数梳头发，左边两百下，右边两百下，每一下都从头顶梳到发尾。

手机放在床上，但不是平时用的那部，而是一部老式翻盖手机。颜清拿出三万块的时候，让她找出来的。

这是温年的第一部手机，不是智能机，可以减少被人追踪的可能。但为了避免电话号码泄露位置的风险，颜清还是强调必要的时候再用它联系，没事不要用。

温年放下梳子，打开手机盖。这手机现在的运行速度和老古董没差。

因为不智能，里面的东西也导不出来了，很多以前外婆给她发来的她刚出生时和颜清的合影，只在这里。

"妈，我到了。表姨这里还不错……"删掉，一看就是假话。

"妈，我到了。正在努力适应……"删掉，除非回炉重造，不然她很难适应，改成"积极忍耐"还比较合适。

删删改改几遍，不发了。反正不管表达什么，最终得到的结果都是以后要在怀蓝生活，还何必费劲儿呢。

温年继续梳头发,目光又时不时落在手机上。

和颜清之间的相处一直不能算是普通母女间的相处。

颜清更像一位精明严苛的上司。每个月定时检查她的成绩,再问询管家她的日常情况,由此对她的学习和生活做出调整和安排,等到了年末再来个总结表彰。

至于父亲温振渊,他比颜清看起来要和善很多,有时会夸夸她,有时也会对她笑,从不对她提要求。包括这次她出发来怀蓝,温振渊也没有任何话嘱咐她。

倒是颜清在送她时,眼底红了一片。

脑海里忽然浮现出颜清鬓边的一根白发,温年抿抿唇,重新拿起手机编辑短信:妈,我到了。

发完她就不管了,一头栽倒在床上。

硬邦邦的床不够舒服,电扇吹着干燥的风也不舒服,房间里充斥着陌生和闷热。

温年坐起来,关掉电扇,拨开了一点窗帘,打开窗户。凉爽的夜风吹进来,月光坠下一束柔光横在她和对面的窗户之间。

对面的窗户被暗橘色的灯光填满,一个模糊的人影在动。

大概是被塞内卡吓出了后遗症,那边一有动静,温年就条件反射地躲到窗户后,然后再往对面观察。塞内卡不见了。

温年也后知后觉地想起对面住着的是陈hǎng——一个不怎么友好并且很难相处的同学兼邻居。

温年站出来,再抬眼,人影在窗后变得十分清晰。宽肩窄腰,比例极佳。隔着一层薄薄的窗帘,充分诠释了什么叫欲盖弥彰。

温年脸上一热,慌忙转过身贴靠着墙,顺带捏着窗帘角把窗帘重新拉好。

在窗边凉快了一会儿,温年按按小肚子,再三确认不会去卫生间,她熄掉小灯,爬上了床。

被子上有淡淡的茉莉花味道。她不喜欢茉莉,喜欢玫瑰,越热烈越好。

就这样胡乱想着,这一天经历的各种情绪到最后还是敌不过困意。

温年是被歌声吵醒的。又是那首《夜来香》。她不明白了,这还没到夜里,放什么《夜来香》?

她烦躁地掀开被子起床,睁着一对硕大的熊猫眼去一楼洗漱。

许扬在她刷牙时顶着鸡窝头晃悠过来,打着哈欠说:"早上还吃吗?冰箱里有面包,你自己拿。"

温年摇头,吐掉水,觉得有必要为自己采购一些储备粮。

许扬带温年熟悉的地方是距离南甜巷子不远的一个小商业步行街,说是日常需要的东西在这里基本都能买到。

温年到了一看,迎头就是一元超市、两元超市、五元超市,这"三兄弟"叫她购物欲望几乎灭绝。

许扬也看出来了,抓了抓爆炸头,带温年往里走。

刚走没多久,对面走来一位胖胖的大妈。许扬打招呼:"刚跳完舞来遛弯?"

"啊,去老赵那儿转转。"大妈一笑,颧骨上挤出一坨红晕,像老年版福娃。

"这就是你外甥女?"大妈看向温年。

许扬点头,对温年说:"这是齐奶奶,住12号。"

出于礼仪教养,温年在任何社交场合走的都是端庄路线。但面对老人时,她的嘴一向比较甜,可能和小时候跟外公外婆在新西兰生活过一段时间有关。

"奶奶好。"温年礼貌又乖巧,"我刚来,以后还麻烦您多多指点。"

齐奶奶被少女甜美的笑容击中心脏,连连说不麻烦,摸着口袋,只恨今天出门没在口袋里揣几张红票子,然后就掏了一把瓜子出来,作为见面礼。

送走齐奶奶,温年跟着许扬五步一熟人,十步一邻居。

温年的脸都快笑僵了:"你在这里这么出名?怎么所有人都认识你?"

许扬说:"这要是算出名,那整个南甜巷子都得上名人堂。就这么巴掌大的地方,抬头不见低头见,可不……"

话没说完,许扬的手机响了。

温年以为又是那些商业互怼的电话,可许扬的神情明显不对。她敏感地联想到颜清,不会是家里又出事了吧?

许扬瞧见温年紧张的样子,皱着的眉头又放松开,解释道:"不是你妈。"

"真的?"

"骗你干什么?"许扬说,"再说,你妈没告诉你?为了安全,她不会和我联系。"

这个确实说过。

颜清和许扬一年就见两三面,不是亲近的人不知道她们关系好。但颜清一贯严谨,做事追求万无一失,既然要许扬帮忙就要杜绝任何能查到许扬头上的可能。

"你去前面转转。"许扬抬抬下巴,"我回个电话。你转累了来找我,我就在这儿。"

温年点头,心里却不踏实。对许扬,她还是比较信任的,她怕的是许扬有所隐瞒。

拿出随身携带的翻盖手机,温年琢磨不会是昨晚那条短信闯祸了吧?应该不至于,她用的号码也是颜清用别人的身份证申请的。

追债的人本事再大也不可能全能全知。他们只会破坏威胁,一遍又一遍,把你逼到绝境,完全孤立起来。

温年记得,在一次次攻势下,别墅区的保安都烦了,对他们一家冷眼旁观,邻居见了他们更是唯恐避之不及。

他们就像是衣衫褴褛的乞丐,只是待着就足够令人厌恶嗤笑,恨不得拿扫帚立刻赶走,赶得远远的……

温年握紧手机,回头看了眼许扬,见许扬神色还比较轻松,便继续往前走。

后面的店铺依然破旧,但渐渐有了怀蓝特色,好比小鱼干抱枕,做工之粗糙,却莫名有种萌感。

温年默默记下几家可以光顾的店铺。其中一家叫"团团鲜果"的水果店,是她最满意的,因为这家店打扫得最干净,门口还别出心裁立着一个做欢迎光临手势的木头机器人。

从步行街尽头拐弯绕回来,是另一条小街。在这条小街的角落里有

一家名叫"角落"的书咖店。

温年闻到从这家店里飘出来的柠檬、花香和蜂蜜的混合气味,是耶加雪菲咖啡豆经过浅度烘焙的独有味道。她没想到怀蓝还能有这样的店铺,有些兴奋,向店铺走去。

路过一条过道窄巷,她听到有人在哭,还有——

"快把玩具交出来!"

"不然打你!"

"撕你作业!"

温年想都没想,便进了窄巷:"你们在干什么?"

三个看起来八九岁大的男孩顿时散开,显露出地上蹲着的一个瘦小男孩。

瘦小男孩肩膀一抽一抽的,怀里死死护着什么。

"你是什么人?少管我们的事!"最壮的一个小男孩站出来说,"走!不然我让我爸揍你!"

温年懒得废话,直接举起手机对这几个大孩子说:"我都录下来了,等下交给你们的父母和老师。"

到底是小屁孩,随便一个谎言就把他们吓得慌了神,也不想想一个翻盖手机有没有录像功能,嘀咕几句就"呼啦啦"跑走了。

温年来到瘦小男孩身边,弯下腰说:"别哭了,他们走了。"

闻言,男孩抬起头。他怀里是一辆小赛车,坏了。男孩伤心地小声啜泣,不同于熊孩子的哇哇大哭,这种哭揪人心肠。

温年蹲下,想了想说:"没事,让你爸爸妈妈再给你买一个新的,更好的。"

说完,男孩哭得更难过,鼻涕都流出来了。

温年没有哄小孩的经验,而且说实话,她有点儿嫌弃那鼻涕。

正不知道该怎么办,刚才跑走的熊孩子们骑着车回来了,还骑得飞快。窄巷空间有限,温年怕自行车剐到瘦小男孩,推开了他。

等她自己再想躲的时候,还是晚了点儿,手臂险些被剐,掉了手里的手机。最壮的那个男孩哈哈笑,骑着自行车压过手机,回头冲温年扮了一个鬼脸,没影了。

等温年反应过来，地上躺着屏幕粉碎的手机。她定住了几秒，捡起手机按接听键，没反应。又按住开机键，从按三秒变成按十秒，反复按，手机就跟死了一样，还是没反应。

温年的大脑紧跟着一阵阵空白。唯一的想法就是她和颜清的那些照片再也看不见了。

瘦小男孩不知什么时候走过来了，轻轻拽了下温年的袖子。

这一下触碰，让她仿佛被解开了穴道，也让她积压在心底一直不愿意正视的情绪释放了出来，爆了。

"走开！"温年吼道，"别碰我！"

瘦小男孩吓得哆嗦，又要哭，就听一个稳重低沉的声音在说：

"过来，团仔。"

叫作团仔的瘦小男孩抱起破赛车跑过去，躲在陈远身后。

看到陈远，温年也不知道该用什么词来形容她和他，横竖他们是又见面了。而陈远的表情冷得像是要结冰，温年心里"咯噔"一下。

她下意识后退半步，看到陈远身后畏畏缩缩的男孩，刚刚的急火来得快去得也快，人也清醒了，生出几分后悔。她不该对着一个孩子撒气。

陈远拍拍团仔的脑袋，低头说："进去。"

团仔便攥着陈远的裤子转身，温年想说声抱歉，陈远又转过头，给她一张冷峻锋利的侧脸。他说："这里就是这样，不喜欢就走。"

这是目前为止陈远说过的字最多的一句话。

在温年理解了其中的意思后，陈远早带着团仔走了。她攥着坏了的手机，克制着颤抖，一忍再忍，没忍住……

池林办完事回店里。

一个女孩从店附近经过，低着头，瞧不清长相，但一看就不是这边的人。他们这儿太少这种气质的女孩。

池林推门进店，多巴胺竹风铃"叮咚"作响。

团仔坐在小沙发上，脸上还挂着泪痕。

"怎么了？怎么哭成小花猫了？"

团仔龇龇牙，池林抽纸给他擦擦脸，又拿了一小块巧克力蛋糕哄他。

这孩子有个毛病，一哭就说不出话，也不知道是不是以前哭得太厉害落下的后遗症，得等这个劲儿过去才能恢复。

陈远在吧台后面检查坏掉的小赛车，思考怎么修。

池林过来，用眼神询问陈远怎么了。陈远说："老样子。"

池林叹了口气，没再多说，转而笑了笑："昨天我爸让你还衣服，许姨没少和你吐槽他吧？"

陈远手指灵巧地翻弄着玩具："还好。"

池林他们都习惯了陈远的风格，又说："我刚才在店门口看见一个女孩，是不是来咱们这里寻亲的那位？"

陈远一顿，团仔跑了过来。

他哭好了，嘴角上沾着巧克力，说："陈远哥哥，刚才是那个姐姐救了我，不然小杰他们还得欺负我。"

池林插话："救你？"

"嗯。"团仔点头，"她还保护我，手机都摔坏了……"

团仔说了事情经过，池林听后，似笑非笑地看着陈远。

少年的脸上瞧不出多余的表情，还是冷冰冰的。这样一张脸，好看是好看，但在一些情况下也挺吓人，气势太强太生硬。

池林问："你凶人家了？"

陈远否认："没有。"

话音刚落，小赛车"咔嗒"下，被人弄断了车门。

池林笑笑，走进吧台煮咖啡，补了句："你也真忍心。"

"……我没有。"陈远说完，又是"咔嗒"一声，小赛车被捏掉一个轱辘。

团仔扒着桌子跳脚，心疼死了："我的小车啊，哥哥你的手怎么失灵了？"

温年找到许扬。她电话打完了，没骨头似的靠着墙嗑齐奶奶之前给的瓜子。

温年过去，张口就是："回去。"

许扬低头看看，温年转过脸，但许扬还是看出来小姑娘哭了。

"怎么了这是？"许扬站直，"那电话真不是你妈打来的，你别担心。"

温年摇头:"没事,回去。"

许扬跟上:"现在就回去?我还想带你去学校附近转转,马上就开学了。"

"不去。"

"到底谁惹你了?"

温年刹住脚步,想说就是那个不知道名字是哪个 hāng 的讨厌鬼!一点礼貌没有,自以为是!他以为他是谁?就因为自己当地人还排外啊?

可话到嘴边,她又想起那个小男孩,心里多少有些过意不去。她当时是没绷住,害怕、无助、愤怒各种心情交杂在一起,就差原地爆炸。

她可以大方地承认想家,却不能坦荡地承认想妈妈。

很奇怪,但就是这样。

"不会吧?"许扬难得表情严肃了些,"真有人欺负你?我现在就去抄家伙!什么玩意儿,敢欺负我外甥女,我……"

"不用抄家伙。"温年说,"你认识修手机的吗?要技术好的。"

许扬看看这部老爷机,寻思该不会是温年外公外婆的遗物吧?

她不好问,但看得出这对温年很重要,点点头:"包在我身上。"

暑假的最后几天,温年闭门不出。

许扬打了包票后一直没动静,温年虽然着急,却也无济于事,在怀蓝她能依靠的,只有许扬。

温年每天看书做题,舞蹈基本功也没落下,都有在练。

卧室窗帘一次没拉开过,她可不想再看到什么辣眼睛的东西,影响心情。

不就一个学校的吗?她不信他们还能是一个班的。

开学第一天的学校和炸锅没区别。

学生们过了一个假期,不过是一个多月没见,这会儿就跟久别重逢一样,聊个没完。

升完国旗,高二(1)班的学委拿出五十米冲刺的速度回到教室,号着:"来新人了!咱们班来新人了!"

有人不信，学委拍着讲桌说："就在老马办公室！我亲眼看到的！"

这下大家来精神了，追问是男的女的、长得怎么样。

学委尴尬一笑："就瞅见是个人，主任就轰我走了。"

教室里齐声响起洪亮的"喊"。

讲台边的"VIP"座位上，男生捋捋偏黄似营养不良的毛发，刘海一甩，从口袋里掏出一个小盒子打开。别人以为是镜子，实际上里面还藏着一个气垫梳。

金鑫每次看到有人盯着他的小盒子看，都会问对方："惊不惊喜？意不意外？"

眼下，他梳梳头，语气漫不经心："不就一个转学生？女的。"

周围人立刻围住他问东问西。

教室后门，陈远进来。他换下了平日里穿惯了的黑，身着蓝白相间的运动裤，上身是白色的短袖校服，领口扣子解开一粒，显出一点锁骨。再简单不过的学生打扮，在他身上却满是清爽帅气的少年感。

原本在金鑫身边听八卦的女生们一见到他，纷纷眼神乱飞，但飞来飞去，总是要飞到他身上。

陈远本人无感，走到自己的座位坐下，趴桌上补觉。

金鑫一直斜眼盯着陈远，再看看那一个个脸红的女同学，心里骂了句。

"说话别说一半，什么女生啊？具体说说。"

金鑫收回视线，不耐烦道："就是女的呗，来我们巷子……"

温年此刻在办公室听班主任马令芳讲话。

额头上微小的细汗源不断地冒出，阴天许久的怀蓝今天像是庆祝"神兽"回笼，艳阳高照，硬是把"夏天尾巴"变成"盛夏中"。

"咱们学校和你过去的学校没法儿比，但是——"马令芳抬抬镜片超厚的眼镜，她身材干瘦，就显得脑袋有些大，这么一抬，温年有种她随时要脖子后仰折过去的错觉。

温年垂眸，轻声应着"嗯"，表示有在认真听。

"怀蓝一中也绝对没有你想的那么烂。"马令芳指指办公室正中间的照片，"那都是优秀毕业生，考上北城大学、海城大学的，都有。"

温年看向那两张照片。

嗯,一张北城大学,一张海城大学。她觉得如果马令芳不是刻意而为之,那她就是冷笑话高手。

"所以,"马令芳站起来,"你不用担心成绩,是金子在哪里都会发光的。"

温年点头:"谢谢马老师。"

"走吧,带你去教室。"

温年又是点头,终于可以掏出纸巾擦擦汗。

怀蓝一中比温年想象中的大。教学楼是那种普通学校随处可见的淡红色建筑,中间砌有白色条纹区分楼层,米白色瓷砖通铺在地上,有的开裂了,裂缝横跨一米之长。而放眼操场,一大片人工草坪绿到发光,草坪旁边还有一个篮球场。

温年跟随马令芳走在长廊上。

现在是早自习时间,但每个班的学生还在活跃中,有人透过窗户发现她,都在窃窃私语地打量着。

温年不畏惧这样的目光,随便看。她从小读的是国际学校,校园氛围偏西化,相对同学们的好奇,她更担忧自己能不能适应未来的校园生活。

"我先进去。"马令芳说,"我叫你,你再进。"

温年回过神,抬头一看,门上的标识写着:高二(1)班。

在马令芳出现在教室门口时,一班的学生就伸长脖子往外看。

"我赌是个美女!这背影绝了!"

"不好说,有人是'背影杀手,正脸杀人'。"

"老马进来了!收手机!"

马令芳上了讲台。她这人有一点特别好,不唠叨,喜欢直奔主题。

"都知道了是吧?"马令芳转身在黑板上写下新同学的名字,"以后和咱们一起学习上课。温年,进来。"

温年舒了一口气,走进教室。

她今天还是侧编着长发,桃红色发带换成黑色,穿了一条藏青色百褶裙,上衣是娃娃领白衬衣,就是她过去学校的学生制服的样式。

可这样的装扮和全员运动式校服碰撞在一起后,劲儿就有点儿大了。

有的男生一见她,直接蹿起半个身子,女生也有看呆了的……因为不光是和大家不一样的衣服,还有长相、气质的迥异。

"大家好,我叫温年。"她自我介绍,"请大家多多关照。"

教室里安静如鸡,好几秒过去,讲台边的金鑫冷不丁地接了句:"一定关照。"还鼓了两下掌,引得大家哄堂大笑。

马令芳见状拿板擦敲讲台,弄得粉笔灰乱飞。

上学这么多年,除了在幼儿园,温年不记得还有粉笔,习惯的都是电子板书。

马令芳这样敲,让她觉得那些灰都钻进了她的毛孔里,她顿时感觉浑身发痒,不由得往一边挪了两步。

"金鑫,就你长嘴了是吧?"马令芳说,"等着,下课我再跟你谈你那个期末成绩。"

金鑫举白旗:"可不劳您了,我妈已经替您收拾完我了。"

马令芳为温年找座位。

几十个脑袋支棱着,都有同桌,全班除了金鑫,只有一个落单的。

马令芳转眼看到趴在桌上睡觉的陈远。

她推推眼镜,也不让人把陈远叫醒,直接和温年说:"座位每次期中考之后会调整一次。你先坐。最后一排靠窗。"

温年看过去,似乎听到有人倒吸一口凉气。她心下纳闷,在大家的注视下朝座位走去。

临近了,才发现她原来还有同桌,只是对方在睡觉,并且还睡得挺死,挡住了她的去路。

温年正要张口,马令芳也不知道什么时候漂移了过来,"咣咣咣"一通拍桌子,拍出了一番锣鼓喧天、鞭炮齐鸣的气势,连带把其他还有困意的学生都给拍醒了。

在这样的激烈声中,男生转醒。他搭在脖子上的手先是捏了捏,宽大的手掌在一弯一放间,骨节透出力量感。

随着男生缓缓坐直,温年看清那张即便带着睡意也盖不住英气的脸,喉咙仿佛卡住。

马令芳冷笑道:"陈远,你再睡,我就让你同桌这么叫你!"

第一节课是数学。上课老师是一位中年男人，有些胖，姓李。

除此之外，温年什么都没记住，她的心思全在她同桌身上。

究竟是什么样的孽缘让他们一步步从陌生人演变到邻居到同学最后到同桌？

温年分过去一点点余光。陈 hánɡ 同学风采依旧，冷得冻人。

老师在前面讲，他埋头在下面写，写的什么不得而知。

陈同学那天和她说话的语气口吻，她还记得，也还有些生气。除了那话本身无礼，更多的是它戳到了她的痛处——她是不喜欢怀蓝，但就是走不了。

回想一下，大概陈同学在听到她最开始骂的那句"穷乡僻壤的破地方"后，也多少明白了些什么，所以这么会说。

这节课，温年没想别的，就想着下课去找马令芳申请换座位。

可理由是个问题。像他们这种大孩子，如果用一些小儿科的理由提出换座，既会让老师多猜测，也会让其他同学猜测。

尤其她刚转学过来，这么做无疑会让同学觉得她不合群，搞不好还会贴上一个事多的标签，不利于她融入新环境。

温年头痛，烦躁地伸伸腿，不小心碰到前面女生的椅子。

对方怯生生地转过脸看了她一眼，是个留着蘑菇头、戴着圆框眼镜的女孩。

温年极小声地说："不好意思。"

女生摇头，又看她一眼，再看她一眼，便回身坐好了。

下课铃响，陈同学第一个起身离开教室。

温年瞧他那飞速的样子，气又不打一处来，感觉自己在表现不想和对方坐同桌这点上又落了下风。

她气鼓鼓地收拾桌面换下节课要用的东西，前桌的男生转身冲她打招呼。

"同学你好，我叫孔家奇。"男生一笑露出一对小虎牙，憨憨的，手里捧着的保温杯不知放了多少朵菊花，温年隔着距离都闻得到。

温年微笑着点了下头。

孔家奇颔首，像介绍参会领导似的把手摆向他同桌，也就是那个小蘑菇头女生。

"这位是杨……"

孔家奇的话被打断。金鑫扑到孔家奇身上，拿孔家奇的脑袋当桌面，手肘支在上面，看向温年。

"你是许姨家亲戚对吧？"金鑫甩甩刘海。

温年盯着那缕黄毛，认定这位同学该用精华油，不然太毛糙，这么一动好像开屏。

"嗯，我刚来不久。"温年说。

"知道。"金鑫又说，"你好几天没出门，街坊四邻都猜你是不是又没了。"

没了？不能换个词吗？

被压在下面的孔家奇向上抬脖子，试图发表言论，被金鑫一把薅起来。

金鑫说："我也南甜巷子的，以后有事言语。"说着，他不屑地瞥了眼温年同桌的桌子，走时脚还踢到桌子腿，撞掉了她同桌的一支笔一个笔记本。

温年心想：他果然是万人嫌。

"我叫杨晓桃。"蘑菇头女生忽然说，声音软软的，"桃子的桃。"

温年回应："温年，新年的年。"

杨晓桃抿着唇点点头，捂着脸转回去，又转回来，帮忙捡起了掉在地上的笔。

见状，温年也大发慈悲捡起掉在她椅子下面的笔记本。

目光扫到右下角，那里写着两个字：陈远。

笔锋凌厉强劲，字体瘦劲清峻。

原来是这个"远"。

开学第一天在井水不犯河水中度过。陈远每次课间都不在座位上，全天没说过一句话。温年除了和主动过来示好的同学客气客气，也不说话。至于换座的事，她一直没想到合适的理由。

放了学，大家说说笑笑地离开教室。

怀蓝地方不大，一中又位于中心地带，大多数学生都是骑车上学。

温年早上是许扬开车送来的，许扬还问她要不要买辆自行车，说方便些。温年拒绝了，选择把人生第一次乘坐公交车的体验献给怀蓝。

拿着许扬亲手画的灵魂地图，温年从学校正门出去左转再右转，顺利找到车站。但在看到车上的人之后，她果断选择了打车。怀蓝绿皮火车上的经历一次就够了。

温年来到南甜巷子附近的那条小步行街。

这几天闷在小楼里，她皮肤都干了，急需补充鲜活的维生素。想到这儿，温年格外想念以前常吃的皇后草莓，再不济有美早樱桃或者阳山水蜜桃也可以。

进了团团鲜果店，美梦破碎。这里卖的水果都不是她以前吃的品种，连普通的车厘子都没有，不过看着还算新鲜。

"同学，想买什么？"店铺老板笑容亲切，双臂戴着蓝套袖，是个一看就很随和的大妈。

温年看了看，询问一款草莓甜不甜。

"同学眼光好啊。"老板说，"那是牛奶草莓，特甜，就是有点儿贵。"

也没问价格，温年说："要这个，麻烦您。"

老板说好的，戴上新的塑料手套去拿草莓，门口的帘子忽然发出响声，一个小孩跑进来。

"奶奶！"

温年闻声扭头，认出是上次窄巷里的瘦小男孩，叫团仔。

"去后面洗手。"团仔奶奶说，"先写作业。"

团仔点点头，看到站在一边的温年，眼前一亮："漂亮姐姐！"

想起之前冲一个小孩撒火，温年有点儿过意不去，笑了笑，问候道："你好。"

团仔奶奶之前听孙子说过有位姐姐帮他解围的事，没想到就是眼前的女孩，连忙装了两个新到货的大芒果道谢。

温年不收，团仔奶奶却说："收着收着。我平时看不了这孩子，都是大家帮忙。谢谢了啊，同学。"

团仔奶奶去后面小屋拿草莓，温年看着一点点大的团仔，男孩瘦瘦

小小、白净的脸上数那双黑玻璃珠似的眼睛最夺人目光。

"上次的事,我向你道歉。"温年说,"吓到你了吧?"

团仔摇摇头:"谢谢姐姐救我。"

小孩儿挺有礼貌,温年又问他的小赛车怎么样了,要是他爸爸妈妈没给他买,她买一辆送他。

结果团仔拉开小书包,指着一辆黑色赛车,一脸激动地说:"陈远哥哥给我买了一辆新的!"

一听那两个字,温年的心情晴转多云。

她不想说话了,团仔还仰着小脑袋,问:"姐姐你的手机呢?好了吗?"

"还没有。"温年低声说。

团仔皱了皱眉,小手在身上蹭干净了,拍拍温年的胳膊,安慰:"一定会修好的。"

温年莞尔一笑,团仔又说:"可以找陈远哥哥修!他什么都会修,无敌厉害!"怎么哪儿都有陈远!

这厢陈远打了个喷嚏。池国栋探头,抬着老花镜,说:"昨晚熬了一个通宵,不会着凉了吧?"

"没事。"陈远换了工具继续修面前的民国座钟。

这物件年月久了,禁不起折腾。但主人爱不释手,先后找了很多人修,有经验的老师傅懂行不愿意碰,怕坏了惹麻烦;没经验的也不揽这瓷器活儿。

陈远双指捏着夹子,手腕稳得纹丝不动,精准取下一枚齿轮,放在右上二的位置。他脑子里有坐标图,每拆下来一个部件都会放在指定位置,这样再装回去的时候才不会出错。

池国栋在一旁看得冒汗,干脆不看,躲一边抽烟去。

前天上午,修手机的王师傅过来找池国栋,问他有没有路子找来老式手机里的零部件。

池国栋还真认识一个,就是这人仗着手里都是稀有货,要价很高。

王师傅说:"那我问问许扬。"

"许扬的手机？"池国栋看了眼桌上的粉色翻盖机，"她这又搞什么怀旧是吧？"

"不知道。"王师傅说，"但跟我说必须得修好。"

池国栋一听，说先打电话问问。没想对方还喘上了，扯什么他留着这些将来送进手机博物馆的浑理由，就是为了多要钱。

池国栋不惯这种人，正要挂电话，陈远插了句嘴："座钟，我修。"

电话里的人几乎立刻喊了句："那件儿我免费送！"

双方成交。

烟抽完了，池国栋还是心痒痒，想续一根。扫了眼时间，估计许扬早拿到修好的手机了。就因为许扬过去帮过陈远一次，陈远这次可是亏大发了。

"你得让许扬请你吃顿好的。"池国栋说，"一百个零部件钱不够你这次修钟的。"

话音刚落，陈远的手机亮了下。他工作时都是调静音，这会儿看见了，就着换工具的工夫一并查看手机。

是许扬的一条微信。陈远看完，半天没动。

池国栋问他怎么了，陈远扣下手机说没事，还说："这事别让许姨知道。"不然他同桌更生气了。

温年拎着两袋水果回了南甜巷子。67号门口，许扬正给一位师傅点钱，师傅接过去，背着包离开。

温年靠近一看，复古风木门居然换成了防盗门。

"怎么样？"许扬问，"这回方便了吧？也安全。"确实是这样，关键还不用那个死沉死沉的锁链了。

但许扬能有这觉悟？温年敏锐地嗅到一丝异样。

两个人进了小院，许扬又把修好的翻盖手机递过来："用着比以前还'溜'。"

温年立刻放下袋子接了手机。溜不溜的，她不在乎，见里面的照片都还好好的，压在心口的大石头终于落地。

"谢谢表姨。"她笑着说。

"跟表姨还客气？咱俩关系那么铁。"许扬挤眉弄眼，"就是那个……那个……"

"你是不是有事要说？"

"聪明！"许扬要说的是——她要夜不归宿一个月。

温年以为自己幻听了。夜不归宿，还一个月？她怎么不直接说不回这里了呢！

"你早上还是能见到我的。"许扬嘿嘿干笑，"你放心！你的晚饭我都会提前给你预备好，荤素搭配，再来个汤，你回来一热就能吃。"

听听这话，她还觉得自己很贴心呢！

冷静冷静，温年问："为什么？"

"什么……"

"为什么晚上不回来？"

"照顾病人，住院了。"

这算什么理由？温年想问问是什么病人值得她这样照顾，可话到嘴边打了个弯儿，又反问自己是什么人值得许扬这样天天守着？

许扬是和颜清关系要好，也愿意承担照顾看护的责任，但这不能作为她道德绑架许扬的借口。

温年一下没了底气，但心里堵得慌，说不出理解的话。

许扬看着她，也不言语。

许扬了解温年。颜清是娇养着让她长大，但娇的是生活质量，不是脾气秉性。所以哪怕温年在很多事上诸多挑剔，嫌这嫌那，有时也不懂人间疾苦，但她没有大小姐的毛病。

"知道你舍不得表姨。"许扬揉揉温年的脑袋，"我……"

"别碰我！"温年跳开好远。她的头发是她的命，每天都精心养着，谁也不能碰。

许扬瞧她外甥女这警惕又嫌弃的样子，"啧"了声，心说小毛病还是不少，事儿忒多。

"表姨这次也是没辙了。"她说，"熬过这一个月，表姨就能陪着你了。"

温年心里嘟囔"谁用你陪"，还是忍不住问了出来："你去照顾谁？和之前那个电话有关吗？"

温年多少有点儿预感。那次小步行街上的来电让许扬这段时间深沉不少,和人打电话也不张口闭口小甜甜了,文静得很。

许扬点头承认:"我婆婆。"

"你婆婆?"温年惊讶,"你不是一直没结婚吗……"

许扬笑了笑,没再多说。

事已至此,温年无力改变。况且如果她表现得太不高兴也是给许扬压力。只不过这样一来,让她本就不光明的校园生活雪上加霜,连日常生活也灰暗了。

温年蔫蔫的,许扬拍拍她的肩膀:"你也不用太担心,锁好门,咱们这儿别的不行,治安还不错。而且,我给你找了靠山。"

温年头皮一麻,说:"你不会又让陈远照顾我了吧?"说着,赶紧看看外面。

66号的木门还上着锁,陈远没回来。

温年松口气:"你不要麻烦人家,我自己……"

爆炸头扎过来,许扬笑嘻嘻地说:"我在微信上已经和小远说了。"

温年怀着上坟般的心情来到学校。才开学第二天而已,她却有种岁月漫长、心已苍老的感触。

杨晓桃带了小饼干,红着脸送给她。对于这种善意,本该当着人家的面尝一口,再赞美赞美,但温年没心情。

早自习铃响前一秒,陈远进教室。拉开椅子将书包挂在椅背上,他顺手拿出一本书,阅读起来。

早自习的纪律很一般。大家聊天的聊天,吃早点的吃早点,像陈远这样安静看书的,没几个。

温年瞟了一眼书,什么机械什么力学,她没兴趣。从陈远进来的那一秒起,她的感官机能就被如芒在背、如鲠在喉占据。

昨晚她差点儿被许扬气哭。她不明白为什么许扬这么看好陈远,陈远浑身上下哪一点表现出他乐于助人无私奉献了?

而许扬听完她的控诉,无辜地摊手:"咱对门就住他一个,不找他找谁?"

此刻，温年酝酿她的开场白。酝酿半天，计划好要展现的不屑没拿捏住，她非常苍白生硬地说："我表姨昨天找你了？"

陈远翻页动作稍停，"嗯"了一声。

"你就当没听到。"温年又说。

翻页动作又停了一下，这次，陈远转头看向她。

温年忙说："我不需要帮助，我自己可以。"

陈远看着她的目光没有移开，眼神仍是淡漠的，但温年就是从这一张冰块脸上读出了"不信"两个字。

温年一阵羞恼，放下笔，郑重地说道："我可以，我都会。"

她盯着陈远的眼睛，以示坚定信心。

窗外的香樟树"哗哗"响，风顺着窗户吹进来。陈远的书角被吹起，他用一根手指按住，关节上凸起一块冷白的骨骼。

温年第三次闻到了雪松的味道。一开始她还奇怪这样的人怎么会用香水？后来她想明白了，是铅笔的味道。陈远会画画。

陈远也还在看着温年，他眼睛里有明灭变换的光，睫毛又长又密，像一把乌黑的羽扇，眨动了一下后，转回头，说："嗯。"

温年觉得自己一拳拳都砸在了棉花上，但又没办法再证明什么，只好发誓似的自言自语："我绝对用不着帮忙。"

早自习时间一晃过去。第一节课是马令芳的英语。她昨天和物理课倒了课，今天是第一讲，不讲新课，讲上学期的期末考试卷子。

"卷子都拿出来了吧？"马令芳说，"老规矩，点到的人说你的思路。"

马令芳停下，推推眼镜看向靠窗最后的位置："温年没有卷子是吧，陈远你帮她一下，你俩看一张。"

从马令芳决定讲卷子就表现出"我不用听、我不用看"的温年，表情裂开一道缝。

这算什么？史上最快打脸吗？

陈远没动，马令芳催促："你也没带啊？"

孔家奇回头看了眼，替答："带了。"

"那赶紧。"马令芳雷厉风行，"帮一下同学还磨蹭。"

陈远再次看向温年，温年想顺着裂开的那道缝钻进去。

偏偏马令芳还补刀："这道题就你回答吧，温年。"

温年抿紧唇，看到自己那半边桌子上出现的试卷。

陈远还帮她指了下哪道题。

拜陈远这一帮，温年一上午陷入自闭。

午休时间，杨晓桃邀请温年一起到食堂吃饭。昨天因为心情低落，温年没去，今天不能不去，何况还有杨晓桃陪她。

两个人下楼，往食堂的方向去。路过某处时，温年看到金鑫隔着护栏在和校外的几个男生说话。

金鑫拧着眉头，一副不高兴的样子。

杨晓桃小声提醒："我们离远些。"

温年问怎么了，她解释："那些都是职高的学生。"

杨晓桃小心翼翼，明显害怕那些人。温年更不好事，只是觉得站在那里和金鑫说话的男生好像在哪里见过。

进食堂时，里面有学生出来。

门帘掀起，温年无意中看到本就有点儿含胸的杨晓桃显得更厉害了。都是女孩，她靠近和杨晓桃说："不明显。你这样看起来才奇怪。"

杨晓桃愣了愣，温年笑了笑，抬头挺胸。女孩子就是要自信，要欣赏身体的美，接纳自己。

杨晓桃的脸红成苹果，眼中却闪着光，冲温年小鸡啄米似的点头，稍稍挺直了背。

因为杨晓桃的讲解，温年对食堂有了了解。但食堂里的饭，她实在不敢恭维，哪怕杨晓桃排队给她买来了招牌鸡腿饭，她光是闻闻就很抗拒。

怀蓝一中就给学生们吃这些？

常去的米其林餐厅在脑子里罗列，温年怀念的同时，想起许扬昨天的话。

"你今天怎么回来的？坐公交车？"

"打车。"

"……我就知道。"

许扬叹口气，问："外甥女，你对钱有概念吗？"

温年不明白,对钱还要有什么概念?就花啊。

她长这么大,没有多少花钱的地方,管家会根据她的喜好和要求定期采购,如果她想买衣服、鞋子或者包包,就去商场刷颜清的卡或者签单。在温年眼里,需要的就买,从不考虑东西的价格。

"你妈给了你三万是吧?"许扬又问。

温年点头。

"不是我泼你冷水啊,你家的事就是因为缺钱对吧?"许扬说,"所以钱这个东西,没有是万万不能的。但照你现在的花法,这钱坚持不了多久。"

温年惊讶:"这么不经花?"

"你以为呢!"许扬喊道,"当然了,你不够花随时找我要,但表姨的钞能力明显还差点儿意思啊。"

差点儿意思,就是没钱。没钱,就要省着花钱。

于是,看着油腻腻的鸡腿,温年挣扎过后还是拿起了筷子。

下午的时间过得比上午快。放学铃一响,学生们冲出教室去车棚取车,各自回家。

现下时节,天黑得越来越早,天空中稀疏的云渐渐融进即将到来的夜色。

温年不慌不忙地从校门出来,沿着马路走。

许扬的话有道理,她要有计划地花钱。但坐公交车去人挤人是不可能的,她可以走一段距离再打车,这样就能省钱。温年为自己的机智点赞。

赶在路灯亮起之前,温年进了小楼。房子里面黑漆漆的,一点儿声音没有,许扬不在,在餐桌上留了纸条:饭菜和粥都在锅里,热下再吃——爱你的表姨。

中午吃的鸡腿还在胃里抗议,温年先换下衣服洗了个澡,把自己收拾整洁干净了,才去厨房。

来许扬这里有段日子了,但进厨房,温年还是第一次。平时都是许扬在厨房进进出出,她就负责在餐厅摆盘,顺带再点评几句菜色。

现在站在厨房里,温年觉得这里比她当时进她的小卧室还陌生。灶台上放着一大一小两个锅,一个装着饭菜,一个装着红豆粥,都凉得透彻。

温年看看灶台，上面有两个圆形开关，应该是转一下就可以燃起火。

她转一下，没火。再转一下，有声音，也有气味，但依旧没火。

温年皱了皱眉，百度如何使用燃气灶。上面的说法和她的做法一样，就是转开关，如果火迟迟不着，极有可能是没有气了，建议查看燃气表。

燃气表又是什么东西？

温年觉得麻烦，犹豫要不要点个外卖。她以前没点过，但这几天看许扬点，很方便，但感觉不卫生。不卫生的东西坚决不能吃。

想了半天，这也不行，那也不行，温年噘噘嘴，又要烦。

敲门声在这时候响起，她以为是许扬回来了，跑出去开门。

结果是陈远。

两个人四目相对一秒，同时开口："你……"又同时闭嘴。

一只流浪猫不知从哪里跳下来，"喵呜"一声，落地后就不见了踪影。

依照陈远的高冷，恐怕温年不开口，他们能在这里站一晚上。

温年只好说："有事吗？"

陈远往院子里扫了一眼，说："没事。"

神经病。

温年关门回厨房。手机亮着，许扬刚刚给她发消息：*怎么样？我让小远过去帮你啦！*

温年冇毛，直接发语音信息给许扬："你怎么又找他？他刚才来过了，我不用他帮，你不要再麻烦人家！我一个人行！"

许扬：你行？

温年：对，我行，你现在告诉我怎么开灶台。

许扬：你不行。

温年：我哪儿不行了？

许扬：这也不行，那也不行。

温年噎住。

敲门声再次响起，不用想，肯定是坚定地认为她不行的表姨又给人家发了消息。

温年打开门，说："你拉黑许扬。"

手里的手机振动，温年压着火气查看，许扬又发来一条消息：*我劝*

你接受现实。

温年太阳穴要裂,按灭手机,对陈远说:"我自己可以,你走吧。"说完这话,帅气潇洒地转身就走。

温年决定凉饭凉吃,原汁原味,等明早她把许扬从被子里拖出来,让许扬亲自教自己怎么用灶台。

这么想着,温年回厨房关灯,却在这时,一只和她手掌一般大的黑色蜘蛛不知什么时候趴在了厨房门口。

温年张张嘴,一口气提上来:"陈远!"

这一声大喊让陈远以为厨房着火了。毕竟许扬刚给他发的消息上说忘记教温年如何用燃气灶了,希望他能帮一下忙。

陈远快步进了小院,温年定在厨房门口一动不动,见他来了,"唰"一下躲到他身后,给他指了指前面。

是一只蜘蛛,还没他手掌一半大。

"你怕这个?"陈远问。

温年白着脸摇头:"我、我是嫌它丑,污染我的眼睛。"

陈远听后,语气平直:"迈过去。"

言外之意:这样就看不见了,不会污染你的眼睛。

温年有充分理由怀疑陈远是故意的,尤其是他一说完就要走,明显是在表达:你说过不用帮忙。

温年没想到陈远看起来四大皆空、云淡风轻,也是个有脾气的。

瞄了一眼那只大蜘蛛,温年毛骨悚然。如果今天这只蜘蛛不走,那走的就得是她。

温年豁出去,拦住陈远的去路,不让他走。

但让她低头服软,她怎么都张不开口。就这样,两个人硬生生地耗在原地。

在漫长的十秒钟后,在温年最后的倔强快撑不住时,头顶传来男生低沉的声音:"等我。"

陈远回他那边拿了一条毛巾。

温年站得老远,看他将毛巾罩住蜘蛛,然后轻松地将蜘蛛捏起,跟捏一片叶子似的。

身上冒起一层层鸡皮疙瘩,温年别过头说:"拿远些,至少一百米以外!"

处理完蜘蛛,陈远又回来。

没了那个可怕的东西,温年的理智也回来了,再面对陈远,脸上烧得难受。但可能是打脸次数多了也就皮实了吧,反而可以坦然地破罐子破摔。

温年清清嗓,声音仿佛不是自己的:"你会用燃气灶吗?"

"……会。"陈远借用卫生间洗好手,跟温年进了厨房。

温年还有一点儿疑神疑鬼,总怕那蜘蛛有同伙,进去之后四下打量。陈远看了她一眼,从后面走到她前面来,站到了灶台前。

温年收回视线,想着自己总得有些作用,便说:"可能是没气了,你知道燃气表吗?"

陈远没答,抬手转动燃气灶上的开关。"啪"的一声,火焰燃起。

温年呆了呆:这是有什么魔法吗?

她不可思议地去转另一个,没开,这燃气灶难道还是人脸识别的?

"向下按。"

"什么?"

陈远将转开的燃气关掉,重新慢动作给温年演示了一遍。温年这才发现在转动之前,需要将开关按下去再转。

她有样学样,成功打开了燃气灶。

"这么简单啊。"温年却笑不出来,只觉得因为这个找人帮忙太丢人,又觉得因为这个犟着不肯低头更丢人。

幸亏陈远是个话少的,这时候这个特质就有了优势,可以减少尴尬。

陈远说:"借勺子用一下。"

温年去找勺子。

厨房里她根本不熟,看到台面上放筷子的筒里有勺,就拿出来递给陈远。

"大的。"陈远说。

温年又去找大勺。她脑子里乱糟糟的,还难为情,明明墙上挂着锅铲和汤匙,就是看不见。

最后还是陈远帮忙拿的。陈远并非想看温年出丑。只是许扬家他来是来过，却没进过厨房，更何况他是外人，自己贸然动手不合适。但温年的表现比他这个外人还外人，也就无所谓规矩了。

陈远用勺子搅拌红豆粥。

温年干看着也是尬，不如起个话头："为什么要这样？"

陈远顿了顿，说："热粥的时候要用勺子把热度搅匀，不然锅底会煳。"

温年恍然大悟，觉得生活中的小奥妙蛮多。

还有更奥妙的——陈远居然一句话说了这么多字，真是奇迹啊。

陈远热好饭菜关上火，说等几分钟再揭盖。温年这次没问为什么，他自有道理。

她问别的："你还会不会用洗衣机？"

这些技能许扬都没来得及教，温年也没想到今天就发了校服……反正打脸一次也是打，打七八次也不嫌疼，既然已经用了陈远，就用到底吧。就是不知道人家还愿不愿再帮忙。

陈远垂眸看过去。女孩半低着头，白皙的脖子泛起淡淡的粉红。她穿着一条鹅黄色长裙，侧编的长发这次散开了，在后面梳了一个低马尾，发丝微微蜷曲着，垂在后背，比编起来时长了更多。

陈远移开目光："会。"

温年和陈远又去了小洗衣房。

温年让陈远稍等一下，她去屋里拿校服。她内心是极不愿意穿这么丑的衣服的，但她的装扮在学校里是个异类，她再不惧怕别人的目光，也不想总被人看。

温年将衣服放进洗衣机，然后看向陈远。

陈远没动，她问："你又不会了？"

陈远看看洗衣桶里两件小小的衣服，再看看堆在角落的那些许扬的衣服，最后没说什么，给温年演示如何操作。也很简单，温年一下就会了。

洗衣机开始运转，温年和陈远出来。陈远难得主动问了一个问题："会晾衣服？"

温年没注意过许扬晾衣服，但她认为洗衣机都是带烘干功能的，拿出来的时候就是干的，还要晾？

两个人对视三秒，陈远打开院子里的晾衣杆。

这晾衣杆已经坏了，原本可以自己架高，现在只能借助外力，将它安插在院子墙面的挂钩上才行……许扬一直懒得修，陈远看她就是这么用的。

温年站在一边，看陈远沉默地安装晾衣杆。

他不穿黑衣穿校服时很有少年感，清爽而干净，可他利落的动作又结实有力，像个成熟可靠的男人。奇怪的是，这种少年感和他身上的清冷稳重并不冲突。

陈远很快搭好晾衣杆，擦了下额角的汗，说："洗好晾上。"

他说完这句话后，院子里陷入沉静。

对于帮了忙的陈远，温年很难再硬气起来，一声谢谢在嘴边徘徊。

而陈远可能也没打算听她道谢，将晾衣杆不用的部件收拾起来靠墙放好，准备走人。

温年想，要不送他一些草莓吧？他应该就能理解她的意思了。

正要去拿草莓，陈远开口，叫了一声："温年。"

他第一次叫她的名字，温年不适应，慢了两拍才应："怎么了？"

陈远站在院子灯下，身影被拉得瘦长。胸前出的汗微微洇湿校服T恤，布料贴在了他胸口上，有些藏不住内里坚硬的轮廓。

"上次，抱歉。"

温年没想到陈远会道歉。她不知道他的道歉是因为误会她欺负孩子，还是因为他当时的语气和言语。不管是因为哪一个，在这个道歉之下，温年都觉得她的形象变得十分矮小，还斤斤计较，一点儿不大气。

温年抿抿唇，说："我也有不对，我向团仔道歉了。"

陈远似乎愣了下，点点头，出去时关好了门。

因为一只蜘蛛的"助攻"，温年吃上了热腾腾的饭。

饭后，她将碗碟放回厨房，想洗碗又怕伤手。她决定先这么放着，等许扬回来问问有没有不伤手的方法再洗。

温年去院子里晾衣服。

许扬在这时打来电话，问她怎么样。

温年哼了声："你去问你的小帮手不就知道了？"

许扬笑起来："你就是面子薄，让人帮一下能怎么了？"

温年心说可不是帮一下。

"以后大大方方的。"许扬打了哈欠,"小远没那么多事,人很好。"

温年跳过后面一句,说:"你在医院也得注意休息。"

"就知道你最疼表姨,锁门早睡哈。"

挂了电话,温年拿出洗好的校服准备挂起来。

之前看陈远那么轻松地安装晾衣杆,她丝毫没有感觉,等到现在自己要用了,温年面临一个残酷的事实——她够不着。

踮着脚都够不着。

温年想着干脆直接把衣服甩上去好了,又怕自己倒霉,把晾衣杆弄塌了,到时候丢的还是她的人。

最后她只好搬来小板凳,踩在上面,勉强挂好衣服。

怀蓝回升的气温又降了下来,闷热感少了许多。

出门前,温年对着镜子第 N 次整理头发。

这种棉质 T 恤应该配高马尾,但她头发太长太多,梳高会很沉,而且长时间束紧会影响头皮的血液循环,对头发也不好。以前在学校,女生多是散发,她也不例外,现在这样不上不下很别扭。

磨蹭了半天,温年还是梳的侧编发,土就土吧。

到了学校,杨晓桃还没来。孔家奇在座位上一边吹一边品他的菊花茶,眯着眼的神情不禁让人想这估计也是他五十年以后的样子,就差手里再盘两个核桃。

温年放下书包,教室后门起了骚动。

杨晓桃来了,身边还有一个高个子女生。

"哟,佟姐回来了!"

"怎么样,怎么样?瘦了没?"

女生将书包随手一扔,精准地扔到一个空位上,说:"去去去!就割个阑尾,一群没见识的!"嗓门之大,在人多的教室里都有了回音。

温年猜到这位同学是谁了——佟佳露。

之前她一门心思想换座位时,发现靠墙倒数第二个座位空着,想调换过去。是孔家奇告诉她那个位置是有人的,只不过对方生病住院还没好,得晚几天才能来上课。

佟佳露和杨晓桃一起过来。

孔家奇见状,十分有眼力见地把自己的位置让出来。

佟佳露回了句谢,将孔家奇的椅子往外拽拽,倒坐在上面,看着温年。

"你就是新来的转学生?"

温年也看着佟佳露。女生留着短发,假小子似的,穿着的校服也似乎特别选了不合身的大码,显得人有点儿壮。

杨晓桃揪揪佟佳露的衣服,递过去的眼神似在说:收收你大姐大的气质。

佟佳露扒拉开杨晓桃的手,继续看温年。

这几天没来学校,佟佳露的耳朵都快起茧子了。班里有几个小群,每天都在说班上来了个仙女,连喝口水都透着一股不可侵犯的神圣气质。

佟佳露被酸得不行。又去问杨晓桃,结果杨晓桃给她打了个电话,至少说了三个小时温年有多美。

杨晓桃平时软得跟只鹌鹑似的,一沾温年就变成八哥,勾得佟佳露太好奇真人到底什么样儿。现在见到了,她想说:有两把刷子。

不过漂亮是漂亮,但一看就不是好相处的人,肯定够刺儿,事儿也多。

"佟佳露。"她伸手,"也南甜巷子的。"

温年心说五湖四海的归宿是南甜巷子吗?怎么都是那儿的。

她也伸手:"温年。"

早自习的预备铃响起。佟佳露回了自己的座位,杨晓桃想和温年说什么,但陈远来了,她又转过去。

温年翻出湿巾擦手,见陈远落座后又是看那本机械方面的书。

他们之间应该是破冰了。既然以后就是同学,还是同桌,温年也不想把关系搞得那么僵。但她不知道怎么开口。

想来想去,温年想起一件正事——该去买文具了。

按理说,学校附近是文具店聚集的地方,但怀蓝一中附近一个文具店都没有。

杨晓桃告诉她是因为几年前有家文具店出了人命,后来租这家店铺的老板又得了癌症,大家都觉不吉利,就没人来这边开文具店了。

这事有些吓人，温年听了之后，觉得就算学校附近有文具店，她也不敢去了。

放下湿巾，温年往同桌那边靠近了一点点，问："你知道哪里卖文具吗？"

陈远眼睛没离开书，但回答得很快："嗯。"

"那你能……"

"可以。"

马令芳进来了，突击默写单词。

大家怨声载道，拍书跺脚捶桌子的声音此起彼伏，马令芳敲讲台敲得比这些声音更大，敲得粉笔灰飞舞，坐在一旁的金鑫狂打喷嚏。

在这鸡飞狗跳中，温年轻声说了句："谢谢。"

不知道那人听到没有。

时间定在周末，天气晴朗。

温年习惯了早起练基本功，休息日也不歇。至于许扬，她说得好听，能在早上见她，实际上每天睡得跟猪一样，敲锣打鼓都叫不醒。

完成日常任务，温年去厨房热牛奶。

经过上次"教学"，她现在什么都会热，还会搅拌，感觉整个人都升华了。

陈远没说几点去文具店，温年也没说。但温年潜意识里认为她等着陈远来叫她就是，所以吃完早餐她又去写卷子，等写完一套卷子也核对完了，陈远还没来。

难道忘了？

温年已经没有多余的笔记本，想了想，决定过去找人。结果一打开门，陈远就在自家门口看书。

他半靠着墙柱，身上的藏青色T恤蹭下了一点墙灰，见她出现，站直了，合上书，拍了拍手臂上的灰。

他不会一直这么等着吧？为什么不直接进来叫她呢？

温年想问，又觉得问出来哪里奇怪，于是和陈远说等一下，她去拿挎包。

两个人出发前往文具店。

陈远没话，温年跟在他身后，小尾巴似的，穿过大大小小的巷子。

她其实很想问为什么不打车，可周末拜托人家出来一趟已经很麻烦了，她还是少多嘴。

好在路程也并不远，走了大概十五分钟就到了。

站在陈远身边，温年看到"怀蓝小商品文具批发市场"的大招牌支在楼顶，旁边还有一面彩旗迎风飘荡，旗上"欢迎光临"四个字残缺两个。

温年："就这里？"

在她的印象中，文具都是去商场的进口店里采购。之前学校校门口的小文具店她也去过，也可以接受，但这个破旧的批发市场是什么鬼？

陈远对她的品味是不是有什么误解？

"就只有这里卖文具？"温年又问，"商场里呢？"

陈远刚要张口，眼神变了一下，忽然走过来挡住她。

温年被陈远挡得严实，不解道："怎么了？"

陈远似乎在留意什么，低声说："先走了。"

这个"走"就是说走就走，一点儿缓冲都没有。

温年呆在原地，看着某人一点一点远去的背影，做梦似的。

陈远这叫什么？人体地图？把她带过来就什么也不管了，她一会儿怎么回去？

温年气得想笑，但转念想人家能做到这一步不错了，她还要求什么？

看看眼前的批发市场，温年又想来都来了，就逛逛吧。

进入市场，眼前的场景温年从未见过。每个商铺像是一个个小格子挤在过道上，各种商品满溢到让人眼花缭乱，顶棚上的吊扇"嘎吱嘎吱"转着，但半点风都吹不下来。

温年想走。在这种地方能买到什么东西？肯定是粗制滥造。

她转身去掀门帘，但许扬那句"面对现实吧"又很合时宜地回荡在耳边。而现实就是：实在没文具可用了，尤其是笔记本，总不能靠脑子记笔记。

算了，忍忍吧。

温年挑了一家离出口最近的义具店。温年还没开始选购，便看见了杨晓桃和佟佳露。

对于在怀蓝分分钟遇到熟人这事,温年已经习以为常,更何况这里卖文具,遇见同学并不稀奇。

杨晓桃一见温年还是老样子,脸红得不行。而佟佳露冷着脸,见杨晓桃想要打招呼,狠狠地瞪了杨晓桃一眼。

这种情况温年不是第一次遇见,从那天佟佳露打完招呼后就开始了。先是杨晓桃不再陪她去食堂吃饭,也不怎么和她说话了,再后来佟佳露过来找杨晓桃时,经过她身边就鼻孔出气。

莫名其妙。

温年礼貌地冲杨晓桃点头,然后挑笔记本。

别说,有几个本子勉强能入她的眼。

温年想叫店员帮她拿一下,她看看,话到嘴边,想起自己的贫穷,改成先问价格。

"大小姐买东西还问多少钱?"佟佳露阴阳怪气地说,"不都是直接买吗?"

杨晓桃摇摇头,让佟佳露少说两句。

温年本来也没打算理会,看向店员,对方告诉她上面都有贴着价格,多买可以打折。

她继续挑,佟佳露又说:"也不对,大小姐根本就不会'于'尊降贵来这里。"

温年:"纡,一声。"

"什么?"

温年往里走:"麻烦让让。"

对于这种低端的找碴儿,根本不值得费口舌。

佟佳露"嘿"了一声,碰到个软钉子,撇撇嘴,选好商品去结账。

温年无意间扫了一眼。可能是因为她穷了吧,她越发注重花钱的价值感,就佟佳露挑的那些运动明星笔记本,她觉得就是在浪费钱。

"你心里是住着一个老男孩吗?"温年问。

佟佳露蒙了一下:"啊?"

温年往架子上看,拿下一个笔记本递过去。

马卡龙蓝的格子图案，不会太过分少女心，但也有小可爱在里面，就是四个角上的小栀子花。

"这个不错，适合你。"温年说。

杨晓桃一看，眼睛瞪大了一圈，伸手要拿，被佟佳露拍了回去。

"适合什么适合？"佟佳露喊道，"你很了解我吗？"

自讨没趣，温年换了一家店。

等她一走，杨晓桃拿起刚才那个笔记本，说："这不就是你最喜欢的风格吗？"

因为某些客观原因，佟佳露外表很汉子，实际上充满少女心，只不过碍于多年立起来的人设，不好意思承认。

佟佳露盯着那个笔记本，气得牙痒痒："她说合适我就得喜欢？凭什么？我……"

杨晓桃作势把笔记本放回去，佟佳露一把夺过去揣进了篮子里："老板娘！结账！"

杨晓桃的嘴角抽了抽……

温年在别家店铺买到了满意的笔记本。玫瑰花图案，纸张厚实顺滑，总体精致高级，还便宜。

她发现一旦接受了现实，自己融入得还挺快。

采购完毕，温年准备回去。

快出去时，一家商店卖的小夜灯吸引了她。是那种小星星链灯，一条一条的，可以挂在高处，也可以缠在柱子上。

温年以前就想买这种灯缠在秋千上，但怕颜清说她幼稚，一直没和管家提。

"同学喜欢哪个？我给你拿。"店家说，"刚开学，给你们优惠。"

温年又看了一眼小夜灯，也不知道买回去会不会被许扬笑话？许扬又会不会一眼识破她的小伎俩？

如果有这个小夜灯，那她晚上就可以去楼下的卫生间了。

有光，就不会怕黑了。

温年纠结，瞥到袋子里某个刚买的东西，想到一个人。

一小时后,陈远回到批发市场。周围没了那些乱七八糟的人,他在出口处的一棵树下看书。

过了一会儿,陈远听到有人叫他。

佟佳露过来,惊奇道:"你怎么在这儿?"

陈远没说话,看了眼出口,没人。

"陈同学,你……你好。"

闻言,陈远看向杨晓桃,点了下头。

杨晓桃吞了口口水,往佟佳露身后站。杨晓桃一直有些怕陈远,班里其他人也是。

陈远一向沉默寡言,独来独往。他不像坏学生那样捣乱挑事,也不是标准模范生,他上课会睡觉,也会不完成作业。

综合来看,陈同学一直在努力做一个普通学生。可就算如此,他自带的气场还是存在感十足,让人一看就知道他是那种不言不语做大事的,大家对上他,都有点儿心里发毛。

杨晓桃同上,却是个颜控。每次见陈远,她都克制不住想再看看,就跟看温年一样,这两人简直是上天派来养她眼的。

出口处有人出来,陈远又看了一眼。

佟佳露捕捉到了:"你等人?"

不等陈远说什么,佟佳露又喊:"不会是那个大小姐吧!"

佟佳露拉起杨晓桃走人。这一个个都是疯了还是中邪了?一个和别人握手之后就得擦手的事儿精,还老上赶往上贴!

然而,走出去几米,佟佳露想起什么,又拉着杨晓桃回去。

"你刚才有没有看到邵亮他们?"佟佳露问,"我来的时候,见他们几个在附近转悠。"

陈远眉心轻蹙:"看到了。"

佟佳露"啧"了声:"金鑫惹到他们的事,你知道吧?"

"嗯。"

"如果你看到金鑫和他们撞上,能帮金鑫一下就帮一下,他就是个尿包。"

说完,佟佳露示意杨晓桃走人。

杨晓桃也不知从哪儿来的勇气，在走之前和陈远说："陈同学，温年已经走了。"然后就见陈远顶着那张依旧毫无表情却实在是特别好看的脸，点了下头。

温年打车去小步行街。

司机师傅听到她的目的地时，嘴巴张得可以塞下一个鸡蛋，然后说这么走那么走就到了，没必要打车。

温年没有下车，她不会这么走那么走。因为是陈远带她来的，她就没记路，还以为人家会好事做到底，没想到会被扔下。

"您载我吧。"温年说，"我不认路。"

师傅扭头看看温年，这么漂亮的小姑娘光是看着就让人心情变好。

"我送你过去吧。"师傅说，"不收钱，一脚油门的事儿。"

师傅从外面的大路往南甜巷子的方向开。沿路是一条石块堆积的海堤路，温年初到怀蓝那天路过了，但没有心思看，现在再看，一望无际的蔚蓝海，海水深沉，海面跳跃着细碎的金光，很美。

"这是招明港。"师傅说，"有时会有大船经过。"

温年看到了，很远很远的前方就有一艘船缓缓驶过，驶向它的港湾。

周末时间，小步行街热闹了些。

温年到团团鲜果店买水果。

团仔在店门口玩，这次身边多了两个小伙伴——一个胖胖的男孩和一个穿着公主裙的女孩。

看到温年，团仔跑过来叫"姐姐"。温年笑了笑，从袋子里掏出一盒赛车图案的铅笔，给了团仔。

没料想还有两位小朋友，她又拿了几块平时吃的巧克力送给他们。

胖胖男孩接过巧克力就剥开包装吃起来，公主裙女孩不接，也不说话，就看着温年。

团仔说："梅梅，这是温年姐姐，人可好啦，你……"

"哼！"梅梅嘟着嘴往一边走了。

温年纳闷，自己得罪过这个小女孩吗？

胖胖男孩嚼着巧克力说："她、她不喜欢，比自己漂亮的女生。"

这理由……温年哑然失笑。

进了水果店,齐奶奶也在,在嗑瓜子。

温年初步捋出来了南甜巷子老人小孩的人物关系表。团仔的朋友胖胖男孩叫小贝,是齐奶奶的孙子;齐奶奶上次说去老赵那儿看看,老赵就是团仔的奶奶,赵奶奶。

怪不得这里的人都互相认识,全沾亲带故呢。

"来买水果啊?"赵奶奶笑着说,"今早刚到的樱桃,尝尝?"

温年道谢,去挑樱桃。

齐奶奶在一边看着,不停地和赵奶奶说:"多漂亮哈,怎么有人长这么好看呢。"

这话落入梅梅的耳朵里,小丫头又跑了出去,团仔去追。

赵奶奶说:"没事,小孩子玩闹。"

话是这么说,但温年担心因她的缘故发生不愉快,于是买完水果就去找团仔,打算找到他和梅梅就让他们回店里。

因为要找小朋友,温年绕了下路,拐到另一处窄巷。

可能是窄巷故事多,温年又遇上了意外情况。

这次的主角是金鑫,以及之前在校栏杆外面和他说话的职高学生。

"上次的事儿怎么了结,"为首的男生说,"我可不吃亏。"

金鑫梗着脖子:"了什么了?是我招你,还是……"

有人踹了金鑫一脚。

温年一惊,想去找人帮忙,一转身却撞进了一个怀抱。

这怀抱的主人胸膛硬得像石头,磕得温年脑袋生疼,她下意识想叫,又被那人捂住嘴。温年抬眼一看,居然是陈远,惊惧的情绪稳定下来。

"什么声音?"巷子那边有人说。

温年瞥了眼手里的袋子,是她刚才转身时碰到袋子发出的窸窣声。

说话的人要来查看,温年紧张得不行,好像被发现了会被灭口似的。

她拽拽陈远的衣服,陈远比了一个"嘘"的手势,松开了手。

温年刚要呼吸,陈远拿走她手里的袋子,拉着她躲到了巷子拐弯处背面的小凹口里,人挡在她前面。

过来的人什么也没看见,嘟囔:"我明明听见有声音啊,人呢?"

温年的心脏"扑通扑通"直跳。她缩了下脖子，后脑碰到陈远的手臂，两个人都是一怔。

他们靠得太近了，近到温年可以看到陈远锁骨窝那里的一颗小小的黑痣。

温年抓住了衣角，本能反应是拉开距离。但陈远站在她面前，气息在她头顶拂过，就像一座大山牢牢围住她。

好在陈远也反应过来了，等人一走，便立刻后退挪开了。

一时间这种力量悬殊的压迫感消失，温年松口气。事出突然，她也不计较什么了，就是她的脸，火辣辣地疼。

温年伸手揉了揉。

陈远看见她的动作，看到女孩白皙脸颊上的红痕，形状正好是……他的手。

温年也想到罪魁祸首了，压着声音说："你的手劲儿怎么这么大？"

陈远低下头，将手往身后放，回忆自己当时到底使了多大力气。回忆告诉他，没使劲儿，但温年的脸上"证据确凿"，他无从抵赖，只能道歉。

温年又揉了揉脸，转而说："是金鑫。"

陈远点头表示知道。

既然知道，他们是不是该救一救同学？

可陈远没说话，也没走，温年也跟着他站在原地。

巷子那边的动静还能听到些，万幸没有再打架，只是交谈。

"嘴硬是吧？行，金鑫，我这次就先放过你，别让我再看你在球场上蹦跶，不然——"

篮球拍地的声音响起。

这一拍，温年脑子里划过什么，她出去确认。

陈远出手迅速地拉了她一下，被她拍开了手。

"没事。"温年扭头用口型说道。

陈远没再多管，但没有走开，只是视线不禁落在女孩的手上。小小的，手指十分纤细。刚才拍他的那一下力气比猫抓得还轻，她只能适应这种力道？

陈远陷入思考，而温年终于想起这群职高学生了。就是她第一次进南甜巷子，在小广场上见到的"彩虹帮"，他们把头发染回了黑色。

温年还认出了那位"亮哥",他又自以为很帅地转转篮球,冲金鑫十分嘚瑟地竖了竖中指,接着带人走了。

金鑫怎么会惹上这群人?

温年皱了皱眉,回身站好,不料腿不小心碰到身后陈远拎着的袋子,又一次发出声响。

"谁?"金鑫"唰"地转过头。

陈远再次眼疾手快地拉起温年带到身后,自己站了出来。

看到是陈远,金鑫咬牙切齿地骂道:"孬种!"

听到这话,温年看向陈远。男生无波无澜,还是一副高冷淡漠的样子,仿佛被骂的人不是他。

金鑫是在怪陈远袖手旁观?可陈远并没有走,如果真的打起来,他应该会出手的吧。更何况依照陈远"冷嚣张"的个性,他要是过去了,百分之九十九的概率是火上浇油,挑衅加倍。那说不定才会真的出现乱战。

过了几秒,金鑫走了,窄巷重回和谐宁静。

陈远回到温年身边,温年有点儿替他尴尬,说:"我回去了,你……"

"也回去。"

回去的路上,可预见的沉默。

温年照旧跟在陈远身后——他个子高,影子也长,她可以借点"阴凉"。

快到 67 号时,陈远扭头问:"你怎么回来的?"

"打车。"温年说。

想到司机师傅的好心,她挺开心,眼睛亮晶晶的:"没收钱,免费送的我。"

陈远的目光在那张笑脸上多停留了一秒,然后转回头,说:"嗯。"

温年又问:"金鑫的事很麻烦吗?"

"与你无关。"

这话说的,好像她多爱管闲事。不过因为大家是同学,她随口一问罢了。

温年不喜欢陈远的说话方式,真是又冷又硬,一点儿情商没有,听了让人……她又撞上了陈远的背。

怎么回事?这人是钢铁打造的吗?全身硬邦邦的。

"你干什么突然不走了？"温年抱怨，"你知不知道……"

陈远转过身说："我的意思是，你离这些人和事远些，你应付不了。"

这解释让温年愣了下，都忘记揉鼻子了。他也觉得刚才说的话不中听，所以才补一句吗？

温年回道："不用你说，我不傻。"

到了67号门口，陈远将袋子交给温年。

再次瞥到袋子里的某件东西，温年藏了有一会儿的心事滋滋冒头。择日不如撞日，就现在说吧。

温年鼓起勇气，问："陈远，你能不能再帮我一个忙？"

"什么？"

"我想在院子里安装小夜灯。"温年形容了一下要买的小夜灯什么样的、要怎么挂。

陈远听后，问她："要那个做什么？"

"照明啊。"温年说。这样她晚上实在想去卫生间就不怕了。

陈远听后不知想到什么，让温年等一下，自己回了院子。

等再出来，他递来一个东西。

温年辨别了一下，这是……手电筒？

陈远现场演示了下手电筒的用法，说："用这个。"

温年张张嘴："这……那……"她也不知道该说什么，就有点儿庆幸自己今天没买小夜灯，不然还得退。

不过，这人的情商怕是负的吧？温年幽怨地看了陈远一眼，开门回去了，没再看他和他的手电筒一眼。

手机振动了下，陈远查看，是池林的微信。

池林：人呢？不是说过来帮我看店，刚到就走？

陈远：回家。

后面的消息，陈远没再看。他看着手里的手电筒，心想这个不比小夜灯方便？想照哪里照哪里。

陈远不解，转身回家，身后的防盗门又开了。

温年径直走过来，没看某人，绷着脸拿走了某人手上的手电筒。

不拿白不拿，还省钱了。

第二章
小城故事

南甜巷子的"闹钟"从《夜来香》变成《小城故事》。

前几天,怀蓝迎来今年的第一场秋雨,彻底浇灭了夏日余热,大妈们现在出来跳广场舞都得加一件棉坎肩。

温年也把校服短袖T恤换成薄针织衫。但根据校规,她外面还得穿着肥肥大大的校服外套,啧,真丑。

许扬婆婆的身体恢复得并不理想,还要再做一次手术。这件事让许扬十分担忧,肉眼可见地瘦了不少,爆炸头也不那么蓬松了。

温年安慰许扬会好起来的,也叫许扬别操心她,她基本适应了怀蓝的生活,可以照顾好自己。

周五下午第一节课是体育。今天刮风,还不小,吹得一群刚午休完的祖国花朵风中凌乱。杨晓桃不知多少次揉眼了。

温年午休时就注意到她了,她现在还揉,眼睛揉得比兔子眼睛都红。

"先热身。"体育老师吹声口哨,"然后围着操场跑一圈就自由活动。"

在体委的带领下,大家动作极不整齐地完成热身运动,等跑完一圈,人才清醒过来。

温年去体育馆后面的水池洗手,快走到目的地时,听到佟佳露那豪气冲云天的嗓门:"你别动啊,我怕戳你眼睛里!"

"……要不我还是再洗洗吧。"

"洗不出来!"

温年故意发出些声响。

两个人一起闭嘴看向她。

杨晓桃一只眼"哗哗"掉眼泪,像只快枯萎的小蘑菇。温年问她怎么了,佟佳露不让说。

可温年觉得杨晓桃快瞎了,又问了一次。杨晓桃"欲哭有泪"道:"睫毛掉进眼睛里了。"

温年上前看了看,是有一根睫毛向上翻折掉进了上眼睑。

"你别多管闲事啊。"佟佳露说,"我这马上就……"

"你怎么弄?用手挖?"

听到温年的话,杨晓桃打了个哆嗦。

温年让杨晓桃等等,她回教室拿东西。

佟佳露揣着手,不满道:"告诉她干吗?她这大小姐能会什么?"

"露露,你别这样。"杨晓桃说,"温年人不错,你不能因为她和你握完手之后擦了个手就有偏见吧?"

佟佳露:"这叫偏见吗?她不给我面子,我凭什么给她好脸色?"

杨晓桃眯了眯眼:"那你还买她推荐给你的笔记本?"

"……那是笔记本本身强。"

"那你也得有看到其强的眼睛。"不然就佟佳露那审美,一言难尽。

温年带着她的小工具包回来。包里有指甲刀、创可贴、小剪刀、酒精消毒巾,以及小镊子。

佟佳露看得额角抽抽:"你这是在学校过日子?"

温年反问:"在学校的时间那么长,还不许有备无患?"

佟佳露"哼"了一声。

温年取出消毒巾将镊子头仔细擦了一遍，对杨晓桃说："别怕，就一下。只要你不乱动，我一定不会让你有事。"

杨晓桃看看佟佳露，又看看温年，咬牙点头。

五秒后，温年顺利夹出睫毛。她还有一瓶眼药水，就是人工泪液，她将瓶口用消毒巾擦拭好，给杨晓桃滴了两滴。杨晓桃彻底活过来了。

看着这波操作，佟佳露还是有良心的，知道闭嘴。就是看看温年用消毒巾擦了这个擦那个，最后又开始擦手，看得她冒火。

"你是不是摸了黄金也得擦手？"佟佳露忍不住问。

温年一愣："你怎么知道的？"

温年有个习惯，突然摸到陌生的东西都要擦手。这和她的钢琴老师有关。那位老师是业内名师，给她立的第一个规矩就是摸钢琴前一定要双手洁净。

温年一直守着这个规矩，后来慢慢演变为摸到陌生东西就得洗手或擦手，不管是黄金也好，还是和人握手，都如此。

"这么说……"杨晓桃笑了下，"你擦手不是因为嫌弃？"

温年："习惯而已。"

杨晓桃兴奋地看了看佟佳露，也不等佟佳露回应，突然壮胆问道："温年，周末要不要和我们去文具店？我知道有一家小店特别好逛。"

温年瞧着佟佳露，佟佳露一副"我可邀请你，但你去我也能忍着"的样子，还挺好玩的。想着出去转转也好，温年点头同意。

杨晓桃立刻跑到她身边，和她说那家店多么可爱漂亮，佟佳露跟在后面，三人从体育馆后面转出来。

突然，一个篮球飞过来，滚到温年前面。

佟佳露上前一脚踩住篮球，又一脚将篮球踢回去。

男生们吹起口哨，喊着："佟姐威武。"

"一群弱鸡。"佟佳露说，"打得还没陈远脚指头好，丢人现眼。"

温年想起那时"彩虹帮"找陈远打球的事。陈远应该是球打得很不错，不然那些人不会找他打。但她从没见过陈远打球，倒是金鑫，只要是体育课或者大课间，绝对满场飞，还不停地指挥别人。

杨晓桃猜到了温年的疑惑，解释道："陈远不参加集体活动。"

"一次都不?"

"嗯,一次都不。"

温年点点头,心想这倒也符合陈远的高冷风。

风又刮起来。温年微微侧头,拨开吹起来的发丝,别在耳后。

杨晓桃眼看着有一缕头发划过少女粉润的嘴唇,好看得可以用电影慢镜头回放。

杨晓桃凑过去,说:"温年,听说你和陈远是邻居?"

"嗯,他住在我表姨家对面。"

"那陈远私下里是什么样的?"杨晓桃循循善诱,"他和你……"

"杨、晓、桃。"佟佳露过来,警告,"你别再脑补了。还有,陈远人不错,你别总把他想得很可怕。"

闻言,温年看向佟佳露。

佟佳露扬起头:"看什么看?显得你眼睛大?"

"不用显得,本来就大。"

"你还真……"

温年不和她抬杠,转而说:"你很了解陈远?"

截至目前,温年只从团仔和许扬,不对,团仔是小孩儿不算,只有许扬说陈远很好。

在班里,没有谁和陈远要好,也没有谁和陈远走得近一些,大家面对他的时候,谈不上畏惧,态度更像是敬而远之。

"还行吧。"佟佳露说,"我和陈远初中就是同学,他爷爷……"

佟佳露本来不想说的,但她估计温年从许扬那里也该知道些什么,就没藏着掖着。

佟佳露妈妈是中心医院的护士。陈远爷爷没去世的时候,陈远每个月都会背爷爷去医院复查,佟佳露遇见过,和妈妈说这是自己的同学,她妈妈便对陈爷爷颇为照顾。

因为这件事,陈远十分感激佟佳露和她妈妈,逢年过节会给她家送礼。一个懂得感恩的人总不会差。

温年明白,但有一点疑惑:"陈远背他爷爷去医院?"

"对啊。"佟佳露说,"他爷爷瘫痪动不了,不背着,难道爬着去啊?"

杨晓桃也是第一次听陈远的事,说:"陈远家里人怎么不管?"

佟佳露冷笑:"他那缺德家里人要是管,就不会把他丢这儿自生自灭了。"

自生自灭。这个词刺到了温年。刚到怀蓝时,她的感觉便是如此,好似被世界遗弃在这里,自生自灭。可现在,她觉得自己真是瞧得起自己了。

放学后,杨晓桃叫佟佳露过来,用了面对面对加群功能。

佟佳露看到杨晓桃起的群名——"女神和她的朋友",想啐一口,命令杨晓桃改成"佟姐和她的两个跟班"。杨晓桃不屈服,誓死捍卫心中的白月光,两个人打打闹闹地出了教室。

温年收拾好东西也背起书包,看到旁边空着的座位,心下一动。陈远今天请假没来上课,可他在怀蓝孤身一人,能有什么事不来……

怀蓝墓园位于怀蓝最边缘位置。

陈远拎着爷爷陈启堂爱喝的白酒,去看他。他从墓园的侧门进去,沿着石子小路走到最深处。

天空有鸟飞过,嘶叫长鸣,划破了这里的死寂。

陈远尽量不去注意爷爷旁边的其他三座墓碑。

这么多年,他已经学会专时专用,今天是爷爷的忌日,那就只祭奠爷爷。

陈远拿出酒和酒杯,斟满一杯,放在墓碑前。

照片上的男人目光如炬,不苟言笑,这么看,像是个顽固死板的老人家。可他不死板,他有最灵活的手,是八级木工,什么东西经了他手都会变得精巧。

但他很顽固。闭眼前,他还在絮絮说着那件事,死不瞑目。

"为什么?为什么好好一个家会变成这样?

"是孽,是孽啊。

"你当初要是没下去,多好啊。"

心脏猛地抽了下,陈远的手一抖,碰到杯子,洒出了一些酒。他掏出纸巾擦干净,重新斟满。做好这些,陈远起身深鞠三躬,沉默地离开……

许扬打电话来时，温年刚写完数学作业。

许扬说她得用账本，让温年找出来，一会儿再接到电话就送到巷子口那里。

温年找到账本，换好衣服，还拿着一颗水蜜桃，坐在客厅里等电话。

放学时成立的三人群因为名字的争议，最后没了名字。

杨晓桃的微信名是"桃子"，佟佳露则叫"姐就是女王"，生怕别人不知道。温年给她们备注好，看她们在群里说话。

杨晓桃：明天早上几点啊？

佟佳露：八点半吧，你来我家吃早点。

杨晓桃：温年呢？@温年

温年：不用管我，你们告诉我几点来67号就好。

佟佳露：你的意思是叫我们接你？

温年愣了下，想说那就告诉她集合地点，结果佟佳露又来了消息。

佟佳露：九点，67号门口。

这条消息发来，许扬的电话也来了。温年拿好东西起身。

一开门，对面陈远刚锁好他的山地车，手上抱着什么。

察觉有人，他回过头，连同怀里的石膏人头跟着一起，两颗头整齐划一地面向温年。

温年吓得扔掉了桃子。她刚忘了塞内卡的阴影，他就请回来一个阿波罗……就不能套个袋子吗？

桃子滚到陈远的脚边。他弯腰捡起，余光看到温年眼神闪躲着后退了半步。

温年根本不敢看那个阿波罗。它在陈远怀里跟着陈远一起动，活了似的，画面实在太诡异。她很想问问陈远今天没上课就是去取"头"了吗？

"出去？"陈远直起身，看向温年手里拿着的纸袋。

温年点头："表姨在巷子口，我给她送东西。"

陈远又看看时间，随后将阿波罗放在家门口的台阶上，顿了顿，用书包挡住。

"我去吧。"他走过来，把桃子还给温年。

温年接过桃子，说："不用麻烦，我……"

"骑车快。"

这是个很难拒绝的理由。温年看了一眼放在台阶上的书包，将纸袋交给陈远，特意交代："是账本。"

"嗯。"

骑车确实快。陈远到的时候，许扬刚停好车。

见来的是陈远，许扬后知后觉自己让温年送东西有点儿欠考虑了。快九点了，说晚不晚，但也不算早，一个女孩子在黑漆漆的巷子里走动，不安全。

"谢了啊，小远。"许扬开门下车，"温年让你送的？"

陈远说："我正好出来买东西。"

许扬点头，拿了账本上车，又想起来什么，转头问："今天去看你爷爷了？"

陈远垂眸："嗯。"

"都过去了。"许扬拍拍陈远的肩膀，"那事和你没关系，你不要往自己身上揽。你爷爷就是……太想你爸爸了。"

放在身体两侧的手默默紧握成拳，陈远再次应声，嗓音里却夹杂了一丝暗哑。

送走许扬，陈远没着急回家。他骑着车在海堤路那边绕了一圈，浑身被风浸凉，心绪稍稍平静。

重回巷子，温年在他家门口徘徊。

温年以为陈远用不了十分钟就会回来。他的书包放在地上挡阿波罗，她就想着给他看会儿包。看着看着，她又看上阿波罗，觉得这石膏像也没什么，就是乍一看会被吓着。

温年戳着阿波罗的脑袋玩，就这么等了好久，陈远终于回来。

"我表姨迟到了？"温年问。

陈远把山地车靠在墙边，说："没有。"

那用这么长时间？

温年也没深想，她等陈远还有一件事。

陈远不知道温年要干什么，就见她回了小楼，回之前还让他等等。

因为小夜灯的事，她最近不怎么开心，但他不明白为什么，明明手电筒她也收了。

陈远打开家门，将阿波罗和书包放到院子里的桌子上。等他再出来，温年也回来了，手里还拿着一个小盒子。

温年说："你之前帮我，可能你觉得是举手之劳，又或是看在我表姨的面子上，但我认为我还是有必要道谢的。"她递出手里的东西，"送给你。"

陈远接过去，是一枚书签。镂空的样式，造型是一座海上灯塔，精致复古。

拿着这么一个小小的东西，陈远的手心莫名发烫。他抿抿唇，说："你不用……"

"就是给你买的。"温年打断，"你不喜欢就自行处理，别让我知道就行。"

本来，温年的计划是那次从批发市场回来就送的。可因为手电筒横空出世打乱了她的节奏，让她后面一直没找到合适的机会。

今天听了佟佳露的话，她也不是同情，就是觉得……她说不上来，反正早晚要送出去的，就送了吧。

巷子不远处发出动静，似乎有人往这边过来。陈远下意识地攥紧书签，低声道谢。

温年说"不用客气"。她没好意思说因为考虑她目前财政紧缩，所以买的是小号，还有个大号的，要比这个更适合他。

"那我进去了。"温年转了身，又转回来。

陈远还没动，看着她。

温年说："还有一颗桃子。"她跑进厨房拿，又跑出来。

"不是刚才掉地上的那颗，新的，洗好的。"交接完毕，她又回去了。

陈远默默地在原地站了会儿。回到家，他发现自己的两只手都被占用了。

一边是书签，一边是桃子。

书签因为掌心里的温热烘得它也有了温度，贴在皮肤上，暖暖的。桃子则发出淡淡的甜味，中和了他一身的寒气。

陈远将它们放进屋里,又出来拿阿波罗和书包。

将石膏头像放在窗台上是因为那里光线好,而那间屋子也恰好是爷爷原来的工作间,他就拿来用了。

之前的塞内卡已经临摹完,他本打算将阿波罗放到窗台上继续画。但今晚,陈远给石膏头像换了别的去处,以后不再放窗台上。

温年起得很早。在卫生间洗漱完,她上楼换练功服。

路过门口,外面传来"嘎吱"声,好像是对门的木门打开的声音。

温年看了眼时间,不到六点半。陈远周末也起这么早?

温年回到自己的房间,看着迎风飘荡的窗帘又想起阿波罗。

早上她起床拉帘前,做了十秒钟心理建设,想着给阿波罗去个早安,没想阿波罗根本没在窗台上。

她觉得阿波罗比塞内卡好看呢。不过,她还是松了口气,毕竟再怎么知道对面只是个石膏像,她看见也还是会被吓一跳。

温年练了一小时基本功。随后,她去卫生间洗澡,出来时看到杨晓桃在群里发的消息。

杨晓桃:吃早餐了吗?要是没吃,咱们一起?@温年

温年本来要去厨房热牛奶。不过,牛奶、面包总吃也是腻,她和杨晓桃说:好。

杨晓桃:那八点到你那里行吗?

温年:没问题。

温年去衣柜找衣服。

这次来怀蓝的性质和"逃难"大差不差,除了必需品,温年带的东西很少,衣服也就那么几件。

她拿了一条直筒牛仔裤,上衣是白色T恤,再搭配一件姜黄色格子针织开衫,至于头发……实在是梳烦了,散着吧。

整理好,温年在客厅一边看书一边等。

离八点还有几分钟时,杨晓桃说她们到了。温年挎上小包,给许扬留了一张纸条,出门。

门外有说话声,一听就是大嗓门的佟佳露。

"又去海边晨跑了？你也不嫌累，大周末补补觉多好啊。"说完这话，佟佳露很自然地打了哈欠，充分证明周末就是用来补觉的。

陈远头上都是汗，濡湿了短发，刚要开口，温年开门出来。

少女乌黑的长发直直坠在腰间，短款的针织衫将她极好的"腰身比"显露出来，从小练舞的体态恬静优雅。

杨晓桃看得上了头，克制着才没拿出手机拍一张。

"出、出来了。"佟佳露也有点儿看迷了眼，"还挺守时。"

温年心说不守时不又得看你的脸色？

她下了台阶，见陈远一身运动装，脸上有汗，明显是刚运动完，便知道早上听到的动静就是他。

"早。"温年说。

陈远低下头："早。"

也不知道怎么了，他才刚喝完水，这会儿却觉得喉咙发干。

杨晓桃悄咪咪地站在温年身边沐浴女神之光，佟佳露说："那走吧。再晚的话，买鸡蛋灌饼得排队了。"

温年一愣："鸡蛋什么饼？"

佟佳露懒得解释，她得吃，支撑她起这么早的动力就是那一口早点。

她和陈远说了句"走了"。温年跟上，杨晓桃则冲陈远鞠了一躬，结结巴巴地说"陈同学再见"。

温年觉得好笑，问道："你很怕陈远？"

"有点儿。"杨晓桃小声说，"太冷了，而且……"

三人说着，消失在拐角处。

陈远收回视线，这才知道她的头发垂直放下来有这么长。

佟佳露心心念念的鸡蛋灌饼，在南甜巷子后街。这会儿，三轮车前排着长龙，佟佳露"哎呀"一声，麻利地跑过去排队。

温年光是看摊主脚边堆满鸡蛋壳的垃圾桶就没了胃口，说自己不吃。

佟佳露眼睛瞪得像铜铃："不吃你后悔八辈子！"

杨晓桃说："温年，你尝尝。真的特别好吃，而且挺卫生的。你看，人家戴着口罩和手套呢。"

是戴着，那食材卫生吗？温年接受不了路边摊。

佟佳露又说:"你都到怀蓝了,还讲究什么?我今天就把话放这儿,这鸡蛋灌饼你吃了不说好,从今以后我管你叫姐。"

这么拼?连佟姐的地位都不顾了?

既然话说到这个份上了,温年也不能太驳佟佳露的面子,她决定尝一口再让对方叫姐。

然后——温年尝了第一口,又尝了第二口,再尝第三口……

佟佳露得意得不行,笑着说大小姐也会被路边摊征服。

温年脸红,但她不说假话,好吃她就多吃一口。

杨晓桃在一边看,佟佳露总用"大小姐"这个称呼调侃温年,但温年就是大小姐啊——吃东西细嚼慢咽,吃相极好,哪怕是和她们一起站着吃,温年给人的感觉也是:啊,这儿有个仙女下凡体验人间烟火了。

杨晓桃说:"温年,你的头发真好。"

"谢谢。"温年说,"你的发型也很可爱,不过脸颊这里再让理发师修得有层次些会更好。"

杨晓桃被夸,有些害羞,又问:"你是怎么养头发的?"

温年想了想,睡前梳头发四百下,每次洗头发后都用发膜和精油打理头发,还有平时注意多吃一些黑食物,像芝麻和黑豆。

"不过发膜我最近没用,这里的超市没有我用的那个牌子。"想到这个,温年十分担忧,"精油也快用完了。"

佟佳露听了直翻白眼:"你累不累?就为了头发。"

温年冲她微笑:"等你秃了,你别着急啊。"

佟佳露的脸一白,吓得她赶紧摸摸自己本来就不怎么茂密的头发,心里默念着阿弥陀佛,您可别没了啊。

杨晓桃笑了笑,又说:"你是不是还注意绑头发的发圈?我看你平时都是用一个类似丝绸的发带在绑。"

提起这个,温年不得不又想起陈远陈同学。

在经历过手电筒的刺激后,她有那么几天没和陈同学说话,怕被他巨人般的情商伤到。

可有一天晚上,她的桃红色发带断了,黑色发带又洗了正在晾。那时候天气还比较热,温年散了一会儿头发就出了汗。

无奈下,她用手束着头发,敲了对门的门,问有没有可以绑头发的东西。

陈远明显是思考过的,绝不是应付。于是,在回家找了一圈后,他递给她一根麻绳——还是超长的,可以绕头发几十圈的那种。

再次拜倒在"陈巨人"的情商下,温年果断选择热着。

文具店是不错。

地方不大,但卖的东西比批发市场的多了个性,质量也好,还有不少进口商品。

温年买了几支笔和几个笔记本,她推荐给杨晓桃的保温水壶,杨晓桃特别喜欢。而佟佳露,她看中一个小熊图案的收纳盒,扭扭捏捏不好意思拿,温年看了也说可爱,适合她,她才偷笑着买下。

从文具店出来,她们吃了麦当劳。

这种在大城市随处可见的快餐店,在怀蓝很少,要不是佟佳露和杨晓桃,温年还以为怀蓝没有。

"怀蓝是小,但也不是荒山野岭。"佟佳露说,"你们这些大小姐就是夸张。"

温年没反驳,因为她对怀蓝的初始评价就是穷乡僻壤。

"吃完我们去'角落'吃提拉米苏怎么样?"杨晓桃提议,"我好想吃啊。"

"角落"不就是那家煮着耶加雪菲咖啡的书咖店?温年一直想去,这次正好。

再次路过那条窄巷,温年记起团仔的事,心里不由得小小感慨一下,总觉得时间过了好久,可实际一个月都不到,日子过得太快。

温年和杨晓桃她们进了书咖店,推门时,竹风铃"叮咚"作响。

伴随着铃声的,还有一个男人的声音:"欢迎光临。"

听到这个声音,温年愣了愣。说话的人是播音员吗?声音像极了她小时候听童话故事时的旁白,低沉适中,温柔治愈。

温年看过去,就见一个穿着米色休闲裤和灰色卫衣的男人从吧台后面出来,那灰色卫衣里还有一件白色衬衣,只露出半截领子。

衣品不错。温年在心里点评,再看看人,长相也很不错,帅气周正,眼里带着淡淡的笑,让人一看就觉得很舒服。

池林笑着冲三个女孩打招呼,看向佟佳露说:"是小远的同学们啊,欢迎光临。"

佟佳露低下头,眼睛盯着地面,声音轻轻柔柔地回答:"嗯,我们都是陈远的同学,一个班的。"

"谢谢你们来店里。"池林又看向温年,"你就是许姨的外甥女吧,我是池林。"

温年刚琢磨着这人和陈远是什么关系,不料对方还认识自己。

池林解释:"我也是南甜巷子的,我爸和你表姨是老朋友。还有小远,我算是他哥哥。"

南甜巷子——宇宙之家。

温年见怪不怪,不过这人姓"池",她记得之前还有个退掉许扬花花绿绿衣服的老池,两个人很有可能是父子。

"您好。"她礼貌地微笑,"我是温年。"

随后,温年她们去吧台看菜单。杨晓桃直接要了提拉米苏,温年要了树莓慕斯和摩卡,而爱吃的佟佳露则要了一杯美式。

池林制作咖啡,温年和杨晓桃去里面转转。温年小声地问:"你们常来这家店?"

杨晓桃摇头:"今天是我第二次来,之前是露露带我来的。"

温年扭头看了眼站在吧台附近的佟佳露,没再说什么。

书咖店的整体装修风格属于英伦风,不少家具或装饰品一看便知是淘来的中古货,品相上乘。书架上罗列着很多外文原著,游记偏多,还有艺术家自传,以及各种乐理方面的书籍和音乐艺术史等。

温年看了只感叹卧虎藏龙,怀蓝居然有这样懂艺术的人。尤其是架子正中间用真空玻璃保护着的肖邦曲集,是波兰初版,有钱都买不到。

"这个是在维也纳的时候,从一位老人家那里得来的。"池林过来拿东西,"喜欢肖邦?"

学钢琴的有不喜欢肖邦的吗?考级时恨不得骂得他诈尸,但在温年心里,肖邦就是最浪漫的音乐诗人。

"书是拿不出来了。"池林叹口气,"一接触空气腐朽得更快。不过那边有架钢琴,你要是喜欢可以玩玩。"

温年笑了笑,她还真不是什么钢琴都弹,至少得施坦威O-180。而等她过去一看,池林这台居然是海兹曼古董钢琴!

这家店没人抢吗?

"温年,你还会弹钢琴啊?"杨晓桃问,"太厉害了。"

佟佳露张了张嘴,但一看身边的池林,没言语。温年估计她想说:弹钢琴是大小姐必备技能,是大小姐都会弹。

看着这台可遇不可求的钢琴,温年有些手痒,再三询问池林,得到了允许,她掏出湿巾仔仔细细地擦了两遍手,掀开琴盖。

古董钢琴无法做到完全音准,但有岁月沉淀的味道。

温年触着琴键,耳边是以前常听的旋律,她觉得自己好像回家了。

在琴房,落日余晖透过落地窗洒在琴上和地毯上。她沉浸在音乐中,完成了一首高难度的练习曲,开心地睁开眼,看到的却是颜清紧锁的眉头。

颜清用冰冷的声音对她说:"还是没长进。"

"咚——"温年弹错一个音,乐曲中断。

她心有余悸,不知是因为记忆里的颜清,还是因为辜负了这台钢琴。

池林适时鼓掌,说:"还以为你会弹肖邦,没想到是德彪西。"

温年喜欢肖邦,但德彪西才是她永远的神。她最喜欢《贝加摩组曲》第三曲,也就是大家常说的《月光》。只是她这个年纪和阅历弹不出那种极致温柔又深沉的爱,所以一般都弹《梦幻曲》。

温年没弹好,不好意思地站起来。窗外,团仔和小贝路过,冲着她挥手,嘴里大概说着好厉害之类的。

温年看了眼池林,池林只是笑。

她太久没练琴了,现在的水平在专业人士面前就是花拳绣腿,人家给她留面子,看破不说破。

吃了蛋糕,喝了咖啡,她们该走了。

池林将她们送到门口,又拿出一个小盒子交给温年,说里面是许扬的怀表。

"我爸以为修好了,结果昨天拿出来一看又不知道是哪里出了问题。"

池林说,"麻烦你带去给小远,他一定能修。"

温年惊讶:"陈远还会修怀表?"

"会啊。"池林看着女孩,浅浅一笑,"民国座钟他都会修。"

离开角落书咖店,杨晓桃去主干道的公交车站坐车回家。

温年和佟佳露就结伴回南甜巷子。

佟佳露始终沉默,惹得温年时不时看她。可能是被温年看烦了,她没好气地道:"看什么看?我很好看啊?"

"挺好看啊。"温年实话实说,"你的眼睛好看,就是发型不适合你。"

佟佳露又别扭起来,咕哝:"好不好看都和你没关系。"

这还用你说?

到了一个路口,两人分别,温年要走,佟佳露又叫住她。瞧佟佳露扭捏的样子,温年叹了口气:"有话就说,这不像你的风格。"

"我……我……"佟佳露想怼又憋回去,脸上浮现出红晕,"我看你挺懂那个什么肖邦和阿彪的,能不能给我讲讲?我听着好玩。"

温年笑了,停不下来的那种笑,就觉得佟佳露好可爱。

"你笑什么啊?不乐意讲就算了!"

佟佳露恼怒要走,温年拦住她,尽量不笑,说:"今天出来这么久,我们都累了。周一回学校,你课间来找我,我给你讲。"

佟佳露眼睛一亮:"真的?"

"我敢骗你吗?"

"那是,佟姐你惹不起。"

温年笑着点头,勾勾手指,佟佳露靠过去,她和佟佳露说了句话。

佟佳露听后说:"我说这老外怎么起个东北名儿呢。"

回到67号门口,温年拿着手里的盒子去敲陈远家的门。陈远不在,温年想问他什么时候回来,才发现两个人没有加微信,只好回去。

许扬已经去了直播间,会在下播后直接去医院。

温年给自己洗了水果,回房间做卷子。

马上是十一假期,接着就是一中的期中考试。虽说温年不觉得一中考试的难度会有多大,但她之前念国际学校,和普通高中之间多少有差别,她不想到时候丢人。

这一写就写到了傍晚。窗外的天空在昏黄和夜色之间悬而未决，小广场那边隐隐传来歌声。

温年伸了个懒腰，又滴了几滴眼药水，下楼斟水。经过小院，她听到对面有动静。

陈远刚回来，正要开门，温年出来叫他。

"我有东西给你。"温年说着走了过来，"是我表姨的怀……你的手臂怎么了？"

只见他手臂上有一条长长的口子，还有血在往外冒。

陈远将手臂往身后放，说："划的。"

温年想再看看，偏陈远挡得严实，但她想着应该不是打架受伤。

陈远又说："是许姨的怀表？"

"嗯。"温年点头，"我今天去'角落'……"

她简单说了经过，陈远听后让她把怀表给他就行。

可温年想到陈远的伤口，不由得问："你手上有伤还能修表？不处理一下？"

"不用。"陈远解开锁链，"用水冲一下就行。"

用水冲？用自来水冲？

温年知道男生都比较糙，但陈远这也太不拿自己的身体当回事了。

"你是不是没有药箱？"温年问，"我那里有，你等等。"

陈远想叫住温年，但她已经跑了回去。看看手臂，这是他今天去改造木屋时不小心被木头划破的。一开始上面还扎着木刺，他都处理了。这种级别的伤，他一向是放任态度。

温年拎着药箱走过来。

看陈远没事的那只手拎着一看就很沉的工具箱，没办法再拿药箱。

"要不我把药箱放进去？"温年问，"方便吗？"

陈远想了下，确定家里没有不妥，推开门，侧身让温年进去。

这是温年第一次进陈远家。

房子的结构和许扬家一模一样，都是倒"凹"字形，唯独不一样的是房顶。但她看不清，不好确定。

院子里空空荡荡的，寸草不生——还没有许扬家那个有快散架的摇摇椅和板凳、桌子的院子有生活趣味。

唯一的一样东西是门后靠左边的长条桌子,估计也就是为了临时放个东西。

陈远走在前面,打开小楼的门。

温年以为自己会欣赏到另一种"家徒四壁"风,却被里面的摆设震惊了。

不大的客厅里,但凡不用打通的墙面全钉上了架子,这些架子横平竖不直,格子间大小全凭里面的东西决定,看似杂乱无章,却也随性自由。

而这些东西,全是手工品。有用雪碧瓶子做的绿萝,有用开心果壳糊的绵羊,最巧妙的是一个纸筒摆件——利用直筒空间里的光影,在中心位置做了剪纸花样,再投射到墙上,一只懒懒的大猫便趴在了那里,活灵活现。

温年本想放下药箱就走,这下,她问陈远可不可以看看,她不会乱碰。

陈远没所谓,这些都是他闲时无聊练手做的小玩意,不值钱,就算是碰到弄坏了也没关系。

温年笑了笑,放下东西就要过去瞧,但看到陈远的手臂,又说:"需要帮忙吗?"

陈远摇头。

温年顺着架子一件件地看。透过这些,她发现陈远看起来沉默寡言,但他是有想象力和创造力的,这两样东西是天生的,有人一辈子都不会有。

"这个。"温年指着一个木雕的盘龙葫芦,"也是你做的?"

她觉得这个木雕的刀工老练,老练到有些刻板,和这里其他的东西不太一样。

陈远在沙发那里处理伤口,闻言,动作一顿,说:"我爷爷做的。"

温年没想一开口就踩雷区,讪讪地说声抱歉。

陈远没有表情,继续处理伤口。

但尴尬一旦产生就得持续一会儿。特别是陈远同学情商堪忧,温年一时半会儿也不知道说什么能缓和气氛,只能结束这次观赏回去。

见她要走,陈远合上药箱。

温年想说明天再给她就行,可陈远却说:"怀表很快修好。"

言外之意：你等会儿拿了一起走。

这么一说，温年又留下。

陈远在一楼也有张工作桌，工具没有楼上齐全，但修怀表足够。

他坐下，将台灯调试到合适的亮度，开始拆怀表。

温年没见过修表，更别说是怀表，十分好奇，站在工作桌半米远的位置看。

没看一会儿，陈远放下怀表。

"修好了？"温年问，"这么快？"

陈远说："你的影子挡着视线了。"

就你洞察一切！温年没了尴尬，只有生气。虽然是她碍事了，但他就不能委婉点儿或者语气没有这么生硬地告诉她吗？

不看了，修表有什么好看的。温年转身回去坐着等，又听他说："站这里，可以。"

她回头，陈远指的是他右手边的位置，确实那里不会有影子倾斜挡着他的视线，她还可以看得很清楚，是个绝佳的观摩位置。

温年消了点儿气，心想：就算你邀请我。

她勉强给个面子过去，重新看怀表如何修。

这一看，温年理解了曾经团仔的话——陈远哥哥无敌厉害，什么都会修。这里的"什么"，温年不清楚，但只看眼下，她是认可"厉害"二字的。

陈远手掌宽大，手指修长。这样的一双手，安装晾衣杆或者徒手接铁链，温年都觉得可以，因为这手充满力量。可这样的一双手能如此灵活地操控工具，实在叫她想象不出。

陈远时而低头细看，时而抬头远观，背脊随着他的动作鼓起、放松，隐于衣服之下。他有条不紊地将怀表内部零件一一拆解，终于看到一根细小的棉线头缠在齿轮上。

陈远去取更精细的镊子，却不料一抬手，手肘不小心碰到了温年的腰。

温年也不知道自己怎么就站这么近了，意识到打扰到人家了，当即往后挪了挪，轻声说："不好意思。"

陈远手指微微蜷缩，没出声。找出问题所在，修起来就快了。

陈远取出线头，再将零件装回去。

温年看了这么半天,看出陈远装零件是有顺序的,便问:"这些齿轮都一样大,要是顺序错了有影响吗?"

"有。"

"什么影响?"

陈远指着两个小齿轮之间的位置,温年顺势弯腰去看。

她看了好一会儿,得出结论是:没区别。

"这里。"陈远也往前挪了挪,"它们的契合。"

温年又看了看,明白了。

齿轮和齿轮之间是没有区别,但当它们运转时,长年累月不同节奏的摩擦,造成的磨损是不一样的。只有让一开始就在磨合的齿轮保持原有的轨迹继续磨合,才能保持最初。

这大概就是一旦适应了就不会再分开,因为只有最先了解的那个才是最好的。

"真有意思。"

温年转过头,猝不及防间,陈远和她面对面。

其实距离也没有很近,但陈远一时之间就是感觉呼吸不畅。他看到光拂着她的侧脸,耳边的黑发被照耀得黄绒绒的,让他想起猫竖起的尾巴。

"陈远,你很厉害啊。"温年说着,唇边带笑,眼睛里有一团光,映出他的样子。

陈远又一次感到喉咙发紧,垂眸"嗯"了一声。

而温年自然地直起身,她的一缕头发因为刚才俯身的动作而落在陈远的手上,现在一下子滑走,仿佛转瞬即逝的温柔。

温年问:"你怎么会这些?是你爷爷教的吗?"

陈远眸光一黯,继续装怀表,回答道:"我爷爷是木工,我爸是学机械的。"

怪不得。温年笑道:"你爸爸肯定很厉害,他……"

等等,陈远的爸爸是不是也去世了?温年服了自己。

她从小没少参加酒会晚宴的,也算社交小高手,怎么今天老在人家的痛点上横跳呢?

温年打着腹稿想挽回失言,就着这个工夫,陈远将修好的怀表递给她。

瞥到陈远的手臂又流血了，温年皱着眉说："一定是碰到桌边又裂开了，很疼吧？"

陈远都没察觉痛，想说没有，温年又说："你缠个绷带。我光是看着都觉得好疼。"

晚上，池林过来送池国栋包的饺子。

陈远在画画，石膏人像放在对着院子死角的窗台上。

"怎么换地方了？"池林说，"不是说……手臂怎么了？"

陈远一怔，将手往里收，说："划了一下。"

池林觉得哪里不对："划了一下还用绷带？是不是很严重？走，去医院。"

"……不严重。"

"不严重缠绷带？"

池林平时温柔好说话，但真有事绝对不含糊。陈远如果解释不清楚，一定会被架去医院，无奈之下，只好解开绷带。

查看后，池林确实放心了。伤口是长，但不深，而且明显消毒处理过，依着陈远的身体素质，没几天就会愈合。

这要是放在以前，陈远根本不会管。

池林笑了笑："不错，知道在意自己的身体了。"

池林让陈远拿碗筷准备吃饭，自己到楼上拿池国栋放在陈远这里的工具。

看到对面小楼的房间亮着灯，他下楼时问："许姨的外甥女给你怀表了吗？"

"嗯，修完了。"

池林点点头，想起温年下午弹琴时的样子，又说："能看出来，那小姑娘家境很好，素养不是一般的高。只可惜现在来了怀蓝，没有条件，琴技生疏了。"

陈远看向池林，池林一向会解读他的心意，便说："对，会弹钢琴，弹得不错。"

陈远没说什么，拿起筷子。看到手臂的伤，他又放下筷子，默默去

药箱那里再缠上绷带。

池林觉得新鲜,笑道:"真是转性了。"

经过一个周末再回到学校,班里的氛围有了变化。因为即将到来的十一假期,也因为放假前要举办的运动会。体委和班长到校就开始动员大家报名,却收效甚微。

"没用。"孔家奇吹着菊花茶说,"咱班的体育很差,去年垫底,今天估计还是垫底。"

在他旁边的金鑫不爱听这话:"有没有集体荣誉感?咱们倒数第一你脸上有光啊?咱班就是因为有你这样的人,才不行。"

孔家奇憨憨地笑,捏着肚子上的小游泳圈:"我报铅球了。"

"算你是个男的。"金鑫"夹"了一眼陈远的座位,"不像某些人。"

金鑫哼了一声,拉孔家奇去厕所,杨晓桃这才扭头和温年说话。

"也不怪金鑫说,陈远要是参加,咱们班搞不好能挤进前三。"

温年心说陈同学全才啊,除了情商,什么都行。

"你们既然都知道他不参加集体活动,就别强人所难。"温年说。

是这个道理。杨晓桃点头,想聊点儿别的,冯思怡过来了。

冯思怡是班里的文艺委员。她从小学舞蹈,经常参加文艺活动,长得也清纯秀气,在班里人缘不错。

"温年,郭老师让你出来一下。"

温年点点头,和冯思怡去了楼道。

郭老师是体育组唯一的女老师,专门为学校的一些大型活动编排舞蹈,或是组织啦啦队。

郭老师一见到温年,就知道应该没问题。

"练过舞吧?"郭老师问,"芭蕾?几年?"

温年说:"是古典舞,十三年。"

郭老师满意极了,继续说:"是这样的。学校要开运动会了,到时候有个开场舞……"

开场舞从暑假就开始排练,怎么也不会有温年什么事。但舞蹈队中有个学生家里出了紧急状况,休学一年,就少了一个人。郭老师为这事发愁,好好的舞蹈临时修改会有不小的影响,特别是队形变化。直到上周,她无意间看到温年,就想着这女孩估计能顶上。

"突然让你加入,是为难你。"郭老师说,"但我希望你克服克服,这也是你到咱们一中参加的第一个集体活动,有意义的。"

温年并不想被拉来做替补,但看郭老师那眼神,大概这舞蹈跳不出效果,也是她工作上的失误。

就当运动减肥吧,温年同意了。

郭老师松了口气,对冯思怡说:"放学你把温年带到舞蹈教室,还有不到两周的时间,咱们得抓紧。"

等郭老师走后,冯思怡又和温年说了几句,两个人回到教室。

佟佳露刚才从后门路过时都听到了,已经告诉杨晓桃。见到温年,杨晓桃笑着说:"温年,你是要跳舞了吗?"

"跳操吧。"温年说。

管它跳什么,杨晓桃这次运动会要带着照相机给女神照相。

佟佳露瞧杨晓桃那眼里冒的桃心,就知道她又开始了,只能自己好心说一句:"练完天都黑了,你自己注意点儿。"

温年估算了下时间,也还好,属于安全时间范畴。

可等她放学回到南甜巷子,碰上泪眼汪汪的团仔后,又有了变化。

团仔小脸通红地向她求助。

梅梅这周六要参加唱歌比赛。原本梅梅的外婆会弹琴,可以每天陪着外孙女练唱,可昨天外婆的手烫伤了,也就没人陪梅梅练了。梅梅害怕输了比赛,整天闷闷不乐的,糖果也不吃,团仔怎么哄都没有用。

那天,团仔经过角落书咖店时,看到温年在弹钢琴,他就想到了这个主意。

"温年姐姐帮帮我,求你啦。"团仔拜拜,"就这周三、周四、周五,你来帮梅梅弹琴好不好?"

温年瞧着弱小无助的团仔,问:"梅梅对你这么重要呀?"

"嗯!"

"那要用你的小赛车换呢?"

团仔愣了下,转身就跑。

温年把团仔拽回来,团仔说他现在去拿小赛车。坚决成这样,温年心说这小孩儿可是不得了。既然如此,帮个忙也没什么。

但她现在还要参加运动会开场舞排练,怕是要晚些才行。

"没关系的!"团仔说,"我这就去告诉梅梅!谢谢温年姐姐!"

温年笑了笑,让团仔跑慢些。

周三,运动会项目报名截止日。

下午,体委依旧游说于各个同学之间,但还是没有报满。

温年的体育确实不行。虽然她从小练舞,但也就在柔软度和耐力上可以,体育大多靠爆发力,她很差。

倒是她旁边这位……温年看了眼正在看书的陈远。

他看的大多数是机械类的书,还有数学书和物理书。

体委到底还是把目光投向了陈远。

温年眼见着体委强撑着一颗卑微的心过来,开口就是:"陈远,咱班就指望你了。"

一班的希望没有回应。

"马老师说,这次她不能再被别的班主任嘲笑。"体委又说,"你报个三千米,就当玩了。"

温年差点呛着,三千米,还玩?分明是要命的。

陈远瞥了眼身边的人,沉默地将桌上的抽纸往里挪挪,向体委摇头。

体委不放弃:"你要是报了,绝对能破纪录!咱们班不说前三,但起码不会倒数第一!"

陈远还是摇头。

心碎的体委黯然离开。

温年有点儿可怜体委,但她没问陈远为什么不参加运动会,她只是想起周末那天,陈远大清早出门,一身运动装回来。

"你有晨练的习惯?"温年问。

陈远点头。

"在巷子里?"

"海边。"

温年"哦"了一声，手肘不小心碰掉了桌面上的笔，她弯下腰去捡。

陈远跟着低头，抵着桌腿的脚悄悄使力，移开了一点桌子。

温年整理桌面准备上课，陈远问她："团仔说你要帮忙弹琴？"

"你也知道了？"温年笑了笑，"我怕不答应团仔会哭。"

话音刚落，马令芳进班，将教案一把拍在讲桌上，趁着还没打正式铃，她说了运动会的事。

"咱们班，次次都拿不着荣誉。"马令芳严肃道，"虽说你们的平均分是年级第一，但这够吗？好的班级就该……金鑫你再梳头，我就把你这个盒儿没收了。"

金鑫一听，赶紧收了梳，老实了。

马令芳继续："鉴于今年是你们高中生涯最后一次运动会，我不接受倒数第一。"

这话引得大家窃窃私语。说来说去，还是马令芳和七班班主任不对付，人家笑她带一帮书呆子，她自尊心受挫。

"所以——"马令芳抬了抬眼镜，"我给咱们班最有希望夺得名次的同学，报了跳高、八百米，以及三千米的项目。"

大家听得"啊啊啊"直叫，是谁这么倒霉？

她拍着桌子叫其他人安静，宣布："这位同学肩负着争取集体荣誉的重任，我希望你全力以赴，不负所托——陈远同学。"

"唰"地，所有人看向后排最后一个位置。

温年也没想到原来这个倒霉蛋，不对，是一人报三个项目的超级倒霉蛋是……陈远。

她第一次从陈远那张常常毫无表情的脸上看到了惊讶与无语。

这可真是……你也有今天啊！

放学后，温年去舞蹈教室集合。跟着大家跳了两天，她回去又看了郭老师发的视频，已经会了，现在主要练变换队形。

排练结束，温年回67号匆匆吃了晚饭，然后被团仔领着去了梅梅家。梅梅的外婆提前在院门口等候。

团仔说梅梅的外婆姓康，也就是康奶奶，温年见到她时着实被惊艳到——一身改良的绛紫色旗袍，搭配驼色披肩，哪怕手上有伤，远远看去也是民国公馆里走出的温婉夫人。

温年越来越觉得自己之前小看了怀蓝。

"你就是温年吧。"康奶奶笑道，"给你添麻烦了。"

温年说："不麻烦，您客气了。"

康奶奶慈爱地摸摸团仔的脑袋，给他带了自己做的可乐鸡翅，让他快些回家，明天再和梅梅玩。团仔懂事地点点头，和她们再见。

温年同康奶奶进去。

屋里收拾得洁净整齐，客厅侧面的墙上挂着康奶奶年轻时的照片，都是穿着戏服的。

"已经退休了。"康奶奶说，"好久没唱了。"

温年笑了笑，没再继续看，想着跟其他长辈打声招呼就去找梅梅，但等了会儿，好像没有别人来。

康奶奶说："这家里就我和梅梅祖孙两个。她外公前几年突发心梗走了，我的女儿女婿也在省里打工，过年才会回来住两天。"

温年点点头，心里有些说不上来的滋味。但康奶奶并不伤感，仿佛已经习惯，端出洗好的水果，又说："这南甜巷子啊，大多数是我家这样的情况。团仔家也是，他妈妈在外地工作。"

温年听着奇怪，想问那团仔爸爸呢？但想想，这种事还是不要八卦。

康奶奶送温年去小琴房，梅梅已经坐在那里等候。康奶奶让梅梅听话，然后就关上门，不再打扰她们。

温年翻了下乐谱，是比较简单的儿歌，不需要练，直接开始就行。她让梅梅准备开始，小姑娘却是噘着嘴看她，不情不愿。

"我这么让你讨厌？"温年说，"你长大后也会很漂亮的，你……"

"才不是因为这个呢！"

温年一愣："那你是为什么？"

梅梅气哼哼地别过头，说："为了陈远哥哥。"

跟陈远又有什么关系？

"命运，是命运。"梅梅学着大人的口吻，"命运使我们成为宿敌，但我不会把陈远哥哥让给你的。"

团仔回了鲜果店。店门口，陈远蹲在那里维修木头机器人。

见到陈远，团仔叫着哥哥跑过去，从后面扑到陈远身上。

赵奶奶见了让他赶紧下来，不要撞坏了陈哥哥。

团仔听话地下来些，但还是抱着陈远的脖子，说："陈远哥哥，我想要个小木头机器人，放在我床头。"

"你不要这样。"赵奶奶说，"哪有一见面就要东西的。小远，你别听他的。"

陈远拍了下团仔的胳膊，说："下周给你。"

"谢谢哥哥！"

赵奶奶从店里斟了一杯水送出来。见陈远头上都是汗，她不忍心道："辛苦你又修东西又帮我搬货。奶奶以为你周末才来呢，你怎么又改主意了？"

陈远一口饮尽水，说："没事。"

赵奶奶让陈远去屋里歇会儿，自己把店外放着的水果搬进去。

团仔帮忙，问奶奶："现在就关门吗？"

"对。"赵奶奶说，"你一会儿就在屋里写作业，我去梅梅家接你温年姐姐。"

赵奶奶没想到小孙子的请求会被温年答应。温年这姑娘一看就是富人家的孩子，有礼貌也尊老爱幼，但她总觉得不会和他们这些人走得太近，没想到人家一点架子没有，说帮忙就帮忙了。

待会儿结束，估计得九点了，天那么黑，巷子里的灯时好时坏，她去接一下，别让女孩家一个人走夜路。

赵奶奶如此想着，陈远又过来帮她搬东西。她直说不用，但男孩动作利落，一会儿就都帮她干完了。

"小远，太谢谢了。"赵奶奶说，"你……"

"我去吧。"

他说得突兀，赵奶奶没明白："什么？"

"您在家里陪团仔。"

"这……那、那你是要去哪儿？"

康奶奶送了温年一盒点心。温年不收,但康奶奶说不收她不好意思再麻烦她,温年只能听从。

康奶奶要在家看着梅梅,便找温年要了微信,让温年到了家发一条消息来。

拎着点心,温年和康奶奶还有梅梅告别。

从梅梅家回67号并不远,只是它们的位置是个对角,需要穿过好几条巷子。温年对南甜巷子的治安还是有信心的。这里虽然是市井之地,人也都是普通百姓,但他们很淳朴,对人友好善良。

她就是怕黑。而这个恐惧刚冒了一点头,前面巷子的路灯就闪了几下,气氛很是吓人。

温年抿抿唇,掏出手机想打开手电筒,但手一滑,手机掉在了地上。

她蹲下去捡,发现身后有动静,类似踩断枯叶的脆响。

她的心跳一下子加快。

她听说在晚上听到任何动静或者有人叫自己的名字,都不要回头。

温年寒毛直竖,捡了手机拔腿快走。

她确定身后跟着的是人。因为她快,后面的人也快,貌似在追她,而且这个人腿应该挺长,她感觉他很快就要追上自己了。

温年怕自己跑不掉,也怕被这个人跟到67号泄露住址,看到手里还拎着的一盒点心,她有了主意——

砸蒙他再跑。

温年没有半点儿迟疑,突然就来了个急刹车,转身将点心朝那人狠狠砸去。

很不幸,那人反应极快,轻轻松松握住了她的手腕,分明没使力,却让她无法动弹分毫。

那一秒,温年想妈妈。

而再下一秒,一道她熟悉的声音和她说:"是我。"

她悬着的心落下,手也失了力道,手中的点心盒掉落,陈远比徒手接铁链时还迅速地接住,然后拎在手里,看清温年的脸。

她的脸白得像一张纸,配合着头顶时暗时亮的灯,叫他也说不清是自己刚才吓人还是她吓人。

见是陈远，温年的心就跟坐断崖过山车似的，直上直下。忘了教养和仪态，她照着陈远的手臂就是一拳。结果疼的还是她，他的手臂硬死了。

"怎么是你！"温年气道，"你吭一声会死啊，还是你想吓死我？"

陈远看了一眼温年的手腕。黑暗中瞧不真切，但她皮肤白，碰一下就会红，所以这次他应该没有抓疼她。但她自己打来的一拳，倒是弄红了她的手。

陈远不知道该怎么说，憋了半天，还是道歉。

温年也想到这"铁葫芦"说不出句好听的，没叫她也就是因为他本身不爱说话，不是故意吓她。顺顺气，温年问："你怎么在这儿？"

"路过。"

温年又甩甩手，瞥到他手上的点心，用命令的口吻说："你拿着。"

谁叫你又弄疼我。

陈远本来也没想她拿，但他为负的情商这会儿非得活跃一下，他猜到温年的潜台词，补了一句："这次不是我。"

温年一愣，明白后直接气笑："对，因为我！对不起，我打你了！"

陈远不说了，就拎着东西。

夜幕下的巷子里，温年和陈远隔着一段距离并排走着。

家家户户亮着灯，偶尔能听到老人的咳嗽声，也能听到电视剧里的背景乐，还有家长让孩子去睡觉的吼叫。

温年听着，心里渐渐踏实。

回到67号门口，温年接过点心，问陈远要不要吃。

陈远拒绝，她也无话可说，找钥匙开门。正开门时，身后那人又说："团仔奶奶想去接你。"

"赵奶奶接我？"温年扭头，"她干什么……"

哦，估计是觉得她帮了团仔的忙，不好叫她走夜路。温年说："我会告诉赵奶奶不用麻烦。"

陈远问："怎么告诉？"

用嘴告诉，还能怎么告诉？但温年转念一想，她就算跟赵奶奶说，赵奶奶也未必会听。可这个时间，她一个老人家带着团仔出来或不带团仔把他留在家里，都不太好。

温年琢磨该怎么拒绝赵奶奶接她，就听陈远说："我替赵奶奶来。"

"你替？接我啊？"

陈远垂眸，点头。

温年想想，这倒也是个折中的办法。毕竟今天就算没有陈远吓她这一下，她也怕黑，不敢一个人在巷子里走。

"那，麻烦你了。"

陈远又是点头。

他居然点头。温年告诉自己别生气，陈同学他不是一般人。可她真想喊一句：你就不会客套一句"不麻烦"吗？我说麻烦你就点头！我有这么麻烦吗？你怎么这么听话呢！

还是回去写作业吧，只有学习才能使她快乐。

温年拧开锁进院子，康奶奶这时发来一条微信，问她到没到。

她说自己已经到了，回头看到也在开门的"陈巨人"，又想起他们还没加微信。

"加个微信吧。"温年绷着脸说，"我也说不准几点从梅梅家出来，快出来了，我给你微信，省得你过去太早。"

陈远拿出手机。他这回倒是机灵，自己亮出微信名片，免去她点来点去，直接扫就可以了。

再去梅梅家弹琴，这天因为梅梅父母来视频电话，温年比预计回去的时间提早很多。

她想时间不算晚，干脆不麻烦陈远了，自己回去。

可当她拐出那条小巷，陈远就站在灯下。

路灯把少年的身影拉得很长，他静静站在那里。

他的话还是很少，只是陪她走过一条条小巷，看她进了院子后，才转身回家。

随着国庆临近，学生们心里的疯草越长越高。本着今朝有酒今朝醉的原则，大家完全不想放假回来就是考试，每天课上课下聊的都是国庆节怎么玩。

温年和杨晓桃、佟佳露中午在食堂吃饭时,聊的也是假期安排。

佟佳露说想去旅游,但她妈妈怎么也不同意。

"这没办法同意啊。"杨晓桃说,"咱们还那么小。"

佟佳露不以为然,但十一出不去,周末总能吧?

杨晓桃摇头:"我不行。十一回来期中考,我妈让我老实在家复习。"

"我也不行。"温年说。

梅梅参加完唱歌比赛,得了第一名。团仔昨天特意给她送来"邀请函",请她这周末去家里吃饭。

都不能出去,佟佳露很痛苦,见温年在那里挑香菜,她也痛苦:"你怎么这么多事?再挑你一会儿排练迟到了。"

随着国庆节到来的还有运动会。郭老师这几天让参加开场舞的队员中午也去排练,恨不得把动作刻在她们脑子里。

温年嘟嘟嘴,叹了口气:"我说我不吃,阿姨还给盛。"

她放弃挑菜,转而只吃炒蛋。

在食堂吃了有段时间,她以为她的胃早晚会屈服,但实际上她越吃,胃越不合作,她觉得自己最近都瘦了。

"大小姐就是麻烦。"佟佳露舀了一勺自己的红烧肉过去,"吃吧。"

温年真诚地说:"还是你吃吧。"

"给你你就吃……"

"这你都吃过的了。"

佟佳露"哼哧哼哧"地埋头吃饭,温年和杨晓桃看着笑了。

杨晓桃问:"温年,你跳第几排啊?"

"第三排。"

上周郭老师想给她调到第一排,但后来没再提了,她也不在意,反正在哪儿跳都一样。

"肯定又是那帮女的钩心斗角。"佟佳露说,"五班的程璐算一个。"

杨晓桃同意:"程璐和咱们班的冯思怡关系不好。因为去年文艺会演,冯思怡把程璐的领舞挤下去了。所以……你懂的。"

佟佳露举手:"我不懂。就跳个舞,谁前谁后有差吗?"

"当然有啊!"杨晓桃说,"能领舞,那肯定是长得最好,专业也好,

这是一种认可。不过如果是温年领舞,我肯定爱看。"

温年笑笑:"谢谢支持。"

"不谢。"杨晓桃双眼又开始冒桃心,"你跳舞就是仙女下凡。"

佟佳露要吐了,瞅见陈远从她们后桌起身过来,她赶紧打招呼,换换心情。

陈远还是老样子,冷着脸,不说话,冲佟佳露点了下头。

佟佳露见他手里拿了一个小包,说:"又去画画?"

他点了下头。陈远利用午休时间在学校里的僻静地方写生是常事。

温年看去,和陈远的目光短暂触碰半秒,又移开。

从食堂出来,温年去舞蹈教室。不少同学已经换好衣服在热身,她去了靠边的位置,也开始压腿。

程璐看见她,突然提高嗓门说:"哎呀,真领舞来了。看看人家这长相和功力,有的人怎么好意思还不下去呢?"

和程璐要好的几个女生听了都说:"是啊是啊。"

温年嗅出火药味,看了眼不远处的冯思怡。冯思怡也在压腿,垂着眼,看不出生不生气,更没吭声。

她都没说话,那更没温年什么事,温年继续热身。

过了一会儿,郭老师抱着花名册来,让大家填一下衣服和鞋子的尺码,开幕式时统一着装。

运动会不是艺术节,舞蹈项目要展现的是青春活力。

温年昨天有看到服装照片,红色百褶裙配白色 T 恤,还要手持五彩啦啦花球,简直土得没法看。

不过让温年意外的是,一中还舍得花钱给大家统一鞋子,看来是真的很重视这次运动会。

填好尺码,温年站到一边。对上冯思怡的视线,对方冲她腼腆地笑了笑,她也回以礼貌点头。

排练时间一向过得很快。没练几遍,午休时间就要结束了。

大部分同学回教室上课。一班的下午第一节课是体育,温年就不着急了,从舞蹈教室出来先去洗手。

洗完手,她去格子间换衣服,发现自己的钥匙扣没了。那钥匙扣是许扬给她的，一个搞怪的小猪造型，还蛮可爱，她不想弄丢。

温年沿路返回舞蹈教室，在暖气片下面找到钥匙扣。

将它装回口袋，她瞥到窗台上不知被谁落下的一把舞蹈绸扇，她微微一愣，拿了起来。

虽然每天都练基本功，但温年觉得自己好像已经不会跳古典舞了。是因为这段时间跳操跳的？还是因为她来了怀蓝，再也回不去以前的生活了？

温年莫名感到一阵恐慌，但她不能认。不管外界怎么变，她都是她，是最好的。

如此想，温年一个提步，双腿灵活地顺滑走了一圈。

扇子在她手中开启，每挥舞一下，都是在应和她的动作，哪怕没有音乐，但她心里有……

陈远速写完，见午休所剩时间不多，便直接去操场。为了抄近路，他从办公楼穿过去，途经舞蹈教室。

他并没有注意有人在舞蹈教室里跳舞。是一道光影在他眼前快速划过，他才停下了脚步。

走到门口，陈远透过小玻璃往里看去。

是她在跳舞。

午后阳光从窗外洒进来，罩在她身上。她仰起的头展现修长的颈线，双臂举过头顶，手里的扇子展开翻出一朵桃红色的大花。

扇子的绸面折射出一条条彩光，在房间里流动飞舞。随着绸扇慢慢低落，她用手拨开绸面，一点点露出她的脸，回眸时，那双眼如星般明亮。

陈远完全愣住了。

第一次去人家家里做客应该带礼物。温年这么想，但不知道带什么，她还不怎么有钱。

许扬今天破天荒起得早了些，打着哈欠，两眼发直地坐在客厅神游。

温年问她："我中午去团仔家吃饭，带什么礼物合适？"

许扬张嘴要答，又打了个巨大的哈欠，瘫倒在沙发上说："不用带。"

"那不合适吧。"

"有什么不合适?"许扬说,"都街里街坊的,你还是小辈,搞那么麻烦做什么?"

温年忘了辈分问题,想想也对,换了个思路,给小朋友买零食好了。

许扬笑道:"你倒是没有优越感。"

"什么?"温年没听清。

许扬摇头:"没事。"

换好衣服,温年出门。

对面,陈远在看书。他穿的还是黑色裤子,但上衣是浅灰色带帽卫衣,一下让他的高冷拉回少年人独有的酷帅。

团仔的邀请名单里还有陈远,温年对此一点儿也不惊讶,毕竟他帮忙接自己回家。

温年说了声"走吧",陈远合上书,向她走来。

偷窥了一会儿的许扬从院子里蹦跶出来,笑道:"你俩现在关系挺好啊。"

温年脸上一热,瞪了许扬一眼。

许扬没个正形,抓着爆炸头嘿嘿笑:"再忍忍,小远。我这儿马上完事,你就熬出来了。"

不等陈远回应,温年不乐意道:"什么叫'熬'?我让人这么痛苦是吗?"

"怎么会呢。"许扬挑眉,用了她小甜甜的嗓音,"你最好了啦,快和小远出去玩玩,不要迟到哦。"

来怀蓝这些日子,温年觉得就不是许扬在照顾她,而是她跟着许扬历劫。许扬也四十二了,就不能有点儿大人样子吗?

温年心里小抱怨,不知不觉和陈远来到小超市。陈远拿了小篮子,她负责往里放零食。

不知是不是错觉,温年总觉得陈远欲言又止。这倒是稀奇,陈同学还有有话说的时候?

温年也不问,看看某人葫芦里到底卖的什么药。

她挑着零食,看到一款进口玉米片,这是超市里少有的进口货,她就多拿了两包。

陈远说："拿普通的就行。"

温年扭头看他,他抿了下唇,似乎是在斟酌措辞,说:"团仔家……"

"怎么了?"

"你可能会不适应。"这话大概就是憋在陈远心里的话。但温年不明白"一个家"能有什么让她不适应。

温年还是多拿了进口玉米片,过去结账。

今天这顿饭是为了表示感谢,按理说该梅梅家请客。但梅梅得了第一,她的爸爸妈妈很开心,就利用周末时间让梅梅和她外婆去了省里,一家人好好玩两天。所以,团仔揽了这事。

温年也不图感谢,举手之劳,梅梅外婆也送了点心,够了。但团仔十分真诚,亲手做了邀请函,上面一笔一画写着"请温年姐姐吃饭",她就没办法拒绝。

温年和陈远来到小步行街的团团鲜果店。温年以为是来接赵奶奶和团仔,她怎么都没想到,团仔的家就在店后面。

一个十平方米不到的屋子。屋里放了一张小双人床、一张课桌,还有一张两个人座沙发,以及两把椅子。

温年下意识地看了眼陈远,他面上是一贯的平静。

赵奶奶站在门口,一只手捏着套袖边缘,笑得颇为僵硬,说欢迎来吃饭。

而团仔仰着小脸在笑。他穿了一件宝蓝色毛背心,上面织了一只黄色小狗,特别可爱。他学着大人的动作,做了个请的手势,说:"欢迎温年姐姐。"

看着孩子天真无邪的眼睛,温年马上收敛了那些没用的情绪,弯腰递给他袋子。

"谢谢你邀请我吃饭,这是我的回礼。"

零食并不贵,但团仔当宝贝似的接过去。好像这种把他当作大人对待的"礼尚往来"让他格外满足。

"来就好了,干什么破费?"赵奶奶说,"本来就……"

温年说了句"应该的",让团仔带自己进屋。

团仔领着她，她很自然地坐在双人座沙发上，和团仔道谢。

赵奶奶暗自松口气，说："你们先玩会儿，菜马上就好。"

赵奶奶一走，团仔又拉来陈远坐在温年旁边。团仔很黏陈远，一直和他说话，说的什么温年也听不懂。

她看了看这小屋。小是真的小，但收拾得干净整洁。靠床的那面墙上，贴了很多照片，大多是团仔和妈妈的合影，还有赵奶奶和团仔的。

床边的长条木桌上则立着一幅绣品，绣的是一个花瓶，花瓶旁边绣着"平安"二字，看绣工，应该不是机器绣的，而是出自一位很有经验的老师傅。

除了绣品，桌上放的就是各种小东西了，什么木头小坦克、竹编小球等等。

温年猜到出自谁之手，但还是想问："都是你做的吗？"

"是陈远哥哥！"团仔抢答，"陈远哥哥超厉害的！"说着，他看向陈远，"哥哥，你也给温年姐姐做一些摆在床头。"

温年立刻拒绝："我不用。"

陈远看她，她别过头嘟囔："我又不是小孩，那么麻烦干什么。"

这话说完，温年就觉得自己打了自己一嘴巴。她麻烦他的事还少？

陈远看到女孩又泛起粉色的脖子，低头时不禁弯了弯唇，说："我去帮忙。"

温年说："还是我去吧。"

闻言，陈远向她看过来，她以为他会说"你会帮什么"，但陈远没有。温年心想难道他明白自己的用意？她不得而知，但陈远确实没有阻拦她，带团仔出去玩了。

小屋的侧面有个很窄的过道，通着厨房和厕所。

赵奶奶见温年过来，连忙叫她回去。

温年说："陈远带团仔出去玩，我闲着也是闲着，不如看看您怎么做饭，我也学习一下。"

赵奶奶笑了笑："那要不咱俩一起剥豆角？"

温年和赵奶奶坐在逼仄的过道剥豆角。

赵奶奶偷偷看了温年好几次，确定她是真的没有嫌弃自己家。为了表面客套，装一会儿好装，但要是真的嫌弃，不会过来帮忙，大可以留在小屋里。

"孩子，谢谢你。"赵奶奶突然说。

温年笑道："您客气了，我很喜欢团仔。"所以不会瞧不起，不会让孩子自卑、心里难受。

赵奶奶心里温暖，又说："你和小远，你们都是心善的好孩子，团仔遇到你们是他的福气。"

团仔爸爸在团仔三岁时意外去世。本来就是没签合同的工地临时工，工地不赔钱，给了两万就打发了。三岁的团仔什么都不懂，只知道过年的时候爸爸妈妈会回来，爸爸还会给他带礼物，但那一年他没等来爸爸，哭了整整一个晚上。

"这孩子有个毛病。"赵奶奶说，"一哭啊，就不会说话，变哑巴了似的。他妈妈总说是那次大年三十晚上哭太多，哭坏了。"

看着赵奶奶眼角闪过的泪花，温年想起在窄巷第一次见团仔。当时她安慰他，他却抱着小赛车一个字都不说，就知道哭，她觉得哪里怪，但也没深想。没想到居然是这样。

"那团仔现在知不知道……"

"知道。"赵奶奶说，"他知道自己和别人家小孩不一样，他没爸爸。也因为这个，有些大孩子总喜欢欺负他。"

有一次，那些孩子绑了团仔的手，说要扒开他的裤子看看他是男是女。团仔哭得快要背过气去，也发不出声音求助，幸亏陈远路过制止了，松开了团仔手上的绳子。

那次获救后，团仔心里有了英雄的模样，见到陈远就在人家屁股后面跟着。

"也亏了小远不烦这个跟屁虫。"赵奶奶笑着说，"不仅不烦，我还沾了这孩子的光。"

听到这段，温年也觉得舒心些，跟着笑道："怎么还是您沾团仔的光呢？"

赵奶奶解释说，因为团仔，陈远隔三岔五就来鲜果店帮忙搬东西，家里要是有什么坏了，也都是陈远帮着修。

"小远这孩子也是神了,才多大啊,不仅有力气,还有手艺。"赵奶奶说,"可能是跟着国栋打工练出来的吧。"

温年又解锁了新的人物。国栋,池国栋,也就是老池,池林的爸爸。

温年剥着豆角,问:"您的意思是陈远跟着池先生挣钱?"

赵奶奶点点头:"小远他爷爷没走之前,医药费可不是一笔小数目。小远二叔每月给的钱根本不够,小远怕断药就想办法挣钱。国栋看他家这样,就带着他出来干活儿。"

原来,陈远还有二叔。为了挣钱,他很早就出来打工了。

温年越听越想再了解了解,但团仔这时跑了进来,说饿了。

赵奶奶让温年去屋里歇着,自己加快速度做饭,很快就有的吃。

这顿饭吃得很愉快。到怀蓝这么久,又或者说是温年长这么大以来,吃得最愉快的一顿饭之一。

没有山珍海味,四个人挤在角落,团仔为了给她夹菜,胳膊还会打到她……但就是很好很好。

吃完饭,团仔送温年和陈远出小步行街,之后去找小贝玩。

回去的这一路,陈远再次欲言又止。温年觉得好笑,忍不住问:"你本来就没有话,想说的还憋着不说,不难受吗?"

沉默几秒,陈远说:"我只是没想到。"

"没想到什么?"

陈远又闭嘴了,但温年已经知道答案:"没想到我没挑三拣四?没想到我能坐下吃完这顿饭?我有情商。"

"……哦。"

"哦"你个头。

团仔家的情况,如果不是因为她和团仔认识,确实是一秒都待不下去。光是看着墙面上的掉皮和裂缝,她就难受。但她认识团仔,认识赵奶奶,还喜欢他们。

她看得出来,今天为了招待他们,赵奶奶已经尽自己所能,买了很多平时不怎么买的好菜……单单这一点,有些事就不能再单纯用物质衡量了。

特别是她看着墙上的那些照片,每一张,团仔都笑得很开心。

赵奶奶说团仔身上的毛背心是团仔妈妈亲手织的，每年织一件，只有团仔认为重要的场合才会拿出来穿。

温年不想承认，但她内心是羡慕团仔的。

自从到了怀蓝，她每晚都会守着翻盖手机发呆一会儿。理智告诉她这部手机不响才是好事，可感情上，她不明白为什么颜清一点儿都不想她。哪怕发来一条照顾好自己或者随便什么的信息来，都好。

她的妈妈给了她最优渥的生活、最顶尖的教育，却吝惜想她。所以这么一看，她在团仔一家面前也并没有什么优越感。

温年轻声说："我不如团仔。"

"什么？"

陈远稍稍侧头。温年看向他，有那么一秒倾诉的冲动。但考虑到"陈巨人"的情商，还是算了，她不想伤上加伤。

"没什么。"温年说，"就是……这么说吧，在你们看来我的物质条件很好，拥有了很多。虽然事实确实就是这样的，但有些大家都有的东西，我没有。"

"而且，我现在连物质条件也没了。"

整个一三无人员：无钱，无势，无父母。

陈远听后点点头，表示自己听懂了。

温年瞧他那"铁葫芦"样，心说你懂什么懂？智商的巨人，情商的矮子。

穿过南甜巷子的中心广场，很快就到67号。

温年盘算回小楼做哪几张卷子，忽然听陈远说："想不想去海边？"

秋天的招明港带着一股慵懒。

温年经过海堤路很多次，这次是第一次停下来。脚下是仿照栈道铺就的木板小路，有老人在散步，也有年轻人在跑步。

温年的头发被海风吹得有些凌乱，她抚了抚，问："你周末晨练就在这里？"

"经过这里。"陈远指指前面，"大多在那儿。"

阳光还有些晃眼。温年用手挡着望过去，小路的尽头似乎是一片开阔的空地，有些类似柱体的东西在上面，她看不清。

陈远问:"要过去看吗?"

温年打量着身前的男生。他的头发也被海风吹乱,但肯定不像她这么岁毛,还被吹得挺有味道,很有不羁清冷的少年感。

温年说:"我表姨三岁时就能把男生的门牙打掉。"

陈远愣了愣。

"她很厉害。"温年又说,"也很疼我。"说完,往前走去。

陈远留在原地,后知后觉这是威胁。她以为他要对她做什么?

"还愣着干什么?走啊。"温年回头催促,头发又被吹起来,"我涂的霜防晒系数不高。"

陈远不懂防晒系数是什么公式里的。他看着她皱着眉往下按头发,那不耐烦的表情,让他想起初见她时,她衣服被螺丝勾到的样子——烦躁、厌恶、浑身带刺。

那时候她是不折不扣的大小姐,至少他这么以为。但现在……

"陈远!"温年急了,"你带我来又不走,什么意思啊?我头发吹得都打结了,你知道我头发护理要多少钱吗?"

还是大小姐。

走过木头小路,下面都是沙土地。温年跟在陈远身后亦步亦趋,随着深入空地,看清了那些圆柱体是什么。是水泥管,体型特别庞大,直径少说五米,里面是通的。

陈远指了一个水泥管,里面放着一个小包,说:"我会来这里画画。"

温年惊讶:"画画?"

这地方二十四小时临风,海水的气味算不上很难闻,但也咸咸的,略带腥味。在这里画,不觉得难受?

陈远进了管子里。包后面有个坐垫,他仔细拍了拍,放好,让温年进来坐。

温年觉得自己的胆子也是够大的。就这么跟着一个男生来到这种无人的地方,对方还臂力惊人,手劲儿极大,身体好似钢铁打造。

但担忧归担忧,温年知道陈远不会对她怎么样。至于为什么知道,她也不知道。

温年也进了管子。

进来之后,她明白为什么陈远喜欢这里——安全感。海风是在吹,海浪声也依旧不断,但水泥管好像一个坚硬的罩子,将外界既隔绝又保留。

待在这里,可以安享自然和宁静。温年喜欢。

她再往里走走,走到垫子那里坐下。

小包已经打开,里面有几个画本,她问能不能看,陈远点头。

温年随意拿了一本翻开。她一直很清楚陈远会画画,但画到什么程度不了解。但她想应该不会太差,不然都对不起塞内卡和阿波罗做模特。

温年心里有一定预判,可等她真的看到画,还是被惊艳到了。

陈远的画有温度。她不知道自己怎么想到的这个形容,这还是素描,只有黑、白两种颜色,但她的第一想法就是这个。

画里是南甜巷子入口的石门。她记忆里的红灯笼还在,穗穗也抽丝打结,石门上伫立着一只黄鹂鸟,俏皮地抬起一只脚,好像是在说:你来南甜巷子啦。

温年笑了笑:"你画画是和谁学的?"

"看书。"陈远说,"有教程。"

"……自、自学?"

陈远没说话,但答案不言而喻。

之前去角落书咖店,温年就感叹怀蓝这地方卧虎藏龙,现在她才知道这个"龙虎"就在自己身边。

"陈远,你真的很厉害。"温年发自真心地说,"有才华。"

陈远看看她,又别开视线,抿着唇说:"就是找个事情做。"

"那你太小瞧你自己了。"温年继续翻看画本,"这些才能将来都很有用的。"

可陈远又说:"将来的事,将来再说。"

温年莫名从这话里听出几分悲伤。想起赵奶奶的话,她捏着纸张的手微微收紧,换了个话题:"运动会你会去参加吧?"

陈远转过头,眼里透出询问。

"班里同学现在都在赌。"温年笑道,"赌你去不去,赌资已经攀升到十包辣条。"

"你赌了吗?"

温年一愣,说:"我当然没赌,不用赌。"

"为什么?"

"你肯定会去啊。"温年说,"你又不是没责任心的人。"

要是真的那么高冷淡漠,就不会帮团仔和赵奶奶,也不会帮她。

温年感觉得到,陈远刚见她的时候应该是排斥的,可能因为她的背景又或者因为那句穷乡僻壤。

但陈远在她求助时还是帮忙了。虽然他的情商令她不怎么想对他抱有感恩之心,可这并不妨碍他很善良这个事实。

一阵海风强劲地袭来,涌进管子里。温年打个寒战,有点儿冷。

"回去吧。"陈远说。

温年问他:"那我以后可以来吗?"

"可以。"陈远顿了顿,"但最好不要一个人。"

"你还划地盘啊?"

陈远没答,接过画本放进包里拉上拉链。

温年也站起来。

其实这么直接坐地上并不舒服,哪儿都窝着,尤其这管子还有弧度,很不符合人体工学。

温年的腿有些麻,站起来时略微吃力,脚一软,人直接往前扑。

温年紧紧地闭上眼睛。

预想中的疼痛没有来,但也不是完全没疼,因为她的牙,磕到了一个硬中带了那么一点点软的东西。

陈远没想温年会摔跤。他反应很快,但管子里的坡度影响平衡,他去接她时,腿打了个弯儿,矮了些。所以,根据温年的身高,她没有撞到他胸口,而是锁骨。

那一下疼得挺尖锐,他蹙了下眉,但没放手,牢牢扣住了温年的腰。

温年是稳住了,就是牙疼,嘴也疼,很快就尝到了嘴里的血腥味。

她一手拽着陈远站起身,一手捂着嘴,抬起头,映入眼帘的就是陈远破了一个口子的锁骨。

温年试图站好,结果因为腿麻控制不住再次腿软,陈远又扶了她一下。

"对、对不起。"她小声说。这情况真是又窘又尴尬。

陈远摸了下伤口,有点儿流血而已。他看看头快埋到地底下的温年,问:"你没事吧?"

温年疯狂地摇头。

"那走吧。"

嗯嗯!快走吧!此地不宜久留!温年抬腿就要走,眼前忽然又多出一条手臂。

"扶着好些。"陈远说。

许扬今天陪温年吃晚饭。

温年一直没话,许扬打趣她平时嫌自己不露面,现在人就在跟前,她又没话。

温年是没话。她都不知道自己怎么和陈远从海边回来的,人一直发飘。到晚上,温年梳头的时候,脑子里也还跟放小电影似的,回放画面。

她又一次看到陈远锁骨上的黑痣。

怎么有人的痣长在那里?很嚣张啊。

还有,就是雪松的气味。

她总有错觉,这种气味黏在了她身上,她洗了澡都还在。她低头闻了闻,扔掉梳子在床边踱步。

其实没什么。她摔,他扶,他们光明正大。但窘迫就窘迫在她磕到了他的锁骨,还把人家磕破皮了。

温年长叹一声,她这牙怎么这么硬啊!

陈远这一晚干什么错什么。池国栋让他修万年历,经他的手后,直接把时间调到了十年后。

陈远洗了把脸,清醒了一下。来到二楼工作间,他打算找些工具。

一进屋,对面的窗户里有一道人影走过去,再走过来。

陈远脑子里顿时浮现出那天在舞蹈教室的画面,还有下午她在他怀里抬头的那一眼,眼波似水,满满的,装着他。

陈远赶紧关了灯。回到楼下的工作桌旁,他两手空空,忘了拿工具。

算了,今天不修了。

陈远去睡觉。他的梦里也都是那些画面,一会儿是她在跳舞旋转,一会儿是她抬眸凝视他。

这些画面无规律地交织着,主角始终是那一个人。

梦持续了整整一夜。

九月最后一天,一中举办运动会。

杨晓桃真带来了相机。

温年梳着高马尾,厚重的头发垂在身后,沉得她头昏脑涨。

"头发多也是烦恼啊。"佟佳露笑着说,"累吧?"

温年微笑着看佟佳露,佟佳露立马笑不出来,忍着没摸脑袋,嘟囔:"少了更烦恼。"

杨晓桃憋笑,心说可有人治住佟佳露了。她问温年:"你是不是该去集合换衣服了?"

温年看看时间:"还得一会儿。"

之前订的服装昨天就该送来,但物流公司那边出了状况,最快只能当天送。

郭老师听到这个消息后差点儿没背过气。为了节省时间,郭老师早上天不亮就来了体育馆,把衣服按照号码分好,还贴上学生的名字,也是相当敬业了。

温年和杨晓桃、佟佳露在体育馆附近的林荫道继续聊天。

金鑫和孔家奇朝这边走来。孔家奇的保温杯是他的真爱,能不离手就不离手,就是来参加运动会,他也得给保温杯套个网格袋子拎过来。

"听说你报了铅球啊。"金鑫叼着棒棒糖对佟佳露说,"悠着点儿,就你那劲儿,别砸着人。"

佟佳露呵呵道:"我就是砸也得先砸你啊,炕炕。"

这话说完,温年瞧见金鑫的脸色"唰"地一变。杨晓桃适时充当解释机:"据说金鑫七岁还尿炕,所以小名儿叫'炕炕'。"

"谁七岁还尿炕?啊?谁七岁尿炕了!我……"

路过的同学看过来,金鑫那张小白脸罕见地出现红色。他点了点佟佳露："你就造谣吧你！"

金鑫拉着孔家奇走人，孔家奇做了个领导阅兵的手势，说："大家辛苦了，待会儿比赛加油。"

只有佟佳露冲他挥了挥手。

金鑫嫌弃道："赶紧给我走，都看我呢！"

这两个人一走，杨晓桃就对佟佳露说："你俩的关系还这么好。"

"跟我混大的。"佟佳露手一摆，"不是我罩着他，他早不知道折哪个旮旯儿了，还有机会天天梳他那两缕黄毛？"

温年听这意思，断定南甜巷子的这两位也有渊源。

佟佳露和金鑫幼儿园就认识了，两家的妈妈还是好朋友。金鑫小时候体弱多病，是个病秧子，没人带他玩，他就找佟佳露求玩耍、求保护。

佟佳露一面嫌弃金鑫这个弱鸡，一面为他操着老母亲般的心，到了高中又分到一个班。

温年现在一听这些人和事就觉得有趣。在她以前的学校里，每个同学都是个体，有私交的一般也是父母有利益牵扯，很少有真心朋友。

温年还想再听些八卦，不过时间到了，她得去换衣服了。

杨晓桃说："我去卫生间。露露，咱们跟温年一块儿过去吧。"

三人在体院馆的休息室门口分开。

温年一进休息室的门，就听到程璐的声音。

"你说不是你搞的鬼，你怎么证明？"程璐指着冯思怡，"有人看见你之前在休息室里鬼鬼祟祟！"

冯思怡喊道："我只是来拿东西。你的上衣为什么会破个洞，我完全不知道！"

程璐不信，咬定就是冯思怡干的。

两个人争执不下，有同学劝她们先顾一会儿的开场舞，不然老师来了肯定挨批。

冯思怡红着眼把泪憋回去，过去拿衣服准备换装。

温年一个旁观者也不好说什么，找到标着自己名字的衣服和鞋，也准备去换。

休息室里的人太多，她没那么豪迈当场换衣服，所以打算去卫生间的格子间换。

但拿着那么多东西也是麻烦,温年想换了鞋再过去。

周围没有富余的座位,都被其他人占着。温年走到墙边,先脱了自己的鞋,然后扶着墙换学校发的鞋。

她一只脚伸进去……

休息室中爆发出一声尖叫。所有人都定了一下,反应过来后,就见温年跌坐在地上,一只手盖在自己的脚上。

有几个人围过来问怎么了。门口,想要进来和温年打招呼先走的佟佳露闻声也冲了进来。

佟佳露蹲在温年身边,就见温年额头上一层细汗,嘴上一点儿血色都没有,整个人还在轻微发抖。

"怎么了?"佟佳露紧张道,"怎么了啊?"

温年疼得力气都好像被抽走了,说:"鞋里,鞋里有钉子。"

现场所有人瞬间噤声。

几秒后,大家窃窃私语。

"鞋里怎么会有钉子?"

"扎脚心里不得疼死?"

"温年怎么这么倒霉?"

…………

七嘴八舌的说话声吵得佟佳露脑袋"嗡嗡"作响。她抓抓头发,号了一嗓子:"杨晓桃。"

杨晓桃正在外面拍照玩,听见喊声跑进来,也吓傻了。

佟佳露说:"快!快叫马老师来!"

"啊!是!我这就去!"杨晓桃把相机扔给佟佳露。

温年很感谢杨晓桃和佟佳露。但她这会儿疼得说不出话来,这种疼太难形容,她还害怕,不知道待会儿治疗时要受什么罪。

杨晓桃以五十米冲刺的速度往看台跑。因为跑得太快,也因为太心急,她没看见陈远,也没能及时避开,撞了人家一个正着。

"对不起!对不起!"

旁边有同学见了,说:"干吗跑这么快?"

杨晓桃反问:"你们看见马老师了吗?"
"马老师还没来呢,好像……"
"咱班的温年出事了!"
陈远一顿。他一把抓住还要跑的杨晓桃,沉声问:"温年在哪儿?"
短短一会儿工夫,温年的衣服便被汗水打湿。
佟佳露一直陪着她,但也不能替她疼,在那儿干着急,只会干巴巴地说"没事",一点儿作用也没有。
大家围着她们,也不知谁说了句:"好端端的,为什么温年的鞋里会有钉子?厂商的失误吗?"
其他人也纳闷这个。程璐忽然说:"今天好多人等着看温年亮相吧?这下可好,温年跳不了了。谁最高兴呢?"
闻言,大家面面相觑,心里都有了一个名字。
冯思怡忍无可忍,喊道:"程璐!你胡说八道!血口喷人!"
"哎,我说是你了吗?"程璐笑得得意,"你这么急着对号入座,怕是心里有鬼,不打自招吧!"
饶是冯思怡再文静,听了这话也冲过来要打程璐。
两个人在队里都有自己的朋友,顿时自成两派互骂互打,还有一派中立,在那儿劝架。
温年被她们吵得脑袋要爆炸。佟佳露也烦死了,喊着停止,但半分用没有。
就在温年以为自己快要昏了的时候,休息室的吵闹声消失了。她看过去,就见陈远穿过人群走了过来。
在一群穿着红裙子的少女中间,他面冷如冰,像个误入百花丛的煞神,不用说一个字,就震得其他人不敢言语。
陈远在温年身边蹲下,看了眼她的脚,轻声问:"能稍微动动吗?"
温年鼻酸,摇头:"我不敢。"
她能感觉到那个东西就埋在她的血肉里,怕一动就疼。
"那不动。"陈远说完,小心翼翼地将温年抱了起来。
之前温年总说他手劲儿大、臂力强,这一抱,她彻底领会了他有多么沉稳可靠,刚才种种的不安和恐惧在这一刻得到了安抚。

陈远抱着温年，对她说："别怕，不会有事。"

郭老师忙完赶到休息室。

这次运动会有省里的领导来视察，校长很重视，特意找她谈话，让她务必把开场表演搞好，把一中的精神面貌展现出来。

郭老师自认为经过反反复复的排练，开场舞一定能给学校挣脸。可等她一开门对上屋子里十几双茫然的眼睛，有什么东西在坍塌。

舞蹈队队长说温年跳不了了。

什么叫跳不了了？郭老师一脸蒙，马令芳的电话打了过来。

"你怎么管的学生？"马令芳上来就质问，"居然能出这种事！"

郭老师："什么我怎么管学生？你们班的温年……"

马令芳打断她，机关枪一般说了大致情况。马令芳素来严肃冷面，但极其护犊子，不能允许自己的学生吃亏："我现在去看看温年的情况，这事你必须有个交代！"

陈远抱着温年赶到校务室。佟佳露和杨晓桃一路跟着，大气不敢喘。

校医是一个医学院毕业不久的年轻男生，见这么多人来，忙问怎么了。

陈远将温年轻放在单床上，佟佳露说："钉子！钉子在鞋里，然后一穿鞋……"

校医脚趾抠抠地，光听着都觉得疼。好歹是正规医学院毕业的，有专业素养，听了情况，校医戴上手套消好毒，去查看情况。

"同学，得脱了鞋我才能检查。"校医说，"你别动啊。"

温年缩了下脖子。

副班长这时带着生活委员也来了，是马令芳让她俩过来的。马令芳的女儿昨晚一夜高烧没退，一早她就送孩子去医院看病，现在在来的路上。

"有我们能帮忙的吗？"副班长问，"马老师马上就来。"

温年顾不上道谢，她的注意力都在鞋上。

脱鞋，如果钉子粘在鞋底上，那脱的时候岂不是将钉子直接从脚心拔出去？温年抖了抖。

校医也看出她很害怕，正常。

为求稳妥，校医说："来个人按住这位同学，别让她动。"

这话是对着佟佳露说的。

可佟佳露这会儿也有点打怵,更别提杨晓桃和副班长她们,都害怕,怕按不住。

就在这些人犹豫时,陈远站出来:"我来。"

温年看向他。他垂着眼眸,两只手轻轻搭在她的肩膀上,说:"别怕,就一下。"

温年咬着唇,点头。

温年想闭眼,但闭了又加倍了恐惧,可睁着也怕。

她就定定地看着校医,看得校医心里发毛。

校医一方面是紧张自己手法不行,会弄疼了女生,另一方面是女生身边的男生,看着不言不语,但气场极大,往女生身后一站,有种他今天要是治不好就会血溅医务室的感觉。

现在的孩子啊,惹不起。

校医稳稳心神,在所有人的注视下脱了温年的鞋。

是一颗大头钉。

万幸的是,钉子没粘在鞋底,鞋子可以完全脱下。不幸的是,钉子直直扎进温年的脚心里,鲜血已经染红白袜。

副班长等人倒吸一口气。

校医随即剪开温年的袜子。

温年的脚露出来,在场的人又都倒吸一口气。

但这次,不是因为钉子,而是因为温年的脚生得十分……丑,尤其是大脚骨那里,畸形一般。

感受到大家的视线,温年的羞耻感一时之间超过脚底的疼痛。她蜷缩起脚趾,不想治了,只想找个地方躲起来,就算是疼死,她也不要别人用这样的眼光看自己。

温年忍着眼泪,准备下床。

这时,陈远上前挡住了所有人的目光。

陈远对副班长说:"麻烦去校门口的超市买一双袜子和一双拖鞋来。"

"啊?什么?"

副班长呆愣愣的,除了不明白为什么要买袜子买拖鞋,也惊讶于陈远居然和她说话了,还说了这么多字。

"喂,你们好了没?"有同学急匆匆地跑进来,"点名了。主任看咱班少好多人,在那儿一直数落班长,你们赶紧回去啊!"

校医一听,也说:"对,你们都回去吧。留一个人在这儿就行。"

陈远站着没动,那就只能其他人动。

佟佳露已经明白陈远为什么交代买那些东西,说:"我和副班长去买。"又看向温年,"你给我坚强点儿!扎个钉子怎么了?练舞练得脚变形都能忍,一个钉子过不去?"

杨晓桃也说:"温年,你别怕。你配合校医,不会有事的。"

一股暖流涌进温年的心里。她没想到看着大大咧咧的佟佳露会为她找场子,而杨晓桃始终那么挺她。

"谢谢你们。"

一行人一走,医务室空了下来。

校医准备拔钉子要用的工具,陈远过去和他说了几句话。

温年自然是听不见。她盯着自己的丑脚,扎钉子时那么疼都没想哭,这会儿却想哭,也不知道是因为丢人了,还是因为过去的那些回忆。

"温年。"

听陈远叫她,她下意识地想把脚藏起来,一动,脚心便传来刺痛。

陈远眉头轻蹙,走过来站到中间,背对着温年的脚,说:"有件事,我要告诉你。"

他平时就面无表情显得很沉重,这会儿还用这样的语气说话,仿佛有什么天大的事情,搞得人心里慌慌的。

温年猜不到是什么事,问他:"怎么了?"

"你的头发。"她的头发?

校医带着工具过来,蹲在温年脚边,嘱咐:"别动啊,同学。"

这就开始了?她还没做好心理建设呢!

温年有点儿顾不来,一面怕疼,一面又担忧自己的头发怎么了。

在她想说等等时,陈远和校医已经交换完眼神。陈远指着温年的脑袋说:"你这里的头发秃了。"

温年差点一蹦三尺高!她可以去挤公交车,可以一辈子吃食堂的饭,但她不能秃！她的头发必须永远茂密！

"你骗我！我……"

也就是这个时候，温年张口，校医看准时机，拔出了钉子。

温年只觉得脚心痒了一下，然后有什么东西从她脚心脱离。她都有点儿不知道怎么回事，本能地扭头看去，却被一双手捂住了眼睛。

陈远看着溅出来的一点血，对校医点点头。

"是、是拔完了吗？"温年问。她看不见，却没有未知带来的恐惧。

眼前被掌心烘得暖暖的，清淡的雪松香缭绕在鼻尖，她听到头顶传来那人的声音："没事了。"

校医快速处理好伤口，说伤口不大也不深，但为求保险，建议去医院再看看。

温年向校医道谢。她还能感觉到疼痛，但好太多了。其实最难的部分过去之后，就会发现有些疼痛并没有那么深，只是因为恐惧。

操场上，《运动员进行曲》响起，运动会马上开始。

温年看陈远还在那里不动，说："你快去吧，你还有比赛项目。"

陈远："嗯。"没动。

"走啊。"温年催促，"一会儿检录了。"

陈远动了动。

温年又说："拿个第一吧。班里的同学可信任你的能力呢，你别让咱们班太惨。"

陈远没有接话。他脱下身上的冲锋服盖在温年的脚上，说："结束后，我来接你。"

温年来怀蓝一中的第一次集体活动在医务室度过。其他人欢欢喜喜地开运动会，她在单床上傻傻地望天空，还伤了一只脚。

马令芳匆匆赶来，向校医了解了温年的情况，也询问了她现在怎么样，让她先在医务室里休息，一切等运动会结束再说。

温年静静待着。

一整天，窗外各种声响没有停过，一会儿是发令枪响起，一会儿是广播员播报助威加油词，还有雷鸣般的掌声。

在这掌声之后，温年听到主持人激动地念了那个名字。

"恭喜高二（1）班陈远同学破了我校男子八百米的纪录！最后的冲刺太快了！一中闪电就是你！"

温年听得直笑。

一中闪电？什么破称号啊。

而这样的称号，温年后面又听了两次，分别是一中跳高王和一中长跑王者。

陈远参加三个项目，破了三个项目的校纪录。

等《运动员进行曲》再次响起，运动会圆满结束。

杨晓桃和佟佳露第一时间跑来报喜，说一班这次不仅不是倒数第一，还挺进了年级前三。

"多亏了陈远同学！"杨晓桃说，"他跑得实在太快了，一阵风似的！他得了第一后，咱班就跟打了鸡血一样！金鑫那五十米都跑出了第二！"

温年笑着听她们说，心里却觉得也好啦。

"陈巨人"出马，这都是小意思吧。

"开场舞怎么样？"温年问，"顺利吗？"

佟佳露说："郭老师顶了你的位置。

"还跳错了两次。"

温年心说郭老师这也太拼了，刚要说什么，马令芳来了。跟在马令芳身后的还有陈远。

看见陈远，温年看了眼还盖在脚上的冲锋衣，没动。

"温年，你表姨马上来接你。"马令芳说，"你……"

杨晓桃眼睛一瞪，抢话："马老师，得找个男生背温年！温年的表姨哪里背得动啊？"

许扬可以，背男的都不在话下。但温年没说，因为陈远已经在她身前蹲下。

马令芳送温年出去。佟佳露和杨晓桃也没事了，一路跟着。

温年的脚已经不疼了。倒是趴在陈远背上，因为她不敢趴得太实，一直绷着劲儿，有些累。

今天发生的一切，如果没有陈远，她会很惨。

"谢谢。"温年说。

她以为陈远肯定又是回个"嗯",最多"嗯"加点头,但他说的是:"还疼吗?"

温年莫名心头发软,说:"好多了。"

"你……"

"嗯?"

温年看着男生的侧脸,高挺的鼻梁像是刀刻出来的。她移开目光,说:"你今天是超常发挥还是正常发挥?杨晓桃说有人要挖你去体院。"

不知想到什么,陈远嘴角翘了下:"超常发挥。"

温年看到他笑了。虽然转瞬即逝,她以为是自己眼花了,但她确实看见了,因为她还看见了他的酒窝。

"那、那你也没这么神。"温年的声音突然小了很多,因为心跳忽然有点儿快,"大家还以为你……"

陈远停下脚步,转过头:"又疼了?"

"啊?"

"你忽然……"

温年一惊,怕自己过快的心跳被他察觉,忙说:"是啊!疼!你能不能走慢点儿!"

陈远顿了顿,再迈步走出了龟速。

许扬的 Polo 车停在校门口,人站在校门前。那醒目的爆炸头让她一目了然,温年让陈远背着也一目了然。之前许扬让守卫大爷开门,说自己来接外甥女,大爷非常尽责,说不差这一两步,让孩子锻炼锻炼,自己走过来。

看到温年脚上的伤,许扬的眉头拧成疙瘩。

"怎么鞋里就有大头钉?"许扬说,"这是意外还是有人使坏?要是使坏,别让我抓住!不然……"

陈远没换手,直接将温年背到车子那里。

马令芳很快赶来,在看到许扬后愣了愣。她觉得哪里不对,但眼下不是纠结这个的时候,她得和家长说明情况。

"我和郭老师去休息室看了。"马令芳说,"钉在墙上的海报,大

头钉掉了一颗。估计掉的时候没人发现,就那么巧掉在温年的鞋里。"

许扬对这个答案不买账,毕竟这种级别的倒霉概率也太小了。

许扬说:"马老师,我先带孩子去医院。但这件事,我希望学校可以给我准确的答案,而不是'估计'和'那么巧'。"

遇着事的许扬还挺强势,挤对得马令芳没话说,只能点头。

交谈完,许扬带温年去医院。

陈远一直站在旁边,马令芳提醒他破纪录的学生要去拍照,他才走。

车上,许扬又询问了一番温年这次的事。她还以为许扬刚才就是过过家长的瘾,没想是真的觉得不妥。

"要是你没长这样,我能少想一点儿。"许扬说,"可你长得就不太平,还是多个心眼儿。"

温年嘟嘟嘴:"你这是夸我还是贬我?"

许扬笑了笑:"我的话都比较高深,看你怎么理解。"

温年在医务室的时候,有大把时间考虑这次的事。但她觉得不太可能是有人故意这么做。

因为程璐和冯思怡之间的矛盾很明显,不管是嫁祸还是贼喊捉贼,闹到老师那里都会藏不住。

如果是其他同学,那更不好查了。因为那些人,温年认识都没认识全,谈何得罪?

快到医院时,许扬说她停几天直播。温年想说为什么,停播了,那些加了粉丝灯牌的哥哥弟弟怎么办?

可实际上情况就是温年的脚就算伤得不重,也得愈合两三天,这段时间,她身边总得有人看顾,要不行动不便。

想到未来几天要蹦跶着走路,温年叹了口气。

温年在医院看了脚伤。医生开了药,告知一周之内不要沾水,其余不用担心,养几天就会愈合。所幸运动会后就是十一假期,温年有充足的时间在小楼恢复,倒也避免了很多麻烦。

假期的早上,许扬去菜市场买菜回来,说包馄饨。

许扬的厨艺,温年中肯地评价就是比食堂师傅强点儿,但强得有限。

但她包的小馄饨是一绝,温年特别爱吃。

许扬把餐桌搬到客厅的电视旁,然后拿了食材过来,要一边看电视一边干活儿。

温年坐在沙发上,打开电视调到电影频道,正在播《建国大业》。

许扬看得一惊一乍,一会儿说这不是那谁谁嘛,一会儿说这个演过什么什么,一个劲儿在认人。

"你能不能安静地看?"温年说,"太吵了。"

许扬"嘿"了一声,两手一甩,说:"大姐,你还挑我呢?你说说你,脚伤了,手没伤吧?就这么大爷似的坐在那里享受,没点儿别的想法?"

还真没有,但温年脸皮薄,一听这话,便说:"我帮你。"

许扬就等这话,当即把一大碗虾和一根牙签放到茶几上,示范道:"先剥皮。剥完之后,看了吗?把牙签从这里穿进去,把虾线挑出来。会了吗?"

温年从许扬拔虾头时就不想看了,还让她挑虾线?

"我不干这个。"她说,"太恶心了。"

许扬:"你吃的虾都得经历这道工序,你吃的时候怎么没觉得恶心?"

温年理所应当道:"因为那时不用我动手,张嘴就行。"

"嘿!"许扬气笑了,还要说什么,门外响起敲门声。

是陈远。

对于陈远这次的帮助行为,许扬赞不绝口,尤其是准备的拖鞋和袜子。这些东西,许扬的直播间里有的是,但她来时都没想到给温年带。要不是陈远,温年就得赤脚回来了。所以于情于理,许扬得表表感谢。

"来了?"许扬打开门,"赶紧进来。"

陈远跟在许扬身后进了小屋,第一眼先看到温年。她穿了一条橡皮粉的卫衣裙,长发披散,戴着一个卡其色的发箍。

见他来,她的目光和他的轻轻一碰,就转过头继续看电视。

许扬说:"小远,坐。想看什么自己调,遥控在那儿。"

"那我怎么办?"温年问,"我就想看这个。"

许扬指着那一碗虾:"履行你的使命。"

温年一脸嫌弃地拒绝。那虾滑不溜手,不仅有腥味,还得揪掉它的头……她光想想就恶心得不行,别说还要挑什么虾线。

"我不剥虾。"温年再次说。

许扬抱臂:"那你剥葱。"

非得叫她干重口味的吗?就没有那种轻松简单不费力气又可以体现优雅美好的工作吗?

两个人僵持不下,陈远说:"我来吧。"

许扬不让,让他看电视。但陈远已经撸起袖子,拿起牙签,开始剥虾。

许扬看了温年一眼,温年嘟嘟嘴,继续看电影。

电影是不错,不仅全明星阵容,有些情节也感动人心。只是看着看着,温年就被吸引走了注意力,转而看陈远剥虾。

不为别的,只是因为他剥得太快,快到她以为他是八爪鱼,可以所有手指同时工作,他也确实灵活……但也太灵活了吧?

许扬早就看了,寻思这孩子是特意练过剥虾不成?她说:"你怎么剥这么快?虾线也剔得这么干净,简直可以参加'吉斯尼'大赛了。"

温年纠正:"吉尼斯。"

"哪个斯都行啊。"许扬冲陈远竖起大拇指,"你牛。"

陈远没说话,还在剥。

配菜马上就要完成,许扬去厨房热水。

温年看陈远剥虾也剥得差不多了,问:"你是不是很爱吃虾?"

陈远不答反问:"你爱吃?"

温年点头。她最爱的一个是鱼,最好是红烧的那种,另外一个就是虾。不过她的爱吃是建立在不用她剥的前提下,剥虾太麻烦,影响她进食的心情,她宁可不吃。

温年以为陈远和自己一样同是爱吃虾的人,想多聊聊吃虾心得,这时许扬跑出来,说是有好消息。

"我婆婆马上要康复啦!"她笑着说。

刚才医生来电话,说最新的检查显示老人恢复得很好,第二次手术很成功,预计十一之后就可以出院。

温年送上祝贺,也很开心。不过她心里一直有个疑惑:许扬的婆婆到底何许人也?

许扬没结婚这事,温年百分之百肯定,颜清亲口说的,不可能有错。而且退一步讲,就算许扬隐婚,那她的丈夫又在哪儿?他母亲生病住院他怎么不闻不问?

温年很想问问,但碍于陈远在一边,不好开口。

况且陈远的表情十分平静,好像什么都知道似的……但也不排除他听见什么事都是这个表情。

这么一想,温年不太喜欢陈远这张脸了。那么不动声色,一点儿波动没有,叫人完全猜不出他心里想什么。

敲门声再次响起。这次来的是佟佳露和杨晓桃,也是许扬邀请来的。

许扬和佟佳露虽都是南甜巷子的,但佟佳露不及陈远和许扬关系近,她见许扬这么高的个子,有点儿不适应。

佟佳露难得拘谨,叫了声:"许姨。"

杨晓桃更不适应了,小声跟着叫。

许扬抖抖她那爆炸头,吊儿郎当地说:"今天四个叫我姨的,我怎么那么别扭?你俩可以叫我姐,咱们拉近拉近关系,也好……"

"去煮——你的馄饨。"温年隔空喊话。

许扬哼了声,委屈巴巴地进了厨房。

这么逗一逗,许扬那一米八的气场弱了些,佟佳露和杨晓桃放松不少,进了小楼。见陈远在,她们自然地打招呼,来到温年身边想要聊天。

陈远一看身边围着的都是女生,起身去厨房帮忙。

"我现在好像没那么怕陈远了哎。"杨晓桃说着,将手机放在茶几上,"感觉他挺平和的。"

温年想说本来就是你脑补成分多,但看到茶几上的手机壳,转而说:"换上了啊?很可爱是不是?"

"当然了。"杨晓桃看看温年的手机壳,"和你一模一样的,都可爱。"

佟佳露早已麻木。

"说点儿正事吧。"佟佳露插话,"程璐招了。"

在许扬明确表示要学校给说法后,马令芳和郭老师等运动会彻底结束,集合舞蹈队的人,又询问了一遍情况。

套话这项技能也算是老师的基本素质之一。马令芳和郭老师一唱一

和,一个唱红脸一个唱白脸,让外强中干的程璐说了实话。

原本,程璐的计划是划破自己的衣服,嫁祸冯思怡。她也确实这么做了。

只是干坏事的都无法避免心虚,程璐在划破自己的衣服后,因为紧张被休息椅的腿儿绊了一跤,手正好抓了一下墙上的海报。程璐当时感觉到有什么东西好像落下来了,她找了会儿,没有发现异常,就又赶紧离开休息室了。而好巧不巧,那颗大头钉就掉在了温年的鞋子里。

佟佳露:"综上,虽然你本不该倒霉,但你就是这么倒霉。"

温年:"那这件事怎么解决?"

"昨天马老师已经叫来程璐和冯思怡的家长。"杨晓桃说,"估计他们这边商量好,马老师就会联系你表姨。"

这样的话,事情就算是解决了。

半小时后,大家围在一起吃饭。

许扬象征性地表达了感谢,之后就开始扯她年轻时也遇到过类似的事,就是因为她太过美貌,引人嫉妒。

温年和陈远根本不听,低头吃饭。而佟佳露则对许扬有了新的认识:敢情你是这样的许姐!

只有杨晓桃听得津津有味,捧哏似的接话,弄得许扬越说越带劲。

温年忍不下去,叫许扬快吃饭,歇会儿嘴。

"我多说几句怎么了?"许扬说,"今天是祖国妈妈的生日,我高兴!"

提及生日,杨晓桃好奇:"温年,你生日是几月几号啊?"

"她啊,12月27号。"许扬抢答,"是吧,阿雪。"

听到那两个字,温年瞬间炸毛。

可在座的人都听到了,佟佳露问阿雪是谁。

许扬得逞地挑挑眉:"就是温年啊。"

温年出生的那天,北城迎来初雪。颜清被护士从产房推出来,看到窗外飞舞的雪花,觉得冰天雪地的世界很美,便说女儿的小名就叫"阿雪"。

温年小时候常听外公外婆讲她小名的由来。她外婆许是在国外待久了,染上外国人的浪漫思维,告诉温年,她生日那天要是下雪了,一定要许愿,百分之百会实现。所以温年一到生日前夕就会"作法",求老天爷下雪，人家做晴天娃娃，她做雪天娃娃，反正就是一心求雪。

然后事实就是——

"这十几年，除了你出生那天，你生日时就没下过雪吧？"

这件事是温年心里的痛，偏偏许扬还要说，哪壶不开提哪壶呢。

"阿雪。"杨晓桃笑了笑，"很合适啊。"

佟佳露深以为意地点头："是啊，你经常白得我晃眼，和雪有一拼。"

温年不想理她们，低下头继续吃饭，余光瞥见一直默默不言的陈远好像在走神。

她以为他也在笑话自己小时候幼稚，信这种话，嘟囔："谁还没年少轻狂的时候了。"

陈远看了她一眼，继续吃饭。

下午三点左右，佟佳露和杨晓桃离开，陈远也回家了。

许扬背着温年上楼，给她斟了一瓶水，还问她要不要尿桶，遭到果断拒绝。

"那你自己在家待会儿行吗？"许扬看看时间，"我去直播间晃一晃。"

温年本来就因为害许扬不能工作而愧疚，听到这话，让许扬赶紧去，她就在房间里，不会有事。

许扬点头："有事打电话。"

院子里传来防盗门上锁的声音。温年蹦跶到书桌那里拿了一本书，然后躺回床上。她有午休的习惯，今天因为同学来没睡，现下困意袭来，没看十分钟的书就睡了过去。

等温年再醒来，时间过了半小时。她揉揉眼强迫自己别再睡，不然晚上睡不着。

温年想刷刷手机，醒盹儿。视线一扫，她看到门那儿的墙壁上有什么黑色东西滑过。

她以为自己眼花，揉揉眼再看。这次，很清晰了，是一只壁虎。

看到它，温年第一反应是叫陈远。

温年用眼睛找手机，找了一圈，没找到。她又在被子里摸索一番，还是没有。

心脏"咚咚"狂跳，温年死死盯着墙上那只壁虎，祈祷它爬出去，她好起来找手机。

壁虎的回答是扫尾巴。这一扫,差点把温年的魂儿扫没了。

她一个起身,打开窗户,喊了一声陈远。都是邻居,他会听到的。

于是,温年一面盯着一动不动的壁虎,一面喊陈远。

喊到嗓子冒烟,陈远也没有回应。

事到如今,求人不如求己,温年打算先出去。她小心地往门口蹦跶、蹦跶,心里默念着壁虎看不见我,看不见我。

可她不过蹦了几步,那壁虎就跟知道她心思似的,"刺溜"一下,爬到了离门更近的位置。

温年吓得紧急后退,碰倒了许扬留给她的凉水瓶。一声巨响,水花和玻璃四溅。

陈远刚才在听音乐,戴耳机。这是他做手工时的习惯,可以有效隔绝外界干扰,专心致志。

池林中途发来一条语音,他点开听,听完之后,有那么几秒短暂切开了音乐。也就是在这个空当,他听到对面传来的响动。

陈远摘了耳机,跑上二楼进了工作间打开窗户,喊了一声温年。

温年的袜子湿了,幸运的是玻璃碎片没有划伤她。听到救星的声音,她也不敢动,说:"陈远,你快来。"

说完这话,不仅陈远,温年自己也愣了。她的声音怎么变成尖叫鸡了?

温年摸摸喉咙,想再发声听听,陈远又说:"我没有钥匙。"

"我……也没有。"钥匙在楼下的小柜上。

嗅出一丝危险的壁虎又继续爬,这次是往温年这边爬。

温年腿软,鸡皮疙瘩冒出来:"陈远。"

"马上。"陈远放下这话便离开了工作间。

没过一分钟,他的声音又从温年门外传来。

"我现在进来,可以吗?"

"等等!"温年看看她和壁虎之间的距离,问,"壁虎受惊吓会不会乱跑?"

"……会。"

"那,那怎么办?"

"闭眼吧。"

闭眼更可怕好吗,它要是爬自己身上来怎么办。

温年犹犹豫豫不知道该怎么办。她这人有三怕:怕黑、怕鬼、怕虫子。一遇上这些,她基本战斗力为零,智力也会退化。

"温年。"陈远说,"闭眼。"

"可是……"

"我很快。"

"什么很快?"

"你开门就知道了。"

"陈巨人"还会制造神秘感了。

温年抿抿唇,心想她这金鸡独立也快坚持不下去了,不如来个痛快。

"那你数一二三再进来。"

"一、二、三——"

话音落下,温年闭上眼。几乎同时,一阵带着雪松味道的风扑面而来,其中还混合着一点点薄荷沐浴露的气味。

陈远单手搂过温年的腰,注意着她受伤的脚,直接把人抬起,让她双脚离开地面,然后带她出去。空余的那只手反手关上了门。

温年再次睁开眼,人已经在过道。这也太速度了吧?

陈远放下温年,看她湿了的袜子,问:"伤口湿了吗?"

"没有。"温年说,"当时这只脚跷着。"

"嗯。"陈远让温年站着别动,自己返回她的房间。

看着陈远的背影,温年就觉得没事了,可以踏实了。

几分钟后,陈远手里拿着一团纸巾出来。温年别过头:"拿远些,越远越好。"

陈远把壁虎送出一百米外。大概是刚才的捕捉太刺激,壁虎被放到地上后居然没有立刻爬走,而是留在原地。

"快走。"陈远说,"以后别来这家。"

回到67号,陈远可以走正门了。看到门口那个裂了的水缸,他不知道许扬回来后会不会找他算账。

进了小楼,温年还在原地。陈远问:"许姨呢?"

"去直……"温年清嗓,"去……直播间了。"

陈远点头,看着她。温年脸上发烧,这声音也太难听了,根本不是她。

"你……"

"你耳朵听不见吗?"温年说,"我叫你……我叫你那么多声,你聋了?"

陈远戴着耳机哪里听得到?想了想,他说:"你还是你别说话了。"

他居然敢嫌她!温年气死了,蹦跶着要回房。陈远拉住她,说:"我先去收拾碎片。"

气得差点忘了。温年吞了吞口水,试图润润嗓子,尽可能控制着音调说:"我要喝水。"

陈远搬来一把椅子放在温年房间门口。

他问温年要不要换袜子。

温年有些惊讶,因为像陈远这种直来直去的思维,应该是直接问袜子在哪里。他这么说,就给了她要不要让他帮她的余地。

温年回想放袜子的抽屉里没有敏感的衣物,给他指了位置。

拿到袜子,温年换之前告诉陈远背过身去,不许看。陈远照做。

等换好袜子,温年喝着温度适中的水,优哉游哉地监督陈远收拾碎片。

温年说:"你一定要收拾干净。"

陈远:"嗯。"

"不然又会扎伤我的脚,"温年一顿,"本来就丑得不行了。"

她后半句说得小声,但陈远听见了。

陈远仔仔细细将地面检查了好几遍,确定再没有碎片残留后,封好袋子,准备一会儿扔出去。

转过身,他看到温年坐在椅子上发呆。是还在意脚的事情?

陈远抿抿唇,想起在医务室她红了眼睛,心口莫名有些堵。他不明白为什么会这样,但他想说:"你的脚是你舞蹈跳得好的证明。"

温年一愣,抬起头看向陈远。

男生还是习惯穿一身黑,站在房间中央,高大的身躯让房间显得更小了。

明明是走高冷路线,偏偏手里拎着一个粉色垃圾袋,让他又接了地气,还有那么一丢丢的反差萌。

温年望着他的眼睛，那里头依旧带着淡漠，却也有清澈的真诚。她有些不敢再直视，别扭道："你又懂了？也没看过我跳。不过……"温年莞尔一笑，"有进步。"

"什么进步？"

"就是你的……"

话没说完，陈远的手机响了。是佟佳露打来的，上来就问陈远在哪儿。

陈远怔了下："在家。"

佟佳露又说："杨晓桃这个傻缺！非要和温年用同款手机壳，把温年的手机带走了都不知道！还是许姨打电话才发现的。

"许姨说，直播间出了点儿小状况，她得晚些回去。"佟佳露叹口气，"温年要是饿了，你就去帮忙给她热下饭。她要是不饿，就等许姨回去。"

这番话光是转述就让佟佳露烦躁。大小姐就是麻烦啊，却偏偏有人时刻惦记，吃不吃饭，还得看大小姐心情。可偏偏杨晓桃给她打电话时，她也极没出息地想过，要是陈远没时间过去热饭，她可以去。

佟佳露又叹了口气："我现在去晓桃家拿温年的手机，你要是没事就过去找温年吧。一个半残疾。"

后半段，陈远点了公放，温年都听到了。她想说：你才半残疾呢，天天担心自己秃头。

挂了电话，走廊上飘过不怎么和谐的安静。

虽说佟佳露电话里已拜托陈远过来照应，但温年还是觉得不太合适。可如果遇到什么事，除了陈远，她又还能指望谁？

温年叹了口气，陈远这时说："我去一楼客厅，你在二楼。"

这个安排倒是蛮人性化。可温年现在没有手机，她的嗓子又……

"等我一下。"陈远回了自己家。

温年不知道他脑子里又想到什么，该不会再拿出一个堪比手电筒一样有冲击力的老物件吧？她有点儿担忧，但还有些说不清的期待。

结果，陈远给了她一个手摇铃铛。

"你别关门。"陈远说，"有需要就用它。"

温年憋了半天，却还是忍不住笑起来，说："这不合适啊，你又不

是服务员,对你不尊重。"

陈远说:"无所谓。"

见他似乎真的不在意,就完全是为了解决问题,温年看看手里的铃铛,摇了两下。

"那,随摇随到?"

"嗯。"

话说到这个份上,温年"勉强"点头,同意享这个福了。她会跳舞、会钢琴、会三国语言,还会各国礼仪,会一切出身上流社会的女孩该掌握的技能,这里面也包括:使唤人。

是时候重回温家大小姐的做派了,温年疯狂摇铃铛。

第一次,她说水凉了,要陈远再加热水。

第二次,她说想吃草莓,要陈远洗干净送来。

第三次,她就问问陈远几点了。

最绝的一次,是陈远在厨房给她热饭,她突然摇铃铛,陈远举着锅铲就跑上来了。而她一脸无辜地表示这次不是叫他,她就是觉得这铃铛声音好听,她想听听。

虽然中途佟佳露给她送来了手机,但她还是喜欢摇铃。

就这样,可怜的陈同学随"摇"随到,直到晚上八点,许扬回来,他才终于解放。

晚上,温年坐在床边看铃铛。想着陈远跑上跑下那么多次,她有一点点小愧疚,但更多的还是有趣,太有趣了。

她居然能这样使唤陈远?这在她刚到怀蓝时,根本不敢想。

因为陈远给她的感觉除了高冷淡漠,其实是有气势压迫的,她看得出如果陈远真的生气了,后果会很严重。但现在看来,陈同学脾气很好嘛。

温年摇摇铃铛,唇边一直挂着笑。

手机忽然振动,她解锁查看,是陈远的微信。

陈远:有事?

温年一惊,坐起来,看了看窗户,是关着的。陈远就算耳力再好也不可能听得到她在这边摇铃铛吧?该不会他为了报复她,给铃铛下咒了?

温年打字要问他,那边又来了一条消息。

陈远：影子。

温年又看向窗户。这次她走了过去，拉开窗帘。对面的窗口那儿，不是塞内卡也不是阿波罗，是陈远站在窗前，刚洗过头的黑发还没完全干透，有几缕软趴趴地贴在他额头上。

温年有打开窗户的冲动，但最后还是没打开，转而发微信。

温年：没事。

温年：我还以为你能听到我摇铃铛，吓一跳。

陈远：嗯。

温年盯着这个"嗯"，总觉得该说些什么。

温年：我今天这样逗你，你别生气，不是不尊重你的意思。

陈远：知道。

温年：其实你应该也能感受到吧？不用每次都上来。

好几次，温年摆明就是逗陈远，可陈远不管在干什么，还是会第一时间上来。她都怀疑这铃铛有召唤陈远的特殊魔力了呢。

温年胡乱想着，又收到了微信。

陈远：我不知道你是不是真的有事。

——所以还是亲眼看过才安心。

十一假期说是长假，但七天时间过得很快。再回到学校，大家没了之前今朝有酒今朝醉的潇洒，都开始为即将到来的期中考试忧愁。

考场安排提前几天就发了下来。一中是按照年级排名安排考场的，所有班级全部打乱。

温年没有期末成绩，就按零分算，分去最后一个考场的最后一个座位。

杨晓桃和佟佳露看完考场安排回来。佟佳露对陈远说："第一考场第三个。"

陈远点头。

温年之前和陈远合看一张英语试卷时，还以为陈远成绩一般，因为他的英语考得并不好。后来，他们每次的随堂小测，陈远在理科上都是满分，无一例外。

现在听佟佳露说陈远是年级第三，要么是陈远理科实在逆天，可以

补了英语的差距；要么是怀蓝一中学生的成绩实在不行。温年有点儿倾向前者。

"我上学期才年级四十多名。"杨晓桃说，"我妈让我这次必须进前二十。"

佟佳露嘴角一抽："你说你这话让我这个年级一百名开外的听着扎不扎心？"

杨晓桃笑了笑，刚想哄人，孔家奇突然转过头："同志们，你们知道范老师学习完要回来了吗？"

温年："范老师是谁？"

孔家奇说："范老师，咱们班真正的语文老师。因为暑假被学校派到外省学习，所以没来上课。"

温年点头："那他现在回来还教一班吗？"

"教。"孔家奇说，"范老师只教咱们班。"

只教？这是王牌老师的待遇？还是王牌班级的待遇？又或者……

温年想问，但看孔家奇、杨晓桃、佟佳露都在看陈远，脸上写着：朋友，保重。

期中考试前一天，班里要做大扫除。卫生是其次，主要是把多余的桌椅搬出去，码齐放在过道上。

这次扫除正好轮到温年和陈远所在的这两组。

佟佳露等杨晓桃，跟着一起干，见温年坐在位置上发呆，敲了敲温年的桌子。

"你再四十五度角仰望天空，考试都结束了。"佟佳露说，"脚都好了，赶紧干啊。"

温年不想干。为什么到怀蓝以后，大家都让她干活儿？很伤手的啊。

原本她打算扫地好了，简单些。可其他女生和她抱有一样的想法，所以扫帚被第一时间抢光，剩下的就是搬桌椅。

椅子还都被搬得差不多了，只剩下桌子。温年不情不愿地站起来，揪着自己桌子的桌角，往后门拽。

拽到一半，一只手按在桌面上。

"我来。"陈远说。

温年都习惯了，立刻喜笑颜开："辛苦辛苦。"

陈远轻轻松松地抬起桌子去了外面。

重新无所事事的温年就在板报附近转悠。

佟佳露恨铁不成钢："我过去说说她！"

"说什么？"杨晓桃擦着窗台，嘴角疯狂上扬，"请你有点觉悟，不要打扰人家！"

佟佳露觉得这话她必须反驳，但又无从驳起，只能说："陈远那是心疼桌子被拖，换成我这样干，他也帮我！"

杨晓桃："那你去试试啊，我拭目以待。"

不争馒头争口气！佟佳露说干就干。

但这桌子实在太轻了，她想拽出温年那种"好沉好沉我不行"的感觉，偏就是装不出来。

金鑫进来见了，说："干吗一副做作的表情啊？"

佟佳露泄气不装了，搬起桌子，说："边儿待着去！少挡我的路！"

"嘿！我这小暴脾气，你能不能……"金鑫说着动了两步，撞上又回来搬桌子的陈远，还不小心踩了陈远一脚。

金鑫一句"对不住"差点脱口而出，扭头见是陈远，又立刻咽了回去，转而说："我当是谁呢。陈远陈同学也会为班级做贡献啊，会搬桌子呢。"

听这阴阳怪气的调调，佟佳露叫他闭嘴。金鑫说："嘴长在我身上，我想怎么说就怎么说。"

听见动静，班里不少同学往金鑫和陈远这边看。

同学们或多或少地知道金鑫看陈远不顺眼，但每次金鑫都是嘴上说说，陈远并不理会，两个人没出过什么大事。

可今天金鑫也不知抽什么风，追着陈远后面又说："我夸你了，你怎么也不言语？挺不赖啊，连破三个纪录。这么牛，怎么看自己同学挨打时一个屁不放呢？哦，是不是跑得太快了？"

话音落下，陈远放下桌子。

所有人瞬间紧绷了神经。要问他们为什么紧张，他们也说不清，就是觉得如果陈远真怒了，绝对不是小事。

佟佳露赶紧过去踹开金鑫，让他有多远滚多远。金鑫骂骂咧咧地出去了，但他的那句"看自己同学挨打时一个屁不放"，大家都听到了。他们偷偷打量陈远。

陈远一个人站在桌边，离他最近的佟佳露尽可能保持放松的表情，但眼里还是透出几分警惕和疏远。

这一幕让温年不舒服。她以为金鑫说的是上次在窄巷的事，想和金鑫解释一下。

杨晓桃这时却抓住她的手腕，冲她摇了摇头。

温年又扭头去看陈远，他似乎也在看她，但在对上她的目光后立刻避开了。

一中有规定，大考前一天的下午就上两节课。温年他们做完大扫除后还不到五点，杨晓桃说想去新开的奶茶店喝奶茶，温年没拒绝。

等待奶茶时，温年听佟佳露说了金鑫和陈远的事。和"彩虹帮"有关。

距离一中不远的一处篮球场一度是一中男生放学后最爱去的地方。直到年初，以邵亮为首的职高学生也发现了那里，就说那里从此以后是他们的地盘，谁来打谁。

一中的人不想和职高学生团伙有牵扯，虽然窝火，但还是忍了，不去就不去。

暑假里，金鑫初中时的好朋友从外省回来找他玩，两个人叫了几个以前的同学去打篮球，用了那个篮球场。

"这事也没法儿说怪谁。"佟佳露说，"金鑫那哥们儿不知道有这么个事，自己提前在篮球场玩上了。"

金鑫他们几个一看，心想就玩玩呗，邵亮他们还能在这儿盯梢呢？

结果，他们还就被邵亮一行人逮个正着。

最后，金鑫他们和邵亮他们打起来，但没打得过人家，还被抓住了。

邵亮这人又损又坏，让金鑫他们叫声"爷爷"再磕个头，才放他们走。金鑫他们自然不肯，金鑫的那位朋友反抗最激烈，又挨了一顿打。

这时候，陈远路过篮球场。金鑫立刻向陈远求助，让他帮帮忙。

邵亮说："陈远啊，要跟他们一起吗？咱俩好像还没动过手，我不知道你本事多大呢。"

陈远淡淡地看了一眼金鑫他们。一行人,除了金鑫的朋友被打得趴在地上,剩下全被按着跪地。

金鑫眼里全是哀求,而陈远说了句"没兴趣",便走了。

"从那之后,金鑫恨死陈远了。"佟佳露说,"所以他俩一对上,金鑫就犯病。"

温年和杨晓桃听完后,杨晓桃憋了有一会儿,才小声说道:"这事要换我,我也得生气,陈远怎么能……"

温年打断:"哪条法律规定是个人就得见义勇为、乐于助人?"

杨晓桃小鸡啄米似的点头,你漂亮,说啥都对。

可佟佳露不爱听:"这事是跟陈远没关系,但陈远那么冷漠就对?"

"可是……"

"温年,你就是因为陈远帮了你,所以有滤镜。"佟佳露说,"可在这件事上,陈远确实没帮金鑫,金鑫不可能一点儿怨言没有。"

温年想说陈远不是只帮了她,他还帮了团仔,帮了赵奶奶。但她知道,一个人如果在道德层面被人指责了,那么除非这个做出大善举,否则很难扭转别人的印象。

这个奶茶喝得一点儿不愉快。

温年回到67号,许扬正准备出门。

许扬的婆婆已经出院,目前在家静养,不用她每天再守夜。但这么久的治疗,费用不是小数字,许扬现在增加了直播次数,晚上七点到十点还有一场。

"回来了。"许扬套上皮夹克,"饭都备好了,我……"

"表姨。"

"啊?"

温年急需一些让自己有判断的佐证,不然她心里不舒服。

"表姨,如果你在路边看见自己认识的人被打,你会帮忙吗?"

"必然啊!"许扬叉着腰,爆炸头今天格外蓬松,"我小甜甜出了名的讲义气,路见不平必定拔刀相助!要不我……"

"你快去直播吧。"温年摆摆手,进了小楼。

许扬还在那儿说自己以前帮朋友勇闯棋牌室，跟人家单挑的事……温年一点儿不想听，她心里更不舒服了。

晚上八点多，温年下楼斟水，顺便把厨房里的垃圾放到外面。

打开门，陈远站在自家门口。

大扫除时发生的事以及佟佳露的话顿时浮现在脑中，温年一时沉默。

陈远看了她一眼便垂下眼眸，转身开门。

温年这才开口："这么晚才回来啊？"

"嗯。"

"那……那我先进去了。"

"嗯。"

防盗门被关上。

陈远拧锁的手微微一顿。他想起书包里的保温杯，原想给她，但在67号门口徘徊半天都没去敲门。

现在再看，还是不要敲门的好。

温年失眠。她想了很多，以至于第二天早上差点起晚，耽误考试。

她奢侈地一出门便打车去学校，等赶到考场，觉得这钱花冤枉了。

最后考场的同学都太放松了，来了基本都在吃早点聊天。

温年深吸口气，走到最角落的位置。她知道很多人在看她，大部分是好奇的目光，但还有些目光让她厌恶。

温年坐下后，她前面的男生就找她要微信。

她明确拒绝，那男生死缠烂打。她保持沉默，那男生就开始用他的椅子撞她的桌子。

"美女，加个微信聊聊呗。"男生说，"我早知道你，就等这个机会呢。咱们有缘是不是？"

温年冷着脸，说："你再撞一下桌子试试。"

"哟？有脾气啊。"那男生笑得不怀好意，"找个地方，你教我慢慢改。"

温年恶心死了，对这种人就必须想办法治他。她从刚才就开始录音，只要再激怒他一下，让他找碴儿，她就泼他一脸水，到时候他肯定急，那正好把事情闹到教务处去。

温年心里都盘算好了,但班里忽然又安静了。

她紧绷的那根弦不得不分散一下,转过头,陈远不知道什么时候来的,还从教室后门进来了。

他走到她的身边,温年问他是否有事。

陈远没答,脸冷得不行,看着温年前桌那男生,问:"你很喜欢撞桌子?"

话里的挑衅是个人就能听出来。

那男生"噌"一下站起来准备开骂,却发现自己比陈远要矮将近一个头,身材倒是看起来差不多瘦,但陈远是劲瘦,自己是实打实的瘦。

"开个玩笑。"那男生说,"怎么,不行啊?都是同学。"

陈远说:"不行,道歉。"

"别给脸……"

陈远上前一步,还没动手,那男生就吓得一屁股坐下了。

陈远睥睨着那男生,也不说话,可越是这样越是压迫感十足。

温年关了手机录音,心想这下我可不怕了,这种人就欠收拾。

而那男生也不傻,他耗着,等一会儿考试开始,他不信陈远不走。

温年也想到这点,拽了拽陈远的衣服。陈远看了她一眼,然后对那男生又说了句:"别后悔。"换言之,现在不道歉,再想道歉就不是只道歉了。

那男生一开始对这话嗤之以鼻,但这种装模作样在陈远的不动如山下,什么用没有。最后,那男生没扛住,向温年道歉,说自己不敢了。

这事处理好,马上要考试了。温年问陈远是不是找她有事。

陈远点头,将一直拿在手里的粉红色保温杯放在温年的桌上:"你忘书桌里了。"

这下,班里响起了起哄声。

温年脸上发热,低头道谢。

陈远没再耽误,离开最后考场去第一考场。

温年旁边有个女生对她说:"陈远在学校里有名的高冷,对你这么好,你俩……"

没听完,温年站起来跑出教室。

她是清楚自己心里为什么不舒服的。不是因为陈远做的那件事不仗义，而是因为她觉得陈远肯定有他的原因，别人应该要理解他，不应该道德绑架。但她找不到让别人理解的方式与理由，心里便一直闷着。

可不管怎么样，陈远对她很好，对她好的人，她也要对人家好。

陈远刚到楼梯那里，听到温年叫他，抬头看去。

女孩身体探出扶梯，脸颊透着微红，湿漉漉的眼睛看着他，说："金鑫的事你不要往心里去。"

陈远一愣。

预备铃响，温年听到监考老师在问最后一个同学去哪儿了，来不及再说什么，温年从口袋里掏出一块糖果扔过去，说："考试加油！"说完，她立刻回教室。

陈远接住了那块糖果，心里的滋味一时难以形容。

金鑫那件事，他自始至终不觉得自己做错。对待邵亮那样的人，要么比谁不怕死豁得出去，要么就忍一时换以后清静。金鑫他们都是正经学生，在学校里怎么闹，和邵亮那群人也不一样，不能因为一件事就把自己的正常生活搭进去。

更何况，有些事有他参与了，搞不好才会给别人带来麻烦。

他不介意别人说他冷漠，说他铁石心肠，但对她，他还是……

陈远很庆幸来送了保温杯。本来昨晚就该给她，但她的态度让他退却。现在看来，她应该没有因为金鑫的事而责怪他。

陈远回了考场，已经开始发卷子。监考老师让他立刻入座，清点试卷是否齐全，不要影响其他同学。

陈远坐下，剥开那块糖果放入口中，草莓味儿立刻在舌尖上蔓开。

不管之前是什么滋味，他现在只觉得很甜。

考完第一场语文，杨晓桃和佟佳露来找温年。

杨晓桃还好，就是明明心里害怕还非要对答案，温年说别对了，不要影响下午的数学考试，杨晓桃又说不对答案她更难受。

相对杨晓桃的纠结，佟佳露很坦然："我偏科偏得很均匀，没再怕的了。"

三人来到食堂。

因为考试，以前中午会回家吃饭的同学都不折腾了，选择在食堂用餐。温年她们到的时候，食堂里都是人。

她们分头找座位，但是全满了。只有陈远，一人坐了一个六人座。

佟佳露当机立断告诉陈远给她们占座。

对于金鑫的事，佟佳露对陈远不能说一点儿看法没有，但她这人没有站在高处指责别人的毛病，陈远可能是冷漠，但他也孝顺。佟佳露分得很清。

几分钟后，端着餐盘的温年和杨晓结伴回来。佟佳露已经坐在陈远对面，杨晓桃看了温年一眼，自动选择坐在佟佳露身边。可温年要是再坐在杨晓桃身边，这个三对一的组合就有些别扭了。

"愣着干什么？"佟佳露直接指了指陈远旁边，"坐啊。"

落座后，温年莫名拘谨。她琢磨可能是给糖这个事太幼稚了，让她别扭。

她当时没多想，就觉得昨晚和陈远的照面她表现得太刻意，好像故意不理他似的，就想弥补一下，于是扔了块糖下去。估计陈远接了糖后挺无语吧。

温年默默低头吃饭，吃之前先把不吃的都挑出去。

佟佳露说："我听说你把六班的瘦猴儿给收拾了？"

温年动作一僵，快速看了眼陈远。

陈远表情冷淡："不算。"

"要我说你抽他一顿才好呢！"佟佳露嫌弃道，"长得那么砢碜，还总骚扰女同学。"

总骚扰女同学？那不知道陈远见了会不会也出手……应该会，所以陈远今天也不算专门为她出头。温年戳了戳米饭，继续挑菜。

吃饭的过程中就听佟佳露在说，杨晓桃偶尔搭话。

在此期间，食堂又迎来一波就餐高峰，后来的金鑫和孔家奇也找不到位置。

孔家奇眼尖，发现温年他们这桌正好空两个人，就说坐这里拼桌，可金鑫看陈远也在就要走。

见状，陈远打算先走，可温年看他都没有吃完，拉住他，又对金鑫他们说："和我们一起吃吧，座位不好等。"

有同学抛出橄榄枝，佟佳露又说别磨叽，金鑫只好坐下，坐在陈远对角的位置。

开动前，孔家奇拨了一口米饭和一块五花肉放在小碗里，然后放了一张祖冲之的照片在碗前，拜了拜。

金鑫一掌削过去："丢人丢到食堂了是不是？拿过来，我也拜！"

孔家奇听话地把照片和碗挪过去，佟佳露看得嘴角抽抽："你俩是不是有病？考试之前忘吃药了？"

"佟姐，这你就不懂了。"孔家奇一本正经道，"信念，做人就是要有信念！相信信念的力量！只要你抱着诚心……哎！"

孔家奇看见陈远，忽然起身对陈远又拜了拜。

"我拜了这么多年祖冲之都不行，也许拜活人行。"他说，"陈远同学，请你保佑我在下午的数学考试中，考的都会，蒙的都对。谢谢。"

温年很不想笑，毕竟事关信念，可是真的难忍住啊，她和杨晓桃都低头在那里憋笑，肩膀发颤。金鑫则"夹"了一眼陈远，一脸"你就是保佑我考满分，我也不会拜你"。只有佟佳露连白眼都翻腻了。

过了一会儿，杨晓桃吃得差不多，忽然想起一件事，说："我今天路过办公室，看范老师好像回来了。"

一句话，餐桌上气氛凝结。

温年十分好奇这位教语文的范斌老师到底是什么人，怎么一提起他就好像有故事呢。而且，她没看错的话，陈远和金鑫好像对视了一眼？他俩还会对视？

吃完饭，大家去放餐盘。陈远在温年后面，温年转过身发现他看着自己。

"怎么了？"温年问。

陈远将餐盘放好，说："那个男生还有没有找你麻烦？"

温年摇头。

"考完尽量不要在考场待着。"

"哦。"

"如果他还有举动，你就回手，但是周围得有人。"

"明白。"

"放学和佟佳露她们一起走。"

"知道。"

温年乖乖答应完，有种被家长教着做事的感觉，这不行。她刚要说几句重塑自己高大的形象，陈远忽然递来一样东西给她。是一条蜜桃口味的果汁软糖。

温年心下一动，接过后，才问这是干什么。

陈远看了看她，别过头说了句话。温年没听清，上前一步："你再说一遍。"

陈远张张嘴，却发不出音。不仅如此，他那张万年不起波澜的脸，罕见地出现一丝慌乱。

温年觉得有趣，作势要把糖还回去，说："你不说我不能拿，好端端的，我为什么……"

陈远后退一步躲开她的手，快速说了句："回礼。"

说完，他也不等什么回应就走了，差点撞上过来收拾餐盘的阿姨。

为期三天的期中考试很快结束。

考得好也罢，不好也罢，都这样了。

考最后一科地理时，怀蓝又下了一场雨，雨势并不大，但把怀蓝的气温一下子拉下去十度。

许扬特意给温年换了一床厚被子，但温年没带什么厚实衣服，得去买外套。

"周六我跟你去。"许扬说，"多买几件。"

温年说："不用。我问问杨晓桃和佟佳露，她们应该能陪我。"

许扬一笑："没想到啊，你来这儿还交到几个朋友。"

"朋友"这两个字对温年来说有些陌生。在以前的学校，她没有朋友，大家只是同学，都客气礼貌，除了在学校，私下不会有交流。

而佟佳露和杨晓桃发现好逛的文具店要带她去看，发现好吃的东西要和她一起尝，有新开的奶茶店也必须得三个人凑齐了才能去。

温年之前不觉得，现在发现会一起做这样的小事可能就是朋友吧。或许说"朋友"二字太重，但她们之间起码存在友谊。

　　想到这儿，温年得意地笑笑："是啊，我有同龄人陪，不用你呢。"

　　许扬笑着点了下她的肩膀："小丫头片子。"

　　转天，许扬送温年去学校。

　　班里异常热闹，大家都在讨论语文成绩的事。

　　语文和数学第一天考，出成绩自然快些。温年以为最先出来的应该是数学成绩，因为语文有作文，批卷会慢些，但同学说语文成绩已经出来了。

　　温年来到座位放下书包，孔家奇的笔袋上还贴着祖冲之的照片。

　　说实话，温年觉得他有些多虑，因为教数学的李老师，人特别好，滚圆的肚子还富态，大家都叫他招财猫。所以，就算数学考砸了，李老师也不会很凶。

　　"温同学，你说得对。"孔家奇说，"但作为学生要对自己有严格的要求是不是？你说我要是数学成绩提高了，李老师多高兴啊。"

　　温年笑了笑："你还挺体贴老师。"

　　"应该的，应该的。"

　　陈远又是赶在预备铃响时进的教室。

　　今天的早自习格外肃静，在这一派祥和的气氛中，语文课代表抱着卷子来了。

　　温年听到班里爆出几声"完了"，还有人甚至说"记得明年这个时候看我"。

　　温年问杨晓桃怎么了，杨晓桃看了眼她，摇摇头："你一会儿就知道了。"

　　于是，第一节课语文，温年见到了传说中的范老师。一米九的身高，健身教练般宽广的肩膀，还有那板寸发型……这是语文老师？

　　范斌将夹在腋下的语文书往桌上一扔，笑着说："同学们，好久没见，为师甚是想念啊。"

　　班里安静，仿佛在回应：客气了，我们不想你。

　　"课代表将卷子放下去了吗？赶紧的。"范斌问，"这卷子批改得我两天没睡好觉,我得和你们好好唠唠。"

温年看到有同学抖了一下。她看向身边的陈远,陈同学倒还是稳的,但她有种直觉,直觉……

"有时间没见,我很惦记你们。"范斌又说,"但要说我第一惦记的是谁?来,自觉点儿,别等我点名,自己站起来吧。"

话音落下,就听"咣当"一声,金鑫站了起来。金鑫不矮,但在范斌的衬托下就像是一只小鸡仔,更别说范斌还在讲台上。

范斌笑了笑:"觉悟挺高。但很可惜,你只能排第二。坐!"

"谢、谢谢范老师。"

金鑫平时在班里也算是大摇大摆了,现在这胆战心惊的反应,加上同学们一个个也跟要就义了一般,温年实在不知道这位范老师到底是什么路子。

就在她一头雾水时,范斌一拍桌子:"陈远!还得我请你是吧?"

温年瞪大了眼睛,居然是陈远?

陈远站起来,范斌也下了讲台,他走的这几步,温年都想他会不会是要揍陈远吧?

结果范斌在孔家奇身边站定,孔家奇身体向杨晓桃那边挪了挪。

"好久没看到你的'陈氏说明文',我这心脏病差点好了呢!"范斌说,"说没说写作文时带点儿感情!说没说!"

陈远没动,但温年被吼得一愣一愣的。

范斌在陈远和孔家奇之间的过道踱步,他动一下,温年就觉得他是在运功准备随时送陈远上路。

温年简直不敢信陈远还能有到这种时候。因为包括李亮财在内的数学老师,还有一众理科老师,都拿陈远当宝贝。可到了范斌这里……

察觉到可能是吓到了新同学,范斌缓了缓语气:"温年是吧?语文底子不错,作文写得也不错。有空感染感染你同桌!"

温年:"是、是。"

范斌丢了一小摞纸在陈远桌上:"给我把范文抄十遍!"

数落完了心尖尖的这位,范斌扭头,瞅见看热闹正笑得灿烂的金鑫,他又快步过去削下去几掌。

"你还笑！想开花是吗！"范斌气道，"说没说作文里别写歌词？显得你听的歌多是吧！中华小曲库啊！"

金鑫气不敢喘，缩在那儿任凭"羞辱"。

范斌越想越气，说："一个你，一个陈远，你俩整一组合说相声去吧！春晚就指望你俩了！给我滚出教室，到外面看范文去！"

从这一课起，温年认识范斌了，还知道他有个外号叫作，"金陈克星"。

语文课下课，陈远和金鑫走进教室。

温年打量着陈远，猜不到他心情如何。

金鑫过来把一小摞纸摔在陈远的桌上，话却是对孔家奇说："写得不错啊，就你会文言文。"

原来范文是孔家奇写的。孔家奇憨憨一笑："过奖过奖，就是有感而发。"

金鑫撇嘴："他就是针对我！我写得多好啊！"

过来凑热闹的佟佳露不知道什么时候拿走了金鑫的卷子，读道："窗外的麻雀在电线杆上多嘴……"

周围人爆笑。金鑫脸通红，一把夺回卷子，说："懂不懂艺术！"说完，回了自己"大护法"的座位。

温年就着这个空隙，看了看孔家奇的作文。写得不错，遣词造句很准确，但准确的同时不会让人觉假大空，是未来在机关写材料的好苗子。

"陈远同学，这卷子你带回家吧。"孔家奇说，"刚才你和金鑫在外面，他肯定不让着你。"说完，又转回去喝他的菊花茶。

下节课是李亮财的数学课。

数学成绩也出来了，陈远毫无悬念地得了满分，算是从范斌那里找回一点面子。

但金鑫就比较平均，李亮财每讲一道题就得叹口气："金鑫啊，这题怎么还能错呢？都讲八百遍了。"

李亮财苦口婆心地在讲前面的题目，温年就最后一道大题的最后一问错了，渐渐就有点儿不想听了。

她想看作文。

"陈远。"

陈远侧头看过去。温年笑着眨眨眼："给我看看你的作文呗。"

陈远摇头，听课。

温年挡住他的卷子，不许他看，说："你都会，还记笔记干什么？"

陈远看着面前那只白皙的手。

"你就给我看看你的作文嘛。"温年小声说，"我看看是不是范老师冤枉你。要是冤枉了，我替你报仇。"

陈远看她："怎么报仇？"

"古诗词默写全写错。"

虽然只上了一节语文，但温年也看出来了。范斌是嘴毒，但他是负责任的老师，做的一切就是想让学生能学好。他讲课很细致，为了加深学生记忆还辅以历史典故，有些同学哪里薄弱，他都记在脑子里，上课讲到了，就提醒那个同学注意。

所以，连古诗词默写都出错，范斌大概会气得当场"去世"。

陈远闻言，扭过头，嘴角快速弯了弯，等再转回来又是一脸冷淡，说："不给。"

软的不吃，温年来硬的："你给不给？看一下你的作文还这么费劲儿！还是不是同桌了？"

陈远说："我不给你看，你也是我同桌。"

"那可未必。"温年说，"马老师不是说了？期中考试后有一次座位调整，到时候我就……"

"就什么？"

刚刚，温年强迫陈远给自己看卷子，陈远不愿意，但神情是轻松的。但在她说了换座位后，他的冷淡脸一下子就有了压迫感。

温年抿抿唇，下意识地坐正，嘟囔："随便一说，但是——"

"嗯？"

"你不给我卷子，我说不定就真换座。"温年不再说话了，心里默念着数字，数到十的时候，她的桌上出现了陈远的语文卷子。

陈远脸上还是没多余的表情，但温年意会到了"忍辱负重"四个字，就……蛮让她开心。她压了压笑意，将卷子往里拽了拽，说："这就对了嘛，同桌。"

温年先看了看卷面，作文内容姑且不论，陈远的字是真好看。瘦劲有力，和他清冷又俊朗的气质很贴切。

温年欣赏了一会儿，开始阅读，然后就……有点儿理解范斌了。

他们这次考试的作文题目是让学生写一写自己心中忘不掉的景。这个"景"字用得很妙，也就是说你可以直接写风景，也可以写你心里的景，甚至写你生活中忘不了的一个画面都行。

孔家奇写的就是他爷爷在家练习毛笔字的画面。

而陈远是第一种，直接写风景，写的就是招明港。

他写他去这里锻炼身体，至于这里为什么是他忘不掉的"景"，他罗列了八条理由。

第一条，空气质量好。

第二条，足够安静，远离广场舞。

第三条，路足够长，他可以跑很久……

温年光是这么浅浅一看，就已经看到范斌在桌前"吐血"的画面了。这真的是说明文！一点儿多余修辞没有，全是干货。

温年实在忍不住，捂着嘴趴在桌上笑，笑得桌子跟着颤，把杨晓桃的椅子都弄得晃动了。

杨晓桃扭头，看不见温年，就见陈远一张脸散发着冷意，她赶紧又转了回去。

温年也不知道自己笑了多久，直到有人轻轻敲了下她的桌子。她从手臂里抬起半张脸，额头压出来淡淡的粉红色，眼睛里包着一汪水，笑意盈盈。

陈远喉咙发紧，错开了眼神："我说不给。"

"晚了。"温年声音笑得有些发飘，"我都看完了，太精彩了。你怎么这么会写？"

陈远垂眸，长长的睫毛耷拉下来，看上去有点儿可怜。

"说啊。"温年一点儿不鄙视自己没有同情心，"你为什么要这么写？"

陈远说："题目要理由，我就给理由。"

可真会审题。温年多少能知道些陈远的逻辑，也知道适可而止。没人喜欢被人笑话，她坐好后把作文还回去，想顺便再提提意见，也许对陈远有用。

她一起来，袖子不小心蹭掉桌上的笔，温年弯腰去捡。

陈远还沉浸在被打击的情绪中，反应慢了一拍，想像上次用脚悄悄挪开桌子是来不及了。眼看温年的头有可能要磕在桌角上，陈远下意识伸出了手。

温年根本没想过捡个东西还能磕到脑袋，直到她的后脑撞在一个偏软的地方上。她转过脸，这个角度能看到陈远的下巴，还有他鼻尖的海鸥线。

他并没有看她，目光落在桌面上，一只手挡在桌角前面，那样自然的姿态像是完全保护住了她。

"来，这个问题谁回答一下？有些难度啊。"李亮财说，"就陈远吧，陈远你到黑板上来写。"

温年趁大家把注意力放到陈远身上之前，火速坐直。

陈远去了讲台，孔家奇扭头看了眼陈远留在桌上的试卷，羡慕："我怎么没长这么个脑子呢。我怎么就……温年同学，你没事吧？"

"什么？"温年莫名有些心虚。

孔家奇说："你的脸好红，发烧了？"

"没，没有。"温年说，"我刚才困了，揉揉醒盹儿。"

"哦哦。"

孔家奇回身坐好，班里的其他同学也都盯着陈远在黑板上写的解题步骤。

只有温年，心跳快到吵耳朵……

上完上午第四节课就放学了。周末，一中要承办社会层面的重要考试，下午要清场，会有相关人员过来检查。

佟佳露过来，问要不要吃点儿好吃的去。

温年和杨晓桃琢磨有什么想吃的，孔家奇插话："陈远同学，你的数学卷子能借我回家研究一下吗？"

佟佳露说："抱歉，孔总。这卷子我先预定了，要不你拿手机拍……"

杨晓桃忽然蹿起来："咱们去'角落'吧！吃提拉米苏，然后，然后你也去，都去，你们就能看陈远同学的卷子了。"

这话说得乱七八糟,但温年还是听明白了,就是大家一起去角落书咖店,然后陈远把卷子拿出来给佟佳露和孔家奇一起看。

温年看向陈远,陈远点头。

佟佳露也没问题,孔家奇琢磨了下,想着要是这样,有不会的还能直接请教陈远,也说好。

大家就这么决定了。

金鑫往这边来,孔家奇问他要不要一起去。

"开什么玩笑?"金鑫抱着篮球说,"大好时光我得嗨!再说了……"他看了眼陈远,不用再说。

温年一行人从教室出来。

杨晓桃常年坐公交车,剩下三人都是骑自行车。佟佳露对温年说:"你怎么不骑车呢?咱俩结伴多好啊。"

"我……"温年顿了顿,"天气冷了,夏天再说吧。"

佟佳露现在可是了解大小姐了,道:"你不会是不会骑吧?"

温年沉默了。佟佳露笑出鹅叫。

角落书咖店的生意一直比较冷清。

温年和杨晓桃打车先到,池林就坐在窗边喝着咖啡看书。午间阳光金灿灿的,落在他身上。看见温年和杨晓桃,他笑着挥手,过去开门。

"今天有空过来了。"池林说,"欢迎欢迎。"

温年说待会儿还有人要来,陈远也来。

池林笑道:"这小子出息了,知道给我介绍客人了。你们想喝点儿什么吃点儿什么?过来看看。"

杨晓桃还是钟爱提拉米苏,温年则要了一份白桃芝士蛋糕。

犹豫尝尝哪个咖啡好时,池林说:"我自荐一下美式吧。因为我喜欢喝美式,美式我做得最好。"

温年一下想到了什么,说:"那我不是把招牌先尝了?下次吧。我今天喝卡布奇诺。"

过了一会儿,陈远他们也到了。

陈远和孔家奇一样,不吃也不喝,佟佳露照旧只点了一杯美式。

池林看他们人多,还说要讲题,就把店里唯一一间小包厢给他们用。

这包厢是仿照东方快车的车厢建的,两边是橙色真皮卡座,中间是胡桃木桌,列车窗户的位置因为是墙,挂了一幅梵高的《夹竹桃》,色彩和车厢色调很搭。

孔家奇一直说好看,坐下去的时候都小心翼翼。

他们两个男生在一边,三个女生在对面,闲聊一会儿后就开始改今天发的试卷。

语文试卷自然是无人问津,毕竟陈远那作文也没人能救得了。所以,主要任务就成了陈远给佟佳露和孔家奇讲数学,杨晓桃跟着听,温年写作业。

陈远平时惜字如金,讲题时也不例外。但他会找问题所在,一看孔家奇和佟佳露错的是哪个步骤,就知道他们的思路是哪里有问题,再一点拨,两个人都能明白。

一旦投入到某件事情中,时间就会悄然流逝。陈远从包厢出来去卫生间时,窗外的天已经渐入黄昏。

池林正在吧台后面擦杯子,见陈远出来,笑了笑:"口渴吗?要不要喝水?小陈老师。"

陈远抿抿唇,往卫生间走。池林又叫住他,说:"不逗你。不过你最近真有点儿改变。"

"什么?"

"就是……"池林想想,"出'古墓'了?"

等温年他们从包厢出来,天又昏暗了不少。

孔家奇和杨晓桃都不住南甜巷子附近,不方便再多待,佟佳露中途接到妈妈的电话,让她去医院食堂吃。

五个人在角落书咖店门口告别。

温年跟在推着山地车的陈远身边,一起回去。

温年好奇陈远这次又能考多少名,他的语文拉了不少分,想要追回来,除非理科都接近满分。

陈远没计算过,说:"考第几名都行。"

"那能一样吗?"温年说,"考第一名能上'985',考最后一名可能没学上。"

听到这话,陈远握着车把的手紧了紧,问:"你想考哪个大学?"

"我?"温年叹了口气,"我也不知道。"

她念的国际学校,原本是可以直通国外名校的。

在她前十几年的人生中,她就没想过自己会参加高考,更别说来怀蓝。

可事实往往就是让人措手不及。不过既然已经这样,她就考国内最好的大学。

"你知道北城大……"

一辆电动车飞速开来,温年话没说完,手腕一热,被陈远拉进里侧。

温年的鼻尖蹭到陈远的肩膀,那独有的雪松气味猛地钻鼻腔里,激得温年直接就甩开了陈远的手。

陈远一愣,顺着她的劲儿松开手,视线扫过那截手腕,没红。

"抱、抱歉啊。"温年为自己刚才没礼貌的行为感到抱歉,"我是吓了一跳。"

陈远说没事,走到了她的外侧,让她挨着巷子里面走。

刚才的话题没能再续上,温年也没心情续。她觉得自己最近有点儿怪,可要说是哪里怪,又说不上来。余光不自觉悄悄往侧移去,看到那张侧脸,尤其是鼻梁高挺的线条,她再次想起数学课上,他为她挡桌角。

他的表情淡淡的,好像就应该这么做。可她没体会过有人为她做这样的细节。

温年不说话,陈远就更不可能说话。

两个人一路无言。快到小广场时,温年接到佟佳露的电话。佟佳露急坏了,她说杨晓桃和孔家奇出事了。

温年和陈远赶回角落书咖店。

佟佳露比他们先到一会儿,池林正在给孔家奇的嘴角上药。

"光上药行吗?"杨晓桃现在说话声音还颤得厉害,"要不要去医院看看?"

孔家奇想说不用,一张口就"嘶"了一声,池林叫他先别说话。

佟佳露气得不行,喊道:"太可恶了!那群人实在是太可恶了!"

温年去安慰杨晓桃。杨晓桃前段时间刚买的水壶,被摔得掉漆不说,还瘪了一大块。

"遇到什么事了？"温年问，"怎么会这样？"

杨晓桃瘪嘴想哭，忍了忍，说了事情经过。

他们五个人从角落书咖店分开后，孔家奇直接骑车回家。杨晓桃要坐公交车，佟佳露就陪她走了一段，但佟佳露妈妈期间打电话催她快点儿，佟佳露就没陪杨晓桃等到车来，先走了。

杨晓桃等了半天车不来，倒是听到有小商贩串巷卖竹筒粽子，她有点饿就过去买。然后，就遇到了被人堵了的孔家奇。

孔家奇今天沐浴了陈远投射的数学光芒，心里美滋滋，没想倒霉事跟着来。他很少来南甜巷子的小步行街，不熟悉路，骑着骑着，就把车骑到窄巷里，迷路了。正找路，就听有人说："这不是金鑫的那个哥们儿吗？"

孔家奇没和邵亮他们有过正面冲突，只认识他们，怕惹上麻烦就想赶紧跑路。但邵亮拦住了他。

"刚才我看见金鑫打球呢。"邵亮说，"前段时间我刚警告过他别再出现在我面前，他就犯规，你是他的朋友，你说这怎么办？"

孔家奇认真地想想，说："金鑫肯定不是故意碍你的眼，要不这次就算了吧。"

其他人哈哈大笑，邵亮则脸黑如锅底。他认为孔家奇在挑衅他。

可孔家奇说的是实话，那金鑫也没算卦的本事，哪知道自己打个球又能碰上邵亮？

孔家奇憨憨地笑，抱拳说："各位同学，我还得回家赶作业就先走了，等以后……"

话没说完，邵亮挥过去一拳。孔家奇从自行车上摔下去，倒在了地上。

"我就看你们这帮一中的不顺眼！"邵亮啐了一口，"以为自己上个破高中就高人一等了是吧？"

孔家奇想说不是，可他被打蒙圈了，说不出话。

邵亮让孔家奇骂金鑫几句难听的，说了就放孔家奇走。

孔家奇还是憨憨地笑，眼神却十分坚定："做梦去吧。"

杨晓桃到的时候，那群人正围着孔家奇拳打脚踢。

杨晓桃吓得腿软，也不知道哪儿来的勇气，喊着说自己报警了，不走就等着被抓。

那些人恶狠狠地扭头瞪她，走时还一把将她推倒，摔坏了水壶……

"欺人太甚！"佟佳露拍着吧台，"邵亮就是只疯狗！我现在给金鑫打电话，他惹上的狗屎，没道理……"

孔家奇忙说："佟姐，别打。"

金鑫的性格本来就冲动，之前与邵亮碰上，就已经吃过亏，要不是金鑫心里有气，看见邵亮时不知收敛，邵亮也不会咬着金鑫不放。

说到底，狗咬你一口，你也要去咬狗吗？对付邵亮这种人，如果不能一击即中，受害的就是自己。

池林也说："事情已经发生，如果有其他想法就从长计议。现在光是生气没用。"

他一说，佟佳露立马老实了。不仅老实了，她本来抱臂大姐头似的坐在高凳上，这下刺溜滑下来，双腿并拢站好。

温年说："那他们打你，就是因为邵亮今天又看见金鑫了？"

"可能吧。"孔家奇挠挠头，"邵亮好像挺烦我，可能我长得不讨喜。总之这事别告诉金鑫。我都挨完打了，回来他一闹，保不齐我还得再挨一回，那我就……哎？几点了？我得赶紧给我爷爷打电话！"

他这么一说，杨晓桃也去掏手机。他俩同时掏，杨晓桃手里拿的不是什么高端手机，但好歹是个知名牌子的智能机，而孔家奇拿了一部老年机。

"嚯！"佟佳露惊讶，"这才多大岁数就用……"

杨晓桃拽了佟佳露一下，佟佳露"啊"了一声没明白，杨晓桃又使了一次眼色，她才闭嘴。

孔家奇也还好，虽然尴尬在所难免，但他不藏着掖着，笑笑就过。

而温年的心思比较敏感。她想起中午时，佟佳露想让孔家奇把陈远的卷子用手机照下来，当时杨晓桃语无伦次地说了一堆，极有可能就是在保护孔家奇。

温年看了眼陈远，陈远也在看她，估计和她想的一样。

上完药的孔家奇执意马上回家，不然他的爷爷奶奶会担心。

池林说开车送孔家奇，孔家奇不想麻烦别人，但池林说不送他心里会不踏实,就让陈远看会儿店,他送完人就回来。

他们一离开,佟佳露又开始拍桌子。

"凭什么!啊?凭什么!"佟佳露依旧无比愤怒,"孔总这么老实也挨打!邵亮真该死!"

温年抿抿唇,看着杨晓桃:"我听孔同学每次只说爷爷奶奶,他的爸妈也去外地打工了吗?"

杨晓桃摇头。

孔家奇出身教师世家,从他太爷爷那辈起就教书。孔家奇的爸爸妈妈原先是怀蓝一所中学的老师,后来去了南方偏远山区支教。几年前,因为一场大雨,山里出现泥石流,他们为了抢被埋在山里的孩子而遇难,孔家奇就跟着爷爷奶奶生活了。

"这件事咱班同学都不知道。"杨晓桃说,"我也是有次不小心看到他填表,他才跟我说了一下。"

孔家奇当时的表情明明是悲伤的,眼里却满是骄傲。他说:"我爸妈是人民教师。"

可能就是从那时候起,杨晓桃觉得她如果有能力帮一下自己的同桌就帮一下。

孔家奇学习成绩很好,每次班里前五,年级前十。但可能因为他比较老成的做派,加上性格偏静,也不擅长体育,很少有男生愿意和他玩,只有金鑫干什么都要拉着他。

温年想起孔家奇作文里写到的他爷爷,他说他爷爷教他:做人亦如写字,一撇一捺,横平竖直,不可不端正。孔家奇这人就是"正"。

温年想说他们给孔家奇报仇去,可话到嘴边,又犹豫了。这事说出来容易,可到底怎么做呢?尤其对方还是一群不良少年。

陈远看到温年欲言又止,也没言语。

过了一会儿,杨晓桃说她也得赶紧走了,温年没让,问陈远待会儿池林回来能不能再麻烦一下他送杨晓桃。

陈远点头。

其实不用温年说,池林也一定会送的。

今天角落书咖店关门关得晚了些。池林回来接杨晓桃,温年、陈远和佟佳露三个人一起回南甜巷子。

"你让陈远驮你吧。"佟佳露打了个哈欠,"我这车也没后座,驮不了你。"说着,已经骑了出去。

温年盯着陈远车的后座,这会儿就有点儿犹豫。

他们来时因为事情紧急,陈远说让她上车,她就上去了,半分矫情没有。

可现在不赶时间,她坐他后座的这个行为吧,就很像某些青春电影。

陈远大约是猜到她的心思,说:"我和佟佳露换车,让她……"

温年果断地摇头,佟佳露再大大咧咧,说不定也会误会什么。

温年抿抿唇,说:"我就是觉得有点儿硌。"

她瞎找了个借口,心想坦荡些就不会别扭,正要上车,陈远拿出包里的卫衣,叠了下放在车后座上。

"这样好些。"陈远说。

晚风徐徐,吹动着校服的衣角。

温年他们赶上佟佳露,佟佳露说温年磨蹭,那么慢,她快饿死了。

"让你在'角落'吃块蛋糕你不吃。"温年说,"吃了还能垫垫肚子。"

佟佳露难得没顶嘴,转而说:"你们说这事儿就让孔总和晓桃吃哑巴亏吗?"

温年问:"你有什么想法?"

"那多了去了。"佟佳露说,"就是实施一个估计玩完一个。"

"那你还说……"

山地车突然颠了一下。

温年身体往后仰,差一点儿倒过去,吓得她赶紧抓住车座。

"你看点儿路!"她抱怨,"小心摔着我。"

陈远没接话,佟佳露说:"说你大小姐一点儿没错。人家驮你,你还那么挑剔。要不要下来让你跑?"

"我还不能说话啦?我要是被摔……"

"你抓着陈远啊。"佟佳露说,"抓车座子能稳个毛线?"

温年安静了。理智告诉她,她该照着佟佳露的话去做,甚至回一句"还真是的"才对。可她的手臂千斤重,就是抬不起来。

温年心想反正马上就到了,估计也不会再像刚才那样……

又是一下颠簸。

这次颠得比上次厉害得多,根本容不得温年多想,她就本能地抓住了陈远。

陈远说:"太黑,看不清路。"言外之意就是可能还会有颠簸。

温年来气,想说你是老花眼吗,还看不清路,又听他说:"你还是抓着我安全。"

都这么说了,温年再忸怩就说不过去了,她紧紧抓住陈远校服的下摆。

他们先送佟佳露回了家。回去的路上,温年问陈远怎么看这次的事。

"很气人。"

"然后呢?"

陈远顿了顿:"如果想出气,就必须让邵亮他们彻底输掉。不然以后他们会不断地找麻烦,不管是金鑫还是孔家奇。"

温年不明白为什么会有邵亮这种人。大家虽然不是朋友,但也可以称一声同学,怎么能这么横行霸道。

"有种人天生喜欢欺负人。"陈远说,"这样会让他们得到满足,觉得自己是强者。至于为什么欺负,不需要理由。"

温年心有不忿,不想继续这个话题,便说:"还是你好,脸那么冷,看着就不好惹。那个邵亮不敢找你麻烦,你肯定从来没被人欺负过吧?"

温年的语气就是在开玩笑,但陈远却没回答。她心里揪了一下,问:"难道邵亮他们也……"

没说完,车子压到一个小石块,顿时一颠,温年吓得直接双手抓紧了陈远。

如果要摔,也能拉他垫背。温年这么想的,然后车子歪了么一下后,很快就回正,继续平稳前进。

"你的确不会骑车。"陈远如此评价,语气里似乎带着一点低沉的笑意。

是啊是啊!她不会骑!所以怕!温年讨厌死"陈巨人"说话这么直白的风格,就不会给她留点儿面子!

她气得当即用手指狠戳了下他的腰。陈远很自然产生条件反射,握着车把的手一扭。但他反应也快,立马稳住晃动的车把。

"别闹。"他说,"待会儿真摔了你。"

这话仿佛有魔力,温年不动了。她的脸上好似升腾起一团火。

她不知道是因为难为情自己不会骑车,还是因为陈远略带宠溺的话。她只觉得心脏滚烫,好似今夜的风是暖的。

后来,这一夜的这一幕总是会出现在温年脑海里。少年坚实的背影,一边的校服随风后扬,一边的校服被她压着,紧握在她手中。

事情还是让金鑫知道了。

是早上金鑫在车棚锁车时,六班的张俊跑过来和他说的。

"金鑫,你牛啊!交了这么铁的哥们儿,打都帮你挨,以后你能横着走了!"

金鑫听得一脑门问号。他特别讨厌张俊,张俊外号"瘦猴儿",总爱骚扰女同学。

"有屁快放,没屁就滚!"

金鑫说完,张俊呵呵笑,绘声绘色地说了孔家奇被打的事……

体育课上,金鑫拽上孔家奇,连带着佟佳露和杨晓桃,温年是被佟佳露拉去的,五个人在体育馆后面谈话。

了解完事情的来龙去脉,金鑫对着树"咣咣"踢了两脚。

佟佳露说:"你的脚不疼,我看着树疼,能不能稳重点儿?"

"怎么稳?叫我怎么稳?"金鑫喊道,"我现在就去找邵亮!"

这种心情,大家还是理解的。最好的朋友因为自己无故惹一身伤,现在还被学校里几个学生在背后嚼舌根,能不气吗?

孔家奇说:"我这不没事了吗?算了吧。邵亮这种人不是咱们这样的学生惹得起的,以后还是……"

"不行!"金鑫喊得嗓子劈叉,"这事儿不来个了结,这日子我过不下去了!"

作为连带倒霉的受害者之一,杨晓桃心里也气。可说实话,要去找邵亮那群人报仇,她不太敢,怕招惹上了甩不掉。所以只能哑巴吃黄连。

金鑫看着他们,眼泪在眼里打转。佟佳露安慰他,他就蹲树根那儿抽噎。

温年这时站了出来："我有个主意，但不知道能不能有用。"

大家一听都来了精神。

这个主意还是昨天陈远的话给了温年启发而想出来的。陈远说想出气，就必须让邵亮输得彻底。

既然如此，那就打篮球呗，有输有赢。

"这件事本来就是因为篮球场引起的。"温年说，"邵亮这样的人，肯定面子大过天，经不起激。到时候金鑫就跟他下战书，说如果邵亮输了，就向孔同学还有晓桃道歉。可如果你们输了……"

温年露出一个尴尬又不失礼貌的微笑："那应该比现在的情况惨烈十倍吧。"这话说完，温年心想这大概还是个馊主意。

但金鑫跳起来了，眼里的泪光全部变成闪耀着的希望，说："就这么办！"

温年想说大家再商量一下，但金鑫觉得没有比这个更好的办法，人一溜烟跑走了。

孔家奇看着金鑫的背影，说："我会不会再被打一顿？"

佟佳露和杨晓桃一人一边，拍了拍他的肩膀。

金鑫要挑战职高邵亮的事很快在学校里传开。

温年一开始颇为自责，觉得自己不该出这个主意，万一有什么，金鑫和孔家奇又得吃亏。可慢慢地，他们发现这可能确实是唯一办法。因为他们一不能打架，也打不过；二不能告老师，因为告老师后，哪怕邵亮被训一顿，以后也可能变本加厉地欺负人。想要出气，只能如此。

邵亮也果然如温年说的那样，痛快答应，还放话说自己要是输了，不仅道歉，以后见了金鑫和他同学，都绕道走。

解决的办法总算有了，可实施起来又遇到了困难，还是最大的困难——没队员。

金鑫如打了鸡血一般，每天各种攒人。但除了两个和他关系特别铁的初中同学愿意帮忙，剩下的人一听是和职高的人打篮球，都不愿意蹚这浑水。

佟佳露让温年去游说陈远。

温年憋了一上午，没能开口。她最讨厌别人勉强自己，自然也不想勉强别人。

"你平时不是挺厉害的吗？"佟佳露说，"现在怎么不行了？"

温年嘟嘟嘴："你比我厉害，你去说。"

"我说要是有用，还用得着你？"

"那你说没用，我说也未必有用啊。"

"不不不。"杨晓桃插话，嘴角疯狂上扬，"你说肯定有用。"

温年不明白："为什么？"

杨晓桃一脸神秘，佟佳露呵呵一笑。

看她俩这幕，温年以为自己在欣赏荒诞剧。

不知道陈迩要是在这儿，能不能看明白她俩到底在干吗。

陈迩这会儿正在去卫生间的路上。

大课间时，教学楼那边的人比较多。办公楼那边的卫生间人少，尤其是一楼的，老师基本在二楼以上办公，不会特意下来一趟。

陈迩一进卫生间就听两个男生隔着厕所隔间在说话。

"金鑫那事你知道吧？"

"能不知道吗？全校都知道了吧，有戏好看咯。"

"要我说金鑫就傻，为了那个孔、孔什么来着？"

"孔家奇。"

"对，为了孔家奇和邵亮他们叫板，到时候估计得被按着叫爷爷。"

听到这儿，陈迩皱了下眉，但并没有说话。他过去方便，又听他们继续说——

"那个孔家奇没爹没妈吧？听说每次开家长会都是一个老头子来，身上带着股臭味儿，别再是收破烂的。真硌硬！"

"是硌硬。不过我觉得没爹没妈不可能，保不齐也是去外地打工了，他妈跟人跑了。"

"砰"的一声，陈迩一脚踹开一间隔间的门。

里头的男生吓得差点坐坑里，裤子都没来得及提，就被陈迩提溜出去。另一个男生一听，收拾了下赶紧出来。

"陈迩你疯了是吗？你……"

陈远一脚踹过去，那男生立刻闭了嘴。

被提溜的男生忙说："哥！陈哥！大哥！怎么了这是？我们没得罪过你啊。"

"得罪别人了。"陈远说。

被提溜的男生哆哆嗦嗦："谁？谁啊？我错了，错了！"

陈远对这种在别人背后诋毁他人，实际上欺软怕硬的人，看一眼都觉得是污染。他将那男生拎到水池那里，说："嘴脏，多漱口。"

于是，赶在上课前，两个男生在陈远的注视下漱了五分钟口。

放学铃一响，金鑫第一个冲出教室。

金鑫不放弃，努力四处攒人，想着到时在球场上大杀四方。

佟佳露表示担忧，杨晓桃和温年同样担忧，孔家奇更不用说，他那后背还疼着呢，再来一波非得一周下不了床。

他们颓废地走出教室。出了教学楼，遇上六班的张俊和他的几个同学。

温年一见张俊就恶心。虽然张俊很怕陈远，忌惮着不敢再骚扰她，但那个眼神，让人极不舒服。

温年眼不见为净，偏张俊溜达过来拦住他们。

"金鑫呢？"张俊问，"还在找人是吧？真不嫌累啊。"

跟着他的那几个人顺着这话嘲笑。

佟佳露说："张俊，别人要这么说金鑫，我肯定说'你说得对'。但是你？"

"我怎么着？"

"一个给邵亮跪着喊爸爸的，有什么脸说别人？"

"你！"

张俊想上手，孔家奇立马上前拦住。

"同学，咱们有话好好说。"孔家奇客气地道，"可不能打女生。"

张俊不耐烦，扒拉开孔家奇："有你什么事！滚远……"

"看来你还是不长记性。"温年开口。

张俊转过头，眼睛直直地看着温年。

温年不用想就知道这猥琐男的脑子里装的是什么。她忍着想吐的冲动，说："我劝你现在赶紧走，别等陈远来，吓得你两条腿不听使唤，想走走不了。"

"哎哟，拿陈远吓唬我啊？"张俊说，"你和陈远什么关系？"

佟佳露说："张俊，咱们一向井水不犯河水，你啊，该干吗干吗去，到此为止。"

张俊才不呢。他私下一直是邵亮的"舔狗"，觉得这次邵亮准赢，还想狐假虎威一番。

张俊正向温年靠近，刚要伸手，陈远从教学楼出来了。

包括孔家奇在内，大家都松了一口气。

陈远站到温年前面，一个字都没说，张俊就赶紧往后撤。

"打个招呼而已。"张俊尿得不带一点儿含糊，"走了。"

陈远："等等。"

张俊一下紧张起来："干吗？我什么也……"

"你给邵亮带句话。"

"什么？"

金鑫这时从C区教学楼出来，不用问，看他臊眉耷眼的样子，就知道没攒到人。

陈远说："让邵亮拿出最好的水平来，不然——"

听到这话，金鑫定在原地。孔家奇、佟佳露、杨晓桃也都看向陈远。

"他会输得很惨。"

张俊听了半天才反应过来："你要参加？"

陈远点头。

张俊过来："你们这……"

温年怕被那满嘴喷的口水误伤，往陈远背后藏，陈远顺着她动，将她挡得严严实实。

"怎么？"陈远问，"邵亮怕？"

张俊急忙否认，还想说什么，有人冲他使眼色，他们就走了。

金鑫飞跑过来，一脸难掩的激动和兴奋，问："你说真的假的？你要加入吗？那咱们肯定赢啊，你的……"

说到一半，金鑫看到佟佳露搁那儿憋笑，嘴角抽了抽。

金鑫的表情管理瞬间失控，杵在那儿不知道下面该说什么。

温年问："你真要一起？"

"嗯。"陈远说。

听到肯定答案，金鑫还是克制不住"耶"了一下。

"还差一个。"金鑫喃喃道，"我现在再去找！这次肯定打得邵亮跪地痛哭！"

陈远让他不用去了："我让池林来。"

"池哥？"金鑫惊讶，"池哥能愿意跟咱们玩吗？"

"我和他说。"

这下，金鑫不是打鸡血，是打了凤凰血，要不是地心引力管着，指不定他能上天。

孔家奇也高兴，觉得自己不用再挨一顿揍，可以踏实学习了。

大家都觉得好像已经赢了，只有陈远一如既往地冷着脸："你和你朋友的水平不行。"

金鑫差点儿扭了腰："我们怎么就……"是不太行。

"明天开始，放学练习。"陈远说。

直到晚上，温年和佟佳露、杨晓桃的三人小群里都还在兴奋这件事。

温年也兴奋。

其实这事看起来是有些幼稚的，但他们年轻，可以幼稚，只要开心就好，只要此刻觉得值得就好。

杨晓桃：我有预感咱们会赢！

佟佳露：这次要是陈远带着都不行，那就是命运。

杨晓桃：陈远这么神？不过我更好奇他怎么突然愿意帮忙了。

不仅杨晓桃好奇，温年也好奇。她放下笔，托着下巴琢磨为什么。

对面的窗户有人影走过，她想也没想，打开窗户喊了声陈远。

陈远现在尽量不戴耳机听音乐，一下就听到她在叫自己，也打开窗户。

晚风顿时灌进房间，他和她隔着一条小道的距离。

"怎么了？"陈远问。

温年摇头表示没什么。

放学时大家走得快，因为教务主任暴跳着来了。

要是那时候问原因,她觉得是好时机,现在总觉得错过了。

温年说:"你觉得你们赢的可能性大不大?"

"一半。"陈远说,"邵亮他们平时总打,有默契。而且……"

"而且什么?"

陈远没说。

温年也没多想,她还在兴奋,转而说:"你能参加,他们都特别高兴。"

陈远抬头,女孩又用那双亮晶晶的眼睛看着他。

他过去看书看到有作者形容眼睛像星星一般,他总觉得是胡乱比喻。但自从认识了她,他才知道有人真的双眸如星。她看着你,你就看不到别的。

陈远又开始心跳加快,他强迫自己低下头,问:"你呢?"

温年没听清,往前探了点儿身子。风吹过来,她别了下发丝:"你说什么?"

"我说,"陈远抿抿唇,捏着窗台上木条的手不经意间将木条按凹下去一块,"你高兴吗?"

温年一愣:"我啊?我……"

她当然也高兴。可陈远这么问她,她又心里有鬼。那个鬼到底是什么啊,她说不上来。

温年说:"你赢了我就高兴。"

"哦。"

"我不喜欢输。"她扬扬下巴,"你应该看得出来,我是个有高追求的人。"

陈远嘴角弯了下:"嗯,看出来了。"

温年又看到了他的酒窝。她莫名觉得脸有些热,用手扇了扇,说:"那你都知道,我就不赘述了,我要写作业了。"

关上窗户,火速拉上窗帘,温年这才用双手捂着脸降温。

温年深呼吸,努力平静下来,又探头往对面看看。

人影已经不见了,房间黑着灯。

这陈同学刚刚怎么也不知道顺着说一句"我们会赢"呢?显得她干

巴巴的。

温年烦躁，决定做数学题冷静冷静。翻出卷子，她收到一条微信。

陈远：我觉得是80%了。

温年：什么？

陈远：我们赢的概率。

那天之后，陈远他们每天放学都去练球。

温年不知道他们练得怎么样，但金鑫看起来挺累的，课上总是哈欠连天，气得老师轮番批他。

尤其是范斌，每节课见了金鑫不是得作一首七言律诗，就得来一个五言绝句数落他，金鑫却是一句都听不懂。

时间一晃到了周六，比赛就在今天。

佟佳露和杨晓桃来67号找温年。

温年收拾好出门，看了眼对面66号，锁着门。

"陈远他们早就去集合了。"佟佳露说，"咱们也走吧。"

路上，一向活跃的佟佳露很安静，温年和杨晓桃更是无话。

比赛场地定在了邵亮他们霸占的那个篮球场。不知这是有意还是无意，但他们都隐隐觉得这是邵亮在耀武扬威，也是在暗讽，告诉他们：你们必输。

团仔和小贝在小广场玩。看见温年，团仔跑过来问她们干什么去。

佟佳露说："看人打比赛。"

团仔和小贝都有兴趣，问他们能不能去。温年想想，拒绝了。她解释说今天这个比赛人比较多，而且都是大孩子，等下次有更有趣的比赛一定带他们去。

团仔和小贝也不闹，理解了说"好"。

等他们跑远，杨晓桃叹了口气："不去好，万一……"打起来呢。

三人互相看看，继续保持安静。

到了地方，温年看到很多人。职高学生占了绝大多数，还有一支啦啦队。

一中的学生也有，张俊就在其中，还有一班和其他班的喜欢凑热闹的同学,其中居然还有冯思怡。

大头钉事件之后,程璐转学了。冯思怡继续在舞蹈队,该怎么样就怎么样,和温年没什么交集。看见温年,冯思怡微笑着点了下头。

"冯思怡喜欢看人打篮球吗?"杨晓桃好奇,"她可文静了,平时笑不露齿。听说她妈妈管她管得特别严。"

佟佳露说:"什么时候了,你还八卦别人?"

"哎呀,我也调节下心情。"杨晓桃吐了下舌头,"不然我会想上厕所。"

温年她们来到篮球场的左半场,这边是金鑫这一队的休息区。

队员已经换好服装,红色球服,边框是黑色,背后号码也是黑色。据说是金鑫自掏腰包买的,颜色也是他亲自选的,热血。

陈远坐在长椅上,红色背心球服里套了一件黑色T恤。

他极少穿这么艳的颜色,衬得他肤色更白,冲淡了身上的高冷,但内里的那件黑T恤,又没叫红色太过叫嚣,反倒是多了几分肃杀和血气。

金鑫骂道:"失算忘整一个啦啦队了,这在气势上不得输邵亮一截?"

孔家奇瞪眼:"别说那个字!别说!不吉利!"

金鑫"啪啪"拍嘴:"我胡说八道!我们必胜!我们一定赢!"

"对,咱们要有信心。"池林笑着说,"这几天大家配合得都不错,没问题的。"

池林也是一身球服。只是不管是他的气质还是声音都太温柔了,很难叫人想象他在球场上热血沸腾的样子。

他们几个人围在一起说话,温年来到陈远身后,透过绿网格栏看到他的号码是6号。

"紧张吗?"温年问。

陈远扭头,见女孩今天穿了一件樱桃红的厚毛衣外套。

温年见他注意到自己的穿着,忙说:"佟佳露说的,我们今天也穿红一些,给你们增加运气。"

陈远一看,佟佳露和杨晓桃确实也都穿了红色。但没她好看。

"待会儿就站在这里看。"陈远说,"这边人少。"

温年点头,还要说什么,金鑫喊了声集合。所有队员围成一个圈,金鑫最先伸出手,说:"来,喊出咱们的口号——'惊奇惊奇,惊你……'"

"怎么还是这个？"佟佳露打断，"换个高级点儿不行吗？"

金鑫不以为然："'惊奇'是我们的队名，怎么了？来，咱们……"

话又没说完，裁判吹哨了。

温年看了陈远一眼，陈远也在看她，两个人都没多言。

这次比赛请的裁判是原来省里体育学院退休的教师，专业水平不低，为人公正，有时学校之间举办友谊赛，都是请他出马。

裁判让两队队员先握手。

邵亮插着口袋，上来就是挑衅："好想看你们跪着叫爸爸啊，迫不及待了呢。"

他身后的几个男生都笑，金鑫要骂回去，池林告诉金鑫比赛才重要。

邵亮一看没斗成，又找上陈远。

"你这次也来参加，我是没想到的。"他说，"我不怎么想招你的，可你非要……"

邵亮吹了声口哨，目光移到场外温年的身上。

"那妞不错啊。"他笑了笑，"这样吧，你们输了，我不用你跪，你让那妞跟我玩几天。"

金鑫又要上去抽邵亮。他从小在他老母亲的"谆谆拳脚"以及佟佳露的各种"看掌"下长大，别的不行，但挺尊重女性的。

这次，金鑫被陈远拦住了。

"你没听他说什么吗？"看到陈远的表情，金鑫沉默了。

陈远看着邵亮，常年冰冷的脸透出了阴鸷狠厉。那双眼，比淬了毒的箭还要锋利。

邵亮不自觉地咽了口口水，还要说话，陈远嘴角轻轻一扬，拽着金鑫离开。

比赛即将开始，双方跳球。

金鑫他们这边派出的是金鑫的初中同学，此人身高一米八八，再合适不过。而邵亮他们队派的人也不矮，这次跳球的结果不好预测。

但陈远看他们这队那位同学跳起来的节奏时，就知道他们跳球输了。

果不其然，球被对方抢去。

金鑫大骂一声，邵亮那边则是欢呼，啦啦队尖叫起来。

可就在邵亮伸手要接弹过来的球时，一阵风从他身前带过，他都没做出任何反应，球就已经被陈远抢走。

同样，其他人也没反应。在邵亮那队的人没开始回防时，陈远快速跑到三分线，一跳，手腕一用力将球抛出去，球进了。

三分。

全场安静一瞬，下一秒爆出震天呐喊。

"进了！得分了！"孔家奇激动地抱着网栏摇晃，"陈远同学你太帅了！太帅了！"

佟佳露和杨晓桃也激动坏了。

跳球失败，她俩还以为第一球就得丢分，没想到！

"陈远同学厉害啊！"杨晓桃晃着温年的胳膊，"太厉害了！"

温年点头。她这会儿说不出话，因为陈远进球的一刹那，她感觉自己的心跳都停了。这人平时冷得不行，关键时候可真会耍帅。

因为陈远的这一球，惊奇队士气大振。金鑫直接满场飞，还冲邵亮扭腰扭屁股。

邵亮恨得牙痒痒，上前一步，陈远站到他面前。

陈远比邵亮高不到半个头，但刚才他的表现足够把邵亮踩在脚下，狠狠碾压。

"你别得意得太早！这才……"

"记着。"陈远说，"你得亲自跪。"

前十分钟，因为有陈远第一球的加持，惊奇队打得不错。但邵亮他们的实力也确实不弱。他们经常打，经常配合，默契远比陈远他们这支刚组起来的队伍强许多，特别是他们刚换上了一个队员。

这个队员身高将近一米九五，体型状如牛，往那儿一站就是一堵人墙，而动起来的时候又横冲直撞。

除了陈远和池林不怕和他正面刚，金鑫他们一对上他，气势上就输了。

因为这位人墙的出场，惊奇队很久没得分，邵亮队的分数慢慢追了上来。

池林叫了暂停。

温年一行人在休息区那里等，佟佳露给惊奇队的队员发水。

"这人是橄榄球的吧。"金鑫的朋友说,"那身上铁似的。"

池林说:"换上这个人就是为了干扰我们。你们看,他行动并不快,只是堵人。球基本不会给他,他没有得分能力。"

大家纷纷点头,金鑫问怎么办。

池林看了看陈远,说:"你们三个人拿到球就想办法传给我和小远。记住,对上这个'人墙'别害怕,如果他撞你,让他撞,那是犯规,他越早下场越好。"

这话就是定心丸,金鑫他们都同意,坐在长椅上休息。

温年又一次来到陈远身后,问:"你没事吧?"

陈远扭头,汗珠顺着湿了的刘海滴下来一滴,温年递给他纸。

"谢谢。"

温年又问:"你没事吧?"

她刚才看到那个"人墙"撞他肩膀了,他为了球,生生挨了。

"没事。"陈远说。

温年皱了皱眉,这时,对面又爆出一阵尖叫声,是那边的啦啦队。

金鑫的初中同学说:"咱们怎么没弄个啦啦队呢?四金,你们一中这群同学也不给咱们加油。"

这个也是没办法。一中是重点学校,里头大多数是规矩老实的孩子。这样的学生最怕和职高学生有牵扯,要不是金鑫这事闹得太大,根本不会有人来观看。叫他们助威,可能性不大。

而温年他们几人太紧张了,压根儿忘记还有加油助威这个事。

休息结束,比赛继续。

金鑫他们一上场,温年就把佟佳露、杨晓桃、孔家奇召集起来。

"我们都想他们赢。"温年说,"但光靠他们也不行,我们也该出出力。"

孔家奇点头:"温同学,你想做什么,说吧!"

温年知道杨晓桃带了相机,便让她去跟拍"人墙",万一"人墙"出黑手,这就是证据。杨晓桃立刻去办。

孔家奇待会儿有大用处。

"我呢?"佟佳露指指自己,"我干吗?"

温年拍了拍佟佳露的肩膀:"你是最辛苦的,你嗓门大。"

佟佳露懂了，撸起袖子："交给我吧！就算今天过后失声三天，我也认了！"

布置好任务，温年和孔家奇去了最近的文具店。

温年买了一包A4纸还有双面胶。她知道孔家奇会写毛笔字，又买了毛笔和墨汁。

"最普通的毛笔，可以吗？"温年听说有些人写字要讲究笔的。

孔家奇说："没问题！是不是写加油词？"

"嗯。"

纸太小，温年跪在地上用双面胶拼接纸。看着这一幕，孔家奇不太忍心。在他眼里，温年是那种优秀娇贵的女孩，这种跪在地上干活的事情实在不是她该干的。

"温同学，我来，你……"

"没事，你弄墨汁和笔，那个我不会。"她说，"等你弄完了，看看能不能找来喇叭或者扩音器。"

事不宜迟，孔家奇也不啰唆了，就做好分内的事。

文具店老板出来看他们这阵仗，问是干什么。孔家奇说同学比赛，老板笑道："是不是那什么iPad做奖品啊？这么拼。"

"不是。"温年说，"奖品是道歉。"

"道歉？"

"对，我们的朋友让人欺负了，我们要讨回来。"

老板听着有意思，又听他们还要喇叭，就说前面有个摆摊的大爷，让他们去问问老人借不借。

十分钟后，温年和孔家奇回到篮球场。

邵亮他们已经超过惊奇队。

佟佳露喊得嗓子哑了，急得不知道怎么说，拍了拍杨晓桃。

杨晓桃说："照相没用！犯规的地方，裁判都判了，没有黑幕。可是你们看！"

那个"人墙"已经被罚下场，但是，"人墙二号"又来了。这个"二号"同样身高一米九以上，身壮如牛，往那儿一站就让人压力山大。

"他们根本不怕犯规下场！"杨晓桃跺了跺脚，"反正有替补！"

现在，温年明白陈远那天说的"而且"是什么意思了。

不得不说，这个做法低级归低级，但很有效，还符合规定，谁也说不了什么。

惊奇队的分数越来越落后，大家一开始的激情澎湃被焦虑、害怕占据。

但不到最后一刻，就没有定数。

"不用想没用的。"温年拿出手工"横幅"和喇叭，"做我们能做的。"

金鑫他们都累了，不仅仅是体力上的累，还有心理上的。在"人墙"面前，他们弱得像小学生，加上比分落后，士气萎靡，本来的水准也发挥不出来。

就在这时，球场上横空一声"刺啦"，接着有人"喂喂"两声，然后——

"惊奇惊奇，惊你一个大奇！"

口号一出，在上空盘旋出阵阵回音。

有人发问这算哪门子口号，搞笑呢。

温年他们也不知道这是什么旷世口号，喊就对了。

金鑫愣愣地看着那挤在一起的四个人用喇叭一遍遍地吼着，将黄毛一甩，吸着鼻子说："怎么样？我这口号不错吧？简直是才华横溢。"

根本没人搭理他，更没人戳穿他眼睛红了这件事。

池林看这情况也笑了："我怎么觉得我变年轻了呢？"

"你现在也不老啊。"金鑫清清嗓说，"像大学生。"

池林笑而不语，心说那不一样啊，有些行为只有十几岁的年纪做起来才是那个劲儿。

"我说，"池林看向陈远，"你是不是该用全力了？不然我怕某位女同学会不开心呢。"

陈远看着温年。从遇见那天起，她给他的感觉就是挑剔、优越、精致，用佟佳露的话说，她是个不折不扣的大小姐。后来，他又知道她爱面子爱得不行，做什么用什么都要有品质，不能丢脸。

可此时此刻，她在别人用看戏和看笑话的目光下，毫无保留地喊着傻傻的口号，眼里满是真诚和坚定。

这样的大小姐恐怕只此一个。

陈远活动活动手腕，淡淡地说了句："不行。"

池林:"什么不行?"

陈远没答,看向对手。不仅她不开心不行,还有和她一起喊的三个人,以及场上站着的这个,都不行。

陈远第一次开口指挥了金鑫和他的两个朋友,每句话正中要害。

之前陈远话少,金鑫的两个朋友还以为陈远就是球技高,真正的组织者和领导者是池林,现在他们明白了,陈远不比池林懂得少。

"这个球,至关重要。"陈远说,"能不能赢就看这球。"

金鑫被打击得都没什么自信了:"差7分呢,这球防住了也不好追啊。"

"我追。"陈远说,"你们只要守住这一球,我们一定赢。"

金鑫他们面面相觑,都不怎么信,只有池林在笑。

但无论如何,惊奇队守住了这一球。

尽管这一球代表不了什么,金鑫依旧没抱什么希望,认为陈远也就是激激他们而已。

然而,这球之后,他们知道了什么叫"说话算话"。陈远连进三个三分球,硬是把比分追上去,还反超了!

不管是速度、进球准度,根本没人拦得了陈远,哪怕"人墙"再牛,还没堵,人家就过人了。

陈远打得好,池林也配合得天衣无缝。金鑫他们一看,没有理由拖后腿啊,拼了!

比赛还有不到两分钟,惊奇队领先邵亮队4分。

邵亮的啦啦队疯狂助威,啦啦队领队还带头连翻好几个跟头,惹得众人鼓掌喝彩。

佟佳露一看,用她的公鸭嗓对温年说:"你也翻!翻死他们!"

"我才不呢。"温年高贵冷艳地撩开自己的头发,"我又不是练杂耍的,街头卖艺的才这样。"

孔家奇哈哈笑,没想到温同学这么损,跟着说:"原来职高同学就是一群杂耍班子,那咱们比不过,比不过啊!"

这话听得职高的人想骂人,但看看自己的同学还在那儿翻跟斗,也觉得丢人。又不是拍偶像剧,干吗这么尴尬!

哨声再一次响起,比赛结束——惊奇队以5分的绝对优势赢了。

佟佳露飞奔进球场，狠狠拍着金鑫的背："炕炕啊！炕炕！"

金鑫也拍佟佳露，喊着："我们赢了！我们……老孔，你也来，我抱抱你！"

孔家奇小碎步颠儿颠儿过去，罩住他们，三个人像是找到失散多年的亲人，老泪纵横。

杨晓桃也特别高兴，和池林还有其他队员说辛苦了，你们最棒。

话都让佟佳露和杨晓桃说完了，温年在一边干站着，就显得格格不入。想了想，她关心下陈同学吧，给他递了一瓶水。

不过不知道他喝不喝，因为佟佳露之前给他递水，他没接，过了一会儿自己拿的。

温年伸手："喝吗？"

陈远点头，接过水拧开盖子喝了起来。温年心说算你识相，这可是我递的水，水中贵族的级别。

等陈远喝完，温年装作云淡风轻的样子，说："恭喜你们。"

陈远开口，先看到温年膝盖那里脏脏的，指了下："怎么弄的？"

"蹭的吧。"温年随手拍拍，"没事。"

陈远没再追问，喝完水又擦擦汗，穿上了运动服。

裁判再次召集两队，做赛后握手。

邵亮脸色差得能去演鬼片，站在那里，死不开口，更不提履行比赛前的承诺，向孔家奇道歉。他不说，他的队员里有欺负孔家奇的，也不说。

双方僵持着。

眼看邵亮真要耍赖离开，池林站出来："同学，愿赌服输。"

"我们就……"

邵亮拦住手下的人，点点头："行，我打的哪个？站出来，我道歉。"

孔家奇举了举手。

邵亮这会儿突然变得特别痛快，直接说了对不起，然后还问孔家奇这样行不行。孔家奇说行，邵亮这才停下。

金鑫很满意，他也不需要邵亮以后见他绕道走，只要井水不犯河水就行。

只有池林和陈远注意着邵亮的表情，知道事情没完。

比赛结束，众人散去。

陈远收拾东西时，冯思怡跑过来。冯思怡脸红红的，递了一瓶宝矿力水特过去，说："陈远，你打球真厉害。恭喜你们赢了比赛。"

陈远点头，没接水，只说："我有。"说完，去找其他人集合。

金鑫说他今天请客，必须嗨！玩命嗨！

他的两个初中同学，一个家里还有事，一个也不是爱交际的性格，都拒绝了。

至于池林，他晚上要到机构去教小提琴，也不参与了。但他提了个建议："你们可以去'角落'聚，不过地方有些局限。干脆去小远家的天台，有桌子椅子，现成的。可以烧烤。"

金鑫最爱吃的就是烧烤，拍腿定了就这样。

距离晚上还有一段时间，大家先各自回家，也都平复平复兴奋的心情。

金鑫跟他的两个初中同学还有孔家奇走，佟佳露去医院找她妈妈，和杨晓桃坐公交车离开，剩下温年和陈远一道。

陈远推着山地车走在温年外侧。这种时候该说点儿什么，但温年又不知说什么好，如果指望陈远那还不如不说。

他们来到一条类似南甜巷子小步行街的商业区。

之前佟佳露带路的时候没路过这里，又或者路过了，以她们当时的心情，她也没注意。

现在正值中午，商业区里很热闹。各种小摊贩都在叫卖，各种香味也勾人味蕾。

温年尽可能不看，再憋憋气。但架不住她肚子诚实，替她把心里话叫了出来。

她脸上一热，对上陈远投来的视线。

"看什么？"温年没好气地道，"我没吃早饭。"

"为什么不吃？"

因为紧张得吃不下去行不行！温年瞪过去一眼。陈远不问了，但又开始欲言又止。温年也不说，就等着他说，看他能憋到什么时候。

结果快出商业区时，"铁葫芦"终于开口，问她要不要吃些东西。

陈远带温年来的这家店在商业区最里面。虽然是小店，但桌椅全是藤编的，颇为雅致，温年也就不计较什么路边摊了。

陈远问："想吃什么？"

这家店卖的是特色小吃，温年有的都没听说过，就让陈远帮她点。

陈远没看菜单，和老板娘说了几样，说到最后一个"小雪花"时，看了温年一眼。

等菜时，温年闲着无聊，刷刷手机。

佟佳露几分钟前在她们的小群里发了链接，是一中贴吧的爆帖，说的是这次篮球比赛。

楼主激动地写，一中被职高那群人欺负得太久了，就因为两个学校离得近，现在好了，出了一口大气。

下面附赠了比赛现场图。说是现场图，其实就是陈远个人照片展。

这里面也有不少人打听池林。温年看到有个ID名叫"姐的温柔你不懂"的用户说：打听什么打听？学长不是你们能惦记的！

温年大概猜到了是谁。

除了欣赏陈远和池林颜值的，也有人分析他们的球技，对于陈远，他们给出极高的评价。

温年挺好奇，平时也没见陈远打球，他是怎么练的？陈远正在用开水烫碗筷，听到问题，说："初中时常打，现在偶尔也和池林打。"

"那你和你的初中同学关系不错啊。"温年接过陈远清洁好的碗筷，道了声谢。

陈远摇头："自己打。"

温年有点儿想不出自己打球还有什么乐趣？她又问："你从小就生活在怀蓝？"

"祖籍怀蓝。"陈远说，"初中以前，我在隆城生活。"

隆城是大城市了。虽然不比北城，但在全国的经济发展中也名列前茅，教育和医疗资源更是数一数二。

陈远为什么放着好好的隆城不待来怀蓝？

温年想问，但又怕问多了不礼貌。

陈远大概是猜到她的顾虑，说："你想问什么都可以。"

"我……"温年抿抿唇，"你想说什么我听就好，这都是你的隐私。"

这话说完没一会儿,老板娘过来上菜,是一道水晶虾饺。

陈远说:"做的不是正宗广式风味,但也还可以。"

温年尝了一口。确实不错,甜而不腻,关键是里头有虾。

"挺好吃的。"她说,"你也吃。"

陈远夹了一只虾饺,品尝前,又说:"我六年级时,奶奶去世了,爷爷受打击太大,脑梗后就瘫痪了……"

一个瘫痪的老人身边离不开人,可陈启堂是个独居老人。陈远的二叔陈君荣不知道该怎么办。举家搬回怀蓝,他同意,他的妻子女儿不同意;出钱给老人请看护,他妻子闹了他三天三夜,把家里能砸的都砸了。

最后,陈远说他愿意回怀蓝照顾爷爷,事情得以解决。

"可你才十二岁吧?"温年问,"你会照顾人吗?"

陈远点头:"会。"

这一个"会"让温年心里一酸。她十二岁时,最大的烦恼就是练琴时搭配什么衣服吧,又或是颜清和温振渊什么时候能陪她在家吃顿饭。而陈远都会照顾瘫痪爷爷了。

还有,之前许扬有说过陈远的爸爸在他小时候就去世了,他的妈妈之后也走了……那么,在失去父母照顾后,他应该就是和他二叔一家生活。看他二叔对老人的态度,她不认为陈远会有不错的生活。

想到这些,温年心里酸完后又有些堵,不想再问了。

最后几道菜是一起上来的,包括那道"小雪花"。"小雪花"是一道点心,用白糖和糯米做的。食材没什么新奇,但样子很漂亮可爱,厨师将它捏成花朵的样子,洁白的花瓣,里面杂糅粉红色的小粒粒,软乎乎、糯叽叽。

"这家的特色。"陈远说,"你试试。"

温年其实没什么胃口了,但陈远既然推荐,她还是尝尝。没想到,是这些菜里最好吃的。

"是糯米也不全是糯米。"温年说,"芝麻也很香,还有点儿花果的甜。"

陈远没说什么,只是看了看她,然后又多看一眼"小雪花"。许扬说她小名叫"阿雪"时,他第一时间想到了这个。

从小店出来,温年和陈远回南甜巷子。

温年一路都在找什么,眼看一会儿就要进入南甜巷子的范围,不会有了，只能问身边的人。

"这附近有药店吗？"

"你不舒服？"陈远说，"膝盖？"

温年摇头，表情不太自然："你就说药店在哪里就好，谁让你问问题了。"

陈远"嗯"了一声，带她去药店。

温年不让陈远跟着，自己一个人进去。

陈远又看看她的膝盖，走路倒是没有问题。

他把山地车立在一边。池林这时发来一条微信，只说了一句"晚上十点"，其他没提。

过了一会儿，温年出来。她手里拎了一个小袋子，陈远没想看，但还是看到"跌打"两个字。

"你摔到了？"陈远皱着眉问。

温年看着他，也不说话，不怎么高兴。

陈远莫名有些忐忑，正想问问怎么了，她突然拍了一下他的肩膀。

他倒吸了口气。

"疼是吧？"温年问，"你不说你没事吗？"

温年哼了一声，她就知道自己没看错。

那个"一号人墙"撞他肩膀的那一下，很重。他嘴上说没事，但之前穿外套用到肩膀的时候，还有用筷子的时候，明显肌肉僵硬。

陈远揉了揉肩膀，后知后觉，嘴角忍不住弯起。

"给我买的？"

温年懒得理他，说："给狗买的。"

他不懂。

"不明白？"温年瞟他一眼，"因为骗人的是小狗。"

下午五点一过，天空开始擦黑。

陈远给肩膀涂好活血化瘀的药油，又按摩了十分钟，再将用过开封的药一一拍下来。

"温大夫"说了："小伤不当回事，早晚熬成大伤。"

至于为什么要拍照片,"温大夫"还说了:"像你这样不爱惜身体的人,我这是在监督督促你。"

照片发送过去。过了两三分钟,传来一条回信。

温年:已阅。

陈远弯弯唇,收拾药箱。

没过一会儿,金鑫他们来了。

金鑫和佟佳露在南甜巷子北边入口接的杨晓桃和孔家奇,四个人一起来的。

在他们这群人中,佟佳露算是和陈远关系不错的,但进陈远家还是第一次。

客厅里的三面展示墙直接惊掉他们下巴,四个人刘姥姥进大观园似的围着看。

"陈同学的手太巧了。"孔家奇说,"佩服啊。"

金鑫也承认这话,但他思路一向比较偏:"你这手艺以后追女孩子无敌了。就说一个月送一件礼物吧,能不重样好几年!还省钱!"

他们这边参观着,温年也来了。

温年来的欲望并不高,因为烧烤。所有她认为不健康、不卫生的食品中,烧烤排第一。不管许扬怎么说不吃烧烤就不是完整的人生,她都没兴趣。油腻腻,还黑乎乎的烧烤,有什么好吃?

可今晚这顿饭有特殊意义在,不来不行,她只能牺牲一下。

人到齐,金鑫问陈远能不能上天台。

陈远带路来到二楼。

在二楼楼梯尽头的对面墙上有一个梯子,陈远先爬上去打开门盖,其他人排队上去。

温年第一个。她脑袋一探出来,陈远就伸出了手。

温年顿了顿,低着头把手搭过去,对方的手掌迅速包裹住她的,将她拉了上去。

后面上来的是金鑫,"捞人"的活儿顺理成章地交给了他。

天台面积不小,风格和陈远的院子差不多,极简,无非就是长条桌变成方桌,多了几把椅子,还有烧烤架。大家见了还是很兴奋,觉得跟电视里似的。

"你这儿不错啊。"金鑫说,"赶明儿聚会就都安排……哎,这都挂的什么?床单?怎么这么多?"

陈远背后一僵,下意识地看了温年一眼。

他每天早上洗东西,洗完之后就晾上来,晚上再收。但这段时间他每天练球回来也乏了,没多余精力再管,就把这事忘记了。

陈远嘴唇发干,不知道该怎么解释才好。眼看着温年也在看那些床单,巨大的心虚让他手心出汗。

"人家攒一块儿洗不行啊?"佟佳露忽然说,"你们都有妈伺候,人家得自己来!"

闻言,温年看向陈远。陈远垂着眼,不知道是不是被那句"有妈"刺到。

温年说:"我们准备吃东西吧。"

注意力一被转移,也就没人关心陈远洗多少床单了。

陈远这才松口气,过去把烧烤架打开。

预热的工夫,金鑫和孔家奇把中午就买好的东西一一运上来。除了堪比一麻袋的烤串,还有各种薯片零食、卤味鸭脖,以及饮料。

饮料五颜六色的,很好看。金鑫说这个是店家搞活动买一送一,他就多拿了几瓶,但不知道好不好喝,还买了可乐、橙汁,让女生们自己选。

温年挑了一瓶粉色的,尝了一口,酸酸甜甜,有些樱花口味,是不错。

杨晓桃今天特殊时期,不喝饮料。而佟姐怎么可以喝如此粉嫩的东西?

"烤串我全是从二叔那儿买的。"金鑫说,"二叔刚上的货,绝对新鲜!你们谁都别客气,敞开了吃。"

二叔又是谁?温年看向陈远,陈远解释:"是小贝的二叔,在商业中心那里有一家烧烤店。"

烧烤架预热完毕,金鑫说他来烤。

闻着孜然味,温年说不上这是香还是不香,先皱了下眉。

佟佳露就等她呢,立刻说:"没吃过烧烤是不是?"

"没吃过?"金鑫惊到,"那你怎么活这么大的?"

"味道挺好的。"杨晓桃说,"你尝尝,也许喜欢呢。"

温年内心还是拒绝，佟佳露又说："你这挑食的毛病怎么就改不了呢？你不觉得你瘦了吗？天天在食堂吃鸟食。"

"怪我？"温年也不想这样啊，"你该和食堂反映一下，师傅的厨艺太差。"

第一轮烤串烤好，几个人迅速瓜分完毕。

陈远拿了一串鸡翅，递过来："试一下。"

对于鸡翅，温年还是有好感的。食堂里那么多菜，每次也就鸡翅她还能吃一两个，陈远"盲狙"还挺准。

温年接过鸡翅，咬了一小口，慢慢地嚼。

佟佳露他们几个立刻围过来盯着她吃，她咳嗽两声："干什么？"

"看你打脸。"佟佳露说，"我最爱的环节。"

她交的这都是什么朋友！

温年又咬了一口鸡翅，瞪过去：看吧看吧！看个够！

金鑫嘿嘿笑："这就对了嘛，没人不喜欢烧烤。"

温年没言语，其实也不是多喜欢，但就还行，能吃。

尝了鲜后，金鑫让大家举杯碰一个。

"今天咱们高兴！但除了庆祝赢了比赛，我……"金鑫挠挠脸，"我也道个歉。"

对于当初陈远"见死不救"的事，通过这次篮球比赛，金鑫多少也明白了些陈远的用意。

他这人爱憎分明，有错就认，没什么不好意思的。

"陈远，这次比赛没你，我们出不了这口气。"金鑫说，"之前的事算我错。你要是不生气了，跟我碰一个，以后咱们就是……"

陈远碰了下金鑫的杯子，一口干了。

见状，孔家奇也说："陈同学，我也得谢谢你！谢谢你帮我赢来了道歉。"说着，也干了。

金鑫看陈远和孔家奇这么爽快，连忙跟着干，被呛了一口还笑，只觉得特别痛快。

"好啊。"佟佳露鼓掌，"咱们的队伍壮大了！"

杨晓桃点头："以后就是六人行啦！"

在这样的氛围下,大家很快就嗨了。金鑫开启吹牛模式,烤串的工作也不管了,丢给陈远为所有人服务。

温年在旁边观摩,问:"能不能再给我烤个鸡翅?"

说完,她才发现自己傻了,边上明明烤着呢。

陈远余光看着温年。她面颊有些红,大概是火光照的,衬得她皮肤像是笼了一层细腻的红纱。

"你为什么要刷油啊?"温年忽然转过头问。

陈远顺势收回视线,说:"不刷会煳。"

"那你多刷些。"温年说,"我不爱吃煳掉的。"

陈远又说:"刷太多会油。"

"啊?不是你说……"温年脑袋有些发胀,她懒得想了,"反正你给我烤好一点,要不我不吃。"

不远处的小广场传来歌声,夜间广场舞时间到。

这段时间的主题曲一直是《小城故事》。许扬说那是因为要参加比赛,大妈大爷都在加紧练习,一刻不放松。听到这话时,温年诧异还有广场舞比赛?

许扬说:"怎么没有?咱们南甜巷子的广场舞队伍还有名字呢,叫夜来香老年艺术团,全是邓丽君的死忠粉。"温年听了,直呼内行、专业。

小广场那边放着音乐,金鑫用钎子敲着瓶子也唱上了。

"小城故事多,充满喜和乐。若是你到小城来……"

唱得还很好听。

"不知道了吧?"佟佳露坐在温年身边,"炕炕的梦想是成为一名歌手。"

怪不得作文都是歌词串烧。

佟佳露继续道:"他小时候,他妈带他买菜去,菜市场旁边有个摊儿的收音机里放罗大佑的《光阴的故事》……"

第一次听到这样旋律的金鑫傻了。他不敢相信歌还能这么唱,歌不应该都是"小燕子穿花衣"或者"我在马路边捡到一分钱"吗?

金妈妈和菜贩划价,金鑫就在那儿听得摇头晃脑,回家一路都在哼这首歌。

金妈妈问他怎么记住的，他说听一遍就记住了啊。从那之后，金鑫觉得自己就是个唱歌小天才。

"是这样吧？"佟佳露喊道，"我没说错你的儿时传奇吧？"

金鑫已经站在椅子上，拿饮料瓶当话筒，指着他们："那边的朋友！挥动你们的双手，和我一起唱！"

除了孔家奇，没人搭理金鑫。但"孔粉丝"太尽职尽责，堪比"粉头"，硬是让他们打开手机里的手电筒，与未来的歌王互动。

于是，温年、佟佳露、杨晓桃三人被迫挥舞"荧光棒"。

灯光这么一打，金鑫激动坏了，更加卖力地唱："请你的朋友一起来，小城来做客！"

因为唱太大声，用力过猛，有个音还劈了，逗得大家发笑。

夜色沉沉。今晚无云无月，只有喝醉了的风，还有每个人手里闪过的"星"。

温年从没有经历过这样的夜晚。

她一直认为，一个地方给予的归属感除了时间带来的日积月累的熟悉，还有就是这里的人和事。而现在的她在怀蓝有朋友，有故事，还有……

温年回头望向陈远。

穿过歌声和大家的笑脸，他也在看着她。他的眼里含着光，还含着温柔。

聚会结束时快九点了。

金鑫兴奋得飘飘然，整个人振奋得不行，孔家奇还好，杨晓桃和佟佳露两个人像遛狗一样盯着他俩，离开陈远家。

对于温年，他们都没多想。就住对门，还有陈远能看着，有不了事。

陈远把四个人送出门，返回天台收拾残局。

本来该在卫生间的温年不知道什么时候又上来了，坐在椅子上，手里还抱着金鑫买的饮料。她这次又拿了一瓶紫色的，葡萄味儿。

陈远往烧烤架那里走，想着她娇气怕疼，居然还能自己爬上来。

等稍稍靠近，他发现温年脸上的红晕不对劲儿，比之前更红，但烧烤架的火早就灭了。

"温年？"陈远过去，"你……"

温年一个挺尸，抓住陈远的手臂，一开口，先打了个嗝儿。温年潜意识里知道自己不能做这种不淑女的事，赶紧捂住嘴巴，瓮声瓮气地说："对不起。"

陈远皱着眉，要拿走她手里的瓶子。她不让，他说："我看看。"

温年看着陈远，眨巴眨巴眼睛。忽然，她用力甩开他的手，将饮料瓶往地上一放，转过身，抱着手坐着，大有一副"我生气了，哄不好的那种"的架势。

陈远蒙了，走过去，温年就转着身子不让他看。

两个人转了几圈，陈远抓住温年的肩膀，问："怎么了？"

温年瞪着他："我讨厌你！"

这话狠狠击中一下陈远的心脏，他无措地张张嘴，脑子里一阵阵空白。

"你对我不好。"温年又说，"你是坏人。"

陈远忙问："我哪里对你不好？"

"哪儿都不好！"

"你拿塞内卡吓我！"

"我……"

"还有阿波罗！你抱着阿波罗组合吓我。"

"没有了，现在没有了，以后也不会吓你了。"

陈远这么说，温年却毫不买账："你还嫌我麻烦，不给我面子，不和我说话，帮我捉只蜘蛛还得我求你……还有那个手电筒，我是要手电筒吗？就你还理科都满分，光长智商不长情商是吧？"

她叽里咕噜"控诉"一堆，但陈远悬着的心还是踏实了一点。还好，不是太大的事。

他蹲下来想和温年解释，还没开口，温年又呵呵笑了，笑得眼睛眯成月牙。

"现在还不错。"她捂着脸说，"我勉为其难原谅你了，谁叫我这人心善呢。"

这样颠三倒四、语无伦次，陈远拿起饮料瓶时，在下面看到了标注：本饮料含有酒精。

而温年喝了三瓶。

放下瓶子,陈远暂且不收拾东西了。许扬估计还有一个多小时就回来了,他现在要看好她。

"去屋里吧。"陈远说,"这里风大。"

温年听话地点点头,可才站起来就被椅子腿绊了一跤,幸亏陈远一向反应迅速,扶住了她。

陈远打量她的脸色:"能走吗?我……"

"笑一个。"

"什么?"

温年抬起头,伸手戳了戳陈远的脸:"笑一个。"

陈远定在原地。

"你听见了吗?"温年不知情地又去戳,"我让你……哎呀!你弄疼我了!"

陈远立刻松开手,但还是捏红了她,她手腕上有明显的他的指痕。陈远看着指痕的眸光黯了下,低声说:"抱歉。"

"抱歉有什么用?"温年反问,"你赶紧笑一个。"

"我……"

"你笑不笑?不笑是吧,那我不走了。"

温年推开人,又坐回椅子上,为表决心还紧紧抱住了椅背。

陈远这会儿浑身发烫,偏偏对方无知无觉,还犯起无赖,让他一点儿办法没有。他再次蹲下,轻声问:"为什么要……我笑?"

温年半张脸埋在臂弯里,两只眼睛里带着亮晶晶的迷离,直直看着面前的人,说:"有酒窝,好看。"

陈远心头一颤,半天说不出话来。

看他这样入定似的,温年忍不住第三次伸手戳了下那张脸。

陈远又一次握住这只作怪的手,但这次力气很轻很轻,几乎只是触碰,绝对不会让她疼。

温年眯着眼睛,像只撒娇的猫,说:"你就笑一个嘛。我想看酒窝。"

陈远喉结滚动。

"你不给我看,我可不理你了。"

"我还要换座位,你一个人孤独去吧!"

威胁完毕,温年就等着,眼珠盯着某人。

陈远投降。

他牵动嘴角,笑了一下。

可温年并不满意,命令道:"你得大笑!我看看这酒窝有多大。重新笑!"

陈远小时候特别爱笑。街坊四邻和老师都说这小男孩笑起来酒窝大,可爱不说,还让人看了心情也好。

可后来家里发生的事让他忘记,不对,应该是丧失了笑的能力,就好像他笑是一种错误、一种罪孽。

时至今日,他其实不太会笑了,也不太会……

温年等不及了。她抽出手,双手并用直接推高陈远的嘴角,她就不信这样还弄不出酒窝来。

结果她突然的举动让陈远躲闪了一下,她本来就重心前移,这下整个人扑了下去。还好陈远接住她,她也及时将手按在陈远肩膀上,稳住了。

两个人面对面,离得很近。

风吹倒了地上的空饮料瓶。两个瓶子顺着一点坡度滚到角落里,紧紧贴着,像是找到彼此的依靠。

温年看着陈远的眉眼,又看他的唇边,说:"不能笑笑吗?"

陈远的心跳失控,他伸出手小心翼翼地拂开温年脸庞上的一缕长发,说:"能。"

之后的那一瞬间,风止声停。

温年想,怎么有人能笑得这么好看。

笑过之后,温年倒下,昏昏欲睡。

意识蒙眬间,她知道陈远抱她起来了,又将她驮在背上,一只手牢牢护住她,爬下梯子,带她回了67号。

一沾床,温年就抱着被子滚到靠墙那边。

陈远见椅子上还搭了一条毛毯,帮她盖上,随后去厨房烧热水,兑好温度放进保温杯里再返回二楼。才一会儿工夫,毯子和被子被温年拧成麻花。

陈远担心现在夜里温度低,她会着凉,试着把毯子和被子拽出来重新给她盖上,结果拽醒了她。

"你干什么?"她看着他,眼里蕴含着一层水雾,声音又轻又软。

陈远松开手,站远些,说:"被子。"

"被子?"温年听不懂,听懂了也不在意,"你是不是要走?"

她比较关心这个。

这话问得陈远不知道该怎么回答。他当然要走。

温年又说:"你不能走,有壁虎。我害怕。"

一听是这个原因,陈远放轻语气说:"不会的,壁虎上次已经被赶走了。"

"有。"

"没有。"

"我说有就有!"

她不讲道理,陈远没办法,当着她的面儿在屋里仔细找了一圈,向她证明房间里是安全。他以为这样她就会安心,就能好好休息,但她只是看了看,便转过身面冲着墙。

过了一会儿,她闷声说:"你走吧。"

陈远皱起眉:"怎么了?"

"走吧。"温年抓起被角蹭了蹭眼睛,"你们都走。我不喜欢你们陪,我就喜欢一个人待着。"

闻言,陈远眉头皱得更深,问:"'你们'是指谁?"

"不用你管。"温年甩下这句话,将被子一裹,把自己裹成一个蚕宝宝。

陈远不好再说什么,多待也不合适。他说了句"桌上有水",便退出房间关上门。

刚要下楼,铃铛声传来。

温年一直把铃铛放在床头的小抽屉里。她不知道为什么要摇铃铛,就觉得只要摇了就会好,就不用孤单了。结果这么一摇,陈远真就回来了。

温年一骨碌爬起来,笑着说:"你来了!"

她眼里的光没办法让陈远心跳不快。

他以为刚才在天台上已经够了,但现在又……他坚定了一个想法:

以后绝对不让她碰含酒精的东西。

陈远问:"有事?"

"没有。"温年摇头,"我就试试。"

"试什么?"

"你说我摇它你就会来,我试试。"

陈远没有说话。他站在床尾,小台灯的光将他的影子一半映在地上,一半映在墙上。

这让温年有种错觉,一种他围绕着她的错觉。

"陈远。"

"嗯。"

"是真的吗?"温年问,"只要我摇你就会出现,不管什么时候?"

这是个不可能回肯定答案的问题。如果她在东,他在西,即使她不停地摇铃铛,他也不会出现在她身边。

可依着她现在的状态,但凡他说一个"不"字,她肯定大闹特闹。

陈远叹了口气,走上前。

"只要你摇它,"他说,"我就会出现在你身边。"

温年先是愣了愣,像是不敢相信。过了一会儿,她才露出一个甜甜的笑容,仰头说:"骗人是狗。"

陈远说:"不骗你。"

因为得了一个承诺,温年心满意足,可以踏实睡了。

陈远也没走,将椅子放在门口坐下,等她睡着。

温年入睡得很快,脑袋有一半埋藏在被子下面。怕她呼吸不顺畅,陈远过去拉下一点被子。

女孩睡着的样子像个小孩子,丝毫不见平日里处处讲究的样子,只有纯净的乖巧。

陈远看着,又看看枕头边的铃铛。其实,也不是只为了哄她。

第三章
甜蜜蜜

温年熟睡后,陈远放回椅子,关上房门。他翻找许扬的电话,刚要拨号,院子里的防盗门开了。

陈远下楼,遇上回来的许扬。

"哎,你在啊?"许扬拎着一袋水果,"我同事家种的橘子,你拿走尝尝。"

陈远没要,说了温年的情况。

许扬听了不太信,笑道:"那丫头吃了烧烤又喝了含酒精的饮料?我的妈,这要是让她亲妈知道了,可能得跟我断绝关系。"

陈远沉声说:"她不知道饮料里含酒精。"

这语气莫名有点儿护崽老母鸡的味儿,许扬"啊"了声,抓抓爆炸头,又说:"饮料,她妈也不让她喝啊。来我这儿,可是让她'破戒'了。"

为什么连饮料都不让喝?陈远并不爱喝饮料,嫌甜,但就算如此,他也不理解为什么家长连孩子喝饮料都要管。

　　许扬抓了几个橘子塞到陈远手里，解释了一下："她妈管她很严。千金小姐嘛，生活水平比较高，像是饮料、烧烤什么的，不健康，就不让吃。"

　　陈远问："她妈妈二十四小时盯着她？"

　　"盯着她？"许扬笑了笑，"她妈手底下管着一千号人，最没工夫管的就是她，都是丢给管家管，每天问问管家就知道了。"

　　她印象里最深的一次，是颜清连续在公司加班一个月。某天，她们俩通话，许扬听她这样工作，问她不惦记温年吗？不回去看看？

　　颜清说："不用，管家在。"

　　"管家和你能一样？"许扬说，"哪个孩子不得妈陪着？还有温振渊这个做爸的，太不负责任了。"

　　提及温振渊，颜清沉默。

　　许扬又说："你得花时间陪陪孩子，工作是做不完的。"

　　"我陪她，她能上好大学吗？"颜清反问，"她该独立一些。我听管家说她最近练琴不积极，还私下喝了什么奶茶……平日里的规矩都白教了，和她爸一个样子！不成器。"

　　许扬听呆了。一个十几岁的小姑娘每天坐下练几个小时的琴还不够？还要怎么积极？还有，小姑娘不喝奶茶喝普洱吗？

　　"阿清，你变了。"许扬说，"你念大学时不是这样的。"

　　"你也说是念大学时，我现在几岁了？"

　　"可你不能把你认为某些你错失掉的，又或者……啧，我也不会说。总之，你不能把你的想法强加给温年。"

　　"强加吗？那没办法，谁叫我是她妈。"

　　许扬一直认为颜清是因为爱上温振渊才转变的性格，他们的婚姻成了颜清的手铐脚镣，她无力承担，就只好把重量往温年身上移。偏偏温年又因为从小缺少父母的爱，对颜清逆来顺受，让颜清的掌控越来越强，母女俩的关系也扭曲了。

　　想想，温年阴错阳差地来了怀蓝，或许要比留在那个豪华的大房子里要好……

想得远了，许扬把思绪收回来。看看陈远，她还要说什么，突然一拍脑门："我这脑子，真完蛋了！池林在外面等你呢。你们是不是得罪什么人了？我下午见了老池，老池说你破天荒托了他一件事。"

陈远说："没有。"

就两个字，抵许扬那一堆话，愣是让许扬一时半会儿找不到该从哪个切入点问了。但不管啥事吧，许扬说："有事尽管说，别说这里涉及我外甥女，就是你，许姨也帮。"

陈远回自家放下橘子后，出来和池林会合。

池林在小广场等了有一会儿，见人终于出现，看看时间，笑道："耍大牌耍过了啊。"

陈远没说什么，跟池林离开南甜巷子，开车去了东边靠近郊区的一家工厂。

这个时间，这一片静得像荒坟。几栋紧挨着的小楼，只有一栋亮着灯，一扇窗户前，站着两个人。

陈远和池林进了小楼。

陈远一出现，站在墙角的邵亮就喊他。

"陈远！陈远！"邵亮带着哭腔，"我错了！以后不敢了！绝对不敢了！"

陈远淡淡看过去一眼，过去找池国栋。

池国栋身边站着一个小个子男人，娃娃脸，笑起来的时候像海绵宝宝，自带蠢萌气质。这样的外表，任谁也看不出他是怀蓝人人畏惧又敬重的"杨哥"，他在当地有人脉、有背景，一般人不敢轻易招惹他。

"杨叔，麻烦您了。"陈远说。

老杨笑着拍拍陈远的肩膀，说："你池叔的事就是我的事，你就别和叔客气了。不过啊，你们还是孩子，出出气完了，别把事闹大。"

陈远点头。一旁的池国栋说："小年轻的事让他们自己解决吧，咱们外边抽根烟去。"

池国栋和老杨离开，池林也没兴趣旁观，跟着一起出去，还能监督他爸少抽两根。

偌大的空间里只剩下陈远和邵亮。

陈远走过去时,邵亮求饶道:"真错了!兄弟!不至于叫杨爷出马,我……对不起!以后我见了金鑫绝对躲远远的!"

其实,邵亮和金鑫的事,陈远一开始没插手,后面也没想插手。但邵亮太狂,孔家奇谁也没惹,不仅被打了一顿,还因为这件事让同学议论,连带着他父母都要被诋毁。

陈远不是圣人,不会说因为孔家奇的遭遇就产生特别的同情,但他知道孔家奇父母为救人牺牲了,孔家奇以及他的家人该得到起码的尊重。

"如果今晚没找你,"陈远说,"金鑫和孔家奇……"

邵亮哆嗦了下。

上午的篮球赛,让邵亮颜面扫地。最后同意道歉,他确实是在心里盘算好了,等这几天找个机会把金鑫和孔家奇打一顿,只要别闹得太大,他就能兜得住,这样就算把面子找补回来了。

在邵亮的认知里,一中的学生随便他欺负。他怎么都没想到会撞上陈远这个硬茬儿!

"我知道错了!"邵亮说,"我不敢了!咱们这次就过去吧,行吗?陈远,我求你了。"

陈远目光移到邵亮的脸上。

邵亮一开始没明白,之后突然狠抽自己嘴巴:"我浑蛋!我是癞蛤蟆!那女孩,我绝对一根头发都不会惦记!我发誓!"

五分钟后,陈远出来。

老杨一看事情解决了,他也算功德圆满,约池国栋过几天去钓鱼,又吩咐让小弟将邵亮带出来送回家去,自己先走了。

陈远和池林还有池国栋等他们都离开了,也往车子那边走。

池国栋说:"这就完了?这不过家家嘛。"

"爸,您这什么话啊?"池林哭笑不得,"难不成您想看小远火拼?"

池国栋搓搓后颈,心说也是,他就是觉得挺不可思议的。

他认识陈远三年了,在他心里,陈远和自己儿子没什么区别,池林也拿陈远当弟弟看。

陈远性子最沉稳,从来不会和谁有什么矛盾,这次居然让池林和他商量找老杨出来平事,简直就是……活久见。

池国栋认为年轻人的这个词形容得相当贴切,又说:"那这次就是为许扬那外甥女?小姑娘没吃亏吧?"

陈远踩中一颗小石子,差点儿崴脚。他看向池林,池林一副"与我无关"的样子。

可惜他爸没配合,当即拆台:"对,你哥和我说的。"

陈远叹了口气,把孔家奇的事详细地说了一遍。

池国栋听着,手里的烟灰都忘了弹,问池林:"他这话比一年和咱俩说的都多吧?"

池林笑道:"嗯,多。"

"这可真是太阳打西边出来了。"池国栋咂咂嘴,"不过,你这事做得对。你同学的爸妈是英雄,咱们就是得保护这样的孩子。"

陈远:"嗯。"

事情算是捋顺了。

温年头痛欲裂地醒来,喉咙干得像是开裂的土地,呼吸时还有撕裂似的痛。

瞥见桌上有水,她立刻爬下床去喝。是温水,不凉不热刚刚好,喝着很舒服,她喝到一滴不剩,嗓子终于稍稍畅快了些。

看着身上还穿着昨天外出时的衣服,她就以这副样子睡进被子里……温年洁癖要发作。

她打开窗户透气,准备一会儿换洗床罩床单。

一楼,许扬大爷似的瘫在沙发上看电视。见温年醒了,许扬呵呵笑:"稀奇啊,真稀奇。"

温年这会儿还难受着,没工夫和小甜甜说相声,直奔卫生间。

许扬趿拉着拖鞋跟过来,没骨头似的靠在门框上,说:"你居然又吃烧烤又喝饮料,你忘了曾经的你多么'仙不可攀'了吗?"

吐掉嘴里的水,温年说:"那饮料里有酒精是不是?"

"对啊。"许扬点头,"小远说你喝了三瓶,牛!"

许扬大概说了说昨晚的情况。

其实温年什么都不记得了,就记得自己和大家在天台聚会,她喝了那种好看的饮料,然后意识就……很模糊,只记得陈远在她身边。

"行啊,恭喜你解锁了人生新体验。"许扬说,"但是吧,我劝你以后还是悠着点儿。"

温年嘴里有牙刷,说话含糊不清:"怎么了?"

凌晨三点多的时候,温年的房间里突然响起铃铛声。

饶是许扬见多识广,也吓得差点儿从床上滚下来,毕竟铃铛这玩意儿,给她的感觉就是作法用的。

许扬蹑手蹑脚地来到温年的门前,怕吵到"温法师",推开些门缝,她看见温年伸出一只胳膊在摇铃铛,人还躺得挺踏实,并没有跳大神……但说句实话,这更瘆人啊!

许扬寻思赶紧找找有什么辟邪法器,手机在这时收到条消息。

是陈远发来的。

夜深人静,铃铛声那么突兀,吵醒邻居倒也正常。许扬蹲到角落里问陈远怎么办。

陈远:没事。

许扬:你来看看,吓死你!

那边半天没回消息。许扬琢磨别是陈远也怕了,还是这孩子实诚已经抄家伙过来了?

手机又响动了一下。

陈远:她之前就摇过,说喜欢听这个声音。

许扬:这什么阴间喜好!

许扬:你确定这铃铛不是什么邪物?

陈远:我给的。

许扬无语。

过了一会儿,温年不摇了,继续睡觉。

许扬在门外又守了半天,看温年睡得很熟,松口气,心想到白天再说吧……

"你是真喜欢听铃铛声吗?"许扬问。

听完许扬这番描述的温年早就不刷牙了。她寄希望于这是假的,她这是还在做梦,所以,她掐了许扬一下。

许扬疼得直"哎哟"叫唤:"干吗啊?怎么对你表姨……"

"啊!"温年嘴里的牙膏沫喷许扬一脸。

温年疯狂跑上楼,关上房门,彻底掀开她的床。铃铛就在被窝里。

一时间,温年觉得天旋地转,日月无光。她都干了什么啊?

她用力想,拼命想,可断片就是断片,从她意识模糊以后的记忆集体消失不见了。

温年急得跺脚,一回身,脑袋撞在柜子上,疼得她眼冒金星。

"什么破柜子啊,这么硬!"她欲哭无泪地揉着额头,再一抬眼,陈远站在对面的窗边。

温年比赛时都没转过这么快,现在一个标准舞步,急速倒在床上。

她默念着"陈远没看到我,没看到我"……

然后,陈远来了微信。

陈远:磕到了?

这三个字让温年无法不面对现实。她很想问问陈远,她有没有什么不适当的举动,如果只是半夜摇铃铛,她还可以忍。

但是,怎么问呢?问了就没办法装不知道了。可不问,她有充分理由相信自己绝对不会只是乖乖睡觉。

温年:没事。

陈远:你的发带落我这里了,现在给你送过去?

温年:别!不用!你千万不要来!

温年又后悔,这显得她太做贼心虚。

温年:那个发带旧了,你帮我扔掉就好,不用麻烦还过来一趟。

陈远:行。

温年:我得学习了。

温年:再见。

扔掉手机,温年望着天花板,感觉自己的世界在一点点崩塌。

其实不堪回首的事,最优解就是躲。可俗话说,躲得过初一躲不过十五,更何况都没有那初一、十五的,温年转天上学就得见陈远。

天哪,杀了她吧。

新的一周，整组轮换座位。

温年到时，向来踩点的陈远已经到了，并且把她的桌椅都挪到了靠墙这一组。

一看靠墙，温年觉得也还不错，至少她可以面壁。于是，整个早自习，陈远看的都是温年的后脑勺。

直到课间，学委下发年级排名，温年才坐正。

基本没什么好猜的，温年来怀蓝一中的初次考试夺得第一。

孔家奇和杨晓桃十分佩服，旁边的金鑫和佟佳露觉得实属正常，没什么可说的，就在讨论彼此倒退了多少名。

陈远也看了名次，没所谓地放在桌上。

孔家奇眼尖，说："第四啊。可惜了，要不是语文被拉了太多分，还能上名次。"

"英语也拉了一点点。"杨晓桃说，"可惜。"

听他俩在这儿可惜来可惜去的，金鑫说："你们看看我呢？"

孔家奇、杨晓桃：我们看不见。

佟佳露又说："再看看我呢？"

孔家奇、杨晓桃：您二位不如互看。

"不就是语文、英语拉分了吗？"佟佳露扒拉下孔家奇，自己坐下来，"陈远的英语问温年不就行了？她英语满分。"

一直致力于做隐形人的"温第一"不太情愿地笑了一下。

陈远看着她，想说什么，班长文朗来了。

"班长大人大驾光临啊。"金鑫笑着说，"有事？"

文朗连续两年都是一班的班长，学习成绩优异就不说了，为人还谦和有礼貌，长得也干净帅气。

文朗笑笑说："是有点儿事。温年，马老师让我和你去趟办公室。"

温年愣了下："我？现在？"

"对。"文朗点头，"别紧张，应该不是坏事。"

温年和文朗从后门离开。陈远余光一直跟着他们，直到被人挡住。

金鑫勾着陈远的肩膀，小声说："搁过去，哥们儿肯定唱衰你。但现在！你是我铁哥们儿，需要我干什么就直说。"

陈远没说话。

办公室里,马令芳说了全国英语竞赛的事。

今年的高中组比赛,高二年级只派温年和文朗去,马令芳希望他们好好准备,能拿个名次是最好的。

"你们俩的英语成绩都拔尖,我觉得问题不大。"马令芳说,"这段时间可以刷刷真题,哪里有疑问随时来找我。"

说完这个事,马令芳让文朗先回去,留下了温年。

上周五她就看到了温年的排名,很欣慰。曾经那么优秀的学生没有因为巨大的变故而出现成绩倒退,足以证明她之前说的——是金子在哪里都会发光。

"谢谢马老师。"温年说,"您一直都很照顾我,我知道的。"

比如,经常给她外省的高难度试卷,还给她外教视频课,等等。

马令芳在学生中的呼声不是很高。主要原因在于她常年保持严肃,偶尔开个玩笑,也都是冷笑话。但马令芳很爱自己的学生,这点毋庸置疑。

马令芳说:"我肯帮你,你也得是那么回事才行。对了,期中考完,你觉得需要调换座位吗?"

温年的心脏"咚"了一下,她摇摇头:"不用换。"说完,她思索是不是该给个理由什么的。

"那行。"马令芳丝毫没觉得有问题,抬了抬眼镜,"如果可以,你也带动一下陈远的英语。他理科那么好,如果高考因为文科拉下来那么多分,就太可惜了。"

温年松口气,"嗯"了一声:"好的,马老师。"

赶在预备铃响之前,温年回到教室。

刚才她还保护着的座位,这会儿被别人占用着。

冯思怡脸上透着淡红色,坐在她的位置上,用笔指着桌上的笔记本,不知在对陈远说什么。见她来了,冯思怡颇为慌乱,说了声"不好意思"便腾出位置,跑回自己的座位去了。

温年心说我是母老虎?这么吓人。她回到自己的位置坐下,一股茉莉花的味道留在了桌椅上,有些刺鼻。

温年忍着,没好意思扇开。

正式铃响，第一节课开始上课。温年转身从书包里拿书，再转回来，桌上多了一条草莓口味软糖。

这仿佛是种心照不宣的暗语，还没怎么样，就让人尝到了甜。

温年抓紧课本，小声问："干什么？"

刚才有冯思怡在时，陈远把椅子往外拉出去了一些，这会儿他又往里面挪了一点点。看着女孩白净的侧脸，他说："你，不理我。"

心瞬间软陷下去一块，温年终于看了某人一眼，说："那我要是理你，就没这个待遇了呗？"

陈远摇头，把糖往里推了推："就是给你买的。"

话音落下，温年拿走糖，脸冲着墙，忍不住露出了笑容。她作势剥开糖果的包装，但想起昨晚，又不怎么笑得出来了。

长痛不如短痛，温年索性问了："昨天晚上，我有没有……"

陈远稍稍斜低下头："嗯？"

"我、我……"温年嗅到熟悉的雪松味，抿了抿唇，"就是，我还……老实吧？没做什么，不该做的吧？"

陈远赶紧坐好，随手拿来桌上的题册，开始做题。

"没有。"陈远哑声说，"你睡着了。"

温年惊喜："真的？我……那我半夜摇铃铛你听到了是吧？"

"嗯。"

"我那就是觉得好玩，没别的意思。"

"嗯。"

连续两个"嗯"似乎有些敷衍了，但陈远一直是这个样子，温年再多想，放下心来。没出丑就好。温年笑了笑，想向陈远道谢，谢谢他背自己回家。

瞥到他在那里做物理题册，她看了眼讲台，范斌已经下来了。

范斌到陈远身边时，陈远根本不知道怎么回事。他心虚得坐立难安，思考功能基本丧失，以至于范斌露出"死亡微笑"时，他都没收起物理题册。

范斌拈起题册一角，抖了抖，对全班同学说："看看！看看！中国牛顿在咱们班呢！作文都考几分了，还做物理呢！这是什么样的热爱啊，可以说感天动地了。明年物理诺贝尔没你，我拆了诺贝尔！"

范斌"啪"地把题册往桌上一扔，吼道："给我站着听！"

孔家奇和杨晓桃一起扭头,向陈远同学投以同情的目光,只有金鑫在那儿竖大拇指。

范斌扭头时,正好看到金鑫收回去的大拇指,他一个凌波微步瞬移到金鑫身边,来了一套"降龙十八掌"。

"羡慕是吧?"范斌说,"他好歹物理满分,你就默写歌词满分!也给我站着听!"

这下,一前一后的"金、陈"二人凑齐了。温年趴在桌上笑得要背过气去。

陈远看着自己同桌笑得肩膀一直在抖,也不知道范斌看见了会不会也拿她开刀。她想提醒一下,手里突然被塞了一块糖。

温年整理好表情坐起来,翻开书听课,仿佛东西不是她给的。

陈远趁范斌写板书,摊开手掌。

除了一颗糖,还有一张小纸条:吃点儿甜的,助力作文满分不是梦!

一进入十二月,怀蓝像是变了一个城。招明港的海风不再慵懒,只剩刺骨凛冽,大街小巷上的人们穿上厚重的冬衣,大爷大妈打个招呼都要用喊的,不然听不见。

温年最怕冷。过去在家时,室内都是恒温,教室里也是。需要外出的话在家里的地下车库直接上车,一路开进学校的地下停车场,风吹不着,雨打不到。

温年都不知道冬天还能这么冷。

大课间,杨晓桃和佟佳露窝在座位上偷刷手机。马上就是圣诞节了,女孩子总忍不住想买些可爱的小玩意儿,图个节日氛围。

温年翻着英语演讲方面的书。

她和文朗都进入了英语竞赛的决赛,马上就要参加演讲环节,等这个环节结束,比赛也就结束了。

"哎,圣诞节之后不就是温年生日了吗?"杨晓桃突然想起来,提了一句,"27 号是不是?"

温年点头。她对生日不生日的一向不怎么感兴趣。小时候在新西兰和外公外婆生活时,外婆很喜欢帮她操办生日会,搞得温馨浪漫。等她回了自己家，颜清和温振渊没有休息日，他们也不会因为她的生日而停止工作，每次都是管家叫厨师做一桌菜，再摆个蛋糕，她一个人过。

"还真是的，27号这不马上就到了？"佟佳露说着，翻了下日历，"正好周六啊，你想怎么过？"

温年不想过。但看佟佳露和杨晓桃都记着她生日，她心里流过暖意，不想扫她们的兴。

"要不我们中午吃个饭？"温年说，"就一个普通生日，不要太麻烦。"

佟佳露和杨晓桃想了想。

杨晓桃说："那我和露露请你吃饭，好不好？"

温年莞尔一笑："好。但请了客就不要再买礼物了。"

这个事定下，佟佳露和杨晓桃继续刷圣诞节必买好物。

佟佳露伸懒腰时，瞥到陈远和冯思怡在教室后门口说话。

上个礼拜，月考排名出来。

这次的难度明显比期中考提升了许多，温年还是第一，陈远也还是第四，只是陈远那作文……再创"辉煌"，气到了范斌。

"看不出啊。"佟佳露摸摸下巴，"冯思怡还挺执着。"

之前期中考，冯思怡就来找过陈远。

因为冯思怡上过创意写作课，范斌知道了，死马当活马医，让她给陈远讲讲，保不齐能感化感化呢。但陈远并不想听，冯思怡找了两次也就放弃了。

而这次月考成绩一出，范斌拍桌子让冯思怡去给陈远讲，仔细讲、全面讲、必须讲。冯思怡就开始天天来找陈远。

杨晓桃探头看了看，说："我一直觉得冯思怡特别腼腆。按理说陈远这么冷，她应该很快就不好意思才对，没想到这么能坚持。"

佟佳露耸耸肩："找虐呗。"

"我觉得是因为陈远的那张脸。"杨晓桃看谁都是因为颜值，"你换成金鑫试试。"

佟佳露嘴角一抽："别这样对炕炕。"

听着佟佳露和杨晓桃你一言我一语，温年的眼睛时不时往外瞟。

冯思怡的长相不是那种一眼惊艳的漂亮，但很耐看。她五官小巧，眉眼柔和，还有种从小练舞的气质。

温年抿抿唇，收回视线继续看书。

"温年。"

文朗这时过来，说："马老师让我们去趟办公室，说是……你怎么还看这篇？这篇你都快倒着背下来了吧。"

温年愣了愣，低头一看，自己不知道什么时候胡乱翻的页数，又翻回到了以前背过的内容。

她合上书，问："抽签结果出来了？"

"是啊。"文朗点头，"我们过去看看。"

陈远和冯思怡还站在后门。看见温年和文朗出来，冯思怡察觉自己有些挡门，立刻站到了陈远身边。

冯思怡身高将近一米七。这个身高一度被大家认为削弱了她文静柔弱的外在气质，但这会儿她和身高一米八五左右的陈远并肩而站，就很搭。

温年看了一下就错开目光。冯思怡笑了笑："你们最近很辛苦吧？比赛加油啊。"

"你也辛苦。"文朗回以笑容，"范老师交给你重任，你们也好好加油。"说完，示意温年可以走了。

温年跟在文朗身边，低着头离开。

陈远一直在看温年，她也没给自己一个眼神。

等他们走远，冯思怡靠近陈远一些，别了别头发，轻声说："陈远，我们……"

"有事。"陈远撂下这话，就走了。

路过教室正门，金鑫蹦跶出来，抱拳："兄弟，脉动一瓶。"

陈远来到小卖部，拿了脉动。路过零食区的货架，有不少上新的糖果摆在显眼位置，陈远停下看看。

隔着货架，另一头的两个女生一边选零食，一边聊天。

"一班的温年知道吧？"

"那怎么能不知道？新晋校花。"

先说话的长发女生挑眉，凑近瘦小女生的耳边，小声说："那你觉不觉得她和文朗……"

架子突然晃了一下，两个女生吓一跳。但八卦比天大，她们见没事后，继续聊天。瘦小女生说："你亲眼看见了还是怎么着？为什么这么说啊？"

"还用看吗？"长发女生说，"他们俩一起参加英语比赛，最近天天同框，男的那么帅，女的那么好看，天生一对啊。"

瘦小女生点点头："这么说也对。文朗优秀，听说家里条件也特别好，没有女生朝夕相处后不动心吧。"

两个女生说完，拿着零食去结账。

陈远站在糖果货架前半天，最后只买了一瓶脉动。

下午第一节课是体育。

这么冷的天还要户外活动，温年觉得就是上刑。

好在体育老师讲人性，让体委带着同学简单做做热身运动就原地解散，自由活动。

温年和佟佳露、杨晓桃有了根据地，就是体育馆后面一个僻静处，那里有长椅，可供人休息。去的路上，杨晓桃随口问："定好哪天演讲了吗？"

温年反应慢了两拍，回答："周六比一天。今天公布大的分组，一早到现场再抽上场顺序。马老师开车带我们去。"

因为是全国性质的比赛，还是决赛，怀蓝没有赛点，温年和文朗都是被就近安排在隔壁市。

过去这一趟，路上单程就要两个小时，温年想想就烦。佟佳露拍手说坏了："这不和你生日撞了？咱们中午还怎么吃饭？"

还真是的，温年都忘了。可比赛规程也不是她能改的，只能她们改。

温年说："周日中午吃也好。"

杨晓桃和佟佳露觉得有点儿遗憾，但也没办法，那就改成周日。

佟佳露说："要是周五多好啊，还能光明正大少上一天课。"

一听这话，杨晓桃启动苦口婆心模式："今年过年早，咱们一月上旬就期末考，你还不抓紧复习，就想着逃避。"

"你怎么知道我不想复习？"佟佳露摊手，"是复习不想我啊。"

杨晓桃叹了口气："要不，我们还和上次一样凑一起学习？"

在角落书咖店那次，大家的学习效率特别高，哪里有不会的还可以互相请教。

"这主意不错，你们还能带带我。"佟佳露说，"不过我得请陈老师出来，我那个数学啊，啧啧。"

杨晓桃笑了笑，拍了拍温年的手臂："温年，那你和陈远……温年？"

温年："啊？怎么了？"

"你怎么了？"佟佳露问，"怎么感觉你心不在焉的呢。"

"没有，没事。"

杨晓桃说了想要一起复习的事，温年觉得挺好，三个人打算去问问陈远愿不愿意参加。

自从赢了篮球比赛，陈远就有了左右侍者——"左金右孔"。陈远不再完全独来独往，赶上体育课偶尔还会和金鑫打打篮球。

不过，今天实在太冷了，金鑫和孔家奇去馆里打羽毛球，陈远便在馆里的休息区看书。

温年找到他时，他身边又有冯思怡。

冯思怡拿着笔记本和笔，在讲创意写作课，陈远靠墙站着，垂着眼像是在听，又像是没在听。

看见这一幕，温年从课间开始就不怎么明媚的心情得加一个"更"字。她不想过去，但佟佳露一向不管不顾，还是要去。

就在佟佳露要挥手喊人时，也不知道谁的沙包往冯思怡那边砸了过去。冯思怡吓得躲开，手机不小心从手里滑出去，眼看要摔地上，好在被陈远接住了。

"嚯，这反应速度。"佟佳露感叹，"真快啊。"

陈远将手机递给冯思怡，冯思怡不停地道谢。

看到这一幕，温年转头就走。佟佳露"哎"了声，问她干吗去，温年说找暖和的地方待着。

"她是不是生理期了？"佟佳露挠头，"怎么感觉情绪不对呢。"

杨晓桃眯着眼睛还在看陈远和冯思怡。

下课回到教室，温年穿上外套，把自己裹成饭团。

这鬼天气冻得她四肢都僵化了，可有人挺灵活嘛，反应速度不减以前，管你铁链子还是手机都能接得稳稳的。这么爱接，干吗不去练杂技抛彩球？接个够。

温年搓着冷冰冰的手。

这时，眼前出现一个暖手宝。

文朗说："我小时候身体不好，隔三岔五着凉感冒，我妈就习惯给我书包里放这个。现在也放。可我哪还用得着啊？你用吧。"

隔着一点距离，温年感觉到暖手宝冒出的热气。她很想暖暖手，但这种东西不好随便接。

温年正想拒绝，陈远回教室了。

陈远先将一瓶热牛奶放桌上，然后拉开椅子坐下，拉椅子时还发出了些声音，"刺啦刺啦"的。而那张本来就冷的脸比平时更冷，也不知道是不是叫天气冻的。

温年觑了他一眼，不知道他抽什么风。

紧跟着，冯思怡也过来了。看见陈远放在桌上的热牛奶，她开心地拿起："谢谢你，陈远。我随便说的，还以为你不会买呢。"

陈远一愣，疑惑地抬起头。冯思怡和他说过什么？他怎么什么都不知道？

可不等他问，冯思怡已经抱着牛奶转身回自己座位去了。温年都不用抬头看，从这儿都能感受到冯思怡身上冒出来的粉红泡泡。

文朗不傻，情商还高，自然也看出来了，笑着说："陈远，我就说你上次参加完运动会就融入集体了。好事！以后再有为班里争荣誉的事，我找你。"

"是啊，陈同学现在可乐于助人了。"温年吸吸鼻子，"班长你快给他发个锦旗，表扬一下。"

文朗还是笑，再次递出暖手宝，说："你用吧，我真用不着。搁着也是浪费。"

闻言，温年看了眼正用热牛奶暖手的冯思怡，摇摇头："不用了，谢谢。我不冷。"

既然她都这么说了，文朗也不好勉强，回了座位。

教室里的说话声仍在继续。

孔家奇和杨晓桃他们还没回来，温年周围只有陈远一个人。

她拽紧了外套，不信这样还暖和不过来。她不需要那些花里胡哨的东西来取暖，自暖才是硬道理。

陈远看着温年紧紧并拢的双腿，就知道她冷。他起身，想去小卖部再买瓶热饮回来，无奈上课铃这时响了。

陈远只好坐下，想了想，他把自己的外套递过去。温年看都没看，一把推开。

温年不知道这样算不算冷战。

算冷战的话，可陈远那天一下课就去买了热饮给她，转天还给她带了热水袋。

但如果不算是冷战，他们之间的话明显变少了。

主要原因是，冯思怡几乎一下课就会来当"冯老师"。而温年一看见她就走，哪怕是去和文朗聊竞赛的事，也不想留那儿看她和陈远互动。

至于其他原因，就是陈远这段时间一到午休时间就不见人。打铃就走，上课才回，那着急忙慌的样子好像是在躲她。

温年看在眼里，憋了一肚子火。

周六，清早。温年起床后，打开房门就见门口放了一把椅子，椅子上还有两个礼盒。

她拆开礼盒查看，一盒是一套五三模拟，一盒是……黑色蕾丝内衣？

"怎么样，喜欢吗？"许扬飘出来，"不错吧？"

不错你个爆炸头。温年把内衣放回盒子里，说："有长辈送小辈这个的吗？这怎么穿啊？"

"怎么不能穿？"许扬"哎哟"一声，"宝贝儿，你都十七岁了，明年就成年了。"

温年被她这腔调激起了一身鸡皮疙瘩，放低身子躲开她的魔爪。

不过……

温年又瞄了一下盒子里的东西，实际上并不过分夸张，款式还是保守的少女风，只是加了一点点蕾丝元素。可她还没穿过黑色内衣。

收好这两样许扬煞费苦心准备的礼物,温年和许扬下楼。

餐桌上摆着热气腾腾的馄饨面,还有几样精美的小凉菜。

最近圣诞节加元旦,双旦期间,是直播卖货最好的时候。许扬已经连轴工作好几天,今天也不例外,所以晚上不能回来陪温年过生日吃饭,只能用早餐代替。

"就怨表姨穷。"许扬假装抹泪,"表姨要是有钱,天天陪你。"

温年叹了口气,吐槽归吐槽,心里还是感动的。生日对她而言,不是要有很多很多的礼物,也不是要礼物多么昂贵。她要的,只是有人记着她就好。

两个人吃完面,温年该准备出发去比赛。

许扬祝她成功,然后就回屋补觉去了,毕竟晚上要熬到几点还不好说。

温年收拾好,轻手轻脚地关上门离开。看到对面66号时,她心里莫名发涩,快步走了。

陈远并不在家。他天不亮就到了池国栋的修理店,有些工具他家没有,只有这儿有。

池国栋带着早餐过来,看陈远又埋头在工作桌,"啧"了一声。他这段时间天天这样,天不亮就来了,午休时间也来,也不知道在鼓捣什么了不得的东西,还不让看、不让问的。

池国栋放下早餐去卫生间洗手。洗完手,他又冲着镜子整理整理发型和衣服,把自己弄得整齐精神了,来到池林妈妈的照片前。

照例,池国栋先把郁金香放下,然后上香。

"蔓蔓,早上好。"池国栋笑着说,"今天天气比昨天好,风不冷,我从家里……"

他絮絮叨叨的,想到哪儿说到哪儿。听到工作桌那边有动静,他又说:"现在的孩子啊,我是看不懂,天天揣着秘密。过去咱们小林可不是这样,有什么都和咱俩说。"

陈远拿出碗筷放好早餐,让池国栋过来吃。

池国栋再仔仔细细擦了一遍相框,来餐桌这边坐下。

难得地,陈远主动提问:"伯母喜欢花?"

"哪个女人不喜欢?"池国栋拿起筷子,颇为无奈,"瞧你问的这个蠢问题,将来可怎么办哟。"

陈远想起什么,心里否定池国栋的后半句,还悄悄弯了弯唇。

池国栋当然是没看见,他看向柜台那边的大日历,换了话题:"再有二十天就过年了啊,你二叔他们今年还回来?"

陈远动作一顿,"嗯"了一声。

"那就还是扫墓时住一天呗。"池国栋说,"你那天来我这边睡,又不是没你的房间。"

陈远说:"不用。"

池国栋哼了声:"到时候你就改主意了,那一家子。"

吃完早餐,陈远收拾好桌面,回工作桌继续。

池国栋心想也问不出个所以然,点了根烟,刷视频去了。

没过一会儿,陈远的手机响了。是范斌打来电话。

温年抽签抽的下午第三组第十号。等她比完,已经快四点了。

马令芳和赛点老师打了招呼,带温年和文朗返回怀蓝。

文朗是上午最后一场比的,之后就在场地听其他选手演讲,听到温年演讲时,那口音、气场、流畅度比别人高出好几个档次。

"温年,你太厉害了!"文朗说,"你肯定从小上外教课吧?"

外教课确实是一直上,但最主要的是她在新西兰生活的时候相当于有了"母语"环境,这对语言学习是关键。

不过温年没告知对方自己的经历,只是谦虚地表示文朗讲得也很好。这不是恭维的话,对没有她这种条件的学生来说,文朗的水平真的不错。

文朗被夸得不太好意思,笑了笑。

快进入怀蓝区域的时候,高速公路上出现事故,堵车了。马令芳望着看不到头的车海,说:"你们饿吗?我这儿有饼干,你们垫垫。"

文朗不饿。但他想着女孩都矜持,怕自己不吃,温年也不吃,便说自己确实饿了,接过马令芳递来的饼干,分给温年一半。

车辆走不动,马令芳干脆和学生说说话。她想起今天登记参赛信息时,温年身份证上的生日好像是今天。

她问温年是不是今天过生日,温年说是。

"今天是你生日啊？"文朗惊讶，"生日快乐！"

马令芳也跟着祝她生日快乐。

温年道谢。

文朗又说："你家里人肯定做好菜等你回家了吧。别着急，路障一清理完，很快就能回去。"

温年笑了笑没说话。她是今天凌晨一点睡的，零点整时，她和杨晓桃、佟佳露的小群第一时间传来消息，杨晓桃、佟佳露纷纷送上生日祝福。

之后，她就等着，等她那部翻盖手机也来消息。可惜的是这部手机就像失灵了一样，从进入怀蓝起，一次都没响过。

有时候，温年觉得生日这个日子除了有纪念一个人来到人世的意义，也还是一种变相的残忍提醒，提醒你来到这个世界上不是因为爱。

陈远在自己家66号门口徘徊。许扬中途回来拿东西，进门前，看见了他；她现在出门，他还在门口。

"有事啊？"许扬说，"有事就说。"

陈远摇头。

许扬觉得这孩子怪怪的，但也不知道哪儿怪。看了眼时间，她嘀咕："还没到？"

"谁没到？"

"哎哟！"许扬跳开，脑袋差点儿磕门上，"你刚不还站那儿了吗，怎么到我跟前了？吓我一跳。"

陈远抿抿唇："你说谁没到？"

"温年啊，还能是谁。"许扬咂嘴，"半小时前给我发微信说堵高速上了，也不知道什么时候回来。"说完，许扬也赶时间，走了。

陈远继续在66号门口徘徊。后来，他一点点扩大了徘徊的范围。

起初，先是团仔看见他，问陈远哥哥干什么啦，他说他去买东西。

再来，齐奶奶也看见了他，也问陈远干什么呢，他说他从外面回来。

最后，陈远绕了一圈，重逢团仔以及梅梅。团仔说他买东西去，东西呢？他说买完了，现在又出去办事。

梅梅问："哥哥你去哪儿办事啊？"

陈远说："前面的超市。"说完，他和两个小朋友告别。

团仔纳闷:"我在超市那里看见陈远哥哥好几次了,他每次都是空手,是不是忘记要买什么了呀?"

"陈远哥哥那么聪明,怎么会忘?"梅梅笑着看着陈远的背影,"他肯定是有什么重要的事,你是小孩你不懂。"

超市这边对着的是南甜巷子的东边入口,从高速公路行驶回来的车子大多会停在这里。

陈远不是没想过发微信,但怕她不回。她最近心情不好,不爱理他,和文朗倒是有话说,经常下了课讨论比赛的事……

想起文朗,陈远见脚边有颗石子,一脚踢开。

这时有车子停在路口,他站好,望过去,看到温年下车,冲车里的人挥手再见。

陈远该避一避的,但他注意力都在车里文朗的身上,等温年回身时,一下就发现了他,躲都来不及。

温年问:"你怎么在这儿?"

陈远说:"倒垃圾。"

"上这儿倒垃圾?"温年不解,"不嫌远吗?"

陈远说:"锻炼。"

温年进入南甜巷子,陈远默默跟着。两个人一路无话。

温年知道,陈远不是故意不说话,他就是这样的性格。刚开始时,她真的很不适应,觉得一个男生不会适时说话,是一种极不绅士的行为。现在,她适应了,也习惯了。

但此时此刻,却无比渴望陈远能主动说一次。他们已经好几天没怎么说话了。可"铁葫芦"就是"铁葫芦",人设不倒,嘴宁死不张。

到了67号门口,温年放弃,找钥匙开门。

她今天背的包有些大,找了一会儿没摸出来钥匙,反倒是带出一包纸巾。

陈远接住了这包纸巾。他递给她,她的火因为这个举动"噌噌"暴涨。

"是不是掉的东西你都接啊?"温年皮笑肉不笑地问,"不管是谁。"

这话给陈远问蒙了,顺手的事有什么问题吗?

温年一把夺过纸巾,狠狠扔在地上,说:"以后我的东西再掉,你不许接！听到了吗？不许接！"

陈远愣了愣："不要了？"

"不要了！"

温年再翻钥匙，翻不出来，气得想把包剪了。见她这样，陈远问："你是不是……"

"干什么？"

陈远错开目光："不舒服？"

都什么年代了，陈远不懂才奇怪。他知道女孩子每个月那几天的时候会心情不好，因为肚子疼，所以格外心烦。

温年这几天的异常，他认真想过，如果不是因为文朗，那可能就是因为这个。

"你……"温年这才反应过来，"你认为我在……"

陈远点头。

温年想抡死这个"铁葫芦"！她是被他气的好嘛！

温年心累了："你走吧，快回家吧。"

陈远没动地："有个事。"

"什么啊？说。"

"你能不能辅导一下我的作文？"

昨天晚上，陈远给范斌发了微信。他向来话少，发消息也是，意思就一个，他不需要冯思怡辅导他。

范斌早上才看到的消息，直接打来电话。

"你还好意思和我讨价还价？"范斌说，"陈远，你是不是想因为语文高考落后人家？还是说你就是来气死我的！"

陈远被吼得耳朵疼，但不让冯思怡辅导自己这件事不变。

冯思怡很负责，但每个课间都来，温年就会走，让他完全没办法和她说话。

而且，上次的热饮他是给温年买的。冯思怡什么时候说过自己也要热饮，他根本不知道。虽然一瓶热饮不值钱，但他不想这么麻烦，不想在他和她之间，有个别人在。

范斌说："你小子嘴硬，也不说为什么。那行，你期末语文上130分，我就不管你。不然,你就老实让人家帮你!"

这些中间过程,陈远没有说明。他告诉温年的,只是范斌要求他期末考试语文上130分,他需要帮助。

温年听完这些,问:"那冯思怡怎么办?"

陈远很干脆:"不用她。"

"她……"温年捏了捏包带,"她讲得不好吗?"

"不知道。"

"不知道?"

陈远点头:"我没听。"

虽然这样很对不起冯思怡同学这段时间的辛勤付出,但温年心里痛快了,积压的那些火气,烟消云散。

温年清清嗓,摆出一副高贵冷艳的样子,说:"我可以帮你。但你的语文水平你也知道,我不是神仙,未必救得了你。"

"嗯。"陈远明白,"我努力。"

看他一脸正经严肃,温年憋笑。其实"铁葫芦"虽然铁,但有时也是有一丢丢可爱的。

温年心情好了,让陈远把地上的纸巾捡起来给她。

对于她的反复无常,陈远都适应,他看得出她现在应该没有刚才那么烦躁了,便问:"你和文朗……"

"我和文朗?"温年接过纸巾,"我和文朗怎么了?"

陈远没说话,垂下了眼。

因为英语竞赛的事,温年和文朗的接触是多了不少。之前,她有听到一些流言蜚语,但只觉得搞笑,没当回事。可"铁葫芦"该不会也听到什么,还信了吧?

温年认为这必须要解释清楚。

"我和文朗就是凑巧一起参加比赛而已。"她说,"有接触时,马老师都在场,我们什么也没有。你可别……乱毁我风评。"

陈远看着她,试探:"真的?"

温年急了,打他一拳:"骗你这个干什么?我……我、我骗人我是狗。"

"好。"陈远点头。

温年再无话可说，也该回去了。

因为比赛，她最近都没怎么顾其他科，马上就期末了得抓紧复习。

可等她开了门，陈远又叫住她。

"怎么了？"温年问，"还要我辅导你英语啊？"

"也可以。"

"你还真是……"

"我是想问，你饿吗？"

话题跳跃得过于快了。但温年并不饿，她中午吃了不少，刚才又吃了饼干，原本的打算就是回来吃些水果。

她如实告诉了陈远。

陈远听后，沉默片刻，说："你愿意和我去个地方吗？"

陈远让温年加衣服。

可她穿的已经是她目前最厚的衣服，要是叠加再穿，也套不上了。

陈远听了，回家拿自己的外套来。温年穿上后像穿了一件巨型斗篷。

"太大了，丑死了。"温年作势要脱，"我不穿。"

结果还没脱下，陈远就拽起衣服的帽子戴在她头上，说："不穿冷。"

可穿了丑啊。温年还是不愿意，但陈远一定让她穿，她这才发现陈远要是较起劲儿来也很强势。

陈远又拿来热水袋，让温年抱在怀里。

温年就这样以一个"球"的造型跟在陈远身后，那感觉就好像他们要去西伯利亚偷地瓜，回头率不要太高。

所幸，温年可以把脸埋入陈远的衣服里，别人也认不出来她。

他们来到海边。夜晚的招明港比白天还要冷很多。凛冽的寒风刀子似的划在皮肤上，要不是温年穿得多，怀里还有热水袋，恐怕会冻死。

陈远走在她前面，替她挡了大部分风。温年问他冷不冷，陈远侧过头，乌黑的刘海被海风吹得凌乱，说："别说话。"

语气又特别生硬直白。

温年瞪他，他又说："说话风灌进肚子里。"

温年一听，在嘴边做了一个拉拉链的动作，让陈远也不要喝风。陈远弯了弯唇。

十分钟后,温年来到巨型水泥管处。

陈远找了一处背风的地方,让温年等等。

温年冷得就差原地跳踢踏舞。她紧紧抱着热水袋,心说这也就是陈远,换成别人,打死她也不会这样等着。不对,是打死她都不会来。这"铁葫芦"最好是有什么重要的事,不然他要倒霉了。

过了一会儿,陈远来接人。他带温年来到上次他们去的那个水泥管,温年远远地就看到水泥管里有光亮,等走到管子口往里再看,惊在原地。

管子内"开满"了玫瑰花。

温年不敢相信自己的眼睛,走进去,管子中间的位置放着一个木盒。她拿起来,管子里的玫瑰随她的动作流动。

这木盒是一盏木雕灯。盒子里是一层层刻有玫瑰的薄木片,内含着灯,灯亮时,木影被放大,堆叠着映在管子的内壁上,形成一片花海。

温年捧着木雕灯,半天说不出话来。

一旁的陈远观察着她的表情,内心不免忐忑。

按照她的家境,她一定收到过很多精巧昂贵的礼物,眼前这个,恐怕很难入她眼。

陈远抿了抿唇,琢磨说点儿什么。

这时,温年忽然说:"这灯,送我的?"

"嗯。"

"生日礼物?"

"嗯。"

温年还以为他忘了。

毕竟那次吃饭也不过是偶然提及,没入心很正常,没想到……

"你做的?"温年又问,"什么时候做的?午休?"

陈远说:"偶尔早上也做。"

温年攥紧了灯盒的角,最后问:"你怎么知道我喜欢玫瑰?"

"猜的。"

温年的许多文具都有玫瑰的图案。像是笔记本、便利贴,甚至她最爱用的那支水笔,笔夹那里也是一朵小玫瑰。所以,陈远猜她可能是喜欢玫瑰。

　　除此，这里也稍稍藏了他自己的小心思，那就是她给他最初的感觉也像一朵玫瑰——美丽娇贵，带着刺。

　　温年又不说话了。

　　她一不说话，陈远就更摸不准她的想法，便说："你是不喜欢这个灯，还是不喜欢玫……"

　　"你转过去。"

　　"什么？"

　　"我让你转过去！"温年喊道，"快点儿！"

　　陈远照着做了。

　　温年盯着他的背影几秒，实在憋不住，也转过身，眼泪掉下来。她有点儿不明白自己为什么会哭，应该不至于才对。可就是控制不住。

　　从小到大，她收过的礼物数不胜数，爷爷奶奶甚至送过她价值不菲的粉钻，她当时收到开心极了。

　　对，开心，很开心。可就是只有开心，没有过像现在这样温暖窝心的感动。

　　又是半天没动静。陈远皱着眉，想不出是哪里出了问题。

　　如果是不喜欢纸雕灯，那玫瑰呢？池国栋不是说女人都喜欢花？

　　陈远觉得他必须找个补救措施，不然之后她恐怕又会不爱搭理他，到时候万一文朗再冒出来……

　　"你可以告诉我你喜欢什么。"陈远说，"我看我能不能做，又或者你……"

　　"谢谢。"

　　陈远要扭头，想起来她还没让，又转回去："怎么？"

　　温年已经调整好情绪，说："谢谢你。我很喜欢这个礼物，特别喜欢。"

　　陈远松了口气，忍不住扬起嘴角："我可以转回来了吗？"

　　"可以了。"

　　管子外，海风肆虐呼啸。温年抱着她的玫瑰木雕灯，心满意足，觉得可以回去了。虽然木雕灯在管子里的氛围感绝佳，但这里不是说话的地方，穿再多也是冷。

可陈远说再等一下，然后又出去了。

温年想不出他还要干什么，但他说等，那就再等等。

她坐在垫子上，移动木盒，看倒影的变化。有的玫瑰是盛开着的，有的玫瑰含苞待放，交织在一起，美极了。

温年看着看着，一粒雪花飘了进来。她以为自己眼花，又看了看，更多的雪花飘进来。

她惊讶地往外看，管口那里形成了一个天然窗口，"窗"外，雪花纷飞。

温年放下灯出去，站在外面，她赫然发现以这个管子为中心，周遭在下雪。她伸手接了一片，确实是雪，货真价实的雪。

她有些蒙，不知道怎么会这样。扭头一看，陈远站在管子上操控着可以物理降雪的机器。

陈远冲她说："许愿吧。"

温年没动，看着在大雪中的少年，心脏"扑通扑通"跳得厉害。

他居然还记得这个。就因为那次吃饭，许扬无意中说了她小时候认为生日这天下雪就会愿望成真，他就在她生日这天给她下了场雪。

温年差点儿绷不住又要哭。她都不知道自己泪点什么时候变得这么低了。

陈远从管子上下来，她别过头，赶紧揉了揉眼睛。

陈远来到她身边，又说："就是这雪是假的，不知道许的愿能不能实现。"

很好，一下治好了她的眼泪。温年又瞪他，陈远知道自己又说错话了，闭了嘴。

温年看着漫天的雪花，只觉得每一粒雪都那么可爱，喃喃道："一定会成功。"

陈远没听清："什么？"

"我说，"温年叹了口气，"我要许愿了，你不要打扰我。"

陈远点头。

温年闭上眼，双手合十，许下十七岁的愿望。雪落在她的睫毛上，精巧的鼻尖被冻得有些发红。

陈远定定地看着她的脸，心里默默希望她的愿望可以实现。

许完愿，陈远让温年去管子里等一等，他收拾下机器，很快就能回去。

温年没听他的，站在管子外，看他收拾。

"陈远。"

"嗯？"

"你以后不许随便接掉下来的东西，尤其是女生的。"温年说，"知道了吗？"

陈远动作顿了顿："你的呢？"

温年扬着脸，理直气壮："我除外。"

"好。"陈远点头，"我记住了。"

温年坐在床边一边梳头，一边看灯。

玫瑰花映在她的小屋里，也很漂亮。

陈远的手太巧了，不管是花瓣的柔美曲线，还是根茎上小刺的那种毛绒感，他都刻出来了，惟妙惟肖。

木雕灯旁边放着手摇铃铛。温年看看灯，又看看铃铛，忍不住笑。

等梳好头，她把木雕灯摆在床头、铃铛放回小抽屉里。

翻盖手机也放在抽屉里，她见了，这会儿没有太多感触，只摸摸铃铛，拉上抽屉。

关掉顶灯，温年留了木雕灯的光，钻进被子里。

满屋子的玫瑰，她笑着晃晃脚丫，怎么看怎么开心。

她摸起手机，给"陈大师"发消息。

温年：你将来开个手工店吧，我帮你营销，一定会火！

陈远刚洗完澡，坐在床上，一只手擦着头，看到这消息不由得轻轻一笑。

陈远：没人买。

温年：谁说的？肯定万人疯抢。

陈远又是笑。

温年：你生日是多少号？

陈远：7月29号。

温年记下这个日子,而谈话也终止在这里。

温年知道指望不上陈远找话题,就想还能说什么好。

她不知道,陈远其实也在想还能聊些什么,可他和池林、池国栋都没有多少话,更别说对着一个女孩子。

两个人对着手机绞尽脑汁。

过了一会儿,他们同时发了一条消息。

温年:你明天干什么?

陈远:你明天什么安排?

看到消息,他们都愣了一下,仿佛有什么细小的东西从他们心上扫过。

温年在被子里翻了个身趴着,陈远扔掉毛巾,也躺在了床上。

陈远:我明天在家。

温年:我明天中午和晓桃还有佟佳露一起吃饭。

陈远:中午?

温年:对。

隔了几秒,陈远发来一张明日天气的截图。还算暖和。

温年笑着继续打字:你怎么不和金鑫他们出去玩?

陈远:玩什么?

好问题。

温年光是想想陈远、金鑫、孔家奇三个人一起出游的画面,就可以笑一个月。

温年:对了,我们商量想像上次那样大家一起复习,你参加吗?陈老师。

陈远:参加,温老师。

温年"噗"地笑起来。她都忘了她之后要开始辅导陈远的作文了,这可是一场硬仗。

温年打了个哈欠,看看时间,快十一点了。

陈远:困了吗?

温年:还好,你呢?

陈远:不困。

他们又发了会儿消息,话题有些干,要么她提问他回答,要么他提问她回答。

可就这样，他们还在聊。一直聊到将近十二点，陈远发了一条消息。

陈远：生日快乐。

这四个字，温年今天听了好几遍。唯独眼前这句，让她觉得格外甜。

温年脸颊发热，从被子里出来透透气，又看到了满屋的玫瑰。

温年：这个一般都是生日零点发，你是不是有些晚了？

陈远：下次注意。

这是"陈巨人"发的？天啊，这回答简直是他情商的高光！

因为又多了这四个字，温年确定以及肯定这是她过过的最好的生日。

转天，温年和杨晓桃、佟佳露吃饭。地方是杨晓桃找的，餐厅环境很少女心，菜品也还可以，三个人边吃边聊。

佟佳露打量着温年，说："你心情不错啊。"

温年一怔："过生日啊，当然不错。"

"不是。"佟佳露柯南上身，"这段时间你就跟更年期一样，情绪极其不稳定，但今天明显焕发活力。"

杨晓桃在一边笑道："温年哪天都有活力，都漂亮，你别瞎说。"

温年感谢有人说实话，冲佟佳露挑衅地挑挑眉。佟佳露嘴角抽了抽：颜值即正义，什么世道。

"对了，很快就过年了啊。"杨晓桃又说，"我听说南甜巷子每年春节有自己的春晚？"

"是啊。"佟佳露说，"就三十晚上，在小广场。现在的春晚太没劲了，还不如看我们巷子大爷大妈舞动奇迹呢。"

温年没想到南甜巷子还挺时髦。

"你不表演一个节目吗？"佟佳露问，"你可以跳个舞什么的。"

温年说："我要是跳了，大爷大妈还怎么上台？"

这充沛的自信啊。

三人聊了些别的，温年说陈远愿意大家一起复习，时间定好了直接去角落书咖店就行。

杨晓桃和佟佳露听了都很高兴。

吃完饭，又逛了逛小商场。

杨晓桃和佟佳露说好不买礼物，但还是一人送了一件东西。杨晓桃送的是小熊陶瓷水杯，佟佳露送的是小绵羊抱枕，温年一看，买了三个小胸针。

给杨晓桃的是四叶草，给佟佳露的是小柿子，给她自己的是一朵玫瑰花。

拿着"小柿子"，佟佳露不太满意："为什么我是这个？就因为我能吃？"

"你还真了解自己嘛。"温年说。

佟佳露委屈了，杨晓桃笑道："柿子，心想事成啊。露露，你怎么连这个都不懂？"

一听心想事成，佟佳露火速将它别在胸前。

结束聚会，大家各自回家。

温年想吃水果，但又懒得去团团鲜果了，想着让陈远跑腿。

她拐进巷子马上就到67号，而66号门口，站着一个中年男人。

男人看见温年，面露惊讶："你是许扬家的亲戚？"

温年点头："您认识我表姨？"

"过去是邻居。"男人说，"我……"

话没说完，66号的门打开，陈远出来。看见温年，陈远轻轻点了下头，然后就看向中年男人，表情冷淡。

中年男人看见他很激动，一副快哭了的样子，一把抱住他，说："小远，二叔来看看你。"

如果仔细看，陈君荣和陈远在长相上是有相似之处的。特别是眼睛，都是单眼皮，眼尾还有些微微上挑。但陈远眼神冷归冷，眼中是干净清朗。而陈君荣眼带闪躲，瞳孔周围也泛着混浊。

温年见是陈远的长辈，礼貌地问候"叔叔好"。

陈君荣笑了笑，急着和陈远进去，温年不再打扰。

进了院子关上门，温年转身时，许扬那爆炸头支棱在门口，吓人一跳。

"你怎么……"

"嘘！"

两个人进了小楼，许扬问："外面那个走了吗？"

"陈远的二叔？"

许扬点头："我回来拿东西，快出门时听到动静，一看是他，我就没出去。"

温年不知道许扬干什么这样躲人家，说："和陈远回家了。"

许扬一听，赶紧收拾东西也走人。要不是为了不脏眼睛，她早走了，白白耽误她做买卖。

"你很讨厌陈远的二叔吗？"温年又问，"我看人挺随和的。"

许扬呵呵："你表姨我这辈子最瞧不上的人就是这种外表老实，实际上虚伪自私的窝囊废。陈远摊上他……"

手机响起，打断后面的话，许扬真来不及了，火速离开。

温年回二楼自己的小屋。她拿出换洗衣物，准备洗个澡就开始复习。

看到对面的窗户，她停下脚步。要说她一点儿不好奇是骗人的，陈远的事情对她有种莫名的吸引力，她很想了解。

可也得陈远愿意说才行。

再到学校，"冯老师"没再过来讲作文。温年和陈远恢复之前的状态。

但有时，温年抬头听课，会碰巧看到冯思怡回头拿书啊拽外套啊，每当这个时候，冯思怡的目光必定扫过陈远。可陈远一点儿感觉也没有。

中午，在食堂吃饭。温年看到冯思怡路过他们这桌时，眼神又似有似无地往陈远身上飘，而陈远很认真地在挑菜。

温年忍不住问："你觉得冯思怡怎么样？"

陈远动作一顿，将香菜都挑出去的餐盘和温年互换，说："没怎么样，同学。"

"你这是……"温年无语，"你这是装糊涂？"

陈远皱了皱眉："什么？"

"就比如，冯思怡有时会看你，你懂吧？"

陈远摇头，相当直男地回答："我没看她，不知道她看我。"

温年要是冯思怡，听了这话得吐血，他这还不如装糊涂呢。但她又不得不承认，陈远的态度令她非常满意，相当满意，这迟钝到几乎为负的反应，是"铁葫芦"为数不多的优点。

温年吃着没有香菜的鸡肉,杨晓桃和佟佳露端着托盘也回来了,后面跟着金鑫和孔家奇。这四个人今天都去排队买米线。

温年吃过一次,实在不懂那味道哪里值得大家这么捧场。

一落座,金鑫说:"你们周六要一起学习是不是?算我一个。"

"你?"佟佳露"啧啧"道,"我们是真学啊,你别搅和我们。"

这话金鑫就不爱听了:"怎么就搅和了?我不能也有一颗爱学习的心吗?"

佟佳露说:"你快摸摸,摸摸你有心吗?"

"你伤害了我,还一笑而过。"

这张口就来的歌词逗得大家发笑。

孔家奇说:"一起学习是好事。咱们互帮互助,争取这次期末都考出满意的分数!"

温年看了看陈远,问:"你准备好了吗?"

"什么?"陈远抬眸。

温年笑道:"作文啊。你等着吧,我很严厉的。"

放学后,温年和杨晓桃一起离开学校。

经历过一波冷空气的怀蓝迎来第二波冷空气,气温再创新低。坐公交车的人明显增多,温年每次路过车站,都能看到千军万马挤车门的壮观景象。

杨晓桃说有一次她的书包被夹在了外面,就这么开了一站,还好书包够结实。

温年宁死不坐公交车,照旧走出一段距离再打车。但大概是天凉消耗能量快,最近每次走这段路都给温年一种要她命的感觉。

昨天上秤,她又瘦了两斤,再这么下去,她说不定哪天会体力不济,倒在路边。

温年老牛拉车似的回到67号。令她没想到的是,66号外面又站着一个人,这次,是个中年女人。

她烫着俗气的小卷,大衣下摆处有不少褶皱,身边立着的行李箱也是一看就用了很久的,轱辘磨损严重。但她挎着的包是个奢侈品品牌,看颜色和品相是真的。

只是女人的气质和装扮绝对是消费不起这个牌子的人,能有这个包,估计是省吃俭用买下来,装阔专用。

女人也看见了温年。她先是惊讶哪家孩子长这么漂亮,之后就又鼻孔朝天,摆出一副"我很有钱,我不是俗人"的样子。

温年以前接触不到这种人。但许扬接触的人千奇百怪,有时会当笑话给她讲,她觉得眼前的女人很符合那种刻薄刁钻的形象。

不过,这些和温年都没关系,只是这女人带着行李箱出现在陈远家门口,让她没办法不关注。

温年翻出钥匙准备开门,用余光小心打量。

陈远这时回来了。不等温年说什么,女人大叫:"你死哪儿去了?"这一声,嗓音尖锐刺耳,比乌鸦叫还难听。

"知不知道我在这儿站半天了?"女人又说,"赶紧滚过来开门!"

陈远脸色冷淡,看向温年。

温年因为女人的暴叫还有些回不过神,等对上陈远的目光,她指了下门,表示自己先进去。

可是,就算她进去了,女人的大嗓门也还是听得到。她命令陈远拎行李箱,喊着:"瞧瞧你这个死样子!扫把星!见你一次我晦气一次!"

"我告诉你,你二叔住的这几天,你好好伺候。"女人哼了声,"养你这么多年,要懂得感恩,明白吗?"

温年几次想冲出去揍这个女的!但理智告诉她,这个时候出去,难堪的会是陈远,所以她忍着,忍到女人离开。

温年第一时间去找陈远。两个人见面,温年张张嘴,又不知道该说什么好了。她并不怎么会安慰人,而且这种情况要是放她身上,她可能更希望自己一个人静静。

这么一想,温年纠结自己要不还是走吧。

正犹豫时,陈远说:"进来。"

他还是一如平时的淡漠,看不出生气或者尴尬。

温年见状,决定留下。

客厅里,旧箱子摆在中间,一张椅子歪歪扭扭地放在桌旁,一看就是被某个暴躁症患者坐过。

温年问:"你有亲戚要过来住?"

"嗯。"陈远去掛水,"我二叔要住几天。"

温年接过水,焐着手,这会儿又干巴巴不知道说什么,便问:"你吃饭了吗?"

"我表姨今天来不及给我做饭,我准备叫外卖,要不要一起?"

陈远一般是在池国栋那里吃晚饭。池国栋厨艺好,还喜欢下厨,省去陈远不少麻烦。不过池国栋今天和老杨去附近山庄养生去了,得有两天不在,他就自己做。

陈远问:"你喜欢吃什么?"

温年以为他问的是外卖。这里的外卖,温年一个都不爱吃,不是麻辣烫就是串串香。所以,权衡之下,她打算点麦当劳,虽然也是垃圾食品,但可能卫生条件好一些。

"吃麦当劳可以吗?"温年问,"还是你有想吃的?"

陈远摇头:"我做,你吃吗?"

"你还会做饭?"温年惊讶,但她马上又意识到陈远那么小就要照顾瘫痪的爷爷,做饭这个技能是必不可少的。

温年点头:"吃。"

冰箱里有些食材,但不多。陈远只好有什么做什么,尽可能多做几样。

温年站在厨房门口,她知道自己成事不足,就提出来她洗菜。可陈远没让,说水太凉。

于是,温年就只能当个厨房吉祥物,看陈远忙碌。

做饭时的陈远和任何一个时刻的他都不太一样。平时的他,不管是画画、做手工,还是日常作为一名学生,总有一种不好亲近的高冷感。而做饭时的他一下接地气了。

温年想起他第一次帮她,在院子里组装晾衣杆的情景,当时给她的感觉,就是这个人身上兼具着少年感和成熟稳重,让人觉得有他在,心里很踏实。现在的感觉和那时有些像,但又多了几分烟火气息下的柔和。

温年坐在小板凳上,托着下巴就这么看。

察觉到她在看自己,陈远觉得身上这件围裙异常别扭,他想脱掉,但温年会错意,以为他想系好。

"我帮你。"温年说,"你手上有东西,不要麻烦。"

温年站到陈远背后。她看了看,一根带子就在陈远腰侧,还有一根,她找了一下,发现别在了围裙前面的口袋里。

温年手绕到陈远身前取出带子,收回时,指尖不经意滑了一下陈远腰侧的布料。陈远顿时背脊绷紧,肌肉凸显出来。

温年感觉到了:"怎么了?你有痒痒肉啊?"

陈远转回头盯着前方,喉结滚动,声音有几分沙哑:"没事。"

温年也没再在意,将两个带子绑成一个漂亮的蝴蝶结。看它坠在陈远身后,这么小巧的东西和他宽阔的背脊一对比,还挺有反差萌。

陈远开始备菜,温年也坐回小板凳。

没了别的事情打岔,心里压着的东西就重新占领主导。

温年不知道如何问,但想着要是陈远不生气,就算了,她自己回去再咒那个女人出门踩狗屎。

"刚才那个人。"

"嗯?"

陈远切菜的手停了下来:"是我二婶。"

温年没想陈远会主动提,但这个答案,她不意外,只说:"你二叔的眼光不怎么样。"

听到这个评价,陈远浅浅一笑,继续切菜。

温年问:"你二叔住过来,她呢?"

"她不来。"陈远说,"只有我二叔。"

那还好。不然别说她看这个二婶不顺眼,要是让许扬撞上了,许扬得直接开骂。

"这个二婶不怎么样。"温年说,"她的话,你不许往心里去。"

她现在对他的很多措辞都变成"不许""不能""不让",很有大小姐风格。陈远想听她的"不许",但那些话……万一是对的呢。

半个多小时后,三菜一汤上桌。

食材有限,陈远做了西红柿炒鸡蛋、青椒鸡丁、清炒土豆丝。

类似这种菜,温年以前很少吃,但食堂里有很多。她不知道陈远水平如何,想着万一不好吃,她也一定要鼓励为主,不要实话实说。

结果，温年多虑了。陈远的厨艺水平相当高！她都不知道这些随便一个路边餐馆都能做的菜品，味道还可以这么好。

温年直接吃了满满一碗饭。这是她继许扬的小馄饨之后，吃得最舒服满足的一顿饭了。

"你做饭和谁学的啊？"温年问，"也是看书？"

陈远点头："菜谱。"

温年服了，陈同学就是全能小天才。要是他哪天又有了什么不可思议的技能，她绝对不再吃惊。

温年这么喜欢吃，是陈远没想到的。看她平时在食堂吃饭如咽药，本来就很瘦，最近还在瘦。那次在天台背她，他觉得她比多装了几本书的书包还要轻，柔柔地靠在他背上，很乖。

陈远问："食堂的饭有那么难吃？"

"有。"温年点头如捣蒜，"真的难吃。"

温年不是没有逼自己去适应。可适应了这么久，除了痛苦，就是痛苦，食堂并没有用它的难吃治了她的挑食。

"那你愿意带饭吗？"

"什么带饭？"

"我晚上做好饭，预留出来一部分。"

"你的意思是我能吃你做的饭？"

"但算是隔夜的。"

没关系！隔夜没关系！温年看到有同学带饭，用食堂微波炉加热就好。只要不用吃食堂，更别说还是陈远做的这种高水平饭菜，她愿意！十万个愿意！

"但是，你会不会很麻烦啊？"

陈远想说不麻烦，他以前也这么做，可温年先说："这样，我周一、周三、周五吃你做的饭，周二、周四我吃食堂。我怎么也得给食堂师傅一个面子，是吧？"

瞧她狡黠灵动的样子，陈远轻哂："行。"

温年开心死了。终于可以吃饱，她感觉自己浑身有劲儿了，放学再走出去打车不是事儿！

但见陈远皱了下眉,她又忙问:"怎么了?是不是还是太麻烦,那我就还……"

"我是想怎么给你。"陈远说,"我二叔……"

温年"哦"了声:"你是怕你二叔觉得你做饭耽误学习?"

"不是。"陈远眉头皱得更深,"我怕……会影响你。"

能影响她什么?但温年也能猜到些,陈远的亲戚恐怕不是好相处的,他不想把她扯进来。

"我不怕。"温年说,"不仅不怕你那个二叔,那个二婶,我也不怕。"

那疯女人再敢骂骂咧咧,她就让小甜甜教她做人。

周六早上八点半,大家聚在角落书咖店门口。

池林到得比陈远他们还早,过来开门,说店里少有这么热闹的时候,表示今天甜品、饮料一律免费。

金鑫以前就知道池林开了家店,但来还是第一次来。这次见了,他直夸池林有品位,还拉着池林给他讲了讲乐理方面的知识。

上次篮球赛时,温年记得池林说过晚上要去教育机构教孩子们小提琴。她私下问过杨晓桃,池林是不是音乐老师。

佟佳露听到了,抢答:"那是兼职。他是西城音乐学院小提琴专业毕业的,去维也纳留过学呢。"

西城音乐学院的小提琴专业全国第一。温年不明白池林这样的人怎么会窝在怀蓝开一个书咖店。但这是人家的选择,还轮不到她置喙。

刚进店里的新鲜劲儿过去,池林打开包厢门,让他们学习。

金鑫一看包厢里的装潢又是一串夸赞,还说自己在这里学习,期末成绩绝对突飞猛进。

"进不进的,你别搅和我们就行。"佟佳露说,"想说话憋着哈。"

金鑫"喊"了声,拿出书本和笔。

临近期末,各科老师都划了重点,大家打算一科一科地捋。

刚开始,金鑫是坐不住,就像佟佳露说的那样,憋着。后面大家都进入了状态,他被逼着也一起学,学着学着就学进去了。

中午,池林请客吃比萨。

大家将店里的两张桌子拼在一起。

赵奶奶听说他们今天来角落书咖店学习，特意让团仔和小贝送来了洗好切好的水果。

金鑫品着手磨咖啡，就着哈密瓜，那滋味，"惬意"二字都形容不了。

"要是每天都是这待遇，"金鑫"啧"了声，"我至少能上哈佛。"

佟佳露一个白眼翻了一半，见池林往这边看，又生生翻回去，说："这不是天天学习，是天天享受。"

金鑫反问："享受和学习冲突吗？"说着，看向温年，"温同学一看就是家里条件好的，你说冲突吗？"

还真不冲突。以前温年在家写作业或者复习时，管家都会提前准备好新鲜水果和鲜榨果汁，要是她临时起意，厨师也会为她烘焙低糖低油的点心。

不过这话还是不要说出来，太拉仇恨。温年说："冲突是不怎么冲突。但我觉得，是大家在一起学习氛围好，效率才高。"

孔家奇赞同："这就是人多力量大！"

"有道理。"金鑫也被说服，"跟朋友在一块儿，干什么都高兴！哎，咱们寒假一块儿出去玩怎么样？真出去啊，去外省。"

一提这个，佟佳露起劲儿。她一直想去外面看一看，可她妈妈总是不放心，不让去。

"咱们出去啊？"杨晓桃插话，"家长不会同意吧。"

金鑫说："这有什么不同意的？都这么大了，咱们还是一帮人一起。也不去那种小城市，就去大城市，安全。"

"北城？"孔家奇说。

"北城好啊！"金鑫拍桌子，好像明天就要出发了似的，"我早就想去北城了，好多演唱会都在北城开呢。"

顺着这话，大家展开讨论。

杨晓桃嘴上说父母不会同意，但实际上也无比渴望能出去。

陈远看向温年，问："你想去吗？"

温年心说她有什么想去不想去的，她就是北城人。但细想想，北城很多在外地人看来有意思的地方，她都没去过，她的时间都用来各种陶冶情操、塑造未来了。

"如果真去的话，"温年问，"你去吗？"

陈远刚要回答，手机响了。看到来电号码，他皱了皱眉，去店外面接通。

金鑫他们还在讨论去北城的事，池林去吧台煮咖啡。温年看看窗外，又看了看吧台，过去找池林。

"需要什么？"池林问，"我给你拿。"

温年摇头："没有，我是……"又看了眼窗外。

池林这人心细如发，一下就明白了，笑着说："你也知道小远的二叔要过来住的事了？"

温年点头。

"就几天。"池林说，"那一家人是不会在怀蓝久留的。"

注意到池林的措辞是"一家人"，温年便说："我也看见陈远二婶了。"

池林一愣，随即又是笑："说话很难听是不是？"

不是难听，是侮辱。温年现在想起来都生气。

池林说："那人一向就这样，不用理会。"

话是这么说，可温年听到"一向"两字，心又揪了一下。

她是知道陈远以前寄住在二叔家的。那如果泼妇二婶一向如此，陈远小时候岂不是天天都要被骂？

温年皱起眉头，又想到一个人，小心地问："我听说陈远的妈妈……"

"嗯，走了。"池林说，"小远的弟弟和爸爸接连去世后，她受不了，就一走了之了。这么多年，一点儿消息没有。"

弟弟？陈远还有弟弟，还去世了。疑惑越堆越多，温年恨不得下一秒就知道全部的事情。

但她怎么问呢？一没立场，二没资格，而且万一陈远不想别人知道他的过去，她就越界了。

恰好陈远这时打完电话也回来了，温年冲池林点点头，回了座位。

下午的时间，大家继续投入学习中。

现在天黑得早了，像上次杨晓桃和孔家奇发生的事不能再有第二回，所以不到四点半，大家趁着天还比较亮就结束了学习。

陈远单独留下来，温年再辅导他的作文。

作文这东西，说到底，只可意会不可言传。那些高深的创意写作课再厉害，针对的也得是会写作文的人，就陈远那说明文，跟作文都不沾边。

　　温年想了很久都不知道该怎么教，稍微可行的办法就是先"读作文"，体会语感。

　　这个读，就是大声读。温年找了好几篇范文，让陈远挨篇朗读。

　　陈远读得像念经，温年叫他带点儿感情，他就读慢些，成了机器人。池林在门口听得直笑。

　　中途，温年想去方便一下，麻烦池林代替自己监督某人，不许某人偷懒。池林领命，坐在陈同学对面，敲了下桌子，说："继续。"

　　陈远换成小声读，语速很快。

　　"不是温年还管不了你了是吧？"池林笑道，"我这么没威慑力啊。"

　　陈远看了他一眼，继续念。

　　池林又笑，过了几秒，他往外看看，确定温年还没出来，压低声音说："温年她向我打听你的事，挺关心你的。"

　　这种关心是发自内心的真正的关心。有些人打着关心的旗号，实际是为了满足自己的好奇心，可温年问问题都是点到为止，更深入的、涉及隐私的，都不问。

　　"她这是尊重你。"池林说。

　　陈远捏紧书角："我知道。"

　　"所以啊，"池林又说，"我觉得你可以主动告诉她。"

　　陈远一怔，随即垂下眼："万一她也……"

　　"你觉得她会吗？"

　　陈远不知道。

　　池林叹了口气，拍拍陈远的肩膀。

　　温年回来时，发现陈远停止读作文了，立刻说："谁叫你停的？继续！考不到130分，看范老师怎么收拾你。"

　　池林轻笑起身，给"温老师"腾座位。

　　想起什么，池林又说："我昨天路过老猫那里，它的窝好像又松动了。你忙完期末找一天去看看吧。"

　　温年问："老猫是谁？"

"一只流浪猫。"池林解释，"陈远几年前救的。"

温年又惊讶了。说好不惊讶的，可无奈陈同学让人惊讶的事太多。

她看向陈远，想说你还救助流浪猫，结果发现陈远又不念了，在看自己，呵斥道："念啊，我让你停了吗？"

陈远继续念，池林笑着离开。

听着平铺直叙的读书声，温年的心已经跑到猫咪那里。她很喜欢小动物——可爱的小动物。

"是什么猫啊？"温年问，"奶牛猫吗？我有在巷子里见过。"

陈远："人生在世，求真最难，不管……"

"我问你话呢。"温年说，"你回答啊。"

陈远："你没让我停。"

温年被陈同学的"听话"气得一拳挥过去，陈远轻松制伏，不忘控制好力气，以免弄疼她。

"是一只橘猫。"陈远说。

一听猫咪，温年的气来得快去得也快，这又笑着问："胖吗？有没有'白手套''白围脖'啊？"

陈远没明白："你是说冬天要给它穿衣服？"

温年又气又笑，懒得解释，只说："你去看猫，能带着我吗？"

陈远点头。

"那你快快好好读，期末考好了，我要去看猫。"温年说，"不要总三心二意的，读这么半天都读不完！"

是谁一直在和他说话？

温年扬扬下巴，一副"我说什么就是什么"的样子。

陈远低头，嘴角扬了扬，又听她说："但你读作文前能不能先松手？"

意识到还握着人家的手腕，陈远立刻松开。他抿抿唇，说了声抱歉，放回桌下的手却火烧火燎一般，亏得他还得读作文，可以不用额外说什么。

而温年拿起水杯喝了将近一半下去。被握过的地方，总让她觉得皮肤起了一层灼热。

陈远二叔并没有搬到66号。听陈远说，陈君荣临时过来是为了躲什么事，现在事情又没了，自然也就不用来了。

就是那个行李箱，陈远自己花钱寄回去的。

这钱，温年心疼好久。以前她对钱没有概念，但现在她可是精打细算，不理解凭什么大人要让孩子花这个钱，真是自私自利。

周四下午，高二年级结束了期末考试的最后一科。

温年和杨晓桃去后面考场找佟佳露。

佟佳露特别高兴，认定这次自己的成绩能有质的飞跃，尤其是数学，陈远给她押了题，中了好几道。

"回头我得好好谢谢陈远啊。"佟佳露说，"我这次考得好，说不定我妈就答应我出去旅游了呢。"

上次在角落书咖店提的去北城，温年以为就是说说。但目前来看，金鑫有在认真做攻略，孔家奇和杨晓桃也跟着帮忙，很像真事。

杨晓桃说："能不能去的，还是先过年。"

杨晓桃的爸爸妈妈听说南甜巷子有自己的春晚，都觉得有趣，想今年过来一起热闹热闹。佟佳露自然热烈欢迎，金鑫也邀请他们来，还说自己有节目。

"温年，你过年有什么打算啊？"杨晓桃问，"许姨过年很忙吧。"

温年说："还好。她说她这次一定要休息几天，不然有钱挣，没命花。"说这话时，温年那巧笑嫣然的模样看得佟佳露这个女汉子都星星眼。

佟佳露说："陈远给你养得不错啊。"

温年心跳"咚"一下，想说这是在口出什么狂言！没想杨晓桃也在那儿笑，还笑得十分变态，一个劲儿点头。

"你们……"

"你就说你吃了陈远的饭是不是吃饱了吧？"佟佳露有点儿想上手捏捏那白嫩嫩的脸蛋，"这脸上终于有点儿肉了。"

是这个"养"啊，吓她一跳。温年松口气，咕哝："我没白吃，给他辅导作文来着呢。"

一提辅导作文，杨晓桃的笑容更变态了。

每天，温年都会监督陈远读作文，还会给他布置练笔。自然，每次练笔都是以温老师的无情批评作为开始和结束，陈同学任说任骂，让怎么改就怎么改。

杨晓桃就听着，听着温年一直说，听陈远最后哄："别生气了，我改。"

天啊，谁能知道她当时的心情！

"你走不走？"

温年和佟佳露早走在了前面，杨晓桃还在原地疯狂嘴角上扬。杨晓桃小跑过来，佟佳露嫌弃道："瞧你这点儿出息！"

杨晓桃心说你懂个锤子。

温年不知道杨晓桃心里在想什么。她想着待会儿回去是不是去团团鲜果买水果，她晚上想看个电影，放松放松。

这时，孔家奇急匆匆地跑过来。

"出事了！"孔家奇急道，"陈远、陈远……"

温年忙问："陈远怎么了？"

孔家奇指指校门的方向："来了个大娘，说是非让陈远赔什么花瓶什么的。金鑫在呢，叫我赶紧喊你们过去！"

"你们给评评理！"校门口，伍娟扯着嗓子喊叫。

"我们家辛辛苦苦，自家孩子都顾不过来，省吃俭用把他养这么大！"伍娟指着陈远，"结果他就偷东西换钱花！这不是白眼狼是什么？"

此刻的校门口，不仅有学生和学生家长，还有路人。有的家长听了这话，抓着自己孩子叮嘱千万不要和这种学生来往，回头自己东西也被偷了。

金鑫听得那叫一个不乐意。他因为佟佳露的缘故，打初中就知道陈远这么一号人物，还知道他貌似有瘫痪爷爷……这几年，陈远独来独往，谁养过他了？

金鑫站出来："我说大娘……"

"你叫谁大娘呢！"伍娟瞪眼，"长眼了吗？"

金鑫无语道："行行行，你爱谁谁。咱有话好好说行吗？别在学校门口大喊大叫的。"

"好好说我还用来这儿？"伍娟又看向陈远，"你二叔跟没跟你说

那是救命钱?你现在把花瓶交出来,我还认你这个侄子。不然我闹到你们校长那儿去,让校长开除你!"

一听是救命钱,周围议论声又起来了。一中的学生基本没有不认识陈远的,从前大家觉得这人就是高冷,现在开始纷纷怀疑他的人品。

听着这些议论,包括伍娟的指控,陈远自始至终都很平静。他淡淡地看了伍娟一眼,转身要走。

伍娟张牙舞爪地扑过来想抓人,温年他们来了。

温年看见这情况,第一反应就是拉开陈远,把人拽到自己身后护了起来。

陈远看着身前的女孩,微微一愣。

伍娟一眼认出温年是住在67号的女孩,想开口说什么,陈远反手又把温年带到自己身后。

陈远个子高,在温年身前一站相当盾牌。

"花瓶的事,你问二叔。"陈远本来不想说话,但这会儿他不想纠缠。

伍娟哼了一声,说:"我还以为你是哑巴呢!我告诉你,别拿你二叔说事。你二叔脾气软,好糊弄,我不是!今天你不把花瓶的下落说出来,别想走!"

温年拽拽陈远的衣角,小声问:"什么花瓶?"

不待陈远解释,周围看热闹不嫌事儿大的大妈插话了:"你这姊子这么着急,你就赶紧把花瓶拿出来吧。还这么小,偷东西可不行,长大还了得?"

陈远沉着脸。他不善言辞,更不善解释,对于大家的指责,他沉默地承受着。

可这事佟佳露知道。她问:"是不是那个青花瓷瓶?"

伍娟当即喊道:"你知道?快交出来!"

"行。"佟佳露说,"我告诉你一个地址,你自己赎去吧。"

一提"赎",大家又都愣了愣。

佟佳露见过那个花瓶。那时,陈远每个月背着他爷爷到医院复查开药,到了交钱的时候总是拮据。

佟佳露的妈妈看出陈远的难处,也心疼孩子这么孝顺,总是帮忙和医院说欠几天，先开药救人，再不济从她工资里扣。

有一次，池林来医院找陈远，佟佳露也在。佟佳露看到池林拿着个信封往陈远手里塞，陈远不要，问池林认不认识收东西的。

池林琢磨的空当，佟佳露说她有个表舅舅是干典当的，兴许能帮上忙。

经佟佳露介绍，陈远当了陈启堂收藏的青花瓷瓶。那瓷瓶不是真的，是仿制品，但胜在做工不错，后期保养得也不错，当了四千块钱。全部补了之前欠的药费。

佟佳露把事情原原本本说了一遍，刚才还说偷东西不好的大妈，这会儿又跟换了个人似的，感慨陈远孝顺。

众人的嘴脸就是这样，比老天爷换天气变得还快。

伍娟见话锋调转对自己不利，更是要撒泼，梗着脖子说："你们几个都是认识的，谁知道是不是串通说谎呢！"

"你说谁说谎呢？"金鑫说，"冲你，值当我们说谎？"

伍娟气得喘大气。

"这位女士，"孔家奇笑呵呵说，"事情既然已经说清楚了，你就别闹了，影响不好，是吧。"

杨晓桃仗着大家都在给她壮胆，跟着帮腔："就是。哪有长辈这样的，一点儿不顾及孩子颜面？"

"这哪里是长辈？"佟佳露冷笑，"不就为了钱嘛。"

几个人一人一句，挤对得伍娟半天没言语。

温年一直看着陈远。他还是没表情，仿佛别人冤枉他也好，站他这边也罢，他都没关系。

温年不理解这种心态是怎么养成的。但她想，如果一个人受的伤害足够多，可能也就免疫了吧。

"走吧。"温年轻轻碰了碰陈远的手，"你说今天要带我去看猫的。"

感知到轻柔的触碰，陈远下意识是躲，等看到是温年，他才点点头。

温年和陈远要走，伍娟拦着不让。不管刚才的话说得多么清楚明白，她就是要让陈远交出花瓶。

就在双方扯皮时，陈君荣来了。他上前拉伍娟，可伍娟一见她这个穷光蛋窝囊废老公，火气更旺，当场甩开陈君荣，坐在地上哭了起来。

"我这是造了什么孽啊。"伍娟说,"我帮他们陈家养孩子养了这么多年,就得了现在这个下场!"

陈君荣受着周围人的目光,老脸羞臊得没地方放。他拉着伍娟:"有什么事回家说!"

"说什么说!"伍娟再次甩开他,"我要花瓶!我要钱!"伍娟指着陈远,"这个扫把星,吃我的喝我的那么多年,现在还占了我的花瓶!这个狼心狗肺的东西啊,害死自己的爸爸弟弟,还想气死我!"

周围人包括金鑫他们在内,都震惊了。什么叫害死自己的爸爸弟弟……这事就大了。

陈远怔怔地站在原地。没有过波动的表情,这会儿交杂着恍惚和恐惧。

温年想都没想,一把握住陈远的手,也不知道哪儿来那么大的力气,硬是把人拽到自己身后。

"说话要讲证据。"温年说,"这么一大顶帽子扣下来,你是不是不知道诋毁他人是要负法律责任的!"

伍娟嗤笑:"怎么,那你让他告我去吧,我是他二婶,我养……"

"你也配。"温年又狠又凶,震得伍娟张着嘴巴定住了。

可温年没打算这就完,继续说:"也别一口一个养他,你怎么养的?就是把他丢在怀蓝照顾老人?你也真好意思说的出口,这是光长岁数不长脑子?还是仗着岁数大脸也跟着大,变着花样儿不要脸!"

这一串话说得一点儿停顿没有,听得金鑫他们一愣一愣的。刚才他们还觉得大家打配合打得妙,这看了温同学出马,才知道自己就是小儿科啊。

杨晓桃为她的女神鼓掌。

被骂的伍娟也蒙了,等缓过来,爬起来冲向温年:"我家的事,你算什么东西?也敢和我……"

没能碰着温年一片衣角,陈远站了出来。他还是不言不语,但气场远比许多成年男人还要强,睥睨着伍娟,就像是在看一个跳梁小丑。

"那天在电话里,我说清了。"

陈远一句话,陈君荣忙说:"是是是!说清了说清了,我……是二叔对不住你!都怪二叔!"

陈君荣一把年纪，一副快哭了的样子。

温年瞧着，忽然就理解许扬那天说的话了。

他没有担当，出了事后只会装可怜和自责，仿佛在和人们说事情变成这样，我也不想，但我没办法，因为我无能，你们不能怪我。

有时候，伪君子比真小人还要可恨。

陈远只是看了陈君荣一眼。他拉着温年离开，伍娟还要追，被孔家奇和金鑫挡住。

因为这个突发事件，陈远的山地车放在了学校门口，他们打车回的南甜巷子。

池林中途打来电话。陈远听着，时不时给出回应，其余什么也没提。

既然陈远不提，温年也就当事情没有发生过，发了消息让佟佳露他们放心，便安静地跟着陈远。

猫窝就在南甜巷子。在陈远的带领下，温年来到一座小楼前。

这座小楼没有住人，院子里杂草丛生，还有一些废弃的木条胡乱扔在地上。

此刻的天基本黑了，路灯还没开，这疑似鬼屋的气氛算是拉满了。温年紧跟在陈远身后，又来到小楼旁边的一个很窄的小过道里。

"这里面……"温年无声地吞口口水，"有猫？"

陈远扭头："害怕？"陈远将手往里收，把外套袖子递过来，说，"抓着我。"

温年半分没矫情，果断地抓住。

他们穿过过道，绕到小楼后头。这里要比前面"阳间"许多，起码草是整齐的，一看就是有人打理过。

"喵，喵……"

一只胖胖的橘猫从树下跳下来，往陈远这边走来。

温年不敢动。

她知道猫咪都怕生敏感，要靠气味标记熟人。她是陌生人，要是乱动吓跑猫怎么办？

陈远蹲下伸出手，胖橘加快速度跑过来，一个跟头翻倒，冲陈远亮出肚皮。是一只全橘的猫。

"这只猫叫什么名字啊?"温年小声问。

陈远见她还定在原地,说:"没关系,过来。"

温年盯着猫,小心翼翼地靠近。

猫感知到她,确实露出了警惕,但大概陈远的按摩手法太舒服了,猫看了她一眼,又继续享受去了。

温年蹲在陈远身边,笑着看猫咪撒娇打滚。

"你以前没养过?"陈远用余光看她,"电视里的有钱人都养宠物。"

温年摇摇头:"我妈觉得养宠物是玩物丧志,不让我养。"

陈远想起之前许扬说她喝饮料都要被妈妈管,怕说多了她不开心,转而说:"你刚才问这只猫的名字?"

"嗯。"

"它没有名字,就叫老猫。"

"这也太敷衍了。"

陈远想了想:"你给它起一个?"

"我?"温年莫名有点儿小激动,"合适吗?"

"合适。"

温年认真地思考了一番,说:"那就叫葫芦吧。"

"喵?"

温年笑:"它是不是喜欢啊?很有品位嘛。"

"为什么叫葫芦?"陈远问,"体型?"

是有这个原因。但温年想的是"铁葫芦"养的猫就叫葫芦,这不天经地义嘛。

可这个肯定是不能说。温年点点头:"对啊,你看它胖胖的,多像小葫芦。而且葫芦的谐音是福禄,希望它长命百岁,健健康康。"

既然让她取名,陈远就听她的。

葫芦被按摩得舒服了,跑去一边的草丛自己玩。陈远过去查看它的窝,有根柱子是松了,需要用工具拧紧。

"这个迷彩木屋是你做的吧?"温年习以为常,"画得很逼真。"

她想起有一次陈远手臂被划伤,当时她在他的伤口上有看到类似木刺的东西，很有可能就是因为这个木屋。

陈远将木屋放回树丛里。

路灯在这时开了，小楼后面有一盏，顿时把这片小地方照亮。

温年问是不是该回去了？

陈远没动，葫芦从草丛里出来，踩着猫步进了它的小窝。

"老猫……"

"嗯？"

"葫芦。"

听他说这两个字，温年好想笑。但陈远接下来的话，让她笑不出来。他说："葫芦是我爷爷下葬那天，我在路边救的。"

当时葫芦被车子压断了一条腿，一瘸一拐，浑身血混着泥，奄奄一息。陈远路过它身边，它微弱地叫着，像在求救，也像是死前最后再发出一点声音。

那时候的陈远无依无靠，举目无亲，未来一片渺茫，等待着他的大概只有自生自灭。或许就是因为葫芦的境地和他相似，他走后又回来，救了它。

"葫芦从出生就开始流浪。"陈远说，"它不喜欢待在屋子里，总想办法跑出去，最喜欢的就是来这里。"

所以，陈远也不强求，在这里搭了窝，定时来这边喂它。他要是来不了，池林就会帮忙。

温年说："这样很好啊，葫芦自由快乐，不愁温饱。"

陈远点头。有时，他很羡慕葫芦。

羡慕它被救了，羡慕它可以过上想要的生活。而他，困在愧疚中，无法解脱。

"二婶说是我害死了我爸和我弟弟，不完全是诬陷。"

这是发生在很多年前，却又好似一直还在发生的事。

陈远的爸爸陈君誉是一名机械工程师，经同事介绍，认识了在银行工作的刘书翎，也就是陈远的妈妈。两个人恋爱一年后结婚，建立了他们自己的小家。

陈远在两个人婚后的第三年出生。

陈远有很多地方像陈君誉，比如动手能力强、对数字很敏感、头脑灵活。

陈启堂很疼爱这个长孙，经常抱到家里，将他放在膝头，亲自教授他木工技巧。

陈远四岁时，弟弟陈遥出生。陈遥特别黏陈远。有时刘书翎哄不住陈遥，交给陈远，孩子一会儿就不哭了。

多了一口人的家庭，需要更多的经济支撑，那时的陈君誉常常出差，就想多表现表现，好升职加薪。

那一年盛夏，陈远六岁，陈遥两岁。

正值周末，刘书翎临时接到朋友的电话，需要出去一趟。她觉得用不了一个小时就会回来，就没有麻烦邻居奶奶过来照看孩子。

刘书翎将陈遥交给陈远照看，嘱咐陈远陪着弟弟，她一会儿就回来。陈远很听话，在客厅陪陈遥搭积木。

陈遥一开始玩得很开心，但在听到窗外有小贩叫卖熟梨糕后就没心思玩了，缠着哥哥要吃梨糕。

陈远说等妈妈回来再买，陈遥又撒娇又哭，一刻等不及非要吃。宠惯了弟弟的哥哥招架不住，拿了鞋柜上的零钱说自己现在去买，马上就回来，让陈遥乖乖等他。

陈遥点点头，但等陈远一走，他就爬上窗台去看哥哥买没买到熟梨糕。

窗户没有关严。刘书翎早上想关窗的，但又嫌热，就虚掩着，留了一个缝隙。因为这个缝隙，陈遥从七楼跌下来，当场死亡……

说到这里，陈远依旧是平静的，脸上没起波澜。但温年看到他的手在抖，手背上的青筋紧绷着，像是随时要爆裂。

温年不知道该怎么办，只能将自己的手轻轻搭上去，说："都过去了。"

陈远摇头，继续讲述。

还在出差的陈君誉惊闻噩耗，找同事借了车子连夜从外地开车回来。在快进隆城地界时，由于车速过快，和大货车撞上，两辆车的司机都没能救回来。

陈家的天塌了。不仅刘书翎承受不住，陈远的奶奶也因此心脏病发，多次进医院抢救。

那段时间，街坊四邻都在说陈家的事，说好好的一家子命不好；还有人说，要是陈远这孩子不贪嘴去买吃的，悲剧就不会发生。

陈远的二叔陈君荣一向不是个顶事的。但家里作为顶梁柱的大哥没了，他不行也得上。他妻子伍娟跟着他，四处奔波，每天疲惫不堪，还要应付货车司机家属的讨债。

这些压力重压下来，伍娟每天都在抱怨："那孩子就是个扫把星、大灾星！咱们家没钱赔，要赔，让他们把扫把星带走吧！祸都是他闯的，克死了自己的爸爸和弟弟！"

都这个时候了，陈君荣让伍娟少说两句，可伍娟从不听，天天骂。

刘书翎也抑郁了。她觉得大家说得对，如果不是因为陈远下楼买吃的，一切都不会发生。

刘书翎每天冲陈远歇斯底里，质问他为什么要去买吃的，质问他为什么不听话地待在楼上，最后质问，为什么死的不是他。

陈远说自己错了，他想爸爸和弟弟回来。刘书翎的回答是："他们再也回不来了！是你害死了他们！"

后来，刘书翎在一个很普通的日子里，消失不见了。没人知道她去了哪儿，也没人知道她还回不回来，她就这样抛弃了陈远，连一句话都没有留下。

"是我的错。"陈远低声说，"我该听话，不该离开。"

听到这话，温年心里跟有刀在绞动似的。

她握紧住陈远的手，刚要说话，陈远看向她："你也觉得是我的错，对吗？我不该下楼，我不下楼，什么都不会发生。"

说着，陈远把手抽了回去。他已经习惯做这件事的罪魁祸首。

其实也不用他习惯，不管是陈君荣、伍娟，还是陈启堂，他们都认为这件事责任在他。

就连陈启堂瘫痪，也是他种下的因。因为他，陈启堂才没了儿子，没了小孙子，又没了老伴儿，极度悲愤之下，突发脑梗。

直到陈启堂死前，他看着陈远也是一遍遍地说："你当初要是没下去，多好啊。"

是，陈远也和自己说，要是……

"陈远。"温年的声音突然响起，打断了陈远的沉沦。

"陈远，你看着我。"温年说，"听到了吗？我叫你看着我。"

陈远转过头，目光躲闪。温年索性捏住他的下巴把脸抬起来，虽然这么霸道的举动她做起来很违和。

"陈远，你听好了，这件事和你没有关系。"

陈远一怔，表情满是不信。

温年继续："按照你的逻辑推导，事情的起源不知道要歪到哪里去。

"你说你没有下楼，就不会有悲剧。那如果你妈妈关了窗户呢？又如果你妈妈请大人来看着你和弟弟呢？还有，如果小贩没有经过你家，如果家里没有预留出来零钱……"

一件事的发生要是用"如果"去追究责任，那谁都是这件事的责任人。

"陈远，你没有错。"温年说，"你也不想的。"

陈远嘴唇动了动："可是……"

"没有可是。"

温年能理解陈远家人在面对巨大悲痛时的心理反应。可他们不该将这么一大顶帽子扣在陈远身上，陈远那时也才六岁啊。

他只是想给弟弟买弟弟爱吃的熟梨糕，他比任何人都爱这个弟弟，是所有人中最不愿意弟弟离开的。

"温年。"

"嗯？"

"我以为你也会认为是我的错。"

看他这样小心翼翼，温年心里不是滋味："我有正常思维。这件事你和别人说，他们也不会把事情归咎于你。"

池林和池国栋确实说过类似的话，可陈远心里总是存疑。现在听温年也这么说，他想，或许这件事是有他的责任，但起码，他的罪孽没有那么深重。

陈远僵硬的神情一点点缓解。

温年是想了解陈远的过去。但她没想到他的过去是这样的一块伤疤，她要是知道，她情愿他不告诉她，省得他再回忆一遍，难受一遍。

温年问:"你怎么忽然就和我都说了?因为你二婶?"

"池林说你可能想知道,但我不知道怎么开口。"陈远抿抿唇,"可是,我又不想你觉得……"

"觉得什么?"

"我对你还要保密。"

只是这件事说起来是危险的。陈远一个人承受惯了,但他挺怕温年也和伍娟他们一样,觉得他是扫把星。

陈远看向温年,想再确定确定她是不是只在安慰自己,而温年在走神。

"怎么了?"

"没,没什么。"温年转过头,"每个人都有秘密的,你不用都告诉我。"

陈远:"哦。"

"哦"你个头。

这会儿风有些大。

温年紧了紧领口,抱膝坐在石头上。她有些紧张忐忑,因为——她也有秘密。

在怀蓝的这些日子,看似大大咧咧的许扬实际上很照顾她的心情,从来不会提这个事。

但有些事,不是不提就可以当作没发生过。

温年盯着地面,小声说:"你们都看得出我家里条件还不错,那你知道为什么我会来这里吗?"

陈远摇头。

温年咬了咬唇,几次张口都没能说出来。

陈远想说她刚说每个人都有秘密,那她保密就好,结果她说了。

"我家破产了。"

温家的房子、公司等各种资产通通变卖,但就是这样,温家还是欠了一屁股债。她的父母还不起债,被人上门追债。

为了让她还有学上,他们把她送到怀蓝,而他们自己,此时此刻不知道躲在哪里,也不知道在经历什么。

"所以,"温年吸吸鼻子,"我不是什么大小姐,我就是……"

"你是温年。"

温年蒙蒙地抬起头:"什么?"

陈远重复:"你是温年。"是不是大小姐都无所谓,你就是你。

"那……"温年怯怯地问,"你会不会嫌我事儿多?还有,我总使唤你。"

"不会。"

"那你有没有……"

"你这么在意,为什么还告诉我?"

她说还是不说,对陈远没有任何影响。他对她的所有,仅仅就是针对她本身,与她的身份、背景没有关系。

温年盯回自己的鞋面,半响,轻声说:"我也不想你觉得我对你保密。"

温家破产的这个事实,在温年一次次吃食堂、一次次走一段路才打车的现实鞭笞中,早已经接受了。她不说,就是爱面子。再有就是怕陈远觉得她"本事没有,脾气挺大"。

可今天他主动说了他的事,她没道理还吝啬她的秘密。说就说吧,他们扯平了。

陈远看着温年在那里把自己缩成一个球,一只手不知是因为窘迫还是不好意思,一直在碾着外套的边角。那只手,指尖冻得有些发红,小小的,也就他的手掌一半那么大。但就是那只手刚才紧紧抓住了他。

陈远问:"现在,我们算不算更了解对方了?"

温年脸上一热。

"不,我们是有了对方的把柄。"温年站起来,拍拍身上的土,"小心点儿,我握住你小辫子了。"

陈远轻哂:"那我是不是……"

"你不是。"温年凶巴巴地说,"你敢把我的事说出去,你就完蛋了。"

温年和陈远回到67号。池林站在66号门外,看样子等了有一会儿。

温年看了陈远一眼,和池林打完招呼回了小楼。

佟佳露和杨晓桃二十分钟前就在小群里发消息了,询问陈远的情况。

杨晓桃：陈远的二婶简直奇葩！

杨晓桃：陈远都走了，她还在那儿数落陈远的二叔，话说得可难听了。

杨晓桃：陈远以前和他二叔一家住是吗？@姐就是女王

佟佳露：陈远爷爷看病那时，我听我妈说过，好像小学那几年都是在这个奇葩之家。

杨晓桃：这可怎么活啊？

看着这些消息，温年想的也是陈远童年是怎么过来的。弟弟和爸爸去世，妈妈也不要他了，他跟着那样的二叔和二婶……

温年：陈远没什么事，回家了。

她一露头，杨晓桃和佟佳露又冒出来。她们说金鑫和孔家奇也气坏了。

佟佳露：你安慰安慰陈远，谁家里都有不开心的事，没什么大不了。

杨晓桃：是啊，我们都站在陈远这边！

虽然事情没发生在温年身上，但看到这些话，她心里也暖暖的。

温年叫她们放心。没过多久，她又收到陈远的微信，问她方不方便出来。

温年出来，陈远站在门外。

"你们聊完了？"温年问。

陈远点头："我明天要去隆城。"

温年一愣，问为什么。

这次的事起因是陈君荣得罪了自己的小上司，被穿了小鞋。伍娟气不过，就想着找人吓唬吓唬那个上司，觉得一个年轻人没什么胆子。

没想到，人家是有背景的，抓住了伍娟买通的人，说这事要么赔十万块钱，要么就报警。

一开始，对方以为教唆恐吓的是陈君荣，所以伍娟就让陈君荣来怀蓝躲躲，这钱他们才不给。可后来人家发现是伍娟干的，伍娟害怕，就妥协说给钱。

十万块钱，他们拿得出来，只是拿出来之后，家里的积蓄就没剩下多少了，伍娟天天喊缺钱缺钱，各种想法子把窟窿补上。

想起陈启堂有个花瓶可能值点钱，伍娟就找上了陈远……

"池叔说这件事必须说清楚。"陈远说，"不然以后——"

温年明白。依着伍娟的唯钱是命，陈君荣的自私虚伪，这件事不来个盖棺定论，以后他们说不定会反咬陈远一口。

温年问："你什么时候回来呀？"

"很快。"陈远说，"池林陪我去，处理好就回来。"

温年点头："注意安全。"

"嗯。"

"你等我回来，我……"少年垂着眼，发红的耳垂被夜晚掩盖。

温年抿唇笑了笑："我凭什么等你？你过年给我红包啊？"

"给。"陈远说，"过年给你红包。"

周一，寒假正式启动前的最后一次返校。

学委下发了成绩单，温年蝉联第一宝座。

但是，宝座由单人座变成双人座，陈远和她并列第一。

陈远语文考了136分。曾经最拉分的科目上来了，名次自然跟着跃进。

范斌高兴得就差表演一个爱的魔力转圈圈，但一看到金鑫的作文，又气闷了。

对于金鑫，马令芳和李亮财也无语了。

平心而论，金鑫还是进步了的，就是不多。

"这个寒假，我们会提前开学一周。"马令芳说，"你们……"

底下一片哀号。

马令芳拿板擦敲讲桌，绷着脸说："闹闹闹。马上就高三了，心里没点儿数是吧？我告诉你们，不差这几天。高考前不要玩，等高考完——"

学生们一个个臊眉耷眼，都想着等以后老了再玩还有什么意思？

温年笑了笑，看着身边空着的座位，偷偷摸出手机。

事情没有想象中的顺利。

温年每天和陈远发微信，陈远说伍娟把主意打到了66号老房子上，他和池林还要处理一下。

温年：恭喜啊，陈同学！

她拍下成绩单发过去。

那边隔了会儿回消息：*温老师的功劳。*

温年抿着嘴笑：你没亲耳听到范老师怎么夸你，可惜了。

陈远：回去你告诉我。

温年：事情办得怎么样？

陈远：快了。

和温年聊完，陈远放下手机，门口传来开锁声。池林拎着从餐厅打包的饭菜回来。

佟佳露把她表舅舅的电话号码给了他们。

她表舅舅已经搬到隆城，陈远和池林一到隆城就去找了她表舅舅，她表舅舅知道他们要来，提前找出花瓶典当的票据。

也幸亏她表舅舅是个严谨到有强迫症的人，这些东西都还收着，上面清楚地写明了时间、款项，以及收款账户的卡号，是陈启堂的账户。

陈远又带着证件去了银行，手续很烦琐，但还是查到这张卡五年之内的流水，证明了当时典当花瓶的钱在收到后的下午，全部打款到了医院。

事情清清楚楚，伍娟知道怎么闹都不可能闹出水花了，就把主意打到了老房子上。

房子的事也不难办。房子过去是公产房，后来陈君誉花钱买下来，走的赠予手续过户到陈启堂名下。

陈启堂在去世前特立了遗嘱，让陈远继承房子，说本就是陈远爸爸生前买的，给陈远理所应当。

"趁热吃。"池林递出筷子，"味道不错。"

陈远道谢，池林笑道："和我还说谢谢？吃吧，吃凉的伤胃。"

两个人安静地吃饭。

池林看了看手机上的日期，又说："明天再去律师那儿把房子的事敲死。这事，你二叔二婶一点儿戏没有。"

其实房子不房子的，陈远并不在意。就是一个容身之所，没有任何意义，没了，再找一个。

陈远从六岁以后，对自己的未来就没有任何规划了。渺茫也好，无望也罢，考试多考几分少考几分也无所谓，还有身体，受了任何伤就忍着，能好就好，不能好再说。他走一步看一步，一天天挨着。

可现在，陈远不想这样下去了。

"我想和他们划清界限。"

陈远这话让池林愣了愣。那一家子,池林和池国栋早就看不顺眼了。过去说得好听是收养陈远,实际对他还不如对条狗,不是动辄打骂就是指使干各种粗活儿累活儿。

他们好多次劝陈远找个机会断绝关系得了,可陈远从来没放在心上,态度随波逐流。现在居然下决心了。

"那就想个办法。"池林说,"这个也好办。"

陈远点头,继续吃饭。

过了一会儿,池林说:"小远,你变了。"

陈远抬头,池林欣慰地看着他:"你终于有目标了。"

温年接了喂猫的工作。她不敢晚上过来,就每天中午来。

葫芦对她还是有警惕性的,她站在饭盆旁边时,它就不过来吃饭,除非她退出去几米远。

"你让我摸摸又怎么了?"温年坐在石头上,嘟了嘟嘴,"说不定我比'铁葫芦'的按摩手法更高超呢。"

葫芦轻飘飘地看了她一眼:"喵。"

"小气吧啦。"

天气是越来越冷了。温年现在晚上睡觉得盖两层被子。她推己及猫,想着葫芦的窝还没有修好,漏风的话就惨了。所以她今天带了一条旧毛毯来,想给葫芦的窝里再多铺一层,能暖和一点儿是一点儿。

温年找了半天,找到那个逼真的隐藏猫窝。

不知道草丛里会不会有虫子什么的,她一步步往里面蹭。

葫芦见了,"喵喵"叫了好几声,好像在说:你可别弄散了我的家。

温年说:"你要怪就怪'铁葫芦',谁叫他一走了之,弃你于不顾呢。"

"喵!"

温年拿好了毯子准备进入草丛,正要踢开树枝,有人说了句"谁在那儿"。

温年回头,就见一个个子特别高的叔叔叼着烟,手里拎着工具箱,站在她身后不远处。那脸型和轮廓和池林有些像,但感觉完全不同。池林眉眼间全是柔和，这叔叔的眼神则十分刚毅。

"我想给猫窝加层毯子。"温年退出来站好，"您是池叔叔吗？"

池国栋也猜到了小姑娘是谁。放眼整个南甜巷子，甚至整个怀蓝，估计也找不出模样这么好的女孩子了。

池国栋赶紧掐了烟，笑着说："是我。池林他爸，小远他叔。你肯定是许扬那外甥女，叫温年。"

葫芦明显是认识池国栋的。但估计因为池国栋气场太强，它不太敢靠近，自己钻进草丛里玩去了。

池国栋把猫窝拿出来，解释："池林给我来消息说这窝要坏，让我过来修修。我就……哦，这儿松了。"

说着，池国栋踢开工具箱。

长辈在这儿了，温年也不好直接走人，只好在一旁看着，回头等修好了，她也可以把毯子放进去。

"听说，"池国栋看了眼小姑娘，"你和小远是同班同学。"

"嗯，还是同桌。"

池国栋一听，说："怎么样？我家小远是不是很帅？"

温年不失礼貌地笑了笑。

"这孩子也算是我看着长大的。"池国栋又说，"小时候老招人喜欢了。"

"您有照片吗？"温年问，"陈远小时候的。"

池国栋想了想，撂下改锥，给池林去了个语音："你把小远小时候的照片给我找几张发过来。"

池林那边秒回，估计是问要照片干吗，池国栋说："我追忆追忆过去。"

听到这个回答，温年没忍住笑了。池国栋跟着笑。

过了一会儿，照片发来了，池国栋让温年过来看。

照片里，陈远还是小小的一只。他穿着那时流行的牛仔背带裤，里面搭配一件条纹 Polo 衫，冲着镜头比"耶"。

那一双水晶葡萄似的眼睛，加上肉嘟嘟脸上的两个大酒窝，简直能把人萌死。

"这是他多大啊?"温年问,"太可爱了。"

池国栋想不太起来了,可能三四岁吧。那时候,陈启堂隔三岔五就要把陈远接回来住几天,没办法,太想孩子了。

后面还有几张,大多是陈远坐小马车、小摩托时的游戏照,可以看出长辈是真的很疼爱他,经常带着他玩。

收好手机,池国栋继续修猫窝,说着:"这孩子小时候是真爱笑,每天都可活泼爱玩了……只可惜后来,哎!"

听这口吻,想必池国栋是知道陈远经历的。

温年低声说:"他现在还是很自责内疚吧,但这真的不能怪他。"

池国栋惊讶:"你知道?"

温年点点头:"他和我说了。"

没想到陈远会和别人主动提这件事,池国栋再看温年的眼神有了点儿别的探究。

池国栋说:"他爷爷认死扣,我就不说什么了。白发人送黑发人,老人过不去这个坎儿。我就恨小远他妈,还有陈君荣那一家子!"

也不知是哪年的事了,池国栋去隆城办事,路过陈君荣家。

那时的陈远已经被寄养在陈君荣家。池国栋买了水果想去看看孩子,进了门一看,伍娟和她女儿在沙发上看电视吃蛋糕,陈远跪在地板上擦地。最可恨的是陈君荣,一个劲儿说别擦了,但就是嘴上说,人也在沙发上坐得稳当。

池国栋脾气暴,这就急了,说他们虐待孩子。

没想伍娟脾气更暴,跳着脚喊:"干点活儿怎么了?哦,在我家白吃白喝啊?看这孽种犯下的事,除了我好心收留,谁还管他!"

池国栋不会和女人吵架,就去跟陈君荣说,不能这样,孩子还那么小。

陈君荣抽自己嘴巴说:"我没用!都是我没用!没钱啊!"

最后陈远拽了拽池国栋的衣服,说:"池叔,我很好。谢谢你来看我。"

那次,把池国栋难受坏了。可他再难受,他也不是圣人,自己家还一堆事,谈何收养一个孩子?唯一的办法也只有等着寒暑假,陈远被送到怀蓝,他就变着法儿给孩子做些好吃的、有营养的。

池国栋还记着陈远第一次在他家吃饭的场景——只知道吃米饭，菜就吃几口，肉动都不动，低着头，不言不语。

池国栋让他想吃哪个吃哪个，他摇头，池国栋就往他碗里夹菜，夹了好几块肉，他看着，看了半天才小心翼翼尝了一口……

说到这儿，池国栋又是叹气。

温年听着，眼睛都红了，问："后来呢？"

"后来，小远的爷爷瘫痪了。"

陈君荣和伍娟根本不想管老人，就想着每个月给五百块钱，是死是活随便。

那时，陈远小升初。他学习好，上了隆城最好的中学，但为了陈启堂，最终选择回怀蓝。

因为陈君荣寄的钱根本不够陈启堂的医药费，陈远无奈之下找到池国栋，问他能不能带着自己挣些钱。

池国栋想着什么挣钱不挣钱的，他能贴补些就贴补些就好了，可陈远很倔，坚持要用劳动换钱。

"他也是真有本事，天生的，对机械这块特别有领悟力。"池国栋说，"好多老师傅不敢修的物件，他琢磨了之后，都修好了。"

在池国栋这儿没半年，陈远就有了一点名气，不少人指名让他修。

不过即便如此，钱也还是不够。陈远又看人家搬箱子可以挣钱，还是日结，按件收费，他就也去了。可人家根本不用他，毕竟他还那么小。

只是因为想要搬东西挣钱，陈远那时天天练臂力，现在力气倒是不小。

话说到这儿，猫窝也修好了。池国栋收拾工具，忽然听到一句："叔叔，谢谢您。"

"啊？谢我干什么？"

"谢您帮他。"温年笑着说，"您那时的帮助，给了他希望。"

这样的话冷不丁一说，池国栋竟觉得有些鼻酸。他酸的也不是为自己，是陈远。从阳光快乐的爱笑男孩变成如今这样沉默寡言的少年，他的经历，旁人永远无法体会。如果一点儿微不足道的善意能成为希望，那他祈祷这样的希望可以一直降临在陈远身上，让他以后爱笑一点、爱说一点。

"咳，都应该的。"池国栋别过头，"我拿他当儿子看，还指望他将来孝顺我呢。"

温年笑了笑:"您放心,他肯定孝顺您的。"

"你待会儿回家啊?"池国栋说,"叔家里炖了肉,你叫上你表姨,上我那儿吃去。"

温年正要道谢,结果说曹操曹操就到,许扬来电话了。

温年说了池国栋的邀请,许扬的意思是先不吃了,改天再说,她现在要带温年去办点儿年货。

池国栋说:"那去吧。马上就过年,新年新气象。"

"嗯。"温年点头,"您也快回去休息,麻烦您来修一趟猫窝。"

"小事儿。"

两个人从小过道出来,准备告别。

但在那之前,温年支支吾吾还有话想说。

池国栋叫她不用不好意思,有话直说。她又憋了会儿,最后鼓起勇气一鼓作气道:"您能把陈远小时候的照片发给我吗?我加您微信,我不会乱给别人看的,您放心。"

"啊?啊……啊!"池国栋点头,"行。"

许扬办年货也是去批发市场,现在温年觉得也还好,不仅还好,那种从万千商品中淘到又实惠又好的东西的成就感,她挺喜欢。

以前过年,温年从未参与过年货采买,以及过年的家中布置。所以这次能亲自动手,她很兴奋。

温年在小楼里布置了几天,总觉得这里少些鲜艳的点缀,于是约了佟佳露和杨晓桃,去卖花的地方。

三个人来了花卉市场。

临近春节,市场里人格外多,很是吵闹,说话不大点儿声都听不见。

佟佳露皱着眉头说:"我记得这地儿也就我奶奶爱来。"

"那你品位不如你奶奶。"温年笑道,"你该提升一下。"

"嘿!你非得和我对着说?"

"你先开始的。"

杨晓桃就爱听温年挤对佟佳露,她自己嘴笨说不过佟佳露,就爱看女神上阵。"

三人绕着摊位龟速前进，杨晓桃起了话头："我妈说三十晚上我们八点到广场，到时候我从家里带我爸的独门熏鸡腿来，你们留点儿肚子。"

因为南甜巷子有自己的春晚，不仅杨晓桃一家会过来凑热闹，孔家奇也说带着爷爷奶奶来。

他们约好到时候找个位置一起看表演，金鑫特意买了好多烟花，说到了零点大家一起放。

北城是明令禁止燃放烟花爆竹的。温年很久没看过烟花，自己更没放过烟花，很期待。

而提及北城，又不得不说说旅游的事。金鑫是动真格的了，他托他妈妈联系了在北城的亲戚，亲戚在北城郊区有套房子，说孩子们要是来，可以免费借住。

"我爸妈那边也有些松口了。"杨晓桃开心道，"我和他们说青春就那么几年，有这机会不出去一次后悔一辈子。"

佟佳露说："你这夸张了啊。不过，等我今天回去也和我妈这么说。"

两个人聊着旅游的事，温年在旁听着。不是她不想说，而是她不知道自己能不能去。

来怀蓝的时候，颜清特意给她安排了几次转车，就怕追债的顺藤摸瓜找到她。

如果大家一起去玩，肯定不会和她一起绕圈子，会选择直达，那她可能就有暴露的危险。

尽管来这里已将近半年了，可温年认为万事小心点好。

"温年，你去过日落大道吗？"杨晓桃问，"还有那个夕阳缆车，坐过没？"

日落大道是北城近几年的一个网红打卡地。因为挨着北城的环城河，河两边修了宽宽的商业步行街，逐渐被年轻人喜欢上。

不过，温年没去过，只坐车路过。

温年说："如果有机会去，我们可以先看看。"

"看！"杨晓桃搓着手，"一定看！"

逛了差不多一小时，温年买了一盆蝴蝶兰。佟佳露嘴上不愿意，身体却很诚实地为大小姐抱着盆栽,做苦力做得心甘情愿。

看到有家卖多肉的,佟佳露和杨晓桃非常感兴趣,凑过去看。

温年不是很喜欢多肉,多肉对面的花店倒是吸引了她。这家店卖的都是玫瑰。

老板见客人来,连忙起身做买卖,问:"喜欢哪个啊?都是高品质的种,过年摆家里好看极了。"

温年确实看到不少市面上不常见的玫瑰品种,没想到怀蓝人民还能有这审美。

"有弗洛伊德玫瑰吗?"

"哎哟,姑娘品位够高啊。"老板说,"那个没有,太贵,没人买。不过平替的高盛有,看看吗?"

温年说:"那您这里能进到弗洛伊德的种子吗?我出高于市场价五倍的价格买。"

"就买种子?"

"对。"

有钱不赚是傻子,老板点头:"成!但前年是没戏了,你加我微信,等年后我拿到种子了发微信给你。"

敲定这件事,温年心情大好。

大年二十九这天,许扬放假了,一觉补到了中午。

睡醒后,她煮了些之前速冻起来的馄饨,和温年解决了午餐,开始布置小楼。

温年买的那堆东西,许扬以前都没弄过。每年过年,许扬最多贴个"福"字和吊钱,哪有这么多讲究。

"还贴窗花啊?"许扬脑仁疼,"这得贴到哪辈子?"

温年说:"一个小时就能贴完。"

许扬没办法,歇了班回家里加班。两个人分好工,一人负责一边。

温年想起许扬的婆婆,问:"你过年是过去,还是把老人接过来?"

"都不啊。"许扬说,"各过各的,人家有亲戚。"

这个温年就不理解了。亲戚固然关系近,但应该没有儿媳妇近吧。

许扬笑道:"那怎么了?我又没正式过门,不方便掺和。"

没正式过门?温年差点从板凳上跌下来。

没正式过门,婆婆住院就去伺候?还有,男方到底在哪儿了?没过门也好意思这样使唤人的?

温年一堆问题,但看着许扬似乎没打算再说。憋了半天,温年还是不多嘴了,她去门口贴"福"字和对联去。

选对联的时候,吉祥话有很多,温年挑了半天,最后选了"福禄寿"——福禄寿三星共照,天地人一体同春。

横批:吉星高照。

温年分辨好左右,在对联后面贴上双面贴,贴两边长联还好说,横批的话,她踩着板凳也不太能够得着。

她踮着脚使劲够,还是差些距离,正要下来,身后拢来一片温热。

温年转头,看到的是少年已经隆起的喉结,还有骨骼感明显的下颌。

陈远垂眸看了眼温年,接过她手上的对联,随即手臂抬高,将横批贴了上去。

"你回来啦。"温年笑着说。

陈远"嗯"了声,扶着温年的手臂,让她从板凳上下来。

两个人刚才离得有些近,温年这会儿落地了没法儿后退,只有往边上站。温年有些局促地别了下头发,才几天没见而已,却有一种久别重逢的紧张,心里好似压着什么,不知道该如何表达。

陈远是同样的心情。看着女孩白皙的脸,他抿了下发干的唇,将手里的纸袋递过去。

"给我的?"温年问。

接过去一看,是她用惯了的护发精油。这是个比利时的牌子,怀蓝根本没有,从网上买的话,没有官网店,温年怕买到假货,一直不敢下单……陈远居然给她买到了。

"在专卖店买的?"温年迫不及待地拆开,是她最喜欢的玫瑰香。

陈远说:"留了导购员的联系方式,以后要用可以寄到这边。"

温年太开心了。她的头发是她的半条命,没有精油的这段日子,她真怕这么多年的头发白养了。

温年问:"你怎么知道我用这个的?"

"你和佟佳露她们提过。"陈远就记下了。

温年抱着袋子,克制着唇边的笑,心里被丝丝甜蜜充填着。而陈远看她是满意的,眼里也浮着淡淡的笑。

许扬在这时喊了一嗓子,得知是陈远回来了,出来看看。

"事情都办好了?"许扬问,"没受欺负吧?"

陈远说:"没有,办好了。"

许扬叹了口气:"这有些亲戚啊,除了有点儿血缘关系,还不如街坊邻里呢。马上过年了,高高兴兴的。"

"嗯。"

"年货都买齐了吗?"许扬问,"老池估计没那么周到,你缺什么让温年跟着你买去。"

温年心说她又不管拎包,跟着有什么用?而且,陈远刚回来,舟车劳顿,该先好好休息才对。

结果陈远很积极:"现在去买。"

春节前的超市是最壮观的,人山人海不足以形容。

陈远推着购物车,温年跟在他身边,就看着每个来买东西的人都装了满满一车,也不知道这家里是多少口人,要买这么多。

温年问:"你都想买些什么?"

陈远说:"随便。"

"随便是个什么牌子?"温年无语道,"你拿给我看看。"

陈远唇角轻扬了下,说:"你喜欢吃什么?"

"我喜欢吃的?"温年想了想,"我不知道这里有没有。"

"过去看看。"

两个人来了零食区,好多小孩乱跑。

陈远走在温年外侧,成了她的隔离带,她就专心看哪个零食是她想吃的。

温年以前在家很少吃零食,颜清不让,说都是垃圾食品。她吃的大多是自家厨师做的,又或是极少数的比较绿色健康的零食。

这里确实没有温年常吃的那种,但有几样她看了挺想尝尝。

陈远把她感兴趣的零食都装进购物车,不一会儿他们的购物车也有了小山规模。

温年扫了一眼,心里粗略算了算价格。

池国栋说陈远现在的钱都是他修东西挣来的,对一个学生来说,收入不算少,可温年还是觉得要省着花,不能胡乱挥霍。

"这几个看起来也没那么好吃,还是放回去吧。"温年作势要拿走,"表姨都买了好多了。"

陈远说:"我吃。"

"可你吃不了这么多啊。"温年看了看那些甜食,"这够好几个人吃的了。"

"我可以。"

逛完零食区,他们又看了看别的。路过服装区,有条儿童背带裤在搞促销,穿在小模特身上,摆在了最显眼的位置。

温年看见这个模特就不走了。陈远问她怎么了,是不是想买衣服。

温年看看模特,又看看陈远,来来回回看了好几遍。

"它穿着不好看。"温年说,"是吧?"

陈远看了眼模特,假的,在商场里随处可见,哪有好不好看一说?

温年又是左看右看,还上上下下打量了陈远好几遍,最后忍着笑说:"走吧。"

如果说进超市时看到的人山人海可以称之为壮观,那排队结账就是等得想去撞墙。

温年和陈远以每十分钟动两步的速度前进。温年都背完三十个单词了,他们还在卖锅的这个货架附近徘徊。

"你出去找个地方坐。"陈远说,"我来。"

温年是烦人多,但把陈远一个人丢下,她也做不来,还是有队一起排吧。

三人小群里,佟佳露求助说要剪头发了,问剪什么样子好。

温年早看佟佳露那个假小子头不顺眼,立刻发过去几张照片,让她照着上面的剪。

佟佳露：我怕效果不好。

温年干脆和佟佳露私聊，让佟佳露照着她的话和理发师说，如果剪出来不好，她去把理发店拆了。

佟佳露：我头都剪完了，不好的话，你拆了理发店有用？

温年：那你自己看着办吧。

温年：明天三十，池老板他们也会去看节目呢。

佟佳露：不好看绝交！

锁上手机，温年笑笑，心想还治不了一个佟佳露？这次非让她做回本来的美女不可。

陈远一直看着温年。看她一会儿皱眉，一会儿偷笑，现在又得意地笑。谁让她这样？

陈远往前推了一点儿购物车，装作挑选商品的样子，随意地问："在和谁聊天？"

温年想说佟佳露，就看陈远对着一个平底锅深思熟虑。

"你还要买锅？"温年问，"这种锅可以炒菜吗？"

陈远这才意识到自己对着的是个锅，他移开视线："没，随便看看。"

温年点头，佟佳露又来消息，转述理发师的话，说理发师说照片里的发型都是吹出来的，剪不出来。

温年最讨厌这话，自己水平不够就推给吹风机。她给佟佳露发了一段话，说了具体哪个位置该怎么剪，让她给理发师看。

她又这么认真地发消息，陈远更好奇对面是谁让她这么用心。陈远酝酿怎么再问。

温年这边，杨晓桃也加入了群聊，大家聊着聊着发型又聊起女生之间的小话题，一直聊到温年和陈远进入排队通道。

排队通道里很挤，每一家放着一个满满当当的购物车不说，还有小孩在边上跑来跑去。

温年和陈远本来是并排站着的，后来因为身侧总有人要过去，就变成了一前一后。

温年聊得专注，陈远则还惦记她的聊天对象到底是谁。

这时，一个抱着箱子的工作人员借道过去，他前面有个要出去照看孙子的奶奶。

奶奶突然半路弯下腰捡东西，工作人员没看见，还在走。

结果两人就撞上了。

只听"哎哟"一声，捡东西的奶奶吓了一跳，工作人员手里的箱子也被撞得飞了出去。

温年也听到了动静，等反应过来时，陈远已经抱着她，肩膀挨了飞来的箱子一下。

"没事吧？"温年急道，"怎么冒出来一个箱子？疼吗？"

工作人员跑过来道歉，陈远扭扭肩膀，另一只手还护着温年，摇了摇头，说没事。工作人员一看，赶紧撤。

可温年怕他是硬撑："真没事？一会儿出去我看看。"

陈远问："你怎么看？"

温年的脸腾地一红："还是疼死你吧。"

陈远弯弯唇，听后面有人说——

"现在的小年轻啊，真叫人羡慕哈。"

"瞧这男孩多仔细女孩啊，箱子砸过来生扛呢。"

"这种才是真在意。"

温年听得脸更红了，尤其她发现陈远的手还护着自己；赶紧就把他的手拉下来。同样不好意思的陈远也立刻站好，站在温年身后，两个人继续排队。

过了一会儿，陈远说："人多的时候还是不要发消息，容易注意不到周围。"

"我哪知道排个队还能天降箱子！"温年气道，"晓桃在商场买衣服，我们在群里给她参谋一下。"

原来是杨晓桃和佟佳露。陈远松口气，说："那你继续聊。"

"还聊？你不是刚说……"

话没说完，又有人经过。温年这次学聪明了，往后站。

与此同时，陈远一只手从她身后伸过来，搭在了购物车扶手上，像是给她划定了安全范围，把她保护住了。

他的声音从耳后传来:"我帮你看着。"

大年三十这天,温年一早接到陈远的微信,说他去池国栋那里过年,晚上一起去小广场看节目。

对这种行踪报备,温年表现得没什么所谓,实际上内心颇为满意,默默又给"铁葫芦"加上一个优点。

晚上七点刚过,许扬和温年吃完年夜饭。

许扬是把看家本领都拿出来了,无奈温年是吃了一段时间陈远做的菜的人,就算是过年,也毫不留情地指出许扬的许多问题。

两个人简单收拾了下餐厅,之后换好衣服,准备去看晚会。

许扬开门,对面的66号也开门。

"你不是在老池那儿吗?"许扬纳闷,"还回来干吗?"

陈远看了眼温年,说:"拿东西。"

许扬没多想,带上陈远,三人一起去小广场。

小广场从中午就开始布置。舞台搭在了中央位置,居委会的人在树枝上缠了小彩灯,还挂了大红灯笼,但凡空着的地方都放了大圆桌,一桌十个人,桌上铺着大红布,节日气氛浓郁。

金鑫和孔家奇以及他们的家人已经到了,占了观赏舞台的绝佳位置。

孔家奇正在给二胡调音,他爷爷站在他身边,身姿板正,在和孔家奇奶奶说话。

金鑫的妈妈则在指挥金鑫他爸放坚果和瓜子,中间数次嫌弃孩儿他爸磨蹭,最后亲自出马,一会儿就摆好了,还摆得特别漂亮。

"老许,这是你家外甥女啊?"金妈妈看看温年,"这不电影明星吗?太好看了。"

金妈妈有点儿烟嗓,身材略胖,一看就是那种精明能干的杰出中年女性。

温年笑着说声"阿姨好",之后又问候了金爸爸,以及孔家奇的爷爷奶奶。她可能天生有长辈缘,长辈见了就觉得喜欢,给红包的冲动格外强烈。

"我一个红包都没准备啊,你们可别让我花钱。"许扬这么一说,断了他们的想法，"哎，牌桌摆哪儿了？我这累一年，就等今晚搓几把。"

金爸爸指了斜角那桌，大人们便往那边去了，孔家奇的爷爷也带着奶奶去另一处看灯笼和对联。

孔家奇还在给二胡调音，温年这才知道孔家奇和金鑫联合表演节目，金鑫唱歌，孔家奇当伴奏。

"到时候你们喊大点儿声。"金鑫嘱咐，"要演唱会的效果，知道吗？"

温年和陈远对视：不知道。

金鑫"啧"了声："反正你们得喊起来，要不我多尴尬啊。"

"你还怕尴尬？"孔家奇说，"这不有我了吗？"

四个小辈边聊边先坐下了，不一会儿，团仔和小贝也来了。温年和陈远给小朋友们带了零食，小贝见有吃的就一个劲儿拜年，连"福如东海"都说了，可见是有多爱吃。

温年还见到了团仔的妈妈。她个子不高，脸上的皱纹明显，很爱笑，说话的声音轻轻柔柔。她知道陈远和温年总关照团仔，自己做了些小点心，给他们待会儿看节目时吃。

杨晓桃和佟佳露到得比较晚。

杨晓桃和她的爸爸妈妈简直一个模子里刻出来的，三人就是分开在不同人堆里，也能清晰表达出"我们是一家人"。

佟佳露的妈妈则出乎温年的意料。因为佟佳露是外向性格，温年还以为佟妈妈会是金妈妈那种爽利的人，没想佟妈妈体型瘦弱，有着南方人的温婉，特别像幼儿园温柔的老师。

这些大人也是难得趁着过年休息放松，和小辈们说了几句话，就去找自己的团体。

等他们都走了，金鑫已经憋了半天，这才说："佳哥，你这脑袋……"

"怎、怎么着？"佟佳露清清嗓，摸了摸头，"过年了，我换个造型不行吗？"

金鑫点头："行，太行了。你弟我做梦没想到你还能这么好看！"

佟佳露紧张的心情因为这话稍稍缓解："真好看？"

"我觉得好看。"金鑫说，"不过，你不喜欢啊？那你剪什么？"

佟佳露剪完照镜子时，坦白地说，要被自己美哭了。大小姐的审美绝了,她后悔没早听话剪成这个样子!

晚会快开始了,池林和池国栋也来了。池国栋火速加入搓麻将大队,池林留在陈远这桌,给他们几个都带了甜品。

看见佟佳露新剪的发型时,池林笑着夸赞:"佟同学的新年造型很好看啊。"

佟佳露这才放下心来,觉得自己收获了最好的新年礼物。

陈远在温年身边,看着她的长发,问:"你不剪头发?"

"我为什么要剪?"温年说,"我的头发可难留了,而且我不知道这边理发师的水平,不敢随便让他们剪。"

陈远不懂剪发技巧,但这么看着温年的长直发,觉得修剪应该不难。

佟佳露看陈远一直在看温年的头发,好心提醒:"你可千万别碰她的头发,小心她跟你拼命!"

有一次,佟佳露手欠想摸摸,差点被大小姐赐"一丈红"。后来她听许扬也念叨过这事,说温年的头发谁都不能摸,除了她自己。

温年没注意陈远和佟佳露这边的对话,她一直在看对着她的那棵梧桐树。

天冷了,即便有小彩灯,也能看到枝丫光秃秃的。但很奇怪,温年还记得这棵树绿叶茂密时的样子,也还记得在这棵树下画画的少年,高冷、淡漠,单挑一群问题学生。

"我在那里,正好看到你躲在巷子口后面。""铁葫芦"平时情商低得令人发指,这会儿仿佛会了读心术。

温年说:"你是不是觉得我当时见死不救,所以那时看我不顺眼?"

"我没有看你不顺眼。"陈远一本正经道。

"没有?"温年哼了声,"你表现得可不是这样。"

不和她说话,不正眼看她,哪怕许扬那么拜托他,他都不客气一下。

陈远冤枉。那时他是觉得他们不是一个世界的人,没必要接触。她一看就是富贵家庭出身的女孩,自带矜贵骄傲,而他们这里,还有他,和那样的世界隔得太远。

温年见"铁葫芦"又不言语了,故意说:"怎么,愧疚难当了?"

"嗯。"

"我瞎说的，你怎么还认？"

陈远确实后悔了。他要知道会是现在这样，当初就该一开始对她好，省得她记恨自己。

小广场上人越聚越多。来得晚的没座位了也不要紧，找到熟人往旁边一站，照旧聊得开心。

在这样热闹的气氛中，晚会开场。

主持人是居委会主任还有夜来香老年艺术团团长高老。

听着两个人高声朗诵，温年有点儿想笑。不是笑人家的主持，是笑这样的晚会她第一次参加，还挺有意思。

温年问佟佳露："晚会一直开到十二点吗？"

"开什么玩笑。"佟佳露说，"这都是老头老太太的，怎么熬？就一个多小时。"

开场节目是广场舞《小城故事》。

许扬前几天传来的喜报，说该节目拿了区里广场舞比赛二等奖。

眼下，大妈们不畏严寒，穿着裙子，裙子里套着秋裤，颧骨抹得红红的，卖力又饱含深情地舞蹈着。大家给予热烈的掌声。

随后，还有相声、小品。梅梅的外婆上台献唱了京剧《贵妃醉酒》，引得所有人纷纷叫好。

这样的传统艺术透过电视看，对年轻人来说，冲击力很小。而到了现场真听，那种震撼，让人由衷地感叹还是老祖宗留下的东西牛。

金鑫和孔家奇的节目比较靠后。

金鑫一上场就有人吹哨，金鑫非但不拘谨，还特别享受，和人家互动，说"会唱的跟我一起唱"。

事实证明，金鑫在唱歌方面确实有天赋。他唱的流行歌曲，年轻人都认为不错，上岁数的也能听进去。

就是中间那段二胡伴奏……等他们下台，佟佳露第一个说："孔总，你杀猪呢？"

孔家奇不好意思地挠着后脑勺，憨笑道："对不住，实在对不住。作为我们家二胡的第二代传人，我这技艺不精，还比较生疏。"

温年好奇："第一代是谁？"

"我三舅姥爷。"

金鑫本来还指望孔家奇给自己增色,没想拉了后腿,还不如他来段Rap呢。

晚会的节目表演得差不多了。

"咱们放烟花去吧。"金鑫说,"去陈远家天台,怎么样?"

大家没有异议,甩下池林一人守着十人座。那些座位迅速被大妈占领,她们围住池林,给他介绍对象。

到了陈远家天台,金鑫开了一罐可乐,"咕嘟"喝下去。说来放烟花是真,但想讨论一下去北城的事也很重要。

"你们都怎么着?能去吗?"金鑫问,"要是去,咱们初八出发。"

孔家奇举手:"我爷爷同意了。"

"我妈也说行。"杨晓桃附议,"不过,不能去太久,最多四天。"

金鑫点头:"四天够了,我计划也是不要太久。"

到了佟佳露这儿,她说她妈妈有些松口,但也还是不放心,总怕一群孩子出去会出事。

而陈远去不去都可以。

唯一没有表过态的是温年。

温年内心是期待和大家一起来一场旅行的。她长这么大,除了小时候被外公外婆带着去旅游,回了国都是跟学校参加夏令营。可她怕用身份证买票之后……

"你们愿意坐房车吗?"陈远忽然问。

金鑫跳下椅子:"房车?电视里演的,有床什么的那种?"

陈远之前和池国栋说了去北城的事。池国栋支持男孩子多出去看看,陈远便提出能不能找老杨借下房车,并让池林陪着他们一起去,先开房车去隆城,再在隆城乘坐火车去北城。

池国栋理解让池林跟着,成年人嘛,能看着点儿这一群孩子。

但借房车开到隆城是为什么?

陈远没给解释。

"那就是林哥开车带咱们到隆城,"金鑫说,"然后咱们从隆城去北城?"

佟佳露说:"如果他也去,我妈肯定就同意了。"

"是啊。"杨晓桃点头,"池老板能跟着就万无一失了。"

大家一致认为这样堪称完美,确定好计划,又开始畅想北城四日游。

陈远下楼拿零食和饮料,温年跟了过去。

来到一楼客厅,温年站在过道口,想问又怕是自己想多了。她觉得陈远不可能心细到这个地步。可是借房车去隆城中转这个举动完全解决了她的问题,她又不得不多想。

"怎么了?"

陈远拎着袋子,站在温年身前。

温年抿抿唇,问:"房车的事,你是不是因为我?"

陈远没答,只问:"你去北城吗?"

"如果有房车,"温年点头,"我可以去。"

陈远放下心,从袋子里拿出温年之前在超市选中的零食,递给她。

温年没接,虽说有房车很好,可她觉得还是不合适:"太麻烦池叔了,算了吧。你们去玩,我……"

"不麻烦。"陈远说,"他们也很开心。"陈远又把零食拆开,"一起去。"

他说得恳切,似乎没有理由能不去,就算麻烦长辈讨人情,也只能做这个讨厌鬼了。

温年拿走零食,笑着说:"一起去。"

两个人准备上天台。

上去之前,陈远让温年等下,他去房间拿东西。

…………

看到红包,温年摇头:"我上次就是随便说的,你不要破费。"

"先打开看看。"陈远说。

闻言,温年接了。她拆开红包,里面是一枚书签,书签的主角是正在舔爪的葫芦。

温年之所以能一眼认出是葫芦,是因为葫芦通体橘色,唯独左眼上有一点点白毛,跟江湖大哥似的,有一道酷酷的伤疤。

陈远用素描画下了葫芦,逼真得和照片一样。

书签的上面还有个小孔，孔里穿着桃红色绳子，编了一个中国结，中国结下面坠着块小小的木牌，写着"万事如意"。

温年有好多好多疑问，比如"你怎么还会编中国结""你去隆城办事哪里有时间弄这个""木牌上的字是不是你刻的"，以及"你怎么知道我喜欢桃红色"……

温年喜欢玫瑰，而在玫瑰的众多品种里她又最喜欢弗洛伊德玫瑰。弗洛伊德开得高贵热烈，浓烈的桃红色是她心中玫瑰怒放时该有的样子。

不过，这些问题她都没问。没什么好问的，因为这是陈远——她见过的最厉害的人。

温年收下红包，说："我也给你准备礼物了。"

陈远微微一愣："在哪里？"

"现在不行。"温年说，"等过完年就可以给你了。"

"好。"

"你都不问是什么吗？"

"什么都行。"他没有犹豫地回答，澄澈又深邃的眼睛一眨不眨地看着温年。

温年的心脏"咚咚"跳。面对这样的目光，她有想逃的冲动，可偏偏人又焊死在原地，舍不得走。

还是金鑫突然探出头，问他们："干吗呢，能不能送点儿吃的上来？"

温年和陈远这才上去。

两个人默契地装作不曾心跳慌乱过，融入大家。

那头的晚会进入尾声，杨晓桃他们纷纷收到家人微信，说该回家了。

金鑫赶紧拿出烟花。他买了好多，什么种类的都有，旋转的、喷花的、吐珠的，还有几十根仙女棒。

温年也就敢放仙女棒。

陈远点好了仙女棒给她一根，她看着滋滋冒出来的绚丽火花，心说原来放烟花这么好玩。

"许愿啊。"金鑫说，"我先许，希望新的一年我能去偶像的演唱会！"

孔家奇双手献给陈远一根仙女棒，说："请保佑我今年数学成绩提高 10 分。"

杨晓桃和佟佳露的愿望正常很多，类似父母身体健康、自己学习进步。

大家自顾自玩着，温年用手里的仙女棒打了一下陈远的，问他新年愿望是什么。

陈远看着她，说了句话。温年没听见，凑过去："什么？"

她眼里有光在流动飞舞，望着他，嘴角翘起的弧度特别好看。

陈远说："新年快乐。"

这是什么愿望啊。但温年还是说："新年快乐，陈远。"

再次回到北城，温年的第一感受是陌生。

火车站里，打扮时尚漂亮的乘客们行色匆匆，大家人手一部手机，拉着行李快速走在光滑的大理石地板上，仿佛周围的一切都与自己无关。

"这里也太大气了！"金鑫说，"比咱们那儿的火车站强一百倍！"

孔家奇点头："你听，播报还是双语。"

杨晓桃站在佟佳露身后，也新奇地打量这座城市，嘴里念念有词。温年听不清她说的什么，只觉得眼前的场景稀松平常，并不值得她回味在意。

作为这次北城之旅的导游，金鑫召集大家过来，说了接下来的安排。他们要从火车站乘坐地铁到望海路，再由望海路坐巴士前往金鑫亲戚家郊区的房子。

听到望海路时，温年觉得耳熟，但杨晓桃问她周围有没有好玩的，她又一点儿印象没有。

正值午后，地铁里人并不多。进入车厢，男生把座位让给女生。

温年看陈远还扶着自己的行李箱，让他把箱子给自己拿，陈远摇头说不用。

"你就是麻烦。"佟佳露抱着自己的双肩背包，"就这么几天，还要带个箱子。"

温年噘噘嘴，她的箱子尺寸很小，是许扬特意给她买的。她说："那我带的沐浴露、洗发水你都别用，之前也不知道谁说好闻。"

佟佳露秒变狗腿脸，贼笑着说："出了地铁站，小的给您拉箱子。让陈远休息休息。"

过了三四站,地铁经过北城一处商业中心,上来了几个学生。

这些学生一身潮牌,不是手上戴着流行的智能手表,就是脖子上挂着夸张的耳机,口音都是地道的北城话。

杨晓桃一直盯着看,还揪了揪佟佳露的衣服。佟佳露说:"也就比咱们强那么一丢丢。"

"不是吧,我感觉很洋气。"

"不要长他人志气灭自己威风!"

温年看都没看,脑子里还在默背单词。

学生们的聊天声并不大,是有素质的北城好少年。没多会儿,有素质的北城好少年中的一个女生把目光转移到了陈远身上。

"我去要他微信!"那女生很大胆,径直朝陈远走过来,还干脆地亮出了自己的微信二维码。

"同学,加个微信吧。"女生笑着说,"我是北城四中的。"

陈远愣了下,摇头拒绝。

那女生没放弃,笑得更甜:"加一个呗。哪天你路过我们学校,我请你喝奶茶。"

这波操作看得杨晓桃和佟佳露目瞪口呆。视线扫过温年,佟佳露有点儿不敢言语了,因为大小姐这会儿的目光让她觉得后背凉飕飕的。

温年才不在乎。她就是看看,看看某人傻到什么地步,连别人要个微信都拒绝不了,那嘴拿胶水糊上了是吗?闭得挺死啊。

陈远在摇了两次头无效后,说了句"不加",可那女生还是要加微信,一点儿退缩都没有。

他不善言谈,皱着眉想其他说辞,金鑫忽然插话:"同学,加我的呗。我喜欢喝奶茶呢。"

那女生瞥了眼金鑫。

金鑫也算是一个小帅哥,但有了珠玉在前,谁还会在意他?

"不好意思,零花钱有限,请不了那么多。"

被拒了,金鑫也不恼,嘿嘿一笑:"没事没事。不过吧,你品品你现在的心理活动。"

"干吗?"

"我跟哥们儿和你一样。"

那女生的脸秒黑,狠狠瞪了金鑫一眼,又瞪了陈远一眼,说了句"爱加不加",抓着同学在这一站下了车。

等车厢门关闭,孔家奇竖起大拇指:"行啊你!"

"小意思。"金鑫甩了甩动感刘海,"我除了学习不行,还有不行的吗?没有。"

佟佳露无语:"你很自豪是吧?"

金鑫哼了声,搭上陈远的肩膀:"哥们儿,长得太帅也是种烦恼吧。我懂,都懂。"

陈远不管金鑫懂不懂,他看向温年,温年低头在刷手机。

他想说刚才就是巧合,池林却先说:"也还好。小远年前去隆城就有好多女孩和他搭讪,他都习惯了。"

这话说的,好像陈远出门就是招蜂引蝶似的。

陈远又看温年,温年不刷手机了,改成闭目养神。他责怪地看了眼池林,池林得逞地笑。

从地铁站出来,马路对面就是大客车中转站。

巴士二十分钟后发车,金鑫让大家该去厕所的去厕所,该瞎溜达的瞎溜达,但不能走远,准时回来集合。

温年不想方便,在休息区给佟佳露和杨晓桃看包。

陈远过来,手里拿着在车站旁边便利店买的热可可奶,递给温年。

温年不要,转过身。陈远跟着转:"池林胡说。"

温年窝火:"你平时话少也就算了,关键时候,连拒绝人也不会?"

"拒绝了,可是……"

"你还顶嘴!"温年气道,"你的意思就是人家赖着你不走了,你拒绝了也没用是吗?"

陈远不敢说话。而事实貌似、大概、可能就是这样。

空气突然安静下来。

温年其实也听到陈远说不加了,她当时耳朵竖得跟小雷达似的,不可能漏听。但她还是气啊。

温年不说话,陈远就得说:"下次,如果遇到这种情况,我走。"

"走哪儿去？"

"对方不跟为止。"陈远保证，"反正说什么我都不会加。"

换成别人，温年会觉得对方无非是为了哄自己，故意拣好听的说。但对陈远，他情商是不高，却有一股诚恳的直球劲儿，总让她觉得他说什么就是什么，不会骗她。

温年又有点儿想笑了。但她不想这么快就给陈远好脸色，显得她很好哄，一点儿原则性没有。

她让陈远帮她把可可奶打开，她刚要喝，佟佳露在前面喊道："你们快过来看！我找到一个城堡，是不是古迹啊？"

大家来到车站后头。

他们所在地势高，正好可以俯瞰下面开阔的区域，那里有一片绿草地，后面是充满对称性的建筑，是标准的英式建筑风格。

金鑫搜了半天地图，说："不是古迹，是一所学校。北城最大的国际学校。"

"国际学校啊，"孔家奇摸摸下巴，"虽然比不上咱们怀蓝的建筑，但也蛮好看。"

他们开启讨论，看到那学校里还有湖，纷纷咋舌说有钱。

温年站在一边，望着那些建筑，恍如隔世。

金鑫家亲戚的房子原本是用来做民宿的。它位置虽然远，但离北城的三个著名景点很近，以前生意不错。

只是金鑫亲戚要和女儿一家搬到外地，便不再经营民宿，这里就空了下来，只等时机合适，转手卖掉。

房子是标准的两室一厅，开放式厨房，每间卧室配有一张单人床和一张上下床，装修风格是北欧原木风。

池林之前开车带大家去隆城，也累了。商量之下，陈远睡客厅，让池林睡屋里，好好休息，补充体力。

晚餐时间，金鑫叫了全家桶。

吃饱喝足，金鑫又拿出扑克供大家娱乐，弄得杨晓桃头一次觉得金鑫这么靠谱，简直是天生做带队导游的料儿。

温年不会打扑克，在旁边看大家玩。

前面几轮，赢的都是陈远，金鑫说他一定是脑子好会算牌，勒令他退出战局，陈远便坐着和她一起看。

中间佟佳露几次喊温年加入，说可以教温年玩，大家一起。

但温年都没听见，还是陈远给她递零食时，她才发现佟佳露在看着她。

"怎么了？"

"你怎么了？心不在焉的。"

温年顿了顿，说："可能是有点儿累了。"

这么一提，金鑫看看时间也说不早了，明天还要起大早，得赶紧睡了。

杨晓桃和佟佳露把单人床给温年睡。颠簸了一天，温年身体确实是累的，可躺在床上，怎么也睡不着。

"你是不是择席啊？"佟佳露问。

温年不明白："什么是择席？"

"就是换了陌生环境睡不着。"杨晓桃解释，"温年你不是带了自己的床单和被单了吗，应该不会啊。"

温年意识到是自己翻身太多次吵到她们了，抱歉道："不好意思，吵到你们了。"

佟佳露说："我能让你吵到吗？我要是想睡，分分钟着，就是……"

杨晓桃"哎呀"一声："她就是怕你睡不好，明天没精神！关心一下，要不要这么拐弯抹角的？"

就是喜欢拐弯抹角的佟佳露用被子蒙住自己。

温年笑了笑："可能是有点儿不习惯，一会儿就好了。"

时间一分一秒地过去，等佟佳露和杨晓桃都睡沉了，温年还是睡不着。她有些口渴，轻手轻脚地起身，想去厨房喝水。

房子里黑黢黢的，只有客厅的阳台处有洒下来的月光，照得地面晶亮。

温年看到沙发那里隆起的轮廓，尽可能让自己的动静再小些，可刚走到厨房吧台，就听到陈远的声音："睡不着？"

温年听他的声音里并不带睡意，说："你不也是？"

陈远又问："喝水？"

"嗯。"

陈远起来，打开厨房的小夜灯，拿出冰箱里的矿泉水，倒在烧水壶里。

等水开的这段时间，温年和陈远一人站在吧台里，一人站在吧台外，谁都没有说话。

陈远将玻璃杯洗刷干净，又将热水和凉水兑一杯温度适合入口的水，递给温年。

温年接过水，忽然听到过道那边传来开门的声音。她也不知道自己抽什么风，第一反应就是放下水杯关灯，然后拉着陈远躲在了吧台后面。

出来的是金鑫。

卫生间的灯被打开，淡淡的暗黄色灯光飘到厨房这边。

温年紧抿着唇，后知后觉地回过味儿来。她不过是出来喝水，陈远不过是给她兑水，清清白白的，可被她这么一搞……

温年的脸腾一下就热了。她根本不敢看陈远，也不知道怎么解释，就一动不动地蹲着，蹲成石像。

金鑫那边也有变石像的趋势。进去都十分钟了，硬是一点儿动静没有，睡着了吗？

温年蹲得腿又疼又麻，尴尬都快忘了。

"要不……"

陈远的声音蓦地在耳边响起，低沉中带着微哑，连同牙膏的薄荷清凉先是在温年下巴到脖子这里缠绕了一圈，之后又钻进温年耳蜗里，激得她头皮发麻。

温年险些直接坐地上。

"要不起来吧？"陈远说，"他看不见。"

温年声音小极了："真的？"

"嗯。"

实在也是蹲不住了，温年点头，准备站起来。

可蹲了太久的人是不好轻易站起来的，温年才要抬起上半身，她的膝盖就不听话地打弯，人奔着地面扑过去。

陈远也没好到哪儿去，却还要接住怕疼的某人。

两个人手忙脚乱，直接在吧台后面来了个人仰马翻。

幸亏金鑫正好这时候冲水，大的动静没听见，可出了卫生间还是察觉到声响。

"谁、谁啊?"

从这个小颤音听出来金鑫被吓得不轻。

温年趴在陈远身侧,恨不得天赐隐身术。

陈远深呼吸,尽可能让声音没有异常,说:"是我,手机掉了。"

"哎呀。"金鑫拍拍胸口,松了口气,"吓我一激灵。我睡了,你也抓紧睡吧。"

卧室门再次关上,隔绝出夜深人静。温年窘迫得说不出话来,拽了拽陈远的衣摆。

陈远舌尖轻抵下发干的唇,咬咬牙,扶着人坐了起来。恢复自由的温年顾不得腿麻,抓紧吧台边缘硬站了起来。

陈远随后也站了起来,背对着她,似乎在整理衣摆。

温年不知道有什么好整理的,她就抓了两下,也抓不皱。

过了一会儿,两个人腿麻的症状稍有缓解,陈远说:"再斟一杯,这杯凉了。"

温年没异议,一瘸一拐地去了客厅。

待会儿再有人出来,她就让人家看看,她就是来喝水的!

陈远拿着水杯回来,坐在单人沙发那边,把抱枕随意地放在了腿上。

温年喝了水,刚才的尴尬也缓解了点,问:"你是不是磕到了?疼吗?"

她倒下时,陈远为了让她不挨磕,当了肉垫,自己磕着了。

"没事。"陈远说。

温年叹了口气:"别老没事没事的。你又不是钢铁打造,哪里疼就要说出来,你要爱护自己的身体。"

黑暗中,陈远瞧不清温年说这话时的模样。只有月光落在了她的小腿上,但他觉得这束光蔓延到了她身上,让他感到一种久违的温柔。

陈远说:"知道了,我会注意。"

温年喝完一杯水。放下水杯,她把沙发还给陈远,正要起来,又听他说了句:"那是你以前的学校。"

是陈述句的语气。温年没多意外陈远的观察力,只要他想的,他都可以知道。

陈远说:"想回去?"

好像不是想回去。看见学校的一刹那,很多以前的记忆自然而然浮现在脑海里,哪怕都是温年不曾刻意去记的,它们就是在。可除此之外,她对回到过去这种生活的念头丝毫不强烈,只是觉得心里有些闷而已。

"我的学校……"一开口,温年觉得不妥,换了说法,"我以前的学校,学生都是类似我这种家庭的孩子,但这里面也是有划分的。"

温家生意大,发家早,属于既有钱又有名望的,是金字塔塔尖。温年在学校备受瞩目,不仅老师喜欢她,同学们也都恭维她,不少同学想通过她攀上她家的势力,甚至连家长见她也是恭恭敬敬。

可站得越高,摔得就越狠。温家出事的风声稍有泄露,学校里的师生就和她生疏了,背后议论的也大有人在。

温年其实从没指望和这些同学存在真正的友谊,但也不曾想过人性如此不堪。所以看到学校的那一刻,她的回忆是真的,怀念却没有几分。

"有些事是注定的,不用不开心。"

这样的安慰话一点儿也不像是陈远能说出口的,温年问是谁说的,他说是池国栋。

难怪。那个"不用"还挺有哲理性,不是"不要",也不是"不必",就好像你知道结果,知道得了结果会是什么心情,但要有"不用"的豪迈和勇气。

温年问:"你相信命中注定吗?"

陈远说:"以前不信。"

"那现在信啦?"温年好奇,"为什么?"

陈远没答,温年只感觉他的目光落在自己身上,沉甸甸的,但又小心翼翼,生怕压到了她。温年读不懂这样的目光,想问,十二点的钟声响起了。

都这么晚了,她和陈远都得赶紧休息。

温年摸黑走到过道那边,陈远的声音再次从身后传来:"现在的学校和你以前的学校是没办法比,但是……"他一时找不到词句。

温年说:"谁说现在的比不上以前的?现在的也不错啊。"

"你这么认为?"

"骗你干什么?不过……"

陈远忙问:"不过什么?"

"食堂的菜是真的难吃!"温年抱怨,"我以前的学校都是米其林标准,中西餐区都有,自助的。"

"……哦。"

"不过——"温年也不知道自己哪儿来那么多"不过"。可现在这么黑,她看不见他,不用直视他的眼睛,倒也没那么紧张,说一点点应该没关系,"不过,你做得还行。所以……"

话没说完,陈远突然过来了。

温年那点儿大胆一下子吓得魂飞魄散,下意识就想跑路,结果被挡个正着。

"干什么啊?"温年小声问,"我这是夸你呢,你……"

"我想到一个更好的办法。"

"啊?做饭的办法?"

"不是。"

"那是什么?"

黑暗中,是看不清彼此的脸。但也因为黑暗,让心跳声变得明显,变得无法再假装平静。

少年克制着,说:"下次再有女生要加我微信,我就说我有在意的人了。"

第二天一早,温年他们出发去了周边三个著名景点,以及一些非著名景点。

金导游的旅游攻略相当详细,但只注重量,不注重质。一天下来,大家的直观感受就是走来走去、走来走去。别说温年受不了,佟佳露都喊累了,可想而知这强度有多大。

于是,金鑫临时调整计划,把第三天的五个打卡地减少到两个。结果第一站的海洋馆又遇上周末的人满为患,走个海底隧道都不用自己走,后面自然有人推你往前走。

大家心力交瘁，一直到下午两点，到了北城大学小吃街，才振作起来。

"以后你别做攻略了。"佟佳露捶着腿说，"人家是攻略景点，你是攻略我们！"

金鑫蹲在一边委屈道："我错了还不行吗？你看在章鱼烧这么好吃的份上，就原谅我这一次吧。"

温年愿意原谅。她第一次吃章鱼烧，没想到这么好吃！她问杨晓桃章鱼烧是不是都这个味道，杨晓桃说不是，怀蓝卖的都没这家好吃。

"温同学就是识货。"金鑫说，"这家是独门酱料，只此一家！我做北城大学攻略时，都推荐这家的。"

温年笑笑，让陈远也再多吃一个。陈远对这些小吃一般，可她说吃，他就吃。

他们站在北城大学西门，不是开车进学校的，一般都走这个门，进进出出的学生很多。

杨晓桃忽然说："北城大学是咱们全国第一吧。"

"综合类第一。"孔家奇补充，"具体的还要看一些专业，法律专业和教育学专业最厉害。"

金鑫擦擦嘴："很懂嘛。你想考？"

这个雄心，孔家奇还真有。但一是实力不太允许，再有就是北城离怀蓝太远，他不好随时回家照顾爷爷奶奶。

"我的目标是华城师范。"孔家奇说，"汉语言文学专业。"

闻言，杨晓桃跟了句："我想考华城财经，学会计。"杨晓桃家，她爸是会计，她妈是会计，她姑、她舅、她姨都是会计，所以当会计是杨晓桃的必然，她得让一家人"整整齐齐"。

"你俩的目标都很明确啊。"佟佳露叹口气，踢开路边的石子，"我的想法是哪儿收我我就去哪儿，不过我挺想学新闻，可以走南闯北。"

金鑫举手："我也有目标！别落下我！我要考星城音乐学院，声乐专业！哥儿几个，以后再见我得电视上咯。"

对于即将步入高三的学生而言，没有一个不憧憬幻想今后的大学生活的。

温年也想过。只是当初的想和现在的完全不一样了，所以杨晓桃问她的时候，她脑子里空白了那么一下，但很快，又有了具体画面。就在眼前。

"北城大学。"这四个字温年说得轻，但听在别人耳朵里是有分量的。

孔家奇一副"不愧是我同志"的坚定模样："有志向！你可以！"

其他人也点头，都觉得以温年的实力不说十拿九稳吧，但也是问题不大。

"哎，炸串好了！过来拿！"

店家那边喊话，佟佳露他们一窝蜂过去取。

温年和陈远还站在原地。陈远望着北城大学的校门，常年没表情的脸，这会儿照旧让人看不出端倪。

可温年想知道，问他："你想考哪里？"

这个问题，陈远之前从没考虑过。从小升初那年起，他因为陈启堂放弃隆城重点中学，他对上学这件事就看淡了。

考得好也罢，考得不好也无所谓，生活在继续，他也继续随着走就是，走到哪里都没有关系。

温年见"铁葫芦"又不说话，心里打鼓。想了想，她说："北城大学的机械工程专业全国前三呢，物理也很厉害，好多物理学家都是北城大学毕业的。"

陈远收回视线，看着温年，说："那就北城大学。"

"什么叫'那就'？北城大学很好考吗，你一考就中？"

"90%。"

哎哟，这膨胀的自信。温年必须泼冷水，以免有些人轻敌："你先看看你语文考几分吧。"

陈远说："温老师教我。"

"我教你？"温年听这话，又有点儿飘，"要是我教你，你那个90%就有那么些可信度了。"

陈远弯了弯唇："你教我，是100%。"

填饱肚子，大家进学校参观。

北城大学百年历史，既有岁月留下的足迹，也有与时俱进的现代，这里的图书馆是全国藏书第一。

他们没有学生卡，不能进去看。要是池林今天没去办事，说不定还能想办法蒙混进去,可惜了。

"这里差不多就这样。"金鑫说,"后面有条环海路,说是骑行可美了,去吗?"

佟佳露想抽死他:"这大冷天的,骑自行车喝风啊?"

金鑫无辜道:"可你们不还要去日落大道坐什么缆车吗?那个缆车也没玻璃,四处漏风啊。"

商议之下,大家决定还是骑吧。来都来了,骑慢点儿。

找到共享单车停放区,大家熟练地扫码。温年没动,这时候,想瞒也瞒不住了——她是不会骑车。

"不会骑就不会骑,让陈远驮你。"佟佳露戴上外套自带的帽子,"又不是没驮过。"

这次还真不是温年矫情要拍青春小电影,放眼看去,所有单车没有一个带后座的,怎么驮?

意识到这个问题,大家一时没了办法。

温年说:"你们去吧,我找个咖啡店等你们。"

"怎么能把你一个人留下?"杨晓桃不同意,"我陪你。"

难得出来玩一次,温年哪好意思拖大家后腿?她想说她一个人没问题,陈远忽然说:"我去借。"

说着,正好有两个学长往这边走,其中一个还推着山地车。

陈远过去交涉。

凭他的"语言天赋",温年并不看好,琢磨是不是让金鑫过去帮忙。

佟佳露也觉得悬,正和金鑫说着让他过去帮帮忙,陈远推车回来了。不仅回来了,借他车的学长还笑着说:"学弟!看好你啊!要是能成,车送你都行!"

大家听得一头雾水。

陈同学什么时候有这魅力了?奇迹啊!

"你和人家怎么说的?"温年好奇,"车不用还了?"

陈远说:"用还。"

"那……"

"上来吧。"

陈远不太想说这个话题，他帮温年戴上卫衣的帽子，又翻出书包里的围巾，绕着温年的脸和脖子绕了两圈，就露出温年一双眼睛。

温年都不用照镜子，就知道自己现在整个一山里傻妞。她扒拉下围巾让嘴露出来："你觉得我会以这副样子和你骑行吗？做梦！"

见她要摘下围巾，陈远果断地又给她系上，不容商量地说："会感冒。"

"这样丑死了！"温年急道，"还拍照呢！"

"不拍。"

"谁说不拍？金鑫会拍的！"

陈远看向金鑫。金鑫和其他人，都没反应过来。

"你看！就是拍！"温年还是要摘，陈远也还是不让。

温年就不明白了。"铁葫芦"平时对她称得上是百依百顺、言听计从，怎么一到这种时候就倔得像头驴似的，怎么说都没用。

两个人这边僵持着，金鑫缓过神来，说道："不拍！不拍！骑车怎么拍？"

"就是就是。"佟佳露也说，"不拍啊，你还是围着吧。"

孔家奇点头："温同学，你得听陈同学的。"

他们这一个个的，刚才都哑巴，现在又成了复读机。就杨晓桃不说话，但她笑，笑得异常诡异，看得温年都怕这是有邪风入体了。

既然不照，陈远把围巾的扣系得更紧了。

温年哀怨地看着这个毫无审美，且不懂女生怕冷但更怕丑的直男，气成一只河豚，上了后座。

冬天骑车是冷。唯一的好处大概就是没人和他们一样有病，所以环海路格外清静，海景尤为迷人。

金鑫不畏严寒，骑在最前面。骑到兴头上，他还要猿猴似的吼叫。别人都不想张口喝风，也就没吐槽这种返祖行为，不过车速略有提升一些。

温年和陈远在最后面，陈远把车骑出了步行速度。

"要不我下来和你走吧。"温年说，"也许比这还快呢。"

陈远说："不怕冷？"

怕啊。可都裹成这样了，想冷也没那么容易吧。

"喂！前面有个大斜坡！"金鑫喊，"冲下去一定爽！快来啊！"

温年在电影里看过类似场景。不过电影里，女主都是坐在车梁上，有男主从后面环抱着，还有各种彩色泡泡、蒲公英什么的在空中飞，所以俯冲下去的时候很美，可以做电影海报。

她不太行，但俯冲什么的，应该确实挺刺激吧。

"我们也试试？"温年说，"你行吗？"

陈远难得极为迅速地回答："行。"

温年说他吹牛，话音刚落，陈远就加速了。突然的惯性让温年额头撞在陈远背上，她抬手揉了揉，刚放下，陈远便反手拉住她的手按在腰侧。

"风会很大。"陈远说，"你要是冷就靠住我。"

他这么说，温年有点儿紧张了。

很快，他们骑到最高点，杨晓桃和孔家奇早几秒下去了，杨晓桃那么文静的一个女孩，都尖叫了起来。

温年更紧张了："我觉得其实……"

"怕了？"

"谁啊？我吗？"温年哼了一声，"我在新西兰玩过极限运动的，我会……啊！"

冲下去的那一秒，温年第一次感到"身体去了，魂儿还留在原地"的滋味，几乎是瞬间抱紧了陈远，脸死死贴在陈远背上。太刺激了！也太冷了！风好大啊！

温年一路尖叫到停下。顾不得佟佳露他们在笑，她下来就回敬了陈远一拳。

"提前预报下会死啊！"她说，"吓死我了！"

温年露在外面的头发早就被吹成梅超风。陈远给她解开围巾，再摘掉帽子，揉了揉"小疯子"的脑袋，帮她一点点捋顺头发，语气里含着宠溺和轻快："还说不怕？"

温年没什么威慑力地瞪过去，看见有段时间没见到的酒窝，愣了愣。她很不想承认，但她就是没出息地想：如果因为骑个车能看到酒窝，那也是值得的。

"咱们在大石头那里合个影怎么样?"金鑫提议,"正好有个树杈能立住手机。"

温年又整理整理头发,陈远帮她。

两个人过去,其他人很自然地把中间位留给他俩。

"都笑啊。"金鑫调好手机镜头,"孔总,你不要这么僵硬,自然点儿。"

孔家奇点点头,活动活动嘴巴。

温年看了看身边的人,用手肘戳了他一下:"你也得笑,有酒窝的那种。"

"为什么?"陈远问,"有酒窝有什么不一样?"

温年不知道某些人是明知故问,直接命令道:"让你笑就笑,哪儿来那么多话?"

陈远没说话,默默往身边靠近了一点点。

"调好了!"

杨晓桃让佟佳露再看看自己领子整不整齐,温年说很好,顺手帮佟佳露调整了下挎包带。

准备就绪,金鑫跑过来,一屁股坐在大家中间,比了个"耶"——

"茄子!"

去日落大道的路上,池林来消息说事儿办完了,提前过去等他们。

缆车票金鑫已经提前网上买好。到了地方,金鑫去换票,顺便分配了座位,一辆缆车最多坐两个人,温年和陈远毫无悬念地被安排坐一辆。

温年脸通红,可她也没提出异议,接受了安排。

缆车要等日落时分坐才最美,这也是夕阳缆车名字的由来。在日落之前,还有一些时间,温年他们就在大道两边的商业步行街随便看看。

这里卖什么的都有,各种中古宝贝,只要肯淘,也是有上品的。再有就是各类小游戏摊,以及街头艺人。

有个阿姨和她老公出来表演,她老公弹吉他,她唱歌,唱的是民谣版《甜蜜蜜》。

"我就说我女神的歌永远不过时吧。"金鑫说,"怎么唱怎么有味道。"

"甜蜜蜜,你笑得甜蜜蜜,好像花儿开在春风里……"

温年也觉得好听。

她知道邓丽君,是因为外公外婆。他们都是大学教授,据说,外公为人古板无趣,而外婆年轻时爱玩爱浪漫,最喜欢的就是喝着咖啡听邓丽君的歌。

外公为了追外婆也听邓丽君的歌,甚至将邓丽君所有歌的歌词背了下来。

后来,外公经常弹琴给外婆听,每次都弹邓丽君的歌,外婆听着心醉,最后答应了外公的追求……

"你觉得怎么样?"温年问,"好听吗?"

陈远似乎在走神,听到问话,回道:"还行。"毫无欣赏品位的直男。

时间差不多,大家去缆车那里排队。

这个时候坐缆车的人很多,都是为了看夕阳。

温年和陈远在前面,顺利上了缆车。

紧跟着应该是杨晓桃和佟佳露,可佟佳露半途说去卫生间,还没回来。杨晓桃拉上懵懵懂懂的孔家奇上了缆车,甩下金鑫。

"嘿!我怎么办?我……"金鑫看向池林,"林哥,那咱俩来?"

池林往卫生间的方向看了看,说:"你先走吧,我等等佟同学。"

缆车里的风很大,但有围巾的"傻妞"温年也还挺得住,更何况她身边坐着一个天然暖炉。

随着缆车往海平面深处延伸,夕阳余晖仿佛碎了一片的光,在波涛上跳跃翻滚。

沉默半天的"铁葫芦"启动嘴巴,问要不要拍照。

温年心说你还有这雅兴,便配合着拍了一张。

可她忘了自己的造型,看到照片后,整个人都不好了。温年有冲动把围巾掀了扔海里,再把要给她围围巾的人也扔海里,啊,那样她就可以独美了。

在这个冲动越发强烈时,陈远说:"这样也好看。"

"你眼睛有问题?哪儿好看了?"

陈远点头:"眼睛好看。"

温年刚要发火，再看看照片，忽然又明白了他的话——他说的是她唯一露出来的眼睛好看。

火气"嗖"地变成小火苗，再扑腾两下，彻底灭了。

陈远见她似是不生气了，试探着，又说了句："你喜欢，我们夏天再来。"

温年一愣。

陈远从不谈以后。以后对他来说充满未知，他怕了变故和抛弃，所以与其规划以后，不如得过且过。但现在，他开始想了，想以后。

温年迟迟没有回应。

等待的时间钻心般漫长，陈远的手心渗出薄汗，他没勇气再深入明显地说，只能琢磨将这个话题揭过去。

"那下次……"

"什么？"

因为忐忑，陈远的声音有些涩哑。

温年听得心疼。对陈远来说，希望和承诺这两样是要赌上很多东西的吧。他习惯了不去争取、不去在意、不去规划，这样就可以把自己保护在安全范围内，让一切破灭的可能降到最低。

一个约定，对他至关重要。

温年说："那下次来的时候，你还得带我去吃章鱼烧。"

堵在心口的那团气一下畅通。陈远点头："嗯，我们去。"

温年抿着唇笑，长长的睫毛垂着，不看身边的人，把手机还回去。

当微凉的指尖碰到温暖时，两个人都微微一怔。

不远处，夕阳温柔地落下。

小舟

上

不知江月 — 著

江苏凤凰文艺出版社
JIANGSU PHOENIX LITERATURE AND ART PUBLISHING

图书在版编目（CIP）数据

归航：全2册 / 不知江月著. -- 南京：江苏凤凰文艺出版社, 2025. 1. -- ISBN 978-7-5594-9145-9

Ⅰ. I247.5

中国国家版本馆CIP数据核字第202429JV20号

归航（全2册）

不知江月 著

责任编辑	王昕宁
特约编辑	狐小九
责任校对	言 一
出版发行	江苏凤凰文艺出版社
	南京市中央路165号，邮编：210009
网　　址	http://www.jswenyi.com
印　　刷	天津睿和印艺科技有限公司
开　　本	880mm×1230mm 1/32
印　　张	17.5
字　　数	529千字
版　　次	2025年1月第1版
印　　次	2025年1月第1次印刷
书　　号	ISBN 978-7-5594-9145-9
定　　价	65.80元（全2册）

江苏凤凰文艺版图书凡印刷、装订错误，可向出版社调换，联系电话025-83280257

第四章
在水一方

从北城回来没有两天,怀蓝一中的高二学生就开学了。

高三开学比高二还早三天,两个年级一个北楼、一个南楼,预示着不久后的交替。

班里的气氛相对放假前明显有了变化。课间闲聊的同学少了,一会儿不去小卖部就嘴巴寂寞的同学也少了,马令芳做了一个倒计时牌,挂在黑板右边的角上,像紧箍咒似的,箍在每个人的脑袋上。

自习课上,陈远拿出一个计划本,放在温年桌上。

温年翻了翻,里面写了语文学习计划,大到作文,小到古诗词背诵,完全是温老师的教学手册。

"敢这么压榨我,"温年说,"谁给你的胆子?"

陈远看着她,答案不言而喻。

温年高傲地别过头，过了一会儿，拿出五本册子来。这五本册子，除了有针对陈远的语文手册，还有英语手册。

考北城大学不是闹着玩，全国那么多学生都想考进去，哪怕错一个标点符号都能涌出千军万马。

陈远英语还不错，但距离完美还有差距。

"这样你太辛苦，"陈远皱着眉说，"英语我……"

温年丢给他一本数学手册："你还真想白使唤我？"

明白过来，陈远浅浅一笑："数理化都可以。"

除了这三本，剩下两本是一样的，温年和陈远一人一本，是成绩记录手册。

温年说从现在开始，每次考试，不管是月考还是模拟考，也不管卷子的难易程度，成绩都要记录在册，只要新一次比上一次退步，就要受罚。

陈远问："什么惩罚？"

"还没想好。"温年说，"但肯定罚，你别想糊弄。"

陈远点点头，将册子收好。只要不是不理他，其他都好说。

确定好学习计划，陈远又提了件事，关于拼车。

"从学校到南甜巷子？"

"嗯。"

陈远找池国栋帮忙，池国栋联系了一个跑车的朋友，对方住在南甜巷子附近，愿意接送学生上下学。

温年、金鑫、佟佳露，加上陈远，正好四个人一辆车，车费平摊。

"那你不骑车了？"温年咬了咬唇，"没必要……"

"天气冷，很多人不骑车。"

"可是……"

温年知道，他就是怕自己每天还要走出去一段路才打车辛苦，况且之后还要再加晚自习，放学会很晚，许扬前天还念叨要想个办法，不然太晚不安全。可问题是这样又麻烦长辈又拉上同学的，就为了她，是不是不合适？

陈远说："佟佳露和金鑫都愿意，你可以问。"

温年还真问了。

她在小群里直接问的佟佳露，佟佳露回得很快。

佟佳露：不然你以为我喜欢被风吹？

杨晓桃：温年，你就放心吧，露露以前就想包车的，但找不到伴儿。

佟佳露：感谢陈远！

把手机放回书箱，温年对这件事算是接受了。初衷是为她，朋友也配合愿意，她要矫情个没完也太假太不识抬举，不过——

"以后再有这种事，你先和我商量。"温年说，"不许自作主张。"

"好。今天放学一起？"

今天不行，温年放学要去个地方。

"去哪儿？"陈远问。

温年斜着眼看他："你管得很宽嘛。"

陈远垂下眼，不言语了，温年竟看出几分在线委屈的意思，过了一会儿才听他说："我可以给你拿书包。"

温年转过脸笑，最后体谅他一心做苦力的心，就告诉他吧。

放了学，佟佳露和金鑫先体验车接车送的豪横。

大家约定好明天几点集合，在校门分别。

陈远拦了一辆车，和温年去花卉市场。他也不问去哪里是要干什么，能跟着就行，乖得温年更想欺负他，可碍于司机师傅在，还是算了。

下了车，温年让陈远进大门里面等着。温年从书包里拿出一个小袋子，特意背着陈远，等拿完东西就把书包丢给某苦力，一身轻松地往店铺走。

老板就等她呢，见了她，笑着说："同学，种子到了！我朋友说品质杠杠的！你回去种着好，给我拍照啊。"

钱一开始就付了，温年接过种子查看。说实话，手里这些小黑粒粒，让她实在想象不出盛开的"弗洛伊德"玫瑰。

"玫瑰长成之前都这样。"老板说，"给，我提前写了养花手册，哪儿有问题，你随时找我。"

温年道谢，带着种子又去了安静的地方。

袋子里有她在日落大道小店里买的复古木盒，还有精美的纸袋。她小心地将种子倒进盒里，用纸袋装好，再用普通袋子在外面罩了一层，确保陈同学绝对看不出里面是什么，回到大门。

陈远还保持温年走时的样子，站在门口，守卫一样。

温年来到他身边，说："走吧。"

看了眼纸袋，陈远还是没问，去外面拦车，叫她等自己拦到了再出去。

两个人一路没怎么说话，直到到达 66 号、67 号门口。

温年现在开始佩服"铁葫芦"了。明明想知道，就是憋着不说，他不怕自己有一天变成忍者神龟吗？

温年也懒得和他绕圈子，说："你再不问，我就回去啦。"

陈远抿抿唇，他想了很多答案，帮许扬取东西或者她自己买东西，可她需要什么是要去花卉市场？

"你买了什么？"陈远还是问了。

瞧他那憋了半天，问时小心翼翼，问了之后也不觉得轻松的样子，温年莫名又有些不是滋味。很简单的一件事，为什么要这么踌躇犹豫？

陈君誉和陈遥去世时，刘书翎每天都很崩溃。陈远害怕妈妈也出事，总是尾巴似的跟在她身后，看她有什么举动又或者拿了什么，就会问。

刘书翎很烦，叫他不要多事。可他还是怕，怕再因为自己没看好妈妈，妈妈也会离开。

刘书翎走前，陈远依旧在问，刘书翎无法忍耐，歇斯底里地冲他喊道："问问问！你问了，你爸和你弟弟是会活过来吗？滚！我不想看见你！滚！"

陈远听话地走了。他怎么都没想到这一走，就再也见不到妈妈了……

温年不知道"习惯"是这么养成的。她上前，轻轻握住陈远的手，说："我给你个特权，好不好？"

"什么特权？"

"你可以随便问我你想知道的。"

"你不会烦？"

"看你问什么。"

陈远显然不知道自己什么该问，什么不该问。对他这种榆木脑袋般的直男来说，是有点儿难为他了，不过，温年有很多耐心。

"你得先问了才行。"温年说，"我要是不高兴，你以后不问不就好了？"

"还能这样？"

"怎么不能？"

她一点点教他，总会让他完全和自己合拍。

陈远点头，问："你去花卉市场买了什么？"

"种子。"温年笑道，"弗洛伊德玫瑰的种子。"

陈远家的院子太单调了，一点儿品位没有，得增色才行。

"弗洛伊德开花特别漂亮。"温年说，"你好好养护它，等它开花时，你的小院必然蓬荜生辉。"

陈远嘴角轻扬："蓬荜生辉是这么用的吗？"

他还敢教育"温老师"了？温年捧着盒子，说："你种不种吧？这可是我给你的新年礼物。"

原来是这个。确实出乎陈远意料，他接过种子，说："开花了告诉你。"

温年满意地笑了笑，这还差不多。

送了礼物，温年一直等着的大事圆满落幕，她得回去写卷子，开学就要考试呢。

但陈远让她再等一下，说自己也有东西要给她。

温年心想他已经送了书签，为什么还要再送？她是不是收太多礼啦？

这个想法出现了几秒，在温年看到礼物后，又抛诸脑后。

陈远做了一个手摇铃铛给她。木质的，铃铛外面刻了猫和玫瑰，连手柄上都有玫瑰花枝缠绕的精巧造型。

"你什么时候做的？"

温年摇了下，铃铛"叮咚"作响，清脆好听。

陈远说："去北城之前。"

其实这个才是要送的新年礼物。他期末考试前就画好了图纸，可因为陈君荣和伍娟的事，他来不及做，只好先用书签代替。

温年喜欢这个铃铛。

很奇怪，她不知道自己是做过梦还是怎么的，她潜意识里总认为铃铛特别重要，摇铃铛更是她和陈远之间的一种密语。

"谢谢。"温年说，"我会好好收着，之前那个……"

"可以扔掉。"

"扔了？多可惜啊。"

陈远摇头："那个是老物件。"

换言之，不是他做的，不怎么样。

她摇了摇铃铛，说："那东西换了，之前你说的话也不作数了？"

陈逯还是摇头。

"什么意思？翻脸不认账？你可是说随摇随到的。"

话这么说，但温年也知道不现实，可这个承诺怪好的，总得要着嘛。

陈逯说："我摇头是说'不是'，不是不作数。"

温年愣了愣："那你的意思……"

"只要你摇铃铛，我就会出现在你身边。"

他说得认真，澄明深邃的眼睛望着温年。温年的指尖不由自主地轻颤了一下，指腹正好敲在铃铛上，也敲在了她心上。

"说话算话？"

"算话。"

温年握紧铃铛，低下头，藏在胸腔里的心脏"扑通扑通"跳得厉害。她扯走自己的书包，想回去，又被喊住。

"温年，我一定会考上北城大学的。"陈逯说，"一定。"

一把关上门，温年靠在门上喘气。

不过是说了会考上北城大学，又不是就考上了，也不是她考上了，她激动个什么啊？

温年告诉自己镇定。她现在太一惊一乍，都没有以前的高贵冷艳了。

平复好心绪，温年准备回房间写卷子。

一抬眼，许扬那爆炸头又不知道什么时候支棱在门口，吓人一跳。

"你怎么回来了？"温年说，"怎么不说话啊？"

许扬嘿嘿笑，拨浪鼓似的摇晃脑袋，还深吸了一口气，说："啊，春天，是春天的气息啊。"

"要吟诗回你屋里吟去。"

温年急着进小楼，跑回房间，也不知道是烦还是心虚，果断锁上门。

对面楼的窗户明晃晃地映入她眼帘，她也拉上窗帘，以免自己的脸又热起来没完没了。

掩耳盗铃完毕，温年放下了书包，拿出文具和卷子，进入"我爱学习"模式。看到书包侧兜的铃铛，她摩挲着，尽可能不让它发出声音，放进了小抽屉里,和玫瑰木雕灯一起。

陈远刚才说话的神情还在她眼前。坚定、肯定、充满信心,大概就算前面有刀山火海,他也会闯过去。温年几乎一下子就想象到了以后他们一起上大学的情景……

温年嘴角不自觉地翘起,想克制都克制不住。她揉揉脸,趴在桌上。

察觉到振动时,温年都不知道这个振动持续了多久,更不知道这个振动是从哪里传来的……直到想起那部被收起来好久的翻盖机。

温年蒙了几秒,反应过来后立刻找手机。等找到时,对方已经挂了电话,只留下一串陌生号码,显示归属地是华城。

温年在华城没有认识的人。她不敢贸然打回去,等了会儿,对方也没来消息,估计是打错了。

毕竟如果是熟人打电话来,对方没接,总得留个言才对。

又等了半天,翻盖机还是没动静。

鉴于之前也接到过类似广告推销的信息,温年没再在意。

黑板上的倒计时像是长了翅膀会飞。

等你留意时,日子已经减去三十天,高二也进入了一周一小考、一月一大考的模式。

第一次月考,温年被人从第一的宝座上拉下来。拉下她的不是别人,正是她的好学生——陈同学。

看到成绩单,温年傻了好半天。她千算万算没想到会有教会徒弟赶超师父的这天,琢磨这样的徒弟是不是该灭口了?

可转念一想,陈远这个分数离北城大学的分数线更近了一步,"温老师"又忍了。

第二次月考,温年发誓夺回第一。因为太过用功复习,她熬了一段时间夜,导致免疫力下降,这次生理期来得惊天动地。

课间,温年趴在桌上半死不活。杨晓桃想关心关心,但同是女生,这种疼她也经历过,不如一颗布洛芬来得实在。

正想着布洛芬,陈远从后门进来。

他身上带着寒气,靠近温年时脱掉了校服外套,将热水、暖宝宝、布洛芬放在了桌上。

"现在吃药吗？"陈远轻声问。

温年动了下，从宽大的外套里钻出一点脑袋，摇头。

她现在是疼，也知道布洛芬管用，但她更不想直起腰，也不想动嘴。

陈远皱着眉，又说："那先贴暖宝宝？"

"等会儿吧。"女孩声音有气无力、软绵绵的，听着叫人心疼。

孔家奇看温年难受成这样，转过身和陈远小声商量要不周末去角落书咖店学习的事取消吧，让温年好好休息。

陈远看了温年一眼，说不用。

他们这六个人现在学习劲头很足。陈远不仅辅导温年最后一道数学大题，也帮孔家奇他们讲数学，同时，孔家奇也教陈远语文，大家互帮互助，成绩都有了进步。

孔家奇佩服这种坚韧不拔的学习精神。既然陈远说不用，那就是还要学，他得再做十道题！

等孔家奇转回去，温年捏了捏陈远的衣角，陈远靠过去，问："要什么？"

温年的脸埋在臂弯里，一只眼睛看着陈远，说："你周末行吗？"

上周，伍娟打电话找陈远闹上了。明明年前去隆城已经把事情说清楚，伍娟也放话不愿意和扫把星有关系，过去该结束了。可伍娟不知道是自己想的还是有人出了主意，她说曾经抚养陈远的钱得还给她，毕竟已经断绝关系，她没义务花钱。

伍娟话里话外找陈远要二十万。

陈远一个高二在读学生，上哪儿拿出二十万？伍娟说那就卖了老房子。因为这件事，伍娟每天换着号码联系陈远，还威胁说不要逼她找上学校。

池国栋和池林在想办法解决，这周末说不定就得去隆城。

"池叔不让我去。"陈远说，"让我复习。"

温年想了想，"嗯"了声："等你考上北城大学，池叔一定高兴。"

陈远点头："好些了吗？"

"你这是什么表情？"温年强颜欢笑，"我又不是得了什么重病。"

是不是重病，可这么疼也不行，她还那么怕疼。

陈远不能替她，也找不出办法，只能哄："还是吃药吧，就起来一下。"

瞧他这么担忧，温年说好，一直起腰就觉得小腹急速下坠，肠子好像拧成了死扣。

"怎么了？疼？"

"没，没事。"

温年咬牙接过药，就着热水喝下去，然后又赶紧重新趴好。

陈远不知道生理期能疼成这样，估计是她休息不足导致免疫力下降，再加上着凉才导致的。

前几天，怀蓝天气明显回暖，温年就减了衣服。没想一夜之间又来了倒春寒，她没能及时添衣服，又不好意思穿他的，那天一直靠喝热水取暖。

"以后这个时候，"陈远严肃道，"你穿秋裤。"

"秋裤"二字让温年以为自己是痛经痛出了幻觉。她一个花季美少女，是怕冷怕热，是有点儿娇气，但也不至于穿秋裤吧！

温年再没力气也有必要说一句："你别瞎支招，我不穿。"

陈远不听："不行，你穿。不能着凉。"

被围巾支配的恐惧席卷心头，温年想到了自己秋裤套小棉裤，小棉裤又套大棉裤的造型……肚子更疼了。

到放学时，温年的疼痛有所缓解。

回到南甜巷子，佟佳露和金鑫一个方向，温年和陈远一起。

池国栋让陈远今天过去帮忙，温年不想他折腾，不让他送，叫他去店里。可陈远还是将她送到了小广场。

"你快去吧。"温年说，"别让池叔等急了。"

陈远说："我回来时带红糖。"

红糖？他居然还懂这个呢。

温年实际上没喝过红糖水，还挺想尝尝，说："那你快点儿回来。"

闻言，陈远靠近过来，温年后退："我的意思是你回来了，我还要抽查你的诗词背诵。"

她说得正经，可面颊和耳垂都泛着粉红。

这会儿周围没人，陈远揉了揉女孩的头。见她耳边的头发有些乱了，他帮她别好，嘱咐："回去多吃一点，以后不许熬夜。"

温年笑道:"现在你也和我说'不许'了?不行,这是我的专属词,你不能说。"

"那,别熬夜了。"他换个说辞,"我以后不考第一。"

这叫什么话?让着她?瞧不起她?他拿自己也太不当回事了!

温年打开陈远的手,说:"你胡说八道什么呢?你给我能考多高分考多高分,去不了北城大学,你就完了!"

她着急生气的时候特别像爹毛的布偶猫。陈远以前在隆城宠物店见过这种猫,说它是猫中仙女,和她倒是贴切。

陈远:"以后不胡说了。"

温年目送陈远离开,转身往67号的方向走。

因为有了目标,还因为目标里有了某人,她的学习热情空前高涨。今天肚子疼耽误了进度,一会儿回去她就通通补回来,先来它一套真题!

等做完了,她就和试图赶超她的某人显摆,让他知道想要超越她是永远不可能的!

温年笑笑,步伐轻快拐进了巷子口。

看到站在那里的人时,她以为自己在做梦,瞬间定死在了地上:"妈?"

颜清在这里站了有一会儿了。她以前来过许扬家,记得路,知道到67号这个小广场是必经之地,就在这里等着。

颜清看了眼不远处的那条巷子,正好是陈远离开的位置。温年心脏"咚"一下,下意识地挡住颜清的视线,说:"妈,您怎么来了?家里……"

"解决了。"颜清冷声说,"回你表姨家?"

温年有点儿跟不上。解决了?债还了?还是怎么?

她僵硬地点点头。

见状,一向话不多的颜清转身朝67号走去。还在原地的温年不可置信地又看了看那抹熟悉又陌生的背影,又蒙又惊,还有隐隐的怕。

许扬哼着小曲儿给爆炸头喷摩丝。

听到门口有动静,她直接大嗓门说:"给你炖了汤。哎哟,小远简直是你妈,那微信菜谱发的,我都……"

温年用力清嗓,许扬以为她又不好意思,停了话头,嬉皮笑脸地转过来,见到却是颜清。

许扬骂了一声,一蹦三尺高:"阿、阿清?你怎么来了?"

颜清冷着脸,说:"注意你的语言,你平时就是这么教我女儿的?"

许扬看了眼温年,温年站那里,脸上大半是茫然。缓过神,许扬忙搬了椅子过来,说:"你怎么突然就来了?之前一点儿消息都没有。"

颜清腰板挺直地坐下,板正的职业套装没有因为她的动作发生一丝褶皱:"问题解决了,就来了。"

她说得轻巧,许扬这会儿也有些乱,傻呵呵地"哦"了两声,不知道下一步该干吗,只好说:"温年可想妈妈了……解决了就好,解决了就好。"说着,她还看向温年,示意温年把话续上。

可温年一个字说不出。她确实在到了怀蓝之后很想颜清,每晚都会对着翻盖机期盼颜清来消息,可现在人突然直接来了,还说家里的危机解决了,她本来应该开心才对,却又丝毫体会不到开心。有的,只是不适。

颜清没计较许扬和温年的"不善表达",看看腕表,说:"我订了餐厅,现在过去正好。"

"你还订餐厅?"许扬说,"你到了怀蓝,该我来才对。"

颜清笑而不语,站起身对温年说:"换身衣服,再整理整理你的头发。"

温年心脏"咯噔"一下,避开颜清的目光说:"好的。"

回到房间,温年对着衣柜迟迟没有动作。理性分析告诉她,颜清应该没看见,不然以颜清的性格,她会出现挑明,不会这样藏着。她说的整理头发,不过是一句寻常话。

温年反反复复这样安慰自己,可给陈远发消息时,她冰凉的手指抖到打字都打不好。

温年:*临时有些事,你晚上等我联系。*

收到消息的陈远察觉出不对劲儿,但还是回了:好。

池国栋在小桌那边摆盘,让陈远先来吃饭,待会儿再修不迟。

闲聊起来,池国栋说:"咱们巷子今天来了个不得了的人物,坐着豪车,好像还是个女的。我听他们八卦,像是来这边找人。"

陈远一怔,心里莫名划过一丝不安,以至于手不稳,扫到了"零件象限",把本来完好的架构全部打乱。

怀蓝找不到星级酒店，但只要想花钱，也是很难有花不出去的可能。

颜清找的这家餐厅位于怀蓝中心，建筑仿照江南小楼，乍一看并不起眼，进去之后才知道别有洞天。

温年见到了许久不见的张秘书。

张秘书大学一毕业就跟着颜清，温家这次遭难，她表面上脱离了颜清，背地里一直尽力帮忙，报答当初颜清的重用之恩。

进入包间，服务生送来菜单。

颜清点的全是口味清淡养生的食物，让许扬眉头皱成小山，难得有人请她吃饭，就吃斋菜？

"阿清，你遁入空门了怎么的？"许扬说，"要点儿有味道的。"

颜清笑意不明，淡淡看了温年一眼："有些东西突然一吃，可能是新鲜，也好吃，但长久下去，只有伤害身体，并不可取。"

这话是颜清的一贯作风，但温年听着，后背却冒出冷汗，总觉得意有所指。

点菜完毕，张秘书退下，服务生也出去，包间里只剩温年她们三人。

颜清说话言简意赅，大致就是温家的危机解除了，但公司已经破产，不可能再组，所以现在正在筹备新公司，继续做生意。

"我就说你不是一般人，这么大的困难都能过去！"许扬以茶代酒，"恭喜你，阿清。苦尽甘来！"

温年也举杯敬颜清，说："妈，您这段时间辛苦了。"

听到这话，颜清的神情有几分欣慰，柔和了不少。

可紧跟着，温年顺势又问了句爸爸在哪儿。这是很自然的提问和疑惑，颜清听了，举起杯子却又放下，垂着眼，低声说："先去北城了。"

许扬说："事情多，他要是能帮你分担也好。"

颜清嘴角似乎牵扯了下，再抬起头，又说："我过来，主要是给温年办转学回北城。"

"咚"一声，温年手里的杯子滑落到桌上。她张了张嘴想说话，却发不出声来，惨白的脸在灯光的映照下，透明得接近一张纸。

许扬也被这话震了一下，说："现在回去是不是太赶了？都高二下学期了。阿清，温年在这边学习成绩很好，期末开家长会，她的班主任和我夸她,说以她的能力,考上北城大学不是问题。"

颜清拿起茶杯,漫不经心地品了口:"北城大学不是她的目标。"

"可是……"作为学渣,许扬不知道都北城大学了,还要什么目标,上天吗?

"妈,我觉得北城大学很好。"温年说,"我知道您的想法是送我去国外深造,但我的理想是学教育学,像外公一样。既然是学教育,就要结合国情,我不认为北城大学不如国外高校。不如我在国内读了本科,将来去国外念研究生?"

许扬接话:"哎,这个主意好,两头都兼顾。"

听温年提外公,颜清点点头,说:"我不否认你国内大学也优秀的观点。但不管你在哪里读本科,你都该回北城了。难道你不要你的家了?"

这话一下攻到温年的心,让她才建立起的镇定又被击溃,无法反驳。

许扬看她眼眶忍得发红,说:"但现在回去是真的赶啊。她刚适应这边,又换地方,天天光换学校了,这不耽误学习吗?"

颜清不置可否,回北城的话题也到此为止。

这顿饭在上坟般的氛围中结束。

颜清下榻在离怀蓝最近的一个市的五星酒店,温年和许扬回去。

这会儿小巷里还有个别老人遛弯,等拐进67号那条路时,没人了,许扬问温年颜清是不是知道什么了。

温年摇头:"我不知道。"

这事棘手。颜清是温年的妈,是合法监护人,要接温年回家,谁来了也不能说一个"不"字。更何况那是北城,全国最好的城市。

"温年,你妈的性子你知道。"许扬说,"而且那是你的家,你……"

温年说:"这儿也是我家。"

这话听得许扬心里一酸,赶紧拍着温年的背,故作轻松地安慰:"谁说不是?表姨多疼你啊,财产将来都归你。"

66号门口这时传来轻微响动,温年赶紧眨眨眼睛。

陈远一直等在门后,确定只有温年和许扬回来才开的门。

"许姨。"

听到陈远叫人,许扬的爆炸头更爆炸了,应了声,让温年去和陈远聊聊。

温年进了陈远家的客厅。

陈远让她坐，他去厨房斟温着的红糖水。

红糖水必然是甜的，但有人说那种甜有些奇怪，陈远怕温年喝不习惯，又备了两块草莓口味的软糖。

"趁热喝。"陈远说，"还疼吗？"

疼，很疼。但颜清的出现让温年连疼都忘了。

温年接过杯子，冰凉的手被热热的杯壁暖着，勉强让心里踏实了点。

她小口小口地喝红糖水，陈远坐在她的身边，也不催，只是怕红糖水会凉，偶尔摸下温度。

这样的安静在之前他们的相处中，只会让彼此觉得舒服。但今天，有些事瞒不住。

温年喝下整整一杯红糖水，放下杯子，说："我妈来了。"

陈远顿了顿，并不意外："嗯。"

"最近，最近我们尽量少接触。"温年哑声道，"你别生我气，我也是为了保险一点。我妈比较……"

话没说完，一只大手抚在她头顶，轻轻揉了揉。

"不生气。"陈远说，"万一有什么，你就说都是我。不要因为这件事不开心。"

温年忍了一个晚上，但陈远一说话，她就忍不住了，红了的眼眶，眼泪退不回去。

她转过头，不想他看自己哭。

"陈远，我如果得回去了，怎么办？"

陈远背脊一僵，连带肩膀颤抖了下，几乎没什么音量地说："回去？"

温年用力抓住陈远的衣服，说："就是，回北城。"

"如果，我说如果。"温年克制着哽咽，"如果我回去了，其实也就是一年多，对吧？到时候我们在北城大学也可以见的，是不是？"

温年说完，自己都没有底气。可颜清要是非带她回去，她能怎么办？

陈远的沉默让温年的不安加剧。她怕陈远生气，怕陈远不高兴，也怕看不见的日子里的无数变数。

她咬住唇，眼泪越涌越多。

忽然,那只手轻轻将她推起来,她躲闪,陈远就帮她擦掉眼泪。

"第一次见你哭。"陈远说,"我以为你不爱哭。"

温年是不爱哭。她初到怀蓝时,面对未知未来以及对家的思念,都没有这样哭,因为哭也没用。

可她在哪里也看过一句话,说眼泪对在乎你的人还是有用的,而这个人要是不在乎你,你就算哭瞎了,对方也只会觉得烦。

温年不是想用眼泪让陈远心疼自己,她就是控制不住。

陈远一遍遍地擦掉温年的眼泪,每次动作温柔得都像是在爱护珍贵的宝贝。他说:"你说得对。如果你妈妈接你回北城,没关系,我们在北城大学见。"

闻言,温年笑了笑,又说:"也不一定会回去,我会和我妈争取留下。"

陈远也浅浅一笑,摸着温年的头发:"不要为这件事哭,没什么的。"

温年摇头:"陈远,我想和你一起高考。"

回到小楼,许扬煮了小馄饨。看见温年的兔子眼,许扬叹口气。

许扬让温年吃一些,刚才在餐厅几乎没吃。

"这事我想了,也未必就是板上钉钉。"许扬说,"表姨给你想办法,别急。"

吃到一半,温年的手机响了一下。

她点开看,是颜清的消息,说是明天中午去学校接她出去吃午饭。

温年妈妈来了的消息在巷子里迅速传遍。不说宾利这样的豪车能停在巷子口,单说颜清的气质和长相也足以贡献至少三个月的话题热度。

金鑫和佟佳露自然也听说了。上午体育课,几个人在根据地聊天,佟佳露问温年怎么回事。

温年说就是她妈妈来了,其余没提。

可他们这么大的孩子也都懂些人情世故了,坐得起那样车子的家长会让孩子在怀蓝这样的小地方待着?

杨晓桃拽拽温年的手,说:"你和阿姨说,咱们学校虽然不是名校,但升学率可以的。咱们这边普遍学得难,参加全国考有很优势。"

"对。"孔家奇说,"咱们虽然没有名声优势,但卷子难。考起试来不吃亏。"

杨晓桃和孔家奇都这么说,金鑫和佟佳露不懂这块,就说:"他们俩说得对,留下来,怀蓝一中你值得拥有。"

温年心里暖暖的。能交到这样的朋友,是她来怀蓝的第二大幸运。

至于她的第一幸运……

到了中午,温年和陈远说了安排,去校门口找颜清会合。

餐厅换了一个地方,但环境依旧雅致清静。

颜清点的还是那些清汤寡水,让温年先吃,吃完再聊。

温年和颜清长得有五六分像,鹅蛋脸和灵动清澈的鹿眼都是来自颜清,高挺的鼻梁则完美遗传温振渊。但颜清毕竟上年纪了,眼型有些改变,目光也不如温年那般干净得一丝不染。

温年慢吞吞地吃着。菜肴装在精美的盘子里,看起来高级美味,但她心里想的全是陈远做的那些菜。

现在的温年,已经彻底脱离了食堂。陈远说高考是脑力工作,也是体力工作,需要补充营养。他查了资料,每天变着花样地做鱼、做虾,还煲汤,许扬这个没正形的,也不要长辈尊严,跟着一起蹭饭。

有时,池国栋也怕陈远做饭辛苦,就接替这个工作,给他们俩做。温年感激,池国栋笑着说:"我要是能培养出两个考上北城大学的,我后半生吹牛的素材就有了!"

这样想着,温年不知不觉地停下了筷子。她吃不下去,不仅吃不下去,还有些反胃。

"不爱吃?"颜清说,"在这边吃了新鲜的就忘了过去的习惯,这不好。"

温年抿抿唇,语气舒缓温和地说:"妈,我昨晚仔细想过。北城大学是我最好的选择,我留在这里念书,也不会耽误学习,一定可以交给您满意的成绩。"

正在吃东西的颜清放下筷子,擦擦嘴,待嘴里的食物咽下去,说:"你是为了让我满意,还是为了你的同桌?"

温年如有雷劈,浑身顿时紧绷起来。

颜清还是看见陈远了。

其实,当时天已经黑了,巷子里光线灰暗,颜清看不清温年和陈远的细节举动,无法判断什么。

但有一个动作暴露了所有。知女莫若母,温年的头发从不让人碰。颜清立刻便知道这个男孩对温年而言,意义非凡。

颜清拿来手提包,从里面取出一个文件袋。

"怀蓝比我想象中还要小。"颜清说,"查一个人太简单,更何况这位陈远同学的经历那么多彩,不少人知道。"

"多彩"二字狠狠刺到了温年。她冷声说:"您无权私自调查别人的隐私。"

颜清嘴角的嗤笑添了几分怒气:"你又有什么资格和长辈用这样的态度说话?温年,你的教养和礼貌呢?"

温年低下头:"对不起。"

见她还算顺从,颜清也不想太过严厉。颜清点了点手下的文件袋,说:"从小到大,我给了你最好的物质生活和资源,有些人的生活你是想象不到的。是,我陪你的时间很少,但这个世界没有绝对的公平。你享受了别人享受不到的优越,总该付出其他的代价。

"如果不是这次的危机,我不会把你送到这个地方来。你还会在你原来的学校里念书,踏踏实实地准备出国。现在,危机解除了,我以为你会希望拿回你曾经拥有的一切,可你却因为一个男孩不肯和我回家⋯⋯

"温年,你觉得我会同意你留下吗?"

这些话,字字打在温年脸上,换了外人来听,肯定觉得有道理,这位妈妈没错。

但温年也不糊涂。

"妈,我从没放弃过我的学业。"她说,"如果您说的拿回以前属于我的东西,就是去上那个丝毫没有人情味、只会争名夺利的贵族学校,又或是住在大房子里有人伺候,这些和我的学业没有关系。

"我在这里,在怀蓝,可以考上全国最好的大学。"

颜清说:"你还太年轻、太自信,现实往往就是教训你们这样的人。"

颜清一向固执,温年不知道怎么表达她真的可以做到,也不知道如何向颜清证明自己不会因为陈远而堕落,相反,因为有陈远,她的目标前所未有地明确起来。

想到陈远，温年焦躁的情绪得到些许舒缓。她捋捋思路，想重新和颜清好好说。

看到她眼里的光芒，颜清不知道想到什么，忽地笑道："你和你爸爸真像。"

这个时候，提温振渊做什么？

温年上幼儿园时，就察觉自己的爸爸妈妈和别人的爸爸妈妈不一样。她的爸爸妈妈从不会一起来接她放学，小朋友们偷说过自己的爸爸会亲妈妈，她也从没见过。

颜清和温振渊在家里永远是客气疏离的，就连颜清递来一杯茶，温振渊都会淡漠地说："谢谢你的好意，不必了。"

后来，温年长大，也终于明白为什么自己的爸爸妈妈和别人的爸爸妈妈不一样。因为，她的父母不相爱。

温振渊原本有个相恋多年的初恋女友，是爷爷奶奶看中颜清的能力，才逼着温振渊娶颜清。所以，温振渊不爱自己的妻子，连带不爱他们的女儿。温年从父亲那里得到的都是冷淡的微笑，以及长达十几年的敷衍。

张秘书这时敲门进来，说是有个视频会议要提前一个小时召开，问颜清同不同意。

颜清看了行程和安排，吩咐下去几句，随即中断这次谈话，送温年回学校。

车里，母女俩没有交流。温年望着窗外倒退的景，一艘船行驶在招明港里，分不出是刚出发还是即将靠岸归航。

颜清不该提温振渊。这让温年这么多年来积压的情绪难以压制。她以前没有过这种情况，不管如何孤单，也不管如何羡慕别人家的孩子有父母疼爱，她都可以很好地忍耐。

或许是因为她现在不孤单了吧。

拥有了甜的人，除了不再喜欢苦，也变得瞧不上苦。

车子驶入春祈路，温年看到校门口围着一群人。她降下车窗，等再靠近一些，听到了那个尖酸刻薄的声音。

"我命苦啊！养了这么个白眼狼！"伍娟喊道，"他克死他爸和他弟，现在还要来害我家！连爷爷的房子他也侵占，他还是不是人啊！"

陈远站在校门前，想走，伍娟就疯狗一样抓着他，大喊大叫。

这幅场景落在颜清眼里，她不屑道："这样的家庭能教育出什么孩子？你和他在一起学习？学家庭里的鸡飞狗跳？简直可笑。"

温年咬咬牙，解开安全带下车。关门前，她扭头说："您不用这么高高在上，我的家庭未必就不可笑。"

陈远看到温年向自己跑来。她身后停着一辆车，车窗落下了半扇，隐隐可见窗后的精致女人。

陈远呼吸一滞，脸上产生阵阵刺痛，下意识地侧过身躲避。

午休时，教务主任来找陈远，说保卫处来电话有一位陈远的亲戚遇到急事，要见陈远。

陈远知道是谁，不想见。但不见，依伍娟的性格肯定会闹，他还是来了。可即便他来，面对的也是闹。

午休还没结束，回家吃饭的学生这会儿陆陆续续地回校，看见这一幕都停下脚步。

之前那次因为恰逢期末，学生们后面不用来上课，还算没引起太大的讨论，但现在，一个大新闻正在酝酿。

"谁来评评理啊！"伍娟捶胸顿足，"我养了这么个白眼狼！他骗他爷爷改遗嘱抢房子，小小年纪，心思太毒了！"

温年想骂死伍娟！她是怎么做到这么不要脸的？说这样的谎话也不怕遭雷劈！

温年拨开人群过去，快到陈远身边时，伍娟注意到她，又大喊道："这小子现在这样肯定是这个小狐狸精怂恿的！我非得——哎哟！"

陈远狠狠推开伍娟，伍娟"扑通"一下跌坐在地上，起不来了。

四周安静了一瞬。紧接着，伍娟哭天抢地撒泼，其他人也说怎么能推人，还是长辈。

金鑫脑仁疼，吼道："受欺负活该受着啊？"

"话不能这么说吧。"有同学接话，"照你这思路，受欺负了就还手，要法律干吗？"

温年来到陈远身边，拉住他的衣袖："没事吧？"

回应她的，是陈远快速将衣袖抽出去，低声道："你走。"

温年一愣。

这时，文朗带着范斌过来了。

马令芳中午出校办事，范斌一听有人找陈远麻烦，让文朗立刻带路。

范斌气场很强，伍娟见了，一骨碌爬起来，腰不酸腿不疼，浑身都有劲儿了，就是眼泪"哗哗"掉，求范斌做主。

范斌没搭理她，看向陈远，让他先走。

于是，温年就拉着陈远离开了。她最后听到的话，是范斌说："陈远是我的学生，我最了解了。大姐，您要是胡言乱语，我怎么也得送您去派出所……"

温年带陈远来到实验楼后头，这里背阴，人少。

"不高兴了？"温年问，"你二婶就是这样的人，你别……"

陈远第二次挣开温年。

"你不该过来。"

"你……什么意思？"

陈远不说话，放进口袋里的手紧握成拳。

温年这里已经一堆事了，他还非要在这个时候犯脾气。好啊，那就都别高兴，都难受死好了。

温年转身就走。等拐过去，她又想，陈远从来没把他二叔和二婶放在过心上。

上次伍娟来闹，陈远看都没看伍娟，表情没带变过，这次故伎重演，应该也不会是现在这样，除非……

温年往回跑，和追过来的陈远撞了正着。

温年额头磕得生疼，陈远抬手准备给她揉揉，问："没事吧？"

"有事。"温年推他，"走开，不用你。"

过了一会儿，陈远说："对不起，刚才是我不好。你别生气。"

他这样，温年哪里还有气可生？

她说："你也别生气。你二婶是什么人，我们都知道。每个家庭都可能会有这种糟心的亲戚，没什么。"

陈远自嘲:"我这种是最糟糕的。"

父亲和弟弟因为自己去世,妈妈一走了之,剩下的二叔和二婶为了钱,除了败坏他就是败坏他。这种败坏要是只影响他一个人就算了,如果害了他身边的人……

温年说:"你不会是气你二婶说我是狐狸精吧?"

陈远皱眉。

"还真是啊?"温年笑道,"不过这个形容是很差劲,我比狐狸精美多了,是不是?"

陈远憋了半天,没绷住,嘴角弯了弯。

温年戳他:"笑得开心点儿,要有酒窝的。"

陈远笑给她看。

有了这个笑容,温年就开心,说:"我早说了,我不怕这个二婶。你少在这里给我多事,下次她再敢瞎说,我亲自收拾她。"

陈远轻哂:"这么厉害?"

"我当然厉害。"温年挑眉,"你以后就乖乖让我罩着,不要一副苦大仇深的样子,多笑笑嘛。你不知道你本来就很严肃高冷吗?再绷着脸,更凶了。"

陈远问:"那你怕我吗?"

"不怕。"温年说,"不仅不怕,我还……"

温年起了坏心眼,故意说话说一半,勾勾手指,示意陈远弯腰。

陈远配合,然后听她在耳边说了一句话。

陈远心脏"咚"的一声,耳垂烧起来,哑声说:"我没有。"

"你有。"

"……没有。"

"我说有就有。"

"铁葫芦"被欺负得面红耳赤,温年心满意足,说该回教室了,说不定一会儿范老师还会找人。

陈远点头,两个人一前一后离开实验楼。

没有陈远在身边,温年的笑也没了。

她不知道的是,没有她在,陈远也是如此,甚至,更加低沉。

下午大课间，马令芳让人传话叫温年去趟办公室。

温年进去前，做了个深呼吸。

办公室里只有马令芳，见她来，示意坐下。马令芳向来不喜欢拐弯抹角地铺垫，直接说："你妈妈联系学校这边了，要给你转校。"

尽管猜到答案，温年听到时，还是眩晕了一下，指尖抠进手心。她问："什么时候？"

"现在开始办，越快越好。"

办公室里静下来。

外面学生们的说话声还有主任不许用手机的"狮子吼"时不时传进来，填进温年的耳朵里。她觉得有一只手死死扼住了她的咽喉，她无法呼吸，下一秒就会憋死。

"温年。"马令芳忽然叫道，"还记得我和你说过的话吗？"

"记得。"

马令芳笑了笑，她很少笑，这样看起来格外温和亲切，像是大姐姐："那你就继续发光，祝你考上理想的大学。"

从办公室出来，温年跑到没人的角落，大口大口地喘气。视线渐渐模糊，她蹲下来抱住自己，肩膀抖得厉害……

不知过了多久，有人经过。

"你们都听说陈远那事了吧？"

"这还用说？陈远平时跩得二五八万的，家里就这么一锅粥，真好笑！"

"他那个婶儿说他什么克爸克妈的，这不就是扫把星吗？就这平时还眼睛长在头顶上，谁给他的脸？"

"滚。"冷不丁一句话，惊到几个男生。

温年从后面出来，她不怕这几个小喽啰，哪里都不如陈远，就会在背后嚼舌根。

"再不滚，我告诉教导主任。"

男生们"喊"了声，对着这么一张漂亮又冰冷的脸蛋，说了句"好男不和女斗"，走了。

温年等人走远，拨通许扬的电话。

不到最后一刻，她不会留他一个人。

晚上,许扬又去了之前那家餐厅。她说好久没见颜清,到了她的地盘,她怎么也得请一顿才说得过去。

两个人小酌几杯,许扬说:"阿清,要我说别让温年折腾了。你生意刚起步,一堆事要忙,我帮你看着温年。温年最后考不上北城大学,我提脑袋见你去。"

颜清淡淡地道:"不用我来,有管家。"

"那些管家和机器人有什么区别?"

"要是机器人就好了。"颜清说,"机器人一旦输入程序,它就不会偏离指令。"

许扬听着话刺耳,反驳:"可温年是个人,她有感情。"

"感情这东西,值得什么?"

话音落下,张秘书带温年来了。

许扬本打算今晚就和颜清两个人谈,不想温年参与,可颜清还是把人带来……情况不妙。

颜清说:"既然主角到了,我把我的观点再阐述一遍。人是有感情,但温年没成年,我不允许她在这个阶段毁了前程。"

"妈,我没有……"

许扬拦住后面的话,说:"阿清,你太武断。你怎么就知道这不能促进学习?再说了,你真以为我是甩手掌柜吗?我会看着温年的,不会让她受伤害,不会让她吃亏。"

这番话说得恳切,颜清听了,唤了一声"思阳"。

这是许扬的本名。她母亲怀她的时候以为是个男孩,和她父亲欢天喜地地想了"许思阳"这个名字,结果生出来一看是女孩,大失所望。名字懒得改了,就这么一直叫着。

后来是许扬长到十八岁,自己把名字改成了现在这个。

"我不想温年和你学。"颜清说,"请你理解作为母亲的用心。"

许扬愣了愣,站起来,反问:"颜清,我做什么了?"

颜清仰起头:"你做什么了?你未婚夫死二十多年了,你一直替他照顾父母,掏光所有积蓄,落得现在这个孤家寡人的样子,我说错了吗?你是愚蠢，荒谬。"

"砰！"

许扬甩手砸了酒杯。

温年跑过去拉住许扬，怕许扬划伤自己。

原来，那个不管妈妈住院的姨夫竟然早就去世了，那许扬这么多年……

温年心里酸涩，说："妈，您不能这么说表姨。"

许扬眼底通红，点点头："你说得没错，我替人家养爸妈。但我告诉你，颜清，这辈子我值了。"说完，许扬拍拍温年的手，说去卫生间冷静一下。

看着地上的碎片，温年垂下肩膀，叹了口气。再看看依旧优雅端庄坐在那里的颜清，她后退了两步。

这次见到颜清，温年觉得她比之从前更加极端、霸道，好像谁要是和她意见不一样，她就刺你一刀，毫不留情。

颜清看温年站在距离自己很远的位置，冷笑一声："我只是在行使我作为母亲的权利和义务。总有一天，你会感激我的。"

温年问："总有一天是哪一天？"

"咬文嚼字？"颜清问，"温年，我还是那句话，你太年轻、太自信。如果你断不了，我来替你断。"

温年背脊猛地一凉，问："你要干什么？"

"去找这位陈同学，来帮他……"

"不行！不行！你不能去找他！"

自从儿时出事，陈远就在不断经历抛弃、否定、厌恶，她不能让人再伤害他。

颜清笑了笑："看来你很清楚陈同学的弱点。也是，这种出身的孩子，别说没有权力、地位，只是把事实说太明白，自卑就会打垮他。"

颜清说得云淡风轻，掌控者的优越感让温年油然生出反胃的感觉。她忍着想要呕吐的冲动，抓起茶壶灌下一杯热茶，滚烫的温度流过喉咙和食管，刺激出了眼泪。

颜清目光淡漠地看着她，还是那句话："你会感激我的。"

从餐厅出来，颜清回酒店，温年依旧和许扬走。

起初，许扬沉默，等进了巷子，她似乎缓过来一些，安慰温年别急。

"大不了我和你妈耍混。"许扬笑嘻嘻说,吊儿郎当的,"她拿我没辙。"

温年说:"表姨,能和我说说你和姨夫的事吗?"

"姨夫?"许扬蹦起来,爆炸头一晃一晃的,"哎呀,我外甥女就是嘴甜。姨夫叫得好听,再叫几声。"

都什么时候了!稳重些不好吗?温年没办法,说:"我想听听你和姨夫的事。姨夫,对,我姨夫。"

许扬笑着说道:"能有什么事?就是吧,你姨夫是当兵的,帅极了。这么帅,那不正好配我?我就让他给我做老公。"

"你这副做派……"温年嘴角一抽,"姨夫没跑路吗?"

"他往哪里跑!"许扬喊道,"他……我们也是青梅竹马呢,他可依着我了。"

想起那个人,许扬罕见地露出小女人的娇羞神情,甚至还有几分孩子气。

温年以为自己会鸡皮疙瘩掉一地,结果真见了,只觉得羡慕。她想,姨夫一定是个特别温柔的人。

一个人只有在另一个人那里得到足够多的爱,才会在他面前做小孩,才会只是提起他就觉得美好。

只可惜,这个把许扬宠成孩子的人,在退伍前死在了战场上。牺牲时,军装内里的口袋还放着要给许扬的信。

"温年,我从不觉得在你这个年纪遇到在意的人,就会很脆弱很儿戏。"

温年点头:"我知道了。谢谢表姨。"

许扬笑了笑,见温年看向 66 号大门,轻拍了下温年的肩膀。

"去吧。"

陈远还没回家。

但温年有钥匙,陈远之前给她的。打开门,温年进了小院,小灯自动亮起,照得石子地暖绒绒的。

一张圆桌放在左边一角,上面放着花盆,温年亲自选的,让陈远用来日后种弗洛伊德玫瑰。

温年过去看了看花盆,之后来到客厅。

客厅里的展示架不管看几次都会让人赞叹。

温年曾经和陈远说过,这些都是他的作品,应该好好珍藏,最好在架子前面贴上作品名字。

陈远却说这些算不上作品,都是闲时做着练手,没有意义,不需要起名,他做的所有东西都没有名字。

他这么说,但温年收到的玫瑰木雕灯、书签、手摇铃铛都刻了名字。木雕灯是玫瑰与光,书签是如意葫芦,手摇铃铛则在里面刻了"阿雪"二字。

温年站在客厅中央,一一看过这些手工品,最后目光落在墙壁的计划表上。那是由她口述,陈远制作的复习计划表。

陈远的字好看,光是这么看着,就觉得和那些手工品一样,有欣赏价值。

原本的计划很完美,每天的复习进度一目了然。但因为颜清的突然到来,把这些打乱了、打碎了。

看着上面代表自己的粉色格子,后面的好多好多天,温年都不能再画上对钩。

她吸了吸鼻子,找出一支水笔,在计划表的最下面写了一行小字。

刚写完,院子里传来开门声。

陈远推开门,一束光照出来。他抬头,客厅门开着,映来的光线在地面上映出一道扇形,温年从房子里走出来,乘着光,来到他面前。

"回来了。"她唇边带笑,水亮的眼睛看着他。

陈远的心好似被温柔的手轻轻抚过,说:"回来了。"

温年问他吃饭了没有,陈远说他去店里修东西,吃过了,还说:"我去写作业,今天的古诗词抽查你还没考我。我……"

温年上前:"陈远,你说的,我摇铃铛你就会到我身边。"

"嗯。"

"那我是不是可以理解为,不管我到哪里,你都会找到我?"

"是。"

"那我等你。"

也请你等我。不过一次考验而已,我们一定可以通过的。

转学手续很快办完。

温年来时好似横空出现,走时悄无声息。她给佟佳露他们每个人写了

一张明信片，是对他们的祝福，托马令芳交给他们。

捏着明信片，杨晓桃哭成泪人。佟佳露有心安慰，可自己也想哭，生怕多说两句就成了两个人抱头痛哭，只好忍着。

"温同学也不来和咱们道别吗？"孔家奇说，"怎么也得来学校办个手续吧。"

金鑫说："有钱人家能让大小姐亲自跑腿吗？那都有秘书助理干活儿。"

杨晓桃抽搭着说："咱们、咱们学校也、也没那么差啊，温年妈妈干、干什么非得让温年回去？"

"你说呢？"金鑫叹口气，"咱们这儿再不差，能和北城比？温同学这是重返豪门，咱们该为她高兴，以后人家……"

佟佳露真想踹死金鑫，闭闭嘴吧！眼瞎啊！

金鑫一噎，看向冷在一边的陈远，赶紧改了话锋："远儿，就算温同学回豪门了，咱也不怕。她是豪门千金，你就当豪门！"

闻言，陈远看过来。

那目光冷冷的，金鑫想给哥们儿跪了："别打我，我也是怕你难受！而且我这也算话糙理不糙是吧？你得……"

"你说得对。"陈远说了这么一句，转身往教室走。

午休刚过，张秘书带温年回 67 号小楼收拾东西。

颜清特意定的这个时间，就是预防温年见到谁。

张秘书跟随温年上二楼，看到床头放着的木雕灯和手摇铃铛，提醒："小姐，颜总说了，除了学习相关的东西，其他的一律不带走。"

"嗯。"温年当然不会带走那些最重要的东西。

被颜清发现，肯定会毁掉。他的东西，除了她，谁都不能碰。

站在门口的许扬听见这话，想骂街，故意高声说："都留这儿！表姨给你保管，你高考完就回来拿。保证和你走时一样！"

张秘书尴尬地去门外站着，许扬哼了一声进屋。温年快速冲许扬使了眼色，许扬心领神会，又变脸似的和张秘书笑着说："妹妹，我说话直，你别在意哈。我姐这次啊，真是……"

趁她们聊天，温年立刻拿走书签藏到了书里。

许扬送温年出南甜巷子。她走时比来时的东西还少，行李箱全装了书，张秘书拎着。

路过小广场，池国栋站在树旁，冲温年笑笑说："猫粮收到了，都给葫芦存着，够它吃好久。"

温年说："谢谢池叔。"

"跟叔还客气？"池国栋从口袋里掏出一个红包递过去，"这个见面礼有点儿晚。但你记着叔的话，好事不怕晚。我等你回来看我。"

温年接过红包，攥得紧紧的。

来到巷子入口，温年扭头看着刻有"南甜巷子"四个大字的石门，它下面的灯笼在过年时换成新的了，穗不再打结，随风飘舞。

"这里就是你的家。"许扬说，"欢迎你随时回来。"

温年抱抱许扬，上车。

车子启动，她没有回头，目视前方。

张秘书递过去纸巾，说："小姐，别难过。颜总也有她的考量。"

见温年不回应，张秘书压低声音又说："这半年多的时间，颜总过得很不好，之前我给小姐打过一次电话……"

"华城号码？"

"对，我朋友的手机。"

颜清对温家这次的危机轻描淡写地说过去了。

但怎么过去的？颜清用了各种办法到了美国，她有个学姐在华尔街，她求学姐帮帮自己，目前情况，想要挣钱的最快办法就是投资。

学姐是帮了，但也利用了颜清，回报周期被无限拉长，根本看不到希望。

追债的发现颜清在美国，她不敢在纽约待下去，逃到墨西哥，一路给人打工，累到休克。最严重的一次，她饿到胃出血，要不是张秘书偷偷来看她，及时把她送到医院，人恐怕就没了。

也是这次住院，颜清陷入昏迷。张秘书怕颜清醒不过来，就给温年打了电话。

温年没接，张秘书也不敢再打。

不久之后，颜清终于醒了，醒了第一件事就是告诉张秘书不要联系温年，

不安全。

万幸的是，颜清多年来的谨慎小心到底是救了她一把。早年她以娘家亲戚名义资助的一家公司上市了，大量资金回笼，加上她虽然求助学姐，也不是把希望都系在这一个人身上，其余投资也有好消息传来。

"危机解除，颜总订了最快的机票来接你。"张秘书说，"她是爱你的。"

温年抿着唇，即便心里再埋怨颜清一定要把自己带走，她也是心疼妈妈这些日子遭受的辛酸和苦难的。她谢谢张秘书告诉自己这些，长舒一口气，闭上眼睛。

来到隔壁市酒店的套房，温年一进房间，便看到颜清对着电脑处理工作。

母女两个人照面，先是沉默。颜清合上电脑，说："去休息吧。我们会尽快回北城。"

"妈，我想和您商量一件事。"

"说。"

"请您送我去重点高中，我想在国内读本科。"

颜清看着温年。短短几天，温年瘦了一圈。

颜清思量片刻，说："我同意，但你必须考上的是北城大学。"

温年松了口气："谢谢您。"

温年往套间那边走，颜清又说："但我仍然不认为那个男生是什么好选择。你太小，现在的感觉不过是你到了怀蓝以后因为孤独而产生的依赖和错觉。"

温年回道："现在说这些还有意义吗？我已经答应和您回去。"

"可你的想法……"

"陈远。"温年停下脚步，转过头，表情认真严肃，"是我见过的最好的人。"

所以管她是孤独了、空虚了、寂寞了，怎么样都好，那么好的人必定会吸引她，没有任何错觉。

但依赖是真的，只要有陈远在她身边，她就踏实。

晚上，温年写好卷子之后，对着手机发呆。她不知道和陈远说什么好。

想来想去，就问了他今天的学习情况，两个人像往常一样说了几句就各自休息。

但温年睡不着。这仅仅才是个开始,她就煎熬。

辗转反侧到凌晨六点,温年迷迷糊糊地睡过去,这一睡耽误了时间,等醒来已经将近中午。

温年起床喝水,颜清并不在房间,只有张秘书在书桌那里处理工作。

张秘书问温年饿不饿,想吃什么。

温年没胃口,回房间想给陈远发个消息,手机却怎么都找不到了。

看着坐镇的张秘书,再想想明明很忙却不在的颜清,温年双手不由得发抖。

"我妈呢?"温年问张秘书,"我妈在哪儿?"

张秘书支支吾吾:"小姐,颜总她……"

温年去开门,结果门口站着两个保镖,把她拦了回去。

"这是什么意思?"温年喊道,"我不是都答应回去了吗?这是干什么!"

张秘书说:"小姐,颜总的出发点绝对是为你……"

"嘭!"

温年拿起花瓶狠狠砸在墙上。

"让她回来,她不回来……"温年指着地上的碎片,眼底一片死寂。

十分钟后,张秘书告诉温年,颜清已经在回来的路上。

但温年没离开那些碎片,她只穿了袜子,站的位置只要移动一下,碎片就会扎进脚底。她一站就是一小时,站到颜清回来。

看到满屋狼藉,颜清吩咐张秘书出去,然后脱下外套,坐在了沙发上。

"去整理一下。"颜清说,"我养的是淑女,不是疯子。"

温年问:"为什么去找他?我答应和你回去了,你为什么还是要去?"

颜清说:"所以说你年轻。我有说你和我回去,我就不去找他了吗?"说着,颜清看了看时间,"十分钟。如果用这个时间,我可以帮助陈同学清晰认识到自己的情况,很值得。"

"胡扯!"

温年喊道:"你就是个自以为是的控制狂!"

话落,颜清打了温年一巴掌。

那一声很响,惊得张秘书开门进来。对上颜清吓人的眼神,张秘书皱着眉又默默退出去。

温年定了几秒,随即脸颊传来火辣辣的疼痛,她随便揉揉,跑回屋里拿东西,想去找陈远。

颜清说:"你敢出这个门,我下午就送你出国。你可以试试。"

温年难以置信地摇摇头:"你是我妈吗?你是不是恨不得我死?"

"死?"颜清冷笑,坐了回去,"这个威胁太低级,换一个。"

房间里静得宛如在漆黑深渊里,只有墙壁上的挂钟"滴滴答答"在响。

温年不能去想陈远。现在想他,她没办法冷静,她必须争取,争取对他们有利的以后。

温年叫张秘书进来,让张秘书现在就起草一份声明,证明颜清同意她留在国内读本科,不会送到国外,如果违约,颜清要负法律责任。

张秘书为难,看向颜清。颜清倒是露出了几分满意,说:"去起草。"

"之后回北城还要找律师公证。"温年补充,"即时生效。"

颜清点头:"可以。"

张秘书的文书能力很出色,一会儿就起草完毕。温年和颜清签了字,温年拿过声明仔仔细细看了好几遍。

颜清看着她谨慎执拗的样子,说:"你和你爸爸真像。"

又是这句。出于报复心理,温年回道:"那怪不得你恨我,因为爸爸不爱你。"

颜清怔了一下,嘲弄地勾了勾唇:"是,你爸爸不爱我。"

她起身走到吧台取了一瓶冰威士忌,没用杯子,开了盖直接喝。烈酒激得她咳嗽起来,咳得眼泪往下掉,颜清说:"对,不爱。所以,你爸爸要和我离婚了。"

温年瞳孔一颤,看向颜清。

"有这么惊讶吗?"颜清轻笑,"你不是很清楚?因为他不爱我,所以也不爱你。不过你爸还算有良心,净身出户,什么都留给我们。"说完,又灌了几口酒。

从高中时的惊艳初遇,到追逐去了同一所大学,颜清用了整整十年暗恋,把自己打造成符合温家儿媳妇标准的淑女强人。可到头来,还是一无所有。

颜清不知道自己什么时候泪流满面的,笑着说:"阿雪,除了你,妈妈什么都没了。"

听到这话，温年半天没动，眼泪止不住，也不知道是在哭自己还是哭颜清。

温年的离开随着高考倒计时又减去十几天后，逐渐被人淡忘。

陈远变回独座。一切好似一场幻境，回到了原点。

课表上以前还有的几门副科课，现在全变成主科，唯一能叫人放松一下的，只有体育课。

这节体育课上，"左金右孔"还是陪着陈远。其实他们也看得出陈远不愿意人陪，可不陪，他们又不放心。

温年走了这么多天，一条消息没给陈远来过。

他们去找许扬打听，许扬说手机被没收了，估计以后都联系不了了。

操场旁边，几个打篮球的学生过来。

七班一男生说："看看，又在那里想天鹅肉呢。"

"天鹅肉是谁都能想的吗？"另一个男生说，"也不撒泡尿照照自己什么样儿。"

金鑫起身要过去，刚抬起屁股，陈远按下他。

"这也忍？"金鑫说。

孔家奇说："谁和傻子计较？"

那几个男生一听，不乐意，要骂回去，但看看陈远，到底还是忌惮、害怕，气哼哼地走了。

等他们走远，金鑫看看身边比以前更高冷的陈远，叹了口气。

金鑫斗胆说："远儿，要我说，温同学那个妈够你喝一壶的。"

说来也是巧。金鑫这段时间被大家感化，也爱上了学习。颜清找陈远那天，金鑫正好到陈远家借数学卷子，顺便让陈远再给讲讲。

颜清进来时，开门见山，希望陈远以后不要再联系温年。

陈远一向寡言，但听了这话也要表达，可颜清不给机会，又说："不提你能不能考上北城大学，单是你的家庭环境，和温年就是天差地别。

"温年从小的生活环境是什么？你的又是什么？我知道，一个人不能选择自己的出身，这怪不得你。但有些东西客观存在，也不能抹杀。难道你将来想拖着你二叔一家这个麻烦和温年在一起?

"年轻人,接受现实,做人要有自知之明。"

颜清说完便离开,把金鑫说得那叫呆呆愣愣。等反应过来,他拍拍陈远,叫陈远赶紧去追,得把话驳回去啊。

陈远低着头不动,半晌过去,拿起笔说:"这道题的思路是……"

金鑫都傻了。这还讲什么题啊兄弟!你都让人踩泥里了!

现在,颜清早走了。但金鑫只要回想起这位女士的战斗力就肝颤,那是绝对压制,他不太想未来自己兄弟受这气。

"远儿,天涯何处……"

"嗯嗯!"孔家奇打断,"注意点儿,我可救不了你。"

金鑫咂咂嘴,好吧。

过了一会儿,陈远起身说回教室。金鑫不想他回,这么学要学傻了。

还是孔家奇拦住了陈远,说:"总得有个寄托吧?咱们就支持陪伴,别唱衰。"

空荡的教室,桌椅歪七扭八的。陈远坐下来,拿出语文卷子,开始做阅读理解。

——"你是猪吗?你的语文素养都用来给你的智商了是不是?人家问的是主旨感情,感情!你和人家说要环保!环保是感情吗?那是倡议!"

陈远点头,重新读文章。读来读去,连环保也看不出来了。他转头问:"我怎么……"

旁边根本没人。

陈远愣了愣,再看回卷子,这一篇阅读理解讲的是茶叶种植。

是他不认真,不应该。陈远摆正卷子再读,逐字逐句地看。

——"记着,这些阅读理解也是有技巧的,第一段和最后一段很重要,你可以多读两遍。要是时间来不及,你也可以先看问题,有针对地阅读。答案都在文里。"

陈远照着做,在文中把有用的地方一一画出来。

天差地别吗?那他就不停前进,直到可以触到天。

他答应她了——要找到她。

温年转学到了北城三中。历代校长是军人出身,秉持军事管理才能创造高考辉煌的理念,对三中所有学生施行封闭管理,强制住校,每个月只有月末的周末可以回家。除此之外,手机一律不许出现在学校,发现就记过,会进档案。

对于这些,温年都可以接受。学校管理严格,但能让她离北城大学更近,她愿意。

她接受不了的是颜清完全没收了她的手机。

每次回家,温年不仅碰不了手机,管家和保姆也被勒令不许借给她手机,谁借开除谁。

温年为此闹过吵过,都没用。慢慢地,她也冷静下来,与其争取要不来的手机,不如借机会提条件。

她和颜清说自己会好好学习,不再为手机这件事花心思费心力,但颜清也要在她考上北城大学之后,不再过多干涉她。

颜清乐意看到温年学会动脑子谈判这套,考虑了一夜,同意了。

她这样管着温年,无非就是怕温年在这个该用功的年纪因为其他事情分心,如果能考上最好的大学,证明能力,她愿意退一步。

不过,温年条件背后的目的,颜清一清二楚。

颜清告诉温年:"你做的这些大概率都是无用功。一个人的成长背景决定了一个人的90%,你的陈同学极有可能已经放弃了。"

温年说:"他不会。"

闻言,颜清只是笑,一句都不反驳。

新的校园生活没什么好适应的。大家就是上课、写题、做卷子,没工夫闲聊,每个人都是刻板的,一副"我们是竞争对手,请勿靠近"的态度。

宿舍是四人间,带浴室和空调,条件还可以。

温年搬进去时,有个女孩正在办休学,原因是查出抑郁症,已经影响正常生活,没办法上课了。剩下两位室友,一个不苟言笑,温年和她住了半个月,两个人没说过一句话;另外一个是这个的反面,话多,活泼,爱吃小零食,总是喜欢拉着温年说女生话题。

温年每次见这个女孩就会想起杨晓桃,也因为这层滤镜,她和这个女孩走得比较近。结果没过多久,温年就在盥洗室听到这个女孩和别的班女生吐槽她端着,太假,就一张脸好看。

这个女孩在背后说完这话,转过脸又和她亲爱的长亲爱的短。温年还会理她才怪,直接用自己是来这边学习,不是来交际的为由,再没搭理过女孩。

事后,温年琢磨自己实在是太迟钝了。不是可爱亲切的女孩就是杨晓桃,也不是但凡嘴硬心软的,就会和佟佳露一样,还讲义气。

"朋友"二字,很重。

温年开始独来独往,不再浪费任何精力在人际关系上。

颜清和温振渊随便找了一天离婚。温年知道时,已经离完快半个月,温振渊没有和她这个女儿道别,也没留下一句话。

听保姆们私下议论,温振渊收拾东西离开那天,向颜清道了歉,也谢谢她这些年的付出,祝她未来可以找到属于自己的幸福。

颜清看着他,只问了一句:"是去找她吗?"

温振渊沉默。颜清明白了,笑了笑,也祝他余生幸福。

之后,颜清继续工作。新公司这次完全按照颜清的经营理念来,运行得相当不错。

温年极少数在家的时间,基本遇不上颜清,她不是在应酬领导,就是在开会加班。

久违的孤独感让温年仿佛回到儿时。见不到父母,得不到温暖,缺爱的小孩越是得不到爱越是想要爱。

可温年常常会想,这个世界上真的会有一个人完完全全地在意另一个人吗?

她想到陈远。

颜清说陈远会放弃,温年嘴上说不会,心里却也不敢百分之百肯定。

要是没有颜清最后又去找陈远就好了。

陈远从小到大受了太多否定和指责,她不知道颜清的话会不会压垮他,他又会不会因此离开……

每当想到这里,温年就写题。陈远退缩也好,放弃也好,没关系,只要她挣脱了枷锁,她就去找他。

温年把偷偷带出来的书签拿出来,轻轻摩挲。

她到现在终于明白——

有了陈远，即使会失去很多其他可能，她也可以活得快乐自在。
没有陈远，就算她经历世上千万乐事，也不会如意。

怀蓝一中最近出了件大喜事。高二（1）班的陈远同学夺得了全国青少年创新机械大赛金奖，不仅独得了十万奖金，还为校争光，校长都上省级新闻了。

荣誉墙上的表彰大红花挂了一个月，人人见了陈远都恭喜他，而陈远本人平静得如一潭死水。

现在的陈远，每天三点一线：66号、学校、葫芦的窝。

除去这些，他最多再去去店里或角落书咖店，睁开眼就是学习，闭上眼只剩虚无，还能再动动脑子的，就是参加比赛挣奖金。

伍娟知道陈远赢了十万块，又来学校闹。池国栋忍无可忍，联系了老杨，老杨说这种市井泼妇早就该他出手，一出动，吓得伍娟屁滚尿流，保证不敢再找陈远麻烦。

周末，学习小组继续在角落书咖店一起复习。这个传统一直保持着，天气不好也没断过，每次都是陈远先讲数理化，最后大家一起互背文科。

这次，大家复盘期末考卷子。

讲完理科部分，陈远去卫生间。池林瞧着少年消瘦的背影，无奈地摇摇头。正好金鑫和孔家奇也出来，池林就麻烦他们开导开导陈远，同龄人总是好说话些。

金鑫和孔家奇能没开导过吗？佟佳露和杨晓桃也一直盯着，说万一陈远有个什么，将来她俩没办法和温年交代。可陈远不听劝啊。

叹了口气，金鑫示意孔家奇现在过去说说。

陈远从卫生间出来，迎面哼哈二将。

金鑫："远儿，身体是革命本钱，你可要在意。奇儿，你说说。"

"陈同学。"孔家奇慰问老干部似的握住陈远的手，"天将降大任于斯人也，一定是要经历种种考验的。"

陈远把手抽出来。

"远儿，你别生气。"金鑫追出去，"我……哎！哎！怎么回事？"

陈远也不知道怎么回事。他出来时就觉得脑袋重、四肢轻，这会儿眼前几乎漆黑一片，随即人就没了知觉。

等再次醒来，陈远躺在自己房间的床上，屋外有人在说话。

"除了营养不良，医生还说什么了？"

"还有过度劳累，什么心情沉重郁闷、免疫力低下，可能还有失眠吧……哎哟，照这么下去，他还没参加高考，人得先没了！"

"你小声点儿！别吵醒他！"

听着说话声，陈远默默翻了个身。枕头边有一抹亮眼的桃红色，是温年喝醉那次留在天台的发带。她说扔了，他舍不得，就偷偷留了起来。

陈远最近是失眠，但他找到了办法，就是把这个发带放在枕边，会好很多。

"哟，醒了啊。"门口，金鑫探进脑袋。孔家奇也挤进来，两个人来到陈远床边。

金鑫说："林哥先回家了。池叔煲了养生粥，林哥去拿了。许姨刚才也来了，带了好多好多水果，叫你都吃了。"

陈远点点头。

除了在角落书咖店一起复习讲题，陈远已经基本不开口说话了。唯一还坚持的，就是每天朗读高考范文。

孔家奇说："陈同学，这样不是办法啊。你说你身体要是垮了，还怎么高考？而且就算身体不垮，你也要精神起来……"

"行了行了，让他再歇会儿。"

金鑫和孔家奇出来，佟佳露问怎么样，孔家奇摇头。

杨晓桃急道："不会得抑郁症吧？"

"别瞎说。"佟佳露说，"我看像孤独症。"

杨晓桃扶额："露露，你不知道才别瞎说，孤独症那是……"

金鑫溜达到一边。兄弟这个状态，他着急。金鑫抓耳挠腮，视线一扫，发现贴在墙上的计划表下面写了一串小字。

这字小得也就他这种专业学渣养就的 5.0 高清视力眼能看见。

"你们过来看。"金鑫说，"这是不是温同学的笔迹？"

杨晓桃第一个跑过去，一眼认出来是温年写的。孔家奇看了看，读道："明月高悬夜空，眼下是春天。"

话音刚落,陈远出来了。大家立刻给他腾地方,金鑫指着说:"远儿,温同学给你留信息了!"

说着,佟佳露也百度出来出处,说:"这不是完整的,后面还有一句话。是一个叫费、费……"

"狒狒写的?"

"去你的。"佟佳露瞪金鑫,"费尔南多·佩索阿写的。"

原句是:明月高悬夜空,眼下是春天。我想起了你,内心是完整的。

佟佳露念完,大家都愣了愣。

陈远看着这句话,不由得伸手摸了摸,之后半天没有动。直到他又看到了院子里的花盆,有什么东西在身体里燃烧起来。

池林带着饭菜和粥过来。路上,他还想了,陈远要是再吃那么少,池国栋就得搬过来天天硬喂了。

没想到的是,陈远忽然异常配合了起来,不仅吃了一碗饭,还喝了粥,吃了水果。

池林问金鑫怎么就变了,金鑫给他指了指计划表,池林看后,不禁笑了。

从这天之后,陈远开始注意身体,也开始劳逸结合。利用周末的时间,他找池国栋借了铲子,把院子里的两边全给刨了。

许扬见了,吓得给池国栋打电话,说不得了了,小远疯了,得赶紧送医院去。

池国栋淡定地道:"他是要种花。"

日子一天一天地过去。

陈远的三点一线,多了锻炼,多了好好吃饭,也多了养护他的玫瑰。

某晚,陈远做了一个梦。梦里,温年穿着淡粉色针织衫、奶白色牛仔裤,乌黑的长发侧编在一边。她站在梧桐树下,在他靠近时,转过身冲他笑。

发尾缠着的那抹桃红色发带娇艳美丽,一如她的笑容,叫他移不开眼。

陈远醒来,恍惚地望向小院,一抹桃红色正在随风飘动。

陈远以为自己还在梦中,揉揉眼睛,桃红色还在。他立刻下床来到院子里……满院的弗洛伊德玫瑰,开花了。

陈远看着它们,唇边绽开酒窝,喃喃道:"阿雪,真的很美。"

高三的这个冬天很冷。十二月初的一场寒潮打得人们猝不及防，很多学生因此感冒发烧。

　　温年是少数幸存者。她从入秋降温就开始穿秋裤，入冬改成加绒裤，帽子要护耳朵的，围巾裹得严严实实。

　　外面天寒地冻，她这里温暖如春。

　　再有一周就是新年元旦。

　　张秘书打电话给温年的班主任说 27 号是温年的十八岁生日，想晚上接她回家过个生日，晚自习就不上了。

　　班主任告诉温年，温年却说自己得复习，拒绝了。

　　高三的压力比高二重很多。不单单是学业上的，还有心理上的。

　　三中月末周末可以回家的规矩没有变过，但越来越多的学生选择把时间留给学习，不再回家折腾。

　　这周六，恰逢圣诞节。宿舍里，温年刷题，基本不说话的室友周玥也在刷题。

　　另一位被温年挤对过的艾雅回家了，走时高声说："大好的青春不去过下节，只能说明没朋友。"

　　写完一套题，温年拿水杯喝水，窗外传来音乐声。是经典的《Jingle Bells》。

　　很快，走廊里有了脚步声，有同学说外面来了一辆圣诞老人的雪橇车，在卖圣诞小礼品。

　　温年并没在意，放下杯子，再要拿起笔，忽然又听："要不要去看看？"

　　温年一愣，看向站在阳台门口的周玥。

　　没记错的话，这大概是她们作为室友的这些日子里，周玥和她说的第十句话，还是邀请她出去。

　　温年被惊得不轻，稀里糊涂地说了句"好啊"。

　　室外寒风刺骨。天气预报说近期都是这个天气，但好在虽然冷，天天都是大晴天。

　　温年和周玥从学生出校的专属通道出去。

　　三中出校的规矩很严。出门时必须刷学生卡，然后开始计时半小时，一旦超过这个时间还没刷卡回来，系统会自动给学生家长打电话。

雪橇车停在一条小道上。

说是雪橇车，就是小货车上贴了圣诞场景的贴纸。但老板人很有头脑，给自己打扮成了圣诞老公公，很吸引人。

温年和周玥站在马路对面，迟迟没有过去。

温年一张口，哈气出了一长串："不是要看看？"

周玥看着那群围着车的学生说："太挤。"

那为什么还来？

两个人在寒风中站了五分钟，等人稍微少了些，过去了。

周玥的话少体现在方方面面。老板问她喜欢哪个，他可以拿给她看，她也不言语，看了一圈，相中一个存钱罐，问了多少钱，付款拿货。

温年站在一边，没什么想买的，只是随便看看。

直到看到一只手摇铃铛，定在了原地。

这会儿除了周玥和她，周围已经没有学生，老板看她一直盯着铃铛，便取下来，摇了摇，说："这个多好看啊，同学要吗？"

温年死死看着老板手里的铃铛，老板以为她心动，还在摇。

"叮咚、叮咚。"

铃铛每响一下，温年就感觉自己的心脏抽了一下。她一句话没说，转头就走，周玥喊她，她就跑起来，往学校里冲。

周玥不明所以，最后也没听老板的游说买了铃铛，抱着自己的存钱罐回校。

进了宿舍，周玥以为温年在。可座位是空的，床位也是空的，她又想是不是去图书馆了？

温年刚才的反应不正常，周玥觉得有必要找到人，她放下东西准备出去，听见了来自卫生间的响动。

周玥屏气仔细听，是哭声。极其压抑的哭声。

周玥轻轻靠近，推开一点门缝，看到温年坐在地上，抱着膝盖在哭。

温年转学过来时在学校引起不小轰动。这个时候转学本来就少见，更何况温年的长相气质，放在全校里都是叫人一眼惊艳的那种。但她很高冷，话也特别少。久而久之，很多人在私下管她叫"冰山美人"。

眼下，这位八面不动的冰山美人哭得像个孩子。还是那种好像怕大人

知道,连声音都不敢发出的委屈孩子,肩膀抖到撞在墙面上,发出轻微声响。

温年不想哭,也很久都没哭过了。来了这所学校,她反复告诉自己就学习,不要想别的、不要想别的。

这样的日子到底什么时候才能结束?为什么不能立刻高考?为什么时间就不能过得再快一些?

她快熬不住了,听到铃声的那一刻,撕心裂肺……她想见陈远。

温年捂住嘴不让自己出声,察觉身边有动静,她猛地抬起头。

眼前是一部手机。再往上看,是周玥。

温年通红的眼睛吓周玥一跳,她看了眼门口,压着声音说:"快点儿。"说完,关上门出去把风了。

这么久没用过手机,温年拿着这个长方形的块块都忘记怎么解锁了。

周玥居然藏了一部手机?她疯了吗?

三中明文规定学生不能带手机进校,一经发现,没有任何商量直接在档案里记过,直到毕业都不会撤销,会一直跟着档案走。

之前有人不信邪,带了,被发现了,学生家长来学校又哭又求,校长半步不退,表示家长不接受可以转学。

尽管如此,有个别胆大的还是带手机。但这种是除了本人,根本不会让外人知道。

温年不敢相信周玥会借自己手机。可这会儿让她还回去,她也做不到这么高洁。

点开手机,温年进入短信界面。

键盘就在眼前,她拇指翘在上面,半天没敲。

说什么呢?问他好不好?还是说自己很好,叫他别担心?

温年脑子里乱,理不出个头绪来,偏偏艾雅这个时候突然回来。

情急之下,温年发送:陈远,圣诞快乐。

发完之后,她果断关机,将手机放在裤子口袋里再用卫衣挡住,出门前,不忘冲着镜子整理了下仪容。

艾雅进屋就觉得气氛不对。周玥一个死书呆子不学习,站岗似的杵在桌前,温年也不见人。

下一秒,温年从卫生间出来了,但出来是出来了,一看就哭过。

艾雅问:"你们吵架了?"

自从发现艾雅两面三刀,温年就没和她说过话,这会儿也是。

温年拉开椅子坐下写题,视艾雅为空气。

艾雅本来就嫉妒温年,还遭受"冷暴力",忍无可忍,说:"等着吧!我一定换宿舍!没人愿意跟你们这样的人住一屋!晦气!"说完,艾雅拿走回来要取的口红,摔门离开。

温年和周玥对视一眼,两个人既没有动,也没有说话,各自干自己的事。

艾雅在门口偷听好久,见实在是没事,骂了一句脏话,走了。

等艾雅彻底走了,温年还是谨慎地用还书做遮掩将手机还给周玥,并向她道谢。

周玥没应声,藏好手机,埋头写题。

有些人不善言谈却有一颗善良柔软的心。

艾雅这次说到做到,真搬走了。当然,她这样的人少不了借此败坏温年和周玥的名声,说她们欺负人,高高在上,还总偷用她的东西。

温年和周玥都没反驳,能住双人间,高兴还来不及呢。

27号天没亮,周玥起床读英语。这个时候是安全的,所以周玥开了机,一接收到信号,手机振动半天。

周玥叫醒温年,说回信来了,就在今天凌晨的时候。

不过回信全是图片,周玥无意窥探隐私,但架不住就在眼前,看了两下,似乎全是考试成绩。

周玥不懂。要她说,温年就是哭傻了,用她的号码给人家发消息,也不注上自己的名字,万一人家不知道是温年呢?

万幸对方可能是猜到了,除了图片还发了一句话。

温年看了每张图片,是她之前做的成绩记录手册。陈远把每一次的成绩,不管是小测、月考,还是期中期末考、模拟考,全部仔仔细细记录了下来。

看着这些数字,温年开心又踏实。陈远成绩拔尖且稳定,以这样的水平考北城大学绝对没有问题。

再继续往下看,就只剩下一句话:阿雪,生日快乐。

是27号零点整准时发来的。

眼眶骤然湿热，温年抿紧了唇，将这话看了好几遍，恨不得印在心上。
周玥说："你不回复？"
温年摇头。周玥借她手机已经担了很大风险，她怎么好意思还没完没了。况且，也不需要再说什么。
她知道他，他也知道她。

四月，春回大地，万物复苏。
怀蓝一中组织高三学生拍毕业合影。
高考即将到来，每个学生承受的压力也接近顶峰。
金鑫过了专业考试，可要是文化成绩不过关，照旧白搭，他每天恨不得把一小时掰成八瓣儿用，只恨自己以前没好好学。
孔家奇的成绩一直很好，只是他爷爷生病了，家里给他的负担不轻。
大大咧咧的佟佳露如今转了性，每天奋笔疾书，百尺竿头，那架势不考个"985"不罢休。
最稳定佛系的是杨晓桃，毕竟带着家族荣耀，这个晓桃会计她是当定了。
剩下陈远，压力最大。刚刚结束的二模，他考试失利，不仅没能稳住省里前十的排名，甚至连一中的第一都丢了。
各科老师急啊，想问问怎么回事，怕刺激学生，不敢多说；不问吧，怕学生自己压力大，受不住，可怎么开导又找不到个合适切入点。
除了老师急，金鑫他们也急。都走到这时候了，陈远的弦已经上到最紧，不能有一丁点儿差池，否则一旦断了，就再也起不来了。
操场上，一班排队等着照相。
金鑫眼睛贼，看陈远口袋边钻出来粉红色的东西，一阵毛骨悚然。
"远儿，你的品位什么时候这样了？"金鑫说，"我不允许啊。"
孔家奇也看到了，说："是不是温同学的东西？"
陈远将发带往口袋里放，点了下头，上去排队了。
合完影，大家自由活动。
这节课本来就是占用一班的体育课，拍完了，大家愿意回教室回教室，想上体育课继续上，学校不强求。
陈远要回教室，被范斌叫住了。

两个人围着篮球场外围走着。范斌说:"二模过去了,考成什么样都过去了,知道吗?"

陈远垂眸:"嗯。"

瞧他这么寡言少语,沉闷到什么都一个人都往肚子里咽,范斌无奈地搓搓脑袋:"你这性子,周围人不着急吗?"

陈远一下想到温年,是着急的吧。

范斌叹了口气,继续道:"不过,你和我年轻时候挺像的。"

闻言,陈远看过去。

范斌"啧"了一声,说:"别以为你没表情我就不知道你心里想什么!你肯定是想咱俩哪儿像是吧?我说的是语文成绩!不是长相!"

范斌说,他上学那会儿特别讨厌学语文。

"后来我班主任,啊,教语文的。"范斌说,"找我谈话,说你不学语文,将来说话都没水平,怎么追姑娘?我一看,嘿,这老头有思想。"

陈远又看过去。

范斌瞪他,自顾自地说:"直到我遇见了一个姑娘……"

女孩是范斌的同学,就爱文学,就喜欢念书。

范斌心想:不就看书吗?看呗。

他看的第一本是史铁生的《我与地坛》。就是这本书,让他感受到文字的力量,从此一发不可收。

范斌爱上语文,那女孩也注意到他,他们一起找到了人生目标,投入到语文教育工作中。

说到这里,范斌不好意思地咳嗽两声,找回气场,说:"一个人的成长道路上是需要很多引导的。但最重要的,是那个为你开启一扇门的人。你很幸运,遇到了这么一个人。后面的路,你就要坚定地走下去。这不单单是为了那个人,也是为了你自己,为了给这个社会创造价值。

"陈远,不要给自己太大压力,你可以的。"

说完,范斌拿出一个厚厚的信封。

"温年是个优秀的姑娘,我们老师都很喜欢她,没有忘了她。"范斌说,"尤其是你马老师,别看总绷着脸,但女性总是欣赏女性的。

"我们一致讨论通过,派你考上北城大学,去找她,亲手把我们的寄语送给她。"

范斌将信封递来。

陈远接过去，半晌，深深鞠了一躬。

范斌笑了笑："加油！老师祝你们展翅高飞，前程似锦。"

范斌走后，一直在周边鬼鬼祟祟的金鑫他们也冒头了。他们还是以为范斌又要说教陈远，没想到这硬汉还有柔情一面，搞得他们都感动了。

孔家奇说："陈同学，你就是紧张了。有时候放轻松放松，好运自然来。这是我爷爷和我说的，保准没错。"

"就是。"佟佳露说，"不就一个北城大学？你去了，正好管管大小姐，以免她嘚瑟。"

再到金鑫这里，画风必须得变一些。他握着陈远的手，说："远儿，星城音乐学院离北城大学可近了，我坐动车二十分钟就到。兄弟我未来还得靠你，你必须得去啊！"

最后轮到杨晓桃，她早不怕陈远了，她把自己珍藏的照片送给了陈远。

是那年运动会，陈远背温年出去，杨晓桃偷偷拍下来的。

陈远看着照片，眼底发热。

是温年，为他的人生开启了一扇门，替他找到了要走下去的路和方向。

陈远将照片收好，看着身边的朋友，说："谢谢大家。"

这个夏天，有一群人的青春落幕。

考完最后一科，金鑫连哭带喊的，把包里的复习资料撒了一路："不学了！不学了！解放了！"

其他考生内心同样是激动的，但不神经。

金鑫的行为气得考点老师追得他满学校跑，喊着要在他毕业前让学校给他记过。

大家约好在角落书咖店碰头。

金鑫到时，一把抱住孔家奇，孔家奇拍拍他，恭喜他顺利完成人生中第一件大事。

后面杨晓桃和佟佳露也到了。杨晓桃还是老样子，对答案，对得佟佳露一个劲儿求这姑奶奶别问了，让她再好好活两天。

"陈同学呢?"孔家奇问,"池叔接到他了吗?"

话音刚落,陈远和池国栋来了。

陈远分的考点最远,要是没有池国栋车接车送,挺麻烦的。

看见陈远,杨晓桃想问答案,被佟佳露强行捂嘴。

池国栋笑笑:"今天晚上估计你们家里都备了好吃好喝,等明天的,叔订了餐厅,请你们吃饭!"

大家一阵欢呼。

陈远立在其中,还是高冷沉默,但有些地方似乎又不太一样了。

"怎么了?"池林问,"不会是……"

金鑫抢答:"肯定不是没考好,是想温同学了吧!"

在大家充满笑意的注视下,陈远的耳垂一点点变红。

杨晓桃很想温年,说:"现在给温年打个电话!高考都已经结束了,她妈妈该还给她手机了吧?"

"对啊!"佟佳露也兴奋了,"陈远,快!你不打,我可打了!"

陈远的表情难得有一丝波动,沉声说:"我打。"

他掏出手机,之前考试需要关机,这会儿要重新开。等待启动的这个空隙,陈远千头万绪。

电话通了,说什么好?

"我考完了。"——不对,他们一起考的,没什么好说的。

"你考得怎么样?"——不好,她不喜欢这种质疑,肯定是考得很好。

"温年,我是陈远。"——更不好,又不是刚认识。

陈远想了很多很多。明明日夜都在期待这一刻的到来,现在终于就在眼前,却满心踌躇,不敢轻易上前一步。

手机开机完毕。佟佳露催陈远赶快,陈远抿了抿唇,找到置顶号码,拨了过去。

随着他的动作,其他人也都屏住呼吸,等着温年的声音传来的那一刻。结果,手机回应的是:"对不起,您拨打的电话已关机。"

大家都是一愣,调动起来的心情"哗啦"摔了下去。

杨晓桃说:"是不是还没来得及回家?手机还没到手呢。"

"都几点了?"金鑫说,"人家还有豪车接,早到家了,怎么会……"

佟佳露清清嗓。

欢愉的气氛低沉下来。

陈远垂着手一动不动，之前眼里难掩的期待只剩下一片空荡。

池林说："杨同学的话是有道理的。虽然考完有段时间了，但温同学万一就是还没来得及回家呢？别急，晚些时候再打。"

陈远没应，池国栋这时站起来拨了许扬的电话。

"老池？"

"哎，你能联系温年妈妈吗？"池国栋开门见山，"都考完了，是不是也该松快了？"

手机那边沉默良久。池国栋都惦记这事，许扬这个做表姨的能不惦记？再说了，温年住了那么久，许扬早就舍不得这么个贴心的姑娘，恨不得她一解放就回来陪陪自己。所以高考一结束，许扬就给颜清打了电话。是关机。

"都关机？这……"池国栋看了眼陈远，"你没再试试？"

许扬说："要不你打这个电话，我这会儿还试着呢。我现在就怕颜清把温年送出国去了，这事颜清做得出来。"

"出国"两个字在所有人耳朵里转了一圈。

随即就听"咚"的一声，陈远的手机掉在地上。

温年并没有出国，她住院了。

积累了一年多的各种压力因为高考的结束没能得到释放，反而是无所适从，温年考完最后一科，出了考场就晕了。

张秘书立即将她送到医院，医生的诊断结果是：累了。

身体累，心也累，需要好好休息放松。

于是，温年这一昏，昏了整整两天两夜。

等她再睁眼，张秘书守在床前。

见她终于醒过来，张秘书就差双手合十念一声阿弥陀佛，轻声说："小姐你可醒了，颜总很惦记你，说办完事立刻回国。"

温年张张嘴，双唇之间的皮肤黏连在一起，一动扯着肉疼。

张秘书按下护士铃请医生来检查，医生看后表示没有大碍，还是那句话，多休息，身心放轻松。

医生走后，张秘书斟来一杯温水喂温年喝下。温年清醒不少，逐渐缓过来。

"我一直在睡觉吗？"温年问，"睡了多久？"

张秘书说了时间。

两天两夜？那现在岂不是高考后的第三天！

温年挣扎着要坐起来，张秘书帮忙去扶，没注意到温年的目光一直在看桌上的手机。

颜清不同意归还手机，这是高考前就说过的。原因很简单，不是还要如何，只是温年必须要拿到北城大学的录取通知书才算完全获得自由，如果她没考上，之前的谈判全部作废。

这一年多的时间，温年别的没学会，就学会了在自己还不够强大时，不要冲动，不要打草惊蛇。

温年没向张秘书求情，有了别的计划。

"张姐姐，辛苦您照顾我。"温年乖巧道，"您一定累了吧。"

张秘书很喜欢温年这姑娘，长得漂亮，学习也好，有时她也搞不懂颜清为什么对孩子这么严厉，甚至绝情。可能是颜清吃过了亏让她害怕温年走自己的老路吧。

张秘书说："我不累。你能醒过来就好。肚子饿吗？想吃什么告诉我，我去给你买。"

温年舔舔唇，有些不好意思地说："我……"

"怎么了？没关系，你说。"

"我想吃东海路那家的芝士蛋糕。"

东海路，距离医院很远，开车过去，就算畅通无阻，来回来去也得两个小时。

张秘书觉得有些远了，问她还想不想吃别的。

温年面露失望，但马上又表示了理解，说自己也不饿，等过会儿想到了再说，便躺回被子里。

见温年这样，张秘书心里不忍。难得孩子有想吃的东西，远些又怕什么？

张秘书说："我现在就去买。"

"别了。"温年说，"是太远了，我也不知道怎么了就想吃。您照顾我已经很辛苦了,别折腾。"

张秘书笑笑,顺手拿走桌上的手机,说:"没事。你好好休息,要是困了就再睡一觉,醒了我正好给你带芝士蛋糕回来。"

病房门关上后,温年默默倒数一百个数。时间到,她掀开被子起床。

从考场晕倒的最大好处就是她当时带着的包里有身份证,同时,里面也有一张储蓄卡,以防万一。

温年冷静沉着地换好衣服,趁护士不注意溜出医院。她先是找到ATM机取钱,方便一会儿打车,随即又去找那些热心的大爷问最近的数码电器商店在哪儿。

不出一小时,温年有了新手机。

站在商店外,温年盯着已经敲出来的电话号码,迟迟没有拨出去。

该是迫不及待才对,可也不单是迫不及待,还有忐忑、不安、害怕,很多,很复杂。

她在陈远最需要陪伴、最关键的一年,选择丢下了他。

哪怕他坚定地履行着他们的诺言,努力要考到北城大学,她也不能百分之百肯定陈远不会后悔。

万一,陈远又不想考了呢?

万一,陈远放弃自己了呢?

想到第二点,温年哆嗦了一下,手指不小心戳到屏幕,电话打了出去。

心里一揪,温年急忙想要按断,就听里面传来机械女声:"对不起,您拨打的电话已关机。"

她想了那么多,独独没想到陈远会关机。不会是躲她吧?

一时间,温年仿佛是坐着过山车停在了即将俯冲的临界点,相对干脆冲下去,悬而未决的滋味更煎熬。

温年叫了车回医院。

路上,她琢磨陈远为什么大白天关机。

原因一,手机没电了。虽然很牵强,但也有一定合理性。

原因二,他生气了。因为她高考结束都没有联系他,换成她,她也生气。

原因三,他考砸了,心情不好。

温年顿时脑补出陈远考试失利后走出考场时的颓废样子。范斌会"宰"

了他。

温年去查了北城这边可以复读的高中,心想要真是陈远没考好,没关系,先把他弄到北城来,之后她陪他再战。

不过,以上这些想法都是建立在陈远心里有她的基础上。

想到这儿,温年又是叹气。

下了车,温年失魂落魄地往医院里走。担心和害怕在心里不断放大,可也总有一个声音在对自己说:那是陈远,不是别人。

停下脚步,温年在医院大厅找了一处相对安静的地方,决定再打电话。

令她又没想到的是,电话这次通了。

等等啊!她后面要说什么都没准备好,谁允许它接通的!

温年手忙脚乱,这时,听筒里有一个低沉清冷的声音在说:"喂。"

心跳在这一瞬间好像停止了,周围的这些人似乎也一下子变成了背景板。

温年傻傻举着手机,根本说不出话,只听着手机那边人来人往的嘈杂声以及来自手机主人时隐时现的呼吸声。

"请问找谁?"

温年又哭又笑,想骂人,你说找谁?

她刚要说话,忽然又听:"温馨提示,老年患者可由导诊台志愿者帮忙操作相关智能机器,请您……"

温年眨眨眼,觉得哪里不对劲儿。怎么听筒里传来的话和她现在在医院听到的一样?

温年下意识地喊了一声陈远,茫然地看向四周,然后看到了一个人。

那人立在匆匆而过的行人中,也举着手机,肩膀和胸膛微微起伏,视线越过众人,精准又深沉地落在她身上。

他依旧喜欢穿黑,神情也还是那样清冷淡漠,只是曾经还带着少年气的面庞变得更加坚毅锋利,有了男人的轮廓。

温年以为自己在做梦,呢喃着又叫了一声:"陈远!"

随即,听筒里回答她:"嗯,我在。"

温年忘了呼吸。她怔怔地看着离自己不再遥远的那个人,微张着的唇干涩无力,双脚仿佛踩在了一坨棉花上,轻飘飘的,下一秒就要晕倒。

"你……"温年刚刚开口,人潮忽然向她这边涌来。她被挤得向后,脚步不稳,手机也拿不稳,从手里滑出去。

就在这时,面前拂过一道雪松气味的风,黑色身影赶在手机落地前被接住,她的人也落入熟悉的怀抱。

温年抬头,撞进陈远的眼里。就像他们在67号的初见。

心脏重重地跳动着,温年下意识地抓住陈远的衣摆,久违的安全感将她包裹住。

第二轮专家号开始发放,赶在人群再次拥挤过来之前,温年拉着陈远出去,来到大理石柱后面。

温年松开手时,陈远的无名指轻轻钩了一下她的。她慌忙咬住唇。

陈远依旧站在温年身前,避免那些人靠近。只是刚才还缭绕在他鼻尖的玫瑰清甜,还有指尖轻软的触碰,让他口干舌燥。

两个人不约而同侧过头,眼睛失焦地看着某处。

过了一会儿,专家号停止发放,诊疗大厅也逐渐平静下来。

温年清了清嗓,陈远后退两步,两个人又同时开口。

"哪里不舒服?"

"你怎么在这儿?"

不等各自回答,温年的闹钟响了。这是她出门前设定好的,两个小时,为的是提醒自己把握好时间,以免被张秘书发现。眼下就是温年必须回去了,可她不想动。

闹钟还在响,陈远看了眼,说:"这是你的新号码?"

温年点点头:"我刚申请的,我……"

"你有事先去。"

"那、那你……你呢?"温年快速瞟了下陈远。

陈远四下看看,指着不远处的休息区,说:"我就在那里等。"

温年心下一动,看向他。他坚定地说:"哪儿也不去。"

时间紧迫,温年不能再耽误下去。她一步三回头,步伐沉重缓慢,还差点走错方向。

陈远进了休息区,找到座位坐下,冲温年点头,示意她放心去。

在温年的身影彻底消失在拐角后,陈远抠紧膝盖的手一点点松开,手心上的汗洇在裤子上,留下不规则的圆形。

身边的人要么在聊天,要么在刷手机,可他却感知不到他们聊的什么、看的什么。心里一阵阵憋堵,他掏出手机点开通话记录,看到最上面的那串陌生号码,稍稍踏实了些。

池国栋在这时打来电话,陈远沉沉气息,接通。

"怎么现在才开机?"池国栋上来就问,"不是中午就降落?"

陈远说:"忘了。"

这次的事是场乌龙。

那天在角落书咖店,许扬的话让陈远六神无主。

池林和他说这也只是猜测,温年未必就是出国了,让陈远耐心等两天。

可当晚,陈远失眠了一夜,转天便订了去北城的机票。他没和人打招呼,一大早坐大巴前往隆城,由于最快的机票是在第二天出发,他就又在隆城机场附近找了一家宾馆住下。

池国栋知道的时候,气得差点去隆城抓人。但要怨就怨许扬!那脑子这么会想,怎么不写小说呢?还送出国!

高考那天,颜清飞德国出差,十几个小时的飞机,手机处于关机状态。之后下了飞机又马不停蹄地开会,等再回复许扬的时候,已经过去一天。

颜清告诉许扬温年病了,正在住院。

陈远得知后更要去北城,池国栋叫他别冲动,又让许扬去打听住的是哪家医院。

"见着人了吗?"池国栋问,"小姑娘身体怎么样?没有大碍吧?"

陈远望向温年离开的方向,太阳穴突地跳了下。他赶紧再次点开通话记录,确定陌生号码真的和他通过话,舒了口气。

"小远,听见我说话了吗?"

"嗯。"陈远应道,"见到了。"

池国栋停顿片刻,嘱咐:"别太心急了。要注意分寸,知道吗?这才刚考完,等通知书到手了,你还怕人跑了不成?"

陈远:"知道。"

挂了电话,陈远闭上眼。两夜没睡带来的疲惫这会儿席卷而来,他弓起背，手肘撑在腿上，将脸埋在双手里，身体慢慢放松。

温年坐立不安，又不能表现出来，只好躺着。

食不知味地吃下芝士蛋糕，她觉得挺对不起张秘书，可这会儿她想不了别的，就想着怎么把张秘书支走。

一直耗到晚上。失去奥斯卡影后演技的温年躲进卫生间想偷偷发个消息，又感觉语言苍白，修改了十几遍，也没能发出去。

在卫生间时间一长，张秘书敲门问她是不是不舒服。

温年假装冲水，藏好手机，说："没事，走了下神。"

出来后，温年瞄了张秘书一眼，琢磨找什么理由。正犯难，张秘书不好意思地问："小姐，你一个人可以吗？"

温年压着激动，问："怎么了，张姐姐？"

张秘书说有一项工作比较紧急，她得回趟公司，还不知道加班到几点，恐怕不能陪她。

温年的影后演技又回来了，她表现出有点儿为难的样子，好像自己晚上没人伺候就无法自理了一般，说："工作很重要？真不能回来了？"

"抱歉，小姐。"

"没关系。"温年坚强道，"我也这么大了，能行的。不行我就找护士。张姐姐，您去忙吧。"

张秘书不放心地交代了很多注意事项，最后又拜托护士多多照看，赶紧离开。

等她一走，温年火速换好衣服，走前特意跑到卫生间里照了照镜子。

素面朝天的少女有着属于这个年龄最纯真的美。可温年还是觉得太素了，后悔没放个唇膏在书包里，只好将头发梳到最柔顺，出了门。

从住院部到大厅的路上，温年被各种心情充斥。不过，这些心情在看到陈远还坐在他们分别时坐的座位上时，消失了。

温年目不转睛地看着那个背影，脚步轻快。陈远似有感应，在她马上就要到的时候，回过头，两个人眼神对接。

陈远随即起身，大步走来。

温年问："吃饭了吗？"

陈远摇头。

温年又说:"这附近有个麦当劳,行吗?"

"行。"陈远说,"你身体可以?"

"没事。"

温年上次吃麦当劳还是和佟佳露他们。

想起佟佳露和杨晓桃,还有孔家奇、金鑫,温年很想问问他们都好吗,不过这会儿还是先点餐。

温年来到自助点餐机前,她不知道陈远喜欢吃什么,扭头想问,人就站在她身后。

他们挨得并不近,但两个人体型之间的巨大差异,温年觉得自己好像完全被他笼罩……他是不是又长高了?

陈远说:"高考体检时测的是187厘米。"之前他是184厘米。

温年看看自己的小短腿儿,有点儿羡慕,还有点儿嫉妒,为什么她就没长?因为她不爱动?

陈远并不饿,点了一杯冰美式,又给温年点了一杯热牛奶。

温年想说这个天气就别喝热的了,但想到某人以前就死磕她的保暖问题,心里冒出丝丝甜意,就没拒绝。

两个人找了一处相对安静的位置坐下。

温年一直用勺子搅拌牛奶,陈远则捏着杯子,生生给杯身捏出指痕。

他们心里都有很多话想说,那是多少个日夜想说给对方听的。可这一天突然到来,有些话反而说不出口,也问不出来。过去不再重要,未来也可以暂且不去想,此刻便是最好。

"身体哪里不舒服?"陈远问,"检查了吗?"

温年说:"身体没事,也没不舒服。就是高考有些累了,缺乏休息。"

陈远又问:"现在好些吗?"

"睡了两天。"温年看他一眼,"你说好些了吗?"

陈远愣了下。

见他还和以前一样,一副情商为负的"铁葫芦"样儿,温年只好把话说得再明白些。

"我……我一出考场就睡过去了。"她继续搅她的牛奶,"还有,还有就是我妈不同意现在就还我手机，说是要等我拿了录取通知书才行。所以我不是、不是……"

陈远说："我知道。"

"你知道？知道什么？啊，现在的手机是我今天偷办的，不是……"

"我知道你不是故意不联系我。"说这话时，陈远眼里有淡淡的笑意。

温年脸颊腾地一热，差点儿打翻牛奶。她放下勺子，咕哝："我这是就事论事，谁跟你提故意不故意了？你少自己发散思维。"

陈远弯弯唇，好像看见了以前的她。

她确实没怎么变。眼睛依旧明亮如星，长发也依旧乌黑漂亮，一害羞就会面颊泛起粉红色。

但也不是一点儿变化没有。揽住她时，她的腰更细了，在他手臂间盈盈一握。

想到这里，陈远喝了一口冰咖啡。

两个人难得起了的话题又没了下文。可感觉没变，就这样待着，静静的，不需要说什么，就很好。

——如果温年的手机闹钟没有再次响起的话。

发现又是闹钟，温年解释说护士有固定时间查房，所以在那之前她得回去。

闻言，陈远垂下眼睛，应了一声，站起来说："送你回去。"

陈远一路都在沉默。

温年换位思考，要是陈远出来还给自己设定了一个闹钟，规定好几点就必须要走，她可能会打死陈远。但她不得不这么做。在收到录取通知书之前，她不能给颜清任何把柄。

本来颜清就不看好陈远，要是再因为两个人一考完就私下联系，更会觉得他们心思不正，成见也会变深。

陈远送人到电梯口，就不上去了。他让温年到了病房给自己发消息，温年低着头没动。

陈远问："怎么了？"

"你是不是烦了？"温年眼眶发酸，"我不是故意这样的，因为……"

话没说完，温年手腕一热，被拉着去了旁边的安全通道。

楼道里灯光灰暗，墙壁下方的提示语散发着幽绿色光，突然就这么进来了，有些瘆人。

温年紧张地背靠着凉飕飕的墙，前面是一堵黑色人墙。

陈远说："知道这一晚上你说了多少'不是'吗？"

温年一噎，心说那还不是因为你一向情商低，她万一哪里说得不到位了，有了误会怎么办？

"我这是严谨客观。"温年顶嘴，"你管我呢。"

陈远低笑一声："我不管。但你也不能污蔑我吧？"

"我污蔑你什么了？"

"我烦了。"

"那你都不说话，我可不就以为……"看到某人冷峻的脸，温年又噎住了。

他不说话不是才是正常的吗？认识这么久，他有过滔滔不绝的时候吗？没有。

尴尬就这么来了，温年脚趾抓地，琢磨该怎么给自己找个台阶。

"我知道你的用心。"陈远说，"你这样，是不想和你妈妈再起冲突争执，好让我们顺利在大学见面。"

他真的都知道啊。温年心里一暖："那你考得怎么样？"

"没问题。"陈远说，"北城大学没问题。"

这句话让温年露出这一天真正意义上的笑容，是完全的开心，不掺杂任何其他的情绪。

"算你识相，要是没考上，我就不理你了。"

看着这张近在咫尺的笑脸，还有那双望着他弯成小月牙的眼睛，陈远无比庆幸自己把手放进了口袋里，要不然……喉结滚动，陈远向后退了半步。

温年并没注意到陈远的某些变化，她沉浸在喜悦和兴奋中，也为自己刚才的小心翼翼感到害羞。早知道就不说那么多了，显得她怪啰唆的。

"既然你还算聪明，我也懒得解释呢。"温年扬扬下巴，"我那么累。"

陈远点头："你回去好好休息。"

温年又问："那你呢？你去哪儿？"

陈远拿出手机，不一会儿，温年收到一条短信，上面写着××快捷酒店 515 房间。

温年盯着这消息看了半天，最后看向发件人。

发件人反看她，那意思在说：怎么了？

你说怎么了？有这样给女孩子发消息的吗！

陈远也反应过来，立刻解释："我就是告诉你我在哪里，不是让你去找我。"

废话！她当然不会去！

温年果断删除消息，就当没看见，说："我要回去了。"

陈远听话让开，但在温年要开门时，又叫住了温年。

温年没转回头："干吗？"

"我……"

陈远吞吞吐吐，温年只好看过去。男生站在楼梯边，高大的身躯让挺宽敞的空间都显得小了，可他的样子一点儿不强大，相反，有胆怯，有踌躇。

温年："怎么了？你慢慢说。"

陈远舌尖扫过发干的唇，哑声道："我能抱一下你吗？"

楼道里有凉风飘过，激得温年缩了下脖子。

她抿抿唇，问："为什么啊？"

陈远也想知道为什么。明明人就在眼前，明明担忧害怕都没了，可他还是做不到安心。

"我总觉得是在做梦。"陈远说，"怕是假的，你会……"

温年跑过去抱住了陈远。

说来也是难得的默契了，她和他一样。总觉得这会不会是在做梦，会不会某个场景一转换，身边的这个人就会不见。

这样的事发生过太多回了，多到让他们分不清现实和梦境。

但这次，千真万确。温年终于抓住了这个人，说："这不是梦。"

——陈远，你找到我了。

温年在医院又调养了两天。

这期间，陈远一直待在 515 房间，离医院很近。

他们没有再见面，只是趁着张秘书不在的时候发发消息。

待到颜清接温年出院，陈远回了怀蓝。

两个人交换了考生信息，默契地还是少发消息，以免到这个节骨眼儿前功尽弃。

在这种焦急又偏不能急的日子里，高考成绩公布了。

温年对自己的分数心里有数，没什么太大感觉地查了一下，确定无误后，立刻输入陈远的信息。

屏幕上加载圈不停转，温年死死盯着，手用力抠着鼠标。

成绩跳出来的那一刻，温年先是蒙了下，眼睛找了半天才找到总分。看到后，她捂住嘴，避免了自己的土拨鼠尖叫。

总分727分！比北城大学去年的提档线高了整整40分！

温年手抖得厉害，又看了好几遍分数才将页面截图，然后进了怀蓝一中的校园官网。

官网风格有些乡村塑料感，但不妨碍他们欢天喜地庆祝自己培养出来一个省状元，头版头条的横幅动画还会喷彩带呢！

温年再也忍不住，"啊啊啊"地大叫。

在书房处理工作的颜清闻声过来，就见女儿围着电脑又转圈又拍手，比小时候得了奖还激动兴奋。

"你这是……"

颜清才开口，温年冲过来抱住她，亲了一口："妈！考上了！"温年跳着说，"考上了！"

记忆里，温年五岁后就没和自己这么亲密过，颜清愣了愣，过去查看成绩，看到的界面是庆祝陈远考中省状元的喜讯。

看都看见了，温年也不藏着掖着，骄傲地道："这下，您不得不承认他就是优秀。"

颜清快速浏览了一下介绍，里面有一点引起她的注意。

高考当前，陈远居然参加了两次机械大赛。其中有一个比赛很有名，含金量不低，据说不少大学都看重这个奖，起码在教授那里能有个很好的印象。

这是在为前途谋划？

颜清不动声色，退了界面点进成绩查询网站，又看到温年的成绩。

"你这么高兴,我以为你也很厉害。"颜清说,"结果你比人家低了3分。"

温年还真没注意,她看了成绩,知道能稳进北城大学,就光想着陈远那边了。温年上前挡住了电脑,小声说:"考上不就行了?别在意细节。"

这个时候了,颜清也不想不依不饶,打算回书房继续工作,让某人自己疯狂去吧。

结果温年叫住她,又说:"妈,您看成绩都出了,我的手机是不是……"

"成绩是录取通知书吗?"颜清问,"万一你没去成教育系,不还是白费?"

这是不是亲妈啊!能不能盼点儿好?

颜清离开,温年趴在门上直到听到书房门关上的声音,回到床边,从床垫下面拿出手机和陈远庆祝。谁还没有 Plan B 了。

温年:陈状元现在心情如何?说说。

陈远:还好。

温年:是不是太谦虚太淡定了?没关系,我现在允许你膨胀。

陈远:录取通知书还没到,等等再膨胀。

温年讨厌成绩和录取通知书是分开的,为什么不一起下发?

不过这倒是提醒了她另一件事。

现在是六月底,通知书七月中下旬也该发了,时间上刚刚好。温年笑了笑,找出记事本开始写计划。

七月中旬,如温年所料,通知书下发下来,她也顺利考进了教育学专业。可无奈东西真到了手里,颜清又让她去趟新西兰。

餐厅里,温年听到颜清这个决定时,眉头紧锁。

"妈,您这是什么意思?"温年问,"您不会反悔吧?"

颜清淡淡地道:"大学四年时间,你就这么着急?你表姨天天打电话让我送你回去,这是你的主意还是你表姨的?"

温年说:"当然是我表姨的,表姨想我了。"

才待了多久就和人家这么亲?颜清合上文件,语气严肃了几分:"你上了理想的大学,学的还是教育学,不该去告诉外公外婆一声吗?"

听到外公外婆,温年眼眶一酸,羞愧地低下头。

"你大了,很多事要学着去周全,考虑事情不能太片面。"颜清说,"新西兰那边还有个别长辈,都去拜访一下,当初你外公外婆移民时,他们都很照顾。"

温年明白:"您和我一起去吗?"

颜清摇摇头。当初为了嫁给温振渊,她和父母闹得不可开交。父母一再劝她不要嫁,不要赌,可她还是非那人不可,不惜和父母说了狠话。如今落了这样的下场,她哪里有脸去见他们?

好在还有温年,外孙女是他们的宝贝,又考上了北城大学,他们泉下有知一定欣慰……

颜清闭上眼,长吁一声。

看到她眼角的湿润,温年问:"妈,您后悔嫁给爸爸吗?"

"不后悔。"颜清没有犹豫,"但是,如果给我一次重新选择的机会,我不会再嫁。"说着,她缓缓睁开眼,望着女儿,笑了笑,"你爸爸很好,只是不爱我。"

强留的感情必然走向惨败。这个道理,颜清用了二十多年才明白,她真的不想温年和她一样。

"你还不懂感情到底是什么。"颜清说,"到现在,我也依旧不看好你和那位陈同学。一个人的成长环境影响他的一生,我不认为你这样的孩子可以融入那样的生活中去。"

温年:"那样的生活不是陈远自己选的。而且,陈远也不是那样的人。"

温年以为颜清一定会反驳,颜清很固执,认定了事难有改变。但奇怪的是,颜清这次没有这么说,而是语重心长地告诉她:"我知道我拦不住你,因为我当初也没能被拦住。我会像承诺你的那样,不过多干涉你的大学生活。但你要擦亮眼睛,更要自爱自尊,不要在一段感情中迷失自我。爱情也好,婚姻也好,你都得先是你自己,才能经营。"

这样的话,颜清从没和温年说过。她一直以为颜清刻板霸道,不想还能这么感性。其实仔细想想,如果颜清是个铁石心肠的人,又怎么会那样热烈地爱着温振渊。

想到颜清这十几年在婚姻里尝到的心酸苦楚,温年喉咙哽咽。

"妈,爸爸不懂得珍惜您,是爸爸的问题。"温年说,"您不要再苦自己,如果遇到喜欢的人,您要勇敢去追。"

闻言，颜清愣了半天，最后笑了："你还教育起我来了。"

温年将去新西兰的事告诉许扬和陈远。

在新西兰的那段日子，她住在原来住过的家，去墓地看望了外公外婆，和他们透露了一点关于陈远的事。之后，她按照颜清说的，拜访了其他长辈。

等再次回到怀蓝，那天是个艳阳天。

温年这次不用再东躲西藏，选择了动车，一路空调吹着，条件比绿皮火车不知道强了多少倍，就是少了些怀蓝的一手八卦。

下了火车，迎面而来的微风里夹着海的味道。温年脑海里第一时间浮现出招明港的波光粼粼，还有行驶在海面上的船，汽笛声悠扬绵长。

温年拉着箱子离开站台，估计外面肯定又是各种拼车。

正想着用小程序叫车来，有人抓住她的行李箱，她一下子动不了了。

温年心说拼车师傅这么猖狂了，敢进来揽客了？她绷着脸转过头，看到的是高冷的"陈师傅"。

温年又惊又喜："我不是说我十二点的车吗？你怎么这么早就过来了？"她故意不让人接就是想制造惊喜，没想惊喜给了自己。

陈远刚张口，被人抢先道："你说呢？"

说话这人嗓门大，穿透力强，带着熟悉的找碴儿语气。

"要我说啊，咱们几个就是白来一趟。"佟佳露哼了一声，"大小姐的眼睛哪里看得到我们？枉费我们这么热的天过来干站着。"

温年笑道："谁让你来的？我还不愿意你接呢，回去吧你。"

"嘿！"佟佳露急眼，"就知道挤对我，我还就……"

温年扔了行李过去抱住嘴硬的佟佳露，以及抽抽搭搭半天的"小桃子"。

杨晓桃"呜呜"道："温年，我想死你了！你终于回来了！"

"回来啦。"温年拍着杨晓桃的背，"我也想你们了。"

佟佳露别过头嘟囔"谁用你想"，温年说："那我从新西兰给你带的礼物就送给晓桃吧，我看你也不会喜欢。"

"谁说的！我就喜欢外国货！"佟佳露喊道，"在哪儿？我看看！"

温年笑着说不给看，孔家奇和金鑫也过来了。

孔家奇老干部似的鼓掌："欢迎欢迎！热烈欢迎温同学回怀蓝！"

"你怎么不在后面再加个'视察'呢?"金鑫刘海一甩,"来点儿新鲜的不可以吗?"

佟佳露笑呵呵:"你来,我看有多新鲜。"

金鑫露出八颗牙:"温同学,欢迎回家。"

大家齐声一喊,异口同声:"这个更没新意!"

金鑫挠挠头。

"当初你来,我没接你,今天算是补偿了啊。"

温年扭头,"怀蓝小甜甜"转着车钥匙,标配的喇叭裤花衬衣,爆炸头依旧蓬松,就是人瘦了一点儿。

温年又过去抱住许扬:"表姨!"

"不错。"许扬点点头,"会黏人了。"

全员到齐,大家往车站外走,准备回南甜巷子。

光顾着和其他人寒暄了,温年也没来得及和拿行李箱的"陈师傅"说句话。

"大家见我都这么高兴,你怎么这么平淡?"温年问,"不欢迎我?"

陈远说:"欢迎。"

他又是那副严肃认真的样子,温年看着就想欺负,说:"没看出来。"

陈远顿了顿,想问那该怎么证明?话到了嘴边,他难得开了次窍,笑了——带酒窝的那种笑。

温年被晃了下眼,等反应过来,陈远已经拉着箱子走到前面去了。

这"铁葫芦"什么时候学会这招了?

许扬开车,大家说说笑笑地回了南甜巷子。

刚到 66 号门口,温年就闻到饭菜的香味。

许扬说知道她回来,池国栋一早去菜市场买鸡买鱼,这会儿正和池林做饭。

推开门,温年进去第一眼注意到的就是院子里两侧的花圃。虽然花没开,看不出种的是什么,但她就是知道,是弗洛伊德玫瑰。

温年心软成一坨,偷偷看了陈远一眼,又觉得心上有细细密密的小针在扎。

这些玫瑰告诉了她一件事,有人在想她。

刚刚回来，温年不想就这么落泪，调整好情绪，她去和池国栋和池林打招呼。

陈远和金鑫在客厅里支了一张大圆桌。一道道菜肴陆续摆上来，很快，所有人围在一起坐下。

池国栋作为长辈，率先举杯，说："恭喜！恭喜小远和小年考上北城大学！也恭喜他们的好朋友们被心仪的大学录取！咱们好几喜临门，干了！"

金鑫最激动，和池国栋的酒杯碰得可响了。

他们四个人，金鑫如愿考上星城音乐学院，孔家奇和杨晓桃也按照原计划，一个进了华城师范，一个进了华城财经。

稍稍不那么完美的是佟佳露。她高考是超常发挥，只要愿意服从调配完全可以上华城的211，但她没去，选择了西北的一所大学，读新闻专业。佟妈妈虽然不理解，但最后还是选择了尊重。

开始吃饭，温年对着满桌美食，不知道先吃哪个。

佟佳露问："你在北城的学校，伙食怎么样？"

"还行吧。"温年说。

"嚯！那得是多好吃啊！能让你说还行！"

温年其实并不记得食堂的口味。每次吃饭，都是单纯为了身体，味道什么的，她自动屏蔽掉了。

看了一圈，温年最想吃虾，正要去夹，碗里就多了一只虾，还是剥好的。

温年抿抿唇，问："你自己怎么不吃？"

"一会儿吃。"陈远说着，继续给她剥。

一旁的金鑫看着这幕，牙酸。他撂下筷子，说："温同学，以后你和远儿就可以在大学里双宿双飞了。"

温年差点儿被虾噎到，要不要这么直白？

金鑫嘻嘻笑："哎呀，别瞪我嘛。我这不也是被你妈整出阴影来了吗？战斗力太强，说得远儿都抬不起头，我真怕……"

佟佳露在桌下踹了金鑫一脚。但欢快的吃饭气氛还是低沉了下来。

温年僵在座位上，想看陈远，也想问金鑫，却又半天没动静。

池国栋看了眼许扬，许扬说："老池，你不是说你今天要把你的看家菜拿出来吗？哪儿了？"

"哎哟!"池国栋站起来,"还在锅上!"

大家笑笑,温年也笑了下,突然碗里又多了一只虾。

陈远说:"凉了不好吃。"

温年握紧筷子,点点头。

这晚,佟佳露和杨晓桃都没走,留宿温年的小屋。

许扬帮她们打了地铺,一个在小床右边,一个在小床下边。

许扬本来说干脆换下屋子,她的床大,挤挤没问题,结果三个人觉得这样挺好玩,乐意这样。

房间里,小台灯亮着,旁边是玫瑰木雕灯。杨晓桃看了好几遍,几遍都是感叹陈远手巧。

"他是厉害。"温年说,"再过几天就是他生日,我想给他个惊喜。"

佟佳露和杨晓桃看了温年的计划书,都说没问题,大家也趁着陈远生日好好高兴一下。毕竟接下来的几年,他们要各奔东西。

"露露,我不明白你为什么非要去那么远,"杨晓桃说,"留在华城,咱俩可以随时见面,多好啊。"

佟佳露躺在地铺上,大长腿跷着,说:"我这不是有追求吗?等我将来纵横新闻业,谁欺负你们了,我就帮你们登报,让舆论啐死他。"

"现在还有人看报吗?"温年问,"都是电子媒体。"

佟佳露笑:"我登电子报给你们报仇。"

"你就不能期盼我们不受欺负?干吗非要……"

"嘿!"佟佳露坐起来,"你飘了是不是?和陈远一起上大学,嘚瑟是吧?我告诉你,你们这种搞对象的,是会被嫌弃的!"

温年脸红:"说什么呢?谁、谁搞对象了?"

"跟我还隐瞒什么?你和陈远……等等!你们该不会……"

杨晓桃也坐起来,两眼锃亮,和佟佳露一人扒着床一边,瞪着温年。

杨晓桃问:"你和陈远还没确定恋爱关系吗?"

"不可能吧!"佟佳露说,"他这次去北城找你,我还担心他已经把你搞定了。"

温年头皮发麻,过去打人:"你满脑子都在想什么?不许你学新闻,回头把读者都教坏了！"

"你想哪儿去了？"佟佳露抱着头，"我说的是亲亲抱抱啥的！"

温年爬到墙边坐好，抱着膝盖，拒绝看人。

关于告白这事，温年去新西兰之前就开始琢磨了。

按理说，她也不是非要那一句话，可不说的话，总感觉差点儿什么。

杨晓桃和佟佳露爬上床，一左一右地夹击她。

"陈远真没告白啊？"杨晓桃问，"不应该吧。温年，你都不知道，你刚走的那几个月，陈远比以前更不爱说话，得瘦了十几斤。"

佟佳露说："何止不爱说话，我都怀疑他得了孤独症。"

"是抑郁症，露露。"杨晓桃提醒，"这两个不是一回事。"

温年想问后来呢？可她不敢问，就像她不敢知道颜清到底和陈远说了什么一样。有些事情不去触碰，甚至只要揣着明白装糊涂，仿佛就可以当作没发生，就不用担心害怕了。

手臂被轻轻捅了一下，佟佳露说："你也不好过吧？"

温年笑了笑："我没瘦，挺好的。"

佟佳露信她才怪，不过有些事既然过去了，总提也没劲。

过了一会儿，杨晓桃突然一拍手："我分析陈远一定是想找个特殊日子跟你告白！"

"告白还用看皇历啊？"佟佳露无语，"那约个会是不是还得算一卦啊？谈恋爱真麻烦。"

杨晓桃心想有人想要这个麻烦还没有呢。

"温年，你等着吧！"杨晓桃笑道，"陈远肯定在酝酿呢。"

温年用这话安慰自己。

可当天晚上她就梦见陈远和自己说："算了吧，我们不合适。"

温年没把这个梦告诉任何人。

终于回到怀蓝，她要去看赵奶奶和团仔，还有一中的老师们。

一直忙到 29 号，按照计划，池国栋把陈远支出去采买维修零件，温年他们布置天台。

金鑫特别卖力，说看电视里的偶像剧都是在天台上开 Party。

布置到一半，温年麻烦杨晓桃总揽全局，她去取蛋糕。

蛋糕店是佟佳露推荐的,说怀蓝能拿得出手的手工蛋糕,只此一家。

好巧不巧,这家店就在南甜巷子附近,离池国栋的店铺很近。都到门口了,加上蛋糕店那边说需要再等半小时,温年就去找了池国栋。

池国栋刷视频正无聊呢,赶紧把人招进来。

"都弄好了吗?"池国栋问,"要不要帮忙?"

温年说不用麻烦,他们没问题。

池国栋笑笑:"我后屋煮茶呢,你来得正好,尝尝叔的手艺。"

池国栋的店,温年以前经过过,进来还是第一次。她以为修理店都是比较乱的,各种工具零件放得到处都是,可池国栋的店不仅整洁,还干净,有股淡淡的花香。

温年惊讶之余,跟着池国栋到了里屋。

池国栋指着一张桌子,说陈远平时就在这上面工作。

温年本想过去看看,视线瞥到桌子斜对面的照片和牌位,愣了下。

"小林的妈妈。"池国栋回头望了眼,"走了十年了。"

温年缓慢地点了下头,见案桌旁边摆着鲜花,还有香,问自己可不可以给阿姨上炷香?

"那怎么不行呢?"池国栋引她过去,"你和小远一样的,小远总给蔓蔓上香。"

蔓蔓。这两个字从池国栋嘴里说出来,有种说不出的情意在。

温年给池林妈妈上好香,之后去小桌那里坐下喝茶。

闲话家常,池国栋玩笑地说温年最近很忙,忙得天天许扬都见不到人,陈远也见不到。

温年嗅着茶香,说:"他和您说我了?"

"没有。"池国栋摇头,"那小子十棍子打下去,说不出一个字,能和我说这些吗?"

那倒是,"铁葫芦"的嘴不是一般的铁。温年垂眸看着茶叶漂浮在水面上,半天没言语。

池国栋低头看看:"吵架了?"

"没有。"

"那怎么闷闷不乐?"

"没有闷闷不乐。"

"真的？叔可不好骗。"

温年笑了下，心说那我也不能说是因为你的宝贝小远不和我告白，我急得不开心吧。

茶香四溢，门口和窗户之间的对流风带着沁人心脾的凉爽。

池国栋给温年添茶，说："我和小林的妈妈啊，也是上学时认识。不过我那时候浑，技校的，小林妈妈是重点中学的。"

池国栋说他的故事用现在年轻人分的类型来讲，就是浪子回头，又或是富家千金爱上穷小子之类的。

他对池林妈妈是一见钟情，死缠烂打非要人家和自己好。人家是乖女孩，父母是知识分子，管得也严，对他又怕又躲，但又架不住他掏心掏肺，最后就答应了。

"小林的外公外婆不同意。"池国栋说，"拿着棍子把我打出家门，连蔓蔓都不认了。我俩结婚之后努力了好久，又因为有了小林，才一点点被接纳。"

年轻时的池国栋是混，一考试就零分，打架闹事他回回排第一，街面上混的，没有不认识他的。老杨和池国栋关系好，就是因为老杨得罪人被追的时候，是池国栋冒险打掩护，又找人平了风波。那时候，老杨发誓以后就和池国栋混了，结果池国栋本人表示不混，他得回家。

池林妈妈的出现让池国栋的人生走上了正轨。

可惜好景不长，池林妈妈生下池林没多久就得了肺病，这病最是熬人，再怎么小心养护，总有爆发的那天。

为了给池林妈妈挣医药费，池国栋开车帮人送货。

有一次，对方说给他三倍辛苦费，叫他把货物送到一个小县城。

池国栋为了赚钱，没多想。结果被路检截下，查出货物中夹带的违禁品。经过调查，他被判缓刑两年。池林妈妈也在此期间去世。

"蔓蔓走了以后，我很长一段时间废了。"池国栋说，"我就想啊，当初要是我不缠着她，她找个门当户对的好男人，是不是就……"他扭头看向照片，泪在眼眶中打转。

温年也看过去。照片里的女人温柔娴静，池林的眉眼和她很像。

温年说："池叔，您别难过。阿姨肯定是想您现在健康快乐。"

"对，你说得对。"池国栋揉揉眼睛，坐直了，"我可得好好活，长命百岁。还得看小林和小远娶媳妇，我还得抱孙子。"说着，他笑眯眯地看着温年。

温年不停地喝水，池国栋笑道："我知道你想什么呢。是不是纠结你妈妈和小远说了什么？"

温年放下杯子，小心地问："那您知道吗？"

"不知道。"池国栋摇头，"但不管是什么，我觉得你妈妈说的肯定是大实话。"

"池叔！您这……"温年心里更堵了，"您刚才说的门当户对，我妈也和我说过。这个真的很重要吗？不同生活背景的人真的不能走到一起吗？"

从很多可见的规律上来看，门当户对确实是最保险的。但池林妈妈死前和池国栋说过一句话："人生不能事事如意，但是因为你，我觉得这辈子值了。"

"小年，两个人在一起看的是各自的经历，因为这些决定了你们能不能走得长远。"池国栋说，"激情是一时的，爱不是。这网上不是有句话吗？什么爱可填海什么的？"

温年笑了笑："所爱隔山海，山海皆可平。"

池国栋说："就是这个。你妈妈可能是说了一些小远的痛处，但我相信小远不会因为这些话就消沉了，他反而会更清醒。"

温年皱着眉，还是不敢完全安心，觉得清醒了之后要是放弃了怎么办？

池国栋又说："小远的性格是那种背后做一百件事，嘴上未必会说一句的。这种跟那些光说不做的比，是强很多。但这么闷也挺吃亏的，而且容易让身边人着急。但谁叫你喜欢他呢？包容包容呗。"

温年都要点头了，见池国栋又笑，捂住脸："您再这样挖坑，我以后不和您聊天了！"

谁喜欢陈远了？她已经下定决心，他不说，她绝对不说，就耗着，看谁耗得过谁！

池国栋可理解不到女孩家的这个小心思，只顾拍着腿哈哈笑。就陈远这样的性格，太需要一个像温年这样理解他、逼着他说心里话，还不会因为他这么闷而生气的姑娘了。

池国栋说:"慢慢来,慢慢来。你们这才刚开始呢。"

温年拎着蛋糕回66号。这会儿刚日落,她看到天台上露出的一点帐篷角。

池国栋的话还在耳边,是得耐心一些,他们隔了一年多的时间,总要先一点点补回来。

温年摸索包里的钥匙,转过拐角,见陈远正在开门。

"你怎么回来了?不是说……"

温年后知后觉地想要藏起蛋糕,但除非是瞎子,不然不可能看不见。

陈远过来,接过蛋糕,隔着包装只能看到"陈同学"三个字。他弯弯唇:"我拿回来就行。"

谁还不知道你能跑腿?可这样还叫什么惊喜?

温年嘟嘟嘴:"你不是去买东西了吗?怎么这么快就回来了?"

陈远说:"池叔忘了,他上周刚订完货。"

计划功亏一篑,温年说:"那你现在都知道了,我……"

"我可以走。"陈远说,"然后再回来,这些我都没看见。"

可以是可以,但很神经。

温年叹口气:"算了,我们一起布置吧。"

对于让寿星跟着一起工作,金鑫完全无所谓,赶紧弄完赶紧玩才是关键。

今晚除了蛋糕,不管是比萨、汉堡这些快餐,还是买的桌布、租的小帐篷,花费都是大家平摊,算下来,就跟出去聚餐差不多。

温年本来不想大家出钱的,但想想要是不让出,人家肯定不好意思空手来,还不如用这样的方法,也让大家免去琢磨买什么礼物的烦恼。

现场布置完毕,南甜巷子的街灯亮了,天台上的串串灯也亮了。

过生日的陈同学在知道自己生日Party是怎么回事的情况下,被围在中间听了一圈"生日快乐"后,要求对着蛋糕许愿。

"远儿,一年就一次,你还不抓紧?"金鑫说,"愿望太多啊?"

佟佳露"啧"了一声:"你催什么催?不能让人家想想?"

温年看着陈远,跟他说:"不急,你想好再吹蜡烛。"

陈远是得想想,他六岁后就没过过生日。之前是有池国栋和池林帮他记着,不过大多是煮碗面、给红包,去年十八岁成人,也只是去餐厅一起吃个饭,没今天这么隆重。

陈远看了眼为自己准备这些的温年,闭上眼。不等大家反应过来,陈远就又睁开了眼。

"许完了?"温年诧异,"这么快?"

陈远点头。

既然寿星本人说许完了,那就是许完了吧。大家分了蛋糕,坐在板凳上吃起来。

孔家奇说:"八月底到学校报到,咱们是不是只来得及给陈同学过生日了?"

"是啊。"佟佳露说,"再回来得冬天过年了,咱们没人过年生日吧?"

一句事实而已,但佟佳露说完,大家都有些沉默,因为再过不久就不能像这样说聚就聚了。

杨晓桃叹了口气:"不知道咱们以后一年能见几次?我听我表姐说学会计课程挺重的,也不知道你们的专业是不是课也多。"

金鑫举手:"我应该就是每天唱歌吧?"

佟佳露把他扒拉到一边:"我也查过了,新闻学应该有不少外出任务。这种可以跑来跑去的,我挺喜欢的。"

"汉语言文学要看很多书。"孔家奇抬了抬眼镜,"我爷爷给我列了个书单,光看书,我这一学期就什么都别干了。"

提及即将到来的大学生活,每个人都有向往和憧憬,也有无法避免的担忧和恐惧。

温年也不知道自己选择的教育学会是什么样的,但她身边有陈远,就很好。这样一想,她转头看向身边的人,那人也在看她。

"干脆——"金鑫拍手,"咱们约好不管多忙,每年必须回来至少一次,就在这儿,远儿的天台上,咱们聚!"

孔家奇竖大拇指:"这主意好!我赞成!"

"难得你说了一句人话。"佟佳露露出老母亲般的欣慰笑容,"就这么定了。"

温年和陈远对视一眼,一起站起来,其他人跟着。

所有人将手里的杯子凑在一起围成圆,金鑫起头,喊:"说好了,不见不散!"

"不见不散！"

因为有了这个约定，本来有着淡淡忧愁的 Party 重新嗨起来。

金鑫带了小话筒来，连上 APP 开个人演唱会。他唱得越来越好，温年听着都觉得说不定将来真要在电视上看他。

"金鑫练很久了吧，这次……"温年说着，看向陈远，发现他正心思好像不在这儿，便喊了他一声，"陈远？"

陈远回过神，看向温年："怎么了？"

温年说没事，问他是不是累了。

"不累。"陈远站起来，"我去楼下拿吃的上来。"

佟佳露马上"点单"："麻烦！虾片一包！"

"那我也来个玉米片。"杨晓桃小声说，"再来一瓶气泡水。"

东西不少，温年和陈远一起下去。

回到小楼，金鑫的歌声像被玻璃罩罩住，闷闷的。

温年想着今天聚会不知道要到几点，不如现在送了好了。她让陈远等她一会儿，自己跑回 67 号取来礼物，是一枚木刻印章，刻的是"陈远平安"四个字。

陈远取出来看的时候，温年挺想找个地缝钻进去。不为别的，就因为她刻得实在不怎么好看。

木刻太难了，刻的时候使的劲儿大了不行，劲儿小了也不行，她这还是花钱请外面的老师教自己刻的呢，无奈依旧不太能拿得出手——特别是有木雕灯、书签、手摇铃铛这些珠玉在前。

看来收太多礼物也不好，回礼会是一件无比麻烦的事。

"我觉得，礼物重在心意，你说是不是？"温年开始给自己找台阶，"而且你字写得好，根本不需要印章，我就是……"

话没说完，陈远抓起她的手，温年想挣，没挣开："你干吗？"

陈远看着她食指上才愈合的伤口，皱了皱眉："被书划的？"

他表情严肃，温年没办法再撒谎："刻刀划的。"

陈远的眉头皱得更深，温年怕他说自己之前骗他，还想卖卖可怜，又听他问："疼吗？"

其实是疼的，尤其伤口没好还要继续拿刻刀，每次动一下刻刀，就会磨一下。

"不疼。"温年说,"小意思。"

陈远看着她,又看了眼伤口,轻轻将手松开。

温年笑了笑:"那你看在我这个礼物是带伤制作的,别嫌弃它。等我将来练好技术,我再做一个……"

"你还要用刀?"陈远打断,"你以后不能碰这些。"

"那我……"

"你随便送我什么都好,不送也可以。"

"哦。"温年转过身,揪窗台上绿植的叶子玩。

虽然陈远的出发点是为她好,但她还是希望他收到她的礼物时第一感受是开心,就像她收到他送的礼物一样。可惜,她的手太笨了。

温年垂着头,眼前忽然出现一把木梳。小叶紫檀木的,梳柄刻着一朵盛开的玫瑰,枝叶蔓到最底部,底部刻着"阿雪"两个字。

"十八岁的礼物。"陈远说,"给得有些晚了。"

温年接过梳子放在掌心,木质温润,还滑滑的,摸着很舒服。

"可我没给你准备十八岁礼物。"温年说,"要不我回头……"

"这个就好。"陈远摊开手里的印章,"是我收到过的最好的礼物,我很喜欢。"

"你……你不是哄我吧?"温年不信,"我那个字刻的,'远'字的钩我还……"

"那也喜欢,很喜欢。"

天台上,金鑫换了首慢歌唱着。不远处,小广场上的大爷大妈们也放着音乐,二者混合,叫人一时分不清唱的到底是什么。

温年看着窗外小院里的花圃,剧烈的心跳声,更是几乎令她失聪。她都不知道自己怎么张的口,问:"你生日愿望是什么?"

陈远没有立刻回答,温年抬起头,窗上映着两个人的身影。

温年面颊泛着粉红,而陈远看着她的脸,目不转睛。

大概是要告白了吧?

气氛都到这儿了,该是时候了。

温年攥紧小木梳,心想他表达出来一点点就好,毕竟"铁葫芦"的嘴比较笨，以后看他行动就是，不能要求太高。

她还想，他要是说了，她是转身主动抱他呢，还是等他来抱？

温年这一辈子的幻想都没现在五彩缤纷。她怀着无限期待，然后就听陈远用五好青年的语气说："学业有成。"

第五章
月亮代表我的心
GUIHANG

八月底，九月初，北城大学的新生陆续到校报到。

望着北城大学的校门，温年仿佛被带回到那年冬天。虽然当时她觉得自己将来会来这里学习与生活，但跟她真正考上了，感觉完全不一样。

温年没让司机送进去，一手拉着行李箱，一手抱着录取通知书，迈进校园。

陈远在树下等她。他比她早来几个小时，已经办完了报到手续，但手里也拿着录取通知书。

温年快步走过去，临近了，伸出手，陈远自觉地把通知书放她手上。

两本通知书叠在一起，踏实到不能再踏实。

陈远拎着箱子陪温年办手续。

很多学长看见温年时，眼里都是惊艳，正盘算怎么和学妹搭讪，就又看到学妹身边的一座冰山,再对比对比自己,继而歇了心思。

周玥是昨天报到的,知道温年今天来,特意过来找她。

看见陈远时,周玥也惊了下。这就是传说中的高冷男神范儿?剑眉星目,鼻梁高挺,关键这体型和体态,宽肩窄腰,荷尔蒙爆棚啊。

本来周玥还想,以温年这样的外貌条件,没有男的能配得上……这下,她算明白造物主造这两人的时候,估计就是凑一对造的。

"这是我和你说的,我在三中的室友周玥。"温年介绍,"她学金融。"

陈远礼貌地点头。

周玥秉持一贯话少的态度,往前两步和温年单独在一块时,才激动道:"太绝了!你看见多少女生在偷看他了吗?"

温年当然看见了。

周玥回头又看了眼:"他这个身高、体型,一只手就能把你制伏吧?"

这还是她认识的周玥吗?

看着温年惊讶又无语的表情,周玥解释说:"我因为高考压抑那么久,现在渡完劫,还不允许我'还俗'啊?"

"那你这也……"温年叹口气,"反差太大了。"

周玥笑了笑:"没事没事,你很快就习惯了。"

因为早到一天,周玥自告奋勇带温年和陈远熟悉校园。

其实那年参观,都已经熟悉差不多了。温年现在唯一想了解的就是图书馆,只是她刚有学生卡,要等军训完了,学校录入系统才能刷卡进去。

三个人在校园里随便逛。

温年不知道的是,他们只是这么在学校闲逛而已,她和陈远在新生中已经成了名人,就连学长学姐都知道今年大一来了一对金童玉女。

等陈远送温年回宿舍,两个人在女宿舍楼门口上演一出分别戏码,校园小说的文案有了。

温年见到她的三个室友时,三个室友就是以一副被点了穴的样子,排好队,看她。

温年卡顿了几秒,自我介绍:"我是温年,请多多指教。"

三个室友都没回应。

温年心里正犯嘀咕,难道自己得罪人了?

这时，有个娃娃音女孩说："比视频中的还漂亮呀。"

"是呢。"另一个短头发女生附和，"这才叫不上镜。"

最后一个，看起来有些老成的室友，摇摇头，上前帮温年拉过箱子，解释说："别害怕，她们有点儿毛病。我叫于竹，因为比较老妈妈心态，她俩叫我'于妈'。"

温年点了下头。于竹继续介绍，短头发女生叫林志然，娃娃音女孩叫苏菀。

温年在自己的床位边收拾东西，苏菀隔一会儿看一下她，搞得温年一个枕头套了半天没套好。

"怎么了？"温年问，"你有话直说就好。"

苏菀害羞地笑："那我就问了哦。你和男朋友是高中同学吗？你俩看起来好配呀。"

温年这才知道自己和陈远出名了。不仅出名，两个人逛校园的视频都已经传疯了。

视频里，温年站在路边等人，不一会儿，陈远过来，将拧好的矿泉水递给她。她小口小口地喝水，陈远就帮她挡着阳光，还帮她擦汗。

"你这男朋友哪儿找的？"林志然问，"他有兄弟之类的吗？方便的话，介绍给我。"

当时，温年就是说了句有点儿热，陈远本来想让她在阴凉地方等，可她不想陈远去完小卖铺还要跑很远，就在对面等他。然后就有了视频里的这一幕。

温年觉得这再平常不过，但现在这么一看，再被室友这样渲染，觉得是有点儿……甜。

温年将手机还回去："我们是做过一个多学期的同学。"

"为什么是一个多学期？"苏菀问。

温年轻轻"嗯"了声，解释了下自己后来转学，两人相约考北城大学。

苏菀倒在床上捶枕头，用娃娃音反复在说："这是什么双向奔赴啊！"

林志然靠着床栏杆，也嘟囔："我晚了，晚了。"

一边的于竹也长叹一声。

温年没料到自己遇到了一群活宝室友。她笑了笑，继续整理内务，心里却提不起劲儿。

陈远生日那天的回答气到她了,可她清楚,生气都是表象,她真正感到的是失落。

现在还不是合适的时机吗?还是因为颜清的话给陈远留下了心结?又或者,是他并没有那么喜欢。

如果是这样,为什么陈远对她和以前一样,甚至更好、更在意?温年不明白。她感觉他们之间隔着一层薄纱,看似近在眼前,却还是有隔阂。

两天后,军训开始。

教科学院和机械工程学院的方阵一个在南角,一个在北角,是最远的距离。

但离得这么远,陈远还是会接送温年,一次不落。

学校里现在传他俩传得神乎其神,说什么这是顶峰相见的神仙爱情,还有的说是双强学霸情侣,最邪门的是,有人说他俩就见过一面,是一眼万年,凭着惊世情缘考进一所大学。

温年也就听听。

中午,温年和陈远在食堂吃饭。

温年挑食的习惯又回来了,加上这鬼天气热得人想投湖,她对着餐盘里的饭菜,是一口也吃不下。陈远看着她憔悴苍白的脸,问:"想吃什么?我去买。"

温年有气无力地摇摇头。

"出去买。"陈远说,"不吃食堂里的。"

外面的食物吸引了温年一下,但她一想这时候日头最毒,下午还要训练,有那时间,她想让陈远歇歇。

"不吃。"温年说,"我一会儿回宿舍吃饼干。"

陈远说饼干不好吃,坚持出去买:"吃章鱼烧,行吗?"

"那家的?"

"嗯。"

温年舔了下唇,经受不住诱惑,点头。

陈远送温年回宿舍,让她在屋里等。

其实宿舍里也没有空调，但电扇的存在起码有点儿作用。

路过朝露广场时，温年觉得迎面过来的一个女孩有些眼熟。不等她确认，女孩也发现了他们，冲她，准确地说是冲陈远，挥了挥手，过来了。居然是冯思怡。

一年多没见，冯思怡比以前还要瘦，穿着短裙，露出一双笔直纤细的大长腿，原本的文静气质张扬了不少。

温年听过杨晓桃八卦。

冯思怡高三时和其他中学的一个男生走得近，被冯思怡的妈妈知道了，上学校大闹一场，逼着冯思怡删了那男生的所有联系方式，还让冯思怡立军令状必须考上北城这边的大学。据说，那个男生的侧脸有几分像陈远。

"好巧啊。"冯思怡笑着说，"你们还在军训啊？理工大学今年赶上要举办大学生运动会，就军训一周。"

温年看着冯思怡精巧的妆容，而自己脸上除了汗就是汗。再看看人家小针织配小短裙，她宽松迷彩服配卷了三折还长的迷彩裤……这是什么该死的巧合！

温年用尽毕生的涵养展现淑女笑："好久不见了。"

冯思怡说"是啊"，还说："你那时候突然转学，大家都舍不得你。等有机会，咱们一起回一中看看。"

客套完毕，冯思怡说她是来找她堂哥玩的，看了陈远一眼，便走了。

陈远全程没表情、没交流、没反应，整个就是一个吉祥物的存在。但温年心里就是起了一股无名火，也没胃口吃什么章鱼烧了，见不远处有个自动贩卖机，过去买饮料。

陈远跟过来，见温年要喝冰的，不让她买。

"为什么不行？"温年问，"这么热的天就该喝凉的。"

陈远顿了顿，说："今天16号。"

"16号怎么了？喝冷饮还要……"

温年想了下，她的生理期每次都是20号前后。饮料凉的不能喝，温年一口老血卡在喉咙，咽不下，吐不出。

偏偏某"妇女之友"不知死活地补了句："你要是怕热，我去给你买绿豆汤，常温的。"

温年气成河豚,瞪过去一眼,走了。

陈远跟上去又说:"你回宿舍等我,我买章鱼烧回来,很快。"

"不吃。"

"买别的。"

"别的也不吃!"

"那……"

温年停下,一腔怒火对上陈远真诚的眼睛,想发又发不出来了。

"我回去吃饼干。"温年泄气道,"你也回宿舍,天太热了。"她说完就走,不给陈远说话的机会。

温年回到宿舍就后悔了。她不该这么不讲理的,可她不明白陈远为什么就是不说呢。

难道他觉得她不在乎那句话?还是真的就没有那么喜欢,只是对她的好感比别人多而已。抑或是,他在等她先开口?

下午军训休息的间隙,温年还在想着这事,她坐在树下用树枝在地上画圈圈。

于竹坐在她旁边,忽然说:"你男朋友真厉害啊。"

"什么?"温年愣了下,"我没听清。"

于竹的同学也在机械工程学院,虽然和陈远不是一个专业,但学院里有什么事肯定是知道的。

就在昨天,学院里最有名望的教授董建宇指名道姓地夸了陈远,说他后生可畏,还把陈远单独叫出去说了一会儿话。

"董教授,年轻时可是国家保密项目的总设计师。"于竹说,"他的关门弟子最差也是在国内顶级研究所。"

温年知道这个教授。

董教授这么欣赏陈远?

"我同学说是因为你男朋友之前得了一个什么机械大赛的奖,这个奖在董教授那里挺有分量的。"于竹说,"今年来的这一批新生也有人得,但只有陈远是一等奖。"

温年不知道这是什么奖。她都不知道陈远还参加比赛了,高考学业这么重,他还有时间参加比赛?

温年还想再问问陈远在学院的情况,手机振动了下。

温年点开,是陈远发来的微信。

陈远:*训练结束后,图书馆见。*

温年心说去图书馆干什么,现在又进不去。不过这就是台阶,傻子才不接。

温年到图书馆时,陈远还没到。她也没催,看着进进出出的学长学姐,有不少是情侣。

温年现在不能见这种场面,一见就会想自己和陈远,然后就无比郁闷和烦躁,以及不安——她总怕他是没有那么喜欢自己。

她叹了口气。

温年听到身后有动静,一扭头,看见陈远正在锁车。

"你买的自行车?"温年问。

陈远说是借的。他背了一个书包,鼓鼓的,示意温年和他进图书馆。

温年猜到陈远是借到了能进图书馆的学生卡。

她挺想进图书馆参观,但现在已经到晚饭时间,她中午又只吃了饼干,有些饿了。温年想和陈远说,可陈远带着她刷卡进去之后,没去图书区,而是去了楼梯间那边。

关上笨重的防火门,温年问:"来这里干什么?"

陈远在找东西,见消防箱后面的缝隙里放着一个扁布包,他抽出来摊开,里面是两个坐垫。

陈远将坐垫铺好,让温年过来坐。温年被这波操作弄得云里雾里,但还是照着做了。

等她坐下后,陈远打开背包,食物的香味一下涌了出来。

"我室友的哥哥在管院读研究生。"陈远说,"他说天气太热的时候就会有学生来这边蹭空调,心情会好,食欲也会好。"

说着,他将打包的便当递过来,便当上还有冒着热气的章鱼烧。

看到男生额头上还没消退的汗珠,温年莫名地觉得章鱼烧的热气有些熏眼,她转过头,揉了揉。

陈远以为她还在生气,放下便当,又说:"这些也不想吃?喝东西呢?"

他拿出酸梅汤和鲜榨橙汁,以及常温的绿豆汤。

温年受不了了。她开始觉得是自己事儿多了，他都做到这一步，她为什么还要执着于一句话？

就这样好了，她好想抱抱他。

"温年，不吃东西身体受不了。"陈远轻声说，"听话，吃……"

温年转过身，拿起绿豆汤先喝了。汤是甜的，加了糖。

见她终于肯吃东西了，陈远嘴角轻扬，把准备的其他食物一一拿出来。

温年说："你也吃呀。"

两个人就在楼梯间里吃了晚餐。

有空调吹确实不一样，而且陈远选的便当味道也过得去，温年不知不觉吃了小半份。

"章鱼烧还是那么好吃。"温年说，"但我觉得酱料好像和以前有那么一点不一样了。"

陈远想说去年就改良了，但见温年嘴边沾了一点酱料，他没多想，伸手帮她擦，他的手指触到她的嘴唇时，两个人都是一怔。

温年忘了嚼嘴里的东西，呆呆地看着陈远。

温年下意识地抿了下唇，陈远还没放下手，指腹从她唇上滑过，带着粗糙的摩擦感。

心里好似有一只小蚂蚁爬过去，温年身体后仰，小声说"我自己来"，去翻包里的纸。

陈远也收回手，隔了会儿，低声说了句抱歉。

之后两个人都没再说话。安静地吃完东西，陈远收拾好残局，打开窗户给楼道通风，然后问温年要不要去图书馆里看看。

来都来了，温年一直想看一本外文原著，市面上已经买不到，北城大学图书馆里也只有一本。

她查了系统，这本书没外借。她记下这本书的所在区域和陈远去找。

看到书放在最上面的架子上，温年拽拽陈远，让陈远帮她拿。

陈远抬臂时，上臂的肌肉鼓起，撑得迷彩服起了一个小包。

天花板投下的灯光擦过他的刘海落在鼻梁上，让他的脸看起来好像在发光。

温年突然想，先开口也没什么丢人的。

"陈远,我想和你……"

话没说完,工作人员推着小推车过来还书。陈远下意识地搂住温年,用自己的身体将她与小推车隔开,把她保护在安全范围里。

温年背靠在书架上,看着他锁骨上的痣,鼻间完全被他的气息填满,有雪松香,也有他刚刚去卫生间洗完手后的洗手液味道。

温年腿发软,抓了下陈远的衣摆。

陈远垂眸看去,温年恰好抬头。

眼神交汇的那一刻,电流在他们身体里经过,本能的情愫轻易就被勾了出来。

陈远呼吸一重,眼神锐利地看向温年的唇。

刚才就在脑子里浮现的画面立刻占据上风,他瞬间就失控了,扣着她腰肢的手臂收紧。

温年有些疼,却还是踮起脚尖:"陈远,我……"

陈远已经低头压下来。

温年闭上了眼睛。她的心跳得很快,睫毛一直在抖。她从不知道等吻来临是这样的感觉。

她的手虚放在陈远的胸膛上,陈远的心跳比她的还要剧烈,一下撞击着一下,好像随时要跳出来。

温年感到陈远的鼻息拂过自己的脸,还感到了他唇边烧起来的温度,然后就是……工作人员清了清嗓子的声音。

温年"唰"地睁开眼,就见陈远的耳垂红得要滴血,转着头在说抱歉。

工作人员在图书馆什么场面没见过?放好书后,悠悠然地走了。

温年这辈子没这么丢人过。

温年想推开陈远跑,但没推动。陈远把她搂在怀里,挡得严严实实,带出了图书馆。

到了外面,天已经黑透。

"刚刚……"

"你别说话!"温年喊道,"闭嘴!"

陈远点头,也不敢靠太近,默默推着车跟在一边。一直跟到女生宿舍楼门口,温年要走了,陈远才不得不将人叫住。

陈远本意是要温年和自己去旁边的小休息亭,但温年现在看到这种地方就觉得是"犯罪"的温床,果断要求就在宿舍楼门口说。

她光明正大,没什么可避人的!

结果陈远一开口就说:"刚才是我没控制住,有没有弄疼你?"

这话一出,从旁边路过的同学们都不走了,一个个八卦的小雷达"嗒嗒嗒"地转着。温年脸爆红,揪着口出狂言者去了小亭子。

"你!你刚才说的是什么话!"温年急得要跳脚,"叫人听见了……"

陈远低着头,耳根到脖子都通红。他也不想问,可她一向怕疼,他力气又比较大,搂着她的时候,脑子里就跟被挖空了似的,只想搂紧些,越紧越好,完全忘了那力道她受不受得了。

"那……你疼吗?"

回答他的是一记棉花拳。

说实话,疼的。"铁葫芦"不愧是铁的,臂力尤其惊人。她被他抱得呼吸都不顺畅,当然,也不排除是因为紧张导致的,可刚刚走回来的这一段路,她确实感到腰窝这里发热,胀着痛。他到底用了多大的力气?

陈远看了眼温年的唇,身体里的血液又沸腾了。

夜风徐徐,吹不灭两个人心里的火。但温年现在清醒不少,只要明天学校里没有他们在图书馆的传言,她愿意好好吃饭三天,绝不挑食。

"时间不早,我送你回去。"

陈远的声音有点儿哑,温年听出来了但懒得关心,他们现在"命运未卜",她还管他喉咙舒服不舒服。

"不用你送。"温年说,"你就站在这儿。"

她转身,陈远要跟。

"说了不用送。"

"可是……"

"站好了!"

温年告诉自己千万别回头。"铁葫芦"刚毁她风评,她不能心软,更何况她的腰还疼着呢。

可在进入宿舍楼大门前,她还是没能忍住,回头看了一眼。陈远还站在亭子里,视线完全粘在她身上。

这一晚，温年失眠了。图书馆里发生的一切在脑海里一遍遍地播放。

她第一次感受到男女之间力量的悬殊，陈远要是愿意，她连他一根手指都动不了。那以后要是吵架，她岂不是一点儿都打不过他？

温年翻身，周玥这时候来了条微信。

小玥玥：要不要去图书馆？

温年差点弹起来！露馅儿了？这么快就传出去了？图书馆里难道有狗仔不成？

小玥玥：学姐说可以借我学生卡。

哦，就是正常邀请啊。温年吓出一身汗，回复：*最近军训累了，等军训完再去，谢谢学姐。*

温年扔开手机，继续失眠。

等逐渐平静下来，温年内心除了因为这场突然降临的暧昧带来的异常体验，更多的也还是失望和失落。

失望自己勇敢不过三秒，错过机会，她就开不了口，不敢主动告白；失落的是他们都差一点接吻了，陈远不可能不喜欢她吧？可他依旧什么表示都没有，只是半小时前发了一条消息说明早接她，叫她好好休息。

他到底怎么想的？万一今天吻到了，那她还就这么没名没分地跟他了？

想到这儿，温年又很生气。

陈远就是个渣男！

军训结束后，新学期正式开始了。

教育学第一年的课程量中等，而且不知道是不是搞教育的人都有耐心，温年遇到的不管是辅导员还是老师，都很和蔼可亲，脾气格外好。

陈远就没这么幸运了。机械对理论性和实操性的要求都很高，别说差之一毫，就是零点零几毫都会酿成大问题。所以他们的老师都特别严格，课也排得满。

温年有陈远的课表，知道他忙。

不过，这才开学，陈同学是不是有些太忙了？除了每天早饭必陪她吃，其余时间根本见不到人。

温年让自己多理解理解，可又憋火，只能想马上就是十一小长假，他们已经定好一号的票回怀蓝,到时候再让他补回来。

而就在三十号这天,发生了一件事。

中午下课,温年不想去食堂吃,就和林志然去了校外小吃街。

林志然空有吃的壮志,到了地方却开始肚子疼,急着要去卫生间,就先回了宿舍。

温年买了便当,还给室友们带了零食,快要离开小吃街时,看到两个人。

其中一个就不用说了,是化成灰她都认识的"铁葫芦",另一个,是冯思怡。

不知道为什么,冯思怡的眼眶特别红。陈远站在她面前,还是没表情、没反应,但也没走。

他喜欢看女孩哭?温年气不打一处来,拎着东西就要过去,听到——

"我听说了,温年家里的条件很好,她妈妈厉害,是做大生意的……温年长得也那么漂亮,学习还好,大家都喜欢她……可是,可是这也是压力是不是?

"陈远,你和温年在一起不会有压力吗?"

什么压力?她那么温柔体贴善解人意,根本不会给人压力好不好!况且陈远也不差,是她见过的最优秀的人。

温年等着陈远狠狠回击冯思怡,但等了半天,陈远都是沉默。

这让冯思怡仿佛看到希望,她继续说:"有时候就是这样,好的未必适合自己。温年那样的,就该找一个也是家里做生意的、有背景的,双方门当户对。陈远……"

温年没再听陈远的回答,也没有露面,回了宿舍。

已经一身轻松的林志然感谢好室友带来的口粮,但瞧着温年难看的脸色,她问:"怎么了?你也不舒服?是不是咱们食堂出问题了?"

温年随口说了句没事,爬上床后,改了回怀蓝的车次。

杨晓桃和佟佳露都是三十号晚上到的家。

杨晓桃是离得近,从华城回怀蓝,坐动车四十分钟就到;佟佳露则是三十号压根儿没课,订了一大早的火车票,晃晃悠悠一天也到了。

她们在车站接温年,还没说话,就感到了来自大小姐的低气压。

佟佳露主动拿行李:"怎么了这是?陈远呢?"

"不知道。"温年说。

情况明显不对。

杨晓桃上前挽住温年的手臂,说先回家歇歇,晚上大家一块儿出去吃饭。

温年说:"有没有能喝酒的地方?"

"喝酒?"杨晓桃愣了愣,"喝酒……有吗?"

佟佳露想了下,锁定一家清吧。这家店是新开的,老板是佟佳露妈妈同事的儿子,知根知底,很安全。

"我想去。"温年说完,出去打车。

佟佳露和杨晓桃对视。

"出什么事了?"佟佳露问,"她能喝酒?"

杨晓桃说:"肯定是和陈远吵架了。"

被"吵架"的陈远比约定时间提前十分钟去等温年,等到温年的室友下来,惊讶地问他怎么还在这里。

询问之下,陈远得知温年早上就走了。

他立刻给温年打电话,动车上信号不好,一会儿是无法接通,一会儿是通了又被按断。

陈远一面继续打,一面将自己的票改签。

过了一会儿,收到一条微信。

温年:我先回怀蓝了,佟佳露接我。

知道是佟佳露带朋友来,清吧老板给她们安排了一个小包间。

"佳露,我妈可嘱咐我看好你啊。"老板说,"你们想玩随便玩,但别喝太多,有事叫我。"

佟佳露道谢,刚送走老板回到包间,便见温年在那里开酒。

杨晓桃看得着急:"温年,咱们是不是先吃些东西?我听说空腹喝酒容易醉呢。"

"哦。"温年应了声,"佟佳露,你帮我开。"

佟佳露过去坐下,拿过起子,说:"给你开是没问题,但你得告诉我你怎么了吧。陈远惹你生气了?"

"没有。"

"那你这是干吗呢?"

"喝酒啊。"

"喝……"

"你给不给开?不给我叫服务员。"

得得得,您是大小姐,您说了算。佟佳露开了一瓶酒,温年拿起酒瓶直接灌。

佟佳露和杨晓桃都吓一跳,想拦也拦不住,温年还喊什么是朋友就一起喝,硬是把佟佳露也给拉下了水。

几瓶啤酒下肚,包间里还清醒的只剩杨晓桃。

杨晓桃本来是可以陪着喝点儿的,但看了温年和佟佳露的状态后,坚决不喝。万一有什么事,她得善后。

"我跟你说,男人都是大猪蹄子。"佟佳露一手抱着温年,一手抱着酒瓶,"说什么前任已经过去了,实际上人家一回来,他就屁颠屁颠地跟上去。不值钱!"

温年和佟佳露碰杯:"没错!男人都是大猪蹄!大猪蹄!"

"我还跟你说啊,没那么多弯弯绕绕,任何借口其实就是不喜欢!"佟佳露大喊,"不喜欢!懂吗!"

懂,不喜欢。

因为喜欢的话为什么不说?

喜欢的话也不会觉得有压力,即便有,可以说出来啊。

杨晓桃理解温年和陈远有矛盾,谈恋爱嘛,没矛盾才奇怪。可为什么佟佳露也一副为情所困、被爱所伤的心碎模样?她没谈恋爱啊。

杨晓桃过去拿走两个人手中的酒瓶,挨个问怎么回事。

佟佳露魅邪地一笑,喝多了嘴还特别严。温年本来也不愿意说,但鼻子酸得厉害,起了一个话头就收不住了。

"陈远不喜欢我。"

这话惊得佟佳露差点儿酒醒了:"你胡说八道什么?"

"就是啊!"杨晓桃也说,"温年,你们是不是有什么误会?"

没有误会,只有现实。

颜清当年背着温年去找陈远这件事，一直是温年心中过不去的坎儿。她心疼陈远，他从小吃了那么多苦，这不是他的错，是他的伤。可颜清非要去戳破。

戳破就戳破吧，偏偏颜清说的都是现实。

现实，太多人跨不过去。

陈远如果因为两个人背景悬殊而选择放弃，她或许不会意外，但今天冯思怡说的话，陈远沉默以待，她才发现自己接受不了。

因为家庭环境也好，生活经历也罢，温年都把它视为过去。一个人因为过去而放弃现在和未来，只能说明：不够。

现在不够好，未来也不够好，所以不值得迈出那一步。

"温年，我觉得你想偏激了。"杨晓桃说，"陈远怎么可能不喜欢你？至于你妈妈以前说的话，也是有道理的啊。陈远总得消化，而且他肯定也想自己变强了才能……"

佟佳露说："都放屁！喜欢舍得看她这样？这些男生的思维我真的理解不了，是不是就得自己比女生强，心里才踏实？"

陈远到怀蓝时，天色擦黑。

半小时前，佟佳露给他发微信说温年和她们在一起，叫他不用担心。

从那之后，一直没再有过消息。

陈远就背了个包，先回了南甜巷子。

池林在陈远家，见他提早回来，还是一个人，觉得不对劲儿。

"温年呢？"池林问，"你们怎么没一起回来？"

陈远说："和佟佳露在一起。"

池林"哦"了声，笑了笑："怪不得没精打采，原来你被'遗弃'了啊。没事，哥陪你。"

陈远看了池林一眼，没言语。

高考结束没几天，也是陈远刚从北城回来的时候，池林的初恋女友来找他。

听许扬八卦，池林好像心软了，说要和前女友去南城见父母。但之后，事情又不了了之，前女友没再出现，池林也只字未提，池国栋更没问过。

陈远进客厅坐下。他定好时间,只要不超过,他就先不打扰她和朋友在一起。

陈远找了一本专业书翻看。

池林打量着他,觉得人似乎又瘦了一点,便说:"你才多大?别拼过力了。"

"没事。"陈远说,"快了。"

池林没明白:"什么快了?"

陈远没答,继续看书。

池林吃完饭就走了。

陈远刷好碗,看还没到时间,就在院子里站了会儿,随后检查玫瑰的生长情况。

池国栋答应了他说"叔在玫瑰就在",但他还是不太放心,隔几天就要麻烦池林拍几张照片给他看看。

陈远精心修剪了枝杈和叶子。弗洛伊德十月开花,看现在的状况,这次十一假期应该可以开,到时候她看了……

手机响动,陈远放下工具接听电话。

电话那头的音乐声很大,杨晓桃用尽力气在喊:"你快过来陈远!温年喝多了!"

陈远去巷子外打车。穿着外套跑出来的金鑫看见他,叫他等等自己,也火速钻进车里。

"你是不是也接人啊?"金鑫问,"佳哥这也不抽什么风,居然喝大了。"

陈远没接话,吩咐师傅开车,开快些。

到了包间外,陈远一把推开门。

眼前,温年和佟佳露还抱在一起喝酒,杨晓桃在一边急得方言都出来了。

"你们可来了!"看到救星,杨晓桃松了口气,"快!不能让她们再喝了!"

陈远上去将两个人分开,金鑫和杨晓桃抓住佟佳露,温年落到陈远怀里。

被人束缚了,温年就伸手呼唤佟佳露:"来啊,继续喝!"

"来!谁不喝谁孬!"佟佳露也伸手,"年年,我来了!"

两个人上演白素贞被关雷峰塔，许仙死命挽留的桥段，但不巧，手指头都没碰到，"法海桃"拆散了她们这对好酒友。

"喝！再喝三天不用起床了！"杨晓桃说，"都给我把人按住了！"

金鑫苦道："我哪按得住佳哥？你快过来帮忙！"

杨晓桃和金鑫管着佟佳露，温年被陈远抱着去了另一边。

温年叫着还要喝，陈远拉回她的手，说："不喝了，喝够多了。"

听到这个低沉清冷的声音，温年定了定，失焦的眼睛重新聚神，看见了陈远。

"你走，不要你管。"

温年的语气带着决绝和冰冷，陈远一愣。就这么走了一下神，没看住，温年挣脱了他的怀抱，身体溜下去，一屁股坐在了地上。

陈远赶紧把人再抱回来，温年泪眼汪汪地说疼，可她摔的这个位置，陈远也没办法帮她揉，只能哄着说一会儿就不疼了。

"骗人，还是疼。"温年说，"你是骗子。"

陈远看了眼佟佳露那边，低头贴近温年说："那我给你揉？"

温年耳朵痒痒的，缩了下脖子。

她心想本来就该你好好服侍我，当然是你揉了。可转念一想，她现在好像应该和"铁葫芦"生气才对。于是，她哼了一声说："不用你。"

"怎么着？"金鑫问，"咱们一人带一个回去？"

陈远抓着温年乱动的手，说："给孔家奇打电话。"

"给他打电话干吗？"金鑫看向杨晓桃，"他上午才……哦，对，我打。"

他们一人带一个醉鬼回家，甩下杨晓桃一个女孩，总得有人送她。

等孔家奇的这段时间，温年还想和佟佳露继续喝，几次都被陈远给整散了，弄得温年不高兴，一直打陈远。

陈远让她打，别伤到自己就行。

"这是喝了多少啊？"金鑫问，"我头一次见温同学这样，佳哥这……我也是头一次见。你们在学校被人霸凌啦？"

佟佳露的事，杨晓桃是真的不知道。但温年这边……杨晓桃让金鑫看好佟佳露，过去说话。

"陈远。"

一听这个名字，温年眼睛瞪得老大，一副怒气冲天的样子。

杨晓桃叹口气："你和冯思怡是怎么回事？"

陈远有点儿蒙。

"咱班那个冯思怡？她也考北城去了是吧？"金鑫按着佟佳露也要八卦，"远儿，可以啊！魅力无限。"

陈远说："什么也没有。"

"没有的话，你好好和温年说说吧。"杨晓桃又叹口气，"陈远，你别怪我多事。我想说有时候女孩子不是要金山银山，她想要的是安全感。"

她这边刚说完，佟佳露如同垂死病中惊坐起："男的不表明态度就是渣！和前任不清不楚——渣！钓着人不确定关系——渣！"

"对！"温年隔空应声，"露露说得对！"

十分钟后，孔家奇脚踩"风火轮"来了。

六人三组，各回各家。

没人关心金鑫怎么送佟佳露回去，反正不管是抱是扛是拖，得负责到底。

陈远背着温年，温年现在疯劲儿还没过去，一直闹。她一会儿说要去看海，一会儿说要去摘玫瑰，还要蹬自行车拍电影去……陈远依着哄着，但从始至终，她都不搭理他。

实在说累了，温年的脑袋耷拉在陈远肩上，消停了。

陈远没在温年包里找到钥匙，她口袋里也没有，许扬还没回来，他只能把人先带回自己家。

将人安顿在床上，陈远去兑蜂蜜水。

刚要走，温年拽住了他的袖子。

陈远弯下腰，说："我去斟水，很快回来。"

温年起初并不看他，过了几秒，眼珠一点点转过来，视线落在陈远脸上。

这张脸真的很好看。不是说五官多么精致完美，但拼凑在一起就是和谐漂亮，眉眼英气，鼻子高挺，嘴巴也软软的……这是独一无二的陈远，是错过了就再也找不到的陈远。

温年看着看着，眼角淌下一滴泪。

这滴泪几乎是瞬间就没入了温年的发间，以至于陈远都不知道自己是不是眼花。他立刻去摸摸，湿的。

心仿佛被狠狠扯了一下，陈远张口时，温年忽然起来，朝着他的锁骨咬了下去。

陈远没出声，只怕她咬完之后倒回枕头上时头会晕，便托住了她的脑袋。

这可极大方便了温年咬人，她双手抓紧了陈远的背，咬得更用力，恨不得咬下他一块肉才好！可真尝到血腥味了，她又心疼了。

温年松口，陈远也慢慢松开手。

不知道什么时候，两个人变成都坐在了床上，温年吸血鬼似的，埋首在陈远颈窝处。而陈远不声不响，动也不动，抱着她让她咬。

温年咬够了，抬头看人，陈远见她唇上沾了点儿血，帮她擦掉。

"还咬吗？"

温年摇头。

陈远抽一张纸巾随意抹了下伤口。

温年呆呆地坐在床上，眼神里有自责，还有害怕，像个犯了错又不想认错的孩子。

她这样，陈远情愿她和自己闹。

陈远将温年乱了的发丝一缕缕捋顺，说："我和冯思怡什么都没有，昨天……"

"陈远，你是不是不喜欢我？"

陈远一怔："你说什么？"

"是不是我妈妈和你说的话让你有压力了？"温年又问，"你是不是觉得我们不合适，想放弃了？"

陈远眉头紧锁，不知道温年为什么会有这样的问题。

他不否认颜清的话当初是给了他沉重一击。很多个晚上他考虑到自己的家庭以及温年的成长环境，都认可颜清的判断。可每认可一次就又否定一次，来来回回，弄得他那时都糊涂了。但后来，他不糊涂了，他很清楚自己要的是什么。

"你忽然不高兴是因为在想这些？"陈远问，"没有，我没有。"

温年现在没办法信他："那你为什么不说？"

"说什么？"

"说什么?"

陈远是真不知道,还是冯思怡吗?

陈远:"昨天,我去小吃街给你买东西,冯思怡……"

"什么冯思怡!"温年一脚踹开陈远,"你就是个渣男!大渣男!"

这一脚,直接踹得陈远坐在了地上。他愣了会儿,将手搭上床边想借力站起,却又被温年把手拍开。

"温年,我……"

"不许叫我的名字!你就在地上,不许起来!"

不起来可以,但不叫名字……陈远忽然想起佟佳露刚才叫的年年,这个也很好听,和她有关的,念起来都好听。

陈远想这样叫温年,就见温年的脸色不太好,还捂住了嘴。

"想吐?"

温年来不及回答,掀开被子,还没下床就被打横抱了起来。

一进卫生间,温年跪在马桶旁就吐了。

陈远过来,她推他,又推不动,只能尽可能地挡住他的视线。

太丑,太恶心了。她不想让他看见自己这样。

陈远不怕这些,他蹲在温年身边,一只手帮她抓着头发避免落下,一只手拍她的背。

温年吐得身体都在抖,小脸皱巴巴的。

陈远后悔放她去找佟佳露,就该第一时间和她把话说清楚的。

"好些吗?"陈远给她递了一杯水,"来,漱漱口。"

温年接过杯子,嗓子里又紧又酸,鼻子里也火辣辣的,说:"别看,你、你别……丑。"

陈远说:"不丑。"

温年是醉了,但不是傻了,这样还不丑?什么样丑?可她实在是没有战斗力了,爱看便看吧。

等吐干净了,温年要刷牙,陈远便抱她坐在水台上,找了一支新牙刷挤上牙膏。

"我帮你?"

温年又不是三岁小孩子还用人帮忙刷牙?她想从水台上下去,站在水池前刷牙。陈远抱着她下来,站在她身后,拉着她的手将牙刷送到她嘴里。

"以后不喝酒了,行吗?"陈远说,"你不会喝,喝了又这么难受……不喝了。"

温年根本听不见,她现在的状态就像沉入了海里。之所以还能动弹,那是因为她是个爱干净的好宝宝,绝对不能脏着睡觉而已。

等刷好牙,温年转过身靠在"靠背"上,喘了一口气。

"口渴吗?"陈远问,"要不要喝水?"

温年顿了顿,嘟囔:"我和你什么关系?不用你管我。"

她说得硬气,人倚着"靠背"更硬气,还用人家的衣服蹭掉了下巴上的水珠。

这孩子气的举动惹得陈远笑了笑,不过,他好像知道她生气的点是什么了……如果是这个,那他确实有错。

陈远用手指轻轻抚着女孩的脸,见她闭着眼像是困了,又问:"抱你去睡?"

温年点头。

陈远准备抱人,一抬眸,看到镜子里的他们。

她太娇小了,尤其在他身边。

盯着那纤细的腰肢,陈远将手放上去,隔着布料,只是微微使力,他就可以轻而易举地桎梏住她。

陈远眸色深沉,手不受控地又放在了温年的肩颈处。这里,同样暴露了她的柔软脆弱。

温年感觉肩膀那里痒痒的,她动了动,脑袋蹭着面前硬邦邦的胸膛。

她的头发扫到了陈远锁骨那里的伤口,引起一阵沙沙的刺痛。

陈远稍稍回过些神,但紧跟着伤口的刺激又令他想到温热湿濡腻在他皮肤上的触感,血液顿时沸腾起来……

温年等了半天,有点儿不耐烦:"走啊,睡觉。"说着,她环住陈远的脖子,一副等抱等伺候的样子,"快点儿,带我去床上。"

听到这样引人遐想的话,陈远惊得差点儿把温年扔出去。

最后,他咬牙将人抱回去安顿好,去了卫生间。

温年醒来时，发觉自己躺在之前的床上。她一动，发觉喉咙仿佛被烙铁烙过，脑袋里更像是有个搅拌棒不停在转。看到床头柜上的水时，她像看到还魂丹。

一杯水喝下去，她感觉舒服了些。

房门口，许扬探出头，见温年醒了，推门进来，说："到我这儿放纵是不是？这次不比之前，你妈要是知道了，你看她还让不让你来我这里。"

"你别说。"温年按按太阳穴，"不就行了？"

许扬"呵"了声："让我和你狼狈为奸？"

"是友好互助。"

许扬直笑，看看时间，又问："吃点儿东西吗？小远一早煲了粥送来，说等你醒了吃些。"

一听某人的名字，温年的难受更上一层楼："不吃。"

"那你吃什么？"许扬问，"我可没给你做。"

温年翻了个身，说再躺会儿，许扬就先出去了。

面壁三分钟，温年够来手机。

杨晓桃半小时前在群里问她和佟佳露醒了没有。

佟佳露没回复，估计还睡着。温年说刚醒，杨晓桃就给她来了一条私信。

杨晓桃：感觉还好吗？

温年：再喝酒我是狗。

杨晓桃：哈哈哈。

杨晓桃：喝酒是伤身，不如来杯奶茶。

杨晓桃：对了，露露有什么心事你知道吗？

醉前记忆还依稀尚存，之后再发生过什么，温年就完全不记得了。不过就佟佳露昨晚的表现来看，她大概猜到了是因为什么。

温年：等她醒了"严刑逼供"吧。

杨晓桃：那你再歇会儿，别和陈远生气了。

又是这个陈某。温年扔掉手机，看了眼床头柜上的保温杯，掀开被子起床。

许扬在客厅看小品，看一秒吐槽五句。

温年正刷着牙，陈远来了。

"你来得正好。"许扬说,"小祖宗不喝粥,你问问她想吃什么,你给她弄吧。"

陈远点头,看向温年,温年别过头。

许扬刚才就察觉出不对劲儿,这下得以印证:有人闹别扭呢。

小年轻的事她懒得管,也管不好,腾出地方回屋补觉,让他们自己解决。

见状,温年也要上楼。陈远拉住她,说:"想吃什么?"

温年瞥过去一眼:"松手,不要拉拉扯扯。"

她以为以"铁葫芦"的性格肯定是会听话松手,没想到他反而握得更紧,人还凑了过来。

"你干吗?"温年后退,"我说不要……"

"你昨晚对我不是这样的。"

温年头皮麻了下:"我、我昨晚干什么了?"

"不记得了?"陈远靠得更近,"你说要我……"

"要你什么?"

陈远又不说话了。

喝醉就断片儿这事,温年在上次就知道了。她潜意识里认为自己充其量就是爱闹,应该干不出什么丢脸的举动,可话又说回来,鉴于她最近对陈远的一些心思……

脸上忽地一凉,温年抬眼,陈远捧着她的脸说:"脸好红。"

温年一拳打过去,陈远早有准备,轻松握住她的小拳头,眼里漾出温柔的笑意,说:"你答应池叔这几天去喂葫芦,要晚了。"

他这么一说,温年就要去拿猫粮,陈远搂她回来,弯弯唇:"喝一点粥就去,行吗?"

和她谈条件?温年去掰他搂着她腰的手,说:"我要是就不喝,你能把我怎么样?"

陈远当然不能把她怎么样,只是看着她,然后将扣在她腰肢上的手移到她腰侧,手指轻轻动了两下。温年那里有痒痒肉,憋了半天没憋住,笑着推开人。

见她笑了,陈远盛了一碗热粥过来给她。

一年多没见，葫芦比原来更圆润了。它现在对温年还有警惕心，但不会躲很远，也肯在温年脚边吃东西，就是不许温年摸。

"摸一下能怎么你？"温年说，"没福享受。"

"喵！"

"还顶嘴。"和它主人一样不讨人喜欢。

陈远检查了一下葫芦的窝，没什么问题。

他过来坐在温年身边，温年挪了挪，他继续靠近，她继续挪，再靠近，再挪……赶在温年炸毛前，陈远说："我和冯思怡什么都没有。"

那天中午，陈远去小吃街给温年买零食。冯思怡和一个男生在小巷里说话，说着说着吵了起来，冯思怡在哭，男生不耐烦地推了她一把，她被推得撞在了墙上。

怎么说也是同学，陈远就过去了。

男生一看见陈远，没言语，直接走了。

目的达到，陈远没有和冯思怡说话的打算，也要走，结果冯思怡叫住他，向他告白了。

"我不知道她……"

"你不知道？"温年打断，"她从前就在意你，你不知道？"

陈远继续撸着葫芦："我为什么要知道？"

不管如何，陈远对冯思怡没有任何心思，她的告白，他当场拒绝，两个人以后不会有来往，至于其他……

温年心下一紧，是要说她给他的压力了吗？

温年忽然又有些怕说这个话题，万一陈远确实有压力，但想着再和她相处相处，把压力化解了呢？

她非要挑破，不就没有余地转圜了？

温年想转移话锋，陈远忽然又说要不要去音乐节。

话题跳跃有些大，温年跟不上："什么音乐节？"

"就在北城。"陈远说，"6号举办。"

这是一个复古音乐节，和集市一起联动。

音乐节里某支乐队的吉他手是金鑫的学长，金鑫和学长说了一卡车好话才弄来两张瞭望台的票。

陈远说："不挤。每个瞭望台都是两个人座。"

好端端的为什么要去音乐节？他们回北城的票订的是7号的，这样岂不是要改签？

"我已经看好改签时间，只是要起得稍微早些。"陈远说，"你可以在车上睡。"

温年搞不懂这是要干什么，但陈远的意思是要去，就算她使小性子，大概率最后也是同意，不如省些力气。

"就我们？"温年问，"金鑫很喜欢这些吧，他不去？"

"不去。"

6号这天，温年起了个大早。

起床气空前强烈，她急需找到让她早起的罪魁祸首释放一下，就被牵着去了66号。

小院里，弗洛伊德玫瑰盛开。陈远摘了一朵给温年，温年的起床气就跟泄气的气球似的，只剩下软软的皮。

这"铁葫芦"最近似乎掌握了一种让她无气可发的神奇手段，谁教他的？

拿着这一朵弗洛伊德玫瑰，温年乖乖跟着陈远去了火车站。

他们到北城时，正值中午。两个人回学校放下东西，直奔音乐节。

音乐节举办地在北城开发区的一个艺术园里，因为和集市联动，这会儿还没入夜，园里已经有不少人。

陈远牵着温年的手。

温年一开始不让牵，陈远的手一会儿过来试探一下，一会儿过来试探一下，他还用非常可怜的眼神看着她……算了，牵吧牵吧。

两个人挨个摊位看。

有个摊位专门卖手工编织的猫领结和猫项圈，里面小鸭子造型的领结很可爱。

"葫芦戴上一定好看。"说着，温年拿起领结故意在陈远脖子那里比了一下，问，"你觉得呢？"

周围的人往他们这边看。陈远一个快一米九的男生，穿着一身黑，脸好看是好看，但冷冰冰的，配上一个小鸭子领结，反差不要太大。不少女生捂着嘴偷笑。

陈远也不好意思，拉下温年的手，说："别闹。"

"没闹啊。"温年无辜道，"给葫芦买东西，总要试下吧。"

"我是猫？"

"你哪里有猫可爱。"

温年买了小鸭子领结，继续逛。

又逛了会儿，温年饿了，陈远去小吃摊位买吃的，温年就在一处角落里等着。

"是温年吗？"

听到有人叫自己，温年转头，只见一个瘦瘦高高的白净男生举着棉花糖站在她身后。温年认出对方是比自己高一届的学长，之前社团宣讲的时候，两个人说过话。

"学长好。"温年叫人，"你……陪女朋友来玩啊？"

学长立刻说不是，举着棉花糖的手不知道放哪儿好，解释："我姐今晚有表演，她想吃，我给她送去。亲姐，一个爸妈生的。"

温年笑笑，学长也笑，还要再说什么，陈远来了。

陈远的眼神冷得像冰刀，直直地看着学长。学长的表情有点儿僵硬，草草打了招呼就走了。

温年瞧那背影还挺有趣，说："他的棉花糖在哪儿买的啊？"

"你想吃？"陈远低声说，"难吃，都是糖精。"好像那棉花糖得罪了他。

温年看了陈远一眼，又看了看他手里拎着的东西，问："怎么没有小星星蛋糕？"

本来是有的，正在排队。但有人赖着不走，还一直笑，陈远就不排了。

"你先吃这些。"陈远说，"我去买。"

温年想想算了，这些就够她吃的，何必浪费。

两个人填饱肚子，音乐节也差不多开始了。

舞台搭建在艺术园广场上，地面宽广，可以容纳很多人。

以舞台为顶点画圆，周围围了一圈仿照瞭望台的 VIP 观众席，从楼梯上去，瞭望台里放了两把凳子，在这里可以清晰俯瞰整个舞台。

温年没听过演唱会，倒是看过歌剧和话剧，这种参与形式以及待会儿要看的表演都让她充满期待。

温年想和陈远说说，回头一看，陈远站在楼梯边，手里拿了一张纸，低头看得认真。

"是节目表吗？"温年问，"给我也看下。"

闻言，陈远迅速叠好纸塞进口袋里，说："不是。"

"那是什么？"

"开始了。"

舞台闪出几十束彩光，在夜空中旋转。撕裂般的电吉他一响，现场欢呼声震天，鼓点也起来了。

巨大的声音弄得温年的耳朵有些不适，她向后退了两步，陈远上前，贴在她背后，张口说了句话。

"你说什么？"温年喊道，"听不见！"

陈远浅浅一笑，示意她看表演。

今天的陈远，准确地说，从约她看音乐节时起的陈远就不太正常。温年总觉得他在酝酿些什么，难道待会儿有金鑫的表演，他们是被拉来的假粉丝？

温年疑惑，但节目已经开始，只能顺其自然就是了。

复古主题的音乐节，主要表演的是爵士蓝调以及一些老歌翻唱。

前面一直是位男歌手在唱，他的声音很有故事感，附带感情，不过和金鑫比，稍逊一筹。

温年想和陈远夸金鑫两句，陈远又在看那张纸。

这到底是什么秘籍？温年直接过去拿，陈远察觉了就躲，举高了手，结果一不小心，纸从手里滑走，顺着风被吹了出去。

"啊，飞了！"温年把着栏杆往外看，"飞那里去了！你赶紧去捡，要不然……"

"不用了。"

"怎么不用了？"

是她弄没的，她有责任把它找回来。既然陈远不追，她去。

温年转身往楼梯那边走，陈远拦住了她。

"你别挡着我，一会儿真找不到了！"

陈远拉住她，说："没了就没了，我都记着了。"

记着了？温年更猜不到那纸上写的是什么了。

男歌手的表演在这时结束，下一位上场的是女歌手，嗓音有些慵懒沙哑，说带来几首老歌，希望大家喜欢。

她的乐队开始调试设备，这会儿是短暂的休息时间，现场安静不少。

"温年，我有话和你说。"

陈远表情严肃，眼神认真且……虔诚。见他如此，温年下意识地站好，点了点头。

"这段时间，我主要在做两件事。"陈远说，"第一件，是我在校外的小区租了房子。"

温年一愣："你租房子干什么？宿舍里的人欺负你？"

陈远嘴角微扬："没有。是为了之后每年的寒暑假方便，我可以留在北城。"

"留在北城？"温年还是不太明白，"你不回怀蓝了吗？你……"

"你回我就回。"

温年这才懂了。她的家在北城，那就意味着她不可能一放假就回怀蓝，逢年过节的，她总要留在颜清身边。既然这样，要是陈远再回怀蓝，他们就会分开，可如果陈远在北城有住处，情况就不一样了。

温年没想到陈远连这点都想到了，顿时有些感动，也很开心。

"第二件呢？"温年问，"是什么？"

第二件是陈远高考前就开始铺垫的一件事。他知道机械工程学院的董建宇教授在行业里德高望重，是内业权威，他没有背景和人脉，只有成为董教授的关门弟子才有可能谋个好前程。

打听到董教授十分看重 JFT 机械大赛，所以他参加了这个比赛且拿到一等奖，为的是有拜师的资格。

"我想加入董教授的实验室。"陈远说，"董教授给了我很多课题，我必须尽早解决，不然……"

"所以，才开学你就在忙这些？"

"嗯。"

温年鼻尖一酸，他为什么不告诉她呢？她不说帮忙给他买个午餐什么，至少也不会在背地里这么埋怨他。

这下可好,恶人叫她做了。

温年丧着脸。陈远揉揉她的脑袋,又说:"我不告诉你,不是怕你辛苦照顾我。"

"啊?那你是为什么?"

"我是因为……自私。"

颜清的话像一根刺扎在陈远心里。他是没想过放弃温年,长这么大,他从没有如此明确的目标——和温年在一起。

可是,他怎么拥有她?

陈远想了很久,一个小目标、一个小目标地去罗列。

起初,他认为有了稳定的工作就可以了。后来,他发现他坚持不到那时候,就想在学院做出一些成绩来,告诉她自己的心意。现在,他想等进了实验室就说,可又发现他错了,错得离谱。

他以为只要自己手里的砝码足够多、足够重,他就越有底气和她在一起,可实际上这都是他的想法,不是温年想要的。

冯思怡说他和温年恋爱会给他压力,他不说话,是因为他想到温年和自己在一起,温年也在承受压力。她的妈妈本来就是不同意的,是她一直在坚持。

温年醉酒问的那些问题、说的话,他事后每次想,每次都会心疼。是他没给她安全感,他自以为是了。

"对不起,温年。"陈远低声说,"是我太自私,没有考虑你的感受。我是想等我进了实验室,我就和你……"

"你说什么呢?"温年打断道,走到了瞭望台另一边,"听你这话,我好像一直期待你和我怎么样似的,我可没有。你别自作多情。"

她这么说,眼睛却酸胀得厉害。陈远在面对他们的感情时小心翼翼到这个地步,几乎是每走一步就要去考虑后面的十步,就怕哪里做得不好、做得不对,会把他们隔得很远。

而这一切,仅仅是因为他的出身不够好。多么可笑又荒唐啊,她心里最优秀最好的陈远竟是自卑的。

温年别过头擦了下眼角,转回来,对上那双深邃又真诚的眼睛。

陈远说:"你没有期待,是我太心急。

"我现在还什么都没有,但我一定会努力从无到有。我知道你不在意这些,也不需要我为你创造什么,你很优秀,你自己就可以,但我不想出去给你丢人。

"请你原谅我矛盾的自私,我想和你并肩走下去,一直走下去。"

说完,陈远双手握住温年的肩膀,让温年面对着他。

"年年,我喜欢你。

"我一定会对你好,再也不叫你生气难过。

"请你相信我,做我的女朋友,好吗?"

温年都不知道自己是什么时候哭的,视线都花了。他还叫她"年年",怪好听的,她更想哭了。

"你为什么现在才说?"温年抹着泪,"我早就想听了……你现在才说!怎么会有你这么坏的人,陈远,你就是个渣男。"

陈远为温年擦眼泪,哄道:"我错了,以后再也不会了。你想要什么,我都会给你。"

温年瞧了他一眼,小声问:"你给吗?"

"什么?"

"我说……哎呀!"温年气得想打人,"你!你给不给?"

陈远咂摸了一下才明白,笑着点头:"给。"

话落,温年踮起脚亲了下陈远的脸,说:"那我同意了。"

这下来得实属突然,陈远摸摸脸,人有些呆:"同意什么?"

温年瞪过去,就见这个气得她快要七窍生烟的钢铁直男反应过来后又在笑,露酒窝的那种。那一对大大的酒窝仿佛真的盛满甜酒,不然温年怎么看了一眼,就感觉自己好像又醉了呢。

"在场的朋友们,不知道你们熟悉邓丽君吗?"

台上,乐队调试完毕,女歌手准备献唱:"她是我爸的偶像,也是我对唱歌这件事的启蒙女神。所以,第一首歌——《月亮代表我的心》,送给大家。"

前奏响起。

温年以前最常听外公给外婆弹的就是《月亮代表我的心》,每次这个时候,外公就会看着外婆,外婆也看着外公,好像他们的世界里只有彼此。

温年拉着陈远去听,腰上却突然一紧,整个人差点被抱起来。

温年撞在陈远身上,仰起头,陈远正低头看她。他舔了下唇,乌黑的双眸暗藏汹涌,向她靠过来。

"等、等下!"温年慌忙捂住陈远的嘴,"这么多人呢,万一……"

陈远握住她的手,包裹在暖暖的掌中,说:"没人往这边看。"

"可是……"

"我能帮你挡着。"

"你……"

"行吗?年年。"

温年觉得自己八成是疯了。听他这样叫自己,她就觉得自己化成了一潭春水。淡淡的粉红色爬上脖子,蔓延至脸颊,温年的手一点点攀上陈远的肩膀,闭上了眼睛。

"你问我爱你有多深,我爱你有几分……"

"轻轻的一个吻,已经打动我的心……"

"你去想一想,你去看一看,月亮代表我的心。"

在绵柔的歌声和热烈的人潮中,温年吻了她爱的,也爱她的那个人。

回学校的路上,温年觉得自己坐的不是车,是乘着棉花糖。

林志然和于竹假期都没回家,在宿舍猫着,见温年面若桃花地回来,她俩叹了叹气,捂住单身狗受伤的小心脏。

温年不知道自己给室友带来这么大的伤害,她郑重地对她们宣布:"我恋爱了。"

"和谁?"林志然震惊道,"是咱们学校的吗?"

温年点头,羞涩地笑了笑:"陈远。"

宿舍里一片死寂。

温年在林志然的床边探头,下巴垫在手上,大眼睛眨巴眨巴看着她:"你不为我高兴吗?"

林志然觉得她好可爱,说:"高兴,高兴啊。"

温年笑了笑。

这时，于竹说："你不早在和陈远谈恋爱吗？这还用说？"

林志然附和："就是。刚吓我一跳，还以为你劈腿了呢。"

"我才不会劈腿。"她男朋友那么好。温年觉得她们都不懂她的心情，爬上床，挂上小帘，自己开心去。

陈远恰好这时给她发微信，问她明早想吃什么，他来宿舍楼下接她。

温年吃什么都好，回复说到时候去食堂看看。

过了几秒，陈远又给她发来一张截图，是他俩的微信聊天界面，界面最上面备注名改成了"年年"。

看到这两个字，温年捂着脸笑。此刻的她就好像是一颗草莓味的流心软糖，甜腻的夹心源源不断地往外冒。明明之前也是甜蜜的，但过了今晚，好像又不一样了。她是陈远的女朋友，他们是千真万确的恋人关系。

温年抱着手机趴在小床上，两只脚丫不停地晃。

年年：时间不早了，你要睡了吗？

陈远：还没。

陈远：睡不着。

年年：为什么？

陈远：兴奋。

温年又抿着嘴笑，笑得脸都僵了。

年年：淡定，知道吗？

陈远：好。

陈远：晚安。

淡定得是不是有些快了？温年变脸似的敛了笑，十分不满自己的男朋友如此直男，那个脑子就不能拐下弯吗？

温年放下手机，也准备去洗漱睡觉，刚要下床，手机又响了一下。

陈远：还是淡定不了。

陈远：在想你。

清早，林志然和于竹都还睡着。

温年蹑手蹑脚地下床，去卫生间洗漱好，化了一个简单却精致的裸妆，再找出她之前新买的粉色开衫，换好衣服出了门。

陈远站在宿舍楼门口的树下。他还是习惯穿一身黑色,衬得他的肤色越发冷白。

陈远昨晚后来发的两条消息,让温年险些从楼梯上摔下去。

她怀疑自己是不是太善变了,不想让男朋友太直男,可他不直男,改直球,她又招架不住。

这会儿见到人,温年的心脏"扑通扑通"跳得厉害。等走到陈远身边,她的心率更是快到顶峰。

看着她,陈远沉默了一下,紧接着就握住了她的手,手指分开她的指缝,和她十指紧扣。

"早。"陈远说。

温年的脸烧得滚烫:"早。"

"去食堂?"

"好。"

这是他们第一次在学校光明正大地牵手。温年的手心一直在出汗,陈远的手心也在出汗,两个人掌心贴着掌心,黏黏的,不怎么舒服,可是谁都没有松开手的意思。

今天是十一假期的最后一天,很多学生还没回校,食堂里人很少。

陈远点了几样温年平时吃得还可以的早餐。一旁的温年看看菜单,心血来潮要了一杯核桃豆浆,尝了一口又觉得苦,不想喝了。

陈远将剩下的核桃豆浆喝掉,说:"还好,不苦。"

温年低着头吃东西,想说那是她喝过的,可话到嘴边,又想他们昨晚亲都亲了,还会在乎喝一杯豆浆吗?

想起那个绵长的吻,温年脑袋冒烟。

"今天有什么安排吗?"陈远问,"想不想出去逛逛?"

这不就是约会嘛。

温年为自己特意打扮了一番点赞,她打算看看电影院最近有没有什么好电影,再看看口碑评价不错的餐厅。但转念一想,她问:"你租的房子怎么样了?"

"放假前给的钥匙。"陈远说,"还没来得及收拾。"

温年笑了笑:"那要不我们去家居商场吧?给你买些生活必需品。"

陈远点头:"好。"

两个人坐地铁来了家居商场。临时决定过来,温年也不知道什么是一定要买的,只能走到哪儿看到哪儿,想到什么就买什么。

"是两室一厅吗?"温年问,"你租个一室就好,干吗多花钱。"

陈远接过温年递来的新筷子,看了她一眼,说:"两室稳妥些。"

"你还要招待客人?是不是金鑫他们……"

话没说完,在陈远的注视下,温年似乎读懂了什么。

她扔掉手里的勺子,义正词严:"你做梦。"

温年哼了一声,继续往前看。看到一半,她手机响了两声。之前加微信的学姐想邀请她加入话剧社,说今年有话剧节,想让她参演。

温年立刻和陈远显摆自己的受欢迎程度,还说:"上次话剧社招新,社长没来,据说这位社长是大三的学长,还是北城大学的校草呢。"

陈远停住购物车,声音冷冷道:"你想见?"

"还行吧。"温年说,"我要是去了话剧社就见到了,看看是不是真的那么帅。"

陈远垂眸,没言语,重新推着购物车往前走。

温年本意就是逗一下他而已。现在这么一看,他这是压根儿不在意?无所谓吗?

温年追上去,刚到陈远身边,陈远就说:"我觉得话剧社没什么意思,要一直彩排,很辛苦。你还是别去了。"

看着陈远这副一本正经吃醋的样子,温年就觉得好笑。她戳戳他的脸,大爷似的调戏道:"那你笑一个,笑得好看了,我就不去了。"

陈远很听话,立刻笑了笑,没有完全露出酒窝,有些腼腆,但大男孩的可爱被他拿捏得死死的。

温年捉弄不成反被撩,心里的小鹿乱撞。她随手拿了个什么东西,故作镇定地说:"看你表现还算凑合,我去舞蹈社吧。或者你要是加入了篮球队,我就去啦啦队,怎么样?"

记忆里,她跳舞的样子还清清楚楚。陈远不想让别人看见她跳舞的样子,但想想,她的光芒万丈便是自己的骄傲,他该无条件支持。

"你加入啦啦队,我就加入篮球队。"

这话说得十分肯定，也够狂，温年跃跃欲试地想泼他冷水："你怎么就知道人家一定招你？万一我进了啦啦队，你没进篮球队呢？"

陈远将手机递给她。温年接过一看，至少十个社团和校队向陈远抛出橄榄枝，其中还有派美女学姐来游说他的。

温年问："这些，你想参加哪个？"

"听你的。"

"都听我的？"

"嗯。"

温年当机立断把派出学姐邀请他的社团全部回绝了，这些社团不想着好好组织活动，净想着旁门左道，去了也没前途。其余的，温年让陈远自己选，她很"民主"的。

陈远弯了弯唇："那就篮球队？"

温年想说可以，主要看抢手货陈同学的意愿。

陈远本人没有特别想去的社团，只是社团活动是大学生活的一部分，想要体验一下而已。

他这么一说，温年皱了皱眉："你是不是因为要去董教授的实验室，怕忙不过来？"

确实有这个考量，毕竟课余时间很宝贵。

温年不想陈远辛苦，说："还是别参加篮球队了，有那工夫你休息休息。我也不去啦啦队，找个比较闲的社团，这样就可以……"

陈远说："我不是为了休息。"

"那你留着时间干吗？"

陈远看着她："陪女朋友。"

又一次被"陈直球"打了个正着，温年愣了半天。她手里还拿着两个马克杯，一个粉色的，一个蓝色的，怎么看怎么像是在应和女朋友和男朋友。

温年像是要扔烫手山芋，慌忙把马克杯放回去。她的手不稳，差点儿摔了一个，幸亏陈远反应迅速，接住了杯子。

"这个好看。"陈远拿着粉色的那个，"不要了？"

温年呛道："好看你自己用。"

"这是情侣的，我该用蓝色的。"

温年不理人，去看别的，陈远默默地把两个杯子放进购物车。

温年觉得这么下去不行。才恋爱第一天而已，她就被迷得晕头转向，以后日子长了，她岂不是就失去了领导地位？必须扳回一城！

温年这么想着，回过头。陈远蹲下在货架下方找拖鞋，她刚刚看中一双小熊拖鞋，但没找到她的鞋号，陈远还在找。

温年想说买别的就是，而从这个角度看去，能看到陈远锁骨上的伤口。

这个伤口她很早就注意到了，一直想问怎么弄的，但没找到合适的机会，现在正好问问。

"这个是……"陈远看了温年一眼，"磕的。"

温年信就怪了："怎么磕的能磕到这儿？你站起来，我看看。"

陈远依言站起来。温年把他的冲锋衣拉链拉低些，又往下拽着他的领口，伤口就在那颗黑痣旁边。很微妙的地方啊。

"到底怎么弄的？"温年眯了眯眼睛，"你最好老实交代。"

陈远四下看看，抿抿唇："说了，不许生气。"

温年瞪大眼睛，还真有情况？

她做好准备，然后听陈远在她耳边说了句话。

"我？"

"嗯。"陈远拉好拉链，"早没事了，也不疼。"

温年没想到"小丑"竟是她自己。她喝醉了就这素质？乱咬人？还咬人家的锁骨！

温年羞耻到快不能呼吸，脚底抹油地溜了。陈远在她身后追，叫她等等。

等什么等？等丢人吗？温年走得更快了，可再快，她腿短，而某人又是天生的大长腿。没走多远，温年被他拉进了一旁的安全通道。

在她后背要贴上冰冷的墙面时，一只手托在她腰上，帮她隔开了墙。

"不是说了？"陈远压低声音，清冷的嗓音染上了几分性感，"不生气的。"

温年撇过头，心说不是生气，是丢人。

"你怎么不早告诉我？"她咕哝，"或者，就别告诉我。"

陈远也不想说，都过去这么久了，可看她刚才的样子，他要是不说清楚，指不定她会想歪到哪里，扣个罪名给他。

"那就忘了这个事。"陈远握着温年的手,"我们再去买东西。"

温年看看眼前的人,没忍住,再次拉开他的冲锋衣拉链。

伤口一周了还没有完全愈合,可见她当时咬得多狠,他怎么也不制止她呢?

"还疼吗?"温年问,"我以后不喝酒了。"

陈远揉了揉温年的脑袋:"早就不疼了,别担心。"

话是这么说,可温年看着还是觉得好疼。她怎么还有小狗属性,喜欢咬人?

温年羞愧又自责,也没办法补救。想起小时候她要是磕碰了,外婆就会帮她呼呼,呼呼两下就会好些。所以,温年对着他的伤口轻轻吹了吹,算作道歉。

陈远没想到温年会这样。柔柔凉凉的风拂过伤口,游走在周遭的皮肤上,陈远只觉从尾椎开始,所有的毛孔好似瞬间打开了一般,震颤着,引起无数酥麻。

陈远喉结滚动说:"年年。"

温年抬头:"疼啦?"

"没。"陈远声音沙哑,"我……"

"怎么了?"

"你记不记得你答应过我一件事?"

"什么事?"

"你说,我有任何问题都可以问你。"

当然记得。不然就"铁葫芦"这个性格,不是她憋死,就是他憋死。

温年说:"你想问什么?问吧。"

"那……不许生气。"陈远说,"你说过,我要先问,问了你不喜欢,以后不问就是。"

温年纳闷这是个什么问题值得这样铺垫。

她点了点头,保证:"我不生气,你问吧。"

陈远上前一些,眼神里仿佛藏着一只野兽,在女孩面前既俯首称臣,又难以自制。他一点一点地靠近,直至鼻尖蹭到女孩耳垂,说:"……我可以张嘴吗?"

温年居然听懂了这句话的意思。她怔怔地望着安全通道门上的小窗户，耳边和颈侧被灼热的气息一遍遍缭绕，陈远的头发和鼻梁蹭着她的皮肤，激起一阵阵电流。

温年咬了下唇，声音发颤："不，不可以。"

她才说完，腰上顿时有些许痛感，陈远闷声叫了句"年年"。

这两个字仿佛有魔力，温年听一次，沦陷一次。可残存的理智告诉她：还没扳回一城呢。

温年用了全部力气将人推开，红透了的脸在通道灯光的照耀下，像笼了一层细腻的纱，带着清纯又娇媚的诱惑。

陈远一只手抵着墙壁，眼中全是克制。

温年也不敢看他，低着头说："哪有你这样的？才、才确定的关系。"

是，正常恋爱该循序渐进，一步步亲密，但陈远觉得他忍了好久。

"昨天我就亲你了。"陈远的声音沙哑不堪，言外之意是亲都亲了，就同意吧。

温年嗔怪地看了他一眼，坚定原则："昨天是昨天，情况不一样。你不许……"

门外有顾客经过，影子从小窗户前闪过。

温年怕被人看见，往陈远怀里躲，没想到陈远顺势收紧手臂重新抱住了她。

"那我不张嘴了。"陈远说，"行吗？"

这语气带着隐忍与压抑，温年听得出来。

其实，以他的力量，如果强势起来，她根本没有反抗的余地。可他总是要顾着她，得她点头才可以。

"那你答应我一件事。"

"好。"

昨晚的那张纸，温年一直想知道写的是什么内容，可陈远嘴严，就是不说。所以，温年的要求就是告诉她上面的内容到底是什么。

陈远抿抿唇，鼻息深沉。说出来也没什么，陈远就是怕她觉得自己蠢。他本来就不会哄她，要是被她知道他和她告白还得提前列提纲、写草稿，更会嫌他笨。

温年才不会觉得这个行为笨，相反，她觉得很可爱，也很感动。

"你都写了什么呀？"温年问，"我看上面有很多字。"

陈远说："就是我的一些优势，还有不足，再综合一下。其他就是我对未来的规划，每一步达成之后，我能给你什么，确保你跟着我不会辛苦。"

温年听着，心里被暖流填得满满的。她的男朋友满心满眼都是她，这是怎样的幸运啊。

"我不会辛苦的。"温年抬臂环住陈远的脖子，"我也不要你辛苦，以后的路还很长，我们一起走。"

陈远弯弯唇，看着她："那我告诉你了，能不能……"

话没说完，温年拽住他的冲锋衣往下重重一拉，吻了上去。

这也算是扳回一城吧……

再从安全通道出来，温年的脚都是软的。逛是逛不下去了，陈远带着她去结账，之后两个人去了出租房。

进到里面，温年彻底明白为什么陈远坚持要两室一厅了。除去某些不怎么光明的小心思外，就是这个户型的厨房很大，方便下厨。

温年大致参观了一下，屋里不乱也不脏，但家徒四壁。

她和陈远把买来的东西简单归整一下，又收拾了一下，没久留，出去吃饭。

期间，杨晓桃和佟佳露纷纷在群里汇报自己已经回到学校。

之前的严刑逼供并没有让佟佳露吐露心事，温年选择尊重，不多嘴，杨晓桃同样尊重，不再过问。但是，温年可以问问男朋友。

"池林的初恋？"陈远顿了顿，"怎么想起问这个？"

温年咽下嘴里的虾，说："好奇嘛。池老板那么帅，又有才华，这个年纪没谈恋爱不算奇怪，但感情经历不可能一片空白吧？"

陈远剥虾的动作不知不觉地变慢，他低声说："他帅还有才华，哪方面的才华？音乐？"

"你、你不是吃醋吧？"

陈远还是没表情，但冰块脸上已经滚动播放"我不开心"的弹幕。

温年忍笑，男朋友怎么这么可爱啊。

夹了块鸡丁塞到"醋葫芦"嘴里，温年托着下巴说："我不欣赏有音乐才华的人,这才华我有。我欣赏的是在机械方面有天赋的,尤其是手还特别巧的那种人。这样的人,你认识吗?"

闻言,陈远有点儿害羞地笑了,立刻满足女朋友的好奇心。不过,说起池林的初恋女友,陈远了解不多,只知道那时池林很受伤。

池林和初恋大学相识,都是学音乐的,很快彼此吸引。大学没毕业,池林的初恋女友就带着池林去见父母,计划两个人一毕业就结婚领证。也因为这个,两个人的感情走到尽头。

"因为池叔?"温年皱了皱眉,"池叔不喜欢池老板的女朋友?"

陈远摇头:"因为有案底。"

池林初恋女友的父母都是公务员,女孩将来也是要按照父母的规划考公。池国栋有案底这件事,女方父母不能接受。

池林了解女友父母的态度后,虽然伤心,但也理解。他提出分手,可女孩不愿意放弃,她让池林明面上和池国栋断绝父子关系,可以私底下保持父子关系。

池林觉得这太荒谬,况且案底就是案底,即便是断绝关系,还是会影响考公。

女孩坚持让池林按照自己的意思来,池林不愿意,女孩认为他就是不在乎自己……几次纠结争吵之下,池林累了,女孩失望了,这段感情宣告结束。

"那前段时间这位初恋女友找回来又是做什么?"温年问,"忘不了?"

陈远也不知道,但不管如何,两个人还是没在一起。

池林的事挺让人唏嘘的。池国栋面上不说什么,实际上心里特别自责,怨自己害了池林,拖累了池林。而池林从不怨池国栋。

人们常说,恋爱是两个人的事,但婚姻是两个家庭的事。从这件事上来看,陈远不得不承认确实如此,他不知道以后他和温年……

"想什么呢?"温年晃了晃手,"你要是乱想,信不信我打到你痴呆?"

陈远浅浅一笑:"我要是痴呆了,你还欣赏我吗?"

"不欣赏了呗。"温年说,过了一会儿,又小声补了一句,"但是,也不嫌弃。"

越过桌子,陈远揉揉温年的头。他特别爱做这个动作,似是知道温年不让别人碰她的头发,他碰了,就显示他的与众不同和特殊地位。

温年觉得男生有时也真是幼稚。不过，她愿意惯着这个幼稚，只要他愿意。

"陈远，有句话我是不是没和你说？"温年戳着碗里的米饭，指尖泛着粉红，"我喜欢你，很喜欢的那种。"

陈远一愣，被这句话冲击得一时有些听不到周围其他的声音。

他定定地坐了会儿，放在腿上的手不由自主地颤抖了两下。下一秒，他起身，这次是身体越过桌面，伸手抬起了温年的下巴。

温年有些蒙，还没反应过来，唇上被印下轻柔的吻。

"我也喜欢你，永远喜欢你的那种。"

十一过后，学习和生活再次忙碌起来。

温年现在知道陈远的打算，轻易不会打扰他，只是在该吃饭的时间问他吃饭了没有，要是没有，她就会去送饭，陪他一起。

一直忙到十一月中旬，好消息传来，陈远顺利加入董教授的实验室，成为机械工程学院有史以来最快最年轻加入实验室的学生。

温年也进了校学生会，至于社团，她都没去。

倒是陈远，最后居然选了花艺社，每次去活动，整个教室除了他，没一个男的，简直就是万花丛中一根木头。

陈远也没想男大学生们这么抗拒花艺，学学挺好的，可以种玫瑰，还可以学着怎么把玫瑰插得好看。反正这是陈远的"刚需"。

周四晚上，学生会开会筹备校园艺术节的相关事宜。

这次艺术节赶上北城大学建校 105 年，连带话剧节，两节合一，会搞得隆重一些。

温年作为新生干事，少不了跑腿的活儿，但因为形象气质好，老师挑她去负责活动当天的礼仪接待。

另外，话剧社的副社长，就是上次发微信给温年的学姐，也联系她，希望她帮忙出演一个角色……还有校舞蹈队的，也问她愿不愿意跳开场舞。

这次会上，温年的繁忙程度不比学生会主席低。

话剧社的赵学姐说："人才当然抢手了啊。温年，我不管，你必须帮我这个忙。"

"我也需要帮忙。"校舞蹈队的段学姐同样不让步,"我们的开场舞很重要,那是整个艺术节的门面,是气氛制造者!好的开场……"

"我们话剧节还是北城大学三大传统呢,你们是吗?"

"你这话什么意思?瞧不起我们?我们……"

两位学姐吵起来,温年夹在中间想说我哪个都不太想参加,只想安静地跑跑腿。

一旁的其他大一干事看这情景,有的羡慕温年,也有嫉妒不屑的。

能考上北城大学的学生,在自己原来的中学绝对都是佼佼者,而佼佼者们放在一起又会有更加优秀的人出现,让原本优秀的人变得黯淡无光。

温年就是优秀者里的优秀者。

"不就是长得漂亮吗?"有女生小声说,"至于吗?"

另一个女生说:"光漂亮当然没用,还得有心机。这个温年上高中时就不是什么善类,带头搞小团体。"

"啊?真的假的?梦婷你知道什么吗?"

余梦婷背过身说:"她和我闺蜜在三中时是室友,我闺蜜被她排挤到搬宿舍。"

"这么严重?"女生惊讶,"你闺蜜太可怜了。"

余梦婷还想说话,身后的女生们忽然起了骚动,大家都往阶梯教室的后门看。

"是机械学院的陈远!"

"这是不是就是'禁欲系的气质、荷尔蒙的身材'?"

"他看起来太有料了,绝对是'穿衣显瘦,脱衣有肉'那种,我赌八块腹肌。"

"哎,他不是学生会的吧?过来干吗?"

温年也看到了陈远。趁着两位学姐还吵得你死我活,她挤出去走向他。

陈远一见她,便进了教室,第一时间握住了温年的手。

女生们一阵小尖叫。

温年不好意思,拉着陈远出去。

"你怎么过来了?"温年问,"不是说今天要在实验室多待会儿?"

陈远还握着温年的手,有些凉。

他从包里拿出热水袋,说:"夜里降温。"

温年稍稍一顿,接过去抱在怀里,身体立刻暖了起来。

"那你忙完了吗?"温年笑着说,"我这里快结束了。"

"嗯,我在这儿等你。"

温年回了教室,没注意到后门有人一直在看陈远。

"真是不公平。"女生哼道,"这么差的人品和性格,就因为长得好看,能有这么又帅又体贴的男朋友。"

余梦婷还在看着陈远,意味不明地笑了笑:"未必吧。"

温年最后被指派到话剧社,是学生会主席和团委老师拍板定的。

这次的艺术节会有来自英国的交换生观看,恰好英国这所高校的话剧社有百年历史,北城大学必须在话剧这上挣脸,这涉及学校形象,不能掉链子。

既然如此,校舞蹈队的段学姐没话可说,只能痛失人才。

艺术节将在一月上旬举办,满打满算留下的排练时间只有一个半月。有些节目是早在开学时就开始排练的,还有的是已经筹备完前期,现在紧锣密鼓地练习。话剧社属于后者。

温年第一天到话剧社报到,赵学姐先和她说了她的角色设定。说白了,就是一个"花瓶"。

但用赵学姐的话说,"花瓶"也不好演呢,首先得是"花瓶",其次得让观众认可你是个"花瓶",有一定难度。

故事整体讲述的是旧时期爱国青年投身祖国科技事业的成长历程。

温年扮演的是男主学生时代的白月光,她的出现推动鼓舞了男主勇敢追逐梦想,戏份很少,就五句台词,但有一段舞蹈。

这也是赵学姐一定要找温年来演的原因。

放眼望去,长得漂亮的没有温年跳得好,跳得好的没有温年长得漂亮,而且温年举止优雅,骨子里透着一股高贵骄矜,很适合人物本身。

"你先在这儿熟悉熟悉剧本,我……哎,老明,你可来了。"

闻言,温年看去,见到了传说中的话剧社社长——明贺。

不得不说,北城大学票选明贺做校草是正确的。长相自是不必说,周正英俊,关键是气质自带书卷气,北城大学培养出来的文人学者无数,"儒雅"二字一直是北城大学学生的代名词。

"最近忙专业,辛苦你操持。"明贺说着,笑了笑看向温年,"这是大一新学妹?怪不得你非要拉人家入伙。"

温年和明贺打了招呼。

明贺虽然是学长,还是校内名人,但没有架子,为人很随和亲切。

"这次硬要你帮忙,给你添负担了。"明贺说,"有什么问题和需要尽管和你赵学姐提,实在不行,找我也可以。"

"谢谢学长。"

温年和明贺客套完,人员也到齐了,大家投入排练。

从小到大,温年参与的文艺活动数不胜数。她以前所在的国际学校喜欢搞这些,颜清也注重她的这一方面,但演话剧,还是第一次。

可温年并不怯场,加上她仪态满分,很有那个年代女性的端庄大方,人物外在算是无可挑剔。就是一念台词便暴露了她门外汉的本质。

陈远进排练教室时,温年正在一边听学姐讲如何运用丹田发声。

为了方便入戏,温年穿了一件民国学生服的浅蓝色小衫,高高的中式立领让她修长的颈部线条展露无遗。

她学得认真,其他社员基本已经结束练习,都在收拾东西出去。他们看见陈远都是惊艳又好奇,陈远偶尔对上他们的目光,会客气地点点头,只是他太高冷了,气场也强,反而会给人压迫感,让人以为这是警告。

练得差不多,温年向学姐道谢,然后小鸟似的跑到陈远身边。她早就看见了他呢。

"等好久了吧。"温年说,"我换个衣服就可以走啦。"

陈远过来牵她的手,温年注意到他还拎着个袋子,刚想问问是什么,赵学姐也来了。

"哎呀,学弟这是来查岗还是接人?"赵学姐是个"社牛",和谁说话都无缝衔接,"是不是我们话剧社的男生都一表人才,学弟有危机感了?"

陈远淡淡道:"接人。"

大概是以为自己的幽默也会换来幽默,又或者起码是一串话,所以陈远的言简意赅让赵学姐卡住了。

一旁的温年捂嘴偷偷笑了笑,说:"他就这样,话少得很。和我也没什么话，学姐别介意啊。"

赵学姐"哦"了一声："没事没事。学弟这外表和性格一致，内外合一啊。"

话音刚落，明贺插嘴："你怎么不说是你话多，见谁都要聊，吓到学弟了？"

温年介绍这就是话剧社社长明贺。陈远和学长打招呼，且不动声色地观察了下对方。

明贺同样也观察了陈远，就觉得……话剧社要是有个"男花瓶"也会是不错的选择。

"等再过几天，社团搞聚餐联欢，家属也可以参加。"明贺说，"学弟到时候和学妹一起来玩啊。"

陈远点头："好。"

明贺还有事，说完话就先走了，温年也要去后面的休息室换衣服。

陈远在原地等，赵学姐好心提醒他过去陪着点儿温年，休息室那边的灯最近总接触不良，有时漆黑。

"谢谢学姐。"陈远说，"刚才，不好意思。"

赵学姐笑笑说客气，心想这学弟还真是够在乎女朋友的。

此刻的温年在和戏服"搏斗"。她穿的这件民国小衫背后有拉链，但拉链顶端还有小扣，脱到一半的时候，小扣勾住了头发，怎么都解不开。也幸亏是赵学姐提醒，不然陈远不会过来，温年还得这样被套半天。

门外，陈远说："我现在进去帮你？"

"等一下。"温年回道，"我再试一次，我就不信……哎呀！"

"怎么了？"

"疼。"

陈远握着把手的手收紧，说："你不要动了，还是我来。你……穿着衣服了吗？"

这是什么话？她还"空心"穿戏服不成？但温年理解陈远的用意和细心，她穿了，除了贴身内衣还有一件吊带，前后都挡得严实。

"嗯。"温年清清嗓，"你进来吧。"

陈远依言进去。映入眼帘的便是女孩的蝴蝶骨以及被布料包裹着凹陷在两侧的腰线，他呼吸一滞，差点儿转身出去。

温年不知道陈远这么单纯。她一个女孩都不觉得这有问题，毕竟夏天的时候还要穿吊带裙，这样露太正常了。

"你怎么不动了？"温年催促，"快点儿，扯得我头发疼呢。"

陈远深呼吸，脱掉外套披在温年身上。温年是有点儿冷，笑着谢谢男朋友的贴心，并不知道男朋友这样做也是在为他自己考虑。

陈远开始解扣。

因为温年之前挣扎，头发和小扣已经缠成死结，稍有差池，就会扯到温年的头皮。所以，陈远很小心，小心到温年快要睡着了。

"好了没？"温年问，"我累了。"

"快了，再忍耐一下。"

温年打个哈欠："再快点儿嘛。"

"嗯。"

几分钟过去，温年成功从衣服里钻出来。她顶着乱糟糟的鸡窝头，抱住陈远说："终于舒服了。"

陈远搂着她，将衣服放到一边，尽量不去看他外套之下那件小背心，低声说："回去吧。"

从楼里出来，陈远牵着温年走在小路上。

明月高悬，路灯把影子拉得很长，偶有学生骑着自行车过去，声响在空气中徘徊。

温年这才有机会问陈远手里拎着的小袋子是什么，陈远也才想起来他买了新出的奶茶。

"你还要试吗？"陈远问，"不太热了。"

温年当然要试，就着陈远举起的手尝了一口，有点儿意外竟然是这个味道的。

"有些苦。"温年说，"可能糖放少了。"

嘴上沾了吸管留下的奶茶，她下意识要舔下去，唇上突然一热。

陈远也不知道怎么就这样做了，可能是刚才那幕就已经让他躁动，现在再面对女孩软莹的嘴唇，像是诱人的桃子，叫他忍不住想尝一口。

"我觉得不苦，"陈远舌尖轻抵了下嘴角，"很甜。"

温年还定格在刚才的那一下触碰中,这又看到某人做犯规动作,脸上一阵热腾腾。

"你、你这不是耍流氓吗?"温年四下看看有没有人,"你现在越来越猖狂了是吧?"

陈远也觉得自己的行为像个登徒子,但如果有下次,肯定也还是这个结果。他低着头,没什么底气地辩解:"不是耍流氓,我亲我女朋友。"

"你还有理了?"温年把奶茶给他,"喜欢喝,喝个够吧。"

"我不爱喝。"

"你刚才不还说这个是甜的吗?"

陈远抿抿唇,像是在回味,说:"是你甜。"

温年瞪着眼无语,怕再耽搁一秒,自己会原地心跳骤停,于是转身快走。陈远三两步追上她,精准地握住她的手,说:"真不喝了?"

"你再说一个字,我三天不理你。"

陈远果断闭嘴。

快到宿舍楼,温年的羞臊减轻了一些。

在恋爱的这些日子里,陈远其实是个很规矩的人,做什么都会提前问她,得到她允许才会做。

想通这点,温年也就没事了,转而问陈远怎么想起来给她买奶茶了。

陈远说:"一位女同学推荐的。"

今晚也是花艺社活动的日子,有位才入社团的女同学来晚了,坐在了最后一排,就在陈远旁边。女同学说她也是校学生会的,认识温年,知道温年和陈远是情侣,这次这么巧坐一起,就给陈远推荐了一款奶茶,说温年说不定喜欢喝。

陈远将事情叙述得很清楚,温年也不觉得其中有什么问题。

但可能出于女孩子的敏感,她总感觉别的女孩子向自己男朋友推荐奶茶来哄她高兴,这个行为很别扭。况且那个奶茶根本不好喝。

温年问:"那个女生是谁?"

"余梦婷。"陈远说,"社联部的。"

时间又过去了两周。北城寒冬将至,不少怕冷的南方同学结伴去外面买羽绒服。

温年也想给陈远买,但她没时间,陈远也没时间。话剧社的排练几乎占用了温年的业余生活,陈远在实验室也很忙,董教授让他试着参与到研究生的一个项目中去。

两个人只能在吃饭时多看看彼此。

这晚,话剧社定好排练结束后去聚餐。陈远陪温年参加,但在那之前,他得先参加花艺社的社团活动。

之前选择这个社团,陈远一是看中社团可以帮自己更好地养护玫瑰,二是这个社团比较轻松,可没想到,活动安排是轻松,但是量不小,一周至少一次。

陈远一边听老师讲插花艺术,一边整理实验室数据。余梦婷什么时候坐在他身边,他都没注意。

"陈远,你真厉害。"余梦婷夸赞,"我从小理科就不好,最崇拜你们这些理科达人了。"

陈远没停笔,等算完这个公式,抬眼看了下余梦婷:"过奖了。"

余梦婷笑得甜,撩了撩耳边的长发,又说:"前天我看温年和明贺学长在一起的时候,哇,那画面好美,他俩太配了!可今天我再一看你,还是觉得你和温年最般配,你俩是男才女貌。"说完,余梦婷若无其事地去刷手机。

而陈远却有点儿算不下去了,但想了想,又觉得自己太过了。正想再集中注意力去算数据,余梦婷忽然把手机给他看:"你家温年真美。"

照片里,温年站在明理楼的落地窗前,身后是明贺。

他们离得并不近,但也不是普通的社交距离,明贺看着温年的背影,眼神里的专注带着说不清的迷恋。

陈远皱了下眉。看到这点的余梦婷嘴角勾了勾,又说:"我觉得这张照片都可以当剧照了。就是那种唯美爱情的场景,是吧?"

陈远沉默片刻,掏出手机:"方便把照片给我吗?"

"当然方便啦。"余梦婷要的就是这个,"你扫我吧,我微信名字是……"

"不用。"陈远指指余梦婷的手机屏幕,"我直接拍就好。"

陈远将照片放大到画面里只有温年,按下了拍摄键。

"怎么不拍明贺学长呢?"余梦婷皮笑肉不笑地说,"这张照片整体都很漂亮呢,温年和明贺学长很搭。"

陈远还回手机,说:"我只看得到我女朋友的漂亮。"

结束花艺社活动,陈远去接温年。

明理楼门口,话剧社成员前前后后出来,温年和明贺一道。

明贺在跟温年交代什么,温年看见陈远,抱歉地打断对话,跑了过来。

"怎么不去楼里等?"温年摸摸陈远的脸,"外面多冷啊。"

陈远说没事,看了眼明贺,明贺笑着冲他点点头。

"现在去聚餐?"陈远收回视线,"在哪里?"

温年说地点定在市里,还说:"你要是累了想坐车,明贺学长正好可以开车载我们。不过,我想坐地铁,公交车也行。"

陈远问为什么,温年有些脸红,勾勾手指让陈远弯腰,陈远照着做,听她说了句话。

"那……"陈远喉结滚动,"打车。"

两个人在校门口拦了一辆出租车。

其实,温年的话不是什么过火的话,就是她想一路枕着男朋友的肩,有熟人在,她不好意思。现在他们单独打车,温年可以自在地想怎么样就怎么样。

靠在陈远的肩膀上,温年问:"今天累吗?这两天中午都没有陪你吃饭,你不会偷懒没吃吧?"

"吃了。"陈远拂开她脸边的碎发,"同学做证。"

温年笑笑,藏在陈远宽大外套里面的手,一点儿不老实,总是捏着陈远的手指玩。

陈远随她,时不时转头看着窗外,心里挺想问问照片的事,但最终还是没张口。

进了市里,目的地是一家集餐饮、桌游、KTV于一体的娱乐场所。

话剧社的成员先在餐厅吃自助餐,之后又到事前订好的超大包间一起玩。话剧社里的很多人唱歌也特别好听,一个个一点儿不比专业的差,听得温年像是在参加演唱会。

赵学姐让温年也露一手,但这个,她真不行。

"有什么不行的?"赵学姐说,"你就站那儿,我都爱看。"

温年笑道:"我怕我唱了大家今晚做噩梦。"

另一位学长说:"学妹你要是不唱,按照规矩可得罚酒啊,你想好了。"

唱歌和喝酒,温年的两大死穴。她有些反感大学里这种小社会的做派,琢磨该怎么逃过这两样,忘了今天她来,那是带着人的。

陈远说:"我替她喝。"

"哎哟!学弟发威了啊!这么护着啊!"

大家一起起哄,有人借机说替喝得罚三杯才行。

温年心说你们这不欺负人嘛,但鉴于这才刚来,就忍下了,转头问陈远:"你行吗?我可以展示别的才艺,我有的是才华呢。"

"知道你厉害。"陈远弯弯唇,"不过——"

"什么?"

"我不想给他们看。"

陈远痛快地喝了三杯酒。

之后,所有人分成了两个部分。小部分主攻唱歌,成了背景板,大部分人围在一起玩真心话大冒险。

温年和陈远坐在一边随大流。

游戏进行到一半,陈同学光荣中选。

有人似乎就等着这个,目光在陈远和温年之间来回横跳。

温年被这样的眼光看得不舒服,忽然明白为什么有些聚餐要叫家属了,不是为了热闹,是为了有料可玩。她以后再也不带陈远来受罪了。

"问点儿什么好呢。"赵学姐摸摸下巴,"你们都想想。"

明贺起身要去外面接电话,说:"人家学弟学妹第一次参加集体活动,不要给人家留下阴影。"

大家一笑,见社长也走了,各种心思跃跃欲试。

有个学长问了一个很冒犯的问题,温年不想陈远回答,陈远也改选大冒险。结果大冒险的要求更过分,气得温年猛地站起来跑出去,差点撞上回来的明贺。

陈远立刻追出去。

两个人相对无言,陈远手机在这时响了一下。

消息是实验室学长发来的，问陈远有没有给一个数据截图，有的话，发一下。

陈远点开相册，找到数据截图发送，温年眼尖地看见一张自己的大脸照。

"你什么时候拍的？"温年问，"我怎么不知道。"

提及这张照片，陈远的冰块脸又有几个不太开心的弹幕飘出来。

温年问他怎么了，陈远一五一十地说了一遍。

温年听后，比较平静，问："那你生气了？"

"没有。"陈远摇头，"你给我看过剧本，我知道这就是彩排。我就是……"

"就是什么？"

陈远插着口袋，闷声说："没有演戏这个才华。"

温年以为自己就够爱吃醋的了，没想到某人比她有过之而不及。把"醋缸"的手拽出来狠狠打手心，温年说："明贺学长有女朋友，在国外。"

陈远："哦。"

"哦什么哦。"温年又打他，"你今天怎么不一见我就问呢？"

没不想问，她说过，什么都可以问，所以陈远不会把话再憋在心里。只是今天参加聚餐，得等事情结束了再问。

瞧他这安排得还挺明白，温年明明还气着刚才的事，现下又觉得好笑。男朋友吃醋都吃得这么体贴是种什么体验？答：叫人气都气不起来。

温年缓了缓，认真地道："陈远，我给你的特权一直都在。我们说好了，有什么一定要问。我们之间不要有误会，好吗？"

陈远点头："我现在有个问题。"

"什么？"

"抱抱行吗？"

温年气得头晕，转身要走，但一股不容拒绝的力量箍在她腰上，把她带了回去。

陈远紧紧抱住了她。

"我就是怕你还生气，"陈远说，"才问的。"

"你怕得对，我现在也没有不生气。"

"那也抱。"

温年败给他了。

抱了一会儿，赵学姐发微信和温年说游戏结束了，大家也意识到玩过火了，叫她别和有些人一般见识，回去继续玩。

温年回绝了。本来就不是多想一起玩，他们还欺负她男朋友，谁理他们啊。

"我们回去吧。"温年说，"坐公交车。"

"打车好。"

"你是不是傻？公交车慢，我可以多……"

"公交车。"

这个时间，车上人很少。温年和陈远坐在最后面的双人座上，温年靠着陈远，给他介绍北城。

"我虽然是北城人，但也没怎么在北城游玩过。"温年说，"和晓桃他们那次旅游，是我小时候除了和外公外婆出去玩，第一次真正意义上的旅游。"

陈远说："马上就是你生日了，我们去北城周边的古镇看看？"

"好啊！"温年一下子兴奋起来，"可是，你实验室不忙吗？"

"我一直在提前赶，没问题。"

温年戳了下陈远的脸，说："花艺社要不就退了吧？"

"再等等。"陈远说，"这几次在讲关于玫瑰的养护，我想听完。"

"那行吧，下次活动我陪你一起去。"

"你不用彩排？"

"我自然有办法。记着啊，下次活动，带我一起。"

"好。"

摇摇晃晃的公交车像是天然摇篮。温年枕在陈远肩上，都有些困了，只是一和他说话就又会忘了困。

陈远说房子快收拾好了，到时候他就可以给她做饭，冬天冷，吃得少不利于保暖。

温年笑着说："你怎么对我这么好啊？"

"好吗？我没觉得。"

"我觉得就行。"温年说，"你从前对我就很好。"

回到宿舍，温年在小群里说了奶茶和照片的事。

佟佳露：哪儿来的绿茶？

佟佳露：茶艺还如此低劣！打量其他女生都是傻子吗？

温年：我也觉得令人发指。

之前奶茶的事，温年还以为是自己过于敏感，有些小人之心了。现在再看，女生一定要相信自己的直觉，99.99% 是准确的。

杨晓桃：你没因为这事和陈远生气吧？@温年

温年：没有，就是和你们分享一下，让你们开开眼。

和朋友吐槽完这个事，温年以为自己就消气了。但事实是，她更生气了。敢觊觎她的人，对这个世界没有眷恋了是吧？

温年找到周玥，没记错的话，周玥的室友好像在校社联部。

周玥：你不知道这个余梦婷？

温年：啊？

周玥：哦，我忘和你说了。

周玥：她是艾雅的闺蜜，之前艾雅来咱们学校找她玩，我还看见了。

绕来绕去，原来是冤家路窄。

转天，温年如常到话剧社彩排。

聚餐上闹得最凶的几个学长学姐见了温年颇为尴尬，听说明贺事后知道了怎么回事，私下都说了他们。

温年也不想把关系闹得太僵，既然对方也知道错了，还是礼貌相待。

花艺社的活动定在了周三晚上。

温年提前和赵学姐请假，跟陈远一起去的教室。

女生们看见温年和陈远手牵手出现时，羡慕的羡慕，议论的议论。

陈远参加这么多次活动，一直高冷平淡，这次因为温年在身边，她们第一次看到这位冰山男神眼里有了温柔笑意。

温年和陈远去了最后一排。陈远想坐靠窗那边，那里离后门远，不会有冷风，但温年执意坐中间的四连座。

两个人落座没一会儿，花艺课的老师来了。

随后，掐着上课的前一分钟，余梦婷也从后门进来了。

余梦婷今天特意打扮了一番，羊绒大衣里面是一件白色一字领毛衣，很好地展示了她的直角肩和锁骨，绝对吸睛。

余梦婷挺胸抬头往前走，看见陈远时，笑容都挂脸上了，然后就又看到陈远身边的温年，笑容凝固。

温年穿着一件黑色高领针织衫，乌黑直发在脑后随意束了一个低马尾，简单到不能再简单的装扮，却像一只高贵的黑天鹅，引人惊艳。而她身边，陈远穿着黑色卫衣，侧脸立体迷人，两个人并排而坐，好看得足以如画。

"同学，坐我们这里吗？"温年笑着说，"你是学生会的吧？我好像见过你。"

余梦婷张张嘴，半晌，干笑道："不了，不打扰你和你男朋友。"

温年笑意更深，明亮幽深的眼眸看着余梦婷，意有所指地说："你也知道他是我男朋友啊？"

闻言，余梦婷脸上一阵红一阵白的，"嗯"了一声。

温年杵杵陈远，又说："你挺有名的嘛。"

都说到这儿了，陈远再看不出温年的目的，那他也别做她男朋友了。陈远宠溺一笑："没，是你有名。"

上课铃响，余梦婷如蒙大赦一般跑到前面落座，回头看一眼都不敢。

讲台上，老师打开课件，开始讲课。

等教室里的气氛沉稳了，陈远问温年对方是那个意思吗？

温年无语道："你对你自己招蜂引蝶的能力是不是有什么误解？"

温年白过去一眼，翻开自己的专业书。

陈远见她似乎生气了，将手伸到桌下去求和，温年直接"啪"地打开他。

这事陈远委实冤枉。但是换位思考一下，不管冤不冤，生气这样的情绪在所难免，因为太在意。

陈远趴在桌上，就趴在温年的书旁边，说："我没主动理过她。"

忽略到某人的可怜巴巴，温年眼皮都不带掀的："你主动一个试试。"

两次求和无果，陈远打开记事本听老师讲课，笔记还记得特别认真。

温年见状，心说你就不会再哄第三次？这是什么态度！无所谓还是烦了？她合上书准备坐到边上去，这时，桌上多了一张小纸条。

说是小纸条并不准确，因为陈远将它叠得四四方方，还给做了"封面"，算是一个小本本，上面写着"年年启"。

温年抿抿唇，窜起来的火一下矮了下去，但她不能表现出自己这么好哄，于是以一副"我不想看但我善良给你个面子"的姿态打开了本本。

第一页写着：我错了。

第二页写着：以后不会有类似情况发生。

第三页写着：别不理我。

过了整整十秒，在陈远以为温年是不是不会用这个纸的时候，温年在第四页写下了女朋友经典质问Top1的问题：错哪儿了？

陈远看着回到自己手里的小本本，写下答案。

温年在一边喝水，见他写这么快，还挺好奇他写了什么，打开一看：不检点。

"噗！"温年一口水全喷了出去。

万幸他们前排没人啊，要不然人家来上个课，莫名其妙还洗了个头。

"怎么回事？"老师也被吓了一跳，"最后两位同学干什么呢？"

温年捂着嘴咳嗽，白皙的脸涨得通红，陈远在一旁给她顺背，说："没事，老师。不小心呛到。"

老师皱了皱眉。她这课上得相当寂寥，学生们就为混个学分，从来不好好听这门伟大的艺术。唯独后排的这唯一一个男生，每次都听得特别认真。可现在，这棵独苗也变了，拿她的课谈恋爱。

老师忍着心碎，继续讲。

温年想杀陈远的心都有了。光天化日让她丢这么大脸，他这个男朋友是不是想分手！

温年在桌下打人，陈远让她打，打得差不多了，就握住那只软绵绵的手，不放了。

"下课再打。"陈远说，"要不一会儿老师又问了。"

温年哼一声，见桌上的小本本被她喷湿了，要求陈远弄干净。

陈远拿过去，又给了温年另一个小本本，这次是正常的A4纸，上面写的是去古镇的攻略。

"你看看哪里不好，再改。"

温年瞪着他，想着气大伤身，深吸一口气，开始看攻略。

不同于"金导游"走量不走心的风格，陈远主打慢旅游，是为了放松身心，不会让温年累到。

温年看着上面详细的安排，连每个餐厅的特色菜和评价都有，为的就是方便她挑选，心里的那口气啊，早就消得没影儿了。

再往后看，连住宿都考虑了。

陈远不想温年单独在一个房间，所以特意找了一家有复式套间的民宿，这样他们可以一人一层。

"这样行吗？"陈远问，"你要是不想，也可以订两个房间。但晚上我们要保持通话。"

"通话整夜啊？"

"嗯。"

不少新闻都报道过女生出去旅游遇到危险，犯罪嫌疑人手法千奇百怪，防不胜防。陈远不能让温年落单，尤其是睡着的时候。

看到某人都细心到这种程度了，温年的刺全部被抚顺。她收好攻略，漫不经心地说："那就订一间房好了，省得手机辐射我。"

得到允许，陈远着手订票。

温年想着从恋爱到现在，他们的开销都是陈远来的，这次要不就她来吧。虽说之前陈远得了比赛奖金，不在乎花些，但那也是他辛苦努力获得的，还是不要挥霍为好。

可话到嘴边，温年又觉得男朋友的经济地位也该维护。尤其这次是她生日，他肯定想给自己好好过。

最终，温年没说出钱的事，只提出到了古镇请陈远吃饭，陈远同意了。

下了课，陈远去卫生间，温年在教室等。

温年连着陈远的东西一起收拾，小心珍惜地把认错小本本和攻略一起收好，直到一股呛鼻的香水味熏得她抬起头。

"温年。"余梦婷一改之前的不知所措，傲慢地笑笑，"久仰大名。"

温年回以微笑："是听艾雅说起的我吧。"

"是呢，她和我说了不少你的事。"

"我能猜到，你们刚才课上聊得肯定很不错。"温年说，"艾雅成绩一般，就是当面一套背后一套的本领很强。"

余梦婷抱臂笑了笑："给人家排挤得都搬出去了，还这么自以为是呢？"

温年看过去，还是平和地笑："我建议你了解完真实情况再说这种话，乱说，是要负责任的。"

余梦婷还要反驳，温年又说："还有，你要是觉得你闺蜜委屈，想抱不平，就找我。背地里找我男朋友搞这些小动作，还是这种最愚蠢低级的伎俩，实在可笑。"

话被说得这么明白，余梦婷想装糊涂也没办法装了。一开始，她确实是听了艾雅的话，看不上温年。后来见到温年真人，她又嫉妒，想着给温年找找麻烦也是好玩，就故意接近陈远。可等真接近了，陈远彻底吸引了她。

"你这话说得有根据吗？还不许别人和陈远说话啦？"余梦婷反问，"再者说，你们又没结婚，没有法律保护，就算有法律保护照样可以离婚。凭什么别人不能争取？"

温年被这三观震得够呛，一时不知道该说什么好。

而余梦婷还自以为傲人地挺着胸，大有要和温年争到底的架势。

陈远在这时回来，见温年站在座位旁，过来拿走她手上的东西，又帮她紧紧外套领口，轻声问："走吗？"

"啊？哦，走吧。"

陈远牵着温年离开，全程把余梦婷当成了空气。

温年这次生日正好在周日。她和陈远定的周六从学校出发，在古镇住一晚，这样算下来，可以玩两天。

周六一早，温年起床做准备工作。

虽然只有两天一晚，但她还是拿出了她的迷你旅行箱，装得满满当当，反正有人帮忙拎着。

林志然和苏菀都还窝在被子里，一人从栏杆那里探出一个脑袋，满脸羡慕。

林志然仰天长啸："我也想有人陪玩啊！"

苏菀吸吸鼻子，咬着被角呜呜道："甜甜的恋爱什么时候轮到我呀？"

于竹叫她俩平时多出去参加一些活动，别老嘴上说得起劲儿，一动真格的，比谁都宅。

温年收拾好了下楼时,颜清来了通电话。

最近公司收益飙升,颜清忙得脚不沾地,这会儿人还在新加坡谈合作,算是百忙之中抽出时间慰问女儿。

"和那位陈同学一起过是吧?"颜清说,"又长了一岁,脑子也要跟着长。"

温年无语:"妈,您这个生日祝福真别致。"

"这是我作为你的妈妈该有的提醒。"颜清停顿了一下,和张秘书交代工作,"不要被爱情冲昏头,你才十九岁。"

温年不明白,她就是和她男朋友过个生日而已,怎么搞得她好像是要去干一票不得了的大事一样?

挂了电话,温年拎着箱子继续下楼。

但话说回来,十九岁,成年了,有些事确实变得不再那么避讳,也能为自己的行为负责。只是温年和陈远真没到那一步。

这样想着,温年看到等在宿舍楼外的陈远。他只背了一个包,身影高大挺拔,见她出来,过来帮她拿箱子,并将提前做好的早餐给她。

"你昨晚回房子那里住的?"温年问,"这样是不是太折腾了?"

陈远摇头:"来,到车上吃早餐。"

古镇在北城郊外。自驾游路程大概两个小时,坐动车要四十分钟。

温年和陈远中午之前到达,先去民宿放行李,顺便歇一歇。

陈远选的民宿没在古镇里,但是它位置高,建在半山腰上,可以俯瞰整座小镇。

温年跟在陈远身后进了房间。

里面空间不小,有一个开阔露台,还有小吧台,客厅里安装了投影仪,老板说啥会员都有,想看什么看什么。

陈远将箱子立在一边,说:"你是想睡楼上还是楼下?"

温年想着自己也没有起夜的习惯,选择楼上。

陈远又把箱子拿上去,温年叫他放倒箱子,之后蹲下拿出化妆包,还有待会儿要穿的衣服。

"你……"温年抿抿唇,"下楼吧。"

陈远愣了下,当即转过身,下去时,差点被箱子腿绊倒。

温年别过头笑笑，等他进了卫生间，开始换衣服。

半小时后，温年下楼。她戴了一顶白色贝雷帽，搭配奶油色短款外套，内里是一件牛仔衬衣，整个人看起来既青春又温婉。而其中也还有女孩的小心机，那就是这款奶油色外套和陈远的黑色外套款式很像，一看就是一对。

"走吧。"温年说，"我们先去吃午餐。"

陈远看了看，说："会不会冷？"

"不会。"温年去拉某直男的手，"一会儿要照相的，我不想穿成熊。我里面有贴暖宝宝，真不冷。"

爱美之心人皆有之，陈远也不想扫兴，点点头，叫温年要是觉得冷就告诉自己。

冬天的古镇不比春夏时繁华多彩。但这时也有这时的美，没了绿叶的树枝像是画家笔下的速写，但有一种淡雅寂静的意境美感。

温年和陈远走过小桥，贯通小镇的河流从桥下蜿蜒流过，一艘乌篷船停在一边，小船随着流水摇摇晃晃。

"要是下雪就更美了，是不是？"温年说，"听说很多古镇的雪景才是一绝呢。"

陈远眼里透出淡淡笑意，问："你是喜欢雪景，还是希望下雪？"

喊，非把话说得那么明白。

两个人来到餐厅。

温年通过攻略已经想好吃什么，这会儿看了菜单又做了些简单的修改。

等菜的工夫，温年打量外面的风景。虽说冬季出游人少，但适逢周末，也有不少三口之家或者情侣闺蜜出来转转。

温年连续看了两对情侣，都是女孩抱着一大捧玫瑰。

这里是有店在卖吗？

想到恋爱至今还没收到过玫瑰，唯一收到的那次还没确定关系，而且就一朵，是被某人随意摘下来送的……温年有点儿想要。

"你说，这个季节花店里卖的花为什么还开得那么好？"温年这么问，实际上才不管为什么，她能有花就行。

陈远正在用消毒巾擦碗筷，闻言，目光扫过外面的情侣，说："现在都是温室栽培，季节因素大大削弱了。"

就……这？温年笑了下,又说:"那你说现在买一捧花是不是比夏天贵?"

"这个不太清楚。"陈远如实说,"但应该是有区别的。"

话落,服务员端菜上来。陈远将碗筷给温年摆好,叫她趁热吃。

温年看了他三秒,见他是真不明白自己的潜台词,咽下闷气,低头吃饭。

直男。他要是懂才可怕,不懂,她就慢慢教。

不气不气,她叫不生气、不生气……不生气才怪!放下筷子,温年打算让陈远现在就去买玫瑰,就见一个穿着黄马甲的外卖小哥进了餐厅,喊道:"哪位是温年?"

温年一怔,以为自己听错了。结果外卖小哥叫又是她的名字,她便举手说是自己。

外卖小哥说:"有你的外卖。"

温年诧异地看着陈远,陈远无动于衷,还在低头给她剥虾。

不一会儿,外卖小哥抱着一大捧弗洛伊德玫瑰进来了。他刚才没敢抱进来,花店老板说这花很贵,叫他千万注意,他怕万一顾客没在餐厅,他来回挪动再给弄坏了,那可没法儿交代。

"来,麻烦您签收一下吧。"外卖小哥说,"记得给个五星好评。"

温年接过笔签了字,之后抱着比她身体宽出去很多的玫瑰,蒙在原地。

过了一会儿,她看向已经剥出一碗小虾的陈某,问:"你怎么不告诉我一声?"

陈远喂她吃了一只虾,说:"惊喜。"

"铁葫芦"居然懂惊喜?不科学啊。温年怀疑自己是在做梦。可怀里的弗洛伊德玫瑰快戳到她的下巴,鼻尖也全是清甜的味道,低下头,入目满满的桃红色更是看得人心醉。

此情此景,是真的。就是她嘴里要是没嚼着虾就好了。

但试问,男朋友都能做出来让外卖小哥送玫瑰这样接地气的行为,她吃虾抱花又有什么?

关于这点,还真不是陈远不解风情。弗洛伊德玫瑰少见,古镇里根本没卖的,这是他提前和一位老板协商好,多加了一倍的钱,人家才安排派送的。而古镇里进不来车子,所以派送到镇门口又叫了外卖小哥。

温年摸了摸娇嫩的花瓣，想起什么，说："你知道弗洛伊德玫瑰的花语吗？"不等陈远回答，她继续，"你漫不经心地穿梭于我的梦境，使我的心，变成了充满芳香的花园。"

"怎么样？是不是很美？"

陈远默默重读了一遍，是美，也贴切，不过——

"不是漫不经心。"

"什么？"

陈远舌尖触了下唇，目光虚虚地落在一处，不知道在想什么。过了几秒，他叫温年先吃饭，而温年看到他耳垂都红了。

这有什么好害羞的？

温年放下玫瑰，正要拿筷子，灵光一闪。

漫不经心对应的是什么？梦境。

难道陈远的梦里都是她？

心下一动，温年的耳垂也红了。

因为这捧玫瑰，温年心情大好。她走哪儿都要抱着，拍照时也得带上，抱累了也不给陈远，说这是女孩享有的福利。一直到吃晚餐，温年手臂实在太酸了，陈远才接过这项福利。

回到民宿，温年把花放到桌子上，问陈远走时可不可以带走。

陈远没想到温年会这么喜欢。要是知道，他早就送了，让她早点开心。

"可以。"陈远说，"但是我来拿。"

温年笑笑，摆弄着她的玫瑰。

时间还早，陈远问温年要不要看电影。

温年说好，但在那之前得先洗澡，也是到了这一刻，温年之前的心如止水泛起了层层涟漪。

女孩洗澡需要的时间比较长，温年让陈远先洗。

陈远给温年拿了些小零食，便取出毛巾和换洗衣物进了卫生间。

听到门上锁的"咔嗒"声，温年的心脏也跟着"咚"地跳了一下。她对自己说现在才羞涩是不是矫情了，而且，陈远根本也不会对她做什么。

温年慢吞吞地拿出自己的衣服，手机连续振动，是佟佳露和杨晓桃在小群里聊起来了。

佟佳露：在这个美好的夜晚，陪伴我的只有新闻学理论。而有些人……

杨晓桃：我就笑笑，我不说话。

佟佳露：哎，咱们这样是不是打扰了？

这句话发完，上面的消息同时撤回。

可惜，闲人温年都看完了。

温年：有人很无聊是吧？

佟佳露：你居然有工夫发微信？

杨晓桃：陈远没在吗？

温年想说他在洗澡，但字打出来，她脸就烫了。

佟佳露：洗澡去了吧？

温年：我不理你们，我要看电影了。

佟佳露：爱情电影吗？

杨晓桃：提前祝温年生日快乐哦！

看看人家小桃子多么乖巧可爱。

温年刚想回复谢谢，杨晓桃又来了一条：我估计零点的时候陈远不会让你有时间看手机，所以现在说啦。

佟佳露：哈哈哈哈哈哈哈哈。

温年：［省略号.jpg］

将手机扔到床上，温年继续收拾她一会儿洗漱要用的东西。

微信清静了，因为等佟佳露再发消息时，她和杨晓桃都被移出了群聊。

但不知道是不是今天有太多这样的暗示，导致温年被潜移默化了，即便收不到消息了，她也开始不由自主地遐想。

想法一旦发芽，便会疯长。

温年犹豫片刻，拿回手机想要问问百度。问题打到一半，楼下传来声响，陈远洗完澡出来了。

陈远擦着头发走到茶几那里喝水。身上还是不变的黑色T恤，裤子是一条棉质灰色卫裤，简单清爽的打扮，就是他背上的水没有完全干透，弄湿了T恤。薄薄的布料贴在身上，显现出紧实有力的背脊。

温年蹲在围栏后，移开目光，问："你洗得这么快？"

陈远扭头看上来，毛巾还搭在头上，未干的水珠凝结在刘海尖端，让他看起来有些乖，也有些野。

"还好。"陈远说，"里面都收拾干净了，你可以去了。"

"好。"温年抱着自己的一堆东西，进了卫生间。

陈远口中的"收拾"就是将卫生间基本恢复到未用的状态，要不是镜子上的水雾还在，温年都怀疑他没有洗。

放下东西，温年擦掉水雾，看到镜中的自己。很好，并没有脸红。但面上不显，心里却是慌得不行。

明明是不会发生的事，为什么还这么紧张？

拍了拍脸，温年让自己放轻松，别老想那些有的没的，赶紧洗完澡去看电影。

听到淅沥沥的水声，陈远擦头发的动作放慢。放下毛巾，他去冰箱那里又取了一瓶冰水一口气喝下去。

陈远仰靠在沙发上，卫生间那边的水声这会儿停了，却叫他无端去想她现在在干什么。

呼了口气，陈远去了露台。夜晚的冷风吹来，身上舒服了不少。

四十分钟后，卫生间的门再次打开。

先是缭绕的雾气从门里释放出来，紧接着是一只白白小小的脚，还有一颗包着毛巾的小脑袋。

"陈远。"温年躲在门口小声叫他，手指抠着门框，"我忘带干穿的拖鞋了。"

陈远正在调试投影，闻言，立刻去拿民宿里准备的拖鞋。

送过去时，陈远闻到甜美的玫瑰香，比那一捧佛洛依德要甜很多。拿着拖鞋的手收紧，陈远低声问："这个可以吗？"

温年有些犹豫："干净吗？"

"这……"陈远顿了顿，"要不你先穿我的？我帮你弄干你的拖鞋。"

于是，温年踩着那双比自己的脚大了快一倍的拖鞋，像只笨拙的小鸭子，走到了客厅那边。

陈远让温年选电影，他很快就回来。

等陈远进入卫生间，温年松了口气。她看看身上的衣服，长衣长裤，没有比这再保守的，可是出门前她还是反反复复检查，总觉得要面对陈远就跟面对透视仪一样。

温年蜷缩了下脚趾,再看到大大的拖鞋,她又忍不住翘起了嘴角。

没过五分钟,陈远带着干爽的拖鞋回来。

温年换上后,说刚才忘了拿护发精油,现在她去拿,吹干头发就可以看电影了。

陈远看了看女孩一张一合的唇瓣,她头上顶着的小山丘衬得她巴掌大小的脸更小了,也不知道那么多的头发压得她重不重。

如此想,陈远鬼使神差地说道:"要我帮你吹头发吗?"

温年微微一愣,但很快就觉得可以接受,点头:"好啊。"

两个人来到卫生间。陈远搬来客厅里的椅子让温年坐下,他没有吹头发的经验,听从温年指挥,先将头发上多余的水擦干,再来梳顺头发。

温年的头发是真的好。又黑又亮,发质不软不硬,恰到好处。

陈远一遍遍给她梳,想着要是可以这样给她梳一辈子就好了。

"好啦。"温年说,"可以开始吹了。"

陈远恋恋不舍地放下梳子,拿来吹风机。

吹风机一开始工作,周围的其他声音就基本消失了。

陈远吹得认真,温年看着镜子里的他,也看得认真。

他可能真的很喜欢她的头发。

也因为这个"可能",温年曾经和颜清大吵了一架,比之颜清带她回北城时还要激烈。起因就是颜清让她剪短发。

颜清说,长发护养起来太费力,尤其温年还是这样精心养着的,严重占用学习时间,不如剪了利落。

温年说什么都不肯剪,颜清到学校来接她,她避而不见。

后来,老师也来游说她剪长发,班里那么多女孩,没有一个像温年这样留长发的。温年还是不肯。

月底周末回家,颜清特意让理发师在家等,想要强行给温年剪。

温年彻底爆发,抽出理发师的剪刀就要往手上扎,吓得管家和理发师尖叫起来。

也是这次,温年第一次从颜清眼里看到了惊恐和害怕。

这么一闹,颜清再没提过剪发。事后,管家阿姨问温年为什么这么倔,头发剪了也会再长,何必伤自己。

温年当然知道头发剪了还会再长,她怕的是见不到人。留着头发,就是留着过去。

温年必须让自己见到陈远时还是他熟悉的样子。

吹风机停下,陈远揉揉温年的脑袋,问吹成这样可以吗。

温年笑道:"你自己感觉不出来啊?"

"我……"

陈远抿抿唇,试探着将手指分开,然后带着温柔缱绻的意味缓缓穿过发丝,再轻轻滑下来,说:"还要再吹一吹。"

"听你的。"

从卫生间出来,将近九点半。

温年选的是一部动画片,时长不到两个小时。

温年和陈远坐在沙发上,温年坐在中间,陈远坐在旁边,中间隔着的距离好似上学时期隔着的三八线,谁都没有逾越。

可后来,也不知道什么时候,温年偏离了中间,陈远也不再靠边。

温年靠在陈远身上,陈远搂着温年肩膀,两个人跟着电影角色一起笑,一起惊心动魄。

等电影播完,意犹未尽。温年感动地说:"幸亏瓦力想起来了,他以后可以和伊娃一直在一起了。"

陈远点头,捏捏温年的脸:"困吗?"

"还行。"温年说,"电影好看,我已经过了困劲儿。"

"那等我一下?"

"嗯。"

陈远去吧台后面拿东西,那里是客厅的死角,看不见。

温年抓来手机看看时间,还有一刻钟就是零点,不知道一会儿迎接她的会是什么。她想了很多,但以陈远那双巧手,她收到什么都不会稀奇。

可这次,温年想错了。陈远送她的是一条项链,吊坠是一片雪花。

"怎么?"陈远见温年没什么表情,有些忐忑,"不喜欢?"

温年想的是另一方面,说:"我以为会是你亲手做的。"

陈远有想过亲手做,但一是学校这边没有齐备的工具,二是总送自己做的，他怕她会腻，也怕她觉得自己不舍得花钱。

这条项链虽然不是他做的，但也算是定制款，他自己设计了一个玫瑰扣，让珠宝店那边制作出来，镶在搭扣里。

"定制的？"温年更心疼了，"那、那多贵啊？这个牌子本来就贵。"

陈远说："送你，不贵。"

温年算了下，依着陈远的小金库再加上他是省状元有奖学金，负担这样一条项链是可以承受。但温年就是不舍得陈远花钱，他那么辛苦，干吗不留着钱犒劳犒劳自己。

不过，这条项链太漂亮了。温年以前收过的珠宝首饰不少，没有哪个像这一样，精致的同时还可爱俏皮，又是一片雪花，好像天生就是她的一样。

"这条项链我很喜欢，但你以后不许买这么贵的了。"温年说，"等你工作挣钱了，有的是机会送我礼物。不在这一时。"

陈远微微一笑："好。"

"那……你给我戴上？"

温年看着陈远，澄澈的眼眸里像是含着一颗小星星，带着闪闪光芒，看得人怦然心动。

陈远点头，温年笑着转过身，撩开头发，露出脖子。

看到这截露在外的白细脖颈，陈远的呼吸忽而有些乱。他低下头去解项链的搭扣，之后绕在温年脖子上，就是想再扣上搭扣时，两只手总是不听使唤，怎么都扣不上。

温年颈间的玫瑰香很浓。而且不知道是否跟自己帮她吹头发有关系，陈远在温年的发间除了闻到甜美，还闻到雪松气味。

这让陈远产生了一种对她强烈的占有欲，呼吸变得更加深沉。

温年纳闷戴个项链怎么要那么久。但她不敢回头看，陈远的指骨会时不时扫过她的皮肤，每当这个时候，她就会觉得酥酥麻麻的。

攥紧衣摆，温年问："好了吗？你是不是不会啊？那……"

话没说完，一个吻落在温年颈侧。很轻，很温柔，带着极为珍视的虔诚。

温年心跳漏了一拍，大脑也跟着空白了一瞬，她想回头，下巴已经被一只大手操控，转了过来。

虔诚之下，是更加灼热的吻。

陈远从没有这样急躁过。

温年腿软站不稳,陈远就箍住她的腰,把她往怀里按。

内心慌乱不已,却又隐隐冒出不一样的期待,温年的手下意识抓住陈远胸前的T恤,就像是抓住一根海中浮木一般,有了依赖。

时间在这一刻被无限拉长。直到十二点的钟声响起,两个人如梦初醒。

陈远抵着温年的额头,呼吸间是温年牙膏里的柠檬清香。

"阿雪,生日快乐。"

温年还是悬浮状态,喘了几口气,软声问:"怎么又叫阿雪了?"

"阿雪"和"年年",这两者间的区别对陈远而言并不大。因为关于她,都是好听的。

只是"年年"更像是他们生活中,他对她的昵称,而"阿雪"则叫一次就会让陈远想起一次那年夏末,站在巷子口的女孩,灵动娇柔,是他人生中最浓墨重彩的一笔。而现在,她是他的女孩。

陈远手臂绞紧,还要吻,温年侧头躲开,让他只亲到了她的耳垂。

"怎么了?"陈远用鼻尖蹭着温年,"弄疼你了?"

温年咬着唇,声音轻得几乎成了嘤咛:"脖子,脖子酸。"

陈远闷声笑了笑,下一秒,抱起温年去了吧台那里。他一只手臂足以稳住温年,另一只手臂,一挥,桌面上的零食稀里哗啦掉在地上。

坐在吧台上的温年终于比陈远高了那么一点。

陈远两只手臂撑在温年两侧,仰头问:"这样好些吗?"

洗完头的他,头发有些软趴趴的,显得少年气更足。可是他的眼睛里却不再只是少年人的赤诚坦率,还有直白的欲念,有漆黑的压抑,有温年的影子。

温年喉咙发干,也忘了什么矜持害羞,轻点了一下陈远锁骨上的黑痣,说:"试试不就知道了?"

热吻又一次铺天盖地席卷而来。温年节节败退,偏偏身后空无一物,只能抱紧陈远的背。

可即便如此,她还是觉得自己随时都要缺氧晕倒,身体里的所有力量快要被面前这个隐忍又凶猛的野兽啃食殆尽。

终于得以喘息一下,温年睁开迷蒙的眼,就见陈远唇上水光潋滟,看着她的眼神是危险的贪婪。

"你……"

陈远舔掉温年的气息,直直看着她,问:"年年,我想亲你的脖子,可以吗?"

脑子里"轰"一下,有些东西炸掉了。

温年勾在陈远腰侧的脚不自觉抽动了下,陈远又靠过来,扣在她背后的手向上移动了一点点。

她好像不认识自己男朋友了,他平时不是这样的啊……不对,这就是他——事前打报告。

温年说:"我要说不可以,你怎么样?"

陈远皱了下眉,背部肌肉紧绷起来,有些硌到温年的手。

他说:"忍。"

"那你会不会怨我?"

"不会。"

"真的?可不许说谎。"

"没说谎。"陈远语气有些沉闷自责,"我也不知道为什么我一面对你就变得要很多,我……"

温年用指尖扎了一下陈远的背,说:"可以。"

只要是你,都可以。

第六章
春在岁岁年年
GUIHANG

构想中的一人睡一层是既安全又合适的。可实际操作起来，温年和陈远都没睡好，甚至都睡不着。

温年有心和他说说话，但想起两个人之前在吧台上的画面，又缩回了被子里。

两个人各怀心事，在天快亮的时候才昏昏睡去。

温年醒来时快中午了。看着镜子里自己的黑眼圈，她长叹了一口气。

接水刷牙，温年略一低头，看到自己脖子往下的吻痕。

怎么这么多？

温年解开扣子想看看，门口忽然传来敲门声，陈远说早餐到了。

她把扣子重新系好，打开门出去收拾某人！

陈远只是提醒一下早餐来了，没想温年会出来。见她表情烦躁，他低下头,轻声问:"怎么了?"

瞧瞧他这副人畜无害的样子,哪还有半分昨天缠着她不放的霸道?

真是没想到啊,"葫芦"还有两副面孔呢。

"我……我……我又想喝红豆粥了。"温年气鼓鼓地道,"你去买。"

"好。"

再次关上卫生间的门,温年又叹了口气。毕竟是她自己说的可以,再要收拾人就不够硬气了,况且这种话题太暧昧,说多了还是她难为情。

温年回到水池前刷牙,心想自己惯出来的男朋友,哭着也要惯下去。

中午,温年请陈远在古镇吃饭。陈远提前准备了蛋糕,温年吹蜡烛许愿,完美过完了她的十九岁生日。随后,他们退了房,返回北城。

回去的路上,温年困得不行。陈远不想让她睡,因为时间不多,睡得太熟,下车之后容易感冒。

温年可不管这些,就要睡。她在陈远的肩膀上找到舒服的位置,很快就进入睡眠状态。

陈远无奈地笑笑,抬手调试空调,帮温年盖好衣服,在她耳边轻轻说着话,让她别睡太深。

只是这话在温年耳边就是好听的睡前故事,她睡得更甜了。

睡都睡了,陈远也不能狠心将人弄醒,只好转而小心地捂住温年的耳朵,以免不远处玩游戏的几个小孩子吵到她。

期间手机响了两声,陈远也没看。

动车到站,温年还睡得迷迷糊糊,就感觉有人在给她做"头部包扎",整个脑袋就被留了一个可以喘气的位置,剩下全部裹得严实。

等温年反应过来时,她早已经以一个"面部烧伤患者"的造型走过北城火车站。

结束这个周末,生活回归正轨。

马上就是元旦小假期,金鑫想来北城找陈远和温年玩,无奈这两位都没有时间。

话剧社排练到了关键时刻,每天加班加点,陈远在实验室也不得松懈,金鑫在大群里说了好几次寂寞,最后杨晓桃和孔家奇可怜他,邀请他来华城。

这晚,温年难得排练结束得早。她特意来接陈远,就见董教授在和陈远说话。

温年没上前打扰,在走廊拐角处等候,她不知道董教授看见她了,还早就知道她,直和陈远说他小子有福气,女朋友这么漂亮。

陈远腼腆地笑笑,和董教授告别,去找温年。

"教授又给你布置任务了?"温年说,"他很器重你嘛。"

陈远拿过温年手里的东西,说:"教授人很好,对我也很照顾。"

只要是对陈远好的人,温年就喜欢。她听说董建宇教授为人朴实无华,上了年纪更是不追求物质享受,就一点,爱吃甜食。

温年的外公早年认识一位做传统点心的老师傅,手艺很好,温年打算去拜访一下。

陈远一听,叫温年不要麻烦,温年说:"教授对你这么好,送盒点心怎么了?再说了,月底就过年了,你也该有点儿表示。就一盒点心,不叫巴结,这叫尊敬师长,明白吗?"

看她说得头头是道,陈远眼里都是笑意:"那你给你的教授准备春节礼物了吗?"

"没有。"温年说,"他们又没对你有恩。"

"你只对对我好的人好?"

"不然呢?"

"我替你回报他们,然后你就……"

"嗯?"

温年脸颊微红,踮起脚在陈远的耳边说:"你就只对我好。"

话音刚落,陈远就吻了过来。

温年一愣,下意识地闭上眼,又慌忙睁开,打了陈远两下。

这"铁葫芦"现在是一点点破除封印了吗?之前亲她还要打报告问问,现在是招呼都不打,想亲就亲。

"你再这样,我不理你了。"温年扶好帽子,"这儿还有人经过呢。"

"没人经过就可以?"

"……我是这个意思吗?"

陈远嘴角一扬:"可如果我问,你不是也生气?"

"无赖。"

两个人牵着手往宿舍楼走。

陈远的手机响动,温年让他看,怕是实验室来的消息。而陈远看完后,皱了下眉。

"又要回去吗?"温年问,"剩下的路我可以自己走。到了宿舍,我给你发微信。"

陈远摇头:"没事。"

将温年送回去后,陈远没急着回宿舍,而是找了一处地方回消息。

陈远:请你不要再发消息,我有女朋友。

很快,对方有了回音。

余梦婷:我不在乎你有女朋友。陈远,我喜欢你。如果你愿意,我们可以偷偷交往,不让温年知道。

这条消息看得陈远不适,他直接将这个号码拉进黑名单。

之前在动车上,陈远就有收到余梦婷的消息,约他去学校附近的快捷酒店。他当时就把号码拉黑了,不想她又换了个号码。

陈远不想温年知道这事,惹她烦心,但如果余梦婷再骚扰他,那他只能让他女朋友出马了。

毫不知情的温年这会儿正在宿舍压腿。虽说舞蹈对她而言已经刻到了骨子里,但高三一年,她都没练基本功,这次演话剧算是把过去的东西拾起来。

"听说英国那边的交流生已经到了。"林志然说,"就住在国际部。"

苏菀也听说了,回道:"里面好像还有个中国学生,据说家里给大学捐了一百万才把人办进去。"

"才一百万?"

"美金。"

"……哦。"

于竹从床上下来找护手霜,接着这个话题继续说:"咱们国内有钱人那么多,这不很正常吗?哎,温年,我听说你家也是做生意的。"

"嗯。"温年点头,"我妈妈开了家公司。"

苏菀眨着星星眼说:"那你不就是标准白富美嘛。哎呀,人家好羡慕了啦。"

林志然笑道:"我看你是羡慕人家有对象。"

"讨厌。"苏菀用娃娃音说这话实在是嗲,"哼,人家不理你。"

林志然搓搓胳膊上的鸡皮疙瘩,看向还在压腿的温年。

温年的身高不算高挑,但绝对适中。她的比例还特别好,腰细腿细,浑身一点儿赘肉没有,而该有肉的地方又一点儿不干瘪。

这就是珠圆玉润?

林志然摸摸下巴,心说她们只知道羡慕温年有陈远这样的男朋友,怎么不说羡慕陈远有温年这样的女朋友呢?

林志然问:"温年,你家陈远看过你跳舞吗?"

"没有。"温年将腿收回来,"我一上高中就很少跳了。"

林志然鸡贼道:"那你这次还不得把他迷死?"

"……不至于。"

"怎么不至于?"苏菀说,"你是不是没看贴吧呀?全校票选今年艺术节最期待看的节目,话剧排第一。好多人就是因为听说有你跳舞。"

温年受宠若惊。北城大学里人才济济,她还真没把自己太当回事。不过,向男朋友显示一下自己的魅力,顺便再敲打敲打他,让他有些危机感,还是有必要的。

温年把帖子给陈远发过去。

陈远刚洗完澡,上了床点开手机,就见帖子下面一群学生留言说期待看到教科院的温年跳舞,还有的居然要温年联系方式,说想追求。

陈远扔开毛巾坐直,冰块脸冷出了新高度,他先给温年回了一条消息。

陈远:我也期待。

这个回复是温年没想到的。她以为照着陈远的醋缸性格是要别扭一下的,现在说得这么官方,是不在意还是什么?

温年没急着问陈远,而是点开帖子。

这帖子是热帖,盖了好多楼。

温年顺着往下翻,在看到某层楼时,愣了愣。

一个 ID 名为"温年男朋友"的网友活跃得像是营销号,不停在给之前的留言回复,现在也还在回复中。

温年心想陈远不会是因为这个 ID 生气了吧?她可不认识这位网友。可是再仔细看看,这个 ID 好像……就是……她的……男朋友?

温年男朋友：谢谢你对我女朋友的支持。

温年男朋友：是，她跳得很好。

温年男朋友：很遗憾，温年有男朋友了，是我，陈远。

在陈远一人顶千人的期待下，北城大学艺术节开幕。

这一天，学校不安排任何课。中心广场上，没有节目的社团或者爱好团体可以随意进行展示。

有个专门收集树叶的组织，请来书法社的同学在叶子上写字，感兴趣的同学可以出钱买，而这些钱会捐给荒漠地区植树造林的公益基金会。

除此之外，今天学生们的穿着也不受限制，可以Cosplay，也可以穿汉服。

而随着国家文化自信日渐强盛，校园里很少见到外国元素出现，基本都是在宣传国学。有位汉语言文学的老师现场深情并茂地演绎《离骚》，看得在场学生热血沸腾，嘹亮的齐声诵读响彻校园。

只可惜，这些温年都没看到。她一早就到大礼堂的化妆间做准备工作，这些都是陈远给她发来的视频。

年年：你没露一手，陈师傅？

陈远之前有做木雕小猫给学校红十字会义卖，所得款项将用于学校流浪猫的救助。

他刚才过去看了下，学长把他的那只猫放在了最显眼的位置，用拍卖方式销售，还特别强调是出自机械工程学院陈远之手。

周围女生一听，尖叫着说想要，把摊位围得水泄不通。就一会儿，已经叫价到两千三了，即使起拍价才二十五块钱。

陈师傅不敢告诉温年，一是怕温年生气，二是怕温年出钱去拍。

陈远不知道的是，这个情况早被他女朋友料到，温年特意派周玥去驻守蹲点，谁叫价就跟拍，哪怕是两万三，温年也要。

陈远：你准备得怎么样？

年年：差不多了，你吃完午饭就来大礼堂吧。

陈远：好。

温年这边和陈远聊完，赵学姐喊她去隔壁帮下忙。温年简单收拾了下混乱的桌面，手机电量才5%，还在充电，她就没拔电源线，将手机留在了桌上。

没过一会儿，作为这次后勤保障的社联部同学过来询问有什么需要帮忙的，趁着这个空隙，余梦婷来到了温年的位置前。

听到有人带话说温年要他话剧结束后在钢琴练习室等她时，陈远颇为惊讶。温年为什么不直接发消息？

那人说可能是化妆间里信号不好，还将温年断了的发带给陈远，说温年让他想想办法。

拿着发带，陈远信了几分。随即他又给温年打电话，显示无法接通。大概确实是信号不好吧。

话剧下午两点开始，不到五点结束。

陈远进入大礼堂时才过一点，但场内已经有不少学生在等，很多是明贺的迷妹。

周玥比陈远早到十分钟，占了靠前的座位，挥手示意陈远过去。

在他们前面两排的座位，是这次英国交流生的预定席位。有个英国女孩用英语对身边的女生说："媛，你看这个中国男孩的轮廓，太棒了！我赌要是他做我的模特，我这学期的作业一定满分！"

那位被唤作"媛"的女生闻言看去，被惊艳到了。

梁媛自视是艺术生，又学美术，审美很高刁。但这个男生不管是轮廓、五官、身材，还是气质，都长在她的审美点上。

可不知道为什么，她觉得男生的嘴巴和某个人的很像，她一时想不起来是谁。

"这个模特我要了。"梁媛笑得狡黠，"都是中国人，他肯定会帮我。"

同学满脸失望，但无从反驳，想到什么又说："我认为你的妈妈也很适合当模特，她的长相非常东方。"

梁媛笑容一冷，回了一句："That's all（仅此而已）。"

陈远落座之后，保持一贯的沉默。

听温年说过陈远的性格，周玥也不尴尬，自己手机刷得带劲儿。可她挺想和陈远说：你知不知道你女朋友花五千多买了你的木雕小猫？不仅如此，其他女生因为错失小猫，现在还在围攻红十字会负责人。

无奈周玥答应温年不能泄露，只好憋着。

到了一点半，礼堂里开始有学生会的人组织秩序。

周玥的室友是社联部的，忙得晕头转向，来周玥这儿讨口水喝，顺便吐槽吐槽有些人的讨厌行径。

"大家都在忙，她倒好，在部长那里露完脸就没影儿了。"室友说，"你之前和我说她是你过去室友的闺蜜，真是什么人找什么人。"

等喝完水，室友看了眼陈远，又冲周玥挑眉：这就是女神的男神？

周玥："嗯哼。"

"女神超美！"室友说，"我刚才看到了一点完成了的造型，简直就是民国名媛复活！"

陈远听见，骄傲地弯了弯嘴角。

两点整。大礼堂灯光灭，舞台拉开帷幕，话剧正式开始。

明贺亮相时，全场欢呼。

就连英国来的交流生们也一下被明贺的魅力吸引，听说他是北城大学校草，他们都说选得好，很有代表性。

随着话剧渐入佳境，等温年再出场时，大礼堂几乎沸腾。

"太漂亮了！太美了！"周玥激动地拿着手机拍拍拍，"还双马尾麻花辫！我天，纯白茉莉花啊！"

陈远没应声，腰挺得笔直，目不转睛地看着温年。

对于这样的演出，温年并不紧张。但不知道是不是因为自己是门外汉，再加上有学姐"好心"告诉她陈远坐在哪里，温年上了台以后就不太自然。陈远见她这个造型会不会觉得奇怪啊？

温年有些难为情，不敢往下看。说了唯一的五句台词，她的戏份就结束了，剩下的，就是在话剧快到尾声的时候出来跳一段舞。

不过，温年虽然前期出场不过就三分钟，但掀起的热度丝毫不小。

贴吧、微博、北城大学官网，#民国女学生#、#新生女神#的话题满天飞，就连温年回眸的那一笑，有人用高清相机捕捉后发到网上，都有人立刻换成了头像。

当然，温年和明贺的CP感也极为受关注。

周玥刷到这个话题时，看了眼陈远，他还在认真地看温年的照片和视频。

说实话，从外在来看，周玥认为温年和明贺更配。但那种配是养眼，温年只有站在陈远身边时,才有恋爱中女孩的感觉。

话剧顺利地进行着。最后,温年跳完舞,今年的艺术节也逐渐落下帷幕。

话剧演出圆满结束,现场掌声雷动,同学和老师们起立喝彩,他们固然被俊男美女亮了眼,也为故事中传达的精神深深感动。

陈远穿上外套,告诉周玥自己要去钢琴练习室找温年。

"你们这么黏的吗?"周玥笑道,"温年真是的,她高中那会儿可高冷了,一遇上你跟变了个人似的。"

陈远抿抿唇,再次谢谢周玥的占座,先走了。

周玥看周围都是退场的人,正拥挤,就想着再坐会儿,等清净了再走不晚。视线一扫,瞥见陈远座位上遗落下的东西。

周玥拿起来看看,似乎是什么仪器,看起来很贵重。她赶紧妥善地放进包里,然后打电话给温年问他们在哪儿了,她给送去。结果温年的电话无法接通。周玥怕耽误事,只好起身去追陈远……

温年还在接受校报的采访。她从话剧开演前就没闲下来过,中间那一大段没她戏份的时候,她帮着赵学姐给其他演员补妆对词,比上场还忙。这会儿又是采访,学姐的问题一个接一个,没完没了。

好不容易结束了,温年回到她的位置坐下,舒了口大气。终于,完事了。再也不用压榨业余时间排练,自由了。

温年轻松一笑,之后庆功宴,她婉拒参加,计划找她的男朋友单独庆祝。

拔掉充电线,温年准备拨号,这才发现手机进入了飞行模式。她什么时候设置的?

她正疑惑着,门口传来说话声:"温年是不是在这个屋?我找温年,我是……"

"周玥?"

听到声音,周玥挤开人进来了。她额头上都是汗,气喘吁吁的,见着温年一把抓住。

"怎么了?"温年问,"你先坐下,我给你斟杯水,慢慢说。"

周玥都要喊出来了,又想不能这样,便拉回温年在她耳边焦急道:"你快跟我走!陈远出事了!"

医院里，余梦婷还在诊疗。医生初步诊断是手腕脱臼，身上有几处轻微软组织挫伤。

陈远站在诊室外，刚打完电话的学工办主任回来，上来就问他怎么回事。

陈远眼眸低垂，面对主任的质问，半晌，低声说："您还是问余梦婷吧。"

主任一噎，气得想骂人！今天是多么重要的日子，怎么能搞出这种事？幸亏没有让外宾看到，不然就得丢脸丢到国外去！

"陈远，这个事你是当事人，你不给个交代绝对不行。"主任叉着腰说，"你现在给我老实……"

话没说完，医生出来了。经过检查，余梦婷的情况如一开始预估的那样，手腕脱臼，软组织挫伤，其余一切良好。

主任向医生道谢，进去看余梦婷，顺便问情况。而余梦婷一听主任说话就开始哭，哭得上气不接气那种。

主任急得脑袋疼，温年和周玥这时来了。

看见陈远，温年第一时间跑到他身边检查了一番，询问："没事吧？有没有伤到？"

一旁的周玥嘴角抽了抽：大哥这体格能有什么事？

陈远没想这事惊动了温年，想自己处理好。

眼前，温年脸上的妆还没有卸，梳着的麻花辫也没解开，甚至羽绒服里面还是民国小衫。

陈远眉头拧起，握住温年的手，说："冷不冷？"

都这个时候了，他还惦记这个？

温年眼眶一酸："不冷。你怎么样？出什么事了啊？"

来的路上，周玥说了大致情况。

周玥去钢琴练习室那里找陈远，到的时候，看见的就是余梦婷扶着手腕靠墙瘫坐着，头发凌乱，一直在哭。

之后学工办主任赶到，带走了陈远和余梦婷。

"你们是起争执了吗？"周玥也问，"主任有说什么？"

陈远刚要回答，余梦婷的父母也到了。

他们二话不说，上来就要打陈远，陈远怕误伤温年，抱着温年闪到一边，冷冷的目光看得余梦婷父母一愣。

"你还理直气壮了是吧?"余梦婷妈妈说,"我女儿要是有个三长两短,我和你没完!"

余梦婷爸爸附和,还说:"这件事我们追究到底!你赶紧给你父母打电话,叫他们过来。这事不解决,今天谁也别想走!叫你父母来!"

听到"父母"二字,陈远手指轻颤了下。

温年反手将陈远手握紧,说:"你们也该先了解了解情况,去看看你们女儿吧。"

余梦婷父母这才想起来正事,立刻进了诊室。

他们一走,走廊上安静不少,陈远也说了事情经过。

陈远按照事前那个学生传话的内容到了钢琴练习室找温年。每个钢琴练习室都很小,四四方方,正好容纳钢琴和琴凳,以及一张小桌。

陈远到的时候,练习室里没开灯。他以为温年还没到,开门先进去,闻到的就是一股刺鼻香水味。

这不是温年的味道,陈远顿时明白事情不对,便立刻退了出去……可余梦婷已经扑过来抱他。

陈远不想让余梦婷碰自己,抓住了她的手腕将人扯开。没想到这一下,她手腕就脱臼了。余梦婷摔倒,身体撞在钢琴凳上,这又产生了挫伤。然后,就是周玥看到的画面,主任也赶来了。

"你……"周玥的嘴张得可以塞下一个鸡蛋,"抓了她一下就……脱臼了?"

陈远点头,一本正经地说:"我力气不大。"

温年也有点儿惊到了。总感觉这样的剧情该发生在柔弱无力的女主身上,就是那种女主遇到危险,然后千钧一发之际,男主从天而降拯救女主。可真实情况是陈远怕被占便宜直接让对方脱臼。这剧本很魔幻啊。

"那你和主任说明情况了吗?"温年问,"余梦婷说什么了?"

陈远摇头:"没说。"

幸亏没说。这事听起来不符合大众预判,陈远要是先说了,搞不好余梦婷反咬一口是陈远要侵犯她,到时候陈远就是有十张嘴也说不清。

不如先看看余梦婷什么意思,他们来应对。

周玥是个聪明人，也明白了里面的逻辑，拉着温年去了一边。

"这个事最好是和解。"周玥说，"陈远的名声重要。"

温年也这么想，但又不甘心。这个余梦婷简直是神经病！咬着别人的男朋友不放，还想出这种下作的方法，什么人啊？

周玥又说："你不方便，一会儿我进去和余梦婷谈。这件事深究下去，余梦婷也讨不到好处，不如都息事宁人。"

"息事宁人？"温年反问，"余梦婷得给陈远道歉。"

周玥当然知道陈远这次多无辜多倒霉，但有些事就是不能得个痛快，总要为大的利益考虑。

"要不你把陈远的父母叫来吧？"周玥说，"大人们经历得多，还是比咱们有主意。他们来了，肯定能给陈远撑腰。"

温年心下一紧，扭头看了眼陈远。

陈远孤零零地站着，四周空荡荡的只有他的影子。

温年忽然就想，他的高冷是不是就是在这样一次次的孤独中练出来的？

哭闹的孩子有糖吃，可他的哭闹连看都不会被人看见，甚至他要是哭了闹了，换来的说不定就是他二叔一家的打骂。

他一个人惯了。

但现在和以后，他都不会再是一个人。

温年转回头，说："不用，我给他撑腰。"

陈远让温年回校，这件事怎么解决他心里有数。

温年知道陈远肯定就是息事宁人。这么多年，陈远都是吃亏的那个，他无所谓自己是否委屈，只要别影响身边的人就行。

温年就是要打破他这个习惯。

温年给艾雅打了一通电话。打完后，她让陈远跟任任把事情说一遍，但不说前因后果，只说自己以为存在隐患，不小心拉扯到余梦婷。

主任对这个说辞不置可否，余梦婷父母更是不买账。

而温年就一句话："那让余梦婷同学说说到底是怎么回事？"

温年把皮球一次次踢给余梦婷，余梦婷的回应就是哭，哭得主任和余梦婷父母也无语了。

就在主任和余梦婷父母都烦得不行的时候，艾雅来了。

余梦婷看见艾雅，哭声止住片刻，之后，哭得更厉害。

艾雅看了眼温年，温年气定神闲，等着艾雅和余梦婷表演完姐妹情深，请艾雅到走廊那边说话。

陈远和周玥等在一边。

周玥看着艾雅的表情从震惊到愤怒再到恐惧，就知道温年动真格的了。

"余梦婷这次完了。"周玥说，"她不该打你主意，温年那么在乎你。"

陈远表情严肃，他不想温年蹚这浑水，问："会不会影响到她？"

"不会。"周玥说，"艾雅和余梦婷才是自身难保。"

艾雅有个富二代男朋友，控制欲极强，一直管着艾雅。可艾雅又是个耐不住的，一面享受富二代男友提供的奢侈生活，一面又觉得男友太丑，经常私下找男大学生。

当时温年正好用手机录视频，就碰巧拍下了。

只是周玥没想到温年会存着这个视频。

温年才不会存这种恶心人的视频，但是手机有个功能，云储存，而温年碰巧是尊贵的VIP，保存时限相当长，哪怕是视频删除了，费些时间也能恢复。

"你想怎么样？"艾雅咬牙道，"温年，我没想到你这么卑鄙！"

温年说："说这话，你的脸不疼吗？艾雅，你是什么人，你自己很清楚。我们之间就是井水不犯河水，可你非撺掇你那位闺蜜找我麻烦，有意思？"

艾雅急道："我没有！我有病吗？让余梦婷找你麻烦，我有什么好处？"

"这我就不知道了。"温年淡淡道，"我就知道我男朋友这次被欺负了，你现在最好和余梦婷好好说说。她道歉，这件事，我们可以大方一次，不再追究。不然……"温年晃晃手机，笑得很甜，"我不介意真卑鄙一回。"

艾雅气得表情都狰狞了，又跺脚又瞪眼的，最后去找了余梦婷。

温年回到陈远身边，走到半路，脚边传来尖锐的痛感。

"怎么了？"陈远几乎一下子就到了温年面前，"哪儿不舒服？"

周玥跟过来，说："脚踝吧，出来时被硬纸盒划了一下。"

陈远立刻蹲下查看，稍稍掀开她的裤腿，白袜上已经有血迹渗透出来。

心脏像被扯了一下，陈远要抱温年去看医生。

温年没让，笑着说："就是个小口子，还用麻烦医生？买点儿药膏涂一下就好。"

陈远犹疑："可是……"

"不疼。"温年知道他想的什么，"真没事。"

她这么坚持，陈远只好去买药。

一旁的周玥目睹着两个人的小恩爱，实在不好意思做电灯泡，毛遂自荐去买药，让他们自己内部消化"狗粮"。

陈远抱着温年到椅子那里坐下。陈远欲言又止，看得温年着急，不是说好了有话不憋在心里的吗？

"我……"陈远叹口气，"就是觉得自己没用，还要你操心。"

温年戳戳陈远的酒窝，说："你不是没用，你是遇见这样的事从不辩解。我知道你不在意这些，但我在意。不是你的错，你永远不要低头。

"陈远，没有规定说男朋友就必须强大，必须无所不能。

"我也可以保护你，也可以是你的依靠。"

"依靠"这两个字重重敲在陈远心头。他太久太久没有过依靠了。自从那件事之后，他就像是一艘海上孤船，漂泊无依，漫无目的。而此刻温年的话仿佛是海平面上出现了一束光，似彼岸灯塔，为他指引了归程的航线。

周玥买完药回来，学工办主任也从诊室出来。

主任说余梦婷承认是她以温年的名义恶作剧，约陈远去钢琴练习室。

陈远识破后，余梦婷因为紧张就想抓住陈远，陈远出于自卫，不小心伤了余梦婷。

"是这样吗？"主任抬抬眼镜，"陈远，你不要有隐瞒。"

陈远和温年相视一眼，对于余梦婷口中的因为"紧张"才想要抓住陈远的说法，心知肚明。但这时候，也不必再较真。

陈远点头："是这样，主任。"

事情得以解决。余梦婷父母骂咧咧地埋怨余梦婷吃饱了撑的，也没说替女儿道个歉，拉着余梦婷就走。

倒是余梦婷走时和陈远说了对不起，只是这是在艾雅的紧迫盯人之下才说的。看来她们这对"好闺蜜"之间也有不少对方的把柄在手里，都不光彩。

一场闹剧，耗了将近一晚上才结束。

温年、陈远还有周玥来到医院大厅，这个时间回校，宿舍楼已锁门了，宿管大妈指不定怎么唠叨。

周玥干脆回家,问温年和陈远怎么打算。

温年也能回家,但陈远……他能回出租房那边。

商量之下,温年决定和陈远去出租房将就一晚,正好也是两个房间,互不打扰。

出租车停在小区门口,陈远背温年进去。

温年本来不想麻烦,她的脚早就不疼了,但见陈远蹲得这么自觉,就想着还是给男朋友一个展示机会好啦。趴在陈远背上,温年周身暖烘烘的,浑身不自觉地放松下来。

她想起那年运动会,她也是脚受伤,他也是这么背着她。那时的他们也是刚熟悉不久,温年都不好意思完全趴上去。

现在,温年也还是不太好意思。可她刚刚忘了,这下又赶紧挺直背,一晃动,差点翻下去。

还好陈远臂力惊人,稳住了。

"怎么了?"陈远侧过头问,"脚又疼了?"

温年抿抿唇,说:"没事。就是……我沉吗?"

"不沉。"陈远浅浅一笑,"和以前一样轻。"

温年心软成一团,脑袋靠在陈远的肩上,又说:"可惜那时候我没上台,要不你就看见我跳舞了,不对,是跳操。"

"……嗯。"

"不过你今天看到了。"温年笑着说,"好看吗?"

"好看。"

"有多好看?"

"特别好看。"

什么点评啊?一点儿新意没有,也不够走心。温年哼了一声,但转念又想"铁葫芦"那么铁,本来就说不出什么甜言蜜语,他只会说真话、实话。既然如此,落了个"特别好看"也是最高赞美了。

陈远是形容不出来。从高中那次无意中的一瞥起,她舞蹈的样子就刻在了他脑中。这次再看她跳,他只知道曾经的精灵长大了,还是那样灵动清纯,却也有了成熟而不自知的韵味。看到其他男生也对她露出迷恋的眼神,陈远有冲动想把她锁起来，不让别人看这样的她。

进了屋，陈远打开灯。

房子虽然租了两个多月，但陈远还没住过，只是一有时间就来这边给温年做饭。所以，里面的日常生活用品是有的，可并不齐全。

陈远把温年放到沙发上，然后去做热水，洗好手，来给温年上药。

温年脚踝上的划伤不深。只是她皮肤白皙娇嫩，一道血口子留在上面，看起来还是有些吓人的。

陈远准备好消毒水和药膏，着手脱掉温年的袜子，温年不让。

"这样就行，干吗还要脱袜子？"温年小声说，"我不脱。"

想起运动会那次，温年因为大家看到她的脚后差点哭出来，陈远心疼。

"不丑。"陈远说，"每个练舞蹈的人都是这样的。"

温年还是不肯。她一年四季从不穿露脚趾的鞋子，在家里穿拖鞋也从不光脚，扭曲畸形的脚趾骨是她自认完美中的唯一败笔。她才不要给陈远看。

陈远见她十分抗拒，也不勉强，将她的袜子微微褪低，开始为她脚上的伤消毒。

这一路，温年都没怎么疼，可消毒时，叫她没忍住倒吸了口气。

"马上就好。"陈远哄道，"马上就不疼了。"说着，他低头冲着伤口轻轻吹了吹。

温年一惊，人差点跳起来，慌忙收回脚说："你干吗啊！"

"我……"陈远定住，"上次我锁骨受伤，你也是这样的。"

"那、那能一样吗？"

陈远觉得温年还是太要面子，他不嫌弃她的任何，不仅不嫌弃，他还觉得她的所有都很好。不过，她又成了奓毛布偶猫，还是不要逆她的意思比较好。

陈远保证不吹了，就消毒和上药，温年警惕地盯着他半天，像是在威慑他说到做到，这才把脚又搭回去。

陈远动作更轻地上药。

看着他处理这么一个小伤堪比在实验室操作精密仪器，温年的小情绪来得快去得也快。她偷偷笑了笑，说："待会儿洗澡怎么办？这是不是不能沾水啊？"

"嗯，不能沾。"陈远点头，"我有办法。"

温年"哦"了一声，又问："那我洗完澡穿什么？"

很正常的问话，可问完之后，温年和陈远都沉默了。

"我的衣服，行吗？"陈远问，目光从温年的民国小衫上一掠而过。

温年捏了捏衣摆，心想行是行，可是贴身衣物……

似乎是也想到了这点，陈远站起来四下看看，又坐下，说："小区外面有家二十四小时便利店，我去买。"

"哦。"

"你……穿什么码？"

温年还是自己去买吧。

可陈远说她脚才涂完药，不方便，由他去买很快。既然这样，也只能破罐子破摔好了，温年声如蚊蚋地说："XS或者S码。"

"……好。"

临走前，陈远打开电视，让温年随意打发时间。

温年哪里有这样的心情，等着陈远出去，她立刻伸手给自己扇风降温。

她这算不算恋爱脑？明明不该这么仓促地过来，可她怕陈远今天经历这样的事心里不舒服，就想她陪着会好些……现在可好，弄得这么尴尬。

温年郁闷地揉揉太阳穴，手机振动了下，周玥发消息问：方便通话吗？

她有什么不方便的？温年回了消息，周玥拨过来语音通话。

"我还以为你和他正在交流感情呢。"周玥上来就说，"没打扰就好。"

"收起你的想象，说你的事。"

周玥笑了两声，正经起来："艾雅电话打我这儿来了，让我和你说把视频删了。"

"我不是和她说删了吗？"温年说，"她还这么不放心？"

"你真删了？"

没删。温年不是圣母。当初这个视频来得凑巧，现在利用得也凑巧，可为了以防万一，她得留着傍身。

虽说这是说话不算话了，但温年百分之百保证只要艾雅和余梦婷不再作妖，这个视频绝对不会流出去。至于艾雅爱跟谁玩跟谁玩，谁管她？

"你留着也好。"周玥说，"艾雅人品太差，没了这个，绝对反咬一口。"

温年:"所以,你就和她说别再惹我,也别惹我男朋友。我不会那么闲,去管她的私生活。"

"明白。"

两个人又吐槽了几句余梦婷这次的事。

聊得多了,周玥说:"我占用你太长时间,陈远不高兴了吧?挂了。"

"没。"温年看了看门口,"他去超市买东西了。"

"哦——"周玥明显想歪了,以为是买那个东西。

"周、玥。"

周玥"哎哟"一声:"都成年人了,这不太正常了吗?"

陈远回来时,电视里正放着综艺节目。

放下东西,陈远来到客厅,就见沙发上团起一个小鼓包。他放轻脚步靠近,拉下一点外套,女孩睡得正熟。

温年解开了双马尾,发丝微微蜷曲,白净的脸陷在衣服里,像婴儿依偎着襁褓。

陈远小心翼翼地将落在温年脸上的头发拨开,可温年还是有感应,睁开了眼。眼里是迷蒙水雾,温年揉了揉,糯糯道:"你回来了。"

"嗯。"陈远指背摩挲着温软的肌肤,"吵醒你了。"

温年摇头。她其实没感到什么困意,但可能身体是累的,拿来外套盖了一会儿,身体一暖,不知不觉就睡了过去。

"几点啦?"温年伸个懒腰,张开手要抱抱。陈远自然弯下腰,温年环住他的脖子,被带着坐了起来,扎到陈远怀里。

"快十一点了。"陈远说,"你去洗澡,我去下碗面。"

从医院出来,陈远提议去吃饭,可温年那时没胃口,饿过劲儿了,就没去。

现在,不管饿不饿也多少要吃些。

"行。"温年点头,"鸡蛋要炒的。"

陈远说好,翻出包里的发带,帮温年绑头发。

这发带还是余梦婷趁她不在时偷拿走的,用来骗陈远上钩。发带被余梦婷故意剪破了一段,但勉强还能用。

"我挺喜欢这条发带的。"温年噘了噘嘴,"余梦婷真讨厌。"

陈远用发带缠着头发,说:"再给你买,买桃红色的。"

"嗯?"

"你戴桃红色的最好看。"

温年抿嘴一笑,扭过头亲了陈远一口。

随后,温年拿着东西去卫生间。因为今天要上妆,她带了自己的化妆包,里面有卸妆和洁面的东西,护肤品没有,但有急救面膜,可以将就一晚。

洗好脸,温年又打开装着衣服的袋子。

陈远很细心,在便利店有看到棉质短袖和短裤,就买了给她当睡衣。

温年笑了笑,看到后面的东西,又愣住。她内衣的号码没告诉陈远吧?温年翻了翻,里面有两件背心,一大一小,大的那件和她的尺寸比较贴合。

温年脸上发起烧来,心说她还真是小看"铁葫芦"了。

大约四十分钟,温年从卫生间出来。陈远已经备完了菜,就差炒了,见温年头发湿着,又揽了吹头发的工作。

一回生二回熟,"托尼·陈"这次的服务很到位,舒服得温年差点又要睡过去。

等头发都吹干,温年去客厅看电视,等饭吃。

这顿迟来的晚餐在十二点二十分钟开始。陈远的厨艺不必说,简单的西红柿汤面,但里面放了鸡胸肉和虾仁,以及小油菜。从便利店里买来的午餐肉煎得外酥里嫩,再加上炒鸡蛋,温年起初还说不饿,现在都觉得不够吃。

"锅里还有。"陈远说,"慢些吃。"

温年说:"不行,我不能再多吃,会胖的。"

陈远弯弯唇,想说"不胖",话到嘴边又改了话题,问温年是如何说服余梦婷的。

温年先简单说了说自己和艾雅的过去,然后又说了视频的事,总结:"艾雅大概也有余梦婷什么把柄吧,不然余梦婷不至于这么快就听话了。"

陈远"嗯"了一声,思考片刻,说:"把视频给我,你不要留着。"

"为什么?"温年问,"怕艾雅找我麻烦?她不敢。"

"保险一些,我来。"

温年觉得这件事已经到此结束了,艾雅虽然心术不正,可也犯不着一直和她唱反调,毕竟她们之间不会再有交集。

可陈远要是决定了什么，温年也没办法扭转。收到视频，陈远没看里面的内容，只是保存起来，以防万一。

今天的事，陈远的打算确实如温年想的那样——息事宁人。要不是温年执意要帮他出口气，他听不到那句对不起，也不会在主任那里如此轻松就过了关。

主任在临走时还说本来自己准备联系陈远父母的。陈远当时一阵沉默，到底没能说出他无父无母，顺着主任说了两句礼貌的话，面上装作没事，可心里……

"在想什么？"温年问，"还怕她们找我麻烦吗？真的不会，你别担心。"

陈远顿了顿，想起她们之间不能藏话的约定，鼓起勇气问："年年，你介意我没有爸爸妈妈吗？"

温年一怔，喉咙顿时又酸又堵。她放下筷子过去，抱住了陈远，说："不介意，一点儿都不介意。"

"我……其实也习惯了。"陈远低声道，"只是被人提起来会有些不自在，尤其我的妈妈她……"

温年收紧手臂："我知道。都过去了，我又不是和你爸爸妈妈在一起。"

陈远抬起头，漆黑的眼眸染着些许水亮："我是怕因为我，让别人议论你。"

"有什么好议论的？"温年说，"我比大多数人还少了婆媳烦恼呢。你知不知道？婆媳问题是超级难题呢。你可以看看那些家庭伦理剧。"

"……哦。"

"你不要为这件事郁闷纠结，知道吗？我真的不在意。"

陈远点了下头，再要张口说话，忽然又笑了，露酒窝的那种。

温年最受不了他露酒窝，只看那么一眼就会心跳加快，被迷得脑子不清楚。

"你笑什么？"温年移开目光，"没事别老乱笑。"

陈远搂住温年的腰，稍稍用力，将人带到自己的腿上坐下，说："高兴才笑的。你刚才说了婆媳问题。"

是啊，婆媳问题。可这有什么值得高兴的？温年纳闷，等对上陈远还带着笑意的眼神，脑子"嗡"的一声。她挣扎着要起来，陈远不放手："怎么了？"

"不怎！"温年喊道，"你松开！我坐我位置上去！"

陈远非但不松，抱得还更紧了。温年叫他的碎发扎得脖子痒痒，有点儿想笑，好不容易才维持住严肃。

陈远说："谢谢年年。"

"谢我干什么？"

"谢你保护我，谢你不介意。"

本来就不介意。陈远的爸爸是意外离世，这没什么可说的，至于陈远的妈妈……温年到现在也无法理解刘书翎是如何做到那样狠心，在面对巨大悲剧时，她选择把悲痛留给年仅六岁的儿子，一走了之，再无音讯。

温年只要一想到陈远被妈妈扔下了，就心疼。

"不用谢我。"温年说，"我这样，是因为你很好。"特别特别好。

饭后，温年想刷碗，陈远拒绝。

陈远让温年去刷牙，他去铺床，铺好了，让温年先睡。

温年拧不过陈远，再者人吃饱了还真是困，温年打着哈欠同意了。只是她刷完牙出来，就见陈远木头桩子似的站在房间门口，一动不动。

"怎么了？"温年过去。

陈远转过来，说："只有一床被子。"

千算万算的陈同学，独独忘了自己就买了一床被子，连被罩都没套，因为还没买。

温年也没想到会这样。这都一点多了，干什么都不方便，更何况便利店里也不可能卖被子啊。

"我盖外套。"陈远说，"你睡这个房间。"

陈远指指主卧，里面的床已经铺上崭新被单，一床棉花被放在床尾。

温年抿抿唇："盖外套行吗？冷吧。"

"没问题。"陈远牵着温年进屋，"你先睡。"

关上房门，陈远去收拾碗筷。

温年坐在床边，听着极少的小动静，心想男生的身体是比较抗寒的，陈远还那么强健，就一晚上，可以的。

抱着这样的想法，温年关了灯，钻进被窝。

过了一会儿，陈远收拾完厨房，去了卫生间。

温年又听到水流的"哗哗"声，翻了几次身。

再过一会儿，水声停止，卫生间那边传来关门的"咔嗒"声，之后又是隔壁房间房门开启的声音。

温年按亮手机，现下接近两点。

窗外有呼啸的风刮过。这几天，北城降温降得厉害，天气预报说近期降雪概率很大。

温年盯着窗户看了几秒，又翻了个身。明明挺困的，可却怎么都睡不着。

温年干脆点开朋友圈，里面全是今天艺术节的事。不少话剧社的学长学姐还发了庆功宴的照片，也有发剧照的，基本都用了温年做排面。

光顾着解决余梦婷的事，温年都没看过自己在现场的照片。她翻了翻，不得不说，颜值还是很能打的。

温年继续往下看，看到于竹半小时前发的朋友圈。

于竹今天和男朋友出去玩，两个人看了场午夜场电影，晒了票根的照片，还晒了一张雪景图。

真下雪了？

温年爬下床走到窗边，拉开了帘。外面的世界，雪花飞舞。

温年惊喜，扒着窗户看雪。可没看一会儿，她脚下就凉得不行，又赶紧回了温暖的被子里。而这一下，温年彻底睡不着了。

都是凑巧，凑巧。

凑巧余梦婷"犯病"，凑巧她来了陈远这里，凑巧只有一床被子，又凑巧这时下了雪。

温年默念三遍凑巧论，给陈远发了微信。

年年：冷吗？

发出去后，温年还想要是陈远已经睡着了，那她就赶紧撤回消息，当没事发生过。可惜，对方秒回。

陈远：不冷。

陈远：快休息吧。

年年：真不冷？

陈远：不冷。

年年：我冷。

发完这条，温年扔开手机，再不多说。这是最大的暗示了。

温年盯着时间，几分钟过去了。一开始她还觉得陈远这是规矩，挺好的，再到后面，她又有点儿生气。她都把话说到这个份儿上了，他是根木头吗？还非得她去请他不成？爱来不来！

温年蒙上被子准备睡觉，这时，门口响起敲门声。

"年年。"隔着门，陈远的声音更加低沉，"睡了吗？"

温年不言语，过了半分钟，房门开了。

陈远抱着枕头，腼腆地低着头，反手将门关上，来到了床边。

温年躺的位置不算居中，留给陈远的空间足够陈远睡，陈远放下枕头，慢慢掀开被子，躺了进来。他们中间隔着的距离还能挤下一个人。

温年预想中就是这样的，她完全可以接受。但此刻陈远真的和她近在咫尺了，她才意识到自己完全无法自由呼吸，心脏"咚咚咚"跳得厉害，似乎在房间里产生了回音。

陈远的情况和温年相似，但他紧张的同时，也兴奋，也折磨。被子里都是清甜的玫瑰香，好似一只只小触手，抓痒着陈远的身体和思绪。他知道自己不该来，却又抵挡不住诱惑。

两个人背对背躺着，各自闭着眼寻求冷静，心里反而更加灼热。直到实实在在的寒冷袭来，才拉回一点他们的思考能力。

因为离得太远，他们之间空出来的部分逐渐冷却，冻得人后背冰凉。温年一向怕冷，有些受不了。

可她该怎么办？是让陈远靠近些？还是她自己挪过去？一说不出口，二做不出来。

被子里越来越冷，温年焐暖和的脚也变得冰凉。她熬不住，打了个喷嚏。

下一秒，整个床剧烈地晃动起来。温年吓了一跳，来不及惊呼，腰间就被一只热烘烘的手臂箍紧，后背也陷到温暖的怀抱里。

"这样好些吗？"陈远问，灼人的气息喷吐在温年耳边。

温年顿时抓紧被子，身体僵硬起来："你、你没睡着？"

"嗯。"陈远说，"怎么睡？"

"你也冷啊？"

"年年。"陈远的语气颇为无奈，"你知道的。"

"哼，我不知道。"

见她又发起小脾气，陈远嘴角一扬，靠得更近了些："还冷吗？"

"……不冷了。"

不仅不冷，温年竟还有些热。以前听说有的男孩子是火体，她还以为这是什么武侠小说里练功的词用来瞎形容，现在她才知道是真实存在的。

既然如此，他在隔壁盖外套是不是真的不冷？

温年想到了，就问了。

陈远低哑地笑笑，下巴蹭到温年的后脑勺，说："真不冷。"

"那你还过来？"温年想挣脱怀抱，没成功，"你回去啊！"

陈远紧紧抱住怀里的人，有些无赖地说："不回。我是来给你取暖的。"

"那你刚才干吗了？我冻得都打喷嚏了。"

"我……怕。"

"那你现在不怕了？"

"你别乱动，我应该可以。"

夜静得仿佛令时间虚无。窗外的雪簌簌而下，裹挟着风，在呼唤什么。温年的背紧贴陈远胸膛，感受着陈远沉重有力的心跳，一下又一下，与她的，合二为一。

"陈远。"

"嗯？"

"你想吗？"

抱着女孩的手臂因紧绷而颤抖了一下。

"再等等。"

"什么？"

"等你完全做好心理准备的。"

温年转过头，黑暗中，她看不清陈远的脸，但他眼里的坚定，很清楚。

陈远说："不急，我们还有很长的时间。"

陈远必须忍耐克制，他要给他的女孩最好的。

陈远低头轻吻温年的额头，说："晚安，年年。"

温年一晚上热醒好几次。

这一次，她热得实在受不了，想挣脱"牢笼"，刚伸出去一条腿，身上就跟有吸铁石似的，人一下子被吸了回去，撞在硬邦邦的肌肉上。疼醒了。

她睁开眼，适应了下光线，脑子也跟着一点点重启。连接好记忆，她扭头看向她的"锁链"。

陈远还在睡，微微凌乱着的刘海落在眉宇间，鼻梁高挺，嘴唇红润柔软。

温年不由自主地多看了一会儿，还发现她男朋友的睫毛很长，还密，垂在那里，乖极了。她没忍住，伸手拨了两下。

陈远皱皱眉，要醒。温年赶紧逃，结果又是才伸出去一条腿，"锁链"就绞紧了，把她牢牢固定在怀里。

陈远睁开眼，就见女孩的脸颊鼓成河豚般，眨巴着眼睛看他。

"早。"男生声音透出刚醒来时的慵懒沙哑，听得温年耳根酥麻。

见陈远还要抱紧自己，温年一脚踢在了陈远的小腿上。

这力气比挠痒痒还轻，陈远没撒手，问："不再睡会儿？"

温年说："我热。"

陈远还以为怎么了，利落地掀开被子，抱着人的手依旧没松开。

"你不热吗？"

"不热。"陈远一边说，一边揉揉温年的脑袋，"要起床吗？"

看看时间，实际上还能继续躺躺，难得他们今天上午都没有课。可温年怕再这么躺下去她会捂出一身痱子，还是起床吧。

"我先去做早餐。"陈远终于松开手，坐了起来，"想吃什么？"

温年想想，说："别麻烦了，我们去小吃街。我想吃煎饼。"

家里存货确实也不多，陈远说"好"，抱着温年起床。

两个人一起挤在卫生间里刷牙。温年身上的碎花睡衣皱巴巴的，陈远的T恤也皱巴巴的。

温年的脸一点点变红，红到了脖子。

"还热？"陈远摸摸温年的脸，"不会是发烧了吧？"

陈远还要再摸额头，温年打开他的手，没好气道："要是发烧也是被你焐出来的。"

"我……"陈远垂下眼眸，"我睡着了，不知道。"

瞧瞧，又是一副委屈大狗狗的样子。温年真服了他，从前的高冷呢？能不能再拾回来啊？

　　把人推出卫生间，温年对着镜子又照了照脖子上面的吻痕，有点儿多……只能祈祷头发将它们盖得严实些了。

　　从出租房出来，温年和陈远去小吃街吃了"早午餐"。

　　艺术节后的几天是复习的最后期限，下周期末考试，考完直接放寒假。

　　温年和陈远有时间就去图书馆复习，遇上大一的统一科目，例如英语，会相互帮助督促。

　　努力奋发了几天，他们顺利考完期末考试，迎来寒假。

　　池国栋之前打电话说让陈远不要临近春节那几天回来，人太多，叫他一放假就走。

　　陈远和温年商量，也觉得该这样，就是不舍得。温年要留在北城和颜清过年，大概初六，她才会去怀蓝找许扬。仔细算来，他们也分开不了几天，可稍一想，心里还是堵得慌。

　　这天，是温年在校最后一天。陈远定的明天的动车票，为的就是帮温年搬运行李，先送她回家。

　　中午，两个人在食堂吃饭。

　　温年提到佟佳露今年要利用寒假时间去西南那边采风，被佟妈妈连骂带哄的，都没用，票都买好了。

　　"我还以为咱们过年能一起聚聚呢。"温年有些失望，"只能等暑假了。"

　　陈远将晾好的粥放到温年面前，说："以后这样的情况是常态。我们都长大了，要忙自己的生活。"

　　温年理解，但接受起来还是需要一段时间。她搅着粥，还想说什么，一个女生突然站在他们桌前，和他们打了声招呼。

　　"温年，陈远，你们好。"女生说，"我是梁媛，从英国来的交流生。"

　　温年和陈远对视一眼，温年回了一句"你好"。

　　梁媛笑笑，坐在温年身边，说了过来的目的——请温年和陈远给自己当模特。

　　梁媛是学插画的，一直在筹备一本故事集。她画画的风格是在现实中寻找真人模特，再通过一定的艺术手法表达出来。之前在艺术节上，梁媛一眼相中陈远，后面再看到温年跳舞，梁媛的艺术细胞跟喝了催化剂似的，疯狂生长，一天至少能构思出七八个场景。

"我找人打听才知道你们居然还是情侣！"梁媛双手合十，两眼冒光，"我觉得你们俩简直是缪斯女神派给我的缪斯情侣！所以，拜托，给我做模特吧！"

对于故事插画集，温年倒是明白这种艺术的内涵。可当模特，没经历过啊。陈远就更不用说了，他画风景、画塞内卡、阿波罗，就是没被人画过。

梁媛懂他们的顾虑，毕竟国内这样的少，国外那是满大街随便找。

"你们慢慢考虑。"梁媛说，"我下学期也还在北城大学交流，我家就在北城，过年我也不回去。你们想好了，随时联系我。"

梁媛留下一个小玩偶钥匙扣，是她自己做的大头娃娃，很可爱，上面有她的电话号码。

梁媛走时说："你们很般配！"

她走后，温年拿着小玩偶，笑了笑："这个女孩很可爱啊。"

陈远看了一眼那个玩偶，说："你喜欢这种？"

"玩偶？还好吧。"

"我也会做。"

不是吧，这也吃醋？温年揪揪"醋葫芦"的脸，叫他快点儿吃，去给自己当搬运工。

宿舍里，除了林志然，于竹和苏菀还都没走。

苏菀家在北城，不急，于竹则是要和男朋友玩几天才回去。见温年回来收拾行李，于竹问："陈远是住他租的房子那里吗？"

温年说："不是。他回家。"

虽说池国栋没催着陈远回去，但字里行间也是想这半个儿子了，盼望回去过团圆节。

陈远明白。在他心里，温年以外，池国栋和池林是他最重要的人，自然要顺着长辈的意愿。

收拾好了，于竹和苏菀帮着温年把东西抬下去，陈远等在门口，见她们来了，一人送了一杯奶茶。于竹和苏菀道谢，提前祝春节快乐，笑笑回去了。

陈远拎着箱子往校外走，温年咬着珍珠跟在一旁，说："我怎么觉得你的情商提高了呢？"

陈远说："和你学的。"

"我？"温年指指自己，"我什么时候……"想起来了，是董教授的点心。

温年上前，陈远两只手都拿着东西，温年就挽住他的手臂，笑嘻嘻地说："你这是也对我好的人好，然后想我只对你好呀？"

"你对我已经很好了。"陈远说，"但其实你什么都不用做，只要在我身边就行。"

哎呀，情商是真提高了，会说话了。不错，值得奖励。

温年踮起脚亲了一下，没想陈远拎着东西手还那么自如，箍住她的腰，又要回吻。

温年害羞想躲，两个人亲昵地蹭了蹭鼻尖。就在陈远想拉着人到没人地方时，温年忽然定住。

"怎么了？"陈远问，"东西磕到你了？"

温年掐了陈远一下，站直了，喊道："妈。"

颜清今天难得事情少些。她从管家那里听说温年期末考完了，便特意来接温年回去。没想，女儿有人管。

温年也没想到颜清会来学校。想想自己刚才和陈远的胡闹都被妈妈看到，她头皮阵阵发麻，脚趾能抠出来一个三室一厅。

"阿姨好。"尴尬中，最先反应过来的是陈远。

陈远收回手站好，还想和温年隔开一点距离，温年又一次挽住他的手臂。

"妈。"温年有些害羞地笑笑，"您来接我啊？"

陈远看看温年，又看看她挽着自己的手，指尖微微颤抖，明明她自己还不好意思着，却依旧以他为先。心头涌起暖流，陈远将手里的东西全部搁一只手拿着，腾出一只手，握紧了温年。

"阿姨。"陈远再次叫人，"我帮温年把东西放到车上吧。"

颜清看着男孩——准确地说，不是男孩了。和从前比，陈远明显更加成熟稳重，就连眼里的光都透着一股坚定的韧劲儿。

见他没有畏畏缩缩，颜清点头，指了指："车子在那边。"

陈远一只手拎着一堆东西过去。温年要帮着拿，陈远说不沉，而且距离这么近,不用折腾。

等东西放进后备厢,温年和颜清说了声,拉着陈远去一边说话,颜清一看,先上了车。

"你明早的动车,今晚早休息。"温年嘱咐,"要吃早餐,不许为了省事就空腹。"

陈远微微一笑:"到了怀蓝,我给你发微信。"

"不。"温年摇头,"你起床了就要给我发微信。"

"不睡个懒觉?"

"我有说我会回吗?我可以不回,但你得发。"

陈远笑容更深,看了眼颜清那边,想抱抱温年,还是忍了,只揉了下脑袋。

温年笑道:"你还怕我妈呀?"

"怕。"陈远实话实说,"不过,不是以前那种怕了。"

"以前是什么怕?"

"自卑那种。"

"自卑"两个字扎到温年。她的陈远天下第一好,她不许他自卑。

温年主动抱住了陈远,拍着他的背,说:"那现在是什么怕?"

陈远又看看颜清那边:"说了不许生气,不然阿姨以为我欺负你。"

"行。"

"现在怕……"陈远低下头,趁着在温年耳边说话,还落下一个轻柔的吻。

之后,温年红着脸上了车。一直到车子开出校园,她脸上的红晕都没退下。

陈远发消息让她好好陪颜清,温年心里回他个哼,拒绝回复。

"你们两个……"

"妈!"

颜清一愣,放下iPad,有些好笑地道:"我说什么了?你这么激动?"

温年一噎,也觉得自己神经了,放下手机,说了句抱歉。

"和我没什么好抱歉的。"颜清说,"我想说,你这位陈同学成熟了不少。你之前说他一直在学院教授的手底下做事?"

温年点头,也忘了羞臊,立刻开启赞扬男朋友模式。

颜清听后一脸平静。想起高考成绩公布那时,她看到陈远参加过的比赛,果然是为了做敲门砖,在教授那里获得关注。

"这小子挺有心计。"

在年轻人眼里,"心计"二字总是带有贬义色彩。温年不高兴道:"那您要他怎么样?他没有背景和人脉,自己不奋斗,说他不务正业,就这么回事了。他奋斗努力,又说他有心计。他可真难。"

这下,颜清是真笑了。

"我有说这样不好吗?"颜清反问,"他这样出身的孩子没有心计才可怕。"

"那您……刚才是夸他啦?"

颜清没言语,但表情算是默认。

温年这又翻书似的变脸,喜笑颜开,和颜清继续说陈远在学院里多么用功、成绩多么好。

颜清很久没听温年说过这么多话了。现在因为一个小子滔滔不绝,不知道是该难过还是该谢谢陈远。

一周后便是除夕。

这天,温年早早起床,先收到了陈远发来的视频。

池国栋炖了拿手排骨,还蒸了豆沙包,一掀开蒸屉,热气熏腾着冒出来。

"给小年的那份已经留出来了。"池国栋说,"等她回来,给她现蒸。"

温年笑笑,回了一条语音:"谢谢池叔。但是光有豆沙包可不行,您做的扣肉、红烧肉,还有罐焖鸡,我都特别想吃!外面做的和您比差太远了。"

就着陈远的手机,池国栋也回语音:"没问题没问题!你回来,这些都有!"

池国栋继续忙乎,温年又和陈远聊了几句,出了房间。

春节不比一般节日,家里的管家和厨师都回家了,只有保姆王阿姨留下。

王阿姨一早也在厨房忙年夜饭。温年过去帮忙,王阿姨直说不用麻烦,但看温年干得有条不紊,小姑娘又漂亮嘴甜的,就没再让人走。

"小姐,这些活儿你怎么也会啊?"王阿姨问,"哎,这个我来!这个你可不行。"

王阿姨拿走大蒸锅,温年说:"我之前在我表姨家住过一段时间,学了一些。"

王阿姨点点头,心说难怪呢。她以前在别家打工,那些有钱人家的少爷小姐可都是十指不沾阳春水,自己斟个水都嫌麻烦。

温年在她眼里一直是个有礼貌有教养的女孩,但也过于清冷。可今天再一看,都是表象。

"王姨,您会蒸馒头吗?"温年问,"我看有那种小兔子造型的馒头,特别可爱。"

这可是问对人了。王阿姨考过面点厨师,十分拿手。

王阿姨说:"你想蒸啊?来,我教你。"

"谢谢王姨。"

颜清从卧室出来,看到的就是女儿和王阿姨在厨房其乐融融。

这幅画面不禁让颜清想起自己的儿时,父母都很宠爱她,每到过年时,一家人在家里一起准备年夜饭,父母会做一桌她爱吃的菜。

而这样美好的回忆,颜清自愧从没给过温年。如果不是她一意孤行要嫁给温振渊,孩子会出生在一个有爱的家庭里,不必总是渴求得不来的父母之爱。

想到这儿,颜清深吸口气。羞愧使她不敢低头,可再不低头,温年只会失去更多本该有的母爱。

"需要帮忙吗?"颜清进了厨房,"今天我也做道拿手菜。"

温年和王阿姨都呆了呆。

王阿姨说:"颜总,您平时辛苦,今天多歇歇。"

"是啊。"温年应和,"而且,妈您会做菜吗?"

颜清嗔怪:"怎么不会?还是你外婆的独门秘方,保证你吃了之后赞不绝口。"说着,颜清拿了富余的围裙就要开始干。

温年还是第一次见颜清下厨,别说下厨了,以前过年,颜清能在家吃个年夜饭都少见,更别奢望是一家三口,温振渊也在。

温年的春节一向是一个人过。这会儿颜清突然加入进来,她有些不适应,但也心怀期待。

中间休息,温年和陈远提了这事。

陈远：阿姨有时间能陪你是好事。

温年当然知道是好事，就是心里拧巴。自从她上大学起，颜清的变化她是感觉得到的，首先就是说好不过多干涉她，这点做到了。其次，虽然不干涉，但每周都会给她打电话问问她的学习生活。

颜清在变得柔软，可有些该冲妈妈撒娇的话，温年却说不出口了。

年年：晚上你还去小广场看春晚吗？

陈远：和祝叔一起去，给你拍视频。

年年：我也好想看啊！

陈远：只是想看春晚？

年年：不然呢？

陈远：好吧。

年年：怎么啦？不开心？

陈远：没有。

陈远：就是以为你也想我。

年年：也？

陈远：因为我很想你。

晚上，家家户户，灯火万千。北城严禁燃放烟花爆竹，但温年看到有小朋友偷偷放仙女棒。想起那年春节，他们一群人在陈远家的天台上放烟花，每个人灿烂的笑脸还在温年脑海里。

不过今年，温年的心情也不错。颜清陪她吃团圆饭，王阿姨也上桌一起，三个人有说有笑。就是颜清那道所谓的拿手菜，实在一言难尽，为此，颜清也破天荒地认了回输。

饭后，她们一起看春晚。

温年给陈远拍央视春晚，陈远给她拍南甜巷子春晚。

许扬打电话给颜清拜年，大嗓门穿透手机，不用扬声器就足够震天。

"你就该带着温年来我这儿过，热闹！"许扬说，"我这儿要什么吃的有什么吃的！温年和陈远好了，陈远他叔贼关照我，我就白吃白喝！张嘴就行！"这话说的，相当自豪。

温年扶额，心说又是新的一年，又长了一岁，就她表姨逆生长，越活越年轻。

颜清:"有的吃你就吃,哪儿来那么多话?你还要和温年说吗?"

"说什么说?"许扬咳嗽两声,"初六不就来了吗?我搓麻将去了,拜拜您了!"

挂了电话,客厅安静三秒。王阿姨憋了半天,实在憋不住:"小姐的表姨是个可爱的人呢。"

"嗯。"温年点头,"她是'怀蓝小甜甜'。"

话落,颜清笑了。紧接着,温年、王阿姨都笑了。许扬这一出场比春晚小品可好看多了。

坚持到十一点多,颜清和王阿姨先后回房休息。温年也不想再看春晚,回了房间打算和陈远视频,打过去却被挂断了。

温年纳闷怎么了,过了一会儿,陈远回复说团仔想玩游戏,今晚有可能不能总拿着手机了。要是别人,温年估计要生气,但团仔嘛——给孩子玩。

年年:那你回了家给我发消息。

陈远:你先睡吧。

陈远:金鑫说要通宵。

玩这么疯?

年年:你可别学坏啊。

陈远:放心。

陈远:除夕快乐,年年。

年年:除夕快乐。

不能和陈远聊天,温年转战去找好闺蜜。因为佟佳露今年过年不回家,杨晓桃也没去南甜巷子看"春晚",和父母在家过的。

杨晓桃:晚上年夜饭,我爸新做了一个豆腐煲,超好吃!

杨晓桃:等你俩回来,上我家吃啊。

佟佳露:先谢谢叔叔了。

佟佳露:我这边吃的也不错,风景也漂亮。

随后是几张照片,是西南那边的人土风情照,鲜艳的民族服饰看得人眼花缭乱,远处,是金灿灿的落日,有盘子那么大。

杨晓桃:这地方太美了!我也想去!

温年:理解你为什么坚持要去了。

佟佳露：嘿嘿。

佟佳露：有机会，咱们三个人来，闺蜜游！

杨晓桃立刻回复说好，温年则就……重色轻友了那么一点点，想了下陈远。

佟佳露：惦记你家老陈，你们就单独再来，我们可不吃"狗粮"！

温年：我是那种人吗？

佟佳露：你是！

又聊了一会儿，杨晓桃说要去睡觉，佟佳露也要赶紧歇了，明天还得早起赶赴景点。

温年捧着手机，点进和陈远的聊天界面。上午他说他想她，她想回她也想他，可最后还是没发。才几天而已，不想显得那么腻乎。但实际情况就是：她要比想象中更想他，恨不得飞到他身边，和他一起过年。

温年叹了口气，还是没打扰陈远和金鑫他们聚会，钻进被窝里刷了刷手机，酝酿睡意。

再醒来，颜清如常工作，一早便出门了。

王阿姨做好早餐让温年去餐厅吃，温年应声，出房间时没拿手机，等吃完早餐过去，屏幕上的消息让她愣了好久。

五分钟后，温年一边穿着外套，一边往玄关跑。

王阿姨正收拾卫生，见状忙问："要出去吗？颜总说晚上回来吃。"

"我也回来吃。"温年蹦着穿上鞋，"我先出去一下！"

"砰"的一声，门被关上。王阿姨还是第一次见温年如此兴奋又着急。

温年出了院子就在路上狂奔。从前不觉得这别墅区有多大，现在却感觉这路没完没了，修那么长干什么？

温年跑到气喘吁吁，终于跑到门口，看到那抹熟悉的身影。

陈远穿着一件卡其色外套，温年亲自挑的，插着口袋，挺拔的背影在来来往往的车影前像是艺术海报。

"陈远！"

陈远回头，展颜一笑，露出两个大大的酒窝。

温年呼吸屏住了两秒，加快速度冲刺，扑进了他温暖的怀里。

"你怎么又回来了！"温年激动道，"不是说好初六我回去吗？"

陈远揉揉温年的脑袋:"等不及了。"说完,他望着女孩亮晶晶的眼睛,情不自禁地低头吻了吻。

温年红着脸扎进陈远怀里:"可是……可是今天是初一,池叔那边怎么办?"

闻言,陈远笑了笑,掏出手机给温年。

陈远是凌晨坐动车来的,池国栋知道时,他人已经在车上。池国栋气得直骂池林没看好人,还跟许扬抱怨陈远主意越来越正,一点儿不听话,最后给陈远发了一条微信:有了媳妇忘了叔!

大年初一,不少片子上映。温年想去看电影,可也因为是大年初一,影院里几乎场场爆满,想订个合适的座位都没有。

陈远说去远离市中心的电影院,正要查询,温年又改了主意。陈远那边没床罩的事,温年一直记着呢。之前期末考太忙,忙完陈远又得回怀蓝,没有时间去买,今天正好。

温年和陈远去了商场,这里也是人山人海。陈远始终牵着温年的手,牵得牢牢的,哪里人多,直接就用自己这道人墙护住温年。

依着温年的眼光,她为陈远挑了一床浅灰色四件套,然后顺便又买了一条毯子,以及其他日用品。

看到睡衣专区时,陈远拽拽温年的衣服,不走了。

"买一套吗?"他垂着眼,停顿了会儿,"放在我那里。"

温年抿抿唇:"嗯。"

两个人进了一家专卖纯棉睡衣的店。

售货员自然是一眼看出温年和陈远是小情侣,笑着给他们推荐了一款新年限量款的情侣睡衣。

"母婴级别的料子,可舒服了。"售货员说,"一套粉色,一套蓝色。而且你再仔细看看,蓝色里有粉色点缀,粉色里有蓝色花样,这不妥妥的一对吗?"

温年是挺钟意这套,可她不好意思说。

"还是只买……"

"麻烦您,就这两套。"

售货员点点头,立刻开单子。

温年又看了看睡衣,再看看身边的人:"你不是有的穿吗?"

"这个好。"陈远捏着女孩的手,靠了过去,"适合我们。"

买完东西,温年不想继续人挤人,连陈远提议去超市买食材给她下厨都拒绝了。这会儿的超市比商场可怕。

温年选择回陈远房子那里,叫了麦当劳。

吃得差不多,陈远问温年要不要在客厅看个电影。温年想看,可晚上颜清回家吃饭,她也得回去,剩下的时间不多,不如收拾下房子。陈远都听温年的,将刚采购来的东西一一布置起来。

套被罩的时候,温年说她前几天看了个视频,叫"男朋友套被罩大法"。方法超级简单,就是先将被罩反套在男朋友身上,再让男朋友捏住被子的角角,最后女朋友把被罩翻上去就大功告成。

温年在被罩上喷了免洗消毒剂,之后翻好被罩,站在陈远面前。想套上去吧,高度差了点儿。

"你蹲下些。"温年说,"低头,两只手伸开。"

陈远照着做,然后就被一盖,什么都看不到了。温年又去拿被子,扭头见男朋友跟着大幽灵似的,笑了笑,起了玩心。

"你看得见吗?"温年晃晃手,"知道我现在在哪儿吗?"

陈远看不见,但感觉得到,指了温年站的方向。见状,温年蹑手蹑脚移到陈远身后,二话不说,戳了下陈远的腰。

陈远动了下,想去抓温年的手,却差点被被罩绊倒,逗得温年大笑。

"哎呀,你也有这么笨的时候呢。"温年又去戳,"这个方法真不错。"

陈远抓住那只作乱的手,沉默片刻,低声说:"别闹,年年。"

温年不服:"我给你干活儿,娱乐下怎么了?小气吧啦的。"温年又故意戳了几下,拿来被子摊开,让陈远捏住被子角,她便绕到后面去反转被罩。

陈远是真的高,都蹲下一些了,温年还是不太够得到。

"长这么高干什么?"温年嘟囔,"这个方法一点儿都不好。"

"你刚才不是说不错?"

"现在又不好了。"

温年噘噘嘴,想起冯思怡。冯思怡身高一米七以上,站在陈远身边倒是般配得很。

陈远失笑:"好端端提她做什么?和我有关系?"

"哼。"温年踢了下陈远的小腿,让他再蹲矮些,然后蹦跶着将被罩翻过陈远的脑袋,剩下的,陈巨人自己就能干了。

温年气呼呼地绕过陈远,想去客厅歇着,没走两步,被被子裹住了。她吓了一跳,看到被子后面冒出来的人头,说:"干吗呀?"

"生气了?"陈远问,"下回我再往下蹲蹲就是。"

温年别扭地动了两下,别过脸说:"不用你,下回……"

"嗯?"

"我踩板凳。"

陈远失笑,女朋友太可爱了怎么办?他低下头想亲亲她,无奈两个人中间隔着的被子有一定厚度,靠近不了。

陈远心急,扯开碍事的被子,不想反倒让温年踩到被角,两个人顿时都站不稳,手舞足蹈的,带着被子一起跌到了床上。

就陈远的身材体重,温年哪里受得了?温年被压得够呛,在被子里乱动,陈远叫她别急,两个人一起解拧成麻花的被子,结果越解越乱,给陈远也搭进去了。

怕压坏温年,陈远硬是抱着温年翻了个身,让温年躺在自己身上。但代价就是新买来的被罩好像撕坏了。

温年想看看撕哪里了,也看不见,整个人趴在陈远身上,只能支起个脑袋。

"你力气怎么这么大?"温年无语,"这被罩还没盖呢。"

陈远喉结滚动,说:"我缝。"

"你还会针线活儿?"温年惊讶地看向身下的人,"你怎么什么都会?简直……"

这样紧紧相贴,温年突然意识到了什么,再看到陈远被红晕淹没的耳垂,愣住了。

卧室里像是被按了静音键,一下子就哑了。温年一动不敢动。

陈远也不想这样。从温年捉弄他时,他就有点儿脱缰,刚才在被子里折腾了一番,他就完全控制不住了。

"年年……"陈远的声音哑得厉害，"对不起。"

温年脸红得能滴血，小声问："现在怎么办？"

"解开被子。"陈远说，"我去卫生间。"

温年听从陈远的话，不乱动。没了被子的束缚，温年立刻坐到床边上，背对着陈远。

陈远顾不得再说些什么，火速去了卫生间。

卧室里，温年心跳如鼓，深呼吸，跑到窗边打开窗户透气。

过了一会儿，卫生间里响起水声。温年心下一紧，往卧室方向跑，但来不及了，陈远还是出来了。

两个人视线相接又弹开，之后都是沉默。陈远低着头，看不到表情，就算有，温年也不敢看。

过了一会儿，王阿姨打电话问温年什么时候回家，温年说了个时间，挂了电话，又看到半小时前，梁媛发来的春节祝福。

想起梁媛，温年问了陈远做模特的事。陈远张口，声音却没发出来，清清嗓，才说："我都可以，听你的。"

做模特是一桩新鲜体验。而且，能和陈远出现在故事集里，也是不错的纪念。

温年说那就试试，收好了手机。等抬起头，陈远正好看向她，走了过来。

温年呼吸一滞，紧张地咬住了唇，但没有退缩。

陈远站到她面前，正要说话，温年抱住了他。

"我……我、我……"

"吓到你了吗？"陈远叹了口气。

"没有。"温年摇头。

陈远摸着那一头顺滑的乌发，抬手捧起温年的脸，用额头碰了一下温年的，几近叹息地说："年年……"

"啊？"

"亲亲行吗？"陈远蹭蹭温年的鼻子，"不想现在放你走。"

陈远陪温年待到初六一起回的怀蓝。在怀蓝待了将近半个月，他们返回北城，准备开学。

同意做梁媛模特这件事,梁媛很高兴,特意邀请温年和陈远到她家去,说是她家里有她的画室,方便他们先了解一下故事和立意。

温年和陈远应邀,在周末下午去了梁媛家。

梁媛家的别墅区比温年家的还要大,也高端了一截。据说,梁媛家是做运输生意的,很有实力,在国外也有很多处房产,平时主要住在国外,这次回北城也是短居。

温年和陈远到的时候,梁家客厅里摆了好多箱子。梁媛解释:"有人昨天刚搬回来,还没来得及收拾。"至于这"人"是谁,梁媛没提,带着温年他们去了画室。

坦白地讲,梁媛在画画上的天赋有限。不过她是真心喜欢,家里又有钱,不用为柴米油盐忧愁,可以专心搞艺术。

温年看了梁媛的插画故事的梗概。主要讲的是青春往事,温年和陈远会作为情侣出现在里面,但也只是一个单元故事里的配角,占比很少。

"你别看篇幅少,但你们在我这本画集里是爱情的象征。"梁媛说,"我认为爱情该有的样子,就是你们这样的。"

温年和陈远相视一笑。

梁媛又说:"陈远,温年说你也会画,介意现场展示一下吗?"

陈远问:"画什么?"

"随便。"梁媛指指画板和笔的位置,"我就是好奇,你不想也没事。"

陈远有段时间没画了。之前画,是为了静心,也是为了打发时间。现在这两样都被温年填补,再拿起画笔,他想都没想,快速起草了温年的轮廓。

梁媛在一边看着,惊叹:"专业啊。"

他倒也不是专业,只是温年的样子太深刻,早融进陈远意识里。

温年也看了看,见某人画得那么认真,未打扰。

想当初,窗台上的塞内卡吓得她魂飞魄散,之后又来了阿波罗,一个个大白脸人头,怎么惊悚怎么来。温年哪里能想到有朝一日,陈远会画她?

敲门声响,家政阿姨进来送茶水和点心。

"小姐,太太问您的朋友留下用餐吗?"阿姨说,"这边叫厨房准备着。"

梁媛问温年,温年婉拒。有那时间,她还要和她男朋友二人世界。

梁媛让阿姨退下,招呼温年和陈远过来吃些东西。

看到盘子里的点心时，陈远猛地一怔。

"怎么了？"温年问，"不舒服？"

陈远注视着绿色的海棠酥，半晌，说："没事。"

三人坐下，边吃边聊，大多是温年和梁媛在说。陈远拿起海棠酥尝了一口，甜腻的味道在口腔散开，却叫他舒了口气。不是那个味道。

"这个点心怎么样？"梁媛问，"我喜欢吃甜的，觉得这个还凑合。"

闻言，温年也尝尝，觉得有些过甜。

梁媛笑道："我朋友们也这么说，我太嗜甜了。"

"不过我还是第一次见到绿色的海棠酥。"温年说，"很新颖别致。"

梁媛喝着茶，不咸不淡地道："个人特色吧。"

吃完了茶点，温年想去卫生间，陈远陪同。

梁媛家格局不错，除了前院宽阔，后面还带了个小花园。

温年让陈远在落地窗前等等，陈远正好可以看到花园。这个季节，花都不会开，但有钱人家还是能观赏到漂亮的绿植。

陈远看着，思绪却飘到小时候。

——"人家的海棠酥都是粉红色，为什么你的是绿色？"

——"我喜欢绿色嘛，你不喜欢？"

——"小翎喜欢的，我都喜欢。"

——"哎呀，肉不肉麻？待会儿……你看，这两个小的笑话我们了吧？"

——"让他们笑好了，丈夫疼爱妻子，天经地义。"

——"我不理你。来，小远，尝尝妈妈做的海棠酥，可好吃了。"

海棠酥，陈远的妈妈刘书翎唯一擅长的糕点。她最喜欢绿色，偏偏世上绿色花少，她就硬是把海棠酥做成绿色的。每次陈远考了第一，又或者陈君誉工作进展顺利，刘书翎都会做海棠酥奖励他们。

因为陈远和陈君誉都不怎么爱吃甜食，所以刘书翎把口味做得很清淡，陈远和陈君誉很爱吃，长大些的陈遥也爱吃。

想起过往，陈远闭上眼轻叹。刘书翎笑起来温柔的眉眼浮现在脑海中，清晰得好像就在昨天。

片刻，陈远落寞地睁开眼，就见花园里站着一个女人。

女人领着一个男孩，男孩不知道说了什么，女人弯下腰爱怜地摸摸男孩，温柔的眉眼与陈远记忆中的人完全重合。

　　温年从卫生间出来，没在落地窗旁看见陈远，而是在靠墙的角落。陈远背贴着墙，低着头，肩膀紧绷，像是丢了魂和铠甲的武士被钉在地上。
　　温年心里"咯噔"一下，跑过去问怎么了。
　　陈远仍低着头，轻轻说了一声："想走了。"
　　温年没问为什么，让陈远等在这里别动，她去拿东西，顺便和梁媛告辞。
　　正在画室调颜料的梁媛见温年神色慌张，询问情况，温年抱歉地说陈远有些不舒服，他们就先走了。
　　"你的画还没画完呢。"梁媛说，"我取下来，你让陈远……"
　　"不了。"一幅画而已，陈远可以为她画好多。
　　"不好意思，梁媛。"温年拿上包，"改天再聊。"
　　温年带着陈远离开别墅区。直到上车，陈远恍惚的神色都没有好转，眼睛始终空洞地看着前方。
　　温年从没见过陈远这样。她不知道该怎么办，也不敢问，只能抓着陈远的手握在手心里。而陈远的手，冰凉。
　　陈远做梦都没想到这辈子还能再见到刘书翎。不，他梦到过很多很多次，每次都是她从远方回来，站在他面前喊他小远，笑着说："妈妈回来了。"
　　也曾梦到过她对他怒目而视，指着他骂道："你这个杀人凶手！我永远不会原谅你！"
　　想到这儿，陈远打了一个冷战。
　　温年跟着一愣，忙问："是不是冷？"说着，她用力搓着陈远的手。
　　司机师傅见了，说："今儿天气还行啊，我再把暖风调大些吧。"
　　暖风从空调口"呼呼"喷出来。温年还在给陈远暖手，陈远看温年眼眶有些红，摩挲着她的眼尾，说："让你担心了，没事。"
　　温年不想逼陈远这会儿说什么，只要他别像刚才那样就好，让她感觉轻飘飘的，好似一只氢气球，抓不住就会飞上天，消失不见。
　　"你还想给梁媛做模特吗？"温年问，"我都听你的。"
　　"我……"
　　"我答应做，一是觉得好玩，二是想给我们留个纪念。"温年说，"这些都不是什么重要的，对我而言，你最重要。"

陈远嘴角很轻地扬了下，说："我不想。"

"好。"

一周后，北城大学开学。

刚恢复教学，各个学院都比较轻松，老师们上课也大多是讲讲这学期的学习计划，课业并不繁重。

中午，温年约了梁媛在学校里的咖啡店见面。

梁媛得知温年和陈远又拒绝做模特，十分不悦，质问温年为什么答应了的事又反悔，一点儿契约精神都没有。

温年看看身边的陈远，他沉默地低着头。这样的状态从梁媛家出来持续到现在，除了温年和他说话时，他会有些活力，剩下的时候，就是一潭死水。

"我们很抱歉，梁媛。"温年说，"这次是我们不对，但做模特的事，真的算了。"

梁媛抬抬手，反复问为什么。可面对温年的决定，这些没有任何作用。

梁媛平时为人大方，但毕竟娇生惯养长大，她爸爸又一直将她视为掌上明珠，大小姐脾气是有的。她强压着，没冲温年和陈远发火，偏偏有人这时给她打电话，还是她最讨厌的人。

"什么事？"梁媛语气极为不耐烦，"不是说了不许给我打电话吗？"

对方说了几句，梁媛眉头皱起，喊道："什么燕窝啊？不吃！你爱吃自己吃个够，别来烦我！"

这话引得周围学生看过来，温年也没想梁媛还有这一面。

梁媛浑不在意，继续："听不懂人话是吧？行，我在学校 shine 咖啡店这边。"

挂了电话，梁媛看向温年，稍稍敛了敛气焰，说："温年，你和陈远真的对我很重要。我这学期的主要任务就是完成这本故事集，你也不想看我之前的努力都白费吧？"

温年理解，但这种事说白了，做与不做都是个人意愿。

温年油盐不进，梁媛气得端起咖啡，一喝又烫得不行，满腔火气无从发泄。

这时,有人叫了声"姐姐"。梁媛怔了下,扭过头,一个小男孩跑到她身边。

"我和我妈给你送燕窝来了。"男孩扬着下巴说,"这个学校真小啊,车子开一圈就转完了。"

陈远看见男孩,便抬起了头。不等温年问有什么不妥,陈远拉起她就要走,可是已经晚了。

紧跟在男孩身后的女人款款走来。女人身穿得体熨帖的羊绒大衣,脖子那里系了一条真丝丝巾,深棕色的中长发卷曲着,披散在肩膀两侧,优雅大方得像是从中式古典画里走出来。

"小勉,不许缠着姐姐。"女人温柔地道,"到妈妈这儿来。"

梁勉做了个鬼脸,反而挤到梁媛的卡座里面,不走了。

女人宠溺地笑笑,来到梁媛身边,将新炖好的血燕放在桌上,说:"你爸爸的朋友特意送的,是极品。给你补补身体最好。"

"我用得着你吗?"梁媛无语道,"怎么,一天不在我爸面前装你的贤妻良母就难受是吧?那谁伺候你儿子,我不是你生的。"

这话里的信息量引得周围人都在看,个别也有直接议论这莫非就是豪门狗血之心机后母?

女人听到了,还是挺直腰背,面上不见丝毫愠色,笑道:"我也是想关心你。东西放这里了,我和小勉就不打扰了。"

女人让梁勉出来,梁勉不肯,钻到桌下,见温年的鞋子漂亮,他想都没想就上去解开了温年的鞋带。

温年吓一跳,立刻站起来,陈远扶她,也因此,再无法低头逃避,与女人的视线彻底撞在一起。

那一秒,周遭仿佛冻结。

有些东西哪怕隔了很久的时间,再见面也会有强烈感应。比如,血缘。

陈远看着就在眼前的妈妈,她还是那么年轻美丽,岁月当真对她宽容,除了眼角的一些细纹,其余与当年一般无二。只是气质,无疑变得贵气了。

"你怎么这么烦人啊?"梁媛起来抓住梁勉,"懂不懂礼貌?你妈教没教过你?"

梁勉一被抓就耍无赖,推开梁媛,大喊道:"我让爸爸打你!爸爸最疼我了,我是儿子!"

梁媛气笑了，点点头，正要教训梁勉，刘书翎回过神，将梁勉护在身后。

"媛媛，我、我替小勉和你道歉。"刘书翎说着，拽着梁勉的手，抖得厉害，"他不懂事，你别和他一般见识。"

梁媛说："他该和我同学道歉。"

"啊？啊。"刘书翎拍了拍梁勉，眼神粘在地板上，"去，去给哥哥姐姐道歉。"

"我才不呢！"梁勉甩开刘书翎跑出去，见状，刘书翎只好去追，没再看陈远一眼。

等这两个人离开，咖啡店重新安静下来。

梁媛让温年和陈远坐。温年看着陈远，再联想刚才看到的那张有几分相像的脸，有了一个猜测。

"这小孩被宠坏了。"梁媛说，"不好意思，温年。"

温年摇头说没事，想蹲下系鞋带，陈远先她一步已经蹲下。

随后，梁媛又提了模特的事，见温年和陈远坚持，也不好强人所难。不过，她想了另一种方法，就是拍几张温年和陈远的照片，虽不及真人灵动，但也好过什么都没有。

温年问陈远的意思，陈远也不想温年因为自己被人数落，说这样可以。

梁媛舒口气，请他们吃甜品，温年表示不用客气，和陈远先走了。

梁媛看他们离开，总觉得哪里怪怪的。之前明明都说得挺好，这两人也很随和没架子，怎么就忽然一百八十度大转弯了？

梁媛不明白，叫了一份提拉米苏。没过一会儿，梁爸爸打电话给她，说梁勉哭得都快背过气去了，说姐姐欺负他，问是怎么回事。

"他还好意思哭？"梁媛解释了一遍前因后果，又说，"爸，我劝您找人好好管教一下您的宝贝儿子吧。就他妈这么溺爱法，早晚出事！还继承家业呢，回头全给您败没了。"

梁爸爸沉默片刻，没接这个话题，只说媛媛是他的宝贝女儿，家产她也要继承一半，不会败光的。

梁媛一听，也懂爸爸的不容易，立刻哄爸爸高兴，不再说扫兴的话。她很清楚，就是仗着父亲宠爱，刘书翎才会拿她当回事，她不说太多，不然面子扯掉了，也不好收场。

挂了电话,梁媛继续吃甜品。吃着吃着,她忽然想起一件事。

第一次见陈远时,她就觉得陈远的嘴巴很好看,形特别好,和她见过的一个人很像。现在,她想起来是谁了。就是刘书翎。

温年和陈远去了图书馆后面的花园。这里是北城大学为晨读学生专门开辟出来的一片空间,早上人最多,这会儿只有零星几个人。

温年捏了捏陈远的手,看着他。陈远也不再隐瞒,叹了口气:"是她。"

"你确定?"

"嗯。"

这下,温年完全明白陈远为什么会这样了。心心念念的妈妈如今再为人母,看她对小儿子那宠爱无度的样子,似乎是完全忘记她还有一个儿子了。

温年拍拍陈远的背问:"你打算怎么办?"

"我不知道。"

"没关系,只要你做的决定是随你心意就好。"温年说,"不管你做什么,我都支持你。"

这件事来得突然,之后又好像从没发生过。陈远渐渐投入专业课学习,状态虽不似之前那样低沉,却也总是走神。

温年不知道该怎么样让陈远好受些。这件事她也没法和人商量,恰好颜清打电话例行问候,温年吞吞吐吐,颜清就知道她有事。

"主要看陈远的态度。"颜清说,"但我认为不如当作没遇见。"

"这……好吗?"

颜清反问:"有什么不好?"

"照你的说法,陈远的妈妈已经有了自己的家庭和生活,她完全适应了别的角色,那就不可能再为陈远做什么。"颜清说,"你们还小,有些事太感情用事,也理想化,总是以过于善良的目光去看待问题。一个可以在那样的情况下抛弃自己儿子的女人,我不认为她现在就会补偿陈远什么。

"你不想陈远受伤,还是算了吧。"

结束通话,温年细细琢磨颜清的话。但想来想去,她还是觉得毕竟是亲生妈妈,不可能那么残忍,既然遇见了,怎么也得问候问候?

她正想着,陈远发微信说刘书翎约他见面。

温年陪陈远去了餐厅。

刘书翎订的私人包间,温年不方便进去,在大堂等。

站在走廊入口,陈远踌躇不前。

"别紧张。"温年戳了戳陈远的脸,"我就在那里等你,你一出来就能看见我。"说完,温年帮陈远整理好衣领,目送他进入包间。

房内,茶香四溢。刘书翎坐在屏风后面,背影纤弱。

看着她,陈远忽然想起小时候,陈君誉很少让刘书翎做家务,怕她辛苦,而每逢出差,还一定会带礼物给刘书翎,哄刘书翎开心。

陈君誉说,孩子对他很重要,但陪他一生的是妻子,一定要珍重珍视。

陈君誉说这话时的样子,陈远还记得,心口登时泛起酸楚的疼痛,下意识后退了半步。

动静惊到了刘书翎,她起身站了几秒钟,没有回头,只问:"是你吗?小远。"

这声阔别十多年的呼唤砸在陈远心上,撕开了伤疤。陈远沉了沉气,走入屏风后。

母子二人四目相对,无声之中又似有千言万语。

刘书翎别过头擦擦眼泪,再转回来,温柔地笑:"坐吧。想吃什么?这里有菜单。"

陈远依言坐下,没有拿菜单。他想看看妈妈,又不敢看,低着头,一言不发。

"那要不我点吧。"刘书翎说,"我记得你爱吃虾,还有鱼。这里的……"

"你过得好吗?"

这样的开场白,是陈远和刘书翎都没想到的。

按理说,这话该是刘书翎问陈远,可陈远不知道为什么先问了出来。

刘书翎放下菜单,轻轻提起口气,笑道:"你那天不是看到了吗?我再嫁人了,生下了小勉。"

就是看到,陈远才要问。他不懂有钱人的世界是什么样的,但是生而为人,不管在哪个圈子,都有辛苦和辛酸。看梁媛的态度,刘书翎恐怕过得也不是那么如意。

陈远又说:"你走了之后,去了哪里?"

"南方。"刘书翎说,"我找了一座四五线小城,过了两年慢生活。之后,我就又去了大城市工作,遇到……你梁叔叔。"

陈远再次低下头。他真正想知道的是刘书翎离开后有没有想过来找自己。可这话大约是要烂在心里了,再也问不出。

刘书翎点了几道餐厅特色菜,等上菜的工夫,她询问陈远是如何认识的梁媛。

陈远如实告知,刘书翎听后品了品茶,没再多问。

"那天在咖啡店的女孩,是你的女朋友吗?"刘书翎问,"好漂亮的女孩,比那些名媛千金的,好看很多。"

陈远点头:"她叫温年,是我的女朋友。"

刘书翎面露欣慰:"小远,你很出色。凭自己的努力考上北城大学,又有那么优秀漂亮的女朋友,我很为你高兴。"

闻言,陈远像是受到表扬的孩子,露出些许腼腆,嘴角不由自主地扬了扬。

刘书翎笑着给陈远添茶,随即从包里取出一张银行卡,放在陈远面前。

"这里是我这些年的积蓄。"刘书翎说,"我知道这些钱弥补不了我的缺席,但我希望对你后面的人生能有些帮助。"

陈远当即拒绝:"我不需要钱。"

"收下吧,这是我的心意。"刘书翎红着眼眶说,"妈妈希望你收下。"

妈妈。陈远鼻尖一酸,连带扯着心脏疼。

"这钱你自己留着。"陈远哽咽道,"我长大了,自己可以。"

刘书翎眼泪掉下来,没有将银行卡收回,而是说道:"妈妈还想求你一件事。我希望,我们的关系不被其他人知道。"

陈远愣了愣,没太理解这话。

刘书翎也没来得及再深入说明,就被响起的手机铃声打断了。看到来电显示,刘书翎擦掉眼泪,接通:"喂。"

"太太!小少爷不见了!"助理急道,"他来大小姐的学校玩,一转眼就……"

刘书翎"噌"地站起来,眉眼间的柔和顿时化为急躁:"你怎么连一个孩子都看不好?北城大学是吧?我马上过去!"说完,刘书翎抓起外套和包,以及桌上的银行卡,看都没看陈远,立刻离开了。

温年没想见面这么快就结束。望着刘书翎匆匆的背影,她想去找陈远,陈远也出来了。

陈远说:"那个小男孩在我们学校不见了。"

"不见了?"温年惊讶,"那,我们帮着找找?"

"嗯。"

温年和陈远赶回北城大学。

北城大学校区广阔,分东、西、南三个区,每个区都不小。

温年一开始提议分头找,但陈远不放心温年到有些空旷的地方,还是两个人一起。他们先找了东区,问了同学,谁都没有看见什么小男孩。

温年麻烦林志然她们帮帮忙,三个人都从宿舍楼出来了,苏菀忽然想起来今天中心广场有漫展,有个迷你皮卡丘像是小孩扮的,人会不会在那里?

苏菀还真说对了,梁勉就是扮成了皮卡丘。温年和陈远找到人时,梁勉开心地蹦着:"你们太蠢了!这么半天才找到!笨死了!"

"你……"温年气喘吁吁,"你知不知道你把大家急坏了?"

梁勉不以为意:"好玩就行。"说着,他又蹦起来模仿皮卡丘,结果不小心踩在石子上,人向后面栽了过去。

这要是磕到后脑勺,后果不堪设想。所幸陈远一向眼疾手快,一把将男孩拽了回来。

可也因为事出突然,力道没掌握好,陈远扯了男孩一下,男孩"哇"地就哭了,乍一看像是陈远在欺负人。

刘书翎正好看到这一幕。她疯了似的冲上来,狠狠推开陈远,指着陈远的鼻子大喊:"滚!你还想害死我儿子吗?你这个扫把星!滚远些!"

陈远瞳孔剧烈一颤,还悬在半空中的手僵直着,动弹不得。

刘书翎蹲下,轻声哄着梁勉,问他:"伤到哪里了?哪里疼了?别怕别怕,妈妈这就带你去医院。"

刘书翎抱起梁勉要走,温年冲上前推了刘书翎一把。

这一下很猛,刘书翎差点摔在地上,踉跄了几步,难以置信地看向温年。温年厉声道:"被推不好受是吧?就你这样,怪不得教育出这样的孩子。"

"你!你这女孩……"

温年一把抓过来梁勉，刘书翎吓得大叫，问她想做什么。

温年问梁勉："刚才，是那个哥哥欺负你，还是你要摔倒，哥哥拉了你一把？"

"我……我……呜呜呜！"

"说！不说信不信我让你以后哭到眼瞎！"

梁媛这时也赶过来，见情况，问温年："这是干吗？赶紧放开他。"

温年冷声道："我们帮忙找人，又帮着救人，要句实话不行？今天就算校长来了，我也让这个孩子给个交代，别以为年纪小就有特权！"

温年很少这样激动强势，梁媛立刻问梁勉："怎么回事？不说实话，把你的玩具全扔了。"

梁勉一听，赶紧说了实话。

听到他说"是大哥哥把我拉回来，我才没有磕到头"，温年才松手，刘书翎则虚脱般地站着不动了。

"温年，对不起。"梁媛说，"我弟弟被惯坏了，你和陈远别生气。"

温年看着刘书翎："没什么好气的，你们家的'宝贝'找回来就好。快让他妈妈好好看着吧，看到他八十岁。"

说完，温年带陈远离开。路过刘书翎身边时，刘书翎张张嘴，温年直接瞪过去一眼，吓得刘书翎噤声。

温年和陈远回到房子那边。

这一路，温年气得肺都要炸了！要不是还有法律，她刚才都想爆打刘书翎一顿！

颜清说得太对了，这种人自私自利，当年为了心里好受都可以道德绑架自己的儿子，怎么能乞求她还顾念一点点亲情？

温年想到自己居然还让陈远去见面，她该拦着才对！看着身边一直不言不语的陈远，温年心里就跟有刀在绞一般。

"陈远。"温年柔声说，"不要去想过去的事，好不好？"

陈远顿了顿，转过头："没想。"

"你骗我。"温年说，"有什么话和我说，别憋在心里。"

陈远浅浅一笑："饿了吧？我去做饭。"

陈远起身去厨房，温年过去挡着："我不饿。你……不想说也没关系，要不歇会儿去？静一静。我在客厅看电视，今天正好重播我爱看的综艺节目。"

陈远犹豫了下，点点头："饿了告诉我。"

看着陈远关上房门，温年松下的一口气很快又堵上来。她打开电视，放出一点声音，梁嫒发微信再次道歉，还问他们和刘书翎之间是不是有什么误会。

温年不想和刘书翎沾边的人和事有任何瓜葛，但一码归一码，凡事不能太幼稚。

温年回复：没有误会，就是我看不得别人冤枉陈远，太生气了！

梁嫒：你这也太护夫了。

梁嫒：不过我也讨厌被人冤枉，你和陈远去吃大餐吧，美食治愈一切！

看到后面这话，温年有了主意。她将电视音量调得再大些，然后进了厨房，关上门。

陈远坐了好久。刘书翎给他发了消息道歉，说自己神经质，希望陈远别生气，还说那张银行卡下次见面再给他。

陈远没有回复，删了消息。

那时，处于崩溃状态的刘书翎最见不得陈远。可陈启堂要照顾老伴，陈君荣和伍娟更是不愿意接收他，陈远除了跟着刘书翎，别无他法。

刘书翎见他都横眉冷对，全然没有过去温柔妈妈的影子。

他为了让刘书翎开心一点，做家务、给她倒水、拿东西，换来的也不过是刘书翎的憎恨厌恶。

可即便如此，陈远还是爱自己的妈妈，希望妈妈有一天能原谅自己。

刘书翎离开以后，有一段时间里，陈远每天都被学校里的同学笑话他没妈没爸，是个没人要的野孩子。

他问陈君荣妈妈是真的不要自己了吗？

陈君荣沉默了，伍娟说："要你才怪！克死那么多人的扫把星，谁不躲你远远的？我们家这是倒了八辈子血霉才不得不养着你！去，剥虾去！"

陈远垂下头，趿拉着不合脚的拖鞋，蹲在厨房里剥虾……

"哐当"一声巨响把陈远从回忆里拉出来。

他放下手机，起身去了厨房，却发现厨房锁着门。

"年年？"陈远叫人，"你在干什么？"

"没、没干什么,我……啊!"

"快开门,年年。"

温年的计划是用自己的厨艺"首秀"令陈远开心。结果搞到最后,就成了她厨艺"首砸",让陈远收拾半天厨房。

"有没有伤到?"陈远问,"我看看。"

温年背着手说没有,陈远拉她去客厅,看到她手上有个小口子。

"你看,没什么事吧。"温年说,"这样的小伤现在对我就是无感。"

陈远可不无感,她磕了碰了,哪怕一下,他也不行。

陈远将伤口消毒贴上创可贴,温年见做饭这招失败,反过来撒娇说想去外面吃日料,让陈远这就带她去。

"日料?"陈远一愣,"上次吃,你不是说日料一般?"

有吗?好像是有,温年确实不太喜欢吃日料。只是她想到那家日料店清静,还有隔间,她和陈远去了,可以边吃边好好说说话。

温年说:"那吃别的,你想吃什么?"

"我做。"

"出去吃多好,吃完我们还能再看个电影,最近新上的悬疑片,我特别想看,说是可精彩了,评分……"

"年年。"

"你得给我买奶茶,我还想吃虾片。"

温年起身拉人:"走!我们现在就去!"

陈远反手将人拉回来抱在怀里,笑着叹了口气:"我没事,你别这样。"

"我哪样了?"温年装糊涂,"我想和我男朋友看场电影还不行啦?"

"行,但是……"陈远垂眸,"我真的没事,习惯了。"

"习惯了",这三个字的杀伤力太大。温年吸吸鼻子,抱住陈远:"对不起,我这次没保护好你。"

陈远一愣:"你说什么?"

"我没保护好你。"温年哭着说,"你别难过,行吗?过去的事都过去了,你现在有我,我会爱你的。"

积压太久的情绪因为女孩的这句话被释放出来。陈远说不出话,喉咙里像是被什么堵住,堵得他透不过气。

这晚,温年留下陪陈远过夜。陈远状态好很多,做了晚餐,还陪温年在客厅看了电影。

可温年没想到的是早上等她醒来,床边是空的。陈远留了一张纸条,说是回怀蓝一趟,后天就会回来,让她不要担心。

温年怎么可能不担心,她立刻拨陈远的电话,无法接通,估计是他已经在动车上,信号不好。

从北城到怀蓝的动车每天就两趟,一大早一趟,晚上一趟。温年要是坐晚上那趟,到怀蓝就得是明天零点以后了。

她懊恼地掀开被子起床,怪自己昨天睡得太晚,后面又睡得太死。

温年抓紧时间洗漱,查询能最快飞隆城的航班,她可以到了隆城打车去怀蓝,车程也就两个小时。

一路马不停蹄,温年赶到北城国际机场。

今天不知是有什么活动,机场大厅里有很多穿着红马甲的大学生志愿者在发放东西。有个女生递给温年两个类似卡片的宣传册,她看也没看就塞进包里,道了谢,直奔安检通道。

即便这已经是最快的方法,温年到怀蓝时,天还是入了夜。

这会儿的温年冷静了不少,也清楚陈远不会做什么傻事,回来无非是想静静。想通这点,温年也不打电话催陈远,自己叫了车回南甜巷子。

陈远还没回来,许扬这两天去南方上货,67号也锁着门。

温年出来得急,两边的钥匙都没带,坐在66号门口等。

路灯亮起,小巷在夜色掩护下更加幽静。

温年肚子"咕噜噜"叫,她翻包找有什么吃的,看到之前在机场收到的卡片,顺手拆开看看。居然是……

温年又看到卡片上面的文字,是宣传预防HIV的。志愿者还很贴心地给了她两张,她有表现出她很需要这个吗?

温年四下看看,想把东西扔到垃圾桶里,但转念一想,又觉得要是……一阵脚步声传来,温年一激灵,赶紧把东西藏回包里。

陈远回来了。看见温年,陈远一怔,还没说话,温年跑过来抱住了他。

女孩身上有些凉,不知等了多久,陈远心疼,抱得紧些,说:"不是说明天就回去,怎么还来了?"

"你说呢！"温年气得打人，"你就是一个小时不见，我也担心！"

陈远出来后也后悔自己匆忙的决定，哄道："以后不会了，什么事都和你商量了。"

这还差不多，温年问："你去哪儿了？池叔那里吗？"

"我去墓地了。"陈远说，"看看我爸。"

温年缓缓地点了下头："那你……"话没说完，肚子又叫起来。

陈远浅浅一笑，揉揉温年的脑袋："先吃饭，边吃边说。"

房子里没人住，食材自然为零。还好南甜巷子离菜市场不远，陈远让温年休息会儿，自己骑着山地车去买菜，很快就回来了。

温年看着陈远忙碌的身影，明显感觉到陈远持续多天的消极状态没有了，心里逐渐踏实下来。

半小时后，三菜一汤上桌，都是温年爱吃的。

温年话不多说，饿得只顾着吃，陈远不着急，在一边给她剥虾。

由于总是看到陈远剥虾给自己，温年都不惊诧他剥虾的神速了，这次看到，她随口问了下。陈远听后，顿了顿，将先剥好的虾递给温年。

"我二婶很喜欢吃虾，堂妹也是。"陈远说，"以前家里经济条件有限，吃不起那些大虾，就爱买小虾，炒着吃。"

伍娟讨厌剥虾，嫌有腥味。陈远来了之后，她就把这个事交给陈远来做。有时候陈远放学回来，伍娟就等着他剥虾，他要是剥得慢了，就是耽误所有人吃饭，要被骂，还要被吓唬赶他出去。久而久之，陈远就练就了快速剥虾的本领。

这件往事，陈远说得轻巧，像是在说别人的事。可温年听在耳朵里，忽然就对她最爱的食物产生了极大的厌恶。

为什么这些人都欺负陈远？从头到尾，他到底做错了什么？要遭受二叔二婶一家的虐待侮辱，还有亲妈的抛弃，甚至亲妈再见面也还是憎恨埋怨，不念半分母子之情。就因为他去给弟弟买了点心？可笑！荒唐！

温年握紧筷子，想把陈远剥好的虾分给陈远吃，但想想又没这么做，而是说："以后除了我，你敢给任何人剥虾试试。"

陈远眨了下眼，点头："只给你剥。"

"记住你的话。"温年严肃道，"还有，以后谁欺负你了，你必须给我还回去。"

"知道了,但是……"陈远夹了鸡翅到温年碗里,"要是你欺负我呢?"

"……受着。"

"好。"

两个人继续吃饭,温年又问陈远去看叔叔是想说什么,都说好了没有。

"说好了。"陈远说,"都说好了。"

这次临时起意回怀蓝,陈远的目的就是为了和过去彻底告别。

以前,他总是会陷在过往之中,为此还自卑,耽误了和温年说出心意的时间。刘书翎的出现对他确实影响很大,特别是刘书翎保护梁勉时对他说的话,仿佛一下子把他拉回到过去。他自责、羞愧、痛苦,这些曾经一直围绕着他的情绪再次绑架了他。

可这一次,也不是曾经了。有个女孩和他说会保护他、会爱他,他再不是一个人随波逐流,任由过去折磨自己。他有了现在,和未来。

"我和我爸说我见到……妈妈了,她过得不错。"陈远顿了顿,"既然过得不错,以前的事也没办法再重来,不如就继续维持现状,大家各自安好。"

温年听着,伸手握住陈远放在桌上的手,捏了捏。

陈远反手拍拍她,继续说:"我还和我爸说,我现在过得很好,有了爱的人,以后会和她一起好好生活下去,让我爸不用再担心。"

是"爱的人",不是"女朋友"。不知怎的,这个称呼让温年眼眶发酸,心里有种前所未有的安全感。他们这个年纪的人,谈"爱"总觉得是浅薄了,他们经历得太少,看得太少,谈何能领悟这个字背后蕴含的东西。

但温年就是知道她懂爱了。爱就是陈远,是她这辈子遇见最值得的人。只是这话,温年才不会说出来,以免有些人嘚瑟。

她收回手,咕哝:"我允许你提我了吗?谁让你和叔叔说的?"

"已经说完了。"陈远立刻说,"他知道你了。"

温年瞪了陈某一眼,陈某抿抿唇,还非要补一句:"你跑不了。"

饭后,陈远去洗碗。

这次来得匆忙,温年什么东西都没带,陈远找了自己还没穿过的T恤和短裤,让温年洗完澡换上。

等温年洗完了,陈远也收拾好厨房,去了卫生间。

温年来到卧室,陈远已经把她的包拿上来,放在书桌上。她再次打开包,看着里面的小卡片,做出了决定。

陈远从卫生间出来没见温年,便去客厅烧热水。温年有时半夜会口渴,放一杯水在手边稳妥些。

陈远在桌前等水开,没注意到身后有人靠近,直到一双白皙纤细的手从身后抱住他。

陈远愣了愣,随即转过身,抚着温年的脸吻了下去。温年踮起脚尖回应,抱着陈远的手一点点下滑,移到陈远腰间。

感到腰上一热,陈远立刻握住那只手。

"年年。"陈远语气无奈,"别闹。"

温年看着陈远,小声地问:"你不想吗?"

陈远背脊一僵,从尾椎冲涌上来的血液差一点冲破理智,他抓着温年手的力气收紧,哑声说:"这是安慰?你不用这样,我真的放下了。"

"你……觉得我这样是想安慰你?"

"不然呢?"

闻言,温年绷着的劲儿松散掉。她嘟着嘴,有些委屈,挣开某木头的手,转身离开。

温年跟自己说她再也不主动了,这男朋友可以不用要了!她扶上栏杆正要上楼,身后忽然扑来一阵风,陈远拉住她的手臂把她转回去,又吻了下来。

温年不让亲,打了陈远两下。陈远抵着温年的额头,呼吸深沉急促:"不是安慰,是吗?"

温年咬着牙关不言语。其实,陈远的心情,她也能理解。出了这样的事,她跑来找他,很难不让人认为她是为了用这样的方式进行抚慰。

可温年分得清,这不是同情,她想遵从本心。

"年年。"陈远舔舔发干的唇,"不是,对吗?"

"是不是的,我看你也不想,你还是赶紧……"

一个吻堵住她后面的话。陈远维持最后一丝理智,说:"年年,现在还能反悔。"

温年凝视着近在咫尺的那双眼睛。初见时,她就觉得怎么会有这么好看的人，眼睛既干净又深邃，还有一种超然的清冷。不过此刻不见清冷了，只有她，全是她。

她再次踮起脚尖，照着陈远的嘴唇略微用力地咬了一口，说："反悔是小狗。"

话音一落，陈远单手将温年托抱起来。温年的拖鞋一下飞出去，她吓了一跳，本能地用双腿环住唯一的依靠，像只小树袋熊，任由陈远带她上楼。

进了卧室，陈远也没有松手，用脚带上门后，就是铺天盖地吻过来。吻到快要缺氧，温年被放到床上，陈远顺势压过来。

温年都躺下快一半了，陈远突然又急刹车，满是情潮的眼里有了丝丝清明。

"我出去一趟。"陈远直起身，"很快。"

见他急着要走，温年拽住他的衣角。

"嗯？"

温年下巴指了下书桌。

"包？"

"嗯。"

陈远过去翻开包，看到里面的两个小卡片，每个小卡片上绑着一个小包装。

"机、机场有志愿者，那什么。"温年磕磕绊绊地说，"我当时赶时间，就、就都收了。不是……"

陈远返回，直接扑倒温年。

温年醒来时，陈远不在身边。之前的"人去床空"还心有余悸，温年一下弹坐起来，腿顿时传来酸痛，又倒了回去。

温年缩回被子里，羞得冒泡。待了一会儿，温年够过来手机看时间，不算太晚，九点半。

陈远是去做早餐了吗？

躺着也不是办法，总得面对，温年揉揉眼睛，小心翼翼地下了床。

卫生间里，牙膏是挤好的，漱口水也是温的。温年洗漱完，去了客厅，可陈远并不在厨房那边。

温年纳闷，回二楼拿手机，出楼梯口时，发现通往天台的挡板没有关严实。

陈远在天台收被单。昨晚他兴奋得根本睡不着，等温年睡熟后，他就起来把床单洗了，其中还包括温年的发带，这个他是手洗的。

温年爬上天台，看到的就是陈远站在晾衣杆旁，白色被单翻飞，扫着他的腿，而他全然不在意，认真地解着她的发带。这让温年油然生出一种被人捧在掌心里呵护的感觉。

察觉到温年来了，陈远转过头，笑了笑，将发带收进口袋里。陈远一边脱掉运动外套罩在她身上，一边说："怎么不多穿些？"

宽大的衣服裹在温年身上，她闻到了熟悉的雪松气味，很好闻。

看见温年没穿袜子，他抱起她放在了一旁的小桌上，随即退掉松松垮垮的拖鞋，握住了温年的脚。还好，不太凉。

温年的脚是她的一大"死穴"。她挣扎着要收回脚，陈远却不松手，说："昨天我不是都……"

"闭嘴！"温年喊道，"你再说一个字我把你从这里扔下去！"

陈远听话地点点头，可手也还是不松开，不然冷。

不远处的小广场这时响起喇叭要广播的刺啦声，到南甜巷子大妈大爷们跳广场舞的时间了。

这次的歌曲前奏是轻快清新的钢琴声，邓丽君甜美婉转的嗓音依旧那么动听，就是这首歌，温年没听过。

她问陈远这是什么歌，陈远仔细听听，说："《春在岁岁年年》。"

好好听的名字啊。温年望着歌声传来的方向，不觉莞尔一笑，陈远看着她，叫了声"年年"。

"怎么啦？"温年看过来，风吹起她的头发，她伸手拂开，发丝划过她带着笑意的唇，宛如小星星的眼睛里尽是温柔。

陈远怦然心动，靠过去捧起温年的脸，轻吻她的额头，然后是她的眼睛、鼻尖。

歌声还在继续，唱着："两心相系，两情缠绵，纵然寒风吹，严冬也是春天……"

温年抱着陈远的腰，小猫咪似的亲昵地蹭蹭陈远的下巴。

不需要任何言语，他们在湛蓝的天空下，沉溺在彼此的吻中。

——只要你永远伴着我，永不离开我。

——春在岁岁年年。

陈远这趟回得突然。他和温年商量，没惊动任何人，算好时间，买了去隆城的动车票，从隆城飞回北城。

在隆城机场值机时，陈远还特意找了找志愿者们，被温年连瞪带打了一路。

等下飞机抵达北城，已是黄昏。温年累了，也懒得和陈远生气，点了几道菜，让陈远回去做给她吃。

两个人打车回小区那边。想去附近的菜市场要经过小区，温年说想和陈远一起买菜，可快到小区等红灯的时候，她又改了主意，说想回去歇着。

陈远本来就不想她再奔波，可他们还有课，不能耽误，这才不得不赶紧回来。

陈远看着温年在小区门口下车，见她往里走了后，再让师傅载他去菜市场。

温年是进去了，但很快又返回来，确定陈远坐的那辆车已经开远，她过马路敲了一辆奔驰的车窗。

刚才等灯的时候，温年看见刘书翎了。

刘书翎下车，冲温年微微一笑："方便的话，我想和你还有小远聊聊。"

"不用了。"温年说，"您的想法，我清楚。况且，按照您的意愿，还是不见为好，对不对？"

刘书翎没想一个不到二十岁的小姑娘遇事这般从容，顿了顿，说："那车上说？"

温年给陈远发微信，说还想吃小吃街的红薯片。

陈远：那你饿了先吃一点饼干？小吃街这个时间可能要排队。

年年：不急，我等你回来。

陈远：你这样会让我不想去小吃街。

陈远：想回去。

看着女孩嘴角抑制不住的笑，作为过来人，刘书翎懂热恋时的甜蜜。

"你和小远很般配。"刘书翎说,"也都很优秀。"

温年收起手机,礼貌地道:"谢谢。"

短暂客套,刘书翎直奔主题。她拿出一张银行卡,叹了口气,说:"这张卡,小远之前没要。我希望你能替他收下,算是我这些年的一些补偿。"

温年接过去,也没看,问:"多少钱?"

"不多。"刘书翎转了转手上的鸽子蛋,"也就是一百万。"

温年故作惊讶地"哇"了一声,晃着银行卡,说:"据我所知,您家先生的企业虽然没上市,但也还是挣钱的吧。您作为富家太太,一百万够您买个首饰吗?"

闻言,刘书翎皱了皱眉:"温小姐,你还小,很多事情还不懂。我虽然是梁太太,但有些事也不是我能……"

"我懂。"温年说,"您虽然给梁家生了儿子,但您没背景没人脉,年纪也一年大过一年,在生意上对您先生没有任何助益,就注定只能一切顺从,完全依赖您先生。

"您对梁媛好,也不过是不想您先生对您不满,以免造成一种您连继母都做不好的形象,惹梁家不痛快。

"毕竟大不了,您先生可以直接给您儿子换个妈,就像他娶您时那样简单。"

这番话,句句正中刘书翎的软肋和痛处。她表面的娴静得体险些就要维持不住,强笑着说:"温小姐,我不知道你小小年纪哪里来的这样的想法,但话不能乱说。"

温年也笑,回道:"乱没乱说,您心里清楚。"

"你到底想怎么样?"刘书翎沉声问,"我现在有自己的生活,难道我要全部打乱吗?当初如果不是那孩子擅自下楼,就不会有后面的一切!我失去了儿子和丈夫,我……"

"陈远是你儿子吗?"温年冷声打断,"他有没有失去爸爸和弟弟?而你,还又让他失去了妈妈。"

都到了这个时候,刘书翎还在怪陈远。她就是不想在那场悲剧中背负一点点道德谴责,就把责任全部推卸给一个小孩子。这是怎样的自私自利?

刘书翎转过头,说:"即使他是无心,这个结果也和他脱不了关系。"

温年将银行卡放在车子的扶手卡槽里。

"你先生不会知道的。"温年说,"陈远不会再见你,你也不要来找他。"

刘书翎一愣,担忧地道:"那梁嫒呢?"

"只要您别做贼心虚,我们绝对不会提您。"

"好,我信你。那张卡……"

温年打开车门,扭头说:"一百万买不了一个人缺失的童年,也买不了被妈妈抛弃的绝望和痛苦。更何况,陈远是最优秀的,不用别人给。"

这话多少让刘书翎有些羞愧,她将银行卡递过去,说:"温小姐,你还是年轻。钱对一个人来说,太重要了,是所有的底气和后盾。替小远收下吧。"

温年淡淡道:"我说不用就不用。"

"你是嫌少吗?普通人奋斗多久才能有一百万?这是……"

温年这下笑了:"您在找我们谈话前,不做做功课吗?要您回家问问您先生北城的温家和颜家?"

甩下这话,温年实在不愿意再看刘书翎这尊假菩萨,但有句话又还得再明确一下:"另外,钱不是陈远的底气和后盾,我才是。"

送走刘书翎,温年赶快返回小区。回到房子里,温年先收拾了一下一路上的风尘仆仆,刚洗好脸出来,陈远也开门进来。

他拎着好几个袋子,除了红薯片,还有新鲜出炉的章鱼小丸子,以及插在菜兜里的一小束弗洛伊德玫瑰。

陈远说:"今天早上就想送你,可惜现在不是花季,院子里的都不开花。正好有家花店在卖,数量不多,就在菜市场……"

"好了。"温年做出打住的手势,"我不想听你是在哪儿买的,影响美感。"说着,抽走她的玫瑰。

开玩笑!哪个女孩会希望收到的花是从买菜袋子里拿出来的?偏某人浪漫细胞死得绝绝的,还非要强调是从菜市场买的,气人。

温年不和某人一般见识,琢磨把这一束花放哪里好看。

陈远见她有点儿生气,但动作很小心地爱护着玫瑰,就知道她还是喜欢的,心里也跟着喜欢。

陈远让温年吃些小丸子垫垫肚子,他去做饭,很快就好。

温年摆摆手，示意"陈厨子"去干活儿，自己继续欣赏她的玫瑰。

没过一会儿，温年收到一条来自刘书翎的短信。

刘书翎：很庆幸小远能有你这样优秀有实力的女朋友。我不会再打扰小远，也希望温小姐能宽慰小远，和他一直幸福地生活下去。

温年没回，删了消息。她轻易不拿温家和颜家说事，怕别人觉得自己自视甚高，而且说着也怪尴尬的，可有时候，对有些人来说，不用这些压人，对方不会重视。所以，刘书翎知道她的背景也好，省得她还以为自己能拿捏陈远呢。

半小时后，菜陆续上桌。虾是最好做的，用花椒水煮一下就好，陈远先端了上来，然后回去继续炒菜。

看着那一盘虾，温年从沙发过去。等陈远再出来时，就见餐桌旁的女孩在仔细地剥虾。

"年年？"陈远放下盘子，拉住温年手腕，"你干什么？"

温年抬头笑着说："给你剥虾啊。"

以前事情不管如何，都无法再修改。但现在和以后，只要温年在，她就不会让陈远再受任何委屈。

"你尝尝。"温年喂陈远，"我刚才剥了一只，就自己吃了，很鲜，肉很嫩。"

陈远喉咙泛酸，说："年年，你不用这样。"

"我想这样。"温年再伸伸手，"我会对你好，好到让你把以前的那些不好都忘了。"

陈远心里又软又暖，其实他已经忘了。或者说也不是忘，是彻底放下，因为他还有更重要的目标，还有和她一起的未来。

握住温年的手腕，陈远吃掉了虾。

饭后，陈远问温年还要不要看电影。温年想看，可他们明天一早都有课，还是不适合熬夜，洗洗睡吧。

刘书翎的出现是一个不和谐的音符，随着人生这支曲子的演奏，彻底成为过去。

梁媛那边，温年和陈远信守承诺，按照要求拍了几张照片，之后也不再怎么联系。

大一下学期的课业比上学期要重。陈远是忙上加忙，温年则也没了轻松，两个人好比是小海绵，不停汲取知识的养分，一点点变大。

每逢周末，要是颜清回家，温年就也回家。要是颜清工作的话，温年就去陈远那里。

这周日，温年从家里回陈远这边。她带了自己做的小兔子馒头，陈远则还是三菜一汤，两个人吃完晚餐，在客厅又看了会儿节目。

快九点，温年打了一个哈欠，去洗澡。而她进了卫生间没多久，佟佳露打来了电话。

陈远正在铺床，见状便替温年接了，佟佳露上来就说："快！大小姐！看到我给你发的照片了吗？哪件好看？今晚满减最后三小时，我必须……"

"她在洗澡。"

乍然听到陈远的声音，佟佳露蒙了一下，心说大小姐上哪儿找了一个"低音炮"？反应一会儿，才想起是自己的同学。

佟佳露："那她洗完了，你叫她看手机。"

于是，温年出来后，看到的是三人小群里的消息变成了99+。她就洗了个澡，这是干吗？

佟佳露：哎哟，陈远那个语气啊！我怎么听出来一股茶味？

佟佳露：我又不会占用太多时间，至于吗？

杨晓桃：你别乱说，陈同学不是那样的人。

杨晓桃：他就是要你别碍事。

看着这两位损友你一言我一语，温年直接回语音："你俩不当编剧真是可惜了。要是咱们的编剧都有你们的过度理解，我相信我们的影视剧质量会更上一层楼！"

佟佳露：我只怕我理解得还不够透彻。

杨晓桃：咱俩是不是该撤了？

佟佳露：是哈，要不碍事了。

温年：［省略号.jpg］

要说也是温年倒霉。她和陈远的进展因为这两人掌握不到实质性证据，每次也就是嘴里调侃两句就完了。

但是那次回怀蓝,她和陈远虽然没惊动人,却还是被南甜巷子的巡逻大妈看到了。大妈看到了,那整个南甜巷子也就看到了,大家都知道他们忽然回来住了一天,且那氛围有着说不尽道不明的意味在其中。这也导致温年在回击佟佳露和杨晓桃上,毫无底气。

"和她们聊好了吗?"陈远不知道什么时候站在了温年的身后,头发上的水珠都还没擦干。

温年惊讶:"你洗澡这么快?"

"快吗?"陈远看着她,"还好。"

温年现在太能读懂这个眼神了。大大的眼睛,大大的期待,外加一点小小的可怜兮兮,就差摇尾巴。

"你干吗?"温年问,"你回屋啊。"

陈远说:"接你一起回。"

温年想说不用,才转身,就被陈远拽住了衣角。

温年扭头看过去,陈远抿抿唇,喊了一声"年年"。年年不想回应,可人还是被抱进去了。

临近五一,董教授派给陈远一个任务。他让陈远和学长学姐们前往星城参加关于机械创新的交流会。

大一只有陈远有资格去。学长告诉陈远这个机会很难得,那天他们将代表北城大学机械工程学院,所以需要着正装,让陈远提前准备好。

温年一听,立刻表示周六带陈远去商场购物。

因为是去星城,金鑫的地盘,温年和陈远商量顺便去看看老同学,打算把五一假都用在星城。

金鑫知道了后,说要放鞭炮欢迎他们。

金鑫:我太想你们了!你们快点儿来,我带你们吃遍星城!

有了这话,温年和陈远在商场又特意为金鑫挑了一件小礼物。

等到了男士西装专卖店,陈远看着这些差不多的衣服,毫无头绪,全权交给温年负责。

温年一件件地挑,觉得每件穿陈远身上都会很好看。毕竟陈远那身材,天生的衣服架子。

买完西服，温年和陈远在商场看了场电影。

两个人明天都是早上第一节课，看完电影没再多耽误，回了学校。

五月一日当天，温年和陈远去了星城。

因为陈远和学长学姐是一个团队，温年就没好意思订跟陈远挨着的票。

交流会从上午十点持续到下午五点半，在星城大学举办，学长学姐们都是当天来当天回北城，也有个学姐家在星城，正好回家过节。温年和陈远订了酒店，会在星城玩三天。

下了动车，陈远找到温年送她回酒店，然后去星城大学和大家会合。

温年在酒店无所事事，中午吃完外卖，就在小群里找闺蜜打发时间。

佟佳露这个小假期不回家也不出游，正在宿舍里闲得发慌，见温年来微信，立刻给她发了十几个链接，问她哪个笔记本可爱。

温年：你拿我当你的审美顾问？

佟佳露：你该开心，我在这上是如此信任你。

温年：那我谢谢你了。

佟佳露：别客气，咱俩谁跟谁？

温年帮着挑了几本，随后两个人又聊了聊最近听到的新鲜事，说了半天，杨晓桃都没出现。

换作以前，杨晓桃在群里聊天可积极了，可最近一段时间，杨晓桃明显被别的事牵绊住，每次都是等聊天快结束时才冒冒头。

佟佳露认为这里面有猫腻，在群里疯狂@杨晓桃。

温年叫她悠着些，或许是杨晓桃有事要忙，没空看手机。

佟佳露：不可能。

温年：为什么不可能？

佟佳露：女人的直觉！

没想到的是，佟佳露"女人的直觉"还真发挥本领了。

在轰炸了杨晓桃几分钟后，群里终于来了消息，回复是：温同学，佟同学，你们稍等一下。晓桃去卫生间洗手了。

多么似曾相识的话术啊！温年和佟佳露立刻私聊，一致认为杨晓桃有情况。

而杨晓桃回来看了手机,知道瞒不住了,找了一个安静的地方发起实时通话。

温年和佟佳露统一战线,一上来就用沉默向杨晓桃施压,杨晓桃麻利地坦白从宽:"我恋爱了,我没说,我有罪!原谅我这一次吧!"

果然!

经杨晓桃交代,她这恋爱也不过谈了三周多一些。之所以没在一开始就告诉闺蜜,是因为……

"孔家奇?"温年和佟佳露齐声喊道,吼得杨晓桃差点掉了手机。

"你和孔总?你们……"佟佳露不知道怎么说,"以前没看出你俩有意思啊。"

杨晓桃闷声说:"意思来得比较晚吧。"

杨晓桃说,她和孔家奇因为都在华城读大学,学校又同在大学城,所以两个人平时会有联系,回家的话,更是结伴走。

上个月,杨爸爸和杨妈妈作为优秀员工被公司奖励去新马泰旅游。夫妻俩人到中年,还没出过国,都很期待兴奋,唯一不放心的就是杨晓桃的奶奶。

他们旅游十一天,为奶奶做好各种安排,但老人还是在家里滑了一跤。医院联系杨爸爸,但因为人在国外,通信不太好,电话就又达到了杨晓桃那里。

杨晓桃吓坏了,一时六神无主,做事章法大乱,幸亏孔家奇当时来给杨晓桃送水果,听了事情经过,当即和杨晓桃一起回了怀蓝。之后,孔家奇帮着杨晓桃有条不紊地处理好医院的事,又忙前忙后地照顾奶奶,杨晓桃就……

"要说孔总人品那是没得说,绝对可靠。"佟佳露说,"虽然你俩在一块儿我有些意外,但我完全支持。"

温年也双手赞同:"你和孔同学恋爱,我们放心。"

杨晓桃笑笑:"早知道你们都是这个态度,我就不瞒着你们了。我就是不好意思。"

"有什么不好意思的?"

"哎呀,就、就觉得都是熟人……"

佟佳露咳了一声:"那你该和大小姐学学,你看看她?有不好意思吗?"

"佟佳露，你找骂是吧？"温年说，"信不信我去你学校当面教育你？"

"来啊来啊，陈远舍得放你跋山涉水你就来，我等着！"

眼看这两个人又要掐起来，杨晓桃忙说："温年，你和陈远刚在一起时会别扭吗？就是不适应。"

温年的回答被佟佳露抢先："她不会。你拿她当参考没有价值。"

杨晓桃："那倒是。"

这两个损友，温年脑子抽筋才会找她们打发时间，立刻送了她们一人一顿深刻批评，这口气才顺了些。不过聊到最后，温年和佟佳露都替杨晓桃高兴，祝她和孔家奇恋爱愉快。

挂断语音，温年躺在沙发上望着天花板发呆。

说到进度，她认为她和陈远属于正常速度，因为他们有深厚的感情打底。温年放心陈远。

午后，温年睡了一会儿。醒来后她精神得很，不想再在酒店里闷着，她给陈远发微信，说她现在去星城大学。

陈远：我回去接你，星城你不熟。

年年：不熟可以问，我打车到星城大学，就在大学里转转。

年年：你完事了来找我。

陈远：好吧。

陈远：到了给我发微信。

温年化了一个美美的妆，换上小黑裙，出发。

星城大学在星城也算一个著名景点了，和北城大学一样。但相对北城大学，星城大学的校舍更现代化、年轻化，沿路有好多画着各式涂鸦的自动贩卖机。

温年买了瓶柠檬C，犹豫给陈远买什么好时，听到有人叫自己的名字。

温年扭头，见到了昔日的同学文朗。

"还真是你啊。"文朗笑道，"我都怕我认错了，你比高中那会儿更漂亮了。"

温年笑了笑："好久不见啊，你考的星城大学？"

文朗点点头："学的管理。你怎么来这儿了？五一旅游吗？"

温年说了她来星城的原因，文朗听后，笑容一僵，眼里的光明显也黯淡了下来。

"你和陈远很配。"文朗说,"恭喜你们。"

"谢谢。"

既然到了星城大学,还让文朗遇上,于情于理,文朗也得带着老同学参观参观学校。

恰巧星城大学最近承办了一个画展,外面的人要看得买票,文朗带着温年直接就进去了,可以随意欣赏。

温年挺喜欢看画的,还懂一点点,要不当初也不会一眼认出塞内卡和阿波罗。

她和文朗边走边聊,陈远微信问她在哪里,她发了位置,还说遇见了文朗,在一起看画展。

逛了一会儿,文朗指着一幅画说:"这幅是我们学校一学长画的。不是科班出身,能画成这样,简直天才。"

温年仔细看看,确实画得不错。

"那这位学长现在……"

话没说完,展馆里忽然起了小骚动。

不少女生都看向一个方向,闻言,温年也看过去,就见陈远朝自己这边走来。他穿着她为他挑的黑色西服套装,衬衣从原来的灰色又变回黑色,依旧是符合他风格的一身黑,但感觉完全不一样。沉稳、内敛、绅士。

温年也跟周围的女孩们一样被迷到了,心说这就是传说中的黑马王子吗?

直到陈远站在她身边揉了揉她的脑袋,害得她精心吹好的头发略微凌乱,才想起来这是她幼稚的男朋友。

陈远握住温年的手,十指紧扣那种,转身面向文朗:"好久不见。"

"是啊。"文朗说,"你也不来星城玩,咱们好聚聚啊。"

温年想说晚上金鑫会来,大家一起吃个饭好了,结果陈远说:"这次过来是有些事,下次。"

"好。"文朗说,"那你来了,我也不当'电灯泡'了,以后常联系。"

文朗走后,温年捏捏陈远的手,说:"碰巧遇见的,就看看画展。"

"嗯。"陈远低声道,"饿了吗?去找金鑫吧。"

温年看看时间，还不到五点，问："交流会结束了吗？"

"还没有。"

"那你……"

"没关系。"陈远牵着温年出来，手上的力气有些大，弄得温年手腕痛。

温年想提醒，看见自动贩卖机，又转而道："口渴吗？这里有好多饮料，我……"

"不喝。"陈远冷声道，"走。"

温年不知道陈远抽的是什么风，但其他人看着，都被他们这对黑衣男女给美住了，这就叫天生一对。

和金鑫约饭约的六点半。因为陈远突然提前，他们到得早些，就在附近先看看。

陈远陪着温年，看她喜欢什么就等在旁边，虽然没有表现出不耐烦，但这样干站着，温年也逛不下去。

不是都解释了吗？而且她和文朗从来就是八竿子打不着。陈远要是这都吃醋的话，难不成是不信任自己？

温年不太高兴，沉着脸，也不言语。

随后，金鑫来了，见了陈远就是一个熊抱，一口一个"远儿"地叫着，不知道的还以为他俩是失散多年的父子，今天终于重逢。

金鑫带温年和陈远吃了星城这边的特色，还汇报了星城两日游攻略。

温年光是听金鑫说景点规划，从前被金导游支配的恐惧就不由得浮上心头，她可不想再走断腿。

"放心，远儿特意嘱咐我别安排太满。"金鑫说，"保证累不着。"说完，他还拍拍陈远的肩膀，挑了挑眉。

陈远无动于衷，金鑫咂出不对劲儿来："怎么了这是？感觉你一直不在状态呢，谁得罪你了？"

"没有。"陈远说，给温年夹了菜。

温年故意不吃，问金鑫星城还有什么好玩的。

虽然金鑫一向看不出眉眼高低，但也不是傻子，这怎么看怎么是小情侣闹别扭。他不敢插嘴，自保要紧，说："好玩的不多，都在安排里了。你俩今天回酒店早休息吧，明天才有充沛精力玩嘛。"

很合理的建议，于是三人吃完饭没闲聊，各自回了住处。

进了酒店房间，陈远说要洗澡，也没问温年要不要先洗，以前他都会问的。他这样，不说也不吵，温年心里反而更堵得慌。所以在陈远出来之后，温年也没理会陈远说的要不要吃夜宵，进了浴室就把门关上，关得特别响。

等洗完澡，温年坐马桶上和佟佳露说了这事。

佟佳露：这不就是吃醋？

温年：我知道是吃醋，但这醋吃得很莫名其妙！

温年：要是今天这情况换成他，我这样，他不会觉得我无理取闹吗？

佟佳露：可能因为是文朗吧。

温年：文朗怎么了？武朗也不行啊！

佟佳露：你不知道？

温年：我该知道什么？

远在西北的佟佳露叹了口气，打来语音电话："文朗很在意你。高二下学期的时候你不转走了吗？文朗找我和杨晓桃打听过你的联系方式。可你那时候手机被没收了，文朗就又问你地址，说要给你写信。这事传到陈远耳朵里，不高兴呗。"

然后，有一天，文朗就和陈远争执起来。当然，全场都是文朗在说，陈远保持沉默。

文朗的意思是他有能力站在温年身边，说自己不差，家里条件不错。

"说别的还好，提家庭就……"佟佳露"啧"了一声，"所以，我估计陈远比较把文朗当敌人吧。"

温年完全不知道这些。现在知道了，陈远的态度也就说通了。怪不得一听她和文朗看画展，交流会都早退了，也不知道董教授那边知道了会不会有影响。

自责和心疼涌上心头，温年决定哄人。

挂了语音，温年打开浴室的门，探出半个小脑袋，说："我想你给我吹头发。"

陈远放下书："我过去。"

而等陈远一进了浴室，温年就从门后面跳出来，抱住了陈远。

"我不知道文朗有这样的心思。"温年小声说，"我和他什么都没有，以前没有，现在没有，以后也不会有。"

陈远自然知道温年和文朗没事。他不爽的是他自己，都过去这么久，温年也和他在一起了，可见了文朗，他还是会忍不住拿自己和人家比较。很小心眼，又控制不住。

温年见陈远不言语，环着陈远的腰一点点转到他面前，又说："我只喜欢你，看不见别人。"

她说完，陈远就是老习惯，要亲。温年果断捂住某人的嘴，嘟囔："我头发还没吹呢。"

陈远亲亲温年的手心，去拿吹风机，说："要是我接你就没事了。"

温年无语："你这话说的，我那么大的一个人了，又不是生活不能自理，哪里能事事都要你在身边围着？"

"你之前连灶台都不会开。"陈远淡淡道，"洗衣机……"

温年一脚踢过去。

不过话说到这儿，温年蛮好奇陈远是喜欢她黏人一点还是自立一点。

温年问了出来，陈远想都没想："黏人。"

"那……你不嫌烦啊？"

"你可以试试，你黏我到什么程度我会烦。大概永远不会。"

温年脸一红，低下了头。这家伙不会说什么好听的情话，但有时候就这么顺着说，反而叫她觉得比情话还甜。

"年年。"

"嗯？"

"今天我失态了，以后不会了。你别生气。"

他一认错，温年心软成泥，摇摇头说："我没了解情况，也有不妥的地方。而且，我也不只是生气，还有些害怕。"

"害怕？"

"怕你和我发脾气。"温年说，"总觉得你要是生气了，很吓人。"

陈远笑笑："不会的。我不会和你生气。"

"真的？那也不许冷着我。"

"我冷着你了吗？我给你夹菜，你都不吃。"

"我那是赌气嘛。"

"那要不要吃夜宵？我怕你没吃饱。"

为了身材，温年还是忍痛拒绝了。但她很开心他们有问题马上就解决了，不过这功劳佟佳露占了一半，要不是佟佳露说了原因，他们还得冷战。

陈远说："不会，这一晚上已经是我的极限。我的打算就是你洗完澡出来，我马上哄你，再道歉的。"

温年的小鹿眼里满是笑意："那我们说好了，生气可以有，但不能超过一晚上。"

"好，一言为定。"陈远摩挲着温年的脸，看到还湿着的头发，赶紧拿吹风机。

温年晚饭吃得少，现在饿了。

陈远一听，立刻穿好衣服，准备去楼下便利店买些吃的。

十五分钟后，陈远回来，他买了热气腾腾的关东煮，还有玉米、小包子，让温年喜欢吃哪个就吃哪个。

温年默默地吃，陈远坐在一边看书陪她。吃到好吃的，温年就喂陈远，陈远尝了之后会说不错，下次再给她买。

等快吃完的时候，温年忽然问："陈远，你和我在一起会不会觉得很辛苦？凡事都要照顾我、迁就我。"

她问得小心，用钎子戳着碗里的鱼丸，不敢看陈远。

同样的问题，陈远的室友也提过。陈远不知道他们是出于好心又或者是暗讽，说他找这么一个白富美女友，是给自己找罪受，每天跟陀螺一样，不停地转。

可陈远不这么认为。他让自己变强的出发点确实是温年，但他的辛苦也好，努力也罢，不是因为温年才产生的，是他本来就该做的。况且，温年本身就很优秀，她的妈妈也有实力，什么样的物质生活，温年靠自己就可以拥有，用不着他在这里逞能。

他做一切，归根结底是为了自己，不能拉温年做幌子。因为只有他强了，他才能给爱的人更好的生活，也只有他强了，才能做她的依靠，而不是拖油瓶。

"年年，我不辛苦。"陈远说，"我就想你事事黏着我，离不开我。"

温年眼眶一酸，笑着说："那万一有天你腻了呢？"

陈远说："没有万一。如果有那么一天，大概就是我不在了吧。"

"不在了？你……"温年打了个寒战，拉起陈远的手在桌上拍三下，还让陈远呸呸呸，"你再说这种不吉利的话，信不信我打你？"

陈远轻晒："我不说，你也打我。"

"但我喜欢你打我。"

"什么、什么毛病？"

"温年病。"

吃完这顿突然的夜宵，温年去卫生间重新刷牙。抬头看着镜中的自己，她还这么年轻，却让她遇到了这么好的人，是何其的幸运啊？这样的幸运，求而不得，该万分珍惜。

温年从卫生间出来，陈远躺在床上等她。钻进被子里，温年搂住陈远，和他说："我也想你离不开我，永远都离不开。"

陈远揉着温年的肩膀，笑道："你已经如愿了。"

星城之旅很愉快。

第三天傍晚，金鑫送温年和陈远去车站。

分别前，金鑫还感慨高考完他们约好一年至少聚一次，这才刚过第一年，就没聚成。

"佟佳露为这事挺自责的。"温年说，"我们今年暑假肯定能聚。"

金鑫点头："对了，我有个学长家里做露营生意的，就网上视频里经常出现的，开着车，搭帐篷，自己做饭什么的。我学长有场地，也还有工具，咱们要是去，他就收个友情价。"

这个还不错，温年喜欢。陈远见温年喜欢，也说去。

对于陈远这种以温年为原则的原则，金鑫表示习惯。

"回头我在咱们大群里也说说这事。"金鑫说，"老孔之前瞒着我处对象这事，我还没找他算账呢！不就对象是杨晓桃吗？有什么好藏着掖着的？"

温年笑道："晓桃肯定不好意思啊，你也别为难孔同学了。"

金鑫咂咂嘴，一声叹息："这下，光棍儿就剩我一个了。我说你俩别光只顾着撒'狗粮'，也为我物色物色，有好姑娘介绍给我啊！"

"就剩你？"陈远反问，"不是还有佟佳露？"

金鑫"噗"地大笑："远儿，你可真会聊天。这话让佳哥听了，温年也护不住你。"

三人说说笑笑，无奈时间不等人。当播报声通知温年和陈远他们该进站了，总归是要分别。

回去路上，温年为此还有些伤感。她觉得自己大约是恋爱谈得太甜了，心越来越小，越来越感情用事。陈远安慰她暑假一起好好聚聚，到时候大家可以多去几个地方看看，留下纪念。

可惜，这个美好愿望依旧没能实现。这个暑假，孔家奇报名参加了志愿者项目，要去村子里做助教。杨晓桃在家里人的安排下，提前去了家公司实习。而陈远，董教授重视他，亲自带他做了一个项目。

至于温年和金鑫，他俩的时间虽然没有被占用那么多，但也有各自的事。金鑫组乐队，温年则找了一个翻译的兼职。

大家都有自己的事要忙，再也回不到从前只需要学习可以不想其他的简单时光。

直到寒假，又是新一年。他们终于凑齐了，也一起迈入了二十一岁的门槛。

这年春节，颜清说去怀蓝和许扬一起过。

许扬接到电话时，惊得以为颜清的买卖又遇到危机了，结果就听颜清淡淡道："你不是说可以白吃白喝，张嘴就行？我也沾沾光。"

原来是为这个，许扬松口气，叫颜清随时来。

公司事务繁重，颜清最快的出发时间也是年三十上午，到怀蓝要傍晚。

温年一个人在家闲着也是闲着，和长辈商量下，陈远放了寒假就没立刻回怀蓝，留在北城陪温年完成翻译兼职，两个人大年二十六一起回去。

提前的这几天，温年和陈远忙着家里的新年布置。因为颜清要来，池国栋特别重视，十多天前就开始研究菜谱，誓要做出一桌惊天动地的年夜饭。

许扬吐着瓜子皮，说："你这么积极干吗？我看该紧张的那个一点儿不怵。"

池国栋说："你怎么知道小远不紧张？昨天我去找他，他在家里做卫生，连窗户缝儿都用牙刷刷了。"

想想自己一年都不擦回窗台,许扬信了。

其实,大家嘴上不说透,心里都明白颜清这趟过来,就是变相的双方长辈见面,池国栋扮演的就是长辈角色。这关过了,陈远和温年的事就彻底明了了。

温年自然也懂颜清的用意,她担心陈远仍害怕颜清,总跟他说颜清这两年变了好多,现在不像以前那么严肃刻板了。

陈远倒还好,做了充分的准备,但万一哪里表现得不太好,也不要紧,他会加倍努力再补回来。他要和温年永远在一起,谁阻止都没用。

大年二十九这天,温年一早和陈远出发前往墓地。

这是温年第一次陪陈远去,她担心遇到陈君荣他们一家,怕在逝者面前闹不愉快。

陈远说不会,陈君荣以前就不怎么来拜祭了,伍娟不喜欢怀蓝,嫌太破太小,回来一次抱怨一次,久而久之,陈君荣也不想自讨没趣。

闻言,温年踏实了些,让陈远把车开到花店。

陈远暑假里考了驾照,所以这趟出行,池林借给他们车,这样方便些。

温年仔细挑选了百合,看着花店店员扎成花束。等还剩下一束没扎时,温年又改主意把最后这一束换成了向日葵。

"小遥肯定喜欢鲜艳的,"温年说,"向日葵好些,是不是?"

陈远笑笑:"还是你想得周到。"

停好车,温年抱着向日葵,陈远抱着两捧百合,向墓地深处走去。

今天天气晴朗,就是风格外干冷,吹得人眼睛发疼。

温年见到陈远的亲人们。爷爷陈启堂是位长相周正硬朗的老人,他身边是和他合葬的老伴儿,陈远的奶奶,老人家面容慈祥,眉眼和陈远有几分相像。

再便是陈君誉,看到他,温年大概能想象出陈远到了中年会是什么样子。英气逼人中带着深沉内敛,有岁月沉淀下来的成熟。不过,陈君誉目光偏柔和,不像陈远时时高冷,看着不好亲近。

最后,是陈遥。他的笑容是最灿烂无邪的。

温年和陈远将花一一放好,随后又将带来的点心和食品摆好。这里有温年给陈遥蒸的小兔子馒头,也有颜清让张秘书特意寄来的糕点,还有池国栋烧的鱼。过年了,总是该热闹丰盛些。

陈远默默地摆,也不说两句。温年知道他是话少,但这时候好歹说点儿类似"我来看你们了"也好啊。这样不声不响,她也不好意思言语,怪尴尬的。真是"铁葫芦"。

等拜祭结束,也就无事可做了。温年站在陈远身边,看他目光一一掠过墓碑上的照片,以为这就是道别。

她也这样好了,在心里说几句,就听陈远说:"爷爷奶奶、爸、小遥,这是我和你们说的温年。"

温年顿时局促起来,整理下衣服,摆出标准站姿,冲着墓碑又鞠了一遍躬:"爷爷奶奶、叔叔还有小遥,我是温年。我……"

陈远很少见她这样慌乱,不由得轻哂一声,温年掐他:"什么场合?能不能严肃些?"

"不用严肃。"陈远握住温年的手,又看向那一小排墓碑,"以后,我们一起来看你们。"

温年愣了下,随即点头:"对,以后我会陪陈远一起来,请你们放心。"

话落,有只小鸟落在陈遥的墓碑上。小鸟很活泼,蹦蹦跳跳的,还叽叽喳喳,叫声清脆可爱。一只比它体型大了两圈的鸟在它上方的天空徘徊,大鸟叫了几声,像是呼唤,小鸟便飞上去找大鸟。两只鸟画着圈飞了片刻,一前一后向着更远的天空展翅飞去。

温年和陈远望着它们离开,直到消失不见。陈远说:"走吧,回家。"

温年握紧他的手:"好。"

这晚,池国栋来许扬这里再次确定菜谱。许扬看啥都想吃,池国栋懒得搭理她,又问温年,温年说只要是池国栋做的,哪个都好。

池国栋被温年这张甜嘴哄得心花怒放,走时把陈远叫出去,在院子里交代了几句,哼着曲儿回去了。

等到温年洗漱好钻被窝里和陈远煲微信时,温年问他们说了什么。

陈远:没什么,就是一些关于明天的嘱咐,还有秘诀。

年年:什么秘诀?

温年本来就是一般好奇,一听这个,好奇值顿时拉满。

陈远：我要亲口告诉你。

言外之意：你得过来。

看着消息，温年拽拽被子，没有立刻回复，就觉得这大晚上的……不合适吧？

十分钟后，想去楼下接水喝的许扬撞见在走廊上鬼鬼祟祟的温年。

"干吗呢？"许扬问，"大晚上不带吓人的啊。"

温年抿抿唇，说："我、我去卫生间。"

许扬"哦"了声，继续走，见温年还站在原地，又说："走啊。"

"啊？啊，走。"

"说了让你用尿桶，非不听。赶明儿我也得在楼上放个保温壶，不然喝热水还得下去。"

"嗯。"

温年去卫生间里转了一圈，出来后，又和许扬上了楼。

回到房间，温年对着陈远微信就是一通说。陈远忍笑，打来语音通话，让温年拉开窗帘。

温年气归气，还是照着做了。

对面，陈远举着手机说："可以我过去，你帮我开下门。"

"不要。"温年拒绝，"你来了，要是被表姨发现，我不是更丢人？"

"那，你过来。许姨睡了，我们小声些，不会被发现。"

要说做贼心虚呢，绝对不是瞎说。温年再次鬼鬼祟祟地走在走廊上，下了楼，她又踩猫步似的走过小院，来到防盗门前。

防盗门是终极关卡。许扬买的这个防盗门，才用了几年啊，开门关门的声音就和老牛拉不动车一样，"嘎吱嘎吱"响。

温年一点点开门，余光注意着两侧，后背也仿佛长了眼在随时观察。

就在快成功时，身后忽然传来"咚"的一声。

温年吓得汗毛倒竖，张口就要说"我是来倒垃圾的"，人就已经被拉了出去，紧接着一只大手捂住了她的嘴。

温年知道是陈远，推了他一下，表情绝望，心想她大概要被表姨笑话一辈子了。

结果，陈远亲亲她的额头，说："是东西被风吹倒了，不是许姨。"

温年立刻转头看，院子里，许扬晾着的洗脚盆扣在地上了。

谢天谢地，一世英名保住了。

温年刚要松口气，人又忽然被抱起来，好在惊呼声被某人给吞掉了。

"干什么？"温年小声说，"我找你可不是……"

"知道。想抱你回去而已。"

陈远抱着温年回 66 号。为方便温年一会儿回来，陈远不仅给防盗门留了缝隙，还贴心地放下一个警报器，以免坏人偷偷进去。

来到客厅，陈远将温年放在沙发上。

温年一坐下就看到茶几上放着一个小礼盒，看包装颜色就知道是送谁的。她故意装作没发现，等着陈远说，可陈远发现她没穿袜子就要上楼拿。

"没事。"温年说，"我不冷。"

"一会儿就冷了，你又不让我给你焐。"

"我那是……"

"上个月是谁肚子疼？为什么？"

是她，因为喝了一杯冰奶茶，导致生理期人差点被送走。温年不争辩了，让陈远去拿袜子。

等待的这会儿工夫，温年戳戳礼盒，猜不出陈远会送什么。想了想，还是等陈远一会儿亲自来揭晓，她起身围着展示架随便看看。

因为颜清，陈远做了大扫除。现在的架子上一尘不染，每件手工品也透亮洁净。

温年一个格子一个格子地看，看到最边上，有个不小的本子插在边缝里。

这里以前没有这个啊。温年想着可能是陈远收拾屋子又找出了什么新鲜东西，便拿出来看。

封面上写着"玫瑰养护手册"。温年一愣，下意识地以为这是一本书，可封面的字是陈远的笔迹。

温年带着疑惑，翻开手册，第一页写了弗洛伊德玫瑰的养护注意事项，还写了弗洛伊德玫瑰的花语。就是当年他们去小镇，温年告诉陈远的那句话。

原来陈远早就知道。

温年继续翻，后面的每一页都是陈远亲笔所写，还画了画，画的都是他在种植玫瑰时观察到的变化。

温年明白了，这是他们高中分开的那段时间，陈远养护玫瑰的观察日记。

没想到陈远会细心到这个程度，温年心里暖暖的，也泛着甜。他重视她爱的玫瑰，也就是重视她。

温年一页页地看，看到后面，陈远渐渐加入了自己的心情。

比如，玫瑰按照预期生长，他就会写"今天不错"；要是过程中遇到了问题，他会表现出自己的担心和焦虑，怕玫瑰会死。

其中有段话写道：今晚做了梦，梦见玫瑰都死了。我惊醒，跑到院子里，一个一个检查，发现有支玫瑰确实死了，那时感觉心脏被狠狠揪了一下。她是我的玫瑰，我很害怕再也见不到她。我要更加精心养护这些玫瑰。

看着这些再直白不过的文字，温年喉间酸涩。她以为，陈远种这些玫瑰只是为了抒发一些思念，不知道这实际已经超越思念，变成了寄托。

温年捏紧页脚，继续往后翻阅，越来越多细致的描述，一字一句全是陈远的心血。他在用他的全部去养那些玫瑰。因为在她不在的日子里，这些玫瑰就是她。

眼前变得模糊，温年正要擦掉眼泪时，陈远从身后抱住了她。

"你不爱哭的。"陈远说，"但因为我，好像变了。"

对，没错，就怪他，骗她眼泪。

温年转过身靠进陈远怀里，问："你怎么不早给我看？"

"没什么好看的。"陈远抽走手册放在架子上，"那段日子过去了。"玫瑰花开，你也回到我身边，曾经的分离再不会有。

"你该给我看，我多感动感动，说不定会对你更好。"温年说，"这样显得我有点儿坏。"

陈远弯弯唇："坏吗？我怎么感觉都是好？"

"你倒是越来越会说话了。"

"实话。"

温年破涕为笑，陈远擦掉她的眼泪，抱她回到沙发，给她穿袜子。

温年吸吸鼻子，刚才还是个小哭包，这会儿又成了皇后，心安理得地被伺候着，指指茶几上的盒子："给我准备了什么礼物啊？"

"你拆开看看。"陈远拿来递给她，"希望你喜欢。"

温年解开蝴蝶结，是一条珍珠手链，坠了一朵桃红色玫瑰吊坠。

温年一直戴着陈远那年送的雪花项链,看来现在手腕上又得再多一个摘不掉的。

温年一开始觉得她这个年纪戴珍珠是不是有些老气,不过这个顾虑等陈远给她戴上手链后,消除了。不仅不老气,因为她皮肤白,加上珍珠的润,两者似乎是天生的绝配,将优雅的特性发挥到了极致。

"谢谢。"温年献上一吻,"我很喜欢。"

"喜欢就好。"

"那本手册我也喜欢,你给我。"

"行。"

陈远顺势将温年抱到腿上,温年看着手腕上晶莹的珍珠和玫瑰,想起什么,又说:"明天我妈来,你别紧张。她应该是同意的。又或者哪怕是不同意,也没关系,我可以……"

"什么?"

"和你私奔。"

陈远一愣,眼里化开温柔笑意:"这个不行。阿姨如果还有不满意的地方,我会做到她满意为止。你的未来要有妈妈的祝福。"

"那我和你一起做到让我妈妈满意。"温年说,"反正你做什么,我都和你一起。"

两个人相视一笑,陈远轻轻抵着温年的额头。

时间不早,过了十一点,陈远抱着温年回去。温年这时才想起该问的还没问,池国栋到底说了什么。

陈远说:"池叔嘱咐我要好好尊敬孝顺阿姨,阿姨指东我不往西,阿姨让我坐下我不能躺着,阿姨说什么就是什么。

"秘诀的话,八个字——要杀要剐,悉听尊便。"

这话听得温年哈哈笑,也太夸张了吧。

陈远不觉得夸张。因为池国栋最后还说了:"你将来要娶走人家的宝贝,可不得拿出所有诚意!"

转天下午,温年和陈远还有许扬一起去火车站接颜清。

颜清年轻时来过怀蓝几次,算是驾轻就熟,两边很快会合成功。

见了人，陈远规规矩矩叫阿姨，自觉接过箱子。颜清也没拒绝，自然地让陈远帮忙。这是好的开始，温年和陈远相视一眼，心里踏实些。

上了车，陈远开车，温年坐副驾驶，许扬和颜清在后面。

许扬说："年夜饭从早上就开始准备，一会儿回去就能开吃。你今天有口福了！"

"听说你这儿还有自己的春晚？"颜清问，"可以看？"

许扬爆炸头一晃："这有什么不可以的？位置都占好了。我跟你说，你记不记得你以前就爱吃一种酥糖？老口味了，都不怎么卖了，前两天让我在市场看到了，给你买了好多。"

颜清惊喜："是那个花生味的吗？就是包装上有……"

一块糖而已。大人的快乐就是这么简单。

听着她们在后面聊起儿时，眼睛里都带着光，温年也莫名跟着开心，有一种她很渴望却不曾拥有的温馨萦绕在心里。

陈远捏捏她的手，浅浅一笑，和她一样。

车子开不进巷子，一行人步行进去。

池国栋和池林提前收到陈远的消息，等在66号门口。看到颜清，池国栋主动迎上去打招呼，热情地欢迎颜清过来，还说："准备了些这边的特产，小年妈妈带回去尝尝。别嫌弃，都是小东西。"

"池先生太客气了。"颜清说，"温年和我说过您对她的照顾，该我谢您。"

"那咱就都别客气了，快进去吧！"

池林给颜清带路。颜清不想怀蓝还有气质这么儒雅的青年，想法就和那时的温年一样，觉得怀蓝这里卧虎藏龙。

进到院子里，颜清第一眼看到两边的花圃。温年不止一次提起这些玫瑰，每次提，每次都是满脸的甜蜜和骄傲，那样子，颜清从没见过。

陈远和池林忙着上菜，温年帮忙。

许扬带着颜清看架子上的工艺品，也说不出个高级点评，就是牛，大写的牛。

"我就没见过比小远手还巧的人。"许扬说，"老池，你也说说啊。"

池国栋哪里还用说？颜清眼里的欣赏和赞美没有隐藏，有表现出来，说多了，反而叫人家听着烦。

十分钟后，菜肴上桌。

陈远每次给温年夹菜前，都会用公筷给颜清夹。颜清很配合地吃，问道："和温年恋爱多久了？"

"一年零三个月。"陈远一板一眼地回答。

许扬笑了声，池国栋瞪她，好在颜清也没在意，继续说："那年，你高二。我和你在这个院子里说的话，你还记得吗？"

挺愉和谐的气氛，提这个干吗？温年要张口，陈远握住她桌下的手，说："记得，阿姨。"

颜清点点头："我很高兴，你没有因为我当初的话一蹶不振。也很高兴，你不仅没有一蹶不振，还通过自己的努力为自己找到一条有前途的路，改变了你之前的处境。陈远，阿姨恭喜你。"

没想到颜清会说这番话，陈远一时不知该怎么应对，幸亏池国栋提醒敬酒，他才立刻举杯敬了颜清。

颜清承了这杯酒，还要说什么，许扬插话："别整这么严肃行吗？影响我食欲。你这都放假了，还搞得跟领导慰问下属似的，多别扭啊。"

池国栋说："小年妈妈说这些话是鼓励孩子，我替小远谢谢您。这杯我敬您。"

闻言，颜清站了起来，十分正式："池先生客气，您的无私和爱心，我很敬佩，这杯，我敬您。"

"这……"池国栋也跟着站起来，有些不好意思，"您、您培养了小年这么优秀的孩子，是个了不起的妈妈，还是该我敬您。"

颜清看看身边的温年："说来惭愧。我陪孩子的时候很少。我很庆幸当初把她送到这里，遇见了你们，这让她的成长有了很多正面能量，这是可遇不可求的。在此，我郑重向各位道谢。"

话落，许扬也站了起来："一家人说什么谢不谢的。干脆，你们三个小的也站起来，咱们碰一个好了，然后就吃，别弄这套煽情的。"

温年本来都感动得不行了，难得颜清这么感性，这又让许扬给劝退了。

等所有人都站起来，颜清最后说："未来，我希望各位还能再多关照关照这两个小辈，谢谢你们。"

吃完年夜饭，大家一起去南甜巷子的小广场。

这里已经聚集不少街坊邻里，对于颜清这个陌生人的到来，他们都给予了最热情朴实的欢迎。

许扬推颜清去打麻将，温年诧异颜清还会这个。

"你妈！麻将小霸王好吗！"许扬摇摇头，"你真该好好了解一下你妈。"

还是不太敢相信颜清这么端庄的淑女会打麻将，温年在桌旁围观。结果，颜清连赢三把，大杀四方，比在谈判桌上还神气。

过了一会儿，佟佳露他们到了，温年便和陈远挤出牌局，去找他们。

金鑫照旧买了好多烟花，说待会儿老规矩，去陈远家天台放，还说："露营的事，咱们几个也再确定确定，没问题，初六出发。"

金鑫说完，杨晓桃和佟佳露拉温年到一边说话。

"温年，你妈妈好漂亮！"杨晓桃这个颜控，什么时候都是把颜值放在第一位，"这气质，跟港星似的。我第一次看有人打麻将打得这么优雅！"

本来温年是想道谢的，听了最后一句，再看看颜清又在那里推牌和了，就有点儿不知道该怎么接话。倒是佟佳露惦记着正事，问："过关了吗？"

温年脸微红，点头："过关了。"她没想到颜清这次过来这么有诚意，像是把一切都想得明明白白，到了这里直奔主题，完全认同了她和陈远的感情。

"我就说吧。"佟佳露笑笑，"家长也不是傻子，是不是爱自己的孩子，他们心里明镜似的。除非是那种就看钱的，你家又不缺钱。"

随后，春晚开始。还是夜来香老年艺术团团长高爷爷和居委会的同事一起主持，大妈们也贡献了精彩的开场舞。

今年小品都挺搞笑的，不过最令人印象深刻的是金鑫的歌。

金鑫现在不愧为科班出身，他唱他偶像罗大佑的《光阴的故事》，引得在场年长的观众都十分感慨。连颜清都说这个年轻人唱得有感情。

等春晚结束，颜清跟许扬回67号，温年和大家去陈远家天台放烟花。

他们规划了初六露营的事项。

不过两年而已，在他们心里，一起出去玩这件事，摆在首位的变成了一起，玩则放在了第二位。

金鑫说："刚才林哥问我露营的事，说想跟着一起去。"

"那好啊。"孔家奇说，"林哥稳重，跟咱们出去也能看好咱们。"

"行,那我回头和林哥说,放花吧。"

温年依旧放她的仙女棒,见佟佳露走神,她过去拍拍佟佳露的肩膀。

佟佳露知道,笑了笑:"早过去了。"

陈远将点燃的仙女棒递给温年。

温年强迫陈远也做"仙女",还说:"别以为过了我妈那关,你就高枕无忧了。我这里,对你可是更严格呢。"

"严格好。"陈远一本正经地点头,眼角眉梢却藏不住喜悦,他一晚上都是这种状态,"我喜欢你管我。"

这"铁葫芦"现在怎么一点儿不矜持呢?动不动就喜欢喜欢的,谁和他喜欢了。

温年带着仙女棒去一边放,陈远尾巴似的立刻跟上,等温年放完一根就给她续上一根,让温年坚决发不出脾气。

放完烟花,大家各自回家。陈远送温年进门,也回去休息了。

温年在客厅没见到颜清和许扬,上二楼,就见许扬在打地铺。

"小时候又不是没一起睡过。"许扬嘟囔,"越老事儿越多。"

颜清占用许扬的化妆台,抹着颈霜,说:"我怕你给我一脚踹下去。"

温年在门外,听这话没忍住笑了。她进来,看这情景想起那年杨晓桃和佟佳露也打地铺,忽然就提议她也加入。

于是,许扬铺了两个地铺。躺在地上跷起二郎腿,许扬叹了口气:"我就是你们母女俩的仆人,终生制的。温年,你也不矫情什么?和你妈睡呗。"

温年不是不想和颜清睡,可说实话,真的不习惯。到时候她自己睡不好没关系,关键还搅和得颜清睡不好就不好了。

颜清说:"我像温年这么大时,也这样,不习惯和妈妈睡了。不过,温年一岁之前,每晚睡觉,我要是离开一会儿,她闻不见我的味道就会号啕大哭。哭得我都神经衰弱了。"

温年"啊"了声,没想自己小时候这么黏人呢,咕哝:"还好长大了。"不然颜清不得被她烦死?

"是啊,长大了。"许扬打了个哈欠,"你们说人干吗要长大?我感觉还是上学那时候快乐。你说呢?阿清。"

颜清笑道:"谁说不是?可是谁又能一直不长大。"

说到这里，温年大着胆子问了颜清和温振渊的往事。这是她一直很想知道，却从不敢问的。

对于这个话题，许扬特别有精神，一个鲤鱼打挺坐起来，说："你应该是被他念什么酸诗迷住的吗？"

颜清也坐起来："对，诗。"

温年这才知道温振渊的理想不是继承家业，做一名企业家，而是做一名诗人。温振渊特别爱浪漫，还有诗情画意，对经营生意可谓是一窍不通。可他是温家的独苗，温年的爷爷奶奶逼着他从商，还为他物色了颜清这位可以在生意场上能辅佐他的女强人。

许扬说："其实你妈才不是女强人！她小时候比我还皮、还欠，男生都打不过她。我俩过去在老家，她连鸡窝都敢钻。"

用许扬的话讲，颜清是那个时代的"女汉子"。可她遇上喜欢的男生也会变得矜持。为了能让温振渊喜欢自己，颜清改变了自己，把自己努力打造成符合温家儿媳妇的模样，甚至连曾经的梦想也放弃了。

"梦想？"温年抿抿唇，"妈，您的梦想是什么？"

颜清说："做一名考古学家，周游世界。"

竟然是这么自由又冒险。也是到了这个时候，温年切实发现自己并不了解颜清。不了解她的梦想，不了解她会打麻将，不仅不了解，还对她存在刻板印象……真正的颜清是一名有活力且潇洒敢闯的女性。

又聊了半个多小时，许扬先一步睡着了。温年趴在床边看着颜清，还有许多问题想问，又不知从何问起。倒是颜清自己起了话头："知道我为什么同意你和陈远吗？"

"因为他对我好，您放心。"

"这是一方面。"颜清说，"另一方面是陈远的出现补偿了你童年从我这里失去的爱。当然，我知道他对你的喜欢，和我的母爱不能混为一谈，但起码你因为他快乐，而这样的快乐，我以前……"

"妈，都过去了。"

颜清叹了口气："还有最重要的一点，你在陈远面前可以做你自己。"

人生的经历让颜清深刻明白一个女人只有在成为她自己后，才能更好地去爱别人，也能拥有爱。她以前不懂，傻傻地改变了自己，最终落了个一无是处的下场。她不想温年和她一样。幸运的是，她从陈远那孩子的身上看出他对自己女儿的尊重和支持。喜欢是一切的开始，而理解、包容、促进才是长远的保障，是真正的爱情。

"阿雪，妈妈希望你以后一直那么快乐。"

这晚，温年翻来覆去睡不着。凌晨两点的时候，她实在难受，给陈远发了长长的微信。大概意思就是自己以前误解了颜清，她不是不爱自己，而是失败的爱情和婚姻让爱变得扭曲和沉重。

她以为陈远现在不会看到，只是想说说话，舒服些。没想到，陈远很快回复了。

陈远：年年，现在发现这些也不晚。我不知道该怎么安慰你，但阿姨希望你快乐，我和阿姨是一样的，我会努力让阿姨放心，也让你幸福。以后的日子，我们一起陪着阿姨，孝顺阿姨。我会把阿姨当作我的妈妈。

看着这些温暖的文字，温年蹭蹭被角。

年年：陈远，有你真好。

金鑫学长家经营的露营基地在华城附近的一个风景区。

出发前一晚，杨晓桃看了个欧美惊悚片，讲的就是一群人去山里露营，然后遇上变态，最后只有主角活下来。

佟佳露说她会"挑"片子，大过年出去玩，非得给大家整团乌云出来。

金鑫笑道："那种片子都是跑野外，我学长这个是基地，好多巡逻的工作人员，保准安全。主打的就是个亲子游！"

听了这话，杨晓桃舒心些，孔家奇让她以后别看吓人的电影，杨晓桃抱怨是他没陪自己一起看，两个人理所应当撒了波"狗粮"。

温年和陈远跟池林一辆车。

这次出来，他们租了两辆SUV，一辆坐三人，一辆坐四人。

温年昨晚累坏了，路上基本窝陈远怀里睡觉，等她醒来时已经到了服务区，再开一个小时就到目的地。

温年才醒盹儿，也不想去卫生间，陈远就不让她下车吹风。她一个人在车里发呆，池林先回来，说陈远在超市买热饮还有零食。

温年笑笑，又听池林说："温年，我想问你点儿事，行吗？"

"当然行啊。"温年点头,"怎么了?"

池林稍稍转过头,有些支吾:"就是……佳露她……"

佳露?没记错的话,池林以前都是叫佟佳露佟同学的。

温年没挑破:"嗯,你继续。"

"她最近是恋爱了吗?"

"佟佳露谈恋爱?"温年一惊,"没有,没听说。你怎么忽然问这个?"

池林嘴角挂起笑,坐正了说:"没什么,随口问问。"

有随口问这个的吗?温年觉得不对,可陈远这时回来,池林顺势打岔,话题就这么接了过去。

到了基地,工作人员事前知道金鑫他们要来,特意在门口相迎,然后开着观光电瓶车在前面带路。

现在这个天气,基地里人不多。

金鑫学长安排了一个两层木屋,可容纳十个人住。

工作人员给了大帐篷,还有各种工具以及烧烤架,以及一个对讲机,叫他们有什么事随时联系。

等工作人员一走,男生们开工。温年等女生则负责食物这一部分,池国栋给准备了不少,她们光是运送就花了好长时间。

等帐篷搭好,烧烤架也支起来,大家都累得不想动,只想瘫着。

"这种娱乐项目是谁想出来的?"金鑫扶额道,"我看视频里都可轻松呢。"

佟佳露说:"视频里都是拣好的拍,这都不懂?"

杨晓桃笑了笑:"我觉得挺好玩,只是咱们没弄过这些,手生。"

"对,晓桃说得对。"

眼瞅孔家奇就是第二个陈远,金鑫叹了口气,看向池林:"林哥,我感觉你一点儿不累呢。你刚才没少干啊。"

池林说:"我以前爱旅游,这种还好。"

金鑫点点头,又看向佟佳露:"你现在不也爱旅游吗?怎么体力还这么差?"

佟佳露噎住。

闲聊一会儿,大家动手开烤。

温年跟在陈远身边,想吃什么就让陈远来,陈远乐在其中被指挥。趁着烧烤架这边只有他俩,温年问:"我感觉池老板这次出来,目的不纯呢。"

陈远用拇指抹掉温年嘴角的酱料:"怎么不纯?"

"你自己看啊。"温年抬抬下巴,"一直和佟佳露找话说。"

陈远配合地看了眼:"哦。"

"你是不是有些敷衍了?"

听出这语气里的不满,陈远无辜道:"我对别人不感兴趣。"说着,他搂着温年的腰,低头说,"我只关心你,还累吗?"

"现在知道问这些,你昨晚干什么去了?"

陈远不答,看着温年,耳垂逐渐变红。

"喂!你俩别烤个串也腻乎!"佟佳露突然喊道,"给我来个鸡翅!"

温年红着脸站开些,陈远又把她拉回来,抬了下手,示意现在就烤。

中午烤完一轮,大家回木屋休息了会儿。随后下午的时间就是在帐篷里玩牌加摆烂,再吃吃喝喝。

景区里空气清新,即便吹来的是寒风,也是沁人心脾的寒风,舒服极了。

孔家奇说:"我来时查这边的攻略,说是离这儿不远有个寺庙,很灵验。咱们走时要不要去拜拜?"

"你还信这个?"金鑫说,"我拜。"

温年问孔家奇寺庙叫什么,百度一下介绍。

陈远见她特别认真,问:"你信?"

温年说:"心诚则灵。"

晚上这餐相对中午要简单些。大家吃完后,望着夜空中的皎月,继续躺着。

光这么躺着也是白瞎这大老远的一趟,池林就问他们几个有没有规划以后。

温年和陈远对视一眼,杨晓桃最先举手:"我当会计,应该是去我爸的那个公司。"

和杨晓桃一样目标明确的还有孔家奇:"我当老师。能去哪个学校还不知道,但我想努力去咱们学校。"

提起一中,大家脸上都浮现出笑意。那些画面,在教室里上课,在操场上奔跑，在小卖铺里嬉笑……好像就在昨天。

"也不知道马老师现在教几年级？"温年说，"今年我还没回学校看看。"

金鑫说："马老师好像不当班主任了，范老师顶上了。"

"范老师？"佟佳露"啧"了声，"那学生们还有活路吗？"想起范斌，大家笑起来。

温年还珍惜地收藏着老师们给她写的鼓励信，当时陈远给她的时候，她差点哭死。怎么会有一群这么可爱的人呢？明明就教了她一学期而已，却像是一辈子的良师益友。

温年说："孔同学，你加油！未来咱们可以随时回一中玩就靠你了。"

"还真是的！"杨晓桃杵了杵孔家奇，"你得进一中。"

孔家奇说好，还说："我要是去了，就是范老师的同事了。说实话，他吐槽陈同学，还挺搞笑的。"

温年捂嘴直笑："你现在还怕范老师吗？"

陈远想说他以前也没怕过，金鑫插话道："能不怕吗？就犯病对我和远儿，简直是阶级敌人！后面远儿语文成绩还上来了，就剩我一个人被骂，我容易嘛！"

金鑫做作地要哭，大家齐声喊他，又说起马令芳的各种冷笑话。

欢愉中，温年凑到陈远身边问："陈同学语文成绩怎么提高的呀？是不是冯思怡同学的创意写作课帮到了你？"

陈远捏捏这个明知故问的同桌的脸，说："我女朋友帮的我。"

"胡说！你那会儿哪有女朋友？"

"那会儿我就知道你将来会是。"

"吹牛。"

关于校园时光的回忆，大家说了好久。说得差不多，之前的话题重新提回来。

"我肯定是要继续唱歌。"金鑫说，"至于在哪儿唱？能不能唱出个名头来？再说吧，走一步看一步。"

佟佳露也是如此。她之前想做记者，上了两年大学又觉得要是干自媒体也不错，还要再考虑。

等到了温年这边，她说她应该是读研。

"读研好啊。"孔家奇支持,"教育学的话,要出国读吗?"

上一秒还沉浸在甜蜜中的温年,这会儿心上像是被小针轻轻扎了下,她没看陈远,低声道:"可能吧,没想好。"

"你是该好好想。"佟佳露随口道,"你要是出国,陈远怎么办?"

话落,气氛顿时沉重了下来。过去总是带着无限美好,有着怀念的滤镜。而未来这个课题,从来都不是只充满憧憬和希望,它也有分别、无奈、艰辛。

基地冬天的娱乐项目比较少,尤其还是晚上。

金鑫提议大家自由活动,等到十点都必须回木屋。

温年和陈远围着小湖散步。想起刚才的话,温年心里打鼓,她不知道如果陈远不赞同她出国会怎么样。

出国读研这事,是她在考北城大学之前就想好的,事关她的人生,她不认为该改变,只是因为有了陈远,也就有了牵挂。

"是必须出国吗?"陈远同样在想这事,他牵着温年,两个人在长椅上坐下。

既然已经说到这儿,那就说开。温年点头:"我是这么计划的,我想去斯坦福。"

闻言,陈远低下头沉默。见他这样,温年心里难受,也无比动摇,却无法说出改变的话。他们深爱对方,但也要为自己负责。

"陈远。"温年小声叫他,"你是担心如果我去国外,我们……"

陈远摇头:"我在想我自己。"

"啊?"

董教授放假前找过陈远。两个人现在亦师亦友,董教授毫不吝啬地为陈远出谋划策,他认为国内在机械制造领域短时间内还是达不到世界领先水平,这就需要有人才走出国门去学习交流。

董教授建议陈远现在就开始着手,本科念完就去美国或者德国念研究生,这会是一条有发展的路。

陈远当时听后,脑子里是有些乱的。在他的规划中,他是要好好念书,毕业后工作,努力让未来生活过得稳定,和温年组建一个他们的小家,从没想过再深造。董教授给他提供了完全不一样的思路。

"那你是怎么想的?"温年问,"你想继续念吗?"

陈远犹豫不到一秒,点头。他本心是喜欢机械的,也是有梦想的。就像陈君誉,他过去常常会说:机械对人们的生活和社会发展至关重要。他耳濡目染,小时候也会做做英雄梦,想着将来他在机械领域做出什么,给社会创造价值。

只是后来发生的事让他忘记了梦想,也失去了再去实现梦想的力量。直到遇见温年。

"想继续念就继续念,我支持你。"温年说,"而且,如果你也去美国念,我们……"

"年年,有一点我要说明。"

对于温年出国念书,陈远是无条件支持的。这与他出不出国没有关系。温年首先是温年,其次才是陈远的女朋友,对于温年任何的个人要求,她都有权力去实现,不该被外在的人和事束缚。她该有的光芒万丈,不该被他掩盖。

陈远这话让温年想起颜清说的——能在爱的人面前做自己才是真正的爱情。这下,她明白了。

温年靠在陈远的肩膀上,望着天上月,说:"那我要是去了,我们会有两年的时间异地,你舍得吗?"

"不舍得。"

温年吸吸鼻子:"那你会不会变心?"

"不会。"

"会不会胡思乱想?"

"不会。"

"会不会有时候埋怨我?"

"可能会。"

什么?温年坐起来,揪住陈远的耳朵:"我这还没走呢!"

陈远说:"我想你,你不在身边,我肯定……也有情绪。"

"不许有!"温年命令,"你每次想我都要是特别开心的那种,不许有负面的。"

"哦。"

陈远拉下温年的手,起风了,他把人抱到怀里,挡着风。

"年年,想做什么就去做。"陈远说,"我会一直在你身边。"

温年眼眶发酸。她知道这样不好，可她被陈远宠坏了，在这段感情里，她已经霸占了陈远的全部，再也做不到完全懂事。所以，尽管这是在给陈远一个巨大的压力，她也还是说了。

"陈远，去美国读研好不好？"温年哽咽，"我舍不得你，我……对不起。可是……"

陈远吻她，制止了后面的话。

他都懂，都明白，笑笑露出两个酒窝，说："好。"

转天，一行人去了寺庙。

据说这里求的平安符是最灵验的，温年为陈远求了一个。

跪在佛前，温年虔诚祈祷。

一求陈远长命百岁，二求陈远事事如愿。

时间一晃，又到了毕业季。不同于高中毕业，那时大家进入的依旧是校园，这次，有人或许还会继续读书，也有人要步入社会。

温年成功拿到斯坦福 offer，陈远申请斯坦福也通过了，出乎意料的是，麻省理工也递来橄榄枝。

麻省理工的机械工程专业，世界第一。陈远和温年商量后，决定去麻省理工。

尽管这样会让他们在接下来的两年里相隔几千公里，但他们都在为了成为更好的自己而努力，并不难过。

剩下唯一的问题是费用。温年有颜清做后盾，陈远只有自己。

池国栋拿了二十万积蓄给陈远，陈远坚决不要，同样，颜清说愿意投资陈远，当是借给陈远，陈远也拒绝了。

那段时间，温年焦心，不敢乱说话，只能事事依着陈远。

后来是董教授帮的忙，由他出面，让陈远和研究所签了协议，只要陈远学成后到研究所工作，读研的费用由研究所担负 60%，算作国家人才培养的经费。

其实不用这个协议，陈远也一定会回国为自己的国家出力，现在有了这份激励，他只会更加努力学习。

签完协议出来，陈远向董教授郑重道谢。董教授拍拍年轻人的肩膀，笑着说："你有才，我惜才，我们是互相成全。"

"我不会让您失望的。"

"好，好。"董教授很放心陈远的专业学习，但又不免为后生的个人生活担忧，"这趟出去要两年，你的小女朋友会不会和你闹矛盾啊？"

等在对面咖啡馆的温年不知道自己还被聊了进去。她望着门口，度秒如年。见陈远推门进来，温年"噌"一下站起来，想问问怎么样，又傻傻站着开不了口。

陈远走过来，先是揉揉她的脑袋，然后告知了结果。至此，温年悬着的心落地，激动地扑过去抱住人。

两个人手牵手从咖啡馆出来，董教授的车子正好拐过前面的路口。

温年说："我要好好谢谢董教授！一会儿我就去买点心！"

闻言，陈远笑了笑。温年问他笑什么，他说了董教授的顾虑。

"那你是怎么说的？"温年急道，"董教授不会认为我拖你后腿吧？我这么没格局的吗？"

陈远捏捏某人气鼓鼓的小脸："我说我去麻省理工就是你鼓励我去的。"

"然后呢？"

"董教授说等我们学成归来，喝我们的喜酒。"

万事俱备，接下来他们就是迎接在国外的学习生活。

董教授联系了自己在美国的学生，他们都是机械制造方面的专家，听说直系师弟要来了，邀请陈远八月初就去美国，带他熟悉环境。

温年去不了这么早，她要跟她的毕业论文导师去外省参加一个学习研讨会。所以，两个人将在七月底便开始他们长达两年的异地恋。

说不难过那是在自欺欺人，可温年也劝自己，好歹能陪陈远过个生日。

他们在一起的这些年，只有高考之后的那次生日办得比较热闹，剩下的都是两个人简单过过，有一次赶上他们都忙，过都没过。

这次，必须好好办。

29号当天，温年一大早去了蛋糕店，之后又去超市。她跟王阿姨要了菜谱，把该买什么一一列下来，照着单子采购。

等这些办好，温年回到出租屋。房子里的大多用品要么清理了，要么收了起来，只剩下常年插着玫瑰的花瓶还没动。

看着空空的桌子和柜子，温年抿抿唇，去了厨房。

陈远外出回来，一进屋就闻到饭菜香。推开厨房门，他看到温年围着围裙，在灶台前忙碌。

温年厨艺有提升，但距离独当一面还差得有些远，常常是这边调好料汁，那边就忘了给汤掀盖，等发现时赶紧去掀，又会不记得锅盖很烫。

这次也是这样，眼看就要被烫着，一只大手先她一步掀开盖子。暄腾起来的热气"哗"地充满了空气。温年看到陈远有些模糊的侧脸，浓长的睫毛斜斜垂下，鼻尖上挂着几颗的汗珠。

温年语气里带着依赖的甜："你回来了。"

陈远转过头亲吻她的额头，一只手绕到腰后去解围裙的绑带："我来。"

温年不让："今天都我来，你歇着。"

"烫到你。"

"不会。"温年推人出去，"你别妨碍我。"

陈远被关在门外。过了一会儿，他搬来椅子坐在厨房门口，一边听着厨房里的动静，一边回复美国那边来的消息。

从没想过，他还能出国。不仅出国，还可以去顶尖的学府深造。以前的他以为他最好的结局就是考个差不多的大学，在怀蓝有份工作，浑浑噩噩地过下去。

现在，一切都变了。

陈远看向厨房，门上的磨砂玻璃后面，有一抹纤弱的身影。他的眼睛追着这抹身影，嘴角不觉扬起。

做好三菜一汤，送蛋糕的快递小哥也来了。

时间掐得刚好，温年让陈远闭上眼睛，她要关灯制造气氛。

陈远笑道："闭眼就好了，别关灯。摔到你。"

"别建议我。"温年命令，"我说什么就是什么。"

"好。"

闭着眼的陈远感到周围的光线没有了。随后，一团微晃的光芒从前方移动过来，越来越近。

"祝你生日快乐，祝你生日快乐，祝你生日快乐，祝我男朋友生日快乐。"

温年唱完，将蛋糕摆在桌上，说："睁眼吧。"

陈远睁开眼，看到蜡烛之上女孩的笑脸。窜动的烛光在她眼里闪烁，她看着他，漆黑的瞳孔盛满温柔。

"吹蜡烛许愿。"温年说，"我亲手做的蛋糕，许愿成功率100%。"

陈远这才低头看向蛋糕。花样不是很复杂的那种，有一朵大大的弗洛伊德玫瑰和一个……葫芦？

"为什么要放这个？"陈远指了下。

温年忍笑道："葫芦，福禄，明白吗？这是美好的寓意。"

陈远点点头："就和你给葫芦起的名字一样。"

说他是"铁葫芦"真是一点儿错没有，憨憨呆呆的可爱死了。

陈远不能辜负温年的心意，认认真真许了愿望，然后切蛋糕和温年享受二人晚餐。

其实，温年一开始打算请佟佳露他们一起过来，大家聚聚，可后来她又放弃了这个想法，觉得还是他们单独过好。虽然少了热闹，但也多了些独处时光。

吃完晚饭，陈远不让温年刷碗，温年也没争，说是去洗澡。

等两个人都收拾好后，就像从前一样，窝在客厅看电影。

温年有些心不在焉，时不时整理下衣服。

陈远看出来，问她是不是热，可以把空调温度调低一点。

"没，不热。"温年清清嗓，"我觉得这部电影一般，要不我们早休息吧？"

"听你的。"

他们一前一后回房，温年故意走得慢些，又绕去厨房斟水，想着陈远应该是看到了吧。

陈远确实看到了。床上放着一个礼盒，里面放着一本相册。翻开第一页便是杨晓桃当年在运动会那次偷拍的他俩的背影。

这张照片是温年从陈远那儿翻出来的，陈远解释是杨晓桃送给他的，言外之意是不想上交，可最后还是被无情夺去。现在看来是又物归原主了。

陈远弯弯唇，继续翻，后面分别是他和温年毕业时拍下的照片。很可惜，这个时候的他们都没在彼此身边。

再来就是他们在大学里的合影,有很多都是温年心血来潮的自拍,还有参加学校活动一些同学拍下来的宣传照。

最后一页,贴了两张照片。上面是他们一行人高二来北城旅游拍的大合影。

画面里,陈远和温年挨在一起,她高出他肩膀一点,甜美的笑容带着少女的青涩,而他站在她身边,神情颇为紧张,手却诚实地往她手边靠近。

下面的照片,则是拍摄于不久之前的毕业典礼。这次,温年头靠在陈远肩膀上,笑容灿烂幸福,陈远拥着她的肩膀,也笑得开心。

这是现在的他们。明白了什么是喜欢,什么是爱,更明白了对方对自己的意义。

陈远眼底涌上几分湿濡,温年这时从门口探出脑袋,眨巴眨巴眼睛。

"怎么不进来?"陈远合上相册,"这个礼物,我很喜欢。"

温年微微一笑:"喜欢就好,我还怕你觉得太矫情了。"

陈远招手示意过来,温年想着他既然喜欢,也就不难为情了,大大方方地过去。

结果才走到床边,人就被扯倒,压在了床上。

转天,温年睡到中午才醒。陈远在她身边,倚着床背看书,看她醒了,俯身亲了亲。

温年一巴掌招呼过去。陈远搂着氽毛"小猫"躺到被子里,问:"想吃什么?"

温年饿得很难,能吃下一头牛。但想到什么,她说:"随便吃点就好,家里有什么做什么。"

"为什么?"陈远又问,"你得补补。"

温年说:"我还想出去玩,不能在家待太久。"这一上午已经睡过去,留下的时间不多了。

陈远明白温年的潜台词,眉心轻蹙了一下,说:"行,我简单做些。"说着,人坐了起来。

温年扭头看陈远,小声道:"把你手机给我用用。"

陈远从床头柜拿来递过去。

陈远去做饭，温年着手订票。她的想法很简单，和陈远去日落大道再坐一次缆车。她还记得他们在缆车上，陈远说她喜欢的话他们以后夏天再来。

可是他们守着北城，夏天倒是总想不起去了，不是人在怀蓝，就是在实习或者忙其他事。

这次，补回来。

用 APP 首次订票的用户可以优惠三十元，抠门如温年，当然得拿陈远的手机订票。但她点进去后却发现，陈远并不能享受优惠。

他不是第一次订票吗？难不成他和金鑫一起坐过？

温年立刻查了陈远的订单记录，发现五年前的夏天他居然来北城坐过夕阳缆车。

五年前……那也就是高三前的暑假。他们还在分别中。陈远好端端为什么要在那时候过来坐缆车呢？

不待温年多想，陈远在外面询问她喝牛奶还是橙汁。暂且放下疑惑，温年用自己的手机订了票，准备待会儿找个合适的时机再问。

两个人吃完早午餐，出发前往日落大道。

时间还算早，温年想去商场，看看还有什么需要给陈远添置的。逛得差不多，他们把东西寄存在游客服务中心，去大道上散步。

这里依旧那么热闹，商业发达，越来越多的街头艺人来这儿表演，金鑫之前还想试试水，说是万一录个视频火了呢。

陈远牵着温年的手，慢慢走。见有商店在卖鲜花，陈远问有没有弗洛伊德玫瑰？

这两年，弗洛伊德玫瑰挺火，不少商家都在卖，陈远问时，正巧还剩下一枝。

店家说："一枝也好啊，一心一意，一生一世嘛。我给你们包漂亮些。"

拿着这一枝玫瑰，温年心里的离别忧愁被冲淡了些。

两个人继续逛，逛到前面，有一片区域围了不少人。

有家钢琴店做店庆活动，搬来了一架三角钢琴，在这儿免费给游客弹琴，当作打广告。

温年踮起脚看了看，忽然冒出来个想法。

"你是不是没听过我弹琴？"

陈远点头:"池林说你弹得很好。"

"还行吧。"温年扬扬下巴,"今天给你露一手。"

温年让陈远拿着玫瑰,自己去和商家交涉。

商家一开始顾虑陌生人伤了钢琴,温年解释说是送给男朋友,还说可以压钱,要是有损坏照价赔偿。工作人员听了,就和老板汇报了。

老板是一位留着长头发的艺术大叔,小辫子梳得很有个性,一看这俊男美女的,立刻答应了,表示浪漫至死不渝,随便弹。

温年道谢,上了小舞台。大叔很给面子地给她造势,向观众介绍她要把接下来的这支钢琴曲送给她男朋友。台下一片掌声。

陈远站在侧面,温年找到他,笑了笑,掀开琴盖。也是好久没弹,估计会手生。但温年觉得没所谓了,以前的她为考级只注重技巧,现在的她为爱人而弹,只在乎感情。

《贝加摩组曲》第三曲——《月光》。温年的最爱。过去她总是弹不好这支曲子,这下终于可以领悟透彻。

温年弹得投入,脑海里一一浮现她和陈远认识以来的点点滴滴。

从南甜巷子的梧桐树下起,到一中绿树成荫的小道,再来是招明港的秘密管道基地,还有那场千人欢呼的音乐节……不想时不知,此刻才知入骨。

透过乐声,陈远感应到温年的心意。他望着她,攥紧手中的玫瑰,很多话不用再说,他已经明白。

一曲完毕,不少围观的情侣都进入了氛围,相互依偎。

艺术大叔问温年考不考虑去他那里弹钢琴,薪资待遇优厚,有什么要求随便提。

温年婉拒大叔,跑向陈远。

陈远接住了人,捧起那张脸,轻声说:"好听。"

"那以后还弹给你听。"温年戳戳那对酒窝,"只弹给你听。"

夕阳西下,落日余晖照得海面波光粼粼,像情人揉碎了的爱意洒在上面。

温年和陈远坐在缆车里看夕阳。温年问了订票的事,陈远听到时有些惊讶,像是很久之前的事已经被遗忘,又再提起。

那时,温年走了快半年。陈远用功学习,坚守他们的承诺,努力考进了北城大学。

可这份坚持很难。他看不见她，没有她的消息，甚至她这样的离开，都没有一个寄托留给他。太想她了，想到看到眼前的任何都会幻想她回到自己身边。

终于忍不住，他买票来了北城。他并不知道她在哪个学校，就沿着那年他们旅游时的路线走了一遍，甚至去北城大学骑了自行车。

说到这里，陈远笑了笑："你还记得我那次跟一位学长借车吗？"

当然记得。温年和佟佳露他们都觉得以陈远的社交能力是借不到的，但实际情况是学长很痛快地借了，还说什么要是能成，车都能送给陈远这样的话。

"很简单。"陈远说，"我和学长说我要用车载我在意的女孩，希望学长帮我。"

温年一愣，随即也笑了："你在这时候说话倒是会找理由，平时不言不语的。"

陈远自认话少，也不会说话，尤其对着温年。说少了，怕她不明白自己的心意；说多了，怕嘴笨惹她不开心。还好，她只是有些小嫌弃，心里从不真和他计较这些。

那时，从北城大学的环海路骑行完，陈远就来了日落大道，独自坐了缆车。在缆车上，他对她的思念到达顶峰。

"年年，不要担心之后的分别。"陈远说，"我们之前也走散过，不还是找到了对方？"

积压的眼泪掉下来。温年都知道，可还是不舍，真的不舍。他是她的爱人啊。

"你有任何的想法，一定要和我说，千万不要憋在心里。"温年嘱咐，"我们一起想办法解决，你不能一个人来。"

陈远帮她擦眼泪："好。"

"我们每天通话，一有时间就去找对方。两年而已，不长的。"

"好。"

"陈远，你还会找到我的，对吗？"

陈远手指微顿，摇摇头："不是了，年年。"

曾经的他们还年轻，需要去寻找彼此。而现在，温年对陈远来说不再是寻找，是归路。

"时间一到，我就会回到你身边。"陈远说，"你在哪里，我就去往哪里。"

远方传来汽笛声，一艘行驶在海平面上的船向着光照的方向驶去。

温年和陈远望去，紧握在一起的手一如初次那样炽热滚烫。

番外一

在美国的学习生活比想象中有压力。

之前在电视上看到的那些每天都跟度假一样的留学日子简直是开玩笑，实际情况就是：课很多，考试难，还不好过。

温年主攻教育心理学，偏学术理论，相对来说，轻松那么一点。陈远那边则每天各种研究计算，天天和打仗一样。

在这样的状态下，温年和陈远保证每天碎片化时间发微信，晚上睡前必视频。

但最近几天，陈远说他在实验室加班熬夜，取消了晚上的视频，两个人变成一天说不了三四句话。

一开始，温年觉得这是正常的，毕竟陈远确实忙。直到有天杨晓桃在她们小群里说了个同事的八卦，她就有点儿犯嘀咕。

同样的高中时就互相激励、同样的大学恋爱，一起读研。不同的是，杨晓桃口中的同事她妹的男朋友在留学期间劈腿，女方发现时，小三肚子都快显怀了。

温年倒不是怀疑陈远会劈腿，但异地恋真的会加深焦虑。

于是，她看了课表，把时间挤一挤，订了机票，飞波士顿突击检查。

陈远有位学长恰好在麻省理工附近有套小公寓，学长和他妻子因公赴任华盛顿三年，公寓空着也是空着，就以白菜价租给了陈远。

温年落地时，刚刚入夜。她有公寓的钥匙，进了房子，屋里沉闷的空气涌来。

客厅窗帘拉得死死的，一点儿光亮不透，要不是看到茶几上有吃剩下的三明治包装，温年都怀疑陈远没回来住过。

温年拉帘开窗户换气，看看时间，陈远还得有会儿才会回来。

傻等着也是无聊，温年又去了附近的超市，采购一些日用品和熟食。

等再回来，陈远也还是没在。

越想越不对劲儿，温年的第六感告诉她，陈远有事瞒着她。

不会真有情况吧？温年胡思乱想，正把水果往冰箱里放时，门口传来开锁的声音。

温年第一时间跑过去，想说怎么这么晚，见到人，愣住了。陈远戴着口罩，高大的身躯微微佝偻，整个人散发出满满的疲态以及病态。

看到温年，陈远的第一反应是以为又出现幻觉了。这段时间他过度劳累导致免疫力下降，患上了重感冒，一迷糊的时候就会看见温年在他身边，他都习惯了。

陈远作势换鞋，余光瞥着身侧，"幻觉"一直在。他皱皱眉，扭头看去，就见温年目不转睛地看着他。

"你生病了吗？"温年问，"还是哪里不舒服？"

陈远一愣，下意识地闭了闭眼又睁开，人还在。

"年年？"

温年瞧他呆头呆脑的，等不及，上前摘掉他的口罩，看到了他毫无血色的双唇。她心上顿时像有蚂蚁在啃噬，摸了摸陈远的脸："生病了为什么不告诉我？"

陈远看着女孩,不可置信地握住那只柔软的手,捏了捏,嘴角轻扬:"你真来了?"

这还能有假来不成?

温年拉着陈远去卫生间洗手,然后又带人去客厅坐下说话。

陈远全凭她处置,眼睛粘在她身上,眨都不眨,说:"来了怎么不说?我去机场接你。"

"你还接我?"温年哼了声,鼻子在陈远身上嗅嗅,"你从医院回来的?"

陈远点头:"去拿药。放心,都是小毛病,好得差不多了。"

"小毛病你不和我视频?"

"加班,太晚了。"

"你都病了还加班?你们实验室有没有人性!"

看她这样活灵活现地生气,又变成那只脾气不好的爹毛布偶猫,陈远就心头发软。他揉着她的脑袋,本想等事情再沉沉才说的,但喜悦的心情现在就按捺不住了,还是说吧。

"我要拿到五万奖金了。"陈远说,"不出意外,就在月底。"

"美金?"

"嗯,美金。"

温年倒吸口气。她虽然含着金汤匙出生,不缺钱花,但也得懂得钱难挣,更何况以前还有许扬给她上过"没钱课"。陈远这才二十四岁就一下挣了这么多,厉害。

陈远握住温年的手,浅笑着说:"这笔钱,我拿出一部分给你花,剩下存起来。照这个速度,毕业过不了多久我就可以在北城交首付,我们就有属于我们的小家了。"

他眼里是遮掩不住的开心,温年听得也开心,但开心的同时,更多的是心疼。

"陈远,你不用这么累。"温年说,"毕业后我也会挣钱的,我们一起。"

陈远说:"你挣的是你的,我挣的也给你。"

"你是我苦力吗?"

"我是你男朋友。"

温年抿抿唇,又摸摸陈远的脸,他更瘦了。她不知道该怎么说才好。

说她不在乎这些,她确实不在乎,可陈远听着,难免会伤他的自尊,打击他的积极性。但是他这么拼,她又实在是不忍心。唯一的办法就是哭。

陈远本来很高兴,累也高兴,但温年一哭,他就慌乱了。

"怎么了?"陈远抽几张纸过来,将人搂到怀里,"我已经没事了,你别担心。"

温年说:"我还以为你外面有人了,着急过来查岗,结果你是累了……你总害我做坏人!"

陈远笑了笑:"我有你了,还能再有谁?"

"那你这么累,没时间陪我,我就是会不踏实啊。"温年揪着陈远衣角,"别这么累,多陪陪我。行吗?阿远。"

尽管又是撒娇又是耍赖,但温年内在的意思,陈远体会得到。他心里暖暖的,也有些懊悔自己能力有限,始终无法做到最好,只能一步步来。

"你想什么了?"温年眯眯眼睛,"你是不是还想像这次这样瞒着我?以后就算累死,陪我聊天就是?"

"没有。"

"你有!你肯定有!"

"陈远,你是不是想气死我?还是说,你想我还没结婚就守寡?又或者说你想用四五十岁的身体质量来娶年轻漂亮的我?"

"我告诉你,做梦!"

"你要是不行了,我就抛弃你,没商量!"

温年口中的"不行"是说操劳,拖垮身体,可听在陈远耳朵里,那就只有一种不行。而男人,最听不得'不行'这个词,身体立刻就回以了激烈反抗。

温年可没忘上次某人是怎么折腾她的,这要是再来一次,她得崩溃。

"我饿了,我去厨房拿吃的!"刚才的强势一点不剩,温年抬屁股就要跑,才起来,人就被摁下去。

危险的气息瞬间笼罩过来,陈远看着她,表情还是大狗狗的憨憨,眼色则全是狼的狠厉和蓄势待发。

第二天早上,温年在陈远怀里醒过来。

看着熟睡中的人，她心里甜甜的，像是躺在棉花糖上。

待了会儿，温年看时间也不早了，她下午两点的航班，还得为她男朋友准备爱心便当呢。

温年去挪腰上的手，下了床去洗漱。

来到卫生间，她拿出自己的牙刷和毛巾，发现牙膏没了，她又去储物柜里拿新的，结果看到了——

一声尖叫惊醒陈远。

"年年，你听我解释！我真的不知道怎么回事！要是我说谎，你再也不理我。"

"我现在已经不理你了！那你就是在撒谎！"

"年年。"

"走开！别挡着门！"

"我不，我们把事说清楚。"

"好啊，那你说！你说为什么你的卫生间里会有一件女士内衣？你可别说是要送给我的！"温年气得要原地爆炸，这到底是怎么一回事！

陈远死死挡着门，生怕温年带着怨怒就这么离开，自己极力回忆事情原因。他最近不是上课就是在实验室盯数据，身边连个女生都没有，怎么可能会有这样的事发生？

陈远灵光一现。他拉着温年去沙发那边，温年不让他牵，他只好抱人过去，那轻轻松松的架势，又给温年气得够呛。她根本打不过他！

陈远翻出手机，找出之前的微信界面。

看到联系人的时候，温年一愣。

"是她？"

女孩名叫梁楠，是温年之前在贵族学校的同学。温年上个月和梁楠在麻省理工的校区遇见，梁楠对温年态度友好，加之上学时也没在温年家出事时落井下石，温年对梁楠印象还不错。梁楠说难得在国外遇见朋友，大家以后多照应。梁楠的照应就是往她男朋友家塞内衣？

"前两天，这个女生来实验室找人。"陈远说，"正好那天下雨，她又有车，就说送我和另外几个同学一程。我是最后一站。"

到了公寓楼下,陈远道谢,梁楠问他借用卫生间。陈远想着这人是温年的同学,这么个小要求没理由不答应,就让人进来了。期间,也没发生任何其他的事。但这是这段时间唯一进过公寓的女生了。

"年年,我从实验室回来就是休息,没注意过卫生间的柜子。"陈远说,"下次绝对不会有这样的事发生。"

"下次?"

"连下次都不会有。"

温年消消气,谅"铁葫芦"也不敢对不起她。

但那个内衣实在是太恶心了!怎么着?打量她没守在身边,就有机会钻空子了?

温年叫陈远约梁楠去咖啡店见面。

梁楠见到温年时,撕掉了笑容灿烂的面具。

"你都知道了是吧?"梁楠笑呵呵地说,"别急着生气。没想真和你抢,就是无聊找个人玩玩而已。"

温年忍着想泼人的冲动,说:"想玩就去找单身的玩,你就算找一百个也没人管。"

"那多不刺激?"梁楠挑眉。

温年以有这样的女性同胞为耻,言简意赅:"你再骚扰他一次,我让你滚出留学圈子。"

"呵,你这是温家大小姐当惯了?你们温家……"

"不用温家,我也能让你滚。"温年克制着脾气,抿了口咖啡,"我知道你以前干的那些事,要是不想混了,就试试。"

梁楠脸色一变,顿了顿,点头:"行,我以后离你男人远远的。"说罢,她拿起包要走,又甩了一句,"没我他也能找别人,看你盯到什么时候。"

这话说得叫人反胃,却也是事实。一个人的忠诚靠另一个人看着,是看不住的。

温年垂着头从咖啡店出来,陈远站在马路对面,看见她,叫她等等,他过来。

温年说"好",看到对面是一家文身店,陈远刚才一直在看这家店做什么?

没多想，两个人吃了午餐，再次分别。

等又可以见面时，是一个月以后。

温年发现陈远锁骨上多了文身，文的是漂亮的艺术字：belong to W.N。名字缩写 W.N 中间的点正好是那颗黑痣。

"你什么时候文的？"温年摸着那片皮肤，身体还在轻颤着，气息也不稳，"这里要是洗的话，好洗吗？"

"可以洗，但是会变成一片疤痕。"

陈远选的最不好洗的文身。他虽然不解风情、不懂浪漫，但也知道异地恋对情侣的考验有多大。那是心理上的折磨。

温年的担心，他也有，想起来时也会焦虑不安。偏偏这样的焦虑不安不是说靠信任就能解决的，有多少人海誓山盟照样最后分道扬镳？

在分别面前，再多的誓言都是苍白的。只有行动能抵挡，可行动需要时间去证明，这又是一个磨人的过程。

陈远能做的就是尽可能地表达他有多么爱她，多么离不开她。

"我也去文一个。"温年说，"文哪儿好？你说。"

陈远摇头："疼。"

"我不怕。"

"我怕。"

温年才不管他怕不怕呢。

他能瞒着她，她为什么不能？

温年回了帕罗奥多就在左肩后面文了一个：love C.H。

番外二
GUIHANG

来美国的第二年,圣诞节,温年和陈远利用假期去了趟新西兰。

起因是颜清早些时候打来电话,说温年外公的表妹,温年该叫表姑婆的一位长辈,怕是要不行了。老人托儿女捎信给颜清,有一本相册,希望可以交给温年保管。

得了消息,陈远帮忙订票,两个人来了惠灵顿。

温年本打算订酒店,但颜清说外公的房子一直有人定期打扫,可以拎包入住,两个人就没舍近求远。

再次回到儿时短暂的家,温年心头发热。花园里的秋千维持原样,客厅里的钢琴还摆在老地方,外公每次为外婆弹琴时,眼中满溢出来的爱意,她都还记得清清楚楚。再到卧室,那些她爱的娃娃更是被保护得很好。

站在房间门口,温年哽住,陈远搓着她的背,她才忍下了眼泪。

晚上，温年和表姑婆的女儿取得联系，约好明天的见面时间。

陈远简单做了些中餐，两个人在小花房吃。

"我以前最爱来这边待着。"温年说，"看看书，又或者玩玩具。"

陈远点头："以后我们也弄一个花房。"

温年脸颊微热，没应这话。

有段时间没吃中餐，加上陈远手艺还是那么好，温年一不小心就吃撑了，饭后央着陈远陪她在附近散步。溜了一圈回来，温年又起玩心，坐在秋千上晃。

"要我帮你推？"陈远问，"怕高吗？"

温年笑道："你有多高推多高。"

不是温年吹牛，她不恐高，也不怕晕，最爱就是荡秋千荡到最高。小的时候，可能会担心外公外婆年纪大了，不能很好护住她，但现在身后是陈远，他不会让她受伤，她只管玩个尽兴就好。

温年确实玩得很开心，发丝在空中飞扬，就像儿时玩起来不管不顾的小疯子。

就是夜里风越来越大，冷了，要适可而止。陈远在温年身后抱住她，稳住了秋千，下巴蹭着温年发顶，说："以后我们也安装一个秋千。"

"你来这儿考察的吗？"温年嗔道，"这里是样板间啊？"

陈远手指摩挲着温年耳垂，感受到上面的软热，喃喃："你喜欢这里，我就想给你。"

温年抿抿唇，扭过身子手臂缠上陈远脖子，撒娇："累了，抱我回去。"

陈远嘴角一扬："好。"

洗完澡，温年回自己的小卧室，不出意外看见了已经躺在上面的某人。

说好他睡客房。她的房间虽然不小，却是单人床，根本睡不下两个人。

"你瘦。"陈远睁着眼说实话，"够。"

温年叹口气，坐在一边的娃娃堆里，顺手抱着一只小熊。

"明天要起大早。"她说，"睡不好影响精神。"

似乎觉得也有道理，陈远掀开被子下来，说："我打地铺。"

客房是摆设吗？温年嘟嘟嘴，陈远也不让步。僵持了片刻，陈远又说："要不我们一起睡地上，地方大。"

一只熊砸过去，被陈远抱个满怀。一人一熊，一样憨憨的可爱。

温年又想笑，站起来，说："你打地铺好了，我还想抱着小兔子睡呢。"

"兔子？"陈远皱眉，"哪只？"

温年指了指，陈远过去拿起来。

"好啦，你想打地铺就打。"温年夺走兔子，"我要睡了。"

陈远问："你小时候很喜欢这些？"

"喜欢啊。"

陈远一本正经地说："等我们有了女儿，也给她买。"

一会儿花房，一会儿秋千，现在又女儿！温年真服了。她钻进被子，背对着人，被子盖得严严实实，咕哝："谁和你有女儿。"

陈远不说话，笑笑露出两个酒窝，随后拿了只小熊，去打地铺。

转天，温年在熟悉的怀抱中醒来。她和陈远挤在小床上，宽敞的地铺里躺着小熊和小兔子。

吃了早餐，他们出发去看望表姑婆。

表姑婆剩下的时间不多，选择将最后的时光留在家中。

温年到时，表姑婆坐在壁炉前听音乐，听得正是温年外公生前最爱的D小调安魂曲。

看见温年，表姑婆泪眼婆娑，伸着手叫她过来。温年蹲在老人身边，握紧那只已经枯萎的手，说："我来看您了。"

表姑婆慈爱地笑笑，抚摸温年的脸，感慨："看到你，就好像回到过去。靖安和文禾带着你来看望我，你就坐在这里搭积木。"

温年哭着点头："看见您，我也想起了外公外婆。"

见面的激动让老人精神一下好起来。

陈远上前问候长辈。老人知道这是温年的男朋友，细细打量一番，说："还是我们囡囡有眼光，你们以后要好好的，知道吗？"

"您放心。"陈远说，"我一定好好对年年。"

表姑婆拉着他们说话，拿来相册翻看。里面有很多温年外公外婆年轻时的照片，还有颜清少女时期的留念照片。

表姑婆看到颜清的学生照时，忍不住叹息："要是你妈妈没那么执拗要嫁给那个人，该多好啊。你外公外婆的遗憾也就不会那么深了。"

温年不知道该怎么宽慰老人。

确实，颜清和温振渊的婚姻是一场深深的遗憾。撇开颜清多年的感情付出不说，最令人唏嘘的便是温振渊不曾爱过。

一个不爱她的人却捆住她的大好年华，于她而言是痛苦、折磨、讽刺，于真正爱她的人而言，是无法言说的伤痛和惋惜。

温年的外公外婆当年因为颜清要嫁给温振渊，几次泪流不止，外公还为此住进了医院，但都没能阻止颜清踏入这场错误。外公外婆恐怕死前最后想起的事都是这件了。

表姑婆既然说到这里，又看向陈远，重复道："还是我们囡囡有眼光，你看着很可靠。你们以后要好好的，知道吗？"

温年和陈远对视一眼，表姑婆的女儿解释："她就是这样，总说说过的话。"

两个人明白，陈远再次和表姑婆保证："您放心，我一定好好对年年，让她幸福，不留任何遗憾。"

"那就好，那就好。"老人欣慰地说，继续看照片。

后面，每当看到什么能勾起回忆的，表姑婆就还要提起"囡囡"，提得表姑婆女儿都无奈了，告诉老人说过了，都知道了。可老人还是问。陈远不厌其烦，每次都像第一次那样，郑重地给出回答。

温年和陈远在表姑婆家住了一天，第二天返回外公外婆家中。

路上，温年看着手中的相册，思绪万千。她不由得想，要是颜清没有嫁给温振渊，现在会是什么样呢？说不定已经实现成为一名考古学家的理想了吧。

"别多想。"陈远拥着温年，"时间不会倒回。阿姨没能得到美满的婚姻，但我们以后会好好孝顺她。"

温年靠在陈远的肩上，说："人这一辈子能遇到对的人好比中彩票。我妈说她不后悔，那就都过去了。"

陈远"嗯"了声，又问："那我是你对的人吗？"

温年笑了笑，戳了戳这个幼稚鬼的脸，在他耳边说："你是我的超级大奖。"

下了车，温年和陈远顺路再去趟超市。

他们是明天下午的飞机，还得自己做几顿饭。

临近超市门口，有个露天咖啡店，一对男女在门口吵架。

男的个子很高，背影挺拔，就是衣衫不怎么整洁，褶皱很多。

他斜对面的女人面容精致，一身名牌，虽然上了年纪，但也能看得出年轻时是个美人，不过眉眼间戾气有些重，看起来不好惹。

"你说你要来新西兰，就是为了见那个男人是吗？"

"是或者不是有什么呢？我们都一把年纪了，快乐就好了。"

"你也不会都这把年纪了，还追求什么浪漫什么爱情吧？"

"醒醒吧，振渊。"

听到女人喊出那个名字时，温年已经拉着陈远躲在角落。陈远没问怎么了，只是看着温年煞白的脸，握紧了她的手，挡在她前面。

好一会儿，温年找回感知，小心翼翼地从陈远怀里往外看去。

温振渊还站在咖啡店门口，挫败的背影，说不尽的无助。

离婚后，颜清和温振渊一次没有联系，温年也像彻底没了爸爸。

颜清说温振渊去找他的初恋了，他和他初恋的爱情是最浪漫的，而温振渊是个离开浪漫就会死的人。现在，他还这么认为吗？

"年年。"

陈远的声音将温年拉回来，她看着陈远，水汪汪的眼睛透着委屈和难过，看得陈远心揪了起来。

"我爸。"温年说。

陈远看出来了，揉揉温年的头，将她紧紧抱在怀里。

"别看别想，自己的选择，自己负责就好。"陈远说，"都过去了。"

是，都过去了。

温振渊没把她当过女儿，就算她表露出柔软，也不会得到回应。

但她还是忍不住望过去一眼。可惜的是，温振渊已经不在原地。他们父女从来都是这么错过的吧。

番外三

温年和陈远从美国回来的第一件重要的事是参加杨晓桃和孔家奇的婚礼。他们在北城草草处理了手头急事便赶到怀蓝,为他们的朋友祝贺。

婚礼前夜,温年和佟佳露住在杨晓桃家。

杨爸爸给她们做了拿手熏排骨,就是吃的时候,杨爸爸哭了一通,说闺女以后不能随时吃到了,心里难受。挺感人的父爱,杨妈妈却说:"她是嫁出去不回来了?还是你手残了不能做了?"成功地让杨晓桃破涕为笑。

晚上,闺蜜三人窝在杨晓桃房间里。佟佳露找人代购了超级贵的贵妇面膜,每人敷上一张,还不忘将双腿 90 度立在墙上,去水肿。

"紧张吗?激动吗?"佟佳露问,"马上要多个身份。"

杨晓桃抬抬屁股,往温年跟前靠了靠:"还行吧。在一起这么久了,感觉结不结婚都一样。"

佟佳露:"姐妹你这思想挺超前啊。"

"一般般啦。"杨晓桃说,"对了,上个礼拜老孔不是在学校发请柬嘛,你们猜他看见谁了?"

孔家奇不负众望,顺利考进一中的编制,成为一名语文老师。他和杨晓桃结婚,特意邀请一中老师们,届时来一个师生大团聚。

温年想想,不就是马令芳他们吗?还能有谁?

杨晓桃支起半个身子说:"冯思怡。"

"她?"佟佳露皱皱眉,"她不定居北城吗?怎么跑回来了?"

据孔家奇八卦,冯思怡的妈妈生病了,那种时刻需要人照顾的病。以前,冯妈妈最大的愿望就是冯思怡离开怀蓝,去大城市发展,好不容易冯思怡做到了,现在冯妈妈这边有事,她又想方设法让冯思怡回来。所谓儿女的前程,到底是自己的还是父母的?

杨晓桃说:"冯思怡现在好像还单着呢。之前谈了一个,条件一般,冯思怡妈妈就不同意,说冯思怡的条件怎么也得找个在北城有大平层的。"

温年和佟佳露无语。不过冯思怡这个没成的男友又长得有几分像陈远,倒是让温年无语中又多了些硌硬。但这种硌硬无非是她的占有欲作祟,人家只要不找她男朋友,就算找她男朋友的双胞胎弟弟,也和她没关系。

"要我说啊,上学那会儿真就是最无忧无虑的时光了。"佟佳露感叹,"长大了以后都是事儿,大家也都变了。别说冯思怡妈妈生病,我听说咱班体委婚都离一次了,还有各种鸡飞狗跳的现实大剧。"

杨晓桃啧了声,揭掉面膜:"明儿我结婚,你别提这个离婚的行吗?你给我呸呸呸。"

佟佳露立马呸起来,又说另一个同学刚生了儿子,每天奋斗在挣奶粉钱的第一线上……

听着这些话,刚从校园出来的温年不知道她和陈远接下来会面对怎样的生活。但她想,只要身边是陈远,就是好的。

正想着某人,某人的电话就来了。

佟佳露忙说:"谈情说爱可以,泄露明天的游戏可不行!"

"知道啊。"温年也揭掉面膜,去了小阳台。按下接听键,电话那头传来的声音有些嘈杂。

金鑫说今晚是孔家奇最后的黄金单身夜，嚷嚷着要去唱歌，也不怕他这个如今小有名气的歌手被粉丝认出来。

"还没结束呢？"温年问，"累吗？"

陈远："不累。"

怎么会不累？从机场出来，陈远先是去池林提前在研究所附近给他租的房子那里安顿，之后又去研究所开了半天的会，再马不停蹄往怀蓝赶。铁人也得休息啊。

"还是早些结束吧。"温年说，"你把手机给金鑫，我和他说。"

陈远低头轻笑："他猜到你会找他，提前和我说了免谈。还说……"

"说什么？"

"你要是想提前结束，他到时候就在咱们的婚礼上唱《无法原谅》。"

有这么大的一个"威胁"在，温年也不好说什么了，毕竟女生喜欢聚在一起，男生也是。她就是心疼陈远辛苦。

"不辛苦。"陈远说，"你早些睡。我这边回去了给你发消息。"

"好。"

"想你。"

才十几个小时没见而已。温年笑着抿抿唇："嗯。"

"只有'嗯'？"

"那你还要什么？"

"回应。"

温年笑容更深："我没你现在脸皮厚，我不说。"

"哦，那就是也想我。"

挂了电话，温年转身回屋。脸上的甜蜜还没来得及收敛，就见玻璃门外站着俩大佛，一个比一个笑得扭曲。

杨晓桃嘴角疯狂上扬："我这辈子嗑过最甜最绝的CP就是你和陈远。"

"是绝。"佟佳露点点头，"当时我还觉得这简直是史上最邪门CP，谁能想这都这么多年了，还能秀恩爱秀得齁死人？你们时时刻刻腻腻歪歪的，不腻吗？"

温年呵呵，一边拽一个，说："你，现在睡美容觉。你，可以和池老板煲微信，我不笑话你。"

这下，轮到佟佳露红了脸。

婚礼这天，万里晴空。

孔家奇拿着手帕一直擦汗，紧张地来接新娘。

"我这领结歪了吗？"孔家奇问，"发型呢？"

金鑫第 N 次说："你再问，我给你领结整歪，头发整乱！"

孔家奇又看向陈远，陈远点头："放心，很好。"

孔家奇松口气。

杨晓桃家的亲戚多，小辈尤其枝繁叶茂，妹妹一大把。

孔家奇被她们吵得眼花耳鸣，也哄不好，只能给红包，给到后面，金鑫看不下去，出卖"色相"，帮着稳住了局面。

至于陈远，体贴不过之前那一句"放心"，进了门就急着找温年，压根不管兄弟死活。

等到酒店，杨晓桃进入新娘房。

房间里有娘家人和工作人员在，暂时不需要温年和佟佳露，她们就去了专门为朋友准备的休息间。

温年和佟佳露得养精蓄锐，晚宴时还要陪着敬酒。

听说杨孔两家分别有一位千杯不醉，每次家里有人结婚，这两位都能给新郎喝趴下。

"咳，到时候我和远儿顶着呗。"金鑫说，"我经纪人一直给我打电话，我出去接一下。"

佟佳露看看时间，也站起来："池林要到了，我去外面迎迎。"

房间里剩下温年和陈远。陈远二话不说脱掉温年的高跟鞋为她揉脚，还找服务员要了冰袋来。

他细心周到地照顾她，温年看在眼里，问："你怎么知道我脚疼？"

"你很少穿这么高的鞋子。"陈远说，"而且，你刚才上楼的时候，动作比平时慢。"

"这你就看出来啦？"

"这不该看出来吗？"

温年笑笑。她绷绷脚面，示意陈远往左边捏捏。脚丑的心结在陈远这几年的体贴下,早已经解开,不过只针对陈远,别人还是不行。

"晚上要是喝酒的话,你行吗?"温年有些担忧,"金鑫酒量好吗?"

这个,陈远不清楚。他没有抽烟喝酒的习惯,以前喝酒也多是同学朋友的私人聚会,喝两三瓶啤酒是没问题的,至于其他,不好说。

陈远:"到时候看吧。你不许喝,知道吗?"

温年嘬嘬嘴。现在真是倒过来了啊,他和她说"不许"了。

过了一会儿,金鑫回来,说一中老师们到了,范斌问陈远在哪儿。见状,陈远牵着温年一起去看老师。

有几年没见了,看见那几张有了岁月痕迹的面孔,温年喉咙微微泛酸。

马令芳的眼镜还是那么厚重,她抬了抬,顶着惯有的冷面说:"你们回来了。"

"回来了。"温年笑道,"马老师好。"

陈远也出声问候:"马老师好。"

马令芳点点头:"长大了,成熟了。见到你们真高兴。"

"高兴你就笑笑啊。"范斌说,"你这样看起来一点儿都不高兴。"

李亮财扇子一扫,上面写着"难得糊涂"四个字,笑呵呵说:"小马啊,就是不擅长笑。而且她一笑,学生们更害怕。"

"怕的都是心虚的。"马令芳说,"我看陈远就从来不怕我。"

范斌抢话:"他怕过谁?我他都不怕,是不是?陈远。"

陈远浅浅一笑:"不怕,只敬。"

闻言,老师们都笑了。

作为仅次于范斌关心陈远的数学老师李亮财,见寒暄完,拉着陈远讨论题。这是他当年的习惯,现在还有。

范斌看不下去:"参加婚礼呢,问什么题?而且数学他有什么不会的?你得问……金鑫,你笑什么?"

"范老师,我没有,我……"

"你的歌现在挺火啊。"范斌眯眯眼睛,"歌词你写的是吧?什么玩意儿!文句不通的,你给我过来!"

金鑫心里腹诽,但人还是乖乖过去了,谁让他被范斌支配的恐惧还在呢。

看着老师们还和以前一样对待曾经的学生,温年心里说不出的温暖。

她看向马令芳，两个人在一边坐下，说说话。

马令芳关心学生的方式依旧是严肃模式，时不时蹦出来几句冷笑话，但说得最多的还是看见她和陈远如今的样子，很欣慰、很开心。尤其是陈远。

"他是我教过最不好把握的学生。"马令芳说，"他家里的情况，我多少知道些。他本不该困在怀蓝，我很怕他就此认命，以后浑浑噩噩。"

温年说："您和范老师还有李老师都很关照他，不会的。"

马令芳抬抬眼镜："我们可没这个魅力，还得是你。你那时候中途转学，我瞧陈远刚有的气色又要黯淡下去，真为他捏把汗。"

陈远的个性一向沉闷，许多话都选择烂在肚子里。温年的离开，他表面上无波无澜，实际上心中郁结难消。

"好在他还是自救了。"马令芳说，"他来找我要英语题做，错了就让我讲。我教他那么久，头一次看他这么认真学英语。"

温年笑笑："他敢不认真吗？北城大学哪里那么好考？"

"和北城大学无关。"

"什么？"

有一次，陈远拿着错题照例去找马令芳请教。马令芳看出少年眼中的坚韧执着，心有不忍，觉得还是点拨几句。她暗示陈远要是没考上北城大学也不要紧，人生有很多路可以走，甚至，她还暗示了温年也许会在家里的安排下出国，未必就是去北城大学。

少年听后，停下笔。他盯着试题，过了几秒，说："我知道。"

马令芳愣了下："那你就别把自己逼那么紧，也要注意身体。"

少年向老师道谢，又说："我的目标不是北城大学。"

马令芳惊讶："不是？那你这……"

"北城大学也好，南城大学也罢，又或者出国……"陈远握紧笔，"她去哪儿，我去哪儿。"他的目标，是她。

马令芳难得露出温柔的笑意："我都这个年龄了，居然被你们两个孩子的感情感动得一塌糊涂。我也是那时候才明白，陈远努力学英语除了为了高考，还是想万一出国，他用得上。

"这孩子，心思深得很啊。"

温年听完这些，表情讷讷的。她想起初到美国时，她是担心陈远语言关的。毕竟考试是考试，放到日常交流还是有很大障碍，直到她看到陈远和同学说话，可谓是对答如流，连口音都是地道的，才放下心来。她还以为陈远是在决定去国外读研以后练习的，没想到他从高中时就在做准备。

温年不由得望向陈远，恰好陈远也往她这边看过来。他眉眼带着淡淡笑意，和曾经的那个少年很像，又有着这个年龄的沉稳。看得温年心软成一团。

吉时到，典礼开始。

杨晓桃事前说过，她希望她最爱的朋友们见证她的幸福，所以整个过程不需要伴郎和伴娘，他们坐在台下看就好。

温年和陈远挨在一起，身边是佟佳露他们。

到新郎新娘发言的环节时，大屏幕上滚动播发他们的照片，其中有很多都是高二那年去北城旅游时留下的合影。

孔家奇说自己很幸运，遇到杨晓桃，然后没说两句就在台上哭成泪人儿。看得温年和佟佳露也又哭又笑的。还是杨晓桃把人劝住，孔家奇才让环节顺利进行下去。

最后，两个人在一人一句的"我愿意"下，交换戒指。

看着这幅画面，温年情不自禁地握紧陈远的手。陈远转头看她，没犹豫，低头吻她。

典礼结束就是敬酒环节。温年和佟佳露陪着杨晓桃转桌，陈远和金鑫陪孔家奇。

转到孔家那位千杯不醉的亲戚时，孔家奇肝儿都颤了，对两个兄弟说："帮帮忙！我今晚还想有个清醒的洞房花烛夜。"

陈远和金鑫对视一眼，金鑫上前一步：干！

结果都没喝到杨家那位千杯不醉的亲戚出场，金鑫就倒下了，嘴里还念叨着是兄弟就两肋插刀，不醉不归。话说到这份儿上，陈远必须得喝。

温年看他一杯接着一杯喝，心里急，想要帮着分担，陈远说什么不肯。

怎么会有这种亲戚呢？这都什么年代了，至于要这么喝？

池林也看不下去，替陈远和孔家奇一起喝。

杨晓桃气道："我就说不请这种人来，可是……"谁家没几个奇葩亲戚呢？

末了,还得看范老师:"想喝行,谁喝趴下了,泼醒了,接着喝,不喝进去医院一个不算完。"

大家一看范斌这么不好惹,又喝了几杯,就不灌了。

温年第一时间去扶陈远:"还好吗?头晕?"

"没事。"陈远拍拍温年的手,声音低沉,"别担心。"

从面上看,陈远确实不像有事的。他属于喝酒不上脸的那种,但温年握他的手,手心温度比发烧还烫。

敬完酒,婚礼算是圆满结束。

杨晓桃和孔家奇送他们一行人出去,金鑫还蹦跶着要出去嗨,被佟佳露一掌削下去,老实了。

池林看着陈远,问温年:"你一个人弄得了?"

"没问题。"温年让陈远靠着自己,"给我们送回66号就行。"

进了家门,温年将陈远扶到沙发旁,陈远就自动倒下了。

温年百度如何照顾喝醉的人,首先就是多喝温水,稀释体内过多的酒精。温年这就要去烧水,刚起身,一只手有力地抓住她手腕。

她低头,陈远目光炯炯地看着自己,黑白分明的眼睛像是定格在她身上。

"我去烧水。"温年轻声说,"马上回来。"

陈远没松手,抓得更紧。但那种紧不是紧在温年身上,而是他在用力让自己的手坚固不催。他都醉了,还是记得不要弄疼她。

温年重新坐下,伸手抚着陈远的脸,说:"不渴吗?喝了那么多酒,多喝些水会舒服点儿。"

陈远还是看着她,一眨不眨地看着:"你要去哪儿?"

看来是喝多了。

温年耐下心解释:"去烧水。喏,厨房在那边,我去厨房。"

"不行。"陈远说,"你哪儿都不许去。"

"干什么?盯着我啊?我就是……"

"盯着你,你就会不离开我吗?"

陈远垂下眼睛,掩盖住很多浓烈的情绪,但温年看得出他不开心,甚至是难过。

"怎么了?"温年问,"有心事吗?"

沉默良久，再开口，陈远的声音第一次染上脆弱和无助。

"你能不能别走？我会好好学习，考上好的大学，将来努力挣钱，不让你跟着我吃苦，我……你别走，我怕找不到你，那我怎么办？"

温年这才听出来陈远是意识不清想起了以前，心口像是被什么狠狠一扯，又疼又堵。温年弯下腰靠过去，温柔地哄道："不走，我再也不会走了。"

"可是……我怕。"

"别怕，我现在不是就在你身边？"

"以后呢？"

"以后也在。"

陈远又开始定定地看着温年，像是在辨别这话的真伪。

温年回以他坚定的目光。慢慢地，陈远放下心来，松开了手，转而移到温年后颈，将她向下按了按。

一个浅尝辄止的吻显然不够。温年不知道自己什么时候和陈远颠倒了位置，躺在沙发上，任由灼热的吻游走全身。

陈远将人抱起往楼上走。温年还以为以他现在的状态早就被冲昏头脑，顾不了那么多了。

"你到底真醉还是假醉？"温年问，"不会是博同情骗我吧？"

陈远眼神深沉："没有。"

"那你还……"

"不知道。"

陈远不知道自己是醉了还是清醒着，也不知道自己为什么要停下，他只知道不能让她委屈。

夜色缱绻。

温年缩在陈远怀里。她很累，脑子里的思绪断断续续，但记得要和他说："过去的分开再也不会有了，我以后一直在你身边。"

"一直。"

番外四

GUIHANG

  和陈远还有颜清，包括读本科时带过温年的教授商量后，温年决定在北城大学继续读博，毕业后留在教育学院做一名大学老师。

  温年正式宣布这个消息的那天，一向坚强的颜清泪如雨下。颜清订了最快飞新西兰的机票，终于有勇气去父母墓前忏悔，告诉他们温年继承了颜家的衣钵，从此以后教书育人。

  生活步入新阶段的正轨。

  北城大学和研究院离得挺远，但胜在坐地铁方便，半个小时就能到。温年课业忙时就住校，不忙就去陈远那边住，周末两个人一起回颜清那里，陪颜清吃饭。

  对于温年这种不用进社会里奔波，以后还有寒暑假的人，她成为继孔家奇后第二个被大家"唾弃"的对象。尤其是金鑫。

他又推出了一首单曲，火得不得了，名气和身价暴涨，临近圣诞节时，将要举办他的第一场小型演唱会。

食堂里，温年听着佟佳露给她分享的金鑫最新单曲。快听完的时候，面前出现一道身影，一个高大阳光的男生坐了下来。

温年取下耳机四下看看，周围空余的位置还有很多，对方偏偏坐她对面，是有事？

"温学姐好，我叫魏袁，教育学院大一新生。"

男生爽朗一笑，露出一口小白牙。用杨晓桃饱经小说洗礼的语言来形容，这就是典型的阳光小奶狗。

温年点头："学弟好，找我有事吗？"

"是呢。"魏袁说，"我听说学姐是咱们教育学院这几年的骄傲，我将来也想这样，就想问问学姐平时都看什么书？我现在大一，需要准备什么吗？"

既然学了教育学，将来还要做老师，想要教人的DNA就必须刻在骨子里。温年说："那加个微信吧，我把平时看的书列个书单给你，你可以参考一下。"

魏袁笑得眼睛弯起来："学姐你人太好了！"

因为这个小开端，接下来的日子，温年多了一个小跟班。她没多想，一是因为魏袁就是来找她探讨学习，从没说过其他；二是偶尔为之的幽默也在合理正常的社交交流中。

周五下课，温年坐地铁去市中心的商场。陈远这段时间刚忙完一个项目，可以轻松几天，说了要带她看电影吃饭。

路上，温年收到陈远的微信。

陈远：出发了吗？

年年：刚上地铁，你呢？

陈远：下一站下来，我去接你。

年年：都说了不用，直接商场见！

这个问题昨天就扯拉没完，陈远简直是把她当豌豆公主养，一丁点儿累都不想让她受。就坐个地铁，有什么好矫情的？

陈远：那我在商场的地铁站接你。

又聊了几句，陈远要开车，温年就不跟他说了。

魏袁在这时发来了一条微信，说学院要搞联谊，问她来不来。

这事温年知道，她的导师还跟她说过到时去学院给学弟学妹们说几句，鼓舞下士气。只是温年觉得毕竟隔着几岁了，再和小朋友们打成一片委实别扭。

魏袁：于竹和苏菀学姐也来，温学姐来吧。

于竹和苏菀也参加？温年这就发微信问了下，证实是真的。

于竹在教育局工作，有个联合讲座想借着母校这个平台宣传。苏菀则是订婚了，未婚夫听说她是北城大学的，想见识见识。

看到"订婚"二字，温年心头微漾。

回北城后不久，陈远正式邀请颜清吃饭，说的就是结婚的事。

陈远的意思是先等一年，他稳固了事业，不然结婚后还要温年和他挤在出租屋里，他接受不了。

温年当时想说出租屋怎么了，他们在美国的好多同学都是租房结婚的，没什么稀奇。而且颜清在这方面也比较开明，觉得只要两个人好好的，房子倒也不急，毕竟不靠家里帮衬，想要在北城买一套房子，不是说着玩的。

但陈远保证就一年，颜清也就选择尊重这份心意。

现在，九个月过去了。温年从没问过陈远准备得怎么样了、事业稳了没有。

她叹了口气，回复魏袁说去。就当见见老朋友了。

联谊时间定在下周末。当天，于竹先到的，和温年聊了好一会儿，之后是苏菀和她未婚夫。

作为优秀毕业生的人都做了简单的讲话，到温年这儿时，底下一群人喊女神，还有叫魏袁名字的。温年不明白为什么这么叫，也没当回事，做她的演讲。

活动结束，有些爱玩的学生说要去附近再聚聚，问温年他们去不去。苏菀要和未婚夫回去，于竹想去，拉着温年作陪。

对于这种唱歌玩游戏的活动，因为早年的一次不怎么愉快的话剧社聚会，温年一直不怎么感兴趣。

到了地方，温年和于竹就在角落里聊天。于竹愿意参加活动，也就是想暂时不回家，和朋友说说话。她去年结婚，婚后总是有各种摩擦，磨合到现在都还没完。

魏袁给她们送饮料，说："两位学姐不唱一首吗？张学长都唱三首了。"

"他爱唱嘛。"于竹说，"把机会留给爱唱的。"

魏袁笑笑："温学姐，那边还有小蛋糕，你要吃吗？"

刚说完，有学生起哄："哎哟，我刚才想吃怎么不给我呢？那么难买的网红点心，都留着给学姐是吧？"

温年只当他们逗魏袁，摇摇头："你们吃吧。"

过了一会儿，温年想去卫生间，于竹一起。

她们刚离开包厢没多久，温年的手机响了。

有人眼尖发现了，将手机交给魏袁，让他去献殷勤，还说："都伪装这么久了，学姐还没上钩，你就吹牛吧！"

"你懂什么？"魏袁说，"这种级别的要是这么好追，你们这群歪瓜裂枣也都有女朋友了。"

大家吁了一声，魏袁懒得搭理，去送手机。

关门前，他听到有女生说："学姐有男朋友啊，以前机械学院的超级男神，魏袁能有希望？"

"咳，这么久都不结婚，拼一拼，万一呢！"

魏袁快步追人，走在半路，手机还在响动。看着上面"陈远"二字，他耳边不停回响同学说的……一咬牙，拼了！

"喂。"

电话接通，听到是个男生的声音，陈远一愣。

"请问这是温年的手机？"

陈远嗓音清冷低沉，隔着听筒还有经过电流处理的沙粒感，好听的同时也带着威严压迫。

魏袁定了定："是，学姐的手机。她去卫生间了。"

"那麻烦你等她出来让她给我回个电话。"

魏袁说："我知道你，机械学院的陈远。你和学姐好了很多年了。可你到现在都没娶学姐,你不觉得你的行为属于霸占吗?"

"这是我们的事。"

"谁说的!"魏袁喊道,"你这样不是耽误学姐吗?是男人就要负责,负不了责就退位让贤,懂吗?"

话音刚落,温年和于竹也回来了。两个人惊讶地看着激动的魏袁。而温年看着魏袁手中熟悉的手机壳,指了指:"我的手机?"

半小时后,陈远来接温年。曾经校园里满是少年气的学生早已变得成熟内敛,一条熨帖的黑色西裤搭配黑色半高领羊绒衫,外套是温年选的深褐色西服外套。他一出现就吸引了所有人的目光。

温年起身迎过去,陈远习惯性地揉揉她的头:"还没结束的话,我再等等。"

温年刚才都和魏袁说清楚了,她真没想到这学弟打着学习请教的幌子,还有这心思。全校谁不知道她和陈远早"焊"死在一起了?

"没事,可以先走。"温年说,"我们送下于竹。"

于竹果断拒绝,谁要这个时候当不长眼的"电灯泡"啊。

陈远走前目光一扫,虽然没见过魏袁,但看神情他就知道是谁。他没说什么,和学生们简单打了招呼,带走温年。

回去的车上,陈远一言不发。

温年抿抿唇,趁红灯戳戳某人的酒窝,哄道:"别生气嘛。人家刚上大学,就是一小朋友,都是说着玩的。我和他说了,我对你情比金坚。"

陈远拉下那只小小的手,轻轻握了下,放回去,低声说:"坐好。"

温年体谅他工作辛苦,不想他大晚上还吃闷醋,又说:"我以后注意,不给人可乘之机。这次的事就过去吧,保证没有下次。"

陈远目视前方,不知道在想什么,没言语。

也是被宠坏了,温年在他们的感情中一向是占上风的那个,只有陈远千依百顺哄着她,她说什么就是什么。见哄了两次对方都不带搭理的,温年心里也起了无名火。

她坐正,撇过头:"这也要计较的话,之前你研究院同事的妹妹给你送盒饭送水果的,算什么?我是不是得气死过去?"

闻言,陈远皱起眉头:"这件事不是解释清楚了?"

"解释清楚就可以不生气了吗？"温年反问，"那你现在干什么？我没有解释吗？还是说你因为人家说了什么话戳中你痛处了？"

陈远眉头皱得更深："你什么意思？"

"没意思。"温年看了眼时间，"我想回我妈那儿，你送我。"

绿灯亮。在温年以为陈远态度会软下来时，陈远掉头，把车子开往颜清那边。

两个人一路无话。

温年下车时，将车门摔得震天响，惊动了恰好路过门口的王阿姨。

王阿姨见温年突然回来，脸色还不好，忙问怎么了。温年说没事，听见汽车引擎发动的声音，气得手在发抖。

这一晚，温年几乎没睡。她想了好多，也明白陈远许多做法的用意都是在乎她，但心里还是委屈。在两个人每次关系要发生重大改变时，陈远总是不能按照她的意愿来。

告白是，求婚也是。他到底知不知道她想要的是什么？

温年顶着硕大的黑眼圈，天不亮就起来去客厅找水喝。

因为做梦醒过来后就不困了的颜清也在客厅，正沏咖啡，准备一会儿处理些工作。见温年这副丢了魂儿的样子，母女俩坐在餐吧说话。

"怎么了？"颜清问，"和陈远闹矛盾了？真是稀奇。"

"情侣吵架不很正常？"

"是正常，可你怎么会惹到陈远了？陈远对你没脾气。"

温年急了："您是他妈还是我妈啊？怎么就是我惹他，不是他惹我？就是他惹我，惹死我了！"

颜清直笑。能让她女儿秒变幼稚的，也只有陈远。

"我知道你想的什么，不就是陈远怎么还没和你求婚吗？"颜清一语戳破，"这家里是虐待你了还是怎么了？这么想嫁出去。"

温年噘噘嘴："您可真偏心。您就不觉得他还不娶我是耽误我吗？"

"那他要是一直不娶你，你和他分手吗？"颜清给温年倒了一杯咖啡，又说，"你是不在乎有没有房子，有没有钱，那是因为你有。你账户里我给你存的嫁妆，够普通人花两辈子。可如果你没有这些呢？如果你只是个家境普通的女孩，父母没给你个好背景，你还会不在乎吗？"

"可他也是刚毕业啊,本来就不可能挣那么多钱。"温年说,"硬是要他去做不可能的事,他累我也累。"

"这没办法,这就是陈远的个性,也是他对你的感情。"

用尽全力对她好,把一切捧到她面前,她什么都不用做,只要她待在他身边就好。

窗外传来响动,颜清看到停下来的车子,笑着摇摇头,拍拍温年的肩膀回书房了。

温年躲在窗帘后面看。两个小人儿在脑子里打架。

一个在说:你值点儿钱好不好!别人家一来,你就又和没事人一样,忘了昨晚是怎么生气了的吗?

另一个说:其实就是个小别扭,何必揪着不放?你再也遇不到第二个陈远,就算有些事他不能做到让你都满意,也已经很好了。

纠结来纠结去,温年又想到颜清的话。

确实,因为她有,所以才可以做到不在乎。如果她没有这些,或许现在她生气的点就会变成陈远为什么没钱。

跑回房间,温年套上外套出了别墅。

十一月的北城,寒风萧萧。

陈远看到门开的那一瞬间,抓上副驾驶的毯子下了车。他快步过去将女孩包裹住,抱紧她,带她上车。

也仅仅是这一个动作,温年的气全消了,一点儿不剩。关上车门,温年想先服个软,还没开口,热吻压了下来。

温年一愣,反应过来就抱住了陈远的脖子,热情地回应。

严寒很快被两个人驱散,温年的睡衣扣子开了几粒,锁骨上留下暧昧的吻痕,陈远怕她冷,又将扣子系回去。

他们额头抵着额头,温年看到陈远眼下的乌青,说:"没睡好?"

陈远根本就没睡。他承认,他昨晚气度小,甚至是迁怒温年。他真正生气的不是因为温年有追求者,而是那人说的"耽误"。

毕业这么久,他从不停歇,可还是没能达到标准。他怎么能不急?怎么能不气?但再气再急也没有用,让他的女孩和他一穷二白,他真的做不到。

如此，便是一个无解的死循环，叫他越想越怄。

"昨晚，抱歉。"陈远说，"别生我气，好不好？"

温年没言语，陈远又说："我们约定好的，就算生气也不能超过一晚，现在一晚了，过去了，行吗？"

都多少年前的话了，他还记得。温年这才意识到他们几乎没有吵过架，诚如颜清说的那样，陈远对她没脾气。

"不生气了。"温年的下巴搭在陈远的肩膀上，"你也别生气。"

陈远抚着近在咫尺的面庞，躁动的心逐渐踏实下来。

可顿了片刻，他又叹息道："年年，你会不会觉得我很没用？"

温年心下一紧，将人推开："胡说什么呢？"

"没胡说。"陈远低下头，"我……"

温年手指挡在他唇前："你是我见过最厉害的人，没有之一。我不开心，只是因为你……还不娶我，不是别的。"

这话说起来也是怪难为情，她这是有多想嫁给他？明明自己也算黄金单身女了吧，一遇上这位分分钟就成了一个恨嫁女。

陈远听了这话，眼里浮现笑意。他拉下女孩的手，紧紧攥着，说："我知道。"

温年面颊通红，钻进陈远的怀里撒娇："你快点来娶我，我就开心了。"

"嗯。"陈远笑着吻她的发顶，"快了。"

温年当时以为陈远口中的"快"是指一年之期，后来，她才知道自己错了。

在娶她这件事上，他远远比她着急。

十二月底，金鑫在北城举办首场小型演唱会。场地选在市中心边上的创意园区，买票的可以入内场听，没买票的，在外面也能听到。

这是金鑫最重要的时刻，朋友没理由不来捧场。

杨晓桃和孔家奇早早订了票，佟佳露和池林也提前结束西南之旅赶来，大家天南海北又聚在一起。

金鑫给他们留了VIP位置，大家坐下时都觉得跟做梦似的。曾经在怀蓝小城有那么一个男孩，总是把要成为一名歌手挂在嘴边，就这样念叨着念叨着,成真了。

温年看看歌单,有金鑫的几首热门曲目,还有一首是金鑫偶像罗大佑的《光阴的故事》,而压轴曲目保密,很是神秘。

温年问佟佳露:"知道是什么吗?"

佟佳露笑着和杨晓桃对视一眼,说:"写了惊喜,到时候看呗。"

温年没再问,过了一会儿,陈远他们几个男生也过来落座,演唱会很快开始。

开场曲是金鑫的成名曲《追风》。这首歌的灵感就是那年他们去北城大学骑行,从坡上滑下来时冒出来的。

金鑫在歌词中写:不管未来多迷茫,我陪你闯一场,就算失败也无妨,至少风在就不彷徨。

台下近千人跟着合唱,温年他们也跟着唱。

杨晓桃喊道:"咱们哪天再去环海路啊!我好想再去那里骑一次车!"

"那还不简单?"佟佳露说,"约个时间,咱们去!"

温年杵杵陈远:"你能不能教我骑车?"

"不能。"

"为什么?"

"教会你,我干什么?"

气氛太好,时间过得飞快。等到后面,佟佳露他们一个个都要去卫生间,陈远也说出去接个电话。

等温年发现时,他们这边就只剩下她一个人。

温年纳闷,站起来找人,台上的灯光在这时忽然变了,变成桃红色,一朵玫瑰花图案的背景灯亮起。金鑫站在中央,"喂喂"了两声,说:"在座有没有是从校园到婚纱的啊?"

底下有人回应说有,还不少。

"从校园到婚纱,浪漫是吧?"金鑫笑道,"我今天也浪漫一回。"

歌迷激动尖叫,以为金鑫这是要和谁求婚。金鑫示意大家安静,继续说:"不是我,不是我。是我最好的哥们儿。"

温年一怔,预感到什么,心脏剧烈地跳动起来。

"我这哥们儿是我见过最不浪漫的,理工男一个。"金鑫说着,向身后乐队递了个眼神，"但在向他未来妻子求婚这一环节，我得说一句，哥们儿，你牛！"

说罢，《夜来香》旋律响起。金鑫冲台下的温年挥挥手："你对象让我把这首歌送给你，说你们俩就是在这首歌中相遇的。温年，祝你和陈远百年好合。"

金鑫唱起那句"那南风吹来清凉，那夜莺啼声轻唱"，温年一下回到那年夏末。

她孤身来到陌生小城，站在巷子口，遇到了坐在梧桐树下画画的少年……

温年的视线逐渐模糊。

佟佳露和杨晓桃出现，一人手里拿着一朵弗洛伊德玫瑰，后面跟着池林和孔家奇，最后是陈远。

他们把玫瑰全部送给她，她看着陈远单膝跪地，说出了那句："年年，请嫁给我。"

眼前的男人和记忆中的少年在这一瞬重合。

一切好像从未改变，一切又好像完全不同。

温年问："怎么提前了？"

陈远说："我恨不得再提前几年。"

"是啊是啊，你俩法定年龄时就该领证的！"佟佳露说，"你们结婚了，说不定'狗粮'就会少撒点儿！"

池林笑道："你就没想过撒更多？"

"就是要撒更多！"杨晓桃接话，"越多越好！我的'陈年烈酒CP'必须最甜！"

孔家奇看着杨晓桃的笑脸，满眼宠溺，转过头对温年和陈远说："我老婆说的话都得实现，温同学快答应陈同学吧！"

台上，金鑫还在唱着。

温年简单地擦了擦眼泪："你有这么多人帮忙说话，我不嫁给你还能嫁给谁？"

她伸出颤抖的手，陈远激动地为她戴上戒指。

伴随着初见时的歌声,在朋友和其他友善的人们的见证下,他们拥抱彼此。

此刻回首初见。温年和陈远哪里能想到,当年的那一面,那一眼,会是一生。

番外五

12月27号这天,温年的生日,她和陈远在民政局领了证。

从大门出来,两个人一人拿着一个小红本本,说是新奇也不全是新奇,说是激动也不仅仅是激动,个中复杂,难以形容。

温年翘着嘴角,仔仔细细地看了好几遍小红本后,打算收进包里。

陈远说:"不发朋友圈吗?"

"你还会发朋友圈?"

没记错的话,陈远上一条朋友圈是两年前发的。他被同是留学的同学请求发广告,内容大概是化妆品奢侈品代购。

"这个,要发。"陈远拿走温年手中的小红本,叠在一起摆出个心形轮廓,"你也发。"

"……哦。"

领完证的下午,陈远带温年去看房子。

陈远事前筛选出了几处,最满意的是一个六层到顶的小洋房的一层,带小院子,而且地铁方便,去北城大学只要二十分钟。

售楼处的工作人员领着他们在房子里看了一圈,又做了介绍,温年便拉陈远到一边,和人家说他们商量下。

"怎么了?"陈远问,"不喜欢的话,我们再选。"

温年摇摇头,小声说:"这套好贵。"

陈远微微一笑:"不贵。"

怎么不贵?是备选方案里最贵的好吗?温年还要说几句,陈远只问她喜欢不喜欢。

温年想了想,实话实说:"喜欢。"

她牵着陈远的手走到客厅的落地玻璃门前,这里正对小院。

"你看,那里,我们可以弄个花圃,继续种弗洛伊德玫瑰。"温年说,"那儿,我想要个秋千,又或者放几张休闲椅。要是晓桃他们来做客,我们就可以在那里说话聊天。"

构想着这些,温年不觉扬起笑脸。

陈远看着她的笑颜,不再和她商量,转身和工作人员说:"就这套。"

温年一口气提上来,想说等一下,陈远搂紧她的腰,说:"真不贵。"

"可是……"

"这房子里住的是你,多少钱都值。"

房子定下,剩下就是筹备装修,再来是婚礼。

温年的意思是领证的日子是她生日,婚礼就定在陈远生日好了。可她上一晚和陈远说完,陈远也说"好"以后,第二天她就变了脸,问陈远:"你是不是想少记几个纪念日,所以答应得这么爽快?"

于是,温年又打算把婚礼日期改成他们初遇那天。

颜清不管他们小年轻的这些事,他们说什么,她配合就是,只一点,这个家的装修费用和家具费用,必须由她出。

陈远不同意,但颜清说是为了补偿温年童年的缺失。而补偿的最好办法就是让陈远别那么辛苦,温年就高兴了。

装修的事基本是温年在操持。陈远有时间就会陪着选东西,但次数屈指可数。为此,陈远常常觉得愧疚,可温年不这么认为,他俩现在是夫妻,就要分工合作,这样才能实现双赢。

听到温年说"双赢"这词的时候,陈远忍笑:"咱们是战略合作伙伴?"

"差不多吧。"温年摆摆手,"就是合作时间比较长。"

"多长?"

温年娇嗔地瞪陈远一眼,陈远抱住她,低声说:"我知道了。"一辈子那么长。

建造布置他们的家固然重要,但在温年心里最期待的,还是回一中拍照这件事。

这事也是费了好大劲儿。孔家奇和校长去提的时候,校长说什么不同意。

"这要是开了先河,以后都回来拍照,学校还教不教书?成景点得了!"

孔家奇抬抬眼镜,拿出事前杨晓桃教他的那套:"这可是咱们的优秀毕业生啊,校长。一个,未来北城大学的教授;一个,研究院的技术骨干,保不齐将来就是院士。"

教授和院士……校长嘴角一抽,突然疯狂心动。

之后,马令芳和范斌他们也来求情,校长最终允许找个周日的时间拍摄。

温年和陈远回怀蓝那天,时节刚入夏不久。

恰好佟佳露这段时间不用四处旅游写游记,人也在怀蓝,就约上杨晓桃,闺蜜三人去了角落。

如今的角落,老板还是池林,但经营的人换成了别人。

池林去了华城音乐学院任教,每天坐着动车上下班,用池国栋的话讲:谱儿挺大。

卡座上,杨晓桃问温年明天几点拍,要不要帮忙。

温年看看杨晓桃已经有点儿显怀的肚子,说:"你还是在家歇着,回头孔老师生我气,不让我进校了。"

"哪有那么夸张?"杨晓桃笑道,"我身体好着呢。"

佟佳露:"前两个月也不知是谁吐得哭天抢地,给我和大小姐打电话说不想活了。"

"我那时候就是难受嘛。"杨晓桃委屈道,"等你将来怀孕就知道了。"

说到这儿，温年顺口问了佟佳露池林那边什么打算。

"我俩不准备办酒席了。"佟佳露说，"到时候就请你们这些亲密的朋友还有亲人们吃个饭，然后旅行结婚。池叔和我妈都觉得挺好。"

温年也喜欢这样："我和陈远一开始也有这个想法，可我又想穿婚纱，所以还是决定简单办办。"

佟佳露问："那你们真就在咱们巷子的小广场办？是不是太憋屈了？"

"怎么会？"温年笑笑，"我们也是只请关系好的朋友还有亲人，要是巷子的街坊邻里愿意来祝福我们，我们也开心。我表姨也说了，这是在她场子上，她要挽着我走红毯呢。"

杨晓桃插话："而且这样也最浪漫，在初遇的地方见证他们从此以后携手走下去。这就叫最初的相遇，最后的相守。"

佟佳露起了一层鸡皮疙瘩："你都快当妈了，能不能少看点儿玛丽苏？"

"我就看，学习使我快乐。"

看着好友在那里说笑，温年心中重复了一遍杨晓桃的话。

最初的相遇，最后的相守。

嗯，就是这样。

拍照那天，天气特别好。

温年预约的团队准时到达，在保姆车里给温年化妆做造型。

婚纱照已经在北城拍完了，到了怀蓝一中，温年和陈远只需要拍校服照。

拿出校服时，化妆师感叹："保存得很好啊。不会是预感将来会用吧？"

那倒也没这么神。只是温年当初走得匆忙，关于陈远的东西，颜清又都不许带，她就只有这套校服能连接过去的记忆，自然要好好保护。

巧的是，陈远也把校服保存得很好。

"头发就这么斜着编是吧？"造型师问，"你发质实在是太好了，还要不要试试那种公主编发？"

温年摇头："不用，就这样。然后您帮我绑那个桃红色发带。"

她这边整理好，陈远都已经等了一会儿。

温年下车时，就听摄影师喊了声"新郎到位"。

站在树下的陈远回头，和投过去视线的温年正好目光对接，看到彼此的样子,他们的心脏都是剧烈一震。陈远深呼吸,走过来牵住温年的手,说:"温老师,早。"

"早啊,陈同学。"温年笑道,"让你读的范文读得怎么样了?待会儿有练笔,写不好,你等着的。"

陈远笑着揉揉温年的脑袋:"写不好重新写,你别不理我就行。"

拍摄进行得很顺利。

虽说毕竟年岁到了,不可能完全呈现出过去的学生气,但谁让这两个人长得都嫩呢?

尤其陈远,穿上校服秒变校草。未经打理的碎发随风吹拂,刘海下的一双黑眸干净澄澈,随便插个口袋往哪儿一站就是一道风景。

"好,拍完这组就可以收工了。"摄影师说,"新娘坚持住啊。"

温年点头,陈远扶着她,两个人在高二(1)班最后一排座位,拍下他们的同桌照。

结束拍摄,团队还要赶到隆城坐飞机飞回北城。温年和陈远也就没再过多客套,送走人家,在学校里慢悠悠走着。

此时正值黄昏日落,暖洋洋的橘黄色洒满校园。

温年问要不要去把衣服换了,陈远说:"要不再穿会儿?"

"我都行啊。"温年笑道,"我这不体谅你也是怀蓝名人了,怕你不好意思嘛。"

两个人走了一会儿,看见长椅,温年想坐下歇歇。

可时间有限,孔家奇说校方就借用到六点,她不能给孔家奇添麻烦。本想忍着脚上的酸痛再坚持坚持,陈远忽然在这时蹲在了她面前,冲她做了个上来的手势。

"你不累啊?"温年问,"我比过去可能胖了三四斤呢。"

陈远侧头:"胖三四十斤也背得动。"

你才胖三四十斤!但温年来不及说,已经趴上陈远的背。

还是那么的宽阔结实,让人充满安全感。温年整个人放松下来,舒口气,下巴垫在陈远颈间和肩膀的位置。

"我们养只猫吧。"温年说,"回去去救助站领养一只。"

"你确定?"

他们刚回国的第二个月,葫芦走了。池国栋说它老了,早就没了以前的精神,时常窝在一处睡觉,一睡就是多半天。只有陈远来看它,它才会出来。它能坚持这么久,大概也是想陪陈远再久些。

得知消息时,温年和陈远不约而同请假回了怀蓝。陈远并没有多说什么,只是把葫芦的毛整理干净,然后放进他以前为葫芦做的木屋里,将葫芦埋在它喜欢的那棵树下。

虽一字未提,但温年知道他心里很难受。儿时经历让陈远最畏惧离开、分别,任何一次"走",在他看来都是一场带着遗憾的电影不得不残忍谢幕,独留他一人沉浸其中,难以自拔。

"我确定啊。"温年说,"陈远,我知道你想的什么。"

不就是不想再经历分别吗?但人的这一生,就是由无数分别构成的,在所难免。所幸的是,他们找到了那个可以到最后一秒才和他们分别的人,即便剩下的人要承受更大的痛苦,但曾经的陪伴总是慰藉。

"我陪着你,我们一起把猫咪养大。"温年说,"到了告别的时候,我们一起和它告别,让它带着幸福离开。"

陈远喉咙微哽,点头:"好,我们养一只猫。"

得了他的同意,温年很开心。她又说了很多其他的事,比如这次拍的照片她想做一整面照片墙……还有花瓶,插弗洛伊德玫瑰的花瓶要陈远亲手做,问他能不能胜任陶艺。

陈远一一答应,心里还想着刚才的事,便说:"猫就叫小葫芦,你说好吗?"

"好啊。"温年笑道,"这也是种传承,是不是?"

"嗯,所以将来我们的女儿就叫小雪花。"

温年脸一热,没想着"铁葫芦"能把思维联系到这上面来。她揪着陈远的耳朵,说:"我有说给你生女儿吗?"

"儿子也行。"陈远回道,"那就叫小年。"

"你这是在催生咯?我们还没办婚礼呢,我要过二人世界!"

"我也是憧憬一下,都听你的。"

"哼,你就会嘴上说得好听……"

学校里的梧桐树"哗哗"作响,天边夕阳余晖温暖也温柔。

陈远背着温年,晚霞披在他们融合在一起的身影上,像是时光穿梭的光晕,恍惚间映照出那年他们高二运动会的画面。

当时的陈远也是这样背着温年,走在林荫路上。

如今,他们长大了,不再如年少时那般有着稚嫩的脸庞,却有比那时更坚定赤诚的初心,始终深爱对方。

陈远回过头冲她笑,露出两个大大的酒窝。

心跳依旧为此加速,温年不争气地又红了脸。

独家番外

GUIHANG

小雪花出生那天,没有下雪,而是雪终于停了。

北城持续了三天的特大暴雪,给人们的生活和工作带来诸多不便,大家都在祈祷雪早些停下。

小雪花就是在雪停后的第一个晴天发出她的第一声啼哭。

护士抱她出来,陈远没顾得上看一眼,直问:"我太太怎么样?她还好吗?"

护士笑着恭喜:"母女平安。"

刚出生的小雪花被妈妈颇为嫌弃。温年想自己也是美女一个了,陈远更不用说,他要是长得丑一点儿,她也看不上。可他俩生的孩子怎么这么丑?皱巴巴的小脸,头发也没几缕,实在是不像爸爸妈妈。

"你不懂。"颜清抱着外孙女笑得一脸慈爱,"这是还没长开,你再等等。

我们小雪花可比她妈妈出生时漂亮多了。"

陈远端着鸡汤，见妻子似信非信迷糊的样子，比抱着女儿时心头还软。

"来，再喝一口。"

"不喝，好油。"

"听话。"

陈远轻声哄着，温年瞧在眼里，勉强张开嘴，给个面子。

一旁的颜清抱着乖乖外孙女，感叹：也不知道谁才是那个宝宝。

两个月后，小雪花确实如外婆说的那样，慢慢长开了。

她继承了妈妈的眼睛，爸爸的鼻子和嘴巴，头发也乌黑光亮。她笑起来时，有一对大大的酒窝，简直萌化了。

温年喜欢看陈远酒窝的爱好，在女儿身上得到了最大的满足。

小雪花三岁这年，温年有计划地想多带她出去走走，看看外面的世界。

暑假里，正好赶上池国栋的生日。温年当即决定把女儿出游的第一站定在怀蓝。

杨晓桃和孔家奇的儿子铭铭比小雪花大四岁，已经上小学，之前跟着他的爸爸妈妈来北城时，两位小朋友见过面。铭铭特别喜欢小雪花，知道她要来怀蓝了，换上表演节目时穿的小西服，去火车站接人。

如今怀蓝的火车站和温年当年来怀蓝时比，可谓是大改造。不仅空调到位，吹得透心凉，里面的设备也全部智能化，方便快捷。

温年一家一出火车站，就听杨晓桃喊着："这边！这边！"

小雪花被陈远抱在怀里，小大人似的挥挥手，回道："看见啦，看见啦，桃桃姨。"

杨晓桃瞬间被萌一脸，抓着孔家奇说："还是女儿好！"

孔家奇抬抬眼镜，看了眼儿子，回道："那我们也生一个。"

"你想得美。"杨晓桃飞奔过去，将自己的儿子抛诸脑后。

苦了铭铭在后面追着喊："等等我呀，妈妈。"

一行人回了南甜巷子66号。这座老房子一直由许扬照看，知道他们要回来，特意打扫过，内里干净整洁。

小雪花由铭铭带着玩，温年很放心。她和杨晓桃在客厅喝茶吃点心，陈远和孔家奇在小院说话，等佟佳露和池林回来。

如今的佟佳露已经是当红游记作家。池林只要是放寒暑假，就会陪她走南闯北，两个人每次发来的照片，让温年和杨晓桃羡慕得不行。

不过，"幸灾乐祸"的杨晓桃透露佟佳露蹦跶不了。

"去医院查了吗？"温年问，"他们不是说想再晚两年要？"

杨晓桃说："这是能百分之百控制得住的吗？你当时不还说要多和陈远过几年二人世界，但小雪花还是来了啊。我要是你，小雪花这么可爱，我结婚第一年就生。"

温年笑了笑，下意识地看向坐在外面的男人。许是心有灵犀，陈远也回过头，两个人目光对接，相视一笑。

因为航班延误，佟佳露和池林到的时候快傍晚了。

饭桌早在院子里支好。

许扬说今天不能让寿星公操劳，执意要下厨露一手。

这几年，许扬稳重不少，也不以"怀蓝小甜甜"的身份四处招摇，平时养养花、种种草，再钻研钻研厨艺。最后，每个月去北城看升国旗。

只是许大厨吹嘘了半天，这一出手，池国栋想说：这生日不过也罢。

好在陈远和孔家奇及时救场，才让生日宴得以顺利举办。

吃饭时，佟佳露公布了自己怀孕的消息。

池国栋开心极了，本不想说，可忍了半天，还是没能忍住，嘱咐佟佳露待会儿回家去池林妈妈的灵位前再说一声。

"说过了，爸。"佟佳露说，"妈是第一个知道的。"

闻言，池国栋红了眼，一口酒闷下去，哽咽着说了句："好。"

感动的事过后，剩下的是欢乐。

小雪花也不是第一次见池爷爷。池爷爷对她很好，每次去北城看她，都会给她带亲手做的玩具，还会给她买爱吃的水果和零食。所以，小雪花特意准备了舞蹈送给池爷爷，祝他生日快乐。

池国栋看得满眼爱心，"宝贝、宝贝"地叫着，听得许扬起了一身鸡皮疙瘩。

小雪花看扬扬外婆好像不高兴了，赶紧跑过去抱抱，哄着："扬扬外婆最好了，小雪花喜欢扬扬外婆。"

许扬舒心了,立刻问那个老生常谈的问题——宝贝最喜欢谁?

小雪花一点儿不带犹豫,甜甜道:"爸爸!"

"那妈妈呢?"许扬故意扇风点火,"妈妈不好吗?为什么不是最喜欢妈妈?"

小雪花理所应当地说:"妈妈让爸爸最喜欢了。"

说完,场面安静一瞬。温年不免有些害羞,看了眼陈远,陈远揉揉她的脑袋,在她耳边轻声道:"女儿说得对。"

又起了一身鸡皮疙瘩的许扬抱起小雪花去厨房,说是给她和铭铭盛小馄饨去。

"你有小馄饨了不起啊?"池国栋也溜了,"我有蛋糕!来,小雪花,铭铭,到池爷爷这里来。"

长辈和孩子们挤在厨房里,叽叽喳喳说个不停。

温年他们看在眼里,唇边都带着笑。

"你们这次在怀蓝待多久啊?"杨晓桃问,"露露养胎是不会离开怀蓝了,咱们正好多聚聚嘛。"

佟佳露举双手赞成。

温年倒好,九月开学,有一整个暑假。但陈远最近接手一个项目,刚升任总工,年假一过,必须回单位。

佟佳露嚼着池林递来的红果,说:"那好办啊,你和小雪花留下,陈远……"

"不行。"陈远搂住温年肩膀,"我不同意。"

佟佳露卡了下,无语道:"不是啊,你这是不放心我们这么一帮人照顾不了她们母女?还是说,舍不得?"

陈远搂紧温年。

"服了。"佟佳露扶额,"你俩简直行走的'狗粮'喂食机。"

温年莞尔一笑,拉下陈远的手牢牢握着,说:"你也可以撒啊,又不是没撒过。"

这话难得让佟佳露脸红,她看了看池林,刚要说什么,金鑫的视频电话打来了。

"你们都在啊!"金鑫说,"我也想回去!"

佟佳露说:"你的巡回演唱会不是刚开?回什么啊,好好打工吧你。"

金鑫哭丧着脸,四下寻找,喊道:"我的小雪花呢?哎,不对,我先和我池叔说句生日快乐。"

话落,池国栋呵呵道:"不劳惦记。"

"池叔,喂,您这还吃小孩醋呢?"金鑫笑道,"我这不也是……小雪花!想四金叔叔了没?还有铭铭,收到四金叔叔的礼物没?叔叔好想你们啊。

"我的小心肝们!么么哒!"

这是许扬这晚第三次起鸡皮疙瘩。她发誓,以后不参加年轻人的这种聚会了,不如在家种花养草。但话又说回来,花草再好,不会有这样的欢声笑语啊。

晚上,陈远铺好床后,小雪花兴奋地在上面打滚。

小雪花最喜欢爸爸给她讲睡前故事,这会儿正抱着小脚丫等着。

温年洗完澡出来,看到的就是这样一幅画面。小雪花小小糯糯的一团贴在爸爸怀里,爸爸轻轻拍着她的背,她咕哝着大人听不懂的"外国话",香香睡去。

温年轻轻靠近,俯身吻了女儿额头,对丈夫说:"你也去洗澡吧。"

难得清闲的空当,温年收拾带过来的行李。就住四天,不需要太多东西。但有孩子在就完全不一样了,什么都要给她带着,大到宝宝椅,小到一条手绢、一个小勺。

温年有条不紊地整理归纳着,忽而腰间被一双手臂紧紧锁住。陈远埋首妻子的侧颈,嗅着那股让他心安的玫瑰香。这是他爱人的味道,让他魂牵梦萦。

"辛苦了。"陈远说,"我来,你去休息。"

温年拍拍陈远的手,笑道:"我一点儿都不累,你不是说还要处理下工作?"

"暂时不用了。"说罢,陈远吻着温年的肩膀,一路辗转至脸颊。

温年自然而然地转过身回应,两个人体内的火热刚要着,那边小雪花咂巴着嘴迷迷瞪瞪地叫妈妈。

每当这个时候,"女儿奴"陈远都会短暂把他的掌上明珠视为小恶魔。

温年笑着推开陈远,过去躺在女儿身边,拍着她,给她唱《摇篮曲》。

很快,陈远也躺上去,从身后拥着她们母女。温年回头亲了下孩子的爸爸,说:"你真不想和我小雪花多在怀蓝待待吗?"

陈远接手的项目重大,是国家级的。她们母女在的话,陈远不管每天加班多晚都还要回家,不如她们就留下,这样他可以专心工作。

陈远摇摇头:"你们在家,我才能专心工作。"

温年笑了笑,窝进男人宽阔温暖的怀抱里。她看看女儿,再看看窗外的一轮圆月,说:"我们新年也回怀蓝过吧,我还想去天台放烟花。"

陈远望着妻子恬静的侧脸,嘴角染上浅浅的笑容。

不待他回答,温年又说:"你还记得咱们第一次在天台庆祝新年吗?你当时许的什么愿啊?我看到你说了,但是没听见你说的什么。"

"想知道?"

"还行吧。"

温年等了会儿,没等到声音,转过头想让陈远必须告诉她,就被温柔的热吻堵住了嘴。

那年,他们相遇,第一次一起过新年。

陈远的愿望是:希望下一个新年还可以和她一起度过。

当时的他还不算贪婪,也没奢望有一天能拥有她。

可一年又一年过去,她来到了他的世界,为他生下他们的女儿,他的新年愿望也再没有变过。

——他和她,年年岁岁,永不分离。

—全文完—

归航